ACIMA DE QUALQUER SUSPEITA

SCOTT TUROW

ACIMA DE QUALQUER SUSPEITA

Tradução
Sandra Martha Dolinsky

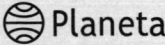

Copyright © Scott Turow, 1987
Copyright da tradução © Sandra Martha Dolinsky, 2023
Copyright © Editora Planeta do Brasil, 2023
Todos os direitos reservados.
Título original: Presumed Innocent

Preparação: Ligia Alves
Revisão: Marcela Neublum e Carolina Forin
Projeto gráfico e diagramação: Nine Editorial
Capa: Rafael Brum

CIP-BRASIL. CATALOGAÇÃO NA PUBLICAÇÃO
ANGÉLICA ILACQUA CRB-8/7057

Turow, Scott
  Acima de qualquer suspeita / Scott Turow; tradução de Sandra Martha Dolinsky. - São Paulo: Planeta do Brasil, 2023.
  432 p.

  ISBN 978-85-422-2335-4
  Título original: Presumed Innocent

  1. Ficção norte-americana I. Título II. Dolinsky, Sandra Martha

23-4343   CDD 813

Índice para catálogo sistemático:
1. Ficção norte-americana

Ao escolher este livro, você está apoiando o manejo responsável das florestas do mundo

2023
Todos os direitos desta edição reservados à
Editora Planeta do Brasil Ltda.
Rua Bela Cintra, 986, 4º andar – Consolação
São Paulo – SP – 01415-002
www.planetadelivros.com.br
faleconosco@editoraplaneta.com.br

Para minha mãe

DECLARAÇÃO DE ABERTURA

Começo sempre assim:
— Sou o procurador. Eu represento o estado. Estou aqui para apresentar aos senhores as evidências de um crime. Juntos, os senhores avaliarão essas evidências. Os senhores deliberarão sobre elas. Decidirão se provam a culpa do réu. Este homem...

E então aponto para o réu.

"Você sempre deve apontar, Rusty", foi o que me disse John White no dia em que comecei a trabalhar como procurador. O xerife tirou minhas impressões digitais, o chefe de justiça me empossou e John White me levou para assistir ao meu primeiro julgamento com júri. Ned Halsey fazia a declaração de abertura do estado, gesticulando pelo tribunal, e John, com seu jeito generoso e acolhedor e seu hálito cheirando à bebida já às dez da manhã, sussurrava minha primeira lição. Ele era subchefe da promotoria na época, um irlandês vigoroso com cabelos brancos desgrenhados como palha de milho. Isso foi há quase doze anos, muito antes de se formar em mim minha mais secreta ambição: ocupar o cargo dele. "Se você não tiver coragem de apontar", murmurou John White, "não pode esperar que eles tenham coragem de condenar."

Portanto, eu aponto. Estendo o braço. Mantenho o dedo indicador reto. Procuro os olhos do réu. E digo:
— Este homem está sendo acusado.

Ele vira o rosto; pisca; ou não demonstra nada.

No começo, por diversas vezes, eu me preocupava, imaginando como seria estar sentado ali, sob o foco do escrutínio, acusado com ardor diante de quem quisesse ouvir, sabendo que os mais prosaicos privilégios de uma vida decente — uma poupança, respeito pessoal e até mesmo a liberdade — a partir de então seriam como um casaco deixado à porta que ele talvez nunca mais recuperasse. Eu podia sentir o peso do medo, da frustração, do isolamento sobre o réu.

Agora, como depósitos de minério, o material mais duro do dever e da obrigação se assentou em minhas veias, por onde esses sentimentos mais suaves corriam. Tenho um trabalho a fazer. Não que eu tenha me tornado indiferente, acredite. Mas esse negócio de acusar, julgar e punir sempre existiu; é uma das grandes rodas que giram sob tudo que fazemos. E eu faço a minha parte. Sou um funcionário público desse nosso sistema único e universalmente reconhecido de distinção entre o certo e o errado; um burocrata do bem e do mal. Isso deve ser proibido, aquilo não. Seria de se esperar que, depois de todos esses anos fazendo acusações, levando casos à justiça, vendo réus irem e virem, tudo houvesse se tornado meio indistinto para mim. Mas não.

Volto meu rosto e encaro o júri.

— Hoje, os senhores, todos os senhores, assumem uma das obrigações mais solenes da cidadania. Seu trabalho é buscar os fatos, a verdade. Não é uma tarefa fácil, eu sei. Às vezes, a memória falha; as lembranças se anuviam; as provas apontam em direções diferentes. Talvez os senhores sejam forçados a decidir sobre coisas que ninguém parece saber ou estar disposto a dizer. Se estivessem em casa, no trabalho, em qualquer lugar de sua vida diária, talvez desistissem, não quisessem fazer esse esforço. Mas, aqui, os senhores devem fazê-lo. É um dever. Permitam-me lembrá-los. Um crime foi cometido, ninguém contestará isso. Houve uma vítima real. Dor real. Os senhores não precisam nos dizer por que isso aconteceu. Afinal, os motivos das pessoas às vezes ficam para sempre trancados dentro delas. Mas os senhores terão que, no mínimo, tentar determinar o que realmente aconteceu. Se não conseguirem, não saberemos se este homem merece ser libertado ou punido. Não saberemos a quem culpar. Se não pudermos encontrar a verdade, qual será nossa esperança de justiça?

PRIMAVERA

CAPÍTULO 1

— Eu deveria estar mais triste — diz Raymond Horgan.

Eu me pergunto, a princípio, se ele está se referindo ao discurso fúnebre que vai fazer. Ele acabou de revisar suas anotações mais uma vez e está guardando duas fichas no bolso da frente de seu terno de sarja azul. No entanto, quando noto sua expressão, vejo que o comentário foi pessoal. No banco traseiro do Buick do condado, ele olha pelo vidro do carro em direção ao trânsito, que vai ficando mais intenso à medida que nos aproximamos do Distrito Sul. Seu olhar assumiu um ar meditativo. Enquanto o observo, percebo que essa pose teria sido eficaz como imagem da campanha deste ano: as feições pesadas de Raymond fixas em uma aparência de solenidade, coragem e um traço de tristeza. Mostra um pouco do ar resignado desta metrópole às vezes triste, como os tijolos sujos e os telhados de manta asfáltica desta parte da cidade.

É praxe entre as pessoas que trabalham com Raymond dizer que ele não parece bem. Vinte meses atrás, ele se separou de Ann, com quem ficou casado durante trinta anos. Ganhou peso e uma expressão feroz que sugere que ele, por fim, alcançou aquele momento da vida em que acredita que muitas coisas dolorosas não vão melhorar. Há um ano, todos apostavam que Raymond não teria energia ou interesse para concorrer de novo, e ele esperou até quatro meses antes das primárias para, por fim, anunciar sua candidatura. Há quem diga que foi o vício no poder e na vida pública que o fez prosseguir. Eu acredito que o principal impulso tenha sido o ódio absoluto de Raymond por seu principal oponente, Nico Della Guardia, que até o ano passado era outro promotor adjunto de nosso escritório. Independentemente de qual tenha sido sua motivação, a campanha foi difícil. Enquanto o dinheiro durou, pôde contar com agências e consultores de mídia. Três jovens determinavam como tratar questões como a do Retrato e fizeram essa foto de Raymond ser aplicada na traseira de um a cada quatro ônibus da cidade. Na foto, ele dá um sorriso persuasivo, cujo objetivo é mostrar um capricho fortalecido. Para mim, essa fotografia o faz parecer um idiota. É mais um sinal de que Raymond perdeu o ritmo.

Provavelmente era isso que ele queria dizer quando afirmou que deveria estar mais triste. Ele queria dizer que os eventos parecem estar fugindo a seu controle de novo.

Raymond começa a falar sobre a morte de Carolyn Polhemus, que ocorreu três noites atrás, no dia 1º de abril.

— É como se fugisse à minha compreensão. De um lado, tenho Nico agindo como se tivesse sido eu quem a assassinou. E todos os idiotas com credencial de imprensa do mundo querem saber quando vamos achar o assassino. E as secretárias estão chorando no banheiro. E, além de tudo, como você sabe, tenho que pensar naquela mulher. Cristo, quando a conheci, ela era agente da condicional, antes de se formar em Direito. Trabalhava para mim, eu a contratei. Era uma garota inteligente, sexy, uma baita advogada. Às vezes, fico pensando no que aconteceu... Eu achava que estava calejado, mas Jesus... Um cretino invade a casa dela, e é assim que ela acaba? Esse é seu *au revoir*? Com um verme demente rachando seu crânio? Jesus! — Raymond diz, de novo. — A tristeza não acaba.

— Ninguém invadiu lugar nenhum — digo, por fim.

Meu súbito tom declarativo surpreende até a mim. Raymond, que momentaneamente retomou a análise de uma pilha de papéis que pegou no escritório, levanta a cabeça e me encara com um olhar cinzento perspicaz.

— De onde você tirou isso?

Não me apresso em responder.

— Encontramos a mulher estuprada e amarrada — prossegue Raymond. — Cá entre nós, eu não começaria a investigação pelos amigos e admiradores dela.

— Não havia janelas quebradas — digo — nem portas forçadas.

Nesse momento, Cody, policial há trinta anos que está vivendo seus últimos dias na polícia dirigindo o carro do condado de Raymond, interrompe a conversa. Hoje ele está anormalmente calado, poupando-nos de seus costumeiros devaneios sobre as situações boas e ruins do ofício que testemunhou aos montes na maioria das avenidas da cidade. Ao contrário de Raymond – ou melhor, de mim –, ele não tem dificuldade para se deixar levar pela tristeza. Está com cara de quem não dormiu, o que dá a seu rosto um ar mais pesado. Minha observação sobre as condições do apartamento de Carolyn o incomodou por algum motivo.

— Todas as portas e janelas estavam destrancadas — afirma ele. — Ela gostava assim. Aquela mulher vivia no mundo da fantasia.

Acho que alguém estava tentando ser esperto — digo a ambos. — Isso pode ter sido uma distração.

— Que isso, Rusty — diz Raymond. — Estamos procurando um bandido. Não precisamos de nenhum Sherlock Holmes para isso. Não venha questionar os detetives de homicídios. Fique na sua, não me arranje problemas. Pegue um criminoso e salve a minha pele inútil.

Ele sorri para mim, com um olhar sagaz e caloroso. Raymond quer que eu saiba que ele está segurando as pontas. Além disso, não é preciso enfatizar ainda mais as implicações de capturar o assassino de Carolyn.

Em seus comentários sobre a morte dela, Nico tem sido ultrajante, oportunista e implacável. "A abordagem negligente do promotor de justiça à aplicação da lei nos últimos doze anos fez dele um cúmplice dos criminosos da cidade. Nem os membros de sua equipe estão seguros, como ilustra esta tragédia." Nico não explicou de que maneira o fato de Raymond o ter contratado como procurador adjunto há mais de uma década se encaixa na ligação de Raymond com a ilegalidade. Mas não cabe ao político explicar. Além disso, Nico sempre teve uma conduta pública descarada. Essa é uma das coisas que o capacitam para uma carreira política.

Capacitado ou não, Nico deve perder as primárias, para as quais faltam dezoito dias. Raymond Horgan vem maravilhando um milhão e meio de eleitores registrados no condado de Kindle há mais de uma década. Este ano, ele ainda não conseguiu o apoio do partido, mas isso se deve, em grande parte, a uma antiga disputa partidária com o prefeito. A equipe política de Raymond – um grupo no qual nunca fui incluído – acredita que, quando a primeira pesquisa pública sair, nos próximos dez dias, outros líderes partidários poderão forçar o prefeito a mudar de opinião, e então Raymond estará a salvo por mais um mandato. Nesta cidade de partido único, vencer as primárias é quase como ganhar as eleições.

Cody se vira para trás e comenta que estamos perto. Raymond assente, distraído. Cody interpreta isso como consentimento e leva a mão à parte de baixo do painel para ligar a sirene. Dá dois breves toques, quase como um sinal de pontuação no trânsito; os carros e caminhões se separam perfeitamente, e o Buick escuro avança. Este bairro ainda é periférico – casas antigas com telhados de telhas e alpendres lascados. Crianças pálidas, cor de batata, brincam com bolas e cordas na rua. Eu cresci a uns três quarteirões daqui, em um apartamento em cima da padaria do meu pai. Lembro-me daqueles anos como sombrios. Durante o dia, minha mãe e eu – quando eu não estava na escola – ajudávamos meu pai na padaria. À noite, ficávamos trancados em um quarto enquanto ele bebia. Não havia outras crianças. O bairro não é muito diferente hoje; ainda é cheio de gente como meu pai: sérvios como ele, além de ucranianos, italianos, poloneses – tipos étnicos que mantêm sua própria paz e uma mentalidade simplória.

Estamos parados no trânsito intenso da tarde de sexta-feira, atrás de um ônibus que solta sua fumaça tóxica com um estrondo. Há um pôster da campanha de Horgan nele também: um metro e oitenta de largura com Raymond olhando para cima com a expressão infeliz de um apresentador de programa de entrevistas ou de um porta-voz de comida enlatada para gatos. Raymond Horgan é meu futuro e meu passado. Estou com ele há doze anos, plenos de lealdade e admiração autênticas. Sou seu segundo em comando, e sua queda seria a minha. Mas não posso evitar; não há como silenciar a voz de meu descontentamento; ela tem seus próprios imperativos. E, agora, fala com essa foto de maneira repentina e direta. "Imbecil", ela diz. "Você é um imbecil."

Quando viramos na Third Street, vejo que o funeral se tornou um evento importante para o Departamento de Polícia. Metade dos carros estacionados são pretos e brancos, e há policiais em duplas e trios subindo e descendo pelas calçadas. Matar uma promotora é quase como matar um policial, e, independentemente dos interesses institucionais, Carolyn tinha muitos amigos na polícia – o tipo de súditos leais que um bom promotor conquista quando valoriza o trabalho policial e garante que não seja desperdiçado no tribunal. Mas há também, claro, o fato de que era uma mulher bonita e de personalidade moderna. Carolyn, como sabemos, era bem relacionada.

Perto da capela, não há o que fazer: o trânsito está congestionado. A cada poucos metros, temos que esperar que os carros à frente liberem os passageiros. Os veículos dos VIPs – limusines com placa oficial, gente da imprensa em busca de vagas – obstruem o caminho com indiferença bovina. Os repórteres de TV ou rádio, em particular, não obedecem à lei local nem às regras de civilidade. A van Minicam de uma das estações, com sua antena parabólica no teto, está estacionada na calçada, bem em frente às portas de carvalho abertas da capela, e vários repórteres abordam a multidão como se estivessem em uma luta de boxe, empurrando microfones na cara das pessoas.

— Depois — diz Raymond enquanto atravessa a horda de jornalistas que cerca o carro assim que, finalmente, alcançamos o meio-fio.

Ele explica que dirá algumas coisas no discurso fúnebre que repetirá do lado de fora. Faz uma pausa longa o suficiente para agradar Stanley Rosenberg, do Canal 5. Como sempre, Stanley terá a primeira entrevista.

Paul Dry, da equipe do prefeito, está gesticulando para mim. Parece que sua excelência quer falar com Raymond antes de começar a cerimônia. Transmito a mensagem no momento em que Horgan está se livrando dos repórteres. Ele faz uma careta – imprudentemente, pois Dry com certeza pode ver – e acompanha Paul, desaparecendo na escuridão gótica da igreja. O prefeito, Augustine Bolcarro, tem o caráter de um tirano. Dez anos atrás, quando Raymond Horgan era uma cara nova na cidade, quase derrotou Bolcarro nas eleições. Quase. Desde que perdeu naquela primária, Raymond fez todos os gestos apropriados de fidelidade. Mas Bolcarro ainda sente a dor de suas velhas feridas. Agora que, por fim, é a vez de Raymond enfrentar uma primária disputada, o prefeito afirmou que seu cargo exige neutralidade e pretendia também negar o apoio do partido. É evidente que está gostando de ver Raymond nadar sozinho até a costa. Mas, quando Horgan chegar à praia, Augie será o primeiro a cumprimentá-lo, dizendo que sempre soube que Raymond venceria.

Dentro da capela, os bancos já estão bastante ocupados. À frente, o caixão está rodeado de flores – lírios e dálias brancas –, e imagino, apesar de tanta gente, um vago perfume floral no ar. Abro caminho à frente, acenando para várias pessoas e apertando mãos. É uma multidão de peso: todos os políticos da cidade e do condado, além da maioria dos juízes e dos brilhantes advogados de defesa. Vários grupos de esquerda e feministas com os quais Carolyn às vezes se alinhava também estão representados. Todos conversam discretamente, como é apropriado, e as expressões de choque e pesar são sinceras.

Dou um passo para trás e esbarro em Della Guardia, que também está interagindo com a multidão.

— Nico! — digo, e aperto sua mão.

Ele está com uma flor na lapela, hábito que adquiriu quando passou a ser candidato. Pergunta por minha esposa e filho, mas não espera minha resposta. Assume repentinamente um ar trágico de sobriedade e começa a falar sobre a morte de Carolyn.

— Ela era... — Ele faz um gesto com a mão, buscando a palavra.

Percebo que o arrojado candidato a promotor de justiça aspira à poesia e o interrompo:

— Ela era maravilhosa — digo.

Fico momentaneamente surpreso com meu súbito ímpeto sentimental e a força e velocidade com que saiu de algum lugar interno oculto.

— Maravilhosa. Isso mesmo, muito bom.

Nico assente com a cabeça; de repente, uma sombra volúvel passa pelo seu rosto. Eu o conheço bem, sei reconhecer que encontrou um pensamento que acredita ser vantajoso para ele.

— Imagino que Raymond esteja pressionando bastante nesse caso.

— Raymond Horgan pressiona bastante em todos os casos. Você sabe disso.

— Ué, sempre pensei que você não fosse político, Rusty. Está pegando suas falas com os redatores de Raymond agora?

— São melhores que os seus, Delay.

Nico ganhou esse apelido quando éramos ambos novos procuradores adjuntos da corte de apelação. Ele nunca conseguia terminar uma argumentação no prazo. John White, o antigo subchefe, chamava-o de Unavoidable Delay Guardia.[1]

— Ah, vocês não estão com raiva de mim pelo que andei dizendo, não é? — provoca ele. — Porque eu acredito naquilo; acredito que a efetiva aplicação da lei começa de cima. Eu acredito nessa verdade. Raymond é mole, está cansado, não tem mais energia para ser durão.

Conheci Nico há doze anos, em meu primeiro dia de promotor adjunto, quando fomos designados para dividir o mesmo escritório. Onze anos depois,

---

1. A cláusula "Unavoidable Delay" refere-se ao atraso inevitável e costuma constar nos contratos firmados com construtores nos Estados Unidos. (N.E.)

eu era subchefe da promotoria, e ele chefe da Homicídios, e eu o demiti. Nessa época, ele já havia começado a tentar abertamente tirar Raymond do cargo. Nico queria processar um médico preto, abortista, por assassinato. Nos termos da lei, sua postura não fazia sentido, mas excitava as paixões de vários grupos de interesse cujo apoio ele buscava. Nico plantava notícias sobre seus desentendimentos com Raymond; fazia argumentações no tribunal do júri – para as quais sempre organizava grande cobertura da imprensa – que eram praticamente discursos de campanha. Mas Raymond deixou o último ato para mim. Certa manhã, fui ao Kmart e comprei o par de tênis de corrida mais barato que encontrei. Depois, coloquei-os no centro da mesa de Nico, com um bilhete: "Adeus. Boa sorte. Rusty".

Sempre soube que fazer campanha seria adequado para ele. Nico Della Guardia está em torno dos quarenta anos agora, é um homem de boa aparência, estatura mediana, meticulosamente esguio. Ele se preocupa com seu peso, com o consumo de carne vermelha e coisas desse tipo desde que o conheço. Embora tenha a pele ruim e uma coloração peculiar – cabelo ruivo, pele morena e olhos claros –, tem o tipo de rosto cujas imperfeições não são detectadas por uma câmera, nem no tribunal, e é uniformemente considerado bonito. Sem dúvida, ele sempre entrou no personagem. Mesmo na época em que isso exigia metade de seu salário, mandava fazer os ternos sob medida.

Muito além da boa aparência, porém, o aspecto mais cativante de Nico sempre foi a sinceridade aguda e indiscriminada que agora ostenta, recitando pontos de sua plataforma política enquanto conversa, no meio de um funeral, com o principal assistente de seu oponente. Depois de doze anos, incluindo dois em que dividimos um escritório, aprendi que Delay sempre consegue invocar esse tipo de fé exagerada e irrefletida em si mesmo. Na manhã em que o despedi, nove meses atrás, ele passou pela minha sala ao sair, reluzente como uma moeda nova, e disse, simplesmente: "Eu volto".

Tento dar a má notícia a Nico com delicadeza.

— Tarde demais, Delay. Já prometi meu voto a Raymond Horgan.

Ele demora a entender a piada e, quando entende, não larga o assunto. Ficamos apontando as fraquezas um do outro. Nico admite que sua campanha está com pouco dinheiro, mas afirma que o apoio tácito do arcebispo lhe dá "capital moral".

— É aí que nós somos fortes — diz ele. — É assim que vamos conquistar votos. O povo já esqueceu por que quis votar no Raymond dos direitos civis. Ele é só uma lembrança difusa, um borrão. Mas eu tenho uma mensagem forte e clara.

A confiança de Nico é radiante, como acontece sempre que fala sobre si mesmo.

— Sabe o que me preocupava? — pergunta Nico. — Sabe quem teria sido difícil derrotar? — Ele se aproxima um pouco mais e baixa a voz: — Você.

Eu rio alto, mas Nico continua:

— Fiquei aliviado. Estou dizendo a verdade. Fiquei aliviado quando Raymond anunciou a candidatura dele. Eu já tinha previsto: Horgan faz uma grande coletiva de imprensa, anunciando que vai se aposentar, mas que pediu para seu principal assistente continuar seu legado. A mídia adoraria Rusty Sabich, um não político, promotor de carreira, estável, maduro, em quem todos podem confiar. O homem que acabou com a Gangue dos Santos. Eles usariam todos esses argumentos, e Raymond faria Bolcarro apoiar você. Teria sido duro derrotá-lo, muito duro.

— Ridículo — digo, fingindo com bravura que cenários como esses não surgiram em minha imaginação em centenas de ocasiões no ano passado. — Você é uma figura, Delay. Dividir e conquistar.[2] Você não para nunca.

— Escute, meu amigo — diz ele —, eu sou um dos seus admiradores verdadeiros, juro. Sem ressentimentos. — Leva a mão ao coração. — Essa é uma das poucas coisas que não vão mudar quando eu chegar lá: você vai continuar sendo subchefe.

Simpático, digo a ele que está falando bobagem:

— Você nunca será promotor e, se fosse, sei que prefere Tommy Molto. Todo mundo sabe que Tommy é seu protegido.

Tommy Molto é o melhor amigo de Nico, foi o segundo em comando na Homicídios. Molto não aparece no escritório há três dias. Não ligou, sua mesa está vazia. Todo mundo acredita que, assim que

---

2. "Dividir e conquistar" é uma técnica empregada para projetar algoritmos usada pela primeira vez nos anos 1960. Ela consiste em "quebrar" o problema em frações menores, mais fáceis de resolver, e em combiná-las para obter a solução completa. (N.E.)

o furor da morte de Carolyn diminuir um pouco, na próxima semana, Nico organizará outro evento para a mídia e anunciará que Tommy entrou em sua campanha. Isso vai provocar mais algumas manchetes. "Promotor adjunto decepcionado de Horgan apoia Nico." Delay maneja bem essas coisas. Raymond tem um ataque sempre que ouve o nome de Tommy.

— Molto? — pergunta Nico, com um olhar de inocência pouco convincente.

Mas não tenho chance de responder. No púlpito, o reverendo solicita às pessoas que tomem seus lugares. Então, sorrio para Della Guardia – na verdade, dou um sorriso de escárnio – e me afasto, abrindo caminho em direção à frente da capela, onde Raymond e eu, na qualidade de representantes da promotoria, deveríamos nos sentar. Enquanto sigo, porém, cumprimentando com gestos contidos pessoas que conheço, ainda sinto o calor da forte confiança de Nico. É como sair do sol escaldante: a pele formiga e fica sensível. E me ocorre abruptamente, quando consigo a primeira visão clara do caixão platinado, que Nico Della Guardia pode realmente vencer. É uma profecia anunciada por uma vozinha em algum lugar dentro de mim, alta o suficiente, como uma consciência lamuriante, para me dizer o que não quero ouvir. Por mais indigno, desqualificado e desprovido de humanidade que ele seja, pode haver algo que leve Nico à vitória. Aqui, nesta região dos mortos, não posso deixar de reconhecer o apelo carnal de sua vitalidade e até onde isso pode levá-lo.

Em consonância com a natureza deste evento, duas fileiras de cadeiras dobráveis foram posicionadas ao lado do caixão de Carolyn. Estão ocupadas, em sua maior parte, pelos dignitários cuja presença se poderia esperar. A única figura desconhecida é um garoto, no final da adolescência, que está sentado ao lado do prefeito, bem perto do caixão. Seu cabelo loiro forma um emaranhado mal penteado, e sua gravata está apertada demais, de modo que as pontas do colarinho de sua camisa de tecido sintético ficam erguidas. Um primo, concluo, talvez um sobrinho, mas definitivamente – e surpreendentemente – um parente. A família de Carolyn, pelo que entendi, vive toda no leste, onde ela pretendia deixá-la. Ao lado do garoto, na primeira fila, há mais pessoas ligadas ao prefeito do que deveria, e não sobra lugar para mim. Quando passo pela fileira atrás de Horgan, ele se volta para mim. Pelo jeito, observou minha conversa com Della Guardia.

— O que Delay disse?

— Nada. Um monte de bobagem. Está ficando sem dinheiro.

— Quem não está? — responde Raymond.

Pergunto sobre a conversa com o prefeito, e Horgan revira os olhos.

— Ele queria me dar um conselho, em segredo, só eu e ele, porque não quer que pareça que está tomando partido. Disse que acha que minhas chances aumentariam muito se prendêssemos o assassino de Carolyn antes do dia da eleição. Dá para acreditar nesse cretino? E ele falou com a cara séria, não tive como deixá-lo falando sozinho. Está se divertindo muito. Veja só ele ali. — Aponta. — O mais sentido.

Raymond, como sempre, não consegue se conter em relação a Bolcarro. Olho em volta, torcendo para que ninguém tenha nos ouvido. Jogo o queixo em direção ao jovem sentado ao lado do prefeito.

— Quem é o garoto? — pergunto.

Acho que não entendi a resposta de Horgan e me inclino para mais perto. Raymond traz o rosto até meu ouvido.

— Filho dela — diz, de novo.

Eu me endireito.

— Foi criado pelo pai em Nova Jersey — explica Raymond —, depois veio para cá fazer faculdade.

A surpresa me faz recuar. Murmuro algo para Raymond e sigo até minha cadeira, na ponta, entre dois pedestais com coroas de flores de tamanho considerável. Por um instante, tenho certeza de que esse momento de choque passou, mas, quando um tom inesperadamente vibrante sai do órgão logo atrás de mim e o reverendo profere suas primeiras palavras, meu espanto se aprofunda, ondula e encobre a ferida infectada da tristeza verdadeira. Eu não sabia. Sinto uma espécie de incompreensão tremulante. Não parece plausível que ela tenha omitido um fato como esse. Um marido, eu já imaginava há muito tempo, mas ela nunca mencionou um filho, muito menos morando perto, e preciso conter um impulso imediato de sair, de me retirar dessa escuridão da capela para sentir o efeito moderador de uma luz forte. Com força de vontade, depois de alguns momentos, eu me obrigo a prestar atenção ao que está acontecendo.

Raymond chegou ao púlpito; não houve apresentação formal. Outras pessoas, como o reverendo sr. Hiller e Rita Worth, da Comissão de Mulheres da Ordem dos Advogados, falaram brevemente, mas agora uma solenidade repentina e imponente se instala no ar, uma forte corrente que me arranca de meu ressentimento. As pessoas, centenas, vão se calando. Raymond Horgan tem suas deficiências como político, mas é um homem público consumado, um orador, uma presença. Calvo, cada dia mais corpulento, mas ali, com seu belo terno azul, transmite sua angústia e seu poder como a luz de um farol.

Suas observações são anedóticas. Fala da contratação de Carolyn apesar das objeções de promotores mais obstinados, que consideravam os agentes da condicional meros assistentes sociais. Celebra sua dureza e frieza. Recorda casos que ela venceu, juízes que desafiou, regras arcaicas que gostava de ver quebradas. Na voz de Raymond, essas histórias têm um bom senso comovente, uma doce melancolia por Carolyn e toda a sua coragem perdida. Realmente, não há ninguém igual a ele em um cenário como este, falando com as pessoas sobre o que pensa e sente.

Mas não consigo me recuperar depressa da surpresa dos momentos anteriores. Acho que tudo isso – a dor, o choque, a força penetrante das palavras de Raymond, minha tristeza profunda e indescritível – está forçando os limites de minha tolerância e da compostura que preciso desesperadamente manter. Barganho comigo mesmo: não vou ao enterro. Tenho trabalho a fazer, e a promotoria já está representada. As secretárias e escrivãs, mulheres mais velhas que sempre criticaram o jeito de Carolyn e que estão aqui agora, chorando nas primeiras filas, vão se amontoar ao lado do túmulo e lamentar mais uma das infinitas desolações da vida. Deixarei que homenageiem a partida de Carolyn em campo aberto.

Raymond finaliza seu discurso. O registro impressionante de sua performance, testemunhado por tantos que o consideram encurralado, causa uma agitação palpável no auditório enquanto ele caminha em direção à sua cadeira. O reverendo informa os detalhes do enterro, mas não presto atenção. Estou decidido: vou voltar ao escritório. Como deseja Raymond, vou retomar a busca pelo assassino de Carolyn. Ninguém vai se importar – muito menos a própria Carolyn, acho. Já prestei meus respeitos a ela. Até demais, como ela mesma poderia dizer. Muitas vezes. Ela sabe e eu sei que já vivi meu luto por Carolyn Polhemus.

CAPÍTULO 2

O escritório tem uma atmosfera bizarra de calamidade, de coisas fora do lugar. Os corredores estão vazios, mas os telefones tocam sem parar, exaustivamente. Duas secretárias, as únicas que ficaram, deslizam para cima e para baixo pelos corredores, colocando as ligações em espera.

Mesmo nos melhores momentos, o gabinete do promotor público do condado de Kindle tem um aspecto sombrio. A maioria dos promotores adjuntos trabalha em dupla em uma sala austera digna de Dickens. O Prédio da Procuradoria do Condado de Kindle foi erguido em 1897 no estilo institucional emergente de fábricas e escolas de ensino médio. É um sólido bloco de tijolos vermelhos adornado com algumas colunas dóricas para que todos saibam que é um local público. Por dentro, há vigas sobre as portas e janelas austeras. As paredes são daquele verde hospital. O pior de tudo é a luz, amarela fluida, como goma-laca velha. Aqui ficamos; duzentos indivíduos atormentados tentando resolver todos os crimes cometidos em uma cidade de um milhão de habitantes e no condado vizinho, onde residem mais dois milhões de pessoas. No verão, trabalhamos sob uma umidade de selva, e os velhos caixilhos das janelas ficam chocalhando acima do constante clamor dos telefones. No inverno, os aquecedores esguicham e rangem, e um toque de escuridão parece nunca abandonar a luz do dia. Essa é a justiça no Centro-Oeste.

Lipranzer está me esperando em minha sala como um bandido de faroeste, escondido atrás da porta.

— Todo mundo morto e enterrado? — pergunta.

Comento sobre seu sentimentalismo e jogo meu casaco em uma cadeira.

— A propósito, onde você estava? Todos os policiais com pelo menos cinco anos de serviço compareceram.

— Não vou a funerais — diz Lipranzer, secamente.

Concluo que deve haver algum significado na aversão de um detetive de homicídios por funerais, mas a conexão não me ocorre imediatamente, portanto deixo a ideia de lado. Essa é a vida em meu trabalho: muitos sinais do mundo oculto dos significados me escapam em um dia; são calombos na superfície, sombras, como criaturas que passam correndo.

Presto atenção no que está presente. Em minha mesa, há dois itens: um memorando de MacDougall, a subchefe administrativa, e um envelope que Lipranzer deixou ali. O memorando de Mac diz, simplesmente: "Onde está Tommy Molto?". Ocorre-me que, apesar de todas as nossas suspeitas de intriga política, não devemos ignorar o óbvio: alguém deveria checar os hospitais e o apartamento de Tommy. Afinal, uma promotora morreu. Essa é a razão do envelope de Lipranzer. Tem uma etiqueta digitada pelo laboratório da polícia: PERPETRADOR: DESCONHECIDO. VÍTIMA: C. POLHEMUS.

— Sabia que nossa falecida deixou um herdeiro? — pergunto enquanto procuro o abridor de cartas.

— Não creio! — responde Lip.

— Um garoto. Parecia ter dezoito, vinte; estava no funeral.

— Não creio! — diz Lip, de novo, e fica olhando para seu cigarro. — Pensei que em funerais não houvesse surpresas.

— Um de nós deveria falar com ele. Está na universidade.

— Me dê um endereço, eu vou. "Tudo que o pessoal de Horgan quiser." — oferece Lip. — Morano me falou aquelas bobagens de novo hoje de manhã.

Morano é o chefe de polícia, aliado de Bolcarro.

— Ele está só esperando para ver Raymond cair de bunda — acrescenta.

— Ele e Nico. Encontrei Delay.

Conto a Lip sobre nossa conversa.

— Nico está muito seguro de si. Até me fez acreditar por um minuto — aponto.

— Ele vai se sair melhor do que o pessoal espera. E aí você vai se arrepender e pensar que deveria ter se candidatado.

Faço cara de "quem sabe?". Com Lip, não preciso me preocupar.

Em meu décimo quinto reencontro da faculdade, recebi um questionário com muitas perguntas pessoais que achei difícil de responder: "Qual é o americano contemporâneo que você mais admira? Qual é o seu bem material mais importante? Quem é o seu melhor amigo? Descreva-o". Nessa fiquei em dúvida por algum tempo, mas por fim escrevi o nome de Lipranzer. "Meu melhor amigo é um policial", escrevi. "Ele tem um metro e oitenta, pesa cinquenta e quatro quilos depois de uma refeição completa, seu cabelo parece um rabo de pato e tem aquele olhar perverso disfarçado que se vê em todo jovem joão-ninguém parado em uma esquina. Fuma dois maços de Camel por dia. Não sei o que temos em comum, mas eu o admiro. Ele é muito bom no que faz."

Conheci Lip há uns sete, oito anos, quando fui inicialmente designado para Atendimento de Casos de Violência e ele havia acabado de entrar na Homicídios. Trabalhamos em vários casos desde então, mas em alguns aspectos ainda o considero um mistério; inclusive um perigo. Seu pai era comandante de ronda ostensiva no West End. Quando morreu, Lip largou a faculdade para ocupar um cargo que lhe coube por uma espécie de direito de primogenitura departamental. Até agora, sempre esteve na promotoria representando o chamado Comando Especial. No papel, sua função é atuar como elo com a polícia, coordenando investigações de homicídio de interesse especial para nosso escritório. Na prática, ele é solitário como uma estrela cadente. Reporta-se a um tal de capitão Schmidt, para quem só interessa ter dezesseis homicídios resolvidos para mostrar no fim de cada ano fiscal. Lip passa a maior parte do tempo sozinho, frequentando bares e docas, bebendo com qualquer pessoa que tenha boas informações, sejam bandidos, repórteres, gays, agentes federais, qualquer um que possa mantê-lo atualizado sobre o mundo dos grandes *bad guys*. Lipranzer é um estudioso da submundo. Com o tempo, acabei percebendo que é o estranho peso dessa informação que, de alguma maneira, explica seu olhar emburrado e aquoso.

Ainda estou com o envelope nas mãos.

— O que temos aqui? — pergunto.

— Relatório do patologista. Três vias. Um monte de fotos de uma morta nua.

Essas três folhas são a cópia da promotoria dos relatórios da polícia. Já falei diretamente com esses policiais. Vou direto ao relatório do patologista da polícia, dr. Kumagai, um japonesinho esquisito que parece ter saído de uma peça publicitária dos anos 1940. É conhecido como Indolor, um notório picareta. Nenhum promotor o chama para o banco das testemunhas sem cruzar os dedos.

— E diz o quê? Fluidos masculinos em cada buraco?

— Só no principal. Ela morreu devido a uma fratura no crânio e consequente hemorragia. Pelas fotos, parece que foi estrangulada, mas Indolor disse que havia ar em seus pulmões. O cara deve ter batido nela com alguma coisa. Indolor não tem ideia do quê. Disse que foi alguma coisa pesada. E bem dura.

— Presumo que tenham procurado a arma do crime no apartamento.

— Viramos o lugar de cabeça para baixo.

— Alguma coisa óbvia faltando? Castiçais? Suportes de livros?

— Nada. Mandei três equipes separadas.

— Então — digo —, nosso homem chegou achando que só ia dar uma boa trepada.

— Pode ser — retruca Lipranzer. — Ou simplesmente levou embora o que usou. Não sei se chegou lá preparado; parece que bateu nela para dominá-la, não viu que a deixou inconsciente. Olhando as fotos, pela maneira como as cordas foram amarradas, com um nó simples, imagino que ele tenha ficado no meio das pernas dela e estava tentando estrangulá-la com seu peso. Acho que estava tentando estuprá-la até a morte.

— Encantador — digo.

— Definitivamente, encantador — concorda Lip. — Um cara cheio de encanto.

Ficamos em silêncio por um momento, até que ele continua.

— Não tinha hematomas nos braços, nas mãos, nada do tipo — ele informa.

Isso significaria que não houve luta antes de Carolyn ser amarrada.

— Contusão no glúteo direito. Ele deve tê-la atingido por trás e depois a amarrado. Mas é estranho que ele já começasse batendo. A maioria desses canalhas gosta que elas saibam o que eles estão fazendo.

Dou de ombros. Não tenho tanta certeza disso.

As fotos são a primeira coisa que tiro do envelope. São fotos nítidas, cheias de cores. Carolyn morava à beira-mar, em um antigo armazém transformado em um "condomínio de lofts". Ela havia dividido o espaço interno com biombos chineses e tapetes pesados. Seu gosto estava mais para o moderno, com toques elegantes do clássico e do antigo. Foi morta no espaço ao lado da cozinha que usava como sala de estar. A primeira da pilha é uma foto geral dessa área. O grosso tampo de vidro com bordas verdes de uma mesa de centro caiu de suas pernas de latão; uma poltrona modular está de cabeça para baixo. Mas, no geral, concordo com Lip que há menos sinais de luta do que já vi em outras ocasiões, principalmente se ignorar a mancha de sangue que ficou nas fibras do tapete flokati, formando uma grande nuvem macia. Afasto os olhos. Acho que ainda não estou pronto para ver as fotos do cadáver.

— O que mais Indolor disse? — pergunto.

— O sujeito atira em seco.

— Em seco?

— Pois é. Você vai gostar disso.

Lipranzer faz o possível para narrar a análise que Kumagai fez do esperma encontrado. Pouco havia chegado aos lábios genitais, o que significa que Carolyn não poderia ter passado muito tempo em pé após o contato sexual. Essa é outra maneira de sabermos que o estupro e a morte dela aconteceram mais ou menos ao mesmo tempo. Em 1º de abril, ela saiu do escritório pouco depois das sete da noite. Kumagai estipulou que a hora da morte foi em torno das nove.

— Isso são doze horas antes de o corpo ser encontrado — diz Lip. — Indolor disse que, normalmente, com esse intervalo, ele ainda veria no microscópio algumas coisinhas do cara nadando rio acima nas trompas e no útero. Mas os bichinhos estavam mortos. Nada andou para lugar nenhum. Indolor imagina que o cara é estéril. Disse que isso pode acontecer depois de ter caxumba.

— Então, nós estamos procurando um estuprador que não tem filhos e já teve caxumba?

Lipranzer dá de ombros.

— Indolor falou que vai pegar a amostra de sêmen e mandar para o químico forense. Talvez o cara possa dar outra ideia para ele.

Resmungo ao pensar em Indolor explorando os reinos da alta química.

— Não dá para arranjar um patologista decente? — pergunto.

— É o que tem — diz Lip, com inocência.

Resmungo de novo e folheio mais algumas páginas do relatório de Kumagai.

— Alguma coisa sobre o secretor? — pergunto.

As pessoas são divididas não só pelo tipo sanguíneo, mas também pela secreção ou não de agentes identificadores em seus fluidos corporais.

Lip pega o relatório de mim.

— Sim.

— Tipo sanguíneo?

— A.

— Hum — digo —, igual ao meu.

— Pensei nisso — diz Lip —, mas você tem um filho.

Volto a comentar o sentimentalismo de Lipranzer. Ele não se dá ao trabalho de responder. Acende outro cigarro e sacode a cabeça.

— Mas não estou entendendo ainda — admite ele. — Todo esse negócio é muito estranho. Alguma coisa está escapando de nós.

Assim, começamos de novo o jogo favorito dos investigadores: quem e por quê. A suspeita número um de Lipranzer, desde o início, é que Carolyn foi morta por alguém que ela condenou. Essa é a pior fantasia de todo promotor, a vingança longamente alimentada de algum imbecil que você mandou para a cadeia. Pouco depois de eu ter sido designado para o Departamento de Julgamento com Júri, um jovem, como dizem os jornais, chamado Pancho Mercado, reagiu ao meu argumento final, no qual eu questionava a masculinidade de homens que ganhassem a vida dando coronhadas em velhos de setenta e sete anos. Com seu metro e noventa e bem mais de cem quilos, Pancho pulou do banco dos réus e correu atrás de mim por quase todo o tribunal antes de ser detido no refeitório da promotoria por MacDougall e sua cadeira de rodas. O caso foi parar na terceira página do *Tribune,* com uma manchete grotesca, mais ou menos assim: PROMOTOR EM PÂNICO SALVO POR ALEIJADA. Barbara, minha esposa, gosta de se referir a isso como meu primeiro caso famoso.

Carolyn trabalhou com sujeitos mais esquisitos que Pancho. Durante vários anos, ela chefiou o chamado Departamento de Casos de Estupro da promotoria. Esse nome dá uma ideia do que o trabalho envolve, mas todas as formas de agressão sexual costumam ser processadas lá, incluindo abuso infantil e um caso de que me lembro, no qual um *ménage à trois* só de homens acabou ficando violento e a principal testemunha de acusação encerrou a noite com uma lâmpada no reto. A hipótese de Lipranzer é a de que um dos estupradores processados por Carolyn se vingou.

Consequentemente, concordamos em examinar os registros de Carolyn para ver se houve alguém que ela processou ou investigou por um crime semelhante ao que ocorreu há três noites. Prometo examinar os registros da sala de Carolyn. As agências estatais de investigação também mantêm uma lista digital de criminosos sexuais, e Lip vai ver se podemos fazer uma pesquisa cruzada com o nome de Carolyn ou com o tipo de amarração das cordas.

— Com que tipo de pista nós estamos trabalhando?

Lipranzer começa a enumerar. Os vizinhos foram todos entrevistados no dia seguinte ao assassinato, mas provavelmente foram conversas apressadas, e Lip vai providenciar para que os investigadores de homicídios conversem com todos no quarteirão inteiro. Dessa vez, farão isso à noite, para pegar os vizinhos que estavam em casa na hora em que o assassinato ocorreu.

— Uma mulher disse que viu um sujeito de capa de chuva na escada — diz Lip, olhando para seu caderno. — Sra. Krapotnik. Disse que parecia familiar, mas acha que ele não mora lá.

— Os caras da Cabelos e Fibras passaram primeiro, não é? — pergunto. — Quando vamos ter notícias deles?

A esse pessoal cabe o dever grotesco de aspirar o cadáver e vasculhar a cena do crime com pinças, para examinar no microscópio qualquer vestígio de material que encontrem. É comum conseguirem determinar como é o cabelo e identificar o tipo de vestimenta de um infrator.

— Isso deve levar uma semana, dez dias — informa Lip. — Vão tentar encontrar algo na corda. A única outra coisa interessante que me disseram é que havia muitos fiapos no chão. Alguns fios de cabelo, mas não tanto quanto se tivesse acontecido alguma luta.

— E impressões digitais? — pergunto.

— Espanaram o lugar todo.

— Esta mesa de vidro aqui também? — Mostro a foto a Lip.

— Sim.

— Pegaram latentes?

— Sim.

— Relatório?

— Preliminar.

— Impressões de quem?
— Carolyn Polhemus.
— Uau!
— Não é tão ruim — diz Lip, pegando a foto de mim e apontando. — Veja este bar. Está vendo o copo?

É um copo alto, intacto.

— Encontraram latentes nele. Três dedos. E não são da falecida.

— Temos alguma ideia de quem são?

— Não. A Divisão de Identificação disse três semanas. Estão com muitos atrasos.

A Divisão de Identificação do Departamento de Polícia mantém um registro de cada pessoa que já teve as impressões digitais tiradas. O registro é classificado pelos chamados pontos característicos, que são as convergências, desvios, planuras etc. que se encontram na digital de cada pessoa, aos quais são atribuídos valores numéricos. Antigamente, só era possível identificar uma impressão desconhecida se o sujeito deixasse latentes dos dez dedos, para que a DI pudesse pesquisar no catálogo existente. Agora, na era do computador, a busca pode ser feita pela máquina. Um mecanismo a laser lê a impressão e a compara com cada uma armazenada na memória. O processo leva apenas alguns minutos, mas o departamento, devido a restrições orçamentárias, ainda não tem todos os equipamentos e precisa pegar peças emprestadas da polícia estadual para casos especiais.

— Eu pedi urgência, mas eles ficam justificando com termos técnicos. Uma ligação da promotoria ajudaria. Você precisa pedir para compararem com todos os conhecidos no condado. Qualquer pessoa, qualquer idiota que já teve as impressões digitais recolhidas.

Faço uma anotação para mim mesmo.

— Precisamos dos registros telefônicos também — diz Lipranzer e aponta para o caderno.

Embora isso não seja muito conhecido, a companhia telefônica mantém um registro computadorizado de todas as chamadas locais feitas na maioria das centrais: é a planilha de Detalhes da Unidade de Mensagem. Começo a redigir a intimação do grande júri *duces tecum,* que é uma solicitação de documentos.

— E peça os registros de todas as pessoas para quem ela ligou nos últimos seis meses — solicita Lip.

— Eles vão reclamar. Isso deve dar uns duzentos números.

— Das pessoas para quem ela ligou três vezes, então. Quero voltar para eles com uma lista. Mas peça agora, assim não tenho que ficar correndo atrás de você para pedir outra intimação.

Assinto. Estou pensando.

— Se for retroativo a seis meses, provavelmente você vai chegar a este número — digo e aponto para meu telefone.

Lipranzer olha para mim com serenidade.

— Eu sei.

Então ele sabe, penso. Fico nisso durante um minuto, tentando entender Lip. As pessoas desconfiam, acho; fazem fofoca. Além disso, Lip notaria coisas que qualquer outra pessoa deixaria passar. Duvido que aprove. Ele é solteiro, mas não é de vagabundear por aí. Uma polonesa, uns dez anos mais velha que ele, viúva, com um filho adulto, cozinha para Lipranzer e dorme com ele duas ou três vezes por semana. Ao telefone, ele a chama de mamãe.

— Você sabe, já que estamos falando do assunto, que Carolyn sempre trancava portas e janelas — digo isso com uma calma admirável. — Sempre mesmo. Ela era meio tranquila, mas era adulta. Sabia que vivia na cidade.

O olhar de Lipranzer se concentra gradualmente, e seus olhos adquirem um brilho metálico. Ele entendeu o significado do que eu disse e, ao que parece, do fato de eu ter demorado a responder.

— Então, o que você acha? — pergunta, por fim. — Alguém andou pela casa abrindo as janelas?

— É possível.

— Então, a pessoa que ela teria deixado entrar quis fazer parecer uma invasão?

— Não faz sentido? Foi você quem alertou para o copo no bar. Ela estava se divertindo. Eu não apostaria que o bandido é um louco em liberdade condicional.

Lip olha para o cigarro. Pela porta, vejo que Eugenia, minha secretária, voltou. Ouço vozes no corredor, as pessoas voltando do enterro. Detecto o riso ansioso de liberação.

— Não necessariamente — diz ele, enfim. — Não com Carolyn Polhemus. Ela gostava de se divertir.

Ele me olha com firmeza de novo.

— Quer dizer, então, que você acha que ela abriria a porta para um vagabundo que mandou para a cadeia?

— Acho que, com Carolyn, não tem como afirmar. Suponha que ela cruzou com um deles em um bar. Ou um cara ligou para ela e a chamou para beber alguma coisa. Você acha que não tem possibilidade de ela ter dito sim? Estamos falando de Carolyn.

Vejo aonde Lip quer chegar. A promotora de pervertidos fode com o réu e vive uma fantasia proibida. Lip a entendia muito bem. Carolyn Polhemus não teria se incomodado com a ideia de um sujeito pensar nela durante anos. Mas, de algum jeito, com essa conversa, uma tristeza desagradável começa a tomar conta de mim.

— Você não gostava muito dela, não é, Lip?

— Não muito.

Nós nos encaramos. Então Lipranzer estende a mão e dá um tapinha no meu joelho.

— Pelo menos nós sabemos de uma coisa — diz ele. — Ela tinha um péssimo gosto para homens.

Essa é a despedida dele. Enfia o Camel dentro da jaqueta e vai embora. Peço à Eugenia para, por favor, não me interromper. Depois de um momento de privacidade, estou pronto para examinar as fotos. Um minuto depois de começar a classificá-las, minha atenção está focada em mim. Vou saber administrar isso? Convenço-me a manter a postura profissional.

Mas ela, claro, começa a desmoronar. É como a rede de fissuras que às vezes se forma no vidro após um impacto. Há excitação no início, lenta e relutante, mas não pouca. Nas fotografias de cima, o vidro pesado da mesa está inclinado, comprimindo o ombro dela, de modo que é quase possível fazer a comparação com uma lâmina de laboratório. Mas depois foi retirado. E aí está o corpo espetacularmente ágil de Carolyn em uma pose que, apesar de toda a agonia que deve ter sofrido, a faz parecer flexível e atlética. Suas pernas são esguias e graciosas; seus seios, empinados e grandes. Mesmo na morte, ela mantém o porte erótico. Mas, aos poucos, reconheço que outras experiências devem estar influenciando minha resposta. Porque o que está realmente ali nas fotos é horrível. Há hematomas em seu rosto e pescoço, manchas cor de amora. Uma corda passa pelos tornozelos, joelhos, cintura, pulsos; a seguir, está apertada com força em volta do pescoço, onde a marca da queimadura é visível. Ela está puxada para trás, em uma reverência horrível, atormentada, e seu rosto é medonho; os olhos, com o aspecto hipertireoidiano da tentativa de estrangulamento, estão enormes e salientes, e a boca está fixa em um grito mudo. Eu observo, estudo. Seu olhar contém aquela mesma coisa selvagem, incrédula e desesperada que tanto me assusta quando encontro coragem para deixar meu olhar se fixar nos enormes olhos pretos, como os de um peixe morrendo em um píer. Absorvo isso agora da mesma maneira reverente, apavorada e incompreensível. E então, pior de tudo, quando toda a sujeira é raspada da arca do tesouro, lá dentro, sem o impedimento da vergonha ou do medo, surge uma bolha de algo tão leve que acabo reconhecendo como satisfação; e nenhum sermão para mim mesmo sobre a baixeza de minha natureza pode me desencorajar o bastante. Carolyn Polhemus, aquela torre de graça e fortaleza, está aqui, diante de meus olhos, com um olhar que nunca teve na vida. Finalmente, entendo. Ela quer minha piedade. Ela precisa de minha ajuda.

CAPÍTULO 3

Quando tudo acabou, fui consultar um psiquiatra. Seu nome era Robinson.

— Eu diria que ela é a mulher mais excitante que já conheci — eu disse.

— Sexy? — perguntou ele depois de um momento.

— Sim, sexy. Muito sexy. Uma cachoeira de cabelo loiro, quase sem volume na parte traseira e seios fartos. E unhas vermelhas compridas também. Definitivamente, deliberadamente, quase ironicamente sexy. Não dava para não notar. Essa é a questão com Carolyn; você tinha que notar. E eu notei. Ela trabalhou em nosso escritório durante anos. Foi agente da condicional antes de entrar na faculdade de Direito. Mas, na origem, para mim ela era só isso: uma loira muito bonita com seios grandes. Todo policial que entrava revirava os olhos e fingia se masturbar. Só isso.

"Com o tempo, as pessoas começaram a falar dela. Mesmo quando ainda estava nos tribunais regionais. Diziam que era dinâmica, capaz. Durante um tempo, namorou um jornalista do Canal 3, Chet, qualquer que seja o sobrenome dele. E ela aparecia em muitos lugares. Muito ativa nas organizações da Ordem dos Advogados. Trabalhou na divisão local da Organização Nacional para Mulheres por um tempo. Era perspicaz. Pediu para ser transferida para o Departamento de Casos de Estupro quando lá era considerado um péssimo lugar para trabalhar, onde nunca se podia descobrir se era a vítima ou o réu que estava mais perto da verdade. Casos complicados. Difícil descobrir quem merecia ser processado e mais ainda ganhar o processo. E ela se saiu muito bem. Até que Raymond a colocou no comando de todos esses julgamentos. Ele gostava de mandá-la para aqueles programas da TV aberta nas manhãs de domingo, para mostrar sua preocupação com as questões relacionadas à causa das mulheres. E Carolyn gostava de carregar essa bandeira. Gostava dos holofotes. Mas era uma boa promotora adjunta e também era durona. Os advogados de defesa reclamavam, diziam que ela tinha um complexo, que estava tentando provar que tinha colhões. Mas os policiais a amavam.

"Não sei bem o que pensei dela na época. Acho que pensei que ela era um pouco demais."

Robinson olhou para mim.

— Demais em tudo — expliquei. — Ousada demais, muito cheia de si e sempre em um ritmo acelerado. Ela não tinha um bom senso de proporção.

— E — disse Robinson, relatando o óbvio — você se apaixonou por ela.

Fiquei em silêncio, imóvel. As palavras não eram suficientes.

— E eu me apaixonei por ela.

Raymond achou que ela precisava de um parceiro, então ela pediu que fosse eu. Foi em setembro do ano passado.

— Você poderia ter dito não? — perguntou Robinson.

— Acho que sim. Não se espera que o subchefe julgue muitos casos. Eu poderia ter dito não.

— Mas...

Mas eu disse sim.

Porque, falei para mim mesmo, o caso era interessante. Era estranho. Darryl McGaffen era banqueiro; trabalhava para o irmão, Joey, que era um gângster, uma personalidade excêntrica, um tipo metido a esperto que gostava de ser o alvo de todas as delegacias da cidade. Joey usava o banco, em McCrary, para lavar um rio de dinheiro sujo, principalmente da máfia. Mas isso era coisa de Joey. Darryl era discreto e mantinha as contas em ordem. Darryl era tão tranquilo quanto Joey era extravagante. Um sujeito comum, morava no oeste, perto de McCrary. Tinha esposa e uma vida um tanto trágica. Sua primeira filha morreu aos três anos. Eu sabia disso porque Joey uma vez testemunhou perante o júri sobre a queda de sua sobrinha de um terraço do segundo andar da casa de seu irmão. Joey explicou, de forma quase convincente, que a fratura craniana e a morte imediata da menina tomavam tanto a mente do pai dela que obstruíram seu discernimento quando quatro sujeitos misteriosos entregaram a seu banco certos títulos que, para grande desgosto de Joey, eram falsificados. Joey torceu as mãos quando falou sobre a menininha e secou os olhos com um lenço de seda.

Darryl e a esposa tiveram outro filho, um menino chamado Wendell. Quando Wendell tinha cinco anos, sua mãe chegou com ele ao pronto-socorro do West End Pavilion Hospital. O menino estava inconsciente, e a mãe estava histérica, pois seu filho havia sofrido uma queda terrível e tinha graves ferimentos na cabeça. A mãe alegou que ele nunca havia estado no hospital antes, mas a médica do pronto-socorro – uma jovem indiana, dra. Narajee – se lembrava de ter tratado Wendell um ano antes; quando o prontuário médico foi solicitado, ela descobriu que ele havia estado lá duas vezes, uma vez com uma clavícula quebrada, outra com um braço quebrado, e, segundo a mãe dissera, ambos resultados de quedas. A criança estava inconsciente dessa vez e provavelmente ainda não falava direito nos outros dois eventos, de modo que a dra. Narajee analisou seus ferimentos. Quando testemunhou mais tarde, a dra. Narajee disse que percebeu inicialmente que os ferimentos eram muito simétricos e uniformemente posicionados lateralmente, tudo em excesso para ser resultado de uma queda. Ela examinou repetidamente os cortes, cinco centímetros por um centímetro de cada lado da cabeça, durante mais de um dia, antes de descobrir tudo. Então, ligou para Carolyn Polhemus na promotoria para relatar que estava tratando de um menino cujo crânio parecia ter sido fraturado quando a mãe colocara a cabeça da criança em um torno.

Carolyn obteve um mandado de busca imediatamente. Encontraram o torno, ainda com fragmentos de pele, no porão da casa de McGaffen. Examinaram a criança inconsciente e encontraram ferimentos cicatrizados no ânus que aparentavam ser queimaduras de cigarro. E esperaram para ver o que aconteceria com o menino. Ele sobreviveu.

A essa altura, ele estava sob custódia do tribunal. E a promotoria estava sob cerco. Darryl McGaffen saiu em defesa da esposa. Disse que ela era uma mãe amorosa e dedicada. Era insanidade, disse, alegar que havia machucado o filho. Ele tinha visto o menino cair, disse McGaffen, um acidente terrível, uma tragédia, agravada por esse pesadelo de médicos e advogados conspirando loucamente para tomar seu filho doente. Muito emotivo. Muito bem encenado. Joey tomou providências para garantir que as câmeras estivessem presentes quando o irmão chegasse ao tribunal e que Darryl alegasse vingança de Raymond Horgan contra sua família. Para mostrar franqueza, Raymond ia conduzir o caso pessoalmente. Mas a campanha estava começando a esquentar, então ele devolveu o caso à

Carolyn e recomendou, diante da atenção da imprensa, que ela conduzisse o processo com outro promotor sênior, alguém como eu, cuja presença mostraria o comprometimento da promotoria. Então ela me pediu, e eu concordei. Disse a mim mesmo que estava fazendo isso por Raymond.

Os físicos chamam isso de movimento browniano: a ação de moléculas correndo umas contra as outras no ar. Essa atividade produz uma espécie de zumbido, um som agudo, quase estridente, em uma frequência que fica às margens da audição humana. Quando criança, eu podia ouvir esse tom, se quisesse, praticamente a qualquer momento. Na maioria das vezes, o ignorava, mas de vez em quando minha vontade fraquejava, e eu deixava o tom subir dentro de meus ouvidos até quase o ponto da estridência.

Aparentemente, na puberdade, os ossos do ouvido interno endurecem, de modo que o zumbido browniano não pode mais ser ouvido. Isso é bom, porque nesse período existem outras distrações. Para mim, durante a maior parte de minha vida de casado, o fascínio por outras mulheres era como aquele zumbido diário que eu deliberadamente ignorava. No entanto, quando comecei a trabalhar com Carolyn, minha determinação enfraqueceu e o tom aumentou, passou a vibrar, *cantar*.

— E realmente não sei dizer por quê — disse a Robinson.

Eu me considero uma pessoa de valores. Sempre desprezei meu pai por ser mulherengo. Nas noites de sexta-feira, ele saía de casa como um gato de rua, ia para um bar e, mais tarde, para o Hotel Delaney, na Western Avenue, que era um pouco melhor que um muquifo, com seus velhos tapetes de lã gastos até o fundo da escada e o cheiro de naftalina de algum produto químico usado para controlar uma infestação de pragas. Lá, liberava sua paixão com várias mulheres sórdidas – putas de bar, divorciadas fogosas, esposas em busca de emoção. Antes de sair para esses passeios, ele jantava comigo e com minha mãe. Nós dois sabíamos aonde ia. Ele cantarolava, e era o único som parecido com música que provinha dele durante toda a semana.

Mas, de algum modo, enquanto trabalhava perto de Carolyn, com suas joias extravagantes e seu perfume leve, suas blusas de seda, seu batom vermelho e unhas pintadas, aqueles seios fartos e suas pernas longas, aquele cabelo brilhante, fiquei impressionado com ela. E foi exatamente assim, detalhe por detalhe, a ponto de eu me excitar quando sentia o cheiro dela em outra mulher que passasse por mim no corredor.

— E realmente não sei dizer por quê. Talvez seja por isso que estou aqui. A pessoa ouve uma frequência, e tudo começa a se despedaçar. Uma vibração se instala, um tom fundamental, e todo o interior estremece. Nós conversávamos sobre o julgamento, nossas vidas, qualquer coisa, e ela me parecia uma mistura impressionante de coisas. Sinfônica. Uma personalidade sinfônica. Disciplinada e glamorosa. E tinha uma risada musical... E um sorriso que era uma maravilha ortodôntica. Ela era muito mais espirituosa do que eu imaginava; firme, como diziam, mas não parecia ser uma pessoa fria.

Afetavam-me particularmente seus comentários de improviso, a maneira como seus olhos, cobertos com sombra e delineador, assumiam um ar avaliador, sensato. Analisando políticos, testemunhas ou policiais, mostrava a firmeza com a qual dominava o que estava acontecendo. E foi muito excitante conhecer uma mulher que parecia realmente saber tudo, que se movia pelo mundo àquela velocidade e que era tantas coisas diferentes para pessoas diferentes. Talvez fosse pelo contraste com Barbara, que deliberadamente não era nada disso.

— Ali estava uma mulher ousada, brilhante, linda, muito celebrada, com uma espécie de brilho de holofote. E eu me peguei indo à sala dela, que era, em si, uma pequena maravilha em um lugar tão simples como é o nosso. Carolyn se dera o trabalho de colocar um tapetinho oriental, plantas, uma estante antiga e uma escrivaninha imperial que conseguira por meio de uma conexão dos Serviços Centrais. Fui até lá sem ter nada para dizer. Senti um calor, uma sensação de secura, todas essas metáforas horríveis, e comecei a pensar: isto não pode estar acontecendo. E talvez ainda não estivesse, mas naquele momento comecei a perceber, comecei a pensar que ela estava me notando. Que estava *olhando* para mim. Sim, eu sei, parece coisa de adolescente. Mas é que as pessoas não se *olham*.

E, quando estávamos inquirindo testemunhas, eu me virava, e Carolyn estava olhando para mim, observando com um sorriso plácido, quase triste, enquanto eu fazia meu trabalho. Ou em uma reunião com Raymond, com os principais profissionais contra o crime, eu erguia os olhos e sentia o peso dos dela em mim. E ela ficava me olhando com tanta firmeza que eu fazia alguma coisa, dava uma piscadinha, um sorriso, como forma de reconhecimento, e ela respondia, geralmente com aquele sorrisinho de gata. Se eu estava falando, eu parava, tudo sumia da minha mente, era só Carolyn. Tudo rolava fácil.

— A pior parte era o incrível domínio dos meus sentimentos sobre mim. Eu entrava no chuveiro, descia a rua, era só Carolyn. Fantasias, conversas com ela, um filme ininterrupto. Eu a via divertida, relaxada, demonstrando consideração por mim. Não conseguia terminar uma ligação; não conseguia ler um memorando da promotoria, uma argumentação.

E tudo isso, essa grande obsessão, continuava, apesar do coração acelerado, do estômago revirado, de uma sensação frenética de resistência e de incredulidade. Eu estremecia em momentos aleatórios. Dizia a mim mesmo que isso não estava acontecendo. Que era um episódio juvenil, um truque mental, um *déjà-vu*. Procurava dentro de mim a antiga realidade. Dizia a mim mesmo que acordaria de manhã sem me sentir afetado, de novo me sentindo bem e são.

Mas isso não acontecia, claro. Nos momentos em que eu estava com ela, a expectativa e o prazer eram primorosos. Sentia falta de ar e tontura. Ria com facilidade. Fazia o que podia para ficar perto dela, mostrava um papel por cima do ombro enquanto ela estava à mesa, só para poder me demorar nos detalhes de sua pessoa: seus brincos de ouro trabalhado, os odores de seu banho e de seu hálito, a leve cor azulada de sua nuca quando o cabelo caía de lado. Quando estava sozinho, ficava desesperado e envergonhado. Essa obsessão furiosa e louca... Onde estava meu mundo? Já o havia perdido.

CAPÍTULO 4

No escuro, é possível ver o Homem-Aranha, vermelho e azul, na parede acima da cama de meu filho. Em tamanho real, está agachado como um lutador, preparado para enfrentar todos os invasores.

Eu não lia gibis quando era pequeno; era uma atividade tranquila demais para a casa em que fui criado. No entanto, quando Nat tinha dois ou três anos, começamos a explorar as tirinhas dos jornais juntos aos domingos. Enquanto Barbara dormia, eu fazia o café da manhã para Nat. Depois, com meu filho bem perto de mim, sentávamos no sofá do solário e relembrávamos o progresso semanal de cada tirinha. Toda a fúria aleatória de um menino daquela idade desapareceu, e ele foi reduzido a um ser mais essencial, pequeno e cheio de um êxtase que eu podia sentir em seu corpo. Foi assim que comecei a firmar meu relacionamento com o Homem-Aranha. Agora, no segundo ano e quase autossuficiente, Nat lê os quadrinhos sozinho. Tenho que esperar um momento em que ninguém esteja olhando para acompanhar as façanhas de Peter Parker. São engraçados, expliquei à Barbara há algumas semanas, quando fui flagrado com os quadrinhos na mão. "Ah, pelo amor de Deus", murmurou minha esposa, a quase Ph.D.

Agora estou tocando o cabelo fino, muito fino, sobre o couro cabeludo de Nat. Se eu o acariciar bastante, Nat, acostumado pelos anos com minhas chegadas tardias, provavelmente acordará para murmurar algo carinhoso. Passo aqui primeiro todas as noites. Tenho uma necessidade quase física de me tranquilizar em relação a ele. Pouco antes do nascimento de Nat, nós nos mudamos para Nearing, um antigo porto de balsas para onde os moradores da cidade fugiram há tanto tempo que nem é considerado um subúrbio. Foi Barbara quem inicialmente foi favorável a essa mudança, mas agora ela abandonaria Nearing de boa vontade, pois às vezes culpa o lugar pelo seu isolamento. Sou eu que preciso da distância da cidade, da brecha no tempo e no espaço, para fabricar em mim a sensação de que algum perímetro nos protege do que vejo no dia a dia. Acho que essa é outra razão pela qual fiquei feliz ao ver o Homem-Aranha assumir seu lugar aqui. A vigilância e a agilidade dele me confortam.

Encontro Barbara de bruços em nossa cama, praticamente sem roupa. Está sem fôlego, com os músculos de suas costas estreitas tensos, brilhante de suor. O videocassete zumbe ao rebobinar. Na TV, o noticiário acabou de começar.

— Exercícios? — pergunto.

— Masturbação — responde Barbara. — Refúgio da dona de casa solitária.

Ela não se dá o trabalho de olhar para trás. Eu me aproximo e lhe dou um beijo rápido no pescoço.

— Liguei da estação quando perdi o das oito e trinta e cinco. Você não estava. Deixei mensagem na secretária eletrônica.

— Eu ouvi — diz ela. — Fui buscar Nat, ele jantou com a mamãe. Tentei conseguir um pouco mais de tempo extra no computador central.

— Produtivo?

— Perda de tempo.

Ela rola na cama, os seios contornados pelo top esportivo.

Enquanto tiro a roupa, recebo um relatório lacônico de Barbara sobre os acontecimentos do dia. A doença de um vizinho, a conta do mecânico, as últimas de sua mãe. Barbara entrega todas essas informações de bruços, em cima da colcha, aparentemente cansada. Essa é sua ofensiva sombria, uma amargura cansada demais até mesmo para ser lamentada, contra a qual me defendo da maneira mais simples: fingindo não notar. Demonstro interesse por cada comentário, entusiasmo por cada detalhe. E, enquanto isso, uma densidade interna se acumula, uma sensação conhecida, como se minhas veias estivessem obstruídas com chumbo. Estou em casa.

Há uns cinco anos, quando pensei que estivéssemos nos preparando para ter outro filho, Barbara anunciou que voltaria a estudar. Doutorado em matemática. Ela havia feito a inscrição e os exames sem me dizer uma palavra. Minha surpresa foi interpretada como desaprovação, e meus protestos em contrário sempre foram desacreditados. Mas não desaprovei. Nunca achei que Barbara era obrigada a ficar em casa. Minha reação foi outra. Não tanto ao fato de não ter sido consultado, mas ao fato de não ter adivinhado. Na faculdade, Barbara era uma gênia da matemática, fazia pós-graduação em uma turma de dois ou três alunos, com professores renomados que pareciam caricaturas de eremitas barbudos. Mas ela sempre foi indiferente às suas habilidades. Agora, como descobri, a matemática é uma vocação, um interesse que a estava consumindo. Sobre o qual eu não havia ouvido uma palavra em mais de meia década.

No momento, Barbara está trabalhando em sua dissertação. Quando começou, ela me disse que projetos como o dela – eu não saberia explicar – às vezes são apresentados em uma dúzia de páginas. Não sei se essas foram palavras de esperança ou ilusão, mas sua dissertação persistiu como uma doença crônica, mais uma fonte de sua dolorosa melancolia. Sempre que passo pelo escritório, ela está olhando lastimavelmente por cima da mesa, pela janela, em direção a uma única cerejeira anã que não conseguiu vingar no aterro de argila de nosso quintal.

Esperando por inspiração, ela lê, mas nada comum como jornais e revistas. Ela carrega da biblioteca da universidade livros pesados sobre assuntos misteriosos. Psicolinguística, semiótica, braille e libras. É uma devota dos fatos. Fica reclinada à noite em seu sofá de brocado na sala, comendo chocolates belgas, e descobre como funciona o mundo que nunca visita. Ela lê, literalmente, sobre a vida em Marte, biografias de homens e mulheres que a maioria das pessoas acharia chatos e certamente obscuros. Depois, entra em uma onda de leitura médica. Mês passado, leu livros que aparentemente falavam sobre criogenia, inseminação artificial e a história das lentes. O que está acontecendo em termos de aprendizado humano nessas visitas galácticas a outros planetas é desconhecido para mim, mas, sem dúvida, ela compartilharia seu novo conhecimento se eu pedisse. Com o tempo, porém, perdi até mesmo a capacidade de fingir grande interesse, e Barbara considera minha falta de entusiasmo nessas questões um fracasso. É mais fácil manter minha indiferença enquanto ela vagueia pelos reinos distantes.

Há não muito tempo me ocorreu que minha esposa, com seus bruscos maneirismos sociais, sua aversão geral à maioria dos seres humanos, seu lado sombrio e taciturno e seu virtual arsenal de paixões privadas e em grande parte não comunicadas, só poderia ser descrita como estranha. Ela praticamente não tem amizades sérias além da relação com a mãe, com quem, quando a conheci, Barbara mal falava e que ainda hoje a encara com cinismo e desconfiança. Como minha própria mãe, quando estava viva, Barbara parece uma cativa voluntária dentro das paredes de sua própria casa, que mantém impecável, cuidando de nosso filho e trabalhando incessantemente com suas fórmulas e algoritmos de computador.

Sem realmente perceber, a princípio nós dois paramos de fazer comentários, até de nos mover, e estamos diante da televisão, cuja tela está cheia de imagens da cerimônia fúnebre de hoje para Carolyn. O carro de Raymond chega, e a parte de trás de minha cabeça aparece brevemente. O filho é escoltado até a entrada da capela. O locutor narra: "Oitocentas pessoas, incluindo vários líderes da cidade, reuniram-se na Primeira Igreja Presbiteriana para os ritos finais de Carolyn Polhemus, uma promotora adjunta morta há três noites em um brutal estupro e assassinato". Agora, as pessoas começam a aparecer. Aparecem o prefeito e Raymond falando com repórteres, mas só o áudio de Nico sai. Ele usa a voz mais calma que conhece e se esquiva de perguntas sobre a investigação do assassinato. "Estou aqui para homenagear uma colega", diz para a câmera, com um pé no carro.

É Barbara quem fala primeiro. Está agora com um robe de seda vermelha.

— Como foi?

— Cheio de pompa — respondo —, de certa forma. Uma reunião de todos os dignitários.

— Você chorou?

— Ah, Barbara!

— Estou falando sério.

Ela está inclinada para frente. Sua mandíbula está rígida e há uma apatia selvagem em seus olhos. Sempre fico maravilhado com o fato de a raiva de Barbara estar sempre tão à mão. Ao longo dos anos, esse seu acesso superior se tornou uma fonte de intimidação. Ela sabe que sou mais lerdo para responder, contido por medos arcaicos, pelo peso sombrio da memória. Meus pais muitas vezes se envolviam em discussões acaloradas aos gritos, inclusive em brigas ocasionais. Tenho uma lembrança muito vívida de uma noite em que acordei com o barulho deles e vi minha mãe segurando meu pai pelo cabelo ruivo brilhante e o esbofeteando com um jornal enrolado, como se ele fosse um cachorro. Como resultado dessas brigas, minha mãe ficava dias de cama, lidando com a dor absurda de enxaquecas intensas que a obrigavam a ficar no quarto escuro e me proibiam de fazer qualquer barulho.

Agora, sem esse tipo de refúgio, vou até o cesto de roupa limpa que Barbara recolheu e começo a formar pares de meia. Por um momento, ficamos em silêncio, entregues ao barulho da TV e aos sons noturnos da casa. Um riozinho corre atrás das casas, a meio quarteirão de distância, e sem o trânsito é possível ouvi-lo. A caldeira entra em ação dois andares abaixo. Ligada pela primeira vez hoje, vai espalhar pelos dutos uma espécie de odor oleoso.

— Nico estava se esforçando bastante para parecer triste — diz Barbara, por fim.

— Se você estivesse lá, veria que não foi muito bem-sucedido. Ele estava radiante. Acha que tem chance contra Raymond agora.

— Isso é possível?

Separando as meias, dou de ombros e respondo:

— Ele ganhou muito espaço com esse caso.

Barbara, durante todos esses anos testemunha da invencibilidade de Raymond, está obviamente surpresa, mas o seu lado matemático se mostra; vejo que está calculando rapidamente as novas possibilidades. Ela leva a mão ao cabelo, salpicado de grisalho e cacheado, preso em um coque moderno, e seu rosto bonito é tomado pela luz da curiosidade.

— O que você faria se Raymond perdesse, Rusty?

— Aceitaria. O que mais eu poderia fazer?

— Não, o que você faria para viver.

Azul com azul. Preto com preto. Não é fácil só com a luz incandescente. Alguns anos atrás, eu falava em largar a promotoria. Isso quando eu ainda conseguia me imaginar como advogado de defesa, mas nunca cheguei a fazer esse movimento. Já faz algum tempo que não falamos sobre meu futuro.

— Não sei o que faria — digo a ela, honestamente. — Sou advogado, iria exercer a advocacia. Daria aula, não sei. Delay diz que me manteria como subchefe.

— Você acredita nisso?

— Não — digo, e levo minhas meias para a gaveta. — Ele só falou merda hoje. Disse, bem sério, que o único adversário nas primárias de quem teria medo seria eu. Como se eu fosse convencer Raymond a se afastar e me nomear sucessor dele.

— Você devia ter feito isso — diz Barbara.

Eu olho para ela.

— De verdade — acrescenta.

Seu entusiasmo, de certa forma, não é surpreendente. Barbara sempre sentiu o desdém de uma esposa pelo chefe do marido. E, além disso, de certa forma, a culpa é minha. Fui eu quem não teve coragem de fazer o que todo mundo viu que era o óbvio.

— Não sou político.

— Ah, você iria adorar ser promotor — diz Barbara.

Como imaginei: sinto o beliscão do conhecimento superior de minha esposa sobre minha natureza. Decido me esquivar e dizer à Barbara que tudo isso é teoria. Raymond vai vencer.

— Bolcarro vai acabar apoiando Raymond. Ou nós vamos pegar o assassino — digo, apontando para a TV —, e ele vai chegar ao dia da eleição com toda a mídia falando seu nome.

— Como ele vai fazer isso? — pergunta Barbara. — Já têm algum suspeito?

— Merda nenhuma.

— Então?

— Então Dan Lipranzer e Rusty Sabich vão trabalhar dia e noite nas próximas duas semanas e pegar um assassino para Raymond. Essa é a estratégia que foi cuidadosamente planejada.

O controle remoto é acionado, e a tela fica preta. Atrás de mim, ouço Barbara relinchar e bufar. Não é um som agradável. Quando olho para trás, vejo que ela está com os olhos fixos em mim, tomados de um ódio absoluto.

— Você é tão previsível — diz ela, baixinho e com maldade. — Está no comando dessa investigação?

— Claro.

— Claro?

— Barbara, sou subchefe da procuradoria, e Raymond está tentando salvar a pele dele. Quem mais iria cuidar da investigação? Raymond cuidaria sozinho se não estivesse fazendo campanha catorze horas por dia.

Foi a perspectiva de um momento como esse que me deixou em estado de mal-estar excruciante alguns dias atrás, quando percebi que teria que telefonar para Barbara para contar o que havia acontecido. Eu não poderia não ligar; seria fingir demais. Minha ligação tinha o propósito oficial de dizer à Barbara que eu chegaria tarde. O escritório, expliquei, estava no maior alvoroço.

E acrescentei que Carolyn Polhemus estava morta. "Hmm", disse Barbara, com um tom de espanto e desapego. "Overdose?", perguntou.

Olhei para o fone em minha mão, chocado com a profundidade desse mal-entendido.

Mas não posso distraí-la agora. A raiva de Barbara está aumentando.

— Me diga a verdade — diz ela. — Isso não é um conflito de interesses?

— Barbara...

— Não. — Ela se levanta. — Responda. É profissional você estar fazendo isso? Tem cento e vinte advogados lá. Eles não conseguem encontrar alguém que não tenha dormido com ela?

Estou familiarizado com esse aumento no tom e a queda no nível das táticas. Faço um esforço para me manter equilibrado.

— Barbara, Raymond me pediu.

— Ah, me poupe, Rusty. Me poupe do propósito elevado, dessa merda de nobreza. Você poderia explicar a Raymond o motivo de não dever fazer isso.

— Não me importo. Eu ia decepcionar Raymond, e essa história não é da conta dele.

Diante da evidência de meu constrangimento, Barbara se regozija. Percebo que foi uma estratégia ruim, um péssimo momento para falar a verdade. Barbara tem pouca simpatia pelo meu segredo; se não a machucasse também, anunciaria tudo ao mundo. Durante o curto período em que fiquei com Carolyn, não tive coragem, decência ou disposição para ser espezinhado, sei lá, para confessar tudo à Barbara. Esperei o fim, uma ou duas semanas depois de ter decidido que tudo havia passado. Cheguei em casa mais cedo para o jantar, para me redimir do mês anterior, no qual estivera ausente quase todas as noites – consegui minha liberdade com o falso pretexto de ter que me preparar para um julgamento, o que acabou se estendendo. Nat havia acabado de sair para ver sua meia hora permitida de televisão. E me senti emocionalmente exausto. A lua, o clima, uma bebida... Os psicólogos chamariam isso de estado de fuga. Fiquei vagueando, olhando para a mesa de jantar. Peguei meu copo de uísque, igual ao de Carolyn. E a lembrança dela surgiu com tanta força que, de repente, estava fora de controle. Chorei; chorei com uma paixão tempestuosa enquanto estava sentado ali, e Barbara imediatamente entendeu. Ela não pensou que eu estivesse doente; não pensou que fosse fadiga, estresse ou problemas no canal lacrimal. Ela sabia; e sabia que eu estava chorando pela perda, não de vergonha.

Não houve nada de doce no interrogatório dela, mas não foi prolongado. "Quem?" Contei a ela. "Vai sair de casa?" Acabou, disse eu. Foi curto, acrescentei, quase não aconteceu.

Nossa, foi heroico. Estava sentado à mesa da minha própria sala de jantar, com o rosto enfiado entre os dois braços, chorando, quase uivando, nas mangas da minha camisa. Ouvi o tilintar da louça quando Barbara se levantou e começou a tirar seu prato. "Pelo menos não preciso perguntar quem deu o pé na bunda de quem", disse ela.

Mais tarde, depois de colocar Nat na cama, subi, náufrago e ainda patético, para falar com ela no quarto, onde havia se refugiado. Barbara estava fazendo exercícios, com a música insípida da fita tocando alto. Fiquei olhando para ela enquanto se curvava, fazia seus alongamentos, ainda profundamente abalado, tão devastado que minha pele parecia a única coisa que me mantinha inteiro, como uma casca tenra. Eu havia subido para dizer algo prosaico, que queria deixar aquilo para trás. Mas não disse. A raiva descontrolada que ela desferia sobre o próprio corpo deixou óbvio para mim, mesmo em meu estado indefeso, que o esforço seria em vão. Fiquei apenas observando, talvez uns cinco minutos. Barbara não olhou para mim, mas, por fim, no meio de um alongamento, emitiu uma opinião. "Você poderia ter... Feito melhor." Falou algo mais que eu não ouvi. A palavra final foi "interesseira".

Seguimos a partir daí. De certa forma, meu caso com Carolyn nos proporcionou um estranho tipo de alívio. Agora existe uma causa para o efeito, uma razão para a raiva negra de Barbara, para o fato de não nos darmos bem. Agora há algo a superar e, como resultado, uma vaga esperança de que as coisas melhorem um dia.

Percebo que essa é a questão agora: se vamos desistir de qualquer progresso que tenha sido feito. Durante meses, Carolyn foi um demônio, um espírito sendo lentamente exorcizado desta casa. E a morte a trouxe de volta à vida. Entendo a queixa de Barbara, mas não posso... *não posso...* abrir mão do que ela quer que eu abra; e minhas razões são suficientemente pessoais para estar dentro do reino do não dito, do indizível até.

Tento uma abordagem simples e calma.

— Barbara, que diferença faz? Estamos falando de duas semanas e meia até as primárias. Só isso. Depois, vai ser mais um caso policial de rotina. Homicídio sem solução.

— Você não vê o que está fazendo consigo mesmo? E comigo?

— Barbara — digo, de novo.

— Eu sabia — diz ela. — Sabia que você faria isso. Quando você ligou no outro dia, percebi na sua voz. Você vai passar por tudo de novo, Rusty. Mas você quer, essa é a verdade, não é? Você quer. Ela está morta, e você ainda está obcecado.

— Barbara.

— Rusty, já tive que encarar mais do que posso suportar. Não vou tolerar isso.

Barbara não chora nessas ocasiões. Ela recua para o poço de fogo de uma raiva vulcânica. Agora, ela se joga para trás para reunir sua força de vontade; então dá um pulo, senta-se na cama e, com suas mangas largas de cetim, pega um livro, o controle remoto e dois travesseiros. O monte Santa Helena ruge, e decido sair do quarto. Vou até o armário e pego meu roupão.

Quando chego à soleira, ela fala:

— Posso fazer uma pergunta?

— Claro.

— Uma pergunta que sempre quis fazer?

— Claro.

— Por que ela não quis mais você?

— Carolyn?

— Não, o homem na lua.

Suas palavras têm tanta amargura que me pergunto se ela seria capaz de cuspir. Eu poderia esperar que a pergunta de Barbara fosse por que eu comecei o caso, mas pelo jeito ela já decidiu sua própria resposta para isso há muito tempo.

— Não sei — digo. — Costumo pensar que eu não era muito importante para ela.

Ela fecha os olhos e logo os abre. Sacode a cabeça.

— Você é um idiota — diz minha esposa, solenemente. — Saia daqui.

Saio. Depressa. Ela costuma jogar coisas. Não tendo para onde ir e desejando companhia, atravesso o corredor para ver Nat mais uma vez. Sua respiração é rouca e ininterrupta nessa fase mais profunda do sono; eu me sento na cama, a salvo no escuro sob os braços protetores do Homem-Aranha.

CAPÍTULO 5

Manhã de segunda-feira: um dia comum. O ônibus libera o bando vestido de flanela cinza do lado leste do rio. A praça do terminal é cercada por salgueiros, cujas bordas ficam verdes na primavera. Chego ao escritório antes das nove. De minha secretária, Eugenia Martinez, recebo o de sempre: correspondência, recados e um olhar sombrio. Eugenia é obesa, solteira, de meia-idade e parece determinada a se vingar de tudo. Ela digita com relutância, recusa-se a tomar ditado, e muitas vezes ao dia a encontro olhando, imóvel, com fúria e olhos caídos para o telefone que toca. Claro, ela não pode ser demitida, nem mesmo rebaixada, porque o serviço público, como o concreto, não sai do lugar. E ela permanece, uma maldição para uma década de subchefes. Foi colocada aqui por John White, que o fez para evitar as críticas que se seguiriam se ele a designasse para qualquer outra pessoa.

Por cima do que Eugenia me entrega, há uma licença para Tommy Molto, cuja ausência continua injustificada. O pessoal quer dá-lo como ausente sem licença. Penso que preciso falar com Mac sobre isso e olho minha correspondência. A sala dos autos me forneceu uma lista com o nome de treze indivíduos libertados da custódia do estado nos últimos dois anos, cujos casos foram processados por Carolyn. Uma nota manuscrita diz que os arquivos do caso subjacente foram entregues na sala dela. Posiciono o computador no centro de minha mesa para não esquecer.

Com Raymond fora a maior parte do dia cuidando de sua campanha, resolvo muito do que o procurador normalmente faria. Tomo decisões em processos judiciais, imunidades, acordos e trato com as agências de investigação. Esta manhã vou presidir uma reunião na qual vamos decidir sobre a redação e os méritos de todas as acusações da semana. À tarde, tenho uma reunião sobre o fiasco da semana passada, quando um policial disfarçado comprou drogas de um agente da Narcóticos disfarçado; os dois sacaram armas e distintivos e exigiram rendição um do outro. Seus reforços também se envolveram, de modo que, no fim, onze policiais estavam parados em cantos opostos, gritando obscenidades e brandindo suas pistolas. Agora estamos tendo reuniões. Os policiais vão me dizer que os federais fazem tudo em segredo; o agente da Narcóticos encarregado vai insinuar que qualquer confidência que o Departamento de Polícia descobre é logo jogado na banca. Enquanto isso, tenho que encontrar alguém para processar pela morte de Carolyn Polhemus.

Outra pessoa também pode estar procurando. Por volta das nove e meia, recebo uma ligação de Stew Dubinsky, do *Trib*. Durante a campanha, Raymond atende pessoalmente à maioria das ligações da imprensa; não quer perder a propaganda grátis nem ser criticado por estar negligenciando a promotoria. Mas Stew provavelmente é o melhor repórter de tribunal que temos. Ele esclarece quase todos os fatos e conhece os limites. Com ele, eu posso falar.

— Quais são as novidades sobre Carolyn? — pergunta ele.

A maneira como reduz um caso de assassinato usando só o nome dela me desconcerta. A morte de Carolyn já está saindo do reino da tragédia e se tornando mais um evento histórico feio.

Claro que não posso dizer a Stew que não temos nada. Essa informação poderia chegar a Nico, que usaria a oportunidade para nos atacar de novo.

— O promotor de justiça Raymond Horgan não tem nada a comentar — digo.

— O promotor se importaria de comentar outra informação?

Esse, seja qual for, é o verdadeiro motivo da ligação de Stew.

— Ouvi alguma coisa sobre uma deserção no alto escalão. Foi na Homicídios? Sabe alguma coisa?

Molto. Depois que Nico saiu, Tommy, seu segundo em comando, tornou-se o chefe interino do departamento. Horgan se recusou a lhe dar o cargo permanentemente, suspeitando de que mais cedo ou mais tarde algo assim aconteceria. Contemplo por um momento o fato de que a imprensa já está farejando. Isso não é bom, nem um pouco. Vejo, pela maneira como Dubinsky alinhou as perguntas, o que vai acontecer. Uma subprocuradora é morta; outro, que deveria ser o encarregado da investigação, larga o cargo. Vai parecer que a procuradoria está à beira do caos.

— Mesma resposta — digo a ele. — Publique a resposta do promotor.

Stew bufa. Está entediado.

— Em off? — pergunto.

— Claro.

— Suas informações são boas?

Quero saber se isso vai sair logo na mídia.

— Mais ou menos. O sujeito sempre acha que sabe mais do que sabe. Acho que deve ser Tommy Molto. Ele e Nico são unha e carne, não é?

É evidente que Stew não tem o suficiente. Eu me esquivo da pergunta dele.

— O que Della Guardia disse? — pergunto.

— Disse que não tem nada a declarar. Vamos lá, Rusty — diz Dubinsky —, me dê alguma coisa.

— Stew, em off, não tenho a mínima ideia de onde está Tommy Molto. Mas, se ele está de mãos dadas com Nico, por que o candidato não diz isso a você?

— Quer uma teoria?

— Claro.

— Talvez Nico esteja fazendo Molto investigar o caso sozinho. Pense bem: DELLA GUARDIA PEGA ASSASSINO. O que você acha de uma manchete dessas?

Essa ideia é absurda. Uma investigação privada de assassinato pode facilmente acabar atrapalhando a polícia. E obstrução da justiça é uma péssima política. No entanto, por mais ridículo que seja, o estilo simples da ideia faz com que pareça coisa de Nico. E Stew não é do tipo que tem ideias malucas. Ele trabalha com informação.

— Isso também faz parte do boato que você ouviu? — pergunto.

— Sem comentários — diz Stew.

Rimos. Desligo o telefone e imediatamente faço algumas ligações. Deixo um recado com Loretta, secretária de Raymond, dizendo que preciso falar com ele. Tento encontrar Mac para falar sobre Molto. Não está, dizem. Deixo outra mensagem.

A seguir, faltando alguns minutos para a reunião da acusação, me aventuro pelo corredor até a sala de Carolyn. O lugar já tem um ar desolado. A escrivaninha imperial que ela confiscou dos Serviços Centrais foi esvaziada, e o conteúdo das gavetas – dois compactos antigos, mistura para sopa, um pacote de guardanapos, uma blusa de tricô, uma garrafa de aguardente de menta – foi jogado dentro de uma caixa de papelão, junto com os diplomas e certificados da Ordem dos Advogados dela, que antes estavam pendurados nas paredes. As caixas trazidas do depósito estão empilhadas no meio da sala, dando-lhe um ar de óbvio desuso, e a poeira acumulada em uma semana de inatividade tem um cheiro levemente podre. Despejo um copo de água nas plantinhas murchas e espano algumas folhas.

Os casos de Carolyn consistiam, principalmente, em agressões sexuais. De acordo com os códigos nas sobrecapas dos arquivos, existem, pelas minhas contas, vinte e dois deles aguardando indiciamento ou julgamento, e eu os encontro nas gavetas de cima de seu arquivo antigo de carvalho. Carolyn dizia ter uma solidariedade especial pelas vítimas desses crimes, e com o tempo descobri que seu compromisso era mais genuíno do que eu acreditava a princípio. Quando ela falava sobre os terrores que essas mulheres haviam vivido, o brilho desaparecia do rosto de Carolyn e se revelavam humores que alternavam entre ternura e raiva. Mas há nesses casos elementos bizarros também: como um estagiário do hospital universitário que fez exame físico em várias pacientes e acabou inserindo nelas seu próprio instrumento; ou uma vítima que recebeu esse tratamento em três ocasiões antes de decidir dar queixa. Ou a namorada de um suspeito que, no segundo dia de interrogatório, admitiu que o conhecera quando ele cortara a porta de tela de seu apartamento e tentara violentá-la. Ela disse que, quando ele baixara a faca, pareceu ser um jovem muito bom.

Como muitos outros, eu também suspeitava de que Carolyn tivesse mais que um fascínio passageiro por esse aspecto de seu trabalho e examino os arquivos de casos com a esperança de que haja um padrão que possa captar; ou de que eu descubra que o que aconteceu foi, na verdade, uma cerimônia ritual reproduzida seis dias atrás no loft de Carolyn, ou a imitação brutal de um crime no qual ela, de alguma maneira, demonstrou um interesse voyeurístico muito óbvio. Mas não há nada disso; os treze nomes não levam a lugar nenhum. Os arquivos novos não fornecem pistas.

Agora é hora da reunião da acusação, mas algo está me incomodando. Quando olho de novo para as páginas impressas, percebo que há um caso que ainda não encontrei — um arquivo B, como o chamamos, em referência à subseção do código penal estadual dirigida ao suborno de agentes da lei. Carolyn raramente lidava com algo fora de seu domínio, e os arquivos B, que são chamados de casos de investigação especial, estavam diretamente sob minha supervisão quando esse caso foi atribuído. A princípio, presumi que a designação do B a ela fosse uma confusão usual do computador, talvez uma acusação incluída. Mas não há um caso atrelado a ele; na verdade, este está listado como UnSub – autor desconhecido –, o que geralmente significa uma investigação sem prisão. Vasculho as gavetas rapidamente mais uma vez e vou olhar em minha sala. Tenho minha cópia dos casos B, mas a deste não está lá. Na verdade, parece ter sido apagado dos registros do computador, exceto pela ligação de Carolyn.

Anoto em meu bloco: Arquivo B? Polhemus?

Eugenia está parada à porta.

— Caramba — diz ela —, onde você esteve? Estava procurando você. O Todo-Poderoso ligou de volta.

O Todo-Poderoso, claro, é Raymond Horgan.

— Procurei você em toda parte — prossegue ela. — Ele deixou um recado, para você o encontrar no Delancey Club à uma e meia.

Raymond e eu temos muitas reuniões dessas durante a campanha. Geralmente o encontro depois de um almoço ou antes de um discurso para atualizá-lo sobre a procuradoria.

— E Mac? Alguma notícia?

Eugenia lê o recado: "Do outro lado da rua a manhã toda". Observando, sem dúvida, subprocuradores mais novos fazendo suas coisas durante a conferência matinal no Tribunal Central.

Peço à Eugenia que atrase meia hora a reunião da acusação. Vou até o tribunal para encontrar Mac. No segundo andar, é realizada a sessão do Tribunal Central. As cortes secundárias são aquelas onde as pessoas já presas fazem sua primeira aparição formal diante do tribunal para definir fiança, onde são julgadas contravenções e realizadas audiências preliminares em casos de crimes graves. Ser designado para uma dessas cortes é, em geral, a segunda ou terceira parada para um promotor adjunto, depois de um tempo em Apelação ou Queixas e Mandados. Trabalhei nesse tribunal dezenove meses antes de ser mandado para a Revisão de

Crimes Graves e tento voltar para cá o mínimo possível. Aqui o crime sempre me pareceu mais real, onde o ar estremece pela luta e agonia de tentar se expressar.

No corredor em frente a dois enormes tribunais centrais, há uma multidão agitada, como imagino que seja a cena dos pobres espremidos nas entranhas da terceira classe dos antigos transatlânticos. Mães, namoradas e irmãos estão aqui, chorando pelos jovens detidos na prisão de granito adjacente ao tribunal. Advogados de caráter duvidoso ficam assediando as pessoas no tom subvertido de cambistas, tentando ganhar clientes enquanto os defensores do estado gritam o nome de pessoas que nunca viram, mas que vão defender em poucos minutos. Os promotores também gritam, à procura dos policiais que efetuaram as prisões referentes a uma dúzia de casos, na esperança de aumentar o escasso conhecimento fornecido pelos relatórios policiais deliberadamente elípticos para melhor atrapalhar os depoimentos.

Dentro do tribunal abobadado, com seus pilares de mármore vermelho, contrafortes de carvalho e bancos de espaldar reto, prossegue o tumulto, um barulho persistente. Situados mais perto da frente de batalha para não deixar de ouvir quando seus casos são chamados, promotores e advogados de defesa barganham amigavelmente sobre possíveis acordos. Ao lado da mesa do juiz, seis ou sete advogados estão em volta do escrivão, entregando formulários de comparecimento, examinando os arquivos do tribunal e implorando a ele que encaminhe seu caso para ser chamado logo. A maioria dos policiais está alinhada em duplas contra as paredes sujas, muitos deles tendo ido direto para o tribunal depois do plantão noturno, para as audiências de fiança dos meliantes que capturaram, bebendo café e se balançando nos calcanhares para se manter acordados. E, longe de um dos lados da sala de audiências, ouve-se um clamor contínuo provindo da carceragem, onde os réus detidos aguardam o momento de comparecer diante do juiz; sempre um ou dois gritam obscenidades aos oficiais de justiça ou a seus advogados, queixando-se das condições precárias lá de trás e dos odores indecentes do vaso sanitário. O resto geme de vez em quando ou bate nas grades.

Agora, no fim da chamada matinal, as prostitutas, de top e shorts, estão sendo indiciadas, julgadas, multadas e mandadas de volta às ruas a tempo de dormir um pouco antes de outra noite de trabalho. Geralmente, são representadas em grupos, por dois ou três advogados, mas, de vez em quando, um cafetão, para economizar, assume ele mesmo a tarefa. É o que está ocorrendo agora: um idiota de terno cor de flamingo fala sobre a brutalidade policial.

Mac me leva ao vestiário, onde não há casacos pendurados. Nenhum visitante seria idiota a ponto de deixar uma roupa valiosa desprotegida perto dessa gente. O lugar está completamente vazio, exceto por uma máquina de estenografia e um enorme lustre de sala de jantar dentro de um saco plástico. Uma prova, sem dúvida, de algum caso que será chamado.

Ela me pergunta o que está acontecendo.

— Me diga o que Carolyn Polhemus estava fazendo com um arquivo B — peço.

— Eu não sabia que Carolyn se interessava por crimes da cintura para cima — diz Mac.

Piadinha antiga. Ela brilha em sua cadeira de rodas; é a espertinha favorita de todos, atrevida e irreverente. Faz várias sugestões sobre o arquivo B, todas as quais eu já analisei.

— Não faz sentido — admite ela, por fim.

Como subchefe administrativa, Lydia MacDougall é responsável pelos funcionários: contratação e distribuição. É um trabalho péssimo e ingrato com um título que impressiona, mas Lydia está acostumada com a adversidade. Ficou paraplégica pouco depois de começarmos a trabalhar juntos na promotoria, há quase doze anos. Foi em uma daquelas primeiras noites de inverno em que a névoa é metade neve. Lydia estava dirigindo. Seu primeiro marido, Tom, morreu quando caíram no rio.

Em termos gerais, diria que provavelmente Mac é a melhor advogada daqui; organizada, perspicaz e talentosa no tribunal. Ao longo dos anos, ela até aprendeu a tirar vantagem da cadeira de rodas perante um júri. Algumas tragédias são tão profundas que nossa compreensão delas é, na melhor das hipóteses, evolutiva. Enquanto os jurados têm alguns dias para pensar em como seria ter pernas inertes, frouxas como se fossem de pano, enquanto ouvem uma mulher, bonita, enérgica, bem-humorada, observam sua aliança de casamento e a menção casual ao seu bebê e notam o fato de que ela é – impossivelmente – normal, ficam cheios de admiração e, como todo mundo, esperança.

Em setembro, Mac assumirá como juíza. Vai concorrer nas primárias sem oposição. A eleição geral será automática. Aparentemente, poucas pessoas acham que podem vencer uma advogada que tem o apoio de grupos de mulheres, PCDs, defensores da lei e das três principais ordens dos advogados da cidade.

— Por que não pergunta a Raymond sobre o arquivo? — sugere ela.

Resmungo. Horgan não é um homem detalhista, não é provável que saiba alguma coisa sobre um caso individual. E hoje em dia reluto em lhe pedir conselhos. Ele está sempre procurando alguém para culpar.

Enquanto descemos o corredor até a próxima sala do tribunal – Mac foi escalada para observar ali –, falo com ela sobre Tommy Molto e o problema de seu status de desaparecido. Se demitirmos Molto, Nico ganhará capital, alegando que Horgan está fazendo uma caça às bruxas entre os amigos de Delay. Se mantivermos Tommy na equipe, aumentaremos o lucro de Nico com a deserção. Por fim, decidimos que ele será colocado em licença sem autorização, categoria profissional que antes não existia. Digo à Mac que ficaria mais tranquilo com isso se alguém em quem eu confiasse tivesse visto Molto vivo.

— Vamos mandar um grupo investigar. Já temos uma promotora adjunta morta; se alguma mulher encontrar pedacinhos de Molto no lixo amanhã de manhã, quero poder dizer que procuramos em todo canto.

É a vez de Mac trabalhar. Ela faz uma anotação.

O meritíssimo Larren Lyttle, com seu rosto grande, moreno e cheio de astúcia e majestade, é o primeiro a me notar. Preto em um clube que, até três anos, só brancos frequentavam, ele não dá mostras de ceder ao clima. Sente-se à vontade entre as poltronas de couro e os garçons de libré verde.

Larren é ex-sócio de Raymond. Naquela época, eles eram agitadores, defendiam delinquentes, gente pega com posse de maconha e a maioria dos militantes pretos locais, além de uma clientela pagante. Atuei pela promotoria em um caso contra Larren antes de ele assumir o cargo. Foi na vara juvenil, contra um garoto muito rico dos subúrbios de West Shore que gostava de invadir a casa dos amigos de seus pais. Larren era imponente, robusto, astuto e agressivo com as testemunhas, possuidor de um alcance retórico de dimensão operística. Era capaz de adotar uma conduta refinada e, a seguir, passar a falar como um pastor fervoroso ou em algum dialeto do gueto. O júri raramente notava que havia outro advogado no tribunal.

Raymond entrou para a política primeiro. Larren administrou a campanha de forma bastante visível e obteve votos de pretos em números substanciais. Dois anos depois, quando Raymond pensou que poderia ser prefeito, Larren se juntou a ele na chapa como candidato a juiz. Larren venceu e Raymond perdeu, e o juiz Lyttle sofreu por sua lealdade. Bolcarro o manteve em quarentena no Distrito Norte, onde Larren presidia casos de trânsito e contravenções alcoólicas – geralmente o trabalho dos magistrados nomeados –, até que Raymond comprou sua liberdade, quatro anos depois, com seu apoio inicial e entusiástico à campanha de reeleição do prefeito Bolcarro. Desde então, Larren é juiz criminal no centro da cidade, um autocrata implacável em seu tribunal e, apesar de sua amizade com Raymond, inimigo jurado dos promotores adjuntos. Como diz o ditado, em um tribunal há dois advogados de defesa, e o difícil de vencer é o que está de toga.

Apesar disso, Larren continua ativo nas campanhas de Raymond. O Código de Conduta Judicial agora o proíbe de assumir qualquer cargo oficial. Mas ainda é membro do grupo interno de Raymond, homens dos anos em que Horgan fazia faculdade de Direito e de seu início de carreira. Ver a intimidade entre eles em alguns momentos me provocava certa saudade da época de adolescente. Larren; Mike Duke, sócio administrador de uma grande empresa no centro da cidade; e Joe Reilly. Essas são as pessoas a quem Raymond recorre nessas horas.

Cabe a Mike Duke a responsabilidade de supervisionar o financiamento da campanha. Foi uma tarefa mais difícil este ano que no passado, quando Raymond não tinha adversários significativos. Antes, Raymond não pedia contribuições para sua campanha por medo de comprometer sua independência. Mas este ano ele deixou esses escrúpulos de lado. Teve várias reuniões dessas nos últimos tempos, exibindo-se para os liberais cheios de dinheiro, cavalheiros polidos como o grupo reunido aqui hoje, mostrando a eles que ainda é o mesmo instrumento de justiça elegante de uma década atrás. Raymond faz seu discurso de campanha em tom coloquial, aguardando o momento em que ele e depois o juiz precisem ir embora para que Mike, na ausência deles, possa aplicar a pressão.

Essa é a minha função aqui hoje. Serei a desculpa de Raymond para ir embora. Ele me apresenta e explica que precisa acompanhar o andamento das coisas na promotoria. Nessa atmosfera, sou um mero lacaio; ninguém sequer pensa em me convidar a sentar, e só o juiz Lyttle se dá o trabalho de se levantar para apertar minha mão. Fico atrás da mesa e da fumaça do charuto, esperando a rodada final de apertos de mão e blefes, e então sigo atrás de Raymond. À porta, ele pega uma bala de hortelã.

— Como vão as coisas? — pergunta assim que passamos pelo porteiro, sob o toldo verde do clube.

Desde cedo, dá para sentir que o ar está começando a suavizar. Meu sangue se agita. É primavera.

Quando conto a Raymond sobre a ligação de Dubinsky, ele não faz nenhum esforço para esconder sua irritação.

— Ah, se eu pego um deles fazendo isso...

Ele se refere a Nico e Molto. Estamos andando depressa pela rua em direção ao Prédio do Condado.

— Que merda é essa de investigação independente?

— Raymond, foi só um repórter pensando alto. Provavelmente isso não existe.

— É melhor que não exista mesmo — diz ele.

Começo a contar a Raymond sobre o fiasco entre a polícia e a Narcóticos, mas ele não me deixa terminar.

— Onde estamos com Carolyn? — pergunta.

Noto que a especulação sobre as atividades de Molto reaqueceu o desejo de Raymond por resultados em nossa própria investigação. Ele metralha perguntas. Temos o relatório da Cabelos e Fibras? Quanto tempo vai levar? Temos informações melhores sobre impressões digitais? E o arquivo estadual de criminosos sexuais que Carolyn processou?

Quando digo a Raymond que tudo isso está para acontecer, mas que passei as últimas três horas na reunião da acusação, ele para na rua. Está furioso, vermelho, com o cenho franzido deixando transparecer a raiva.

— Caramba, Rusty! Eu disse outro dia: dê a essa investigação *prioridade máxima*. É o que ela merece. Della Guardia está me comendo vivo com essa coisa. E nós devemos isso à Carolyn. Deixe Mac administrar o escritório, ela é mais que capaz. Ela pode ficar vendo o DEA e os policiais mijando uns nos outros, pode questionar os indiciamentos. Você fique nisso; quero você atento a tudo e de maneira organizada. Aja como um profissional, caramba!

Olho para os dois lados da rua. Não vejo ninguém conhecido. Tenho trinta e nove anos, acho; sou advogado há treze.

Raymond caminha à frente, em silêncio. Por fim, olha para mim, sacudindo a cabeça. Espero mais uma reclamação sobre meu desempenho, mas, em vez disso, ele diz:

— Nossa, aqueles caras são uns babacas.

Pelo que vejo, Raymond não gostou do almoço.

No Prédio do Condado, Goldie, a ascensorista pequena de cabelo branco que fica sentada o dia todo com o elevador vazio, esperando para levar Raymond e os comissários do condado para cima e para baixo, dobra seu banquinho e seu jornal. Eu havia começado a abordar o assunto do arquivo B desaparecido, mas me contenho enquanto estamos no elevador. Goldie e Nico eram muito amigos. Até já vi Goldie quebrar o protocolo e levar Nico em uma ou duas ocasiões: Nico adorava usar o elevador oficial – seu futuro e destino. Fazia cara de vaso enquanto Goldie observava o saguão para ter certeza de que a barra estava limpa.

Quando chegamos à promotoria, sigo atrás dele. Vários promotores adjuntos aparecem para trocar uma ou duas palavras com Raymond; alguns com problemas, outros que simplesmente querem notícias da frente de campanha. Em algumas brechas, explico que analisei a ficha de Carolyn. Faço isso de forma desconexa, visto que não tenho vontade de confessar outros fracassos. Raymond perde o fio de minhas explicações enquanto vai de uma conversa a outra.

— Está faltando um arquivo — digo, de novo. — Ela estava cuidando de um caso que não sabemos explicar.

Isso, enfim, chama a atenção de Raymond. Entramos pela porta lateral de sua sala.

— Que tipo de caso? Sabemos alguma coisa sobre isso?

— Sabemos que foi registrado como um caso de suborno, um B. Parece que ninguém sabe o que aconteceu com ele. Perguntei à Mac e chequei meus registros.

Raymond me observa por um segundo, até que seu olhar fica ausente.

— Onde tenho que estar às duas horas? — pergunta.

Quando lhe digo que não faço ideia, ele grita o nome de Loretta, sua secretária, até ela aparecer. Parece que ele tem que comparecer a uma reunião do Comitê da Ordem dos Advogados sobre processo criminal. Precisa delinear várias reformas no esquema de sentenças estaduais, coisa que vem defendendo em sua campanha. A imprensa emitiu um comunicado; repórteres e equipes de TV estarão lá, e ele já está atrasado.

— Merda — diz Raymond. — Merda.

Ele anda pela sala dizendo "merda".

Tento de novo.

— Enfim, o caso ainda está no sistema.

— Ela ligou para Cody? — pergunta ele.

— Carolyn?

— Não, Loretta.

— Não sei, Raymond.

Ele grita de novo por Loretta.

— Ligue para Cody. Você ligou para ele? Pelo amor de Deus, ligue para ele. Ah, peça a alguém para descer lá.

Raymond olha para mim.

— Aquele cachaceiro fica no telefone do carro e nunca se consegue falar com ele. Com quem esse cara tanto fala?

— Pensei que talvez você soubesse alguma coisa sobre esse caso. Talvez se lembre de algo.

Raymond não está me ouvindo. Ele se jogou em uma poltrona, posicionada em ângulo com o que os promotores adjuntos irreverentemente chamam de Mural do Respeito de Raymond, um pedaço de gesso com placas, fotos e outras lembranças de grandes triunfos ou honras: prêmios de associações de advogados, esboços de artistas do tribunal, caricaturas de políticos... Raymond está com aquela aparência envelhecida de novo, disperso, pensativo, de um homem que já viu as coisas se desembaraçarem.

— Nossa, que puta desastre! Até hoje, em todas as campanhas, Larren me dizia para pedir a um promotor adjunto que tirasse uma licença para eu ter alguém cuidando das coisas em tempo integral. Sempre conseguimos sobreviver sem isso, mas agora o negócio está fora de controle.

Muita coisa para fazer e ninguém no comando. Sabia que não fazemos uma enquete há dois meses? Faltam duas semanas para a eleição, e ainda não temos ideia de onde estamos nem com quem.

Ele cruza as mãos em frente à boca e sacode a cabeça. Não é ansiedade que demonstra, e sim angústia. Raymond Horgan, procurador do condado de Kindle, não está aguentando o tranco.

Passamos um tempo em absoluto silêncio. Mas não me sinto inclinado a ser reverente depois do esporro que levei na rua. Depois de treze anos no governo, sei como ser um burocrata e quero ter certeza de que o meu não está na reta por causa do assunto do arquivo desaparecido.

— Enfim — digo, mais uma vez —, não sei que significado dar a isso. Não sei se foi arquivado incorretamente ou se é alguma coisa sinistra.

Raymond me encara.

— Está falando daquele arquivo de novo?

Mal tenho a chance de responder. Loretta anuncia um telefonema, e Raymond atende. Alejandro Stern, o advogado de defesa que é presidente da Ordem dos Advogados, está na linha. Raymond pede desculpas, diz que está tendo reuniões sobre aquele episódio bizarro entre a Narcóticos e a polícia local e que está a caminho. Quando desliga o telefone, grita de novo pedindo para falar com Cody.

— Estou aqui — anuncia Cody, entrando pela porta lateral.

— Ótimo. — Raymond vai em uma direção, mas depois na outra. — Onde está meu casaco?

Cody já está com ele.

Desejo boa sorte a Raymond.

Cody abre a porta. Raymond passa por ele e volta.

— Loretta! Onde está meu discurso?

Cody está com ele também. Mas Raymond continua à sua mesa. Abre uma gaveta e me entrega uma pasta ao sair de novo.

É o arquivo B.

— Vamos conversar sobre isso — promete e, com Cody logo atrás dele, sai apressado.

CAPÍTULO 6

— De alguma maneira, o garoto, Wendell, acabou sendo importante — eu disse a Robinson. — Para nós, quero dizer. Bem, pelo menos para mim. É difícil explicar, mas, de certa forma, ele fez parte dessa coisa com Carolyn.

Ele era uma criança incomum, grande para sua idade, e andava com uma demora desajeitada, como algumas crianças grandes, de aparência robusta, quase atrapalhada. Era lento e ainda mais embotado. Pedi uma explicação a um dos psiquiatras – como se fosse necessária –, e ele disse que aquele menino de cinco anos estava deprimido.

Wendell McGaffen, enquanto o caso de sua mãe estava pendente, foi transferido do Abrigo do Condado para um lar adotivo. Ele via o pai todos os dias, mas nunca a mãe. Após as disputas habituais no tribunal, Carolyn e eu recebemos permissão para falar com ele. Na verdade, a princípio, não conversamos com ele. Participamos das sessões que teve com os psiquiatras, que nos apresentaram a Wendell. Ele brincava com os brinquedos e bonequinhos que o psiquiatra tinha na sala, e o médico perguntava se ele tinha alguma opinião sobre diferentes assuntos; quase inevitavelmente, Wendell não tinha nenhuma. O psiquiatra, chamado Mattingly, disse que Wendell não havia perguntado sobre a mãe nem uma vez em todas aquelas semanas. E por isso eles não tocaram no assunto.

Wendell gostou de Carolyn desde o início. Levava os bonecos para ela, fazia comentários, depois dirigia a atenção para os pássaros, caminhões e objetos que passavam pela janela. Em nossa terceira ou quarta visita, Carolyn disse a Wendell que queria falar com ele sobre a mãe. O psiquiatra se alarmou, mas o menino segurou uma boneca com as duas mãos e perguntou: "Sobre o quê?".

Assim foi progredindo por vinte, trinta minutos por dia. O psiquiatra ficou impressionado e acabou pedindo permissão para que Carolyn ficasse durante as sessões, e durante semanas o menino contou sua história, em trechos e comentários murmurados, respostas improvisadas desordenadas a perguntas que Carolyn havia feito, muitas vezes, dias antes. Wendell não demonstrava nenhuma emoção além de hesitação. Normalmente, ficava parado na frente de Carolyn, agarrando com força uma boneca com as duas mãos e olhando fixamente para o brinquedo. Carolyn repetia o que ele havia dito e perguntava mais. Wendell fazia sim ou não com a cabeça ou não respondia. De vez em quando ele dava suas explicações. "Machuca." "Eu chorei." "Ela disse que eu não calava a boca."

— Ela queria que você calasse a boca?

— Sim. Ela disse que eu não calava a boca.

Fazer a criança repetir essas coisas poderia parecer cruel para outra pessoa, mas Carolyn parecia ter uma necessidade altruísta de saber. Não muito antes do julgamento, Carolyn e o psiquiatra decidiram que o condado não chamaria Wendell para depor a menos que fosse uma necessidade absoluta. Ela disse que o confronto com a mãe seria demais. Mesmo com essa decisão tomada, Carolyn continuou se encontrando com Wendell e extraía cada vez mais dele.

— É difícil explicar o jeito como ela olhava para o menino — eu disse a Robinson. — Quase entrava nele de tão intenso, tão sincero. Nunca imaginei que ela tivesse qualquer tipo de relacionamento com crianças. Quando vi, fiquei surpreso.

Isso aumentava o mistério em relação a ela. Carolyn parecia uma deusa hindu, como se contivesse todos os sentimentos criados. Por mais rios selvagens, turbulentos e libidinais que Carolyn despertasse em mim com suas maneiras e aparência, algo na doce atenção que ela demonstrava àquela criança carente me levou ao limite, pôs em minhas emoções uma ansiedade que foi, para mim, muito mais significativa que todo o meu calor indecoroso. Quando ela assumia aquele tom calmo e sério e se inclinava para o querido, lento e magoado Wendell, eu, apesar de meus remorsos, sentia-me tomado de amor por ela.

Um amor selvagem, desesperado, obsessivo e intencionalmente cego. Um amor, assim como é o amor mais verdadeiro, sem noção de futuro, seduzido pelo presente e incapaz de captar o significado dos sinais.

Um dia, conversei com Mattingly sobre a maneira como Carolyn havia trabalhado com o menino. Perguntei se ele não havia achado extraordinário, incrível, inexplicável. Eu queria ouvi-lo elogiá-la. Mas Mattingly interpretou meus comentários como uma investigação clínica, como se eu estivesse perguntando o que poderia explicar esse fenômeno. Ele deu uma tragada meditativa em seu cachimbo e disse: "Já pensei nisso". Notei que ficou preocupado, suponho que com medo de dizer algo ofensivo ou ser mal interpretado. Mas ele prosseguiu: "Acredito que, de alguma maneira, na cabeça do menino, ela deve lembrar a mãe dele".

O julgamento correu bem. A sra. McGaffen foi representada por Alejandro Stern – Sandy, fora do tribunal –, um judeu argentino, um cavalheiro espanhol, de cabelo elegante e perfeito, sotaque leve e unhas feitas. É um advogado educado e meticuloso, e decidimos seguir sua abordagem discreta. Apresentamos nossas evidências físicas, o testemunho dos médicos e os resultados dos exames; a seguir, oferecemos os frutos da busca. Com isso, o condado ficou descansado. Sandy chamou um psiquiatra, que descreveu a natureza gentil de Colleen McGaffen. A seguir, mostrou que era um ótimo advogado, invertendo a ordem usual de apresentação. A ré testemunhou primeiro, negando tudo; em seguida, depôs seu marido, chorando insuportavelmente enquanto descrevia a morte de sua primeira filha, a queda de Wendell, que ele insistiu ter testemunhado, e a devoção de sua esposa ao filho. Um bom advogado sempre tem uma mensagem latente para o júri, prejudicial ou imprópria demais para falar em voz alta, seja um apelo racista quando vítimas pretas identificam réus brancos, seja a pouca importância que um advogado como Stern dá ao caso quando o crime é apenas uma tentativa. Nesse caso, Sandy queria que o júri soubesse que o marido de Colleen McGaffen a perdoara. Se *ele* podia, por que *eles* não poderiam perdoá-la também?

Como uma espécie de salvação profissional, descobri que, no tribunal, eu quase podia me isolar de Carolyn; desfrutava de longos períodos de concentração e quase me surpreendia quando saía deles e encontrava sua presença e minha obsessão ao meu lado. Mas esse trabalho de força de vontade teve um preço alto. Fora de lá, eu era praticamente inútil. Realizar as tarefas mais rotineiras – falar com testemunhas, reunir provas – demandava que todas as minhas energias fossem direcionadas para congelar minha atenção: não pense nela, por favor, não pense nela agora. Mas eu pensava. Vivia a realidade de um lunático, vagando entre diversas fantasias sinistras e momentos de intensa autocensura, instantes em que na sua presença, eu simplesmente ficava boquiaberto.

— Por fim — disse a Robinson —, uma noite estávamos trabalhando na sala dela.

A argumentação da defesa estava quase concluída. Darryl havia dado início a seu testemunho; o *páthos* da incapacidade irresponsável desse homem para lidar com qualquer coisa que houvesse acontecido era, na verdade, terrivelmente comovente. Carolyn ia fazer o interrogatório e estava animada. O tribunal estava cheio de repórteres; saíam notícias sobre o caso em alguma estação de TV quase todas as noites. E o próprio interrogatório era emocionante, porque exigia uma espécie de habilidade cirúrgica: a credibilidade de Darryl tinha que ser destruída, mas como testemunha, e não como ser humano. A simpatia do júri nunca o abandonaria, pois ele estava, no fim das contas, fazendo o que a maioria das pessoas faria: tentando salvar o que restava de sua família. Carolyn estava se demorando no ensaio desse interrogatório, repetindo-o, modulando-o, cintilando à minha frente como uma moeda girando no ar. Estava sem sapatos, de meias, com uma saia larga que girava levemente em torno dela sempre que ela girava naquele espaço estreito; andava depressa de um lado a outro, ensaiando o tom e as perguntas.

— A mesa estava cheia de embalagens de fast-food do nosso jantar e de arquivos espalhados: a agenda de Darryl e as folhas de presença do trabalho, para mostrar que ele estava ocupado demais para saber o que acontecia em casa; prontuários médicos da criança; declarações de seus professores e de uma tia. Estávamos preparando cada pergunta. "Não, não, mais suave, mais suave", dizia ela. "'Sr. McGaffen, é possível que o senhor não soubesse que Wendell havia mostrado suas contusões na escola?' Isso, assim. Talvez mais duas perguntas. 'Conhece Beverley Morrison? Vou refrescar sua memória: ela foi professora de Wendell. Sabia que a sra. Morrison conversou com sua esposa sobre a condição física de Wendell na noite de 7 de novembro do ano passado?' Pronto, mais suave. Não se aproxime muito dele. E não fique andando muito pelo tribunal para não parecer que está zangada." Carolyn estava animada e estendeu a mão por cima da mesa, bem alto, e pegou minhas duas mãos. "Vai ser ótimo", e deixou seus olhos, que eram bem verdes, sobre mim um pouco mais, só o suficiente para eu saber que, de repente, não estávamos mais falando do julgamento. E eu, que não havia dito uma palavra em voz alta até aquele momento, disse, por mais vazio e patético que me sentisse: "O que está acontecendo, Carolyn?". E ela sorriu por um instante fugaz, mas com um esplendor deslumbrante, e disse: "Agora não", e voltou a ensaiar o interrogatório.

Ela disse "agora não". Agora não. Peguei o último ônibus de volta para Nearing naquela noite e fiquei sentado no escuro, refletindo, enquanto passávamos sob as luzes da rua. Agora não. Será que ela já decidira? Sim. Não. Estava em dúvida. Queria dar as más notícias com gentileza.

Pelo menos havia algo. Aos poucos, fui reconhecendo o significado de nossa comunicação. Eu não estava louco; não estava acalentando algo imaginário; algo estava acontecendo. Estávamos conversando sobre *alguma coisa*. E aquele meu desconforto, a turbulência, a sensação de estar perdido começou a mudar. No ônibus, sentado no fundo em um poço de escuridão, minhas obsessões passaram a assumir uma qualidade cortante, e, sabendo que havia entrado no reino do real, comecei a sentir, simplesmente, o medo.

CAPÍTULO 7

Estúdio B, está escrito na porta. Entro em um espaço amplo e aberto, do tamanho de um ginásio pequeno. A luz tem um tom mostarda; as paredes são de azulejos amarelos e parecem vagamente luminescentes. A sensação é muito parecida com a que me provoca a escola de Nat: uma fileira de pias, compartimentos brancos do chão ao teto que, aparentemente, são os armários dos alunos. Um jovem está trabalhando diante de um cavalete perto das janelas. Passei, claro, muitos anos aqui na universidade – se eu tivesse que calcular esse tipo de estimativa sombria, diria que foi a época mais feliz de minha vida –, mas duvido que já tenha entrado no Centro de Arte, especialmente sem contar com o auditório contíguo, aonde Barbara, na época, me levou para assistir a algumas peças. Por um instante, fico perplexo por estar aqui. Teria sido melhor mandar Lipranzer, penso. Mas falo:

— Marty Polhemus?

O menino se vira, e vejo sinais de ansiedade em sua expressão.

— Você é da polícia?

— Gabinete da promotoria.

Estendo a mão e digo meu nome. Marty joga o pincel em cima de uma mesa, onde tubos de tinta acrílica e garrafas brancas redondas de gesso estão colocados aleatoriamente; ele pega a parte de baixo da camisa para limpar a mão antes de apertar a minha. Marty estuda arte, claro; é um garoto cheio de espinhas, com muito, muito cabelo, cachos soltos cor de bronze; está com a roupa toda manchada de tinta e uma mistura de tinta e sujeira sob as unhas compridas.

— Me disseram que talvez outra pessoa viria falar comigo — conta Marty.

Ele é um garoto nervoso e ansioso para agradar. Pergunta se quero café e vamos até uma cafeteira perto da porta. Marty enche dois copos descartáveis, depois os larga para tatear os bolsos em busca de troco. Por fim, jogo duas moedas na fenda.

— Quem disse que outra pessoa viria falar com você? Mac? — pergunto, enquanto cada um sopra o próprio café.

— Raymond. O sr. Horgan. Ele disse.

— Ah.

Faz-se um silêncio constrangedor, mas, aparentemente, com um garoto como Marty parece haver muitos silêncios assim. Explico que sou o promotor adjunto designado para a investigação do assassinato de sua mãe e que peguei seu horário de aulas na secretaria. Terça-feira, da uma às quatro, Estúdio de Arte Independente.

— Queria conversar com você para ver se tem alguma coisa a acrescentar.

— Claro, como quiser — diz Marty.

Voltamos para o cavalete; ele se senta no largo parapeito da janela. De onde estamos, mais além da universidade, avistam-se as linhas férreas, escavadas e reunidas sobre o ventre da cidade como uma cicatriz grande e tangível. O garoto está olhando nessa direção, e também paro para olhar por um instante.

— Eu não a conhecia muito bem — conta ele. — Você conhece a história, não é?

Quando pergunta isso, seus olhos se mexem depressa, e não sei se ele prefere que eu diga sim ou não. Quando admito minha ignorância, ele sacode a cabeça e desvia o olhar.

— Fazia muito tempo que não a via — diz ele, simplesmente. — Meu pai pode te contar tudo, se quiser; é só ligar para ele. Ele disse que faria o que pudesse para ajudar.

— Ele está em Nova Jersey?

— Sim. Vou te dar o número dele.

— Imagino que eram divorciados.

Marty ri.

— Nossa, espero que sim. Ele é casado com a minha mãe... digo, Muriel, mas sempre a chamo de mãe. São casados há quinze anos.

Ele ergue as pernas para o parapeito da janela e olha para os edifícios do campus, todos próximos, enquanto fala. Depois de sugerir que eu ligue para o pai, em um instante me conta ele mesmo sua história. Não se sente à vontade; fica retorcendo as mãos de um jeito que o faz parecer deformado. Mas prossegue sem que eu pergunte nada. A história que Marty conta aos trancos e barrancos é contemporânea. Seu pai, Kenneth, dava aula de inglês no ensino médio em uma cidade pequena de Nova Jersey, e Carolyn era aluna dele.

— Meu pai disse que ela era muito atraente. Acho que começaram a sair quando ela ainda estudava. Era uma coisa escondida, o que não combina com meu pai, pois ele é muito calado. Aposto que não havia ficado nem com duas garotas quando a conheceu. Ele nunca disse isso, mas eu aposto. Acho que foi uma grande paixão, entende? Muito romântico. Da parte dele, pelo menos.

O garoto parece confuso. Sua ideia de Carolyn é nebulosa. É evidente que não sabe o suficiente para adivinhar as emoções dela.

— Carolyn... você sabe, minha mãe. Minha *verdadeira* mãe — diz o garoto, franzindo a testa. — Meu pai a chamava de Carrie. Ela tinha vários irmãos e o pai. A mãe morreu. Acho que ela odiava todos eles, não sei... Todos se odiavam. Papai disse que o pai dela sempre batia nela. Ela era muito feliz longe deles.

O garoto desce abruptamente do parapeito e vai até sua pintura: um olho vermelho rodopiante. Analisa-a com os olhos semicerrados e leva a mão a um dos tubos. Pretende trabalhar enquanto conversamos.

Ele diz que não sabe exatamente como seus pais se separaram. Quando ele nasceu, Carolyn queria fazer faculdade e estava infeliz por ter que desistir. O pai só lhe disse que aquela época foi um inferno com Carrie. Ela tinha namorado, diz Marty; ele tem certeza disso, pela maneira como o pai fala. Mas o pai, aparentemente, não fala muito sobre isso. Pelo que o garoto sabe, por causa de outras insatisfações, ela deixou de gostar da cidade, do pai dele, da vida que tinha.

— Meu pai disse que ela era muito nova quando eles se casaram. Então ela cresceu, quis ser outra coisa e decidiu que seria. Papai disse que foi complicado. Um dia, ela foi embora. E meu pai diz que provavelmente foi melhor assim, sabe? Ele é assim; fala essas coisas e acredita nelas.

Esse pai surge nas palavras do filho como uma espécie de Norman Rockwell, sábio e gentil, com os óculos em uma mão e um papel na outra; o tipo de homem que passava longas noites pensando na sala, um professor que sempre levava seus alunos a sério. Quase conto a esse rapaz que gosto de pensar que, um dia, Nat vai sentir isso por mim.

— Não faço ideia de quem a matou — diz Marty Polhemus, de repente. — Bem, presumo que foi por isso que você veio.

Por que eu vim? Eu mesmo me pergunto. Para ver o que ela estava escondendo, suponho, ou o que não quis contar. Para diminuir um pouco mais minha ideia do que pensava ser intimidade.

— Você acha que foi alguém que ela conhecia? — pergunta ele. — Você tem indícios, ou sei lá como chama... Pistas?

A resposta é não, digo. Descrevo o estado equívoco das provas: as janelas totalmente abertas, os vidros quebrados. Poupo-o da descrição das cordas, da condição inviável do fluido seminal. Afinal, era a mãe dele. Mas não sinto que há muita necessidade de cuidado ou preocupação. Duvido que o olhar nervoso e perplexo de Marty tenha algo a ver com os acontecimentos recentes. De fato, alguma coisa faz parecer que ele se considera, em grande parte, alheio a tudo isso.

— Carolyn trabalhou com muitos casos de estupro — digo. — Há quem pense que pode ter sido um desses criminosos.

— Você não?

— Os assassinatos geralmente não são misteriosos. Nesta cidade, hoje em dia, metade deles está relacionada a gangues. Em quase todos os outros casos, a vítima e o assassino se conheciam bem. Mais ou menos metade acontece por relacionamentos que acabaram: casamentos ruins, amantes infelizes, esse tipo de coisa. Normalmente, descobrimos que houve algum tipo de rompimento nos últimos seis meses. Em geral, a motivação é bastante óbvia.

— Ela tinha muitos namorados — diz Marty.

— Tinha?

— Imagino. Muitas vezes, ela não me queria por perto. Eu ligava e sabia que tinha mais alguém lá. Nem sempre conseguia descobrir o que estava se passando na cabeça dela. Acho que gostava de ter segredos, sabe? — Ele dá de ombros. — Pensei em conhecê-la melhor, por isso vim para cá. Meu pai tentou me fazer mudar de ideia, mas achei que seria legal. Pensei que, já que ia fazer faculdade, qualquer lugar serviria. Mas não estou tão interessado na faculdade agora. De um jeito ou de outro, vou levar bomba em tudo.

— É mesmo?

— Não em tudo. Mas não consigo entender física de jeito nenhum. Sinceramente, vou reprovar nessa.

Uma garota com uma camiseta da turnê mundial de uma banda de rock e ar inteligente entra pela porta e pergunta se ele viu alguém chamado Harley. Marty diz que não. Ouço um aparelho de som ligado no corredor quando ela entra e sai. O garoto troca os pincéis; trabalha a poucos centímetros da tela. Suas pinceladas são dolorosamente pequenas.

Ele continua falando sobre Carolyn.

— Eu sabia que ela estava aqui fazia tempo. Comecei a escrever para ela e, quando consegui criar coragem, liguei. Não foi a primeira vez que falei com ela. Carolyn ligava de vez em quando, principalmente um pouco depois do começo do ano. Como se quisesse ligar nas festas, mas soubesse que não deveria. Enfim, ela foi legal, achou que seria bom eu vir e tal. Muito educada — disse e assentiu para si mesmo. — Atenciosa. É assim que se fala?

— Isso mesmo — confirmo.

— A gente se via. Aos domingos a gente se via bastante. Uma ou duas vezes conheci outras pessoas, quando ela achava que devia me apresentar. Foi assim que me apresentou ao sr. Horgan.

Sinto que as correntes emocionais são fortes aqui. Acho melhor deixar o garoto em paz, independentemente de meu impulso de fazer perguntas.

— Ela era muito ocupada, tinha a carreira dela e tal. Queria se candidatar a promotora um dia. Sabia disso?

Hesito mais do que deveria, mesmo para uma conversa meio constrangedora como esta. Talvez minha expressão revele algum reflexo de angústia, pois o garoto me olha de um jeito estranho. Digo, por fim, que a promotoria está cheia de gente que vislumbra esse futuro. Mas isso não o desanima.

— Você a conhecia bem? Trabalhava com ela?

— De vez em quando — digo, mas, pela maneira como seu olhar se demora em mim, percebo que não consegui ser muito evasivo. — Você estava me contando o que acontecia quando se encontravam.

Ele espera um instante, mas está acostumado a cooperar com os adultos e volta sua atenção para o pincel, esfregando-o dentro de uma bandejinha de plástico. Seus ombros se movem antes que ele fale.

— Não acontecia muita coisa. — Ele ergue a cabeça com seu cabelo cor de bronze emaranhado, encarando-me. — Ela nunca falava sobre aquela época, quando eu era criança. Talvez eu esperasse que ela falasse. Mas acho que essa parte da vida dela simplesmente não existia. Ela não dizia nada, entende?

Assinto, e por um momento ficamos em silêncio, ainda olhando um para o outro. Seus olhos de novo assumem aquela luz acelerada.

— Eu não fazia nenhuma diferença para ela, entende? Ela era muito legal, mas não parecia se importar comigo. Por isso meu velho não queria que eu viesse para cá. Ele passou todos aqueles anos a justificando, dizendo que foi uma época da vida dela, essas coisas. Ele não queria que eu sentisse que ela foi embora por minha causa, mas eu sabia o que rolava.
— Ele joga o pincel no chão. — Quer saber a verdade? O sr. Horgan teve que me convencer a ir ao funeral. Eu não ia. Não estava nem um pouco a fim. Era minha própria mãe. Isso é terrível, não é?

— Não sei — digo.

Ele pega a tela e fica olhando para ela, perto de seus pés. Parece notar – e acolher – minha observação atenta dele. Jovem, penso. Há algo de terno no desconforto desse garoto. Digo baixinho:

— Minha mãe morreu quando eu estava na faculdade de Direito. Na semana seguinte, fui ver meu pai. Eu nunca fiz isso, mas imaginei que, diante das circunstâncias... — Faço um gesto com a mão. — Enfim, ele estava fazendo as malas. Metade da casa estava encaixotada. Perguntei para onde estava indo. Arizona, ele disse. Tinha comprado um terreno e um trailer e nunca havia dito uma palavra sobre isso para mim. Se eu não tivesse aparecido naquele dia, tenho certeza de que teria ido embora sem nem se despedir. E sempre foi assim com a gente. Às vezes, as coisas são assim entre pais e filhos.

O garoto olha para mim por um longo momento, perplexo com minha franqueza ou com as coisas de que falamos.

— E o que a gente faz com isso, hein? Diga.

— Você tenta crescer — respondo. — Descobrir seu próprio caminho. Tenho um filho, e ele é meu mundo.

— Qual é o nome dele?

— Do meu filho?

— Sim.
— Nat.
— Nat — repete o filho de Carolyn, e olha para mim de novo. — O que ela era para você, afinal? Isto aqui não é só trabalho, não é? Ela era sua namorada também?

Tenho certeza de que ele viu minha aliança no dedo. O movimento de seu queixo em minha direção ao fazer essa pergunta parece quase apontar para minha mão, mas não me sinto capaz de mais artifícios com esse garoto gentil e decente.

— Em certo momento, ela foi minha namorada também. No final do ano passado. Mas por pouco tempo.

— Sei. — O garoto sacode a cabeça com verdadeira repugnância.

Parece estar esperando conhecer alguém a quem ela não enganou, e não há ninguém por aqui que possa afirmar isso.

— Quando eu for reprovado — diz ele —, vou voltar para casa.

A gravidade dessa declaração me faz pensar que ele deve ter decidido isso agora. Mas não respondo. Ele não precisa que eu lhe diga que está certo. Sorrio calorosamente – espero – para mostrar que gosto dele. E vou embora.

CAPÍTULO 8

— No Hall — diz Lip, referindo-se ao McGrath Hall, a sede do Departamento de Polícia —, estão chamando de Missão Impossível.

Ele se refere à nossa investigação do assassinato de Carolyn.

— Os tiras ficam falando "Quais as novidades na Missão Impossível?". Como se ninguém nunca fosse descobrir essa porra. Pelo menos, não a tempo para Horgan. Ele não devia ter deixado a imprensa pensar que poderíamos descobrir alguma coisa rápido. Devia ter sido mais modesto em vez de dar quarenta entrevistas falando que estamos trabalhando duro.

A boca de Lip está cheia de farelo de pão e molho vermelho, mas isso não o impede de reclamar. Sua irritação é extrema. Estamos diante de um terreno baldio, uma espécie de lixão embaixo do viaduto da rodovia. Pedaços quebrados de concreto protendido, com os vergalhões de reforço enferrujados saindo deles, cobrem o terreno, junto com lixo mais comum: garrafas, jornais, peças de carros abandonadas... Há também um monte de bolas brancas de papel encerado e copos amassados deixados pelos muitos clientes que, antes de nós, foram comprar um sanduíche no Giaccalone's, do outro lado da rua. É um dos lugares favoritos de Lip, um quiosque de comida italiana onde enfiam uma costeleta de vitela inteira, cheia de molho marinara, dentro de um pão vienense. Lipranzer gosta de comida pesada no almoço – resposta do homem solteiro à falta de sentido do jantar. Nossos refrigerantes descansam nas ruínas sem encosto de um banco público no qual cada um de nós pousou um pé. Várias gangues de rua e namorados adolescentes inscreveram seus nomes nas tábuas do assento do banco.

Voltando ao carro de Lip, trocamos informações. Falo sobre minha visita ao garoto e o fato de que ele não forneceu nenhuma pista significativa. Lip fala de suas atividades recentes. Conversou com a vizinha que achava ter visto um estranho.

— Aquela sra. Krapotnik é uma figura. Fala demais! — Lip sacode a cabeça. — Ela vai dar uma olhada nos álbuns de fichados, mas vou precisar usar tampões de ouvido.

— E o arquivo?

O arquivo do estado de criminosos sexuais.

— Nada — diz Lip.

— Nada parecido com as cordas?

— Aquela mulher com quem estou falando me disse que uma vez viu uma coisa parecida em um livro. Ninguém que ela conhece já fez isso. Cristo, imagine o que ela anda lendo. Pensei que ela já visse coisas ruins o suficiente no trabalho.

Lip tem seu VOP habitual – veículo oficial da polícia –, um Aries dourado, sem identificação, exceto pelos pneus Blackwall e as placas que, como as de todos os outros VOPs, começam com ZF, formando, assim, um código reconhecido por todos os bandidos chinfrim da cidade. Lip se afasta do meio-fio. Policiais, taxistas e pessoas que moram no carro sempre dirigem muito rápido. Ele pega um dos muitos atalhos que conhece para o centro e, por causa de um desvio, é forçado a entrar na Kinbark, rua principal de meu antigo bairro. O trânsito é intenso por causa do desvio, e avançamos com lentidão pela avenida, como uma carreata. É aqui, acho, é aqui. Milos comprou nossa padaria quando meu pai foi embora – era primo dele – e nunca mudou o letreiro. Ainda diz SABICH'S em letras azuis.

Eu trabalhava lá todos os dias, mas só me lembro de alguns detalhes do interior – a porta de tela usada no verão que transfigurava as formas em movimento da rua, as prateleiras cheias de bandejas de metal azul atrás do balcão, a pesada caixa registradora de aço com seu tinido. Quando eu tinha seis anos, minha presença foi exigida pela primeira vez. Eu era um par de mãos desempregadas que não precisava de salário. Aprendi a desmontar e empilhar as caixas de bolo, escorregadias e brancas. Fazia pilhas de doze e as levava do porão, cheio de teias de aranha, à frente. Como as caixas eram lisas e duras, em certos ângulos as bordas tinham o poder dilacerante dos melhores talheres; as juntas e pontas de meus dedos estavam sempre cortadas. Aprendi a temer isso, pois meu pai considerava um escândalo um vestígio de sangue em uma caixa de bolo. "Aqui não é um açougue." Essa observação era acompanhada de um olhar misto de ódio e nojo em proporções assustadoras. Em meus sonhos daquela época, é sempre verão, quando o ar deste vale é parado como no pântano; isso, mais o calor seco dos fornos, tornava difícil até mesmo caminhar dentro da padaria. Sonho que minha pele está escorregadia de suor, meu pai está chamando, um bolo caiu, e o medo é como um ácido que corrói minhas veias e ossos.

Se eu fosse pintar meu pai, ele teria o rosto de uma gárgula e o coração escamado como o corpo de um dragão. Os canais de suas emoções eram muito intrincados sobre si mesmos, muito coagulados, estrangulados, cheios de rancor para admitir qualquer sentimento por uma criança. Nunca houve, para mim, a questão de escolher um lado. Assim como o apartamento, suas paredes e quadros, a mobília que ele quebrava, ficava claro que meu pai me considerava posse de minha mãe. E cresci com um entendimento simples: minha mãe me amava; meu pai, não.

Ele sentia satisfação – se é que se pode chamar assim um sentimento tão árido – em abrir a padaria, acender o forno, levantar a porta de metal, varrer a poeira esbranquiçada pela porta dos fundos no final do dia. Sua família era de padeiros havia quatro gerações, e ele simplesmente fazia o que lhe haviam ensinado. Seus padrões eram inflexíveis; e seus procedimentos, exatos. Ele nunca tentou encantar seus clientes; não tinha humor e era insular demais para isso. Na verdade, via cada pessoa que entrava como um inimigo em potencial, alguém que reclamaria, tentaria levar vantagem, bajularia e, por fim, se contentaria com pão dormido. Mas sua renda sempre foi estável; era um homem confiável; desconfiava dos empregados e fazia ele mesmo o trabalho de pelo menos dois; e não declarou imposto de renda durante mais de vinte anos.

Ele veio para este país em 1946. Recebi o nome da cidade onde ele foi criado, um vilarejo a trezentos quilômetros de Belgrado. Quase todo mundo ali era guerrilheiro. Quando os nazistas chegaram, em 1941, todos os adultos foram colocados contra o muro da escola e fuzilados. As crianças foram deixadas ali, abandonadas. Meu pai, na época com apenas dezoito anos e um rosto macio o bastante para ter sido poupado, ficou vagando com um bando nas montanhas por quase seis meses antes de serem capturados. Passou o resto da guerra em campos – primeiro nos campos de concentração nazistas e depois nos campos aliados para deslocados, após a libertação. Seus parentes daqui arranjaram uma passagem para ele, pressionando o congressista local e sua equipe de maneira incessante e excêntrica. Meu pai foi um dos primeiros deslocados autorizados a entrar nos Estados Unidos. E, depois de um ano aqui, ele não falava mais com minha tia-avó e meus primos que se esforçaram tanto para salvá-lo.

Ao ouvir o coro desagradável de buzinas, olho para trás para entender o problema. Um homem branco no carro de trás bate no volante e faz um gesto beligerante em minha direção, e enfim percebo que Lip parou no meio da rua. Imagino que ele vai notar para onde estou olhando e deixar os outros carros passarem, mas, quando me volto para ele, vejo que está observando o trânsito com determinação.

— Falei com o pessoal da Cabelos e Fibras — diz Lip, por fim.

Seus olhos cinzentos, seu rosto enrugado e de maçãs altas não revelam nada. Estão quietos como um lago.

— Conte — peço.

Obedientemente, Lip repete o conteúdo do relatório. Nas roupas e no corpo de Carolyn, havia fibras minúsculas de um carpete não encontrado em seu apartamento – Zorak V é o nome dele. É sintético. A cor se chama malte escocês, a mais popular. O lote da tintura não pôde ser identificado, e a fibra pode ser de um tecido industrial ou doméstico. Ao todo, existem umas cinquenta mil residências e escritórios no condado de Kindle de onde as fibras desse carpete podem ter vindo. Não há fragmentos de cabelos, pelos ou pele nos dedos ou sob as unhas de Carolyn, confirmando que não houve luta antes de ser amarrada, e o único fio de cabelo humano que não é da cor do de Carolyn encontrado perto do cadáver foi identificado como feminino, portanto insignificante. A corda com a qual foi amarrada é de varal comum, feita nos Estados Unidos, vendida em todos os K-marts, Sears e Walgreen's.

— Não ajudou muito — digo a Lipranzer.

— Não muito — responde ele. — Pelo menos sabemos que ela não feriu ninguém.

— Fico pensando no que dissemos semana passada, que talvez ela conhecesse o sujeito. Lembro que, quando eu estava na faculdade de Direito, todo mundo comentava o caso de um cara cuja seguradora se recusou a pagar o seguro de vida dele. A viúva estava movendo o processo, que foi muito problemático, porque se descobriu que o homem havia morrido enquanto se masturbava e se enforcava, literalmente. Com a cabeça no laço de uma corda e tudo. Morreu quando, sem querer, derrubou o banquinho em que deveria se apoiar.

— Não acredito! — diz Lipranzer, rindo alto. — Quem ganhou o caso?

— A seguradora, pelo que me lembro. O tribunal achou que esse não era um risco coberto. Enfim, talvez se trate disso, uma grande tara. Penso nisso cada vez mais. Pelo jeito é uma euforia estranha gozar quando a pessoa está desmaiando.

— Como foi que ela acabou morta por realizar uma fantasia?

— Talvez o garanhão tenha ficado com medo, *pensou* que a havia matado. Lembrou-se de John Belushi e tentou fazer parecer que foi outra coisa.

Lip sacode a cabeça. Não está gostando da ideia.

— Você está forçando — diz. — Acho que o relatório do patologista não dá base para isso.

— Vou falar com Indolor, de qualquer maneira.

Isso faz Lipranzer se lembrar de outra coisa.

— Indolor me ligou há alguns dias. Disse que recebeu um relatório do químico forense. Pelo jeito como falou, acho que não conseguimos muita coisa, mas você poderia pegar quando for lá. Tenho que ir para o oeste hoje, mostrar umas fotos à sra. Krapotnik.

Ele fecha os olhos e sacode a cabeça, como se, tentando, conseguisse suportar a ideia.

Estamos de volta ao centro da cidade. Lip entra na primeira vaga que encontra no estacionamento da polícia, e atravessamos de novo a multidão, desta vez do meio-dia, em direção ao Prédio do Condado. Na rua, como tantas vezes acontece, nossa primavera está se transformando em verão bem depressa. Já dá para sentir um pouco do bálsamo que está a um ou dois meses de distância e já inspirou algumas mulheres a usar roupas de verão, regatas e aqueles tecidos leves e justos da estação.

— Cara — digo a Lip, de repente —, não chegamos a lugar nenhum.

Ele resmunga.

— Já falou com o laboratório de impressões digitais?

Solto um palavrão.

— Sabia que tinha esquecido alguma coisa!

— Você é foda, viu? — diz ele. — Eles não vão fazer nada por mim. Já pedi duas vezes.

Prometo que vou ligar e também falar com Indolor, hoje ou amanhã. Quando voltamos à minha sala, peço à Eugenia que segure minhas ligações e fecho a porta. Tiro da gaveta o arquivo B que Horgan me deu. Lip o analisa por um momento.

Como o recebi de Raymond, o arquivo B consiste em uma senha de login, gerada quando o caso foi inserido em nosso sistema de computador; uma única folha de anotações esparsas e escritas a mão por Carolyn; e a cópia de uma carta longa. Não há nada no arquivo que indique se o original desta carta foi recebido ou se só esta cópia chegou. A carta foi datilografada, está limpa, mas não parece profissional. As margens são estreitas e há um único parágrafo. O autor é alguém que sabe datilografar, mas aparentemente não o faz com frequência – uma dona de casa, talvez, ou um executivo.

Já li a carta quatro ou cinco vezes, mas leio mais uma vez, pegando cada página de Lip conforme ele termina.

Caro sr. Horgan:
Estou escrevendo porque sou seu fã há muitos anos. Tenho certeza de que você não sabe nada sobre as coisas que me levam a escrever esta carta. Na verdade, acho que você gostaria de fazer alguma coisa a respeito. Provavelmente não há nada que possa fazer, já que tudo aconteceu há muito tempo. Mas achei que gostaria de saber. Aconteceu enquanto você era promotor público e tem mais ou menos a ver com alguém que trabalhava para você, um procurador adjunto que creio que estava aceitando subornos. Há nove anos, no verão, uma pessoa que vou chamar de Noel foi presa. Noel não é o nome verdadeiro da pessoa, mas, se eu lhe dissesse qual é, você primeiro falaria com ele sobre o que escrevi nesta carta, e ele pensaria no assunto e saberia que fui eu que o denunciei. E ele iria me prejudicar para se vingar. Acredite, eu o conheço muito bem e sei do que estou falando. Ele faria eu me arrepender amargamente. Enfim, Noel foi preso. Acho que o motivo não é muito importante, mas foi uma coisa que o deixou muito envergonhado, porque ele é assim. Noel achava que, se as pessoas com quem trabalhava e se relacionava descobrissem, não iam mais querer saber dele. Grandes amigos.

Mas Noel é assim. O advogado que arranjou disse que ele deveria simplesmente admitir no tribunal porque nada iria acontecer e ninguém jamais ficaria sabendo. Mas Noel era uma pessoa muito paranoica, e ficou aflito pensando no que aconteceria se alguém descobrisse. Logo, começou a falar que ia subornar alguém. No começo, achei que estava brincando. Noel se rebaixaria a qualquer coisa, mas isso simplesmente não combinava com ele. Se você o conhecesse, entenderia por quê. Mas ele ficava me dizendo que ia fazer isso. E custaria 1.500 dólares. Sei de tudo isso porque, para encurtar a história, fui eu que dei o dinheiro a ele. Já que sabia como Noel era, achei melhor garantir que as coisas saíssem como ele esperava. Fomos até o Distrito Norte, Runyon com a 111. Lá fora, não esperamos nem um minuto até que uma secretária que parecia conhecer Noel se aproximou e nos levou até o escritório do promotor. Seu nome, RAYMOND HORGAN, estava escrito na porta, eu me lembro. Noel me disse para esperar do lado de fora. Naquela época, eu tinha muito medo de me envolver com isso, o que era uma idiotice, já que fui até lá para vê-lo dar o dinheiro a alguém. Mas, enfim, em dois minutos ele voltou. Havia colocado todo esse dinheiro dentro de uma meia (não estou brincando!) e, quando saiu, me mostrou a meia vazia. Eu quase saí correndo de lá, mas Noel manteve a cabeça fria. Mais tarde, perguntei a ele o que havia acontecido. Noel nunca gostou de falar sobre isso. Disse que estava me protegendo, o que é engraçado. Tenho certeza de que imaginou que, se eu não esquecesse, mais cedo ou mais tarde iria pedir o dinheiro de volta. Enfim, disse que a garota o levou a uma sala e pediu que esperasse lá. Então, um homem falou atrás dele. Disse a Noel para colocar na gaveta do meio da escrivaninha o que havia levado e sair. Noel disse que não olhou para trás. Dez dias depois, teve que se apresentar no tribunal. Estava quase louco de novo. Ficava dizendo que sabia que ia se ferrar, mas, quando chegamos lá, o advogado da promotoria disse ao juiz que o caso estava arquivado. Tentei muito lembrar o nome desse advogado, mas não consigo. Uma ou duas vezes perguntei a Noel o nome do homem que ele subornou, mas, como disse, ele nunca gostou de falar sobre isso e só me dizia para cuidar da minha vida. Então, estou escrevendo esta carta para você. Não vejo Noel há mais ou menos dois anos. Francamente, essa não foi a pior coisa que ele já fez, se você acreditar no que ele diz, mas foi a única coisa que eu o vi fazer. Não estou atrás de Noel, mas acho que esse promotor agiu errado pegando esse dinheiro e tirando vantagem das pessoas dessa maneira e quis escrever para que você pudesse fazer alguma coisa a respeito. Algumas pessoas a quem contei essa história, sem usar nenhum nome, disseram que você não poderia fazer nada em relação a uma coisa tão antiga, pois já deve ter prescrito, mas acho que essa não deve ter sido a única vez que uma coisa assim aconteceu, talvez a pessoa ainda esteja fazendo isso. Na realidade, acho que isso que acabei de escrever não é verdade. Espero que você pegue Noel também. Mas não quero que ele saiba que foi com a minha ajuda. E, se você o pegar por meio de outra pessoa, eu imploro, por favor (por favor!), não mostre esta carta a ele. ESTOU CONFIANDO EM VOCÊ.

Obviamente, a carta não está assinada. Aqui na promotoria, recebemos cartas como esta todos os dias. Dois paralegais são designados para fazer praticamente nada além de responder a esse tipo de correspondência e conversar com os diversos tipos excêntricos que aparecem pessoalmente na recepção. As mais sérias costumam ser repassadas, e foi assim, presumivelmente, que esta carta chegou até Raymond. Mesmo com esse filtro, muito do que entra é lixo. Mas esta, apesar de meio engraçada, parece real. É mais que possível, claro, que o informante tenha sido simplesmente enganado por seu amigo Noel, mas a pessoa que escreveu a carta estava em posição melhor para julgar, e ela não parece pensar que foi esse o caso.

Golpe ou não, é fácil entender por que Raymond Horgan não gostaria que esse arquivo circulasse por aí em ano eleitoral. Nico adoraria ter evidências de qualquer tipo de crime encoberto cometido durante a gestão de Raymond. Como supõe o autor da carta, não é provável que o caso do amigo Noel tenha sido um episódio isolado. O que temos em mãos é um escândalo de primeira classe: uma quadrilha corrupta que age por baixo do pano e, pior ainda, não apreendida, operando em um dos tribunais regionais.

Lipranzer acendeu um cigarro e está calado há muito tempo.

— Você acha que é besteira? — pergunto.

— Não — diz ele. — Tem coisa aí. Talvez não seja o que esse trouxa pensa, mas é alguma coisa.

— Acha que vale a pena dar uma olhada?

— Mal não vai fazer. Não estamos enterrados em pistas mesmo...

— Concordo. Carolyn deve ter imaginado que esses dois eram gays. Acho que ela estava no caminho certo — digo e aponto para as anotações dela.

Ela anotou o número de seção de várias disposições do ainda intitulado Capítulo Moral do código penal estadual com um ponto de interrogação ao lado.

— Você se lembra dos ataques no Parque Florestal da Cidade? Isso faria sentido naquela época. Nós enchíamos carros prendendo aqueles caras. E os casos foram para o North Branch, não é?

Lip assente com a cabeça: tudo se encaixa. A natureza embaraçosa do crime, a necessidade de ocultá-lo... E o timing bate. Crimes sexuais envolvendo adultos e consentimento foram ignorados, como uma questão política, na primeira administração de Raymond. Os policiais traziam os casos, mas nós os realocávamos. Na época em que Raymond começou a campanha para a reeleição, certos grupos – prostitutas e gays em particular, em seus segmentos mais floreados – estavam fora de controle. Com os gays, o problema era agudo nos parques florestais públicos que cercam a cidade. Famílias não iam lá ao meio-dia nos fins de semana por medo de expor seus filhos. Houve algumas reclamações bastante explícitas sobre o que acontecia em plena luz do dia nas mesas de piquenique – onde, como minha mãe apontava, as pessoas deveriam comer. Faltando nove meses para as eleições, planejamos uma blitz ostensiva para limpar o local. Dezenas de homens eram presos todas as noites, muitas vezes em *flagrante*. Geralmente, seus casos eram resolvidos com a supervisão do tribunal – uma espécie de confissão de culpa expurgável –, e os réus sumiam depois.

Esse é o problema; Lip e eu reconhecemos que será difícil encontrar Noel. Provavelmente, houve uns quatrocentos casos desses naquele verão, e nem sabemos o nome verdadeiro dele. Se Carolyn fez um bom progresso, o arquivo não demonstra. A data da capa indica que ela pegou o caso cerca de cinco meses antes de seu assassinato. Suas anotações refletem pouca investigação. "Noel" está escrito no canto superior e sublinhado inúmeras vezes. Um pouco mais abaixo, ela escreveu "Leon". A princípio, não percebo o significado disso; até que me dou conta de que ela presumiu que, como acontece com muitos pseudônimos, o nome escolhido pelo autor da carta tinha alguma associação significativa com o amigo. Talvez o nome fosse um palíndromo. Carolyn supôs que estivesse procurando alguém chamado Leon. No fim da página, anotou outro nome, Kenneally, e seu cargo. É Lionel Kenneally, um bom policial, agora comandante. Trabalhamos juntos nos casos da Gangue dos Santos. Ele trabalha no 32º Distrito Policial, cujos processos são ouvidos no Distrito Norte.

— Ainda não entendo por que nunca ouvi falar desse caso — digo a Lip.

Não consigo imaginar um motivo processual para não ser informado ou para o caso ter ido parar nas mãos de Carolyn, que não trabalhava em nossa Unidade de Corrupção Pública. Já passei um bom tempo com esse quebra-cabeça, cheio de tristes implicações sobre meu decadente idílio com Raymond Horgan e o dele comigo.

Lip dá de ombros.

— O que Horgan lhe falou?

— Não consegui encurralá-lo. Faltam doze dias para a eleição, estão trabalhando full time.

— E Kenneally. O que ele disse?

— Está de licença.

— É melhor você falar com ele; para mim, ele não vai falar merda nenhuma. Não somos fãs um do outro.

O departamento de polícia está cheio de pessoas com quem Lipranzer não se dá bem, mas eu imaginava que Lip gostasse de Kenneally. Ele gosta de bons policiais. Mas há algum problema entre eles, Lip já insinuou isso antes.

Lip vai sair, mas volta para a sala. Já estou indo falar com Eugenia, mas Lip me pega pelo cotovelo para me deter. Ele fecha a porta que acabei de abrir.

— Mais uma coisa. — Ele olha diretamente para mim. — Levantamos os registros telefônicos dela.

— E?

— Nada de especial. É que nós levantamos os registros dos números para quem ela ligou mais de três vezes nos últimos seis meses.

— E? — repito.

— Analisando os registros, percebi que um dos números que aparece é o seu.

— Daqui? — pergunto.

Lip me olha com seus olhos eslavos estreitados.

— Da sua casa — diz ele. — Outubro, por aí.

Estou prestes a dizer que deve estar errado. Carolyn nunca ligou para minha casa. Então, entendo. *Eu* fiz essas ligações da casa de Carolyn para mentir para minha esposa, dizendo coisas como "vou chegar tarde de novo. Esse julgamento vai ser uma merda. Vou pedir comida aqui mesmo".

Enquanto penso, Lip me observa com olhos cinza inexpressivos.

— Prefiro que você deixe isso de fora — admito, por fim. — Se Barbara vir uma intimação da companhia telefônica, vai explodir. E, dadas as circunstâncias... Se não se importa, Lip, eu agradeceria.

Ele assente, mas vejo que não está convencido. Sempre confiamos um no outro, sabendo que não cometeríamos certos tipos básicos de estupidez. E Dan Lipranzer seria infiel a esse pacto se não parasse mais um momento para lançar seus olhos cinzentos sobre mim, sério, para deixar claro que o decepcionei.

CAPÍTULO 9

— No fim — eu disse a Robinson —, tivemos que colocar Wendell McGaffen no banco das testemunhas.

Seu testemunho seria a única resposta efetiva ao pai, por isso chamamos o menino para a contestação. Carolyn estava deslumbrante. Usava um terninho azul-escuro e uma blusa bege com um laço de cetim enorme e ficou ao lado de Wendell, cujos pés não alcançavam o chão e pendiam da dura cadeira de carvalho onde se sentam as testemunhas. Não se ouvia um pio no tribunal.

— E então, o que sua mãe fez, Wendell?

Ele pediu água.

— Quando sua mãe levou você para o porão, Wendell, o que ela fez?

— Foi ruim — disse ele.

— Foi ruim?

Carolyn foi até o torno, que estava ali, como um presságio, à beira da mesa da promotoria, manchado de graxa, preto; cada parte dele era mais grossa que os membros de Wendell.

— Aham.

— Ela machucou você?

— Aham.

— E você chorou?

— Aham.

Wendell bebeu um pouco mais de água e acrescentou:

— Muito.

— Conte como aconteceu — pediu Carolyn, por fim, baixinho.

E Wendell contou. A mãe o mandara deitar, e ele disse que gritou e chorou. Mas sua mãe não chorou. Ele implorou.

Mas, por fim, ele se deitou.

E ela o mandou não gritar.

Wendell balançava os pés enquanto falava, apertando firme sua boneca. E, como Carolyn e Mattingly lhe haviam instruído, não olhava para a mãe. Stern fez o pouco que pôde quando foi a vez dele de o inquirir.

Perguntou a Wendell quantas vezes ele havia se encontrado com Carolyn e se amava a mãe, o que fez o menino pedir mais água. Não havia o que discutir; cada um ali presente sabia que a criança estava dizendo a verdade, não porque fosse experiente ou particularmente emotivo, mas porque em cada sílaba que Wendell falava havia um tom, um conhecimento, um instinto inflexível de que o que ele descrevia era coisa errada. Wendell convenceu com sua fibra moral.

Fiz a argumentação final da acusação. Meu estado de perturbação pessoal era tamanho que, quando me aproximei do palanque, não fazia ideia do que ia dizer e, por um momento, entrei em pânico, certo de que ficaria sem palavras. Mas acessei o poço de toda a minha agitação e paixão e falei fervorosamente por esse menino, que devia ter vivido, disse eu, desesperado e inseguro cada momento da vida, querendo, como todos nós, amor, e recebendo em troca não apenas indiferença ou dureza, mas tortura.

Então, esperamos. Trabalhar com o júri é como viver em animação suspensa. Sou incapaz de prestar atenção mesmo nas tarefas mais simples, como limpar minha mesa, retornar telefonemas, ler relatórios de processos, e acabo andando pelos corredores, conversando sobre as provas e as argumentações com qualquer pessoa que tenha o azar de me perguntar como foi o caso.

Por volta das quatro da tarde, Carolyn me disse que ia devolver algo na Morton's, e me ofereci para acompanhá-la. Quando saímos do prédio, começou a chover forte; um aguaceiro frio que caía muito inclinado por causa do vento de inverno. As pessoas corriam pela rua cobrindo a cabeça. Carolyn devolveu o que queria: uma tigela de vidro cuja origem ela não identificou, e voltamos para a chuva. Ela deu um gritinho quando o vento aumentou, então passei o braço em volta dela para protegê-la, e ela se encostou em mim sob meu guarda-chuva. Foi como se algo fosse liberado, e seguimos assim por alguns quarteirões, sem dizer nada. Até que, por fim, segui meu impulso de falar:

— Ouça — eu disse. E repeti. — Ouça.

De salto alto, Carolyn tinha cerca de um metro e oitenta, uns cinco centímetros a mais que eu, de modo que foi quase como um abraço quando ela virou o rosto em minha direção. À luz natural, dava para ver o que Carolyn, com sua devoção a cremes, academias e roupas excelentes, tentava disfarçar: o rosto de uma mulher de mais de quarenta anos, com a maquiagem grudada nas rugas que irradiavam de seus olhos, certa aspereza e uma pele já cansada. Mas, de alguma forma, isso a tornou mais real para mim. Essa era minha vida, e isso estava acontecendo.

— Andei pensado em uma coisa que você falou — continuei. — O que você quis dizer naquela noite quando disse "Agora não"?

Ela olhou para mim e sacudiu a cabeça, como se não soubesse, mas se via o capricho em seu rosto e os lábios selados para conter o riso.

O vento voltou a soprar, e eu a puxei para baixo do toldo de uma loja recuada. Estávamos no Grayson Boulevard, onde as lojas ficam de frente para os majestosos olmos do Midway.

— É que — acrescentei, sem esperança e de maneira lamentável — parece que tem alguma coisa acontecendo entre nós. Será que estou louco por pensar assim?

— Acho que não.

— Não?

— Não.

— Ah — respondi.

Ainda sorrindo maravilhosamente, ela passou o braço no meu e me levou de volta para a rua.

O júri voltou pouco antes das sete da noite. Culpada por todas as acusações. Raymond havia ficado no escritório aguardando o veredito e desceu conosco para falar com a imprensa, pois não eram permitidas câmeras acima do saguão do Prédio do Condado. Depois, nos levou para beber. Ele tinha um compromisso e, por volta das oito e meia, nos deixou sentados a uma mesa nos fundos do Caballero's, onde Carolyn e eu conversamos, ficamos bêbados e distraídos. Eu disse que ela havia sido magnífica. Magnífica. Não sei quantas vezes disse isso.

A TV e o cinema estragaram os momentos mais íntimos de nossa vida. Deram-nos convenções que dominam nossas expectativas em momentos cuja intensidade normalmente os tornaria espontâneos e únicos. Temos convenções de luto, que aprendemos com os Kennedy, e gestos específicos de vitória, com os quais imitamos os atletas que vemos na tela, que, por sua vez, aprenderam as mesmas coisas com outros atletas que viram na

TV. A sedução também tem seus padrões agora, seus momentos de olhar lento, sua réplica ofegante.

E, assim, nós dois acabamos nos comportando bravamente, suaves, irônicos, como todos aqueles casais lindos e equilibrados do cinema, provavelmente porque não tínhamos outra ideia de como nos comportar. E, mesmo assim, havia uma tensão no ar, uma correnteza forte que tornava difícil ficar sentado, mexer a boca ou levantar o copo para beber. Não acredito que tenhamos pedido o jantar, mas tínhamos cardápios nas mãos, algo para contemplar, como bailarinas com seus leques de seda. Por baixo da mesa, Carolyn mantinha a mão largada casualmente, bem perto do meu quadril.

— Eu não conhecia você quando tudo começou.

— O quê? — perguntou ela.

Estávamos próximos um do outro no banco aveludado, mas ela teve que se inclinar para um pouco mais perto, porque eu estava falando bem baixinho. Senti o cheiro de bebida no hálito dela.

— Eu não conhecia você antes deste caso começar. Estou surpreso.

— Por quê? — perguntou ela.

— Porque agora não parece que eu não conhecia você.

— E agora você me conhece?

— Acho que conheço melhor. Não concorda?

— Talvez — disse ela. — Ou talvez agora você saiba que quer me conhecer.

— É possível — falei.

E ela repetiu:

— É possível.

— E vou poder conhecer você?

— Também é possível — disse ela — se é o que você quer.

— Acho que é.

— Acho que isso é só uma das coisas que você quer — disse ela.

— Uma das coisas? — perguntei.

— Sim, uma.

Ela pegou o copo e bebeu sem desviar os olhos de mim. Meu rosto não estava muito longe do dela. Quando ela abaixou o copo, o grande laço de sua blusa quase tocou meu queixo. Seu rosto parecia meio áspero por causa da maquiagem, mas seus olhos eram profundos e espetacularmente brilhantes. O ar ao nosso redor estava tomado por aromas cosméticos, perfumes e emanações corporais de nossa proximidade. Nossa conversa parecia vagar, circular languidamente, como um falcão sobre as colinas, durante horas.

— O que mais eu quero? — perguntei.

— Acho que você sabe — respondeu ela.

— Sei?

— Acho que sim.

— Também acho — falei. — Mas, de uma coisa, ainda não sei.

— O quê?

— Não sei bem como conseguir... o que eu quero.

— Não sabe?

— Não exatamente.

— Não exatamente? — repetiu ela.

— Não.

Seu sorriso, tão curvo e ao mesmo tempo delicadamente contido, estendeu-se, e ela disse:

— É só pegar.

— Só pegar? — repeti.

— Sim, só pegar — disse ela.

— Agora?

— É só pegar.

O ar parecia tão cheio de emoção que era quase uma névoa. Lentamente, levei a mão a seu laço de cetim brilhante. Quase toquei seu seio ao fazer isso. E então, sem desviar os olhos dela, gradualmente fui puxando aquela fita larga. Ela deslizou perfeitamente, e o nó se abriu, deixando exposto o botão da gola da blusa. E, naquele exato momento, senti a mão de Carolyn pairando por baixo da mesa como um pássaro e uma unha comprida deslizar por um instante sobre minha protuberância já dolorida. Quase gritei, mas, em vez disso, tudo se resumiu a um estremecimento, e Carolyn, baixinho, sugeriu que chamássemos um táxi.

— Então — disse eu a Robinson —, foi assim que nosso caso começou. Fui com ela para seu loft moderno, e fizemos amor nos tapetes gregos macios. Comecei a agarrá-la no minuto em que trancou a porta; levantei sua saia com uma das mãos e coloquei a outra por baixo da blusa dela.

Tão macia... Gozei quase instantaneamente. E depois fiquei deitado em cima dela, observando a sala, a teca, a nogueira, as estatuetas de cristal, pensando que parecia a vitrine de alguma loja chique do centro da cidade e me perguntando, naquele ócio, o que eu estava fazendo com minha vida, ou *em* uma vida na qual o ápice de uma paixão muito cultivada passou tão rápido que mal pude acreditar que houvesse acontecido. Mas não tive muito tempo para pensar nisso, porque tomamos um drinque e depois fomos para o quarto dela ver a reportagem sobre nosso caso judicial no noticiário, e aí eu já estava pronto de novo e, dessa vez, quando me coloquei sobre ela, sabia que estava perdido.

CAPÍTULO 10

— Tudo que eu puder fazer por você, Rusty. O que precisar.

É o que diz Lou Balistrieri, comandante de Serviços Especiais do Departamento de Polícia. Estou sentado na sala dele no McGrath Hall, onde ficam as seções operacionais centrais do DP. Não sei dizer quantos Lous há por aqui – sujeitos de cinquenta e cinco anos, de cabelo grisalho e um barrigão que forma vários pneus, além de uma voz catarrenta de tanto fumar. Lou é um burocrata talentoso, implacável com seus subalternos e bajulador desavergonhado com qualquer um que tenha poder suficiente para prejudicá-lo – como eu. Está ao telefone agora, ligando para o laboratório criminal, subordinado a ele.

— Morris, aqui é Balistrieri. Me passe para Dickerman. Sim, agora. Se está no banheiro, tire-o de lá. Sim.

Balistrieri pisca para mim. Foi policial de rua durante vinte anos, mas agora trabalha sem uniforme. Sua camisa de seda artificial tem marcas de suor nas axilas.

— Olá, Dickerman. Sim, o negócio da Polhemus. Rusty Sabich está aqui comigo. Sim, Sabich. Sabich, pelo amor de Deus! Isso, o de Horgan. Subchefe. Temos um copo, parece. Sim, eu sei que acharam latentes, por isso estou ligando. O que você acha? Ah, claro, sou um carcamano gordo e burro. Só não esqueça que este carcamano gordo e burro pode mandar você para casa com as bolas dentro de um saco de papel. Sei, sei. Mas estou ligando pelo seguinte: não podemos fazer uma varredura com aquele laser e comparar com os fichados que estão no computador? Entendi, você achou três boas impressões. Então, pegue o que precisa para jogar no computador, e vamos descobrir se são de alguém já conhecido. Ouvi dizer que o policial do caso está pedindo há dez dias que você faça isso. Murphy? Qual? Leo ou Henry? Porque Henry é uma mula. Legal. Não me venha com essas merdas de computador, não entendo nada. Não. Não. Não é suficiente. Tudo bem. Me ligue de volta. Dez minutos. Dez. Vamos resolver isso.

O problema não é o equipamento, mas o fato de o computador estar sob a jurisdição de outro departamento. Este tem só uma máquina, e o pessoal que faz coisas como folha de pagamento acha que ela deve ser considerada só deles.

— Ok, vou perguntar. Vou perguntar — diz Balistrieri, quando recebe a ligação de volta, e cobre o fone. — Eles querem saber o tamanho da área que você quer cobrir. Podemos pegar todos os criminosos ou todo mundo que já tirou impressões digitais no condado, tipo funcionários públicos e essas merdas.

Penso um segundo.

— Só os criminosos devem ser o suficiente. Posso fazer o resto mais tarde se for preciso.

Balistrieri faz uma careta e diz, ainda para mim:

— Faça tudo. Só Deus sabe se vou poder interferir de novo.

Ele tira a mão do fone antes que eu possa responder.

— Faça tudo. Isso. Em quanto tempo? Uma semana, porra? Esse homem está cuidando do maior caso de assassinato da cidade e tem que puxar seu saco? Foda-se a análise estatística de Murphy. Sim, diga a ele que eu disse isso. Ok. — Ele desliga o telefone. — Uma semana, provavelmente dez dias. Eles precisam da folha de pagamento, e o chefe quer umas estatísticas para o Setor Administrativo de Assistência à Lei. Vou pressionar, mas duvido que saia antes disso. E peça ao seu policial para retirar o copo da sala de evidências e levá-lo para o laboratório, caso precisem dele para alguma coisa.

Agradeço a Lou pela ajuda e vou para o laboratório de patologia. Este edifício é meio parecido com uma escola antiga, com acabamento de carvalho envernizado e corredores gastos. Há policiais de parede a parede, homens – e não poucas mulheres, hoje em dia – de camisa azul-escura e gravata preta, andando de um lado para outro, fazendo piadinhas uns com os outros. Pessoas de minha geração e camada social não gostam de policiais. Eles viviam batendo em nossa cabeça e farejando drogas. Não eram muito espertos. Por isso, quando virei promotor, comecei com uma desvantagem que, na verdade, nunca superei. Trabalho com policiais há anos, de alguns eu gosto; de grande parte, não. A maioria tem dois defeitos: são duros e loucos. Veem coisas demais, vivem com o nariz na sarjeta.

Três ou quatro semanas atrás, em uma sexta-feira à noite, fiquei mais tempo do que deveria no Gil's e comecei a pagar rodadas para um policial de rua chamado Palucci. Ele tomou uma cerveja e algumas doses e começou a falar sobre um coração que havia encontrado, naquela manhã, dentro de um saco Ziploc. Só isso, o órgão e os vasos principais, largados ao lado de uma lixeira no fim de um beco. Ele pegou o saco, olhou para ele e foi embora. Mas acabou se obrigando a voltar. Abriu a tampa da lixeira e vasculhou o lixo. Não havia partes do corpo. "Foi isso. Cumpri o meu dever. Deixei no centro da cidade e mandei marcar como bode expiatório."

Loucos. Eles são nossos paranoicos pagos. Um policial vê um dia nublado e pensa em conspiração; suspeita de traição quando você diz bom-dia. Eles formam uma irmandade sombria que cresce em nosso meio e pensa mal de todos nós.

O elevador me leva ao subsolo.

— Dr. Kumagai — cumprimento.

A sala dele fica em frente ao necrotério, com suas mesas de aço inox e os horríveis odores de cavidades peritoneais abertas. Através das paredes, ouço uma serra cirúrgica trabalhando. A mesa de Indolor está uma bagunça: muralhas de papéis e periódicos, bandejas de madeira transbordando. Em um canto, uma TV pequena está ligada, com o volume baixo, passando um jogo de beisebol vespertino.

— Sr. Savage! Estamos ficando importantes, hein? Subchefe aqui?

Indolor é muito esquisito, um japonês com um pouco menos de um metro e setenta, sobrancelhas grossas e um bigodinho dividido bem no meio do lábio. É do tipo cinético, sempre se esquivando e se contorcendo, falando com as mãos para o alto. Como um cientista louco, só que não há nada de benevolente nele. Quem achou que Indolor se daria bem trabalhando com cadáveres acertou. Não consigo imaginar sua postura como médico de vivos. Ele é do tipo que joga coisas nas pessoas, xinga. Cada mínima ideia amarga que esteja em seu cérebro, ele expressa. É uma dessas pessoas que, às vezes, parece que há em excesso no mundo. Eu não o entendo e, se me esforçar muito – nesse tipo de esforço instintivo que fazemos tentando usar a pseudotelepatia –, minha cabeça dá pau. Não consigo imaginar o que se passa na mente dele quando faz seu trabalho, assiste à TV ou paquera uma mulher. Sei que eu poderia perder uma aposta mesmo que tivesse dez chances de adivinhar o que ele fez no sábado à noite.

— Na verdade, só vim pegar um relatório. Você ligou para Lipranzer.

— Ah, sim, sim — diz Indolor. — Está aqui em algum lugar. Aquele maldito Lipranzer! Quer tudo pra ontem.

Com as duas mãos, Indolor transporta as pilhas de papel pela mesa enquanto procura o novo relatório.

— Você não vai ser subchefe por muito mais tempo, né? Acho que Della Guardia vai deixar Raymond Horgan comendo poeira. Hein?

Ele olha para mim, esperando a resposta. Está sorrindo, como é seu costume ao lidar com algo que os outros acham desagradável.

— Veremos — digo, mas decido ser um pouco mais agressivo. — Delay é seu amigo, doutor?

— Nico é um cara e tanto, *um cara e tanto*. Sim, trabalhamos juntos em muitos casos grandes de assassinato. Ele é bom também, muito bom. Ele subiu lá e deixou advogados de defesa no chinelo. É este — diz, jogando uma pasta em minha direção, e se inclina em direção à TV. — Esse maldito Dave Parker! Agora que parou de cheirar, consegue acertar a maldita bola.

A proximidade entre Nico e Indolor havia passado despercebida para mim antes, mas é natural. O grande promotor de homicídios e o patologista da polícia. Precisariam muito um do outro de vez em quando. Pergunto a Indolor se posso me sentar um minuto.

— Claro, sente-se, sente-se. — Ele afasta uma pilha de pastas e olha de novo para a televisão.

— Lipranzer e eu andamos discutindo uma teoria, digamos, uma ideia. Talvez tenha sido alguma coisa relacionada a um fetiche que saiu do controle. Talvez Carolyn estivesse vivendo perigosamente e, quando o namorado pensou que ela havia morrido, deu uma pancada na cabeça dela para fazer parecer outra coisa. Isso parece possível para você?

Indolor, com seu jaleco branco, apoia os cotovelos sobre as torres de papéis.

— Nem fodendo.

— Não?

— Nem fodendo. Policial é burro — diz Indolor, o patologista do Departamento de Polícia. — Quando a coisa é difícil, eles facilitam; quando é fácil, eles complicam. Leia o maldito relatório. Eu fiz um relatório; leia, porra. Lipranzer quer que eu corra, e o cara não leu a porra do relatório.

— Este relatório?

— Não esse. — Ele puxa o relatório da minha mão. — Meu relatório. Da autópsia. Viu alguma coisa sobre hematomas nos pulsos? Contusões nos tornozelos? Machucados nos joelhos? Essa mulher morreu atingida com alguma coisa, não estrangulada. Leia a porra do relatório!

— Ela estava muito bem amarrada. Dá para ver a marca da corda no pescoço nas fotos.

— Sim, sim, muito bem amarrada. Parecia um maldito arco e flecha quando a trouxeram. Mas só tem uma marca no pescoço. Se alguém puxasse cada vez mais forte, a corda ia mexer, formar uma contusão grande. Ela tem uma marca fininha no pescoço.

— O que isso significa? — questiono.

Indolor sorri. Ele adora dar as cartas. Aproxima tanto o rosto da TV que o brilho cinza da tela reflete em sua testa.

— Primeiro e terceiro — diz ele.

— O que significa o fato de a marca ser estreita? — pergunto, de novo. Fico esperando. O locutor narra uma jogada.

— Vou precisar trazer um mandado? — pergunto, baixinho.

Tento sorrir, mas minha voz não tem esse tom.

— O quê? — pergunta Indolor.

— O que você concluiu sobre os hematomas no pescoço dela?

— Que a corda foi passada no pescoço primeiro. Ok?

Paro um momento para entender isso. Mas não entendo – e Indolor sabe disso.

— Ei, espere aí — digo. — Pensei que estivéssemos trabalhando com a teoria de que alguém bateu nela para dominá-la. O golpe foi letal, mas o sujeito não percebeu ou não se importou. Ele a amarrou com esse nó deslizante bizarro e a estuprou, e a estrangulou ao mesmo tempo. Eu entendi direito ou você mudou de ideia?

— Eu mudei? Olhe o maldito relatório! Não diga uma coisa dessa. Não sou eu que estou dizendo isso. É isso o que *parece*. Talvez seja essa a opinião dos policiais, não minha.

— E o que você acha, então?

Indolor sorri e dá de ombros.

Fecho os olhos por um instante.

— Escute — digo —, faz dez dias que estamos investigando um caso importante de assassinato e só agora fico sabendo que você acha que a corda passou primeiro pelo pescoço dela? Teria sido bom saber disso antes.

— Pois perguntasse. Lipranzer fica pressionando, "anda logo, preciso do relatório". Pronto, aí está o relatório. Ninguém me pergunta o que eu penso.

— Acabei de perguntar.

Indolor se recosta na cadeira.

— Talvez eu não pense nada — diz.

Ou esse cara é mais idiota do que me lembro ou algo está errado. Penso por um momento, recapitulando.

— Está me dizendo que acha que ela foi estuprada e depois amarrada?

— Amarrada por último, sim. Eu acho. Mas estuprada? Agora penso que não.

— Agora?

— Agora — diz Indolor, e ficamos nos encarando. — Leia o relatório.

— Da autópsia?

— Este relatório! Este relatório, porra! — Ele bate na pasta que estou segurando.

Leio o relatório. É do químico forense. Outra substância na vagina de Carolyn Polhemus foi identificada, o Nonoxinol-9. Pelas concentrações, o químico concluiu que era derivada de gel espermicida. Por isso não havia espermatozoides viáveis.

Vejo que Indolor está com um sorriso enorme, sem um pingo de generosidade, quando olho para cima de novo.

— Está dizendo que ela usou anticoncepcional? — pergunto.

— Dizendo, não. Constatando. Gel anticoncepcional. Concentração dois por cento. Base de goma de celulose. Usado com diafragma.

— Diafragma? — repito e acrescento, extremamente devagar: — Você não viu um diafragma durante uma autópsia?

— Não, porra! — grita Indolor, bate na mesa e ri bem alto. — Você já esteve em uma autópsia, Savage. Sabe como é. Enfim, nada de diafragma naquela mulher.

Mais tempo. Indolor sorri, e eu o observo.
— Onde foi parar?
— Meu palpite?
— Por favor.
— Alguém pegou.
— A polícia?
— A polícia não é tão burra assim.
— Quem?
— Ouça, sr. Savage. Não foi a polícia; não fui eu. Tem que ser o cara.
— O assassino?
— Isso, porra.

Pego o relatório para ler de novo. Noto outra coisa, e nossa conversa de repente fica clara. Tento me controlar, mas minha fúria está aumentando. Sinto o calor subir até minhas orelhas. Talvez Indolor esteja notando, porque, depois de me provocar durante dez minutos, por fim sossega. Deve imaginar que, mais cedo ou mais tarde, eu entenderia de qualquer maneira.

— Quer saber o que eu acho? Que foi o seguinte: foi um homem que matou a amante. Ele chegou, tomou uma bebida. A mulher teve relações com o homem, ok? Muito bom. Mas ele é um sujeito nervoso, pegou alguma coisa e a matou, e tentou fazer parecer um estupro. Amarrou e arrancou o diafragma. Isso é o que eu acho.

— O que Tommy Molto acha? — pergunto.

Indolor Kumagai, o sádico de merda, enfim foi encurralado. Dá um sorrisinho insípido e tenta rir. "Rir" não é a palavra certa. Ele resfolega. Mexe a boca, mas não fala.

Entrego a ele o relatório, cuja data, noto de passagem, é de cinco dias atrás. Aponto para o que escreveu no topo: Molto 762-2225.

— Não quer anotar isto em outro lugar para poder entrar em contato com Molto quando precisar dele?

Indolor está ganhando velocidade de novo.
— Ah, Tommy — diz, mais gentil. — Bom rapaz. Bom rapaz.
— Como ele está?
— Bem, bem.

— Diga a ele para me ligar um dia desses. Talvez eu possa descobrir o que está acontecendo em minha própria investigação.

Eu me levanto, aponto para Kumagai e o chamo pelo nome que sei que ele detesta.

— Indolor, diga a Molto e a Nico que isso é jogo sujo. Política barata. E jogo sujo do departamento de polícia também. Peçam a Deus para que eu não encontre nada que possa provar que houve adulteração aqui.

Arranco o relatório da mão de Indolor e saio sem esperar resposta. Meu coração está a mil e meus braços estão frouxos de raiva. Evidentemente, Raymond não está quando volto para o Prédio do Condado, mas digo à Loretta para pedir que ele me procure, que é urgente. Procuro Mac, mas ela também está em outro lugar. Eu me sento em minha sala e penso. Muito esperto, o maldito. Tudo que pedimos e nada mais. Dá os resultados, mas não a opinião. Avisa quando o relatório do químico forense chega, mas não menciona o que diz. Nos deixa correr o máximo possível na direção errada e, enquanto isso, conta tudo que sabe a Molto. Essa é a parte que me deixa pior. Nossa, como a política é suja! E a polícia é mais suja ainda.

Os Medicis não viviam em um mundo cheio de intrigas. Todas as alianças secretas de uma comunidade estavam presentes ali. Cuidado com seu corretor e sua namorada, que estão de conluio com o vereador. E seus sogros e seu irmão inútil com o cara da loja de ferragens com quem você sempre tem que barganhar por parafusos. E fique de olho no novato com o drogado cuja sinceridade o comove ou com o informante que você precisa vigiar. Cuidado com o inspetor do departamento de trânsito que ajudou seu tio ou com o tenente que você acha que se meteu com Bolcarro e vai ser capitão em breve. Com seu brother, seu vizinho, o cara da ronda que é um bom sujeito. Cada um deles precisa de algo do outro, e consegue. No departamento de polícia de uma cidade grande – pelo menos no condado de Kindle – não existe esse negócio de seguir as regras. O livro foi destruído há muitos anos. Cada um dos dois mil sujeitos de azul joga em seu próprio time. Indolor simplesmente age como todo mundo. Talvez Nico tenha prometido para ele o cargo de legista.

Meu telefone toca. É Mac. Atendo e já saio andando.
— Finalmente sabemos o que Tommy Molto está tramando — digo.

CAPÍTULO 11

À noite, ao sair, vejo as luzes acesas na sala de Raymond. São quase nove horas e a primeira coisa que penso é que alguém está visitando quem não deveria. Meu encontro com Kumagai, há três dias, acabou me deixando nervoso e desconfiado, e fico um tanto surpreso quando vejo Raymond sentado à sua mesa, olhando para a tela do computador e estranhamente à vontade por trás da névoa preguiçosa de seu cachimbo. A esta altura da campanha, essa é uma visão rara. Raymond é um advogado trabalhador e sempre ficava até tarde com pilhas de relatórios de processos, ou indiciamentos, ou pelo menos um discurso futuro; mas, com o emprego em risco, agora passa a maior parte das noites divagando, alheio. Quando está aqui, Larren e os outros caciques de sua campanha estão junto, tramando alguma coisa. Este momento é tão raro que o entendo como privado, por isso dou uma batidinha na velha porta de carvalho ao entrar.

— Lendo a sorte na borra de café? — pergunto.

— Mais ou menos — responde ele —, mas muito mais preciso. Infelizmente. — Ele adota um tom público. — "A pesquisa do Canal 3/*Tribune* mostra o desafiante Nico Della Guardia liderando contra o titular Raymond Horgan, faltando oito dias de campanha."

Minha reação é sucinta:

— Bobagem.

— Leia e chore. — Ele vira o computador para mim.

Vejo uma grade de números, mas não entendo nada.

— Na última linha.

— "I" são os indecisos? — pergunto. — Quarenta e três, trinta e nove. Dezoito por cento indecisos. Você ainda está no páreo.

— Eu sou o titular. Assim que o público perceber que Delay tem chance, vai se voltar para ele. Uma cara nova é um empecilho nas primárias.

A sabedoria política de Raymond normalmente é obscura, especialmente porque representa não só suas percepções, mas também as de Mike e Larren. Tento manter o otimismo mesmo assim.

— Você teve duas semanas ruins. Nico manipulou muito bem o assassinato de Carolyn, mas você vai se recuperar, relaxe. Qual é a margem de erro desse negócio?

— Felizmente ou infelizmente para mim, é de quatro por cento.

Ele me diz que Mike Duke está na emissora de TV tentando convencê-los a falar que a pesquisa reflete uma disputa acirrada. Larren foi fazer a mesma coisa no jornal e já conseguiu um acordo com os editores de lá, dependendo da posição do Canal 3.

— O jornal não vai contradizer a TV na interpretação de uma pesquisa conjunta — explica Raymond, fumando seu cachimbo. — E aposto que vão me oferecer uma mixaria. Mas de que adianta? Os números estão aí, a cidade inteira vai sentir o cheiro de carne morta.

— Como estão seus números?

— Uma bosta — diz Raymond.

A campanha não teve dinheiro para fazer um trabalho decente. Essa pesquisa foi obra de uma equipe nacional. Todos – Larren, Mike, o próprio Raymond – tinham a impressão de que a situação não era tão ruim assim, mas não dá para contestar o resultado.

— Acho que você está certo sobre Carolyn — diz ele. — E isso dói. Perdi o ímpeto. — Raymond Horgan larga o cachimbo e olha diretamente para mim. — Vamos perder, Rusty. Já estou lhe dando a notícia.

Olho para o rosto desgastado de Raymond Horgan, meu antigo ídolo, meu líder. Ele está com as mãos cruzadas, em repouso. Doze anos e meio depois de começar a falar em revolucionar o conceito de aplicação da lei e um ano tarde demais do que seria o melhor para nós dois, Raymond Horgan por fim jogou a toalha. Agora, o problema é de outra pessoa. E, para o pequeno demônio que argumenta que princípios e questões estão envolvidos, há, depois de doze anos, a resposta de um homem exausto. Ideias e princípios não estão em primeiro lugar aqui. Porque você não tem cadeias para prender os bandidos que pega nem tribunais suficientes para julgá-los; porque o juiz que ouve o caso, muitas vezes, é um amador que fez faculdade de Direito à noite porque seu irmão já havia preenchido a única vaga disponível na agência de seguros de seu pai e que conseguiu sua nomeação em virtude de trinta anos de trabalho leal na delegacia. No governo de Nico Della Guardia haverá os mesmos imperativos, não importa o que ele diga em seus comerciais de TV: muitos crimes e nenhuma abordagem sensata para eles, poucos advogados, muitos políticos pedindo favores, muita miséria e muito mal que continuará acontecendo independentemente dos ideais e princípios do promotor de justiça. Ele que tenha sua chance. A queda de Raymond no abismo é a minha também.

— Que merda.

— É — diz Raymond quando para de rir.

Ele vai até a mesa de reunião, que fica em um canto da sala, e pega a garrafa que está sempre na gaveta de lápis. Serve a bebida em dois copos dobráveis do bebedouro, e me junto a ele.

— Quando comecei a trabalhar aqui, eu não bebia — conto. — Não tenho problema com isso, não estou reclamando, mas, doze anos atrás, nunca bebia. Nem cerveja, nem vinho, nem cuba libre. E agora sento aqui e bebo uísque puro.

Faço exatamente isso; meu esôfago se contrai e meus olhos se enchem de lágrimas. Raymond serve outro.

— O tempo é uma merda — concluo.

— Você é um homem na meia-idade, Rusty. Aí começa essa merda de olhar para trás. Esse negócio do divórcio me fez cair na real. Quer saber? Não vou deixar o cargo e passar quatro meses chorando com uma cerveja na mão e relembrando os bons tempos.

— Você vai ficar sentado em uma daquelas gaiolas de vidro no quadragésimo andar do edifício da IBM, com secretárias temperamentais e um bando de sócios milionários perguntando se trinta horas por semana é tempo demais para o privilégio de ter seu nome na porta.

— Que bobagem! — retruca Raymond.

— Pode ter certeza — respondo.

Nos últimos anos, em momentos melancólicos, ouvi Raymond conjurar exatamente essa fantasia para si mesmo; alguns anos para juntar dinheiro, depois chegar ao cargo de juiz, provavelmente na corte de apelação primeiro, a caminho da suprema corte estadual.

— Bem, talvez — diz Raymond, e rimos juntos. — Você vai embora?

— Duvido que eu tenha muita escolha. Delay vai fazer de Tommy Molto seu subchefe. Isso está mais claro que nunca.

Raymond ergue seus ombros pesados.

— Com Della Guardia, nunca se sabe.

— De um jeito ou de outro, está na hora de eu ir também — aponto.

— Podemos fazer de você juiz, Rusty?

Este é um momento de ouro para mim: aqui está, finalmente, a recompensa por minha lealdade. Se eu quero ser juiz? Ônibus tem rodas? Os Yankees jogam beisebol no Bronx? Bebo meu uísque e digo, com súbita cautela:

— Com certeza eu pensaria nisso — respondo. — Teria que pensar na parte prática, saber quanto ganharia, mas sem dúvida eu pensaria nisso.

— Vamos ver como as coisas se desenrolam, então. Esses caras vão ficar me devendo alguma coisa. Vão querer que eu saia sorrindo. Lealdade partidária, essa merda toda. Devo sair em condições de cuidar de algumas pessoas.

— Obrigado.

Raymond se serve outro drinque.

— Como vão as coisas com meu caso de assassinato não resolvido favorito?

— Mal — digo. — No geral. Nós sabemos um pouco mais sobre o que parece ter acontecido. Isso se pudermos acreditar no patologista. Mac lhe contou sobre Molto?

— Sim, eu soube. Que merda é essa?

— Parece que Dubinsky estava certo: Nico colocou Tommy para fuçar na nossa investigação.

— Fuçar ou atrapalhar? — pergunta Raymond.

— Provavelmente um pouco de cada. Acho que Molto está só coletando informações, ligando para velhos amigos do departamento, pedindo que contrabandeiem relatórios. Talvez eles tenham retardado um pouco o trabalho do laboratório, mas não podemos provar. Ainda não sei direito que merda estão fazendo. Talvez achem mesmo que sou um palhaço e estejam tentando resolver o assassinato eles mesmos e inventem uma mentira deslavada antes do dia da eleição.

— Não — diz Raymond. — Vão dizer que eu comi o toco deles por brincarem com nossa investigação, mas que Molto, chefe interino do meu Departamento de Homicídios, disse que estava com medo de nós pisarmos na bola. Não — diz Raymond, de novo —, vou lhe dizer por que Nico mandou Tommy desenterrar informações. Vigilância. Muito esperto. Ele observa como nós estamos indo e sabe exatamente por onde pode atacar, com muito pouco risco. Toda vez que nos vê em um beco sem saída, vira mais o botão e aumenta o volume.

Falamos um pouco sobre Kumagai. Ambos concordamos que é improvável que ele tenha modificado os resultados. Estava só nos atrasando. Poderíamos designar o assistente dele para supervisionar seu trabalho, mas agora não faria muita diferença. Quando a pesquisa for divulgada amanhã, não teremos mais a lealdade do Departamento de Polícia. Todo policial que já chamou Nico pelo primeiro nome vai lhe passar informações, investindo no futuro.

— Então, onde ficamos com essas informações do patologista? — pergunta Raymond. — Quem é nosso bandido?

— Talvez seja um namorado, talvez um cara que ela conheceu. Parece que é alguém que a conhecia o suficiente para saber como mascarar a cena, mas pode ser coincidência. Quem sabe? — Olho para a lua de luz na superfície de meu uísque. — Posso fazer uma pergunta?

— Acho que sim.

É o momento natural para descobrir o que o arquivo B estava fazendo na gaveta da escrivaninha de Raymond. Sem dúvida, isso é o que ele espera. Mas há outra coisa que quero lhe dizer. Vou pegá-lo de surpresa, já meio bêbado, aproveitando o momento mais agradável que tive com Raymond Horgan desde o último caso em que atuamos juntos, uma das conspirações da Gangue dos Santos, anos atrás. Sei que é injusto usar a pose de investigador para explorar minhas próprias obsessões. Sei de tudo isso, mas pergunto mesmo assim:

— Você estava transando com Carolyn?

Raymond dá uma gargalhada grande e forte, de modo que treme inteiro, fingindo que está mais bêbado do que realmente está. Reconheço esse gesto antigo, uma maneira de protelar quando você está bêbado e precisa de tempo para pensar: a garota errada que quer ir para casa com você, um assistente do comitê distrital cujo nome você não consegue lembrar, um repórter brincalhão tentando chegar perto demais do osso. Se houvesse gelo em seu copo, ele mastigaria as pedras agora para ter algo na boca.

— Escute — diz ele —, preciso lhe dizer uma coisa sobre sua técnica de interrogatório, Rusty. Você faz rodeios demais; tem que aprender a ser direto.

Rimos. Não digo nada. Se quiser escapar dessa, ele vai ter que rebolar.

— Digamos que a falecida e eu éramos solteiros e adultos — ele responde, por fim, olhando para seu copo. — Algum problema com isso?

— Não se isso não lhe dá alguma ideia melhor de quem a matou.

— Não, não foi esse tipo de coisa. Quem conhecia os segredos daquela mulher? Francamente, foi curto e doce entre nós dois. Já se passaram uns quatro meses, acho.

Há muita estratégia aqui, muita pose. Mas, se Carolyn o magoou, ele não demonstra. Fala como se houvesse sido dispensado com delicadeza. Mais do que eu. Olho de novo para minha bebida. O arquivo B, alguns comentários do filho dela, tudo isso era indício, mas a verdade é que eu havia adivinhado o relacionamento de Carolyn com Raymond há muito tempo, só observando os sinais reveladores, quantas vezes ela ia ao escritório, a que horas os dois iam embora. Nessa época, eu já conhecia os costumes locais; havia feito minha jornada pelo pitoresco país de Carolyn – e partido abruptamente. Eu observava suas ações com um misto ardente de nostalgia turística e um anseio muito mais forte. Agora me pergunto por que me submeti à ofensa de ouvir tudo ser confirmado.

— Você sabia alguns segredos dela — aponto. — Sabia do garoto.

— Isso é verdade. Você falou com ele?

— Semana passada.

— E ele deu com a língua nos dentes?

Digo que sim. Sei o quanto um homem no lugar de Raymond quer acreditar que é inescrutável.

— É um garoto infeliz — observa Raymond.

— Sabe, ele me disse que ela queria ser promotora.

— Ela me falou. Eu disse que ela tinha que semear o campo. Ou você tem posição profissional ou conexões políticas; não dá para simplesmente virar promotor.

O tom de Raymond é casual, mas ele me lança um olhar penetrante que diz "não sou tão burro quanto você pensa, conheço a floresta pelas árvores".

Uma dúzia de anos de poder e bajulação não o entorpeceram tanto. Sinto, com satisfação, uma onda de orgulho e respeito de novo por Raymond. Bom para ele, acho.

Então foi assim. Há quatro meses eles terminaram, disse Raymond. Bem, as contas batem: Raymond anunciou a candidatura e Carolyn seguiu seu caminho. Deve ter imaginado, como todo mundo, que Raymond não ia concorrer, que poderia passar o manto a quem quisesse. Talvez pudesse ser persuadido a passá-lo a uma mulher, partir com um gesto final na direção do progresso. O único enigma é por que o trem de Carolyn rumo à glória parou primeiro em mim. Por que ficar com o convencional se pode pegar o leito? A menos que tudo tenha sido menos calculista do que parece.

— Ela era osso duro de roer — diz Horgan. — Uma boa garota, mas difícil. Dura.

— Sim, boa, dura e morta.

Raymond se levanta.

— Posso fazer mais uma pergunta?

— Quer entrar no âmbito pessoal, é? — Raymond sorri, todo charme e dentes irlandeses. — Já sei: quer saber que merda eu estava fazendo com aquele arquivo.

— Mais ou menos — digo. — Mas entendo por que você não queria aquilo dando sopa por aí. Por que o passou para ela?

— Merda — diz ele —, ela pediu. Quer mais cinismo? Ela pediu *e* eu estava dormindo com ela. Acho que ela soube por meio de Linda Perez.

Linda é uma das paralegais que leem a correspondência dos malucos.

— Você conhece Carolyn. Era um caso quente, acho que pensou que seria bom para ela. Eu sempre achei uma bobagem. Qual é o nome do cara mesmo?

— Noel?

— Isso, Noel. Para mim, ele enganou o cara e ficou com o dinheiro. Essa é minha opinião. Não acha?

— Não sei.

— Ela investigou, vasculhou os registros do 32º Distrito, não achou nada. Foi o que me falou.

— Gostaria de ter ouvido falar do caso — lanço, com a língua--relâmpago de bêbado.

Raymond assente. Bebe mais um pouco de seu uísque.

— Sabe como é, Rusty. Você faz uma besteira, daí tem que fazer outra. Ela não queria que eu falasse sobre isso. Se alguém perguntasse por que dei o caso a ela, logo todo mundo ia saber que ela estava dando para o chefe. O chefe também não achou ruim guardar isso para ele, entende? A quem machucaria?

— A mim — digo, como quero dizer há muitos anos.

Ele assente de novo.

— Desculpe, Rusty, de verdade. Merda, sou o filho da puta que mais deve desculpas nesta cidade.

Ele vai até um aparador e fica olhando uma foto dos filhos. Tem cinco. A seguir, vai pegar o casaco e o veste. Seus braços e mãos se movem desencontrados; está com dificuldade para ajeitar a gola.

— Sabe, se eu perder mesmo esta maldita eleição, vou desistir. Vou deixar Nico comandar o show, como ele tanto quer. — Ele para. — Ou talvez você. Não quer fazer esse trabalho por um tempo?

Obrigado, Raymond, penso. Muito obrigado. No final, talvez Carolyn tenha usado a tática certa.

Mas não posso evitar. Também me levanto e ajeito a gola de Raymond. Apago as luzes, tranco a sala dele e aponto a direção certa para o saguão. Acompanho-o até o táxi. A última coisa que lhe digo é:

— Você é insubstituível.

E, claro, como todo bom velho hábito, quando essas palavras saem de minha boca, são sinceras.

CAPÍTULO 12

O desejo louco e vertiginoso que senti por Carolyn acabou se manifestando em um vício revivido em rock.

— O rock não tinha nada a ver com os gostos de Carolyn — expliquei a Robinson.

Mesmo naquele hospício que era a promotoria, ela deixava o rádio em uma estação de música clássica em sua sala. Para mim, isso não era saudade da adolescência. Eu não queria ouvir o soul e o rock vintage dos anos 1960, que haviam sido a trilha sonora de minha adolescência até os vinte e poucos anos. Isso era New Wave, lixo; música estridente e irritante com letras perversas e ritmos irracionais como a chuva.

Comecei a ir para o trabalho de carro; disse à Barbara que estava passando por minha fobia anual ao ônibus. O carro, evidentemente, facilitou minhas fugas noturnas para o apartamento de Carolyn; mas estas, de qualquer maneira, poderiam ter sido arranjadas. O que eu queria era a oportunidade de dirigir cinquenta minutos com as janelas fechadas, ouvindo a Rádio de Rock berrar pelos alto-falantes do carro, o volume tão alto que o para-brisa chacoalhava quando o baixo se destacava em certas músicas.

Eu andava confuso, de cabeça quente. Desci a rua depois de estacionar. Estava meio intumescido porque estava começando um dia que, para mim, seria um rastejar doce e tentador em direção ao meu segredo com Carolyn. Eu suava o dia todo, meu pulso disparava. E a cada hora, mais ou menos, no meio de um telefonema ou reunião, tinha visões – de Carolyn em repouso, no meio da paixão – tão palpáveis e imediatas que faziam com que eu me perdesse no espaço e no tempo.

Carolyn, por sua vez, não perdia o controle. No fim de semana após nossa primeira noite juntos, passei horas atordoado, sem chão, ponderando sobre nosso próximo encontro. Não fazia ideia do que esperar. À porta de seu apartamento, ela havia beijado minha mão e dito simplesmente: "Até mais". Nem me passava pela cabeça resistir. Aceitaria o que me fosse permitido.

Na manhã de segunda-feira, apareci à porta da sala dela com uma pasta na mão. Já havia planejado infinitamente minha pose e meus passos: nada urgente. Encostei no batente da porta e sorri, todo *cool*. Carolyn estava à sua mesa, e a Sinfonia 41 de Mozart crescia.

— Sobre o caso Nagel — falei.

Esse caso foi outra visita ao lado sombrio dos subúrbios: marido e mulher que praticavam estupro e sodomia. Ela abordava mulheres na rua, ajudava no sequestro e fazia usos criativos de um vibrador. Carolyn queria um acordo com o casal em troca de uma acusação menor para a esposa.

— Quanto a um acordo, tudo bem, mas acho que precisamos de duas acusações.

Só então Carolyn desviou o olhar de seu trabalho. Impassível. Seus olhos não tremiam. De um jeito leve, adolescente, ela sorriu.

— Quem está com ela? — perguntei, querendo saber quem era o advogado de defesa dela.

— Sandy — respondeu Carolyn, referindo-se a Alejandro Stern, que parece representar todas as pessoas de educação refinada acusadas de um crime neste estado.

— Diga a Sandy que ela também vai ter que assumir a pena agravada por agressão. Não queremos que o juiz pense que estamos tentando deixá-lo de mãos atadas.

— Ou que a imprensa pense que estamos forçando liberdade condicional para criminosas sexuais — disse ela.

— Isso também — concordei. — Somos promotores de oportunidades iguais.

Eu sorri. Ela também. Fiquei por ali. Até então, havia me controlado, mas meu coração batia tão forte que fiquei com medo de minha expressão trêmula e insípida me delatar.

— Ok, então. — Bati a pasta em minha coxa e me virei para sair.

— Podíamos sair para beber alguma coisa — disse ela.

Assenti com os lábios apertados.

— Gil's? — perguntei.

— O que você acha de irmos ao lugar onde acabamos na sexta-feira? — ela propôs.

O apartamento dela. Minha alma se expandiu. Vi uma sombra de sorriso em seu rosto, mas ela voltou para seu trabalho antes mesmo de eu sair.

— Analisando agora — disse eu a Robinson —, eu me vejo encostado naquele batente e sinto muita pena. Fiquei tão cheio de esperanças, tão grato... Deveria ter previsto o futuro com a experiência do passado.

Havia uma grande paixão em meu amor por Carolyn, mas alegria era raro. Daquele instante em diante, quando percebi que a coisa ia continuar, fiquei como a mandrágora dos velhos poemas que lia na faculdade, gritando ao ser arrancada da terra. Fui devastado por minha paixão. Destruído, despedaçado, dizimado. Rasgado em pedaços. Cada momento era de agonia. O que acabei descobrindo era antigo, escuro e profundo. Eu não via a mim mesmo. Era como um fantasma cego vagando por um castelo e gemendo de amor. A ideia de Carolyn, ainda mais que sua imagem, estava dentro de mim o tempo todo. Eu a desejava de uma forma que não conseguia lembrar, e era um desejo insistente, obsessivo e, por isso, corrupto. Pensava em Pandora, que quando criança sempre confundia com Peter Pan, abrindo sua caixa e encontrando aquela avalanche de misérias desatada.

— Havia algo muito real na carne de outra mulher — disse ao psiquiatra.

Depois de quase vinte anos dormindo com Barbara, eu não ia mais para a cama só com ela. Eu me deitava com cinco mil outras fodas; com a lembrança de corpos mais jovens; com as preocupações com as milhões de coisas que sustentavam e cercavam nossa vida: as calhas de chuva enferrujadas, a relutância de Nat em estudar Matemática, a maneira como Raymond, ao longo dos anos, via meu trabalho com foco nos fracassos, não nos sucessos, o brilho arrogante que surgia nos olhos de minha sogra quando ela falava de qualquer pessoa fora de sua família imediata, inclusive de mim. Em nossa cama, eu estendia a mão para Barbara e atravessava a intervenção espectral de todos esses visitantes, o tempo todo.

Mas Carolyn era puro fenômeno. Estava inebriado, desorientado. Depois de dezessete anos de casamento fiel, de impulso errante reprimido em prol de uma vida doméstica tranquila, não conseguia acreditar que estava ali, realizando uma fantasia. Observava seu corpo nu, as lindas auréolas grandes, seus mamilos pontudos, o brilho da carne que descia de sua barriga até as coxas. Estava perdido e inebriado ali, em um território sem restrição, resgatado dos círculos diligentes e lentos de minha vida. Cada vez que entrava nela, sentia que dividia o mundo.

— Eu ficava com ela três ou quatro noites por semana. Fomos criando uma rotina, ela deixava a porta destrancada para mim, e o noticiário da noite já estava no ar quando eu chegava.

Carolyn ficava fazendo limpeza, bebendo, abrindo a correspondência. Uma garrafa de vinho branco, fria e úmida como uma pedra no fundo do rio, ficava aberta na mesa da cozinha. Ela nunca corria para me receber. Qualquer coisa que estivesse fazendo, sempre a absorvia. Normalmente, seus comentários para mim enquanto andava entre os cômodos eram sobre o escritório ou eventos políticos locais. Na época, havia muitos rumores de que Raymond não concorreria, e Carolyn acompanhava essa possibilidade com grande interesse. Ela parecia reunir boatos de todos os lugares – do escritório, da polícia, da Ordem dos Advogados.

E então, em algum momento, por fim, ela se dirigia a mim, abria os braços e me abraçava. Uma vez, eu a encontrei tomando banho, e fizemos amor no chuveiro. Outra vez, a peguei enquanto se vestia. Mas em geral o tempo passava até que ela por fim estivesse pronta para me levar para o quarto, onde minha hora de adoração começaria.

Eu me aproximava dela como se orasse. Na maioria das vezes, encontrava-me de joelhos. Tirava sua saia, sua lingerie, de modo que suas coxas perfeitas, aquele adorável triângulo, ficassem expostos diante de mim. Antes mesmo de enfiar o rosto entre as pernas dela, aquele aroma feminino forte já dominava a atmosfera. Eram momentos selvagens, loucos, perfeitos. De joelhos, tenso e cego, enfiando meu rosto entre as pernas dela, mexendo minha língua febril e silenciosa enquanto estendia as mãos para cima, sondando as roupas em busca de seus seios. Minha paixão nesses momentos era pura como música.

Então, lentamente, Carolyn ia assumindo o controle. Ela gostava de sexo selvagem e chegava o momento em que me convocava a enfiar forte. Eu ficava em pé, ao lado da cama, cravava os dedos em suas costas e a sacudia.

— Ela não parava de falar.

— Dizia o quê? — perguntou Robinson.

— Murmúrios, palavras... "Gostoso, mais, isso, assim, assim." "Ah, mais forte." "Espere, espere, espere, ahh, por favor, isso, assim."

Mais tarde, me dei conta de que não éramos amantes que atendiam às necessidades um do outro. Com o passar do tempo, a disposição de Carolyn para comigo foi ficando mais agressiva. Apesar de toda a sua pose sofisticada, descobri que ela era capaz de ser bem chula. Ela gostava de falar palavrão, de se gabar. Gostava de falar de minhas partes: vou chupar seu pau, seu pau duro e peludo. Essas explosões me surpreendiam. Uma vez eu ri, mas seu olhar revelou um desagrado tão óbvio, quase uma fúria, que aprendi a absorver essas observações predatórias. Eu a deixava fazer o que quisesse. Ao longo dos dias, percebi que havia uma progressão para ela. O ato de amor parecia ter um destino para ela, uma meta: conquistar seu reino. Ela brincava, pegava meu pênis com a boca, soltava e passava a mão pelo meu saco, sondando aquele buraco.

Uma noite ela perguntou "Barbara faz isso para você?", e ergueu os olhos para perguntar de novo, serena, autoritária: "Barbara faz isso para você?". Não demonstrou relutância nem medo. A essa altura, Carolyn sabia que não haveria nenhum acesso de vergonha de minha parte à menção do nome de Barbara. Ela sabia. Ela podia levar minha esposa para nossa cama e fazer dela mais uma testemunha de quanto eu estava disposto a me entregar.

Na maioria das noites, pedíamos comida chinesa. Sempre o mesmo garoto a entregava, e, com os olhos semicerrados, olhava avidamente para Carolyn, só de roupão de seda laranja. Depois ficávamos deitados na cama, passando as caixas de um lado para o outro. A TV estava o tempo todo ligada. Onde quer que ela estivesse, uma TV ou um rádio ficava ligado – um hábito, percebi, de seus muitos anos sozinha. Na cama, fofocávamos. Carolyn era uma observadora perspicaz do mundo da política local e suas infindáveis buscas por engrandecimento e poder pessoais. Ela via as coisas nesses termos, só que com mais agitação e menos diversão do que eu. Não estava tão disposta quanto eu a repudiar a busca pela glória pessoal; via isso como um direito natural de todos, incluindo ela mesma.

Enquanto estava saindo com Carolyn, Nico estava nas fases iniciais de sua campanha. Eu não o levava a sério. Nenhum de nós, nem mesmo Carolyn, achava que ele tinha alguma chance de vencer. Mas ela via nele um potencial diferente, que me explicou uma noite, não muito antes de nosso pequeno paraíso chegar ao fim. Estava contando a ela minha última análise das motivações de Nico.

— Ele quer tirar vantagem também — disse eu à Carolyn. — Está esperando que os amigos de Raymond encontrem algo para ele. Comprar briga nas primárias não demonstra uma boa política partidária para se fazer no condado de Kindle. Veja Horgan. Bolcarro nunca o deixou esquecer que concorreu contra ele para prefeito.

— E se Bolcarro quiser se vingar?

— Bolcarro não é o partido. Um dia ele vai embora. Nico é ingênuo demais para se lançar sozinho.

Carolyn discordava. Ela via, com muito mais clareza que eu, como Nico era determinado.

— Nico acha que Raymond está cansado — disse ela — ou que ele pode convencê-lo de que deveria estar cansado. Muita gente pensa que Raymond não deveria concorrer de novo.

— Gente do partido? — perguntei.

Eu nunca tinha ouvido nada disso. Muita gente havia dito que Raymond não concorreria, mas não que não seria bem-vindo.

— Gente do partido, gente do prefeito. Nico o magoou só de anunciar a candidatura. Estão dizendo que Raymond deveria sair.

Ela foi pegar outra caixinha, e um seio escapou quando o lençol caiu.

— Raymond fala sobre isso? — perguntou ela.

— Não comigo.

— Se ele começar a receber vibrações ruins, vai pensar no assunto?

Fiz uma careta. A verdade é que não sabia o que Raymond pensava naquela época. Desde o divórcio, ele estava se isolando cada vez mais. Embora houvesse me nomeado seu subchefe, provavelmente confiava menos em mim.

— Se ele concordar em se afastar — prosseguiu Carolyn —, acho que o partido o deixará decidir quem deve ser escalado. Ele poderia barganhar isso; eles sabem que ele não vai entregar tudo para Nico.

— Com certeza.

— Quem ele escolheria? — perguntou ela.

— Provavelmente alguém da promotoria que seguisse as tradições dele.

— Você?

— Talvez Mac — respondi. — Naquela cadeira de rodas, seria uma ótima candidata.

— Discordo — disse Carolyn, pegando moo shu com seus pauzinhos. — Hoje em dia, não. Essa cadeira não é muito fotogênica. Acho que ele escolheria você. Seria o natural.

Neguei com a cabeça. Foi um reflexo. Talvez naquele momento eu não quisesse mesmo aquilo. Estava na cama de Carolyn e achava que já havia cedido demais à tentação.

Carolyn largou a comida, agarrou meu braço e me olhou fixamente.

— Rusty, se você disser a ele que quer, vai ser você.

Eu a observei por um momento.

— Está dizendo que eu deveria ir até Raymond e dizer que o tempo dele acabou?

— Você poderia ser diplomático — disse Carolyn, olhando diretamente para mim.

— Jamais.

— Por que não?

— Não vou morder essa mão. Se ele quiser sair, vai ser decisão dele. Acho que, se pedisse minha opinião, não diria para ele sair. Ele ainda é o candidato mais forte contra Della Guardia.

Ela sacudiu a cabeça.

— Sem Raymond, Nico não terá problemas. Se juntasse o pessoal do partido e o de Raymond para apoiar outra pessoa, essa pessoa ganharia. E não seria uma disputa apertada.

— Estou vendo que você já andou pensando nisso — comentei.

— Ele precisa de um empurrão — disse ela.

— Empurre você — respondi. — Eu não faria isso.

Carolyn se levantou nua da cama. Parada ali, descalça, via-se flexível e forte. Ela vestiu o roupão, e percebi que estava chateada.

— Por que você ficou chateada? — perguntei. — Estava pronta para ser subchefe?

Ela não respondeu.

— A última vez que dormi com Carolyn, ela me empurrou no meio da relação e me deu as costas.

A princípio, não entendi o que ela queria. Mas ela ficou batendo o bumbum em mim até que percebi que estava me oferecendo aquela bundinha perfeita.

— Não — falei.

— Experimente — disse ela, olhando para mim por cima do ombro. — Por favor.

Cheguei mais perto dela.

— Devagar — disse ela. — Só um pouquinho.

Fui com muita sede ao pote.

— Não tão devagar — disse ela. — Ahhh...

Forcei, fiquei dentro, comecei a mexer. Ela arqueou as costas, claramente sentindo dor.

E descobri, de repente, que eu estava adorando.

Ela jogou a cabeça para trás. Havia lágrimas em seus olhos. Ela os abriu e olhou diretamente para mim. Estava radiante.

— Barbara... — sussurrou. — Barbara faz isso para você?

CAPÍTULO 13

No 32º Distrito, a agitação normal de uma delegacia fica disfarçada. Cerca de sete anos atrás, enquanto estávamos no meio da investigação, um integrante da Gangue dos Santos entrou com uma arma de cano serrado dentro do casaco. Estava aninhada em seu peito como um bebê, protegida da brisa gelada, de modo que só precisou abrir um pouco o zíper e colocá-la acima da garganta do policial responsável, um sujeito de vinte e oito anos chamado Jack Lansing, que continuou fazendo seu relatório. O jovem com a espingarda, que nunca foi identificado, sorriu e explodiu o rosto de Jack Lansing.

Desde então, os policiais dessa delegacia atendem o público por trás de quinze centímetros de vidro à prova de balas, conversando por meio de um sistema de rádio cujo som é como se o sinal chegasse primeiro à lua e descesse de volta. Há áreas públicas onde os denunciantes, as vítimas e as pessoas que têm tara por policiais ficam, mas, depois de passar pela porta de metal de dez centímetros de espessura com tranca eletrônica, o que se encontra é quase esterilidade. Os prisioneiros ficam em um bloco no térreo e nunca têm permissão para passar desse andar. No andar de cima, há tão pouco da agitação normal que parece uma agência de seguros. As mesas dos policiais ficam em uma área aberta que poderia passar por qualquer outro grande escritório, e o pessoal com patente mais alta fica em salas ao longo da parede dos fundos. Em uma das salas maiores, encontro Lionel Kenneally. Não nos vimos muito desde que os casos da Gangue dos Santos terminaram.

— Ei, Savage! Savage, caralho! — diz ele, apagando o cigarro e me dando um tapinha nas costas.

Lionel Kenneally é tudo aquilo de que uma pessoa sensata não gosta na polícia. Ele fala grosso, é obstinado, escancaradamente malvado e um racista assumido. Ainda estou para ver uma situação em que eu apostaria uma hora de salário em seus escrúpulos. Mas gosto dele, em parte porque é um sujeito genuíno, impenitente, um policial que veste a camisa, dedicado às sombrias lealdades e aos mistérios da vida nas ruas.

Sabe distinguir a gentalha e os trambiqueiros do centro como um cachorro que fareja erguendo o focinho para a brisa. Durante a investigação dos Santos, Lionel era o cara que eu procurava quando precisava que alguém fosse encontrado. Ele nunca vacilava; arrancava-os dos becos onde se drogavam ou entrava nos blocos de apartamentos da Grace Street às quatro da manhã, única hora em que um policial pode andar por lá com segurança. Eu o vi uma ou duas vezes, com seu metro e noventa mais ou menos, batendo em uma porta com tanta força que dava para vê-la empenar no batente: "Quem está aí?", "Abra, Tyrone! É sua fada madrinha".

Ficamos relembrando as coisas; ele me conta sobre Maurice Dudley. Já ouvi essa história, mas não o interrompo. Maurice, um armário de mais de cem quilos, assassino vira-lata, faz estudos bíblicos em Rudyard. Logo será ordenado.

— Dizem que Harukan está tão puto que nem fala com ele. Dá para imaginar?

Harukan é o líder dos Santos.

— Quem disse que reabilitação não existe?

Rimos. É engraçado demais. Talvez nós dois estejamos pensando na mulher em cujo braço Maurice, com uma faca de cozinha, certa vez escreveu seu nome. Ou nos policiais desta delegacia que, segundo o folclore inflado que reúne histórias de policiais e tribunais, juravam que ele o havia escrito errado.

— Está só de passagem? — pergunta Kenneally, por fim.

— Não sei direito — digo. — Estou tentando descobrir uma coisa.

— O que agora? Carolyn?

Assinto.

— Qual é o lance? — pergunta Kenneally. — A última coisa que ouvi no centro é que estão dizendo que não foi estupro.

Em dois minutos, resumo para Lionel o que temos de provas.

— O que você está imaginando? — pergunta ele. — O cara com quem ela estava bebendo foi quem a matou?

— Isso parece óbvio, mas tenho minhas dúvidas. Não tínhamos um voyeur, talvez uns dez anos atrás, que vigiava casais e depois entrava e dava uma provadinha na mulher sob a mira de uma arma?

— Cristo! — diz Kenneally. — Você está perdido mesmo. Acho que o que está procurando é alguém da lei, tipo um policial, um promotor, um investigador particular, alguém que sabia simular uma cena de crime. É o que eu acho. Se ela estivesse com um namorado naquela noite, que quando saiu a deixou viva, você já teria ouvido falar dele. Ele ia *querer* ajudar.

— Isso se ele não tiver uma esposa a quem dar satisfações.

Kenneally pensa um pouco e dá de ombros. Talvez eu tenha razão.

— Quando foi a última vez que você a viu? — pergunto.

— Quatro meses ou mais. Ela veio aqui.

— Fazer o quê?

— A mesma merda que você está fazendo: investigando alguma coisa e tentando não deixar transparecer o quê.

Rio. Um bom policial. Ele se levanta e vai até uma pilha de caixas, no canto.

— Carolyn conseguiu convencer um novato a dar uma olhada em toda essa porcaria, assim ela não precisaria lascar as unhas nem rasgar as meias finas.

— Já imagino o que é — digo. — Registros dos fichados de casos de nove anos atrás.

— Na mosca.

— Ela estava procurando algum nome específico?

Kenneally pensa um pouco.

— Acho que sim, mas duvido que me lembre. Havia alguma coisa errada com isso também.

— Leon? — pergunto.

Lionel estala os dedos.

— Já sei! SD: sobrenome desconhecido. Era isso que estava errado. Ela estava dando um tiro no escuro.

— O que ela conseguiu?

— Nada.

— Tem certeza?

— Absoluta. Não que tenha se incomodado muito. Estava ocupada tentando manter sob controle o pessoal que ficava olhando para a bunda dela. Que era todo mundo, como ela bem sabia. Digamos que estava se divertindo voltando aqui.

— Voltando?

— Ela trabalhava no Distrito Norte quando era policial. Nem ela mesma sabia as merdas que estava fazendo na época. Tinha todo o perfil de assistente social. Nunca imaginei que Horgan a contrataria como promotora adjunta.

Eu havia me esquecido disso. Acho que sabia, mas não lembrava. Carolyn trabalhou no Distrito Norte como agente da condicional. Penso na secretária que o namorado de Noel mencionou; ele não disse branca ou preta, gorda ou magra, mas disse "garota". Será que alguém se referiria a Carolyn como "garota", mesmo nove anos atrás?

— Você não gostava muito dela...

— Ela era uma vadia — diz Kenneally, sem rodeios. — Toda liberal, você sabe. Dormia com todo mundo que pudesse dar uma força para ela subir, desde o início. Todo mundo percebia.

Olho em volta por um momento. Parece que nossa conversa chegou ao fim. Pergunto mais uma vez se ele tem certeza de que ela não encontrou nada.

— Porra nenhuma. Pode falar com o garoto que a ajudou se quiser.

— Se não se importar, Lionel.

— Por que eu me importaria? — Ele pega o interfone e chama um policial chamado Guerash. — Por que você ainda se preocupa com isso? — pergunta, enquanto esperamos. — Logo, logo vai ser problema de outra pessoa, não acha?

— Está se referindo a Delay?

— Acho que vai ser ele. Na última semana, os policiais só falavam disso. Eles nunca fingiram gostar de Raymond.

— Nunca se sabe. Talvez eu resolva esse caso e salve a pele de Raymond.

— Nem Deus descendo do Sinai vai salvá-lo, pelo que ouvi. Lá no centro, dizem que Bolcarro vai anunciar Nico esta tarde.

Fico pensando. Se Bolcarro apoiar Nico seis dias antes da eleição, Raymond não passará de uma memória política.

Guerash entra. Ele se parece com metade dos jovens da polícia, bonito à moda antiga, postura ereta e cheio de si. Seus sapatos estão engraxados, e os botões de sua camisa brilham. Seu cabelo está bem dividido também.

Kenneally se dirige a ele:

— Você se lembra daquela promotora adjunta que esteve aqui? Polhemus?

— Belo par de peitos — diz Guerash.

Kenneally se volta para mim.

— Está vendo? Este garoto vale ouro. Nunca esquece o tamanho de um sutiã.

— Era aquela que pediu essas caixas? — pergunta Guerash.

Confirmo. Kenneally continua:

— Rusty é o subchefe da promotoria. Ele quer saber se ela levou alguma coisa quando veio aqui.

— Não que eu saiba — diz Guerash.

— O que ela estava procurando? — pergunto.

— Ela queria ver os fichamentos de um dia. Disse que deviam ser umas sessenta, setenta pessoas autuadas por atentado ao pudor. Isso de uns oito, nove anos atrás. Deixei as caixas aqui.

— Que dia?

— Ela só falou para eu procurar o dia em que aconteceram mais prisões. Foi isso que eu fiz. Levei uma semana para checar toda essa porcaria. Havia umas quinhentas prisões pelo artigo 42.

A violação 42 se refere a ato obsceno público.

Um dia específico. Penso de novo na carta. Não vi nada na pasta que definisse uma data específica. Talvez Carolyn tenha desistido antes de começar, achando que não encontraria nada.

— Você encontrou o que ela queria?

— Eu achava que assim. Liguei e ela veio ver. Deixei as coisas aqui, mas ela me falou que não encontrou nada.

— Você se lembra de alguma coisa sobre o que mostrou a ela? Algo em comum entre as prisões?

— Todas no Parque Florestal da Cidade. Todos homens. Achei que deviam ser casos de exibição, não sei.

— Jesus — diz Kenneally para Guerash, enojado. — Ato obsceno público? É o caso das bichas, não é? — pergunta para mim. — Raymond prendeu um monte de marmanjos durante um dia e meio.

— Ela lhe falou alguma coisa sobre o que estava procurando? Um nome, qualquer coisa?

— Ela não sabia o sobrenome, só o primeiro nome. Não sei se ela conhecia o cara. — Guerash faz uma pausa. — Tenho a impressão de que tinha algo a ver com o Natal?

— Noel? Ela lhe deu esse nome?

Guerash estala os dedos.

— Isso mesmo!

— Não foi Leon?

— Sem chance. Noel. Ela me disse que estava procurando um tal de Noel SD. Lembro porque ela escreveu para mim e na hora eu pensei em Natal.

— Pode me mostrar o que ela viu?

— Cara, não sei... Acho que guardei.

— Até parece! Eu lhe pedi três vezes para fazer isso. Aqui está, fiquem à vontade — diz Kenneally e aponta para as caixas no canto.

Quando Guerash abre a primeira caixa, solta um palavrão. Pega um punhado de folhas soltas largadas em cima das pastas.

— Sou obrigado a dizer que ela não foi muito legal. Estes registros estavam em ordem quando os entreguei a ela.

Eu perguntaria a Guerash se ele tem certeza, mas não adianta. É o tipo de coisa de que ele se lembraria, e vejo que os demais registros estão organizados. Além disso, seria típico de Carolyn pegar registros que outras pessoas passaram anos mantendo em ordem e tratá-los como lixo.

Guerash, instintivamente, começa a separar os diferentes tipos de registros, e eu o ajudo. Kenneally também participa. Ficamos em volta da mesa dele, xingando Carolyn. Cada pasta deve conter um relatório policial, uma ficha de prisão com a foto e as impressões digitais do réu, uma queixa e um recibo de fiança, mas nenhum desses sessenta ou setenta arquivos está completo. Faltam papéis em cada um, e as folhas internas foram tiradas da ordem numérica.

Kenneally não para de repetir "vadia".

Cinco minutos depois, a ficha cai: essa desordem não é acidental. Esses papéis foram embaralhados.

— Quem mexeu nestas caixas depois de Carolyn? — pergunto a Kenneally.

— Ninguém. Estão naquele canto há quatro meses, esperando que o idiota aqui as coloque no lugar. Ninguém além dele e de mim sabe que estão aqui. Certo? — pergunta a Guerash.

Guerash assente.

— Lionel, você conhece Tommy Molto? — pergunto.

— Claro que conheço Tommy Molto. Quase metade da vida. O filho da puta era promotor adjunto aqui.

Eu saberia disso se tivesse pensado. As batalhas de Molto com os juízes do Distrito Norte eram famosas.

— Ele estava aqui na mesma época em que Carolyn estava na liberdade condicional?

— É provável, preciso pensar. Merda, Rusty, eu não controlo a escala de serviço desses caras.

— Quando foi a última vez que você o viu?

Lionel pensa.

— Três, quatro anos. Talvez o tenha encontrado em um jantar ou evento. Ele é legal, e você me conhece. Se o vejo, falo com ele.

— Mas ele não andou olhando esses registros?

— Ei — diz Lionel —, leia meus lábios. Você. Eu. Guerash. Ela. Mais ninguém.

Quando terminamos de organizar, Guerash checa os arquivos duas vezes.

— Está faltando um, certo? — pergunto.

— Falta um número — aponta ele. — Pode ter sido um erro.

— Quando registramos sessenta bichas, não nos preocupamos em manter uma contagem perfeita — diz Kenneally.

— Mas pode ser que o arquivo tenha sumido? — pergunto.

— Até pode.

— Mas ainda haveria um processo judicial, não é? — insisto.

Kenneally olha para Guerash. Guerash olha para mim. Eu anoto o número. Deve estar em microfilme. Lipranzer vai adorar procurar.

Quando Guerash sai, passo mais um tempo com Kenneally.

— Não quer dizer do que se trata? — ele pergunta.

— Não posso, Lionel.

Ele assente, mas vejo que fica contrariado.

— Pois é — diz Lionel —, aquele tempo era engraçado por aqui. Muitas histórias...

Ele fica olhando para mim um pouco mais, casualmente, só para eu saber que nós dois temos nossos segredos.

Lá fora está bem calor, vinte e sete graus. Um recorde para abril. No carro, ligo o rádio na estação de notícias. É uma transmissão ao vivo do gabinete do prefeito. Pego só o final, mas os berros do meritíssimo são suficientes para entender. A promotoria precisa de sangue novo, de nova direção. O povo quer isso, e merece.

Preciso começar a procurar emprego.

CAPÍTULO 14

Beisebol. Sob a luz minguante da noite de primavera, começa o jogo na Liga de Pais e Alunos do segundo ano. O céu paira baixinho sobre a quadra aberta, que é um pântano aterrado. Os Stingers da sra. Strongmeyer indolentemente ocupam a quadra; são meninos e meninas de blusões fechados até o pescoço e luvas de beisebol. Os pais ficam passando pelas linhas de base dando instruções enquanto o crepúsculo se aproxima. Na base, um gigante de oito anos chamado Rocky gira seu bastão duas ou três vezes diante da bola empoleirada no alto do pescoço comprido do pino de borracha. Então, com uma incrível concentração de força, manda a bola para o espaço sideral. Ela aterrissa no centro esquerdo, fora do perímetro da capenga defesa dos Stingers.

— Nathaniel! — grito, com muitos outros. — Nat!

Só então ele acorda. Estende a mão para pegar a bola que está um passo à frente de uma menininha ágil chamada Molly, cujo rabo de cavalo cai pela parte de trás de seu boné de beisebol. Nat a pega, gira e a lança em um único movimento. A bola voa, formando um imenso arco, de volta para o campo interno, e cai entre a segunda e a terceira no momento em que Rocky atravessa a base. De acordo com a etiqueta, só eu posso repreender meu filho, por isso sigo ao longo da linha de falta batendo palmas:

— Acorda, garoto!

Nat dá de ombros, levanta a mão da luva e abre seu sorrisão de abóbora de Halloween, cheio de buracos. Seus dentes novos de bordas irregulares parecem velas em cima de um bolo.

— Pai, mandei para o espaço — grita ele —, mandei para o espaço!

O bando de pais ri comigo, e vamos repetindo a observação de Nat. Ele mandou para o espaço. Cliff Nudelman me dá um tapinha nas costas. Pelo menos o menino sabe o jargão.

Será que outros homens, quando pequenos, sonham com os filhos que terão? Eu me imaginava vinte anos à frente com paixão e esperança. Sempre via meu filho como uma alma gentil e obediente. Um menino bom, cheio de virtudes e habilidades.

Mas Nat não é assim. Ele não é um menino mau. Isso é como música em nossa casa; Barbara e eu sempre dizemos um ao outro desde que ele tinha dois anos: Nat não é, na verdade, um menino mau. E acredito nisso. Fervorosamente, com o coração cheio de amor. Ele é sensível, gentil, mas também é selvagem e distraído. Segue seu próprio ritmo desde que nasceu. Quando leio para ele, Nat vira as páginas em minha mão para ver o que vem depois. Ele não escuta nem parece querer escutar. Na escola, sempre deu trabalho.

O que o salva são seu charme despreocupado e seus dotes físicos. Meu filho é lindo; eu me refiro a mais que a beleza infantil comum, de traços suaves e o brilho floral da infância. Esse menino tem olhos escuros e agudos, um olhar cativante. Esses traços finos e regulares não vêm de mim. Eu sou maior e atarracado, tenho um nariz volumoso, uma espécie de saliência neandertal sobre os olhos. Na família de Barbara, todos são menores e bonitos, e é a ela que costumamos dar o crédito. Mas eu, particularmente, muitas vezes pensei, com desconforto, em meu pai e em sua beleza eslava penetrante e sombria. Talvez por suspeitar dessa fonte, rezo o tempo todo, em meu altar interior, para que essa dádiva não leve Nat ao erro, à arrogância e à crueldade – características que as pessoas bonitas que conheci às vezes pareciam considerar em si mesmas como aflições naturais; ou, pior, como um sinal de direito.

O jogo acaba e nos dispersamos em duplas em direção ao rebanho de carros reunido no estacionamento de cascalho. Em maio, quando o clima melhora, o time se reúne para fazer piquenique depois dos jogos. Às vezes, pedimos pizza. Os pais vão revezando a responsabilidade semanal de levar cerveja. Depois do jantar, as crianças retomam o jogo e os pais se deitam na grama, conversando casualmente sobre a vida. Estou ansioso por essas oportunidades. Entre esse grupo de homens que não conheço bem parece haver um pacto gentil, algo como o que os fiéis devem sentir uns pelos outros quando saem da igreja. Pais e filhos longe das preocupações semanais da vida profissional e também dos prazeres e responsabilidades do casamento. Pais levemente iluminados nas noites de sexta-feira, à vontade com essas imensuráveis obrigações.

Nesta estação mais fria e escura, prometi à Barbara que nos encontraríamos para um jantar rápido em uma casa de panquecas. Ela está esperando no banco de vinil vermelho quando chegamos. Enquanto beija Nat e recebe o relatório sobre a quase vitória dos Stingers, ela olha para mim com um olhar frio de reprovação. Estamos passando por uma fase ruim. A fúria de Barbara por causa de meu papel na investigação do assassinato de Carolyn não diminuiu, e esta noite percebo imediatamente que há algo novo em seu descontentamento. O que primeiro me ocorre é que devemos estar muito atrasados, mas, quando olho no relógio do restaurante, vejo que estamos um minuto adiantados. Nem imagino o que fiz para irritá-la.

Para Barbara, porém, tornou-se muito fácil, com o passar dos anos, desaparecer nas florestas negras de seus humores. Os elementos do mundo exterior que poderiam tê-la detido foram relegados ao passado. Seis anos lecionando no Distrito Norte abalaram sua fé na reforma social. Quando Nat nasceu, ela desistiu de ter mais filhos. A vida suburbana, com seus limites rígidos e valores peculiares, acalmou-a e exacerbou sua vontade de ficar sozinha. A morte de seu pai, três anos atrás, foi considerada um ato de deserção por Barbara e sua mãe, parte do padrão dele de ignorar as necessidades delas, e aguçou sua sensação de privação. E nossos desalmados momentos de desconexão conjugal roubaram dela a alegria absoluta que antes contrapunha esses períodos mais sombrios, durante os quais suas decepções com praticamente todo mundo costumam ser expressas tão abertamente que, em alguns momentos, acredito que o gosto seria amargo se eu pegasse sua mão e lambesse sua pele.

E, então, o clima muda. Sempre muda. Embora o afastamento de agora, provocado por minha infidelidade, seja o mais prolongado de nossa vida conjugal, ainda tenho expectativas de melhora. Agora Barbara não fala em advogados e divórcio, como fez no final de novembro. Ela está aqui. Apresentado de maneira tão simples, esse fato me inspira certa calma. Sou como o sobrevivente de um naufrágio agarrado aos escombros, esperando a chegada do transatlântico programado. Mais cedo ou mais tarde, acredito, verei uma mulher de bom humor, inteligente, brilhante, peculiarmente perspicaz e astuta, que está profundamente interessada em mim. Essa é a pessoa que ainda considero minha esposa.

Mas, agora, essa mesma mulher ostenta uma aparência dura como diamante enquanto esperamos na fila para sentar. Nat se afastou e está olhando com adoração o balcão de doces. Sua calça de beisebol desceu até quase os pés, e ele está com um joelho e as duas mãos apoiados na vitrine, olhando fixamente para as fileiras de chicletes e barras de chocolate proibidos. Está se sacudindo um pouco, claro – sempre em movimento. Como sempre, Barbara e eu o observamos.

— E aí? — pergunta ela, de repente.

É um desafio. Ela quer que eu a entretenha.

— E aí?

— Como vai o trabalho? A grande investigação está indo com tudo?

— Não temos nenhuma pista e nenhum resultado — digo. — Está tudo um caos. A casa está caindo, o balão esvaziando agora que Bolcarro vai anunciar apoio a Delay.

Ao ouvir isso, Barbara estremece e, mais uma vez, lança um olhar ácido para mim. Por fim, reconheço a causa da mais nova indignação. Ontem cheguei muito tarde e fiquei lá embaixo; pensei que ela estivesse dormindo. Barbara desceu de camisola e, da escada, perguntou o que eu estava fazendo. Quando eu disse que estava atualizando meu currículo, ela deu meia-volta e subiu.

— Raymond não falou de indicar você a juiz hoje? — pergunta.

Estremeço, atravessado pelo pesar da tola vaidade que me levou a comentar essa possibilidade. Minhas chances agora são mínimas. Há dois anos, Bolcarro já deixou claro que não está muito preocupado em satisfazer os desejos de Raymond Horgan.

— O que você quer que eu faça, Barbara?

— Não quero que faça nada, Rusty. Já deixei de querer que você faça alguma coisa. Não é isso que prefere?

— Barbara, ele fez um bom trabalho.

— E o que ele fez por você? Você tem trinta e nove anos, tem uma família. E agora só espera o seguro-desemprego. Você sempre carregou as malas e resolveu os problemas dele, e, em vez de ele desistir quando deveria, levou você junto para o fundo do poço.

— Nós fizemos coisas boas.

— Ele usou você. As pessoas sempre o usaram, e você não só deixa como gosta que usem. Gosta de verdade. Prefere ser abusado a dar ouvidos às pessoas que tentaram se importar com você.

— Está se referindo a você?

— Eu, sua mãe, Nat. É um padrão, não há o que fazer.

"Nat, não", quase respondo, mas um senso de diplomacia ou autopreservação intervém. A hostess do restaurante, uma jovem miudinha com o corpo esguio de quem faz academia, nos leva até a mesa. Barbara negocia com Nat: batata frita, sim, mas leite em vez de Coca-Cola. E ele vai ter que comer um pouco de salada. Nat choraminga e se debate. Eu o seguro gentilmente e peço que se sente direito. Barbara permanece indiferente atrás da barreira de seu cardápio.

Ela era mais feliz quando a conheci? É provável, mas não lembro com clareza. Ela me deu aulas quando concordei – insanamente – em encarar o requisito da faculdade de ciências e fazer cálculo. Ela não teve oportunidade de cobrar seus honorários porque se apaixonou por mim, e eu por ela. Eu amava seu intelecto feroz, sua beleza de rainha adolescente, suas roupas suburbanas, o fato de ela ser filha de um médico e, portanto – achava eu –, alguém "normal". Adorava até os rios caudalosos e cheios de pedras de sua personalidade, sua capacidade de expressar tantas coisas que eram tão distantes para mim. Acima de tudo, amava sua paixão onívora por mim. Ninguém jamais desejou tão abertamente minha companhia, ninguém demonstrou com tanto entusiasmo a admiração de todos os ângulos de meu ser. Conheci alguns homens que cobiçavam Barbara, mas ela só queria a mim; na verdade, ela me perseguia com um ardor que a princípio achei embaraçoso. Imaginei que fosse o espírito da época que a fazia querer confortar aquele garoto desajeitado, taciturno e cheio de angústia, mesmo sabendo que seus pais considerariam ser menos do que ela merecia.

Assim como Nat e eu, ela é filha única e se sentia oprimida. A atenção dos pais era sufocante e, para ela, de certa forma, falsa. Ela dizia ter sido dirigida, usada o tempo todo como instrumento da vontade deles, não dela própria. Dizia com frequência que eu era a única pessoa que conhecia que era como ela – não só solitária, mas sempre, acima de tudo, sozinha. É a triste reciprocidade do amor que você sempre quis o que pensa que está dando? Barbara esperava que eu fosse como um príncipe de conto de fadas, um sapo que transformaria com suas carícias, que poderia entrar na floresta sombria onde ela havia sido mantida cativa e levá-la para longe dos demônios que a cercavam. Ao longo dos anos, muitas vezes fracassei nessa tarefa.

A vida atomizada do restaurante gira em torno de nós. Em mesas separadas, casais conversam; os trabalhadores do turno da noite jantam sozinhos; as garçonetes servem café. E aqui está Rusty Sabich, trinta e nove anos, cheio de fardos de uma vida inteira e a fadiga do dia a dia. Digo a meu filho para beber seu leite. Mordisco meu hambúrguer. A um metro de distância, está a mulher que digo que amo há quase vinte anos, fazendo o possível para me ignorar. Entendo que em alguns momentos ela fica decepcionada. Entendo que às vezes está carente. Eu entendo; eu entendo. Esse é meu dom. Mas não tenho como fazer algo a respeito. Não é só a rotina da vida adulta que mina minhas forças. Falta em mim alguma habilidade humana. E só podemos ser quem podemos ser. Tenho minha história, minhas recordações, o labirinto não resolvido de mim mesmo onde tantas vezes me perco. Ouço o clamor interior de Barbara; entendo a necessidade dela. Mas só consigo responder com imobilidade e pesar. Tenho que preservar grande parte de mim – muito grande! – para a tarefa monumental de ser Rusty.

CAPÍTULO 15

No dia da eleição, o tempo está bom. Ontem à noite, quando estive na sala de Raymond com Mike Duke e Larren, eles disseram que achavam que o bom tempo ajudaria. Agora que o partido pertence a Della Guardia, Raymond precisa de eleitores inspirados por ele, não pelos desejos do capitão da polícia. A última semana foi de aprendizado sobre probabilidades. Toda vez que as coisas se desenrolam negativamente, você acha que não há esperança. Mas, aí, olha para a frente. Na noite passada, na sala de Raymond, eles ainda falavam em ganhar. A última pesquisa, patrocinada de novo pelo jornal e pelo Canal 3, foi feita no dia do apoio de Bolcarro e mostrava Raymond apenas cinco pontos atrás. Duke disse que achava que as coisas tinham melhorado desde então, que Raymond parecia ter ganhado parte de sua antiga energia por estar em desvantagem. Ficamos sentados ali, quatro adultos, agindo como se pudesse ser verdade.

No trabalho, como sempre, o dia da eleição provoca uma sensação de descontração. Os funcionários do escritório do promotor público, outrora um grupo de angariadores de fundos e amadores, durante o mandato de Raymond foram desencorajados a manter um envolvimento político ativo. Foi-se o tempo em que os promotores adjuntos vendiam ingressos nos tribunais para os eventos de campanha do promotor; em doze anos, Raymond Horgan nunca pediu um centavo em doações nem um minuto em ajuda de campanha para os membros de sua equipe. Mas muitos funcionários administrativos que chegaram antes de Raymond ser eleito têm obrigações políticas contínuas com os padrinhos que lhes arranjaram emprego. Como parte do acordo difícil firmado há uma década com Bolcarro, Raymond concordou em dar folga à maior parte do pessoal da promotoria no dia da eleição. Assim, os filiados ao partido podem fazer suas coisas: bater de porta em porta, distribuir panfletos, conduzir idosos, supervisionar as urnas. Este ano, farão isso por Nico Della Guardia.

Para o restante, não há obrigações estabelecidas. Passo a maior parte do dia no escritório, como imediato no comando deste navio que está afundando. Há outros por aqui, principalmente advogados trabalhando em petições ou julgamentos, ou esvaziando suas mesas. Cerca de duas dúzias de promotores adjuntos mais jovens foram delegados para, ao lado da promotoria dos EUA, fazer uma patrulha antifraude eleitoral. Isso geralmente implica responder a reclamações inúteis: uma urna eletrônica que não funciona; alguém que comparece armado ao local de votação; um juiz eleitoral que usa um broche de campanha ou que aconselha eleitores idosos. Recebo atualizações ocasionais por telefone e atendo a ligações da imprensa, reportando obedientemente que não há sinal de adulteração do processo democrático.

Por volta das quatro e meia, recebo uma ligação de Lipranzer. Alguém colocou um aparelho de TV no corredor, em frente à minha sala, mas não há nada a relatar. Falta uma hora e meia para o fechamento das urnas. As primeiras notícias são só conversa fiada sobre o grande comparecimento de eleitores.

— Ele perdeu — diz Lip. — Meu sujeito lá do Canal 3 viu as pesquisas de boca de urna. Disse que Nico vai ganhar por oito, dez pontos, se o padrão se mantiver.

Mais uma vez meu coração dispara, meu estômago se contrai. Engraçado, mas desta vez eu realmente acredito nisso. Olho pela janela, vejo as colunas do tribunal, os telhados planos cobertos de piche dos outros prédios do centro, as águas negras e onduladas do rio, que faz uma curva, como um cotovelo, a dois quarteirões daqui. Minha sala fica do mesmo lado deste prédio há quase sete anos, mas a visão não me parece muito familiar.

— Tudo bem — digo, por fim, solenemente. — Que mais?

— Nada — responde Lip. — Só pensei em avisar você. — Ele espera.

— Ainda estamos trabalhando no caso da Polhemus?

— Você tem alguma coisa melhor para fazer?

— Não — responde ele. — Eles vêm aqui hoje pegar todos os meus relatórios. Para Morano. Ele quer examiná-los.

Morano é o chefe de polícia.

— E?

— Achei estranho. A sogra dele ficou sob a mira de uma arma três anos atrás, e acho que ele nem leu os relatórios.

— Você entenderia isso se tivesse sogra — digo.

Lip interpreta meu humor como pretendido: uma oferta de paz, um pedido de desculpas por minha impaciência um momento antes.

— Eles só querem garantir que Nico seja informado. O que é uma piada — explico. — Molto deve estar pegando cópias dos relatórios policiais diretamente na fonte.

— Provavelmente. Não sei... alguma coisa não bate. Schmidt veio aqui pessoalmente, todo sério, como se alguém tivesse atirado no presidente.

— Estão querendo mostrar serviço.

— Deve ser. Vou ao tribunal do Distrito Norte para terminar os arquivos — diz Lip, referindo-se aos registros que procuramos desde minha visita ao 32º Distrito. — Prometeram arranjar o microfilme com o depósito antes das cinco. Quero chegar lá antes que eles mandem de volta. Onde você vai estar esta noite, caso eu descubra alguma coisa?

Digo que estarei na festa de Raymond, em algum lugar do hotel. A esta altura, não importa mais levar os resultados da investigação, mas Lip avisa que vai passar por lá de qualquer maneira para prestar seus respeitos.

— Os irlandeses sempre fazem velórios muito bons — explica.

A estimativa de Lipranzer se mostra precisa. A banda toca alto. As meninas que estão sempre aqui ainda estão animadas, com faixas atravessadas sobre o peito e chapéus da campanha bem equilibrados sobre os penteados. HORGAN! está escrito em tudo, em escrita gaélica verde-limão. Na frente, dos dois lados da plataforma dos oradores, agora vazia, há duas ampliações de três metros do retrato dele. Vagueio pelo salão de baile, espetando almôndegas e me sentindo mal.

Por volta das sete e meia da noite, subo à suíte de Raymond, no quinto andar. Várias pessoas que participaram da campanha ainda estão por aqui. Há três bandejas de frios e umas garrafas de bebida em uma das cômodas, mas recuso o convite para beber. Deve haver dez telefones nestas três salas, todos tocando.

As três estações de TV locais já projetaram Della Guardia como vencedor. Larren – juiz Lyttle – chega com um copo de bourbon na mão, resmungando sobre as pesquisas de boca de urna.

— É a primeira vez que vejo um corpo ser declarado morto antes de cair no chão.

Mas Raymond está otimista. Está em um dos quartos internos, assistindo à televisão e falando ao telefone. Quando me vê, desliga o telefone e vem me abraçar.

— Rožat!

Esse é meu nome de batismo. Sei que esse gesto deve ter sido repetido com um monte de gente esta noite, mas me sinto profundamente grato e emocionado por ser incluído na família de luto.

Eu me sento ao lado de Raymond na banquetinha de pés da poltrona que ele ocupa. Na mesinha lateral, vejo uma garrafa aberta de Jack Daniel's e um sanduíche pela metade. Raymond continua atendendo a telefonemas, conversando com Larren, Mike e Joe Reilly. Não me mexo. Fico me lembrando das noites em que me sentava ao lado de meu pai enquanto ele assistia futebol na TV ou ouvia rádio. Eu sempre pedia permissão antes de me sentar ao lado dele no divã. Esses eram os momentos mais calorosos que tínhamos. Depois que cresci, meu pai bebia sua cerveja e de vez em quando me passava a garrafa. Às vezes, até fazia algum comentário sobre o jogo.

Aqui, a conversa começa a se voltar para o protocolo de concessão. Raymond deve falar primeiro com Della Guardia ou descer para se dirigir aos fiéis? Della Guardia, decidem. Mike diz que Raymond deveria ligar para ele. Joe sugere mandar um telegrama.

— Caralho — diz Raymond —, o homem está do outro lado da rua! Vou até lá apertar a mão dele.

Ele pede a Larren para fazer os preparativos. Falará com Nico, fará seu discurso e depois voltará para cá para dar entrevistas individuais a repórteres da mídia. De nada adianta provocá-los. Pede à Mac que comece a agendar essas reuniões por volta das nove e meia. Ele vai entrar ao vivo às dez horas com Rosenberg.

Só noto Mac agora, quando ela vira a cadeira e me diz uma única palavra:

— Triste.

Raymond pede para falar comigo a sós. Vamos para o quarto de vestir, entre os dois quartos da suíte; nada mais que um grande closet com lavabo.

— Como você está? — pergunto.

— Já sofri mais com outras coisas. Amanhã vai ser ruim; o dia seguinte. Mas vamos sobreviver. Escute... sobre aquilo que comentei outro dia: quando for falar com Nico, vou pedir demissão. Não quero esse negócio de pato manco, fazer de conta que ainda estou trabalhando. Quero sair direito. Se Nico quiser concorrer às eleições gerais como titular, que seja. Vou dizer a ele que está livre para assumir o cargo se o executivo do condado aprovar.

Engraçado, Bolcarro é o executivo do condado, além de presidente do partido e prefeito. O cara tem mais títulos que o líder da república das bananas.

Digo a Raymond que ele tomou uma decisão sábia. Nos encaramos.

— Acho que lhe devo desculpas, Rusty — diz ele. — Se há algum promotor adjunto que gostaria que assumisse, é você. Eu devia ter tentado fazer isso acontecer em vez de concorrer. Mas o pessoal me pressionou demais para tentar mais uma vez.

Aceno com a mão, assentindo. Proíbo seu pedido de desculpas.

Larren assoma a cabeça à porta.

— Estava dizendo a Rusty que não deveria ter concorrido de novo, que deveria ter dado a chance a ele. Uma cara nova, promotor de carreira, apolítico. Isso realmente poderia ter acelerado as coisas. Concorda?

— Merda — xinga o juiz —, muito em breve você vai me fazer acreditar nisso.

Rimos.

Larren relata sua conversa com o pessoal de Della Guardia. Ele conversou com Tommy Molto, que apareceu esta noite como o principal ajudante de ordens. Preferem não falar pessoalmente esta noite; Molto e Nico querem ver Raymond pela manhã.

— Dez horas — diz Larren. — Ele me comunicou, não perguntou. E disse: "por favor, certifique-se de que seja só com Raymond". O que você acha disso? Mandão de merda!

Larren se permite um momento para curtir seu descontentamento.

— Eu disse que você ligaria para Nico para fazer a concessão formal. Quando estiver pronto — acrescenta.

Raymond tira o bourbon da mão de Larren e o vira.

— Estou pronto.

Lealdade vai só até certo ponto. Não quero ouvir isso; volto para o salão de baile.

Perto do bar, encontro George Mason, um velho amigo de Raymond. Ele já está bêbado.

— Muita gente, hein? — comenta.

Só perto do bar, penso, mas não digo nada.

— Ele teve uma boa campanha — diz George. — Fez um bom trabalho. Vocês deveriam estar orgulhosos.

— Estamos — afirmo. — Eu estou.

— E o que você vai fazer? Escritório particular?

— Por um tempo, acho.

— Vai mexer com criminal mesmo?

Quantas vezes já falei sobre isso esta noite? Digo a George que provavelmente, vou ver, quem sabe. Vou tirar férias, com certeza. George me dá seu cartão e me diz para ligar, talvez conheça algumas pessoas com quem me interessaria falar.

Horgan chega ao salão vinte minutos depois. Os cuzões da TV abrem caminho para a frente, erguem câmeras, luzes e microfones, de modo que não dá para ver muita coisa. Raymond está sorrindo e acenando. Duas de suas filhas estão com ele na plataforma. A banda está tocando uma música irlandesa. Raymond diz "Obrigado" pela terceira vez, tentando acalmar a multidão, quando alguém agarra meu braço. Lipranzer. Está atarantado por ter que abrir caminho para me alcançar. Há barulho demais aqui para conversar: gente batendo o pé, ovacionando, assobiando. Algumas pessoas mais ao fundo até começaram a dançar. Lipranzer me faz um sinal, e eu o sigo por uma porta com a placa "saída". Inesperadamente, saímos em um beco fora do hotel. Lip desce em direção a um poste de luz. Agora que o enxergo bem, noto que há algo errado. Ele está arrasado, comprimido por alguma preocupação. Sua têmpora brilha de suor. Daqui, posso ouvir a voz de Raymond lá dentro, mas não o que ele está dizendo.

— É muito estranho — diz Lip. — Algo está errado na sede do departamento de polícia. Muito errado.

— Por quê?

— Não sei — responde ele. — Mas tenho uma intuição estranha, que não tenho há anos. Recebi uma mensagem dizendo que devo estar no escritório de Morano amanhã às oito para ser entrevistado. Por Molto. Essa é a mensagem. Não para conversar nem para discutir alguma coisa. Para ser entrevistado. Como se estivessem atrás de mim. E mais: quando voltei esta noite, me disseram que Schmidt pegou todos os recibos das evidências de Polhemus que cataloguei. Qualquer dúvida, fale com ele.

— Tenho a impressão de que você está fora do caso.

— Pois é — diz ele —, tudo bem. Mas pense nisso. Cheguei ao Distrito Norte antes das cinco da tarde. Tudo isso chegou às seis, seis e meia. E veja o que encontrei lá.

Ele enfia a mão dentro do blusão para acessar o bolso da camisa. Pega quatro ou cinco folhas de papel pautado; pelo que vejo, são fotocópias de documentos judiciais. Reconheço o número do processo: corresponde ao da denúncia que falta no 32º Distrito. A primeira folha é uma cópia da sobrecapa. *Povo contra Leon Wells.* Uma queixa de ato obsceno público. Indeferida por ordem judicial em um dia de julho de nove anos atrás.

— Bingo — digo.

— Olhe esta aqui — mostra Lip.

É a ordem de fiança. Neste estado, em casos menores, o réu pode pagar a fiança só com sua assinatura em uma nota promissória, comprometendo-se a arcar com uma quantia – por lei, inferior a cinco mil reais – no caso de inadimplência. As únicas condições são que ele não pratique outros crimes e se apresente uma vez por semana, por telefone, a um membro do Departamento de Liberdade Condicional do tribunal. A agente da condicional designada para Leon, segundo o recibo de fiança, foi Carolyn Polhemus. O nome e número de telefone dela estão no papel.

— E aqui vem o melhor.

Ele puxa o último papel, que é a cópia do formulário de arquivamento de caso do tribunal. "Petição para indeferir sem prejuízo", diz a legenda. O advogado que apresenta a moção é o promotor. "Por Raymond Horgan, promotor do condado de Kindle" está impresso na parte inferior do formulário. O promotor adjunto encarregado do caso sempre tem que assinar no espaço em branco, mas não consigo ler a assinatura. E a ficha cai.

— Molto?

Lipranzer e eu ficamos um tempo sob as lâmpadas da rua, olhando de novo os papéis. Nenhum de nós fala muito. Dentro, o rugido é enorme;

a seguir, ouve-se a banda tocando de novo "When Irish Eyes Are Smiling". Presumo que Raymond tenha admitido a derrota.

Tento acalmar Lipranzer. Vamos com calma, digo. Ainda não temos certeza de nada.

— Fique com isto. — Ele me entrega as cópias do arquivo do tribunal.

Volto para o salão de baile. Lip vai embora sozinho, passando pelas lixeiras e pelo entulho, mergulhando na escuridão do beco.

CAPÍTULO 16

— Então nós terminamos — disse eu a Robinson —, e terminamos mal. Em uma semana, nos encontramos menos. Na semana seguinte, nada. Nada de almoços, ligações, visitas à minha sala. Nada de "bebida?", como era nosso jeito de falar. Ela sumiu.

Eu sabia que ela valorizava a independência e, a princípio, tentei conter meu pânico dizendo a mim mesmo que era só isso: uma demonstração de liberdade. Melhor não pressionar. Mas, a cada dia, o silêncio agia sobre mim e meu desejo patético. Eu sabia que ela estava apenas um andar abaixo. Tudo que queria era simplesmente estar na mesma sala que ela. Fui três dias seguidos ao Morton's Third Floor, onde sabia que ela gostava de almoçar. No terceiro dia, ela apareceu – com Raymond. Não pensei nada a esse respeito; estava cego. Não imaginava que tinha concorrentes. Fiquei sentado ali meia hora, sozinho, revirando as folhas de alface no prato e olhando para uma mesa a sessenta metros de distância. A cor dela! O cabelo! Quando a sensação de sua pele tomava conta de mim, eu ficava sentado sozinho em um restaurante me lamentando.

Na terceira semana, passei dos limites. Não precisei reunir forças, simplesmente me deixei levar pelo impulso. Fui direto à sala dela, às onze da manhã. Não levei nenhuma pasta, memorando, nem nada como pretexto.

Ela não estava.

Fiquei parado à porta dela com os olhos fechados, ardendo de humilhação e tristeza, sentindo que morreria de frustração.

Enquanto estava ali, naquela pose, ela voltou.

— Rusty — disse, alegremente.

Ela passou por mim. Curvou-se para pegar uma pasta de sua gaveta. Fiquei olhando; um desejo ardente percorreu meu corpo ao ver a saia de tweed se colar em sua bunda, a suavidade de suas panturrilhas flexionadas dentro da meia-calça. Estava ocupada, em pé ao lado da mesa, lendo as anotações da sobrecapa, batendo um lápis em um bloco.

— Queria ver você de novo — falei.

Ela ergueu os olhos com uma expressão solene. Contornou a mesa, passou por mim e fechou a porta.

— Acho que não é uma boa ideia — disse, imediatamente. — Não é bom para mim agora, Rusty.

E abriu a porta.

Voltou para sua mesa e se sentou para trabalhar. Ligou o rádio. Não olhou para o lugar onde permaneci por mais um tempo.

Acho que em nenhum momento acreditei que Carolyn Polhemus me amava. Pensava apenas que eu a agradava. Minha paixão, minha obsessão, era lisonjeira para ela e a engrandecia. De modo que não sofri rejeição, não fiquei devastado pela dor. Quando, por fim, me ocorreu que talvez eu já tivesse sido substituído, não sonhei com a destruição do cara. Teria concordado em dividi-la. Fiquei devastado pela negação, pela saudade. Queria simplesmente o que tinha antes. Ansiava por Carolyn e por minha liberação nela de uma maneira que não tinha fim.

Para mim, nunca acabou. Não havia nada que fizesse isso terminar. A disposição dela sempre foi apenas secundária, conveniente. Eu queria minha paixão em seus grandes momentos de exultação, a realização ardente de minha adoração, de minha servidão. Ficar sem isso era estar, de certa maneira, morto. Eu ansiava... ansiava! Passava as noites sentado em minha cadeira de balanço, imaginando Carolyn, dominado pela pena de mim mesmo.

Naquelas semanas, foi como se minha vida houvesse explodido. Meu senso de proporção me abandonou; meu julgamento assumiu os exageros grotescos de uma caricatura cruel. Uma menina de catorze anos foi sequestrada, jogada como mercadoria no porta-malas do réu, sodomizada de várias maneiras a cada uma ou duas horas durante três dias, e depois espancada por ele, cegada (para que não pudesse fazer nenhuma identificação) e largada para morrer. Li relatos sobre esse caso, participei de reuniões nas quais se discutiram as evidências. Mas eu sofria por Carolyn.

Em casa, fiz aquela confissão absurda à Barbara, chorando à mesa de jantar sobre meu uísque com soda. Como tenho coragem de dizer isso? Queria a compaixão dela. Aquele instante louco e egoísta, naturalmente, piorou meu sofrimento. Barbara não suportava ver minha dor. Não havia mais espaço para ela. No trabalho, eu não fazia nada. Ficava de olho nos corredores em busca de um vislumbre de Carolyn passando. Em casa, minha esposa passou a ser minha carcereira, me ameaçando com o fim iminente de nossa vida familiar se me visse demonstrar qualquer sinal de carência. Eu fazia caminhadas. Dezembro virou janeiro. A temperatura caiu perto de zero e ficou assim durante semanas. Caminhava durante horas por nossa pequena cidade, cobrindo o rosto com o cachecol, sentindo a gola peluda da parca queimar a parte exposta de minha testa e bochechas quando as tocava. Minha própria tundra. Minha Sibéria. Quando acabaria? Queria simplesmente encontrar um pouco de paz.

Carolyn me evitava. Ela era habilidosa nisso, como em tantas outras coisas. Me mandava memorandos, deixava recados com Eugenia. Não ia a reuniões às quais eu compareceria. Tenho certeza de que a levei a isso, de que, nos momentos em que nos encontrávamos, ela via minha expressão patética e carente.

Em março, liguei para ela de casa; isso aconteceu algumas vezes. Ela havia redigido o indiciamento de um caso de reincidência; acusações complexas com alegações que remontavam à década de 1960. Eu me convenci de que seria mais fácil discutir os problemas jurídicos envolvidos sem as interrupções do escritório. Esperei até que Nat dormisse e Barbara estivesse recolhida no útero fechado de seu escritório, de onde eu sabia que ela não poderia me ouvir falar lá embaixo. A seguir, procurei o número de Carolyn na lista mimeografada que Mac distribuíra, contendo todos os telefones residenciais dos promotores adjuntos. Quase não precisei olhar para lembrar o número, mas imagino que, naquele momento de compulsão, tenha sentido uma estranha satisfação ao ver o nome dela impresso. Isso, de certa forma, prolongava o contato; significava que minha fantasia era real. Assim que ouvi a voz de Carolyn, soube que meus pretextos eram falsos. Não consegui emitir um único som.

— Alô? Alô? — disse ela.

Quase desfaleci quando a ouvi atender sem reprovação na voz. Quem ela estava esperando àquela hora?

Cada vez que fazia isso, tinha certeza de que o orgulho me permitiria dizer uma ou duas palavras. Eu elaborava intrincadamente as conversas de antemão. Piadinhas para desalojá-la da indiferença ou do desprazer. Declarações sinceras para o instante em que me fosse dada meia chance.

Mas eu não conseguia fazer nada disso acontecer. Ela atendia, e eu esperava mergulhado em um poço de vergonha. Lágrimas marejavam meus olhos. Meu coração se apertava.

— Alô? Alô?

Eu ficava aliviado quando ela desligava e rapidamente guardava a lista no gaveteiro do corredor.

Ela sabia que era eu, claro. Devia haver algo de desamparado e suplicante em minha respiração. Numa noite de sexta-feira, no final de março, eu estava no Gil's terminando um drinque que havia começado com Lipranzer antes de ele ir para casa. Eu a vi olhando para mim pelo longo espelho chanfrado atrás do bar. Via seu rosto acima das garrafas de uísque; ela havia acabado de arrumar o cabelo, estava brilhante e duro de fixador. A raiva em seu olhar era cruel.

Fingir era muito mais fácil. Mudei a direção de meu olhar e disse ao barman para levar um Old-Fashioned para ela. Carolyn disse não, mas ele não a ouviu, então ela ficou esperando até a bebida chegar. Ela estava em pé, eu sentado. O grande tumulto das noites de sexta no Gil's se desenrolava. A jukebox berrava e ouviam-se risos selvagens. A atmosfera tinha aquele cheiro forte das sextas-feiras, do almíscar da sexualidade que se libertava da restrição da semana. Terminei minha cerveja e, por fim, graças a Deus, encontrei forças para falar:

— Sou como uma criança — disse, mas sem olhar para ela. — Estou tão desconfortável sentado aqui que quero ir embora. E, na maioria das vezes, acho que a única coisa que quero na vida é falar com você.

Ergui os olhos para ver a reação dela e a encontrei com uma expressão bastante absorta.

— É o que eu venho fazendo há meses: passando por você. Isso não é legal, não é?

— É seguro — disse ela.

— Não é legal — repeti —, mas sou meio inexperiente nisso. Queria ter essa sensação, esse cansaço de guerra, mas não consigo, Carolyn. Fiquei noivo quando tinha vinte e dois anos. E, logo antes do casamento, servi na reserva, enchi a cara e transei com uma mulher dentro do carro atrás de um bar. Essa é a história das minhas infidelidades, minha vida de amores selvagens. Estou morrendo — disse. — Aqui mesmo, sentado neste maldito banquinho de bar, estou quase morto. Está gostando? Estou tremendo. Meu coração está a mil. Daqui a um minuto, vou precisar de ar. Isso não é muito legal, não é?

— E o que você quer de mim, Rusty?

Era a vez de ela falar. O espelho refletia sua expressão morta.

— Alguma coisa — disse eu.

— Quer um conselho?

— Se é tudo que você tem para me dar...

Ela deixou a bebida no balcão, pousou a mão em meu ombro e olhou diretamente para mim pela primeira vez.

— Cresça — disse e foi embora.

— E, por um minuto — disse eu a Robinson —, senti um desejo ainda mais desesperado de que ela estivesse morta.

CAPÍTULO 17

Na promotoria, o apelido de Tommy Molto era Mad Monk. Monge Louco. Ele é ex-seminarista; tem um metro e setenta no máximo, uns vinte quilos acima do peso, marcas de varíola e unhas roídas até a carne. Ambicioso e perseverante, do tipo que fica acordado a noite toda trabalhando em uma argumentação, três meses sem tirar um fim de semana. Um advogado capaz, mas que carrega em si a pobreza de julgamento de um fanático. Como promotor, sempre me pareceu que tentava construir os fatos em vez de entendê-los. Ele queima a uma temperatura alta demais para valer muito diante de um júri, mas foi um bom assistente para Nico. Tem a disciplina que falta a Della Guardia. Ele e Delay se conhecem desde o ensino fundamental, que fizeram no St. Joe's. Parceria latina. Molto é um dos caras que foram incluídos antes de ter idade suficiente para se preocupar com quem era *cool* ou não. A vida pessoal de Tommy é um mistério. Ele é solteiro, e nunca o vi com uma mulher, o que me inspira a conjectura de sempre, mas eu chutaria que ainda é virgem. Essa sua intensidade singular parece ter uma origem subterrânea.

Tommy, como sempre, está sussurrando acaloradamente para Nico quando chego à recepção. Tem havido muita agitação no escritório; arquivistas e secretárias correndo para a janela da recepcionista para ver como é o novo chefe. Como se pudessem ter esquecido em nove meses. As emissoras de TV seguiram Nico até aqui e fizeram tomadas dele e de Tommy sentados em cadeiras de madeira dura, esperando para se encontrar com Horgan. Mas isso já acabou. Os jornalistas se dispersaram, e os dois me parecem um tanto desamparados quando chego. Nico nem está usando sua flor. Não resisto e digo:

— Tommy Molto. Já tivemos um sujeito com esse nome que trabalhava aqui, mas achamos que morreu. Ele continua recebendo ligações e cartas.

Essa brincadeira, que finjo fazer com todo o bom humor, não só é um fiasco como também inspira um olhar de horror. Molto franze suas sobrancelhas grossas e me parece que recua quando lhe ofereço minha mão.

Tento amenizar o momento voltando-me para Delay. Ele pega minha mão, mas também meio relutante a aceitar meus parabéns.

— Jamais vou dizer que você não me avisou — admito.

Nico não sorri. Na verdade, ele desvia o olhar. Está extremamente desconfortável. Não sei se a campanha deixou um rastro de amargura ou se Delay, como tanta gente, está simplesmente morrendo de medo agora que, por fim, conseguiu o que tanto desejava.

De uma coisa tenho certeza depois deste encontro: Nico não tentará manter meus serviços. Chego ao ponto de ligar para a sala de arquivos e pedir que comecem a juntar algumas caixas. No final da manhã, ligo para o número de Lipranzer no McGrath Hall. Seu telefone, a que ele nunca atende quando está fora do trabalho, é atendido por alguém cuja voz não reconheço.

— 34068.

— Dan Lipranzer?

— Não está. Quem é, por favor?

— Quando ele vai chegar?

— Quem é?

— Deixa pra lá. — Eu desligo.

Bato na porta ao lado para ver o que Mac acha de tudo isso. Ela não está. Quando pergunto à Eugenia, ela me informa que Mac está na sala de Raymond, reunindo-se, como ela diz, "com o sr. Della Guardia". Está lá há quase uma hora. Fico ao lado da mesa de Eugenia, lutando contra minha própria amargura. Mas não dá certo. Nico agora é o sr. Della Guardia. Mac está na equipe dele até se tornar juíza. Raymond vai ficar rico. Tommy Molto tomou meu lugar. E terei sorte se, no mês que vem, puder pagar a hipoteca da casa.

Ainda estou ao lado de Eugenia quando o telefone toca.

— O sr. Horgan quer falar com você — diz ela.

Em vista de todas as severas repreensões que fiz a mim mesmo enquanto seguia pelo corredor, a sensação juvenil que tenho quando vejo Nico na cadeira do promotor adjunto me surpreende. Fico paralisado de raiva, inveja e repulsa. Nico assumiu um ar perfeito de proprietário. Tirou o paletó e mantém uma expressão grave que, como o conheço bem, sei que é pura afetação. Tommy Molto está sentado ao lado dele. Pelo jeito, ele já domina a arte da bajulação.

Raymond faz sinal para que eu me sente. Diz que a reunião é de Nico agora e por isso lhe ofereceu a cadeira. O próprio Raymond está em pé ao lado. Mac está com sua cadeira de rodas perto da janela, olhando para fora. Ainda não me cumprimentou, e agora percebo, por seu comportamento, que ela não queria estar aqui. Como se costuma dizer, é mais difícil para ela que para mim.

— Tomamos algumas decisões aqui — informa Raymond, voltando-se para Della Guardia.

Silêncio. Delay, em sua primeira missão como promotor, está sem palavras.

— Bem, acho melhor eu explicar esta primeira parte — diz Raymond.

Está extremamente sério. Conheço suas expressões bem o suficiente para saber que está com raiva e se esforçando para manter a postura. Só pelo clima, dá para saber que a reunião anterior deixou feridas.

— Conversei ontem à noite com o prefeito e disse a ele que não tenho vontade de permanecer no cargo em função das preferências dos eleitores. Ele me sugeriu, então, que conversasse com Nico para ver se ele gostaria de vir antes para cá. Ele aceitou, e é isso que vai acontecer. Com a anuência do Conselho do Condado, vou embora na sexta-feira.

Não consigo me controlar.

— Sexta!

— Foi um pouco mais rápido do que eu imaginava, mas alguns fatores...

Raymond se cala. Algo não está certo em seu jeito. Ele está em conflito. Ajeita os papéis na mesinha de centro. Vai até o aparador e procura outra coisa. Está tendo um momento difícil. Decido facilitar para todos.

— Vou embora também, então — digo.

Nico começa a falar, mas eu o interrompo.

— Será melhor para você começar do zero, Delay.

— Não era isso que eu ia dizer. — Ele se levanta. — Quero que você saiba por que Raymond está indo embora antes do previsto. A equipe dele vai passar por uma investigação criminal. Temos certas informações... Algumas chegaram a nós durante a campanha, mas não queríamos mexer nesse tipo de coisa na época. Enfim, temos informações e um problema sério.

Estou confuso com a aparente raiva de Nico. Fico imaginando se está falando sobre o arquivo B. Talvez haja uma razão para a conexão de Molto com esse caso.

— Permita que eu me intrometa — diz Raymond. — Rusty, acho que a melhor maneira de lidar com isso é ser direto. Nico e Tom levantaram algumas questões comigo sobre a investigação da Polhemus. Eles não estão satisfeitos com a maneira como você a vem conduzindo. E eu concordei em me afastar agora. Eles podem examinar a questão da maneira que acharem melhor; esse é um assunto de julgamento profissional deles. Mas Mac sugeriu... bem, todos nós concordamos em alertar você sobre a situação.

Espero. Um alarme dispara dentro de mim antes do instante de compreensão.

— Estou sob investigação criminal? — pergunto e rio.

Do outro lado da sala, Mac por fim fala:

— Não é engraçado, Rusty.

— Que merda é essa? O que foi que eu supostamente fiz?

— Rusty — diz Raymond —, não precisamos desse tipo de discussão agora. Nico e Tom acham que há certas coisas sobre as quais você deveria ter falado, é só isso.

— Não é só isso — Molto se manifesta de repente, e seu olhar é penetrante. — Acho que você está tentando despistar e enrolando há quase um mês. Está tentando salvar sua pele.

— Pois eu acho que você é maluco — digo a Tommy Molto.

Mac gira sua cadeira.

— Não precisamos disso — ela alega. — Esta discussão deveria acontecer em outro lugar, com outra pessoa.

— Mas que inferno! — Eu me exalto. — Quero saber do que se trata.

— Tem a ver com o fato de que você estava no apartamento de Carolyn na noite em que ela foi morta — afirma Molto.

Meu coração bate tão forte que minha visão perde o foco. Eu sabia que alguém me criticaria por ter tido um caso com a falecida, mas isto é incompreensível. Ridículo, absurdo.

— Que dia foi mesmo? Uma noite de terça? Barbara estava na universidade, e eu estava cuidando de nosso filho.

— Rusty — diz Raymond —, meu conselho é que você cale essa maldita boca.

Molto já está em pé. Vem se aproximando de mim, furioso.

— Nós temos os resultados das impressões digitais, aquelas que você nunca se lembrava de pedir. São suas digitais no copo. Suas. Rožat K. Sabich, naquele copo no bar, a um metro e meio de onde a mulher foi encontrada morta. Talvez você não tenha lembrado, a princípio, que todos os funcionários públicos do condado têm as impressões digitais registradas.

Também me levanto.

— Isso é um absurdo!

— E os registros telefônicos de sua casa que você disse a Lipranzer para não pegar? Nós os solicitamos à companhia telefônica hoje de manhã. Estão vindo para cá agora. Você ligou para ela o mês todo. E há uma ligação de sua casa para a dela *daquela noite*.

— Acho que já chega disso — digo. — Se me dão licença...

Chego só até a salinha de Loretta, em frente à de Raymond, quando Molto me chama. Ele me seguiu pelo saguão. Posso ouvir Della Guardia gritando seu nome.

— Quero que você saiba de uma coisa, Sabich. — Molto aponta o dedo para mim. — Eu sei.

— Claro que sabe — digo.

— Vamos pedir um mandado e vamos atrás de você no primeiro dia em que estivermos aqui. É melhor você arranjar um advogado, cara, um muito bom.

— Por causa de sua teoria fajuta de obstrução da justiça?

Os olhos de Molto estão soltando faíscas.

— Não finja que não entendeu. Eu sei que você a matou. Foi você.

Raiva; como se meu fluxo sanguíneo acelerasse; como se minhas veias estivessem cheias de veneno. Isso é antigo e familiar, muito próximo do meu ser. Chego bem perto de Tommy Molto e sussurro:

— Sim, você tem razão.

E saio.

VERÃO

NO TRIBUNAL SUPERIOR DO CONDADO DE KINDLE

POVO)
contra) ------------------------------
ROŽAT K. SABICH) VIOLAÇÃO
) SEÇÃO 76610 R.S.S.
)

O GRANDE JÚRI DO CONDADO DE KINDLE, SESSÃO DE JUNHO, delibera da seguinte forma:
Por volta de 1º de abril deste ano, no condado de Kindle,

ROŽAT K. SABICH,

réu neste tribunal, cometeu assassinato em primeiro grau, uma vez que praticou consciente e intencionalmente e com dolo premeditado transgressão *vi et armis* sobre a pessoa de Carolyn Polhemus, tirando, assim, a vida da citada Carolyn Polhemus;
Em violação da Seção 76610 dos Estatutos Estaduais Revisados.

DÃO FÉ:

Joseph Doherty
Presidente do Grande Júri
do condado de Kindle, sessão de junho

Nico Della Guardia
Promotor de Justiça do condado de Kindle

Concluído neste vigésimo terceiro dia de junho

[Chancela]

CAPÍTULO 18

— Os documentos e relatórios estão na frente. As declarações das testemunhas estão atrás — diz Jamie Kemp enquanto coloca uma caixa de papelão pesada sobre a mesa de reunião de nogueira com acabamento impecável. Estamos na salinha de reuniões no escritório de Alejandro Stern, meu advogado, onde Jamie trabalha. Ele está suando; andou dois quarteirões sob o sol de julho com essa caixa, do Prédio do Condado até aqui. Afrouxou sua gravata azul-marinho, e parte de seu elegante cabelo louro de Príncipe Valente – uma afetação que sobrou da juventude – está emaranhado sobre as têmporas.

— Vou checar minhas mensagens telefônicas e volto para ver essas coisas com você. E lembre-se — aponta Kemp —, não entre em pânico. Os advogados de defesa têm um nome para isso que você está sentindo. Chamam de *clong*.

— O que é *clong*?

— É a sensação de merda que a pessoa tem no coração quando vê as provas do estado. Não é fatal.

Kemp sorri. Fico feliz por ele pensar que ainda aguento uma piada.

É 14 de julho, três semanas desde que fui indiciado pelo assassinato de Carolyn Polhemus. No final da tarde, comparecerei perante o juiz do Tribunal Superior, Edgar Mumphrey, para a acusação formal. Segundo os estatutos estaduais que regem os casos criminais, a promotoria é obrigada, antes da acusação, a disponibilizar à defesa todas as evidências físicas que pretende apresentar e uma lista de testemunhas, incluindo cópias de suas declarações. Ou seja, esta caixa. Fico olhando para a tão familiar etiqueta colada no papelão: POVO contra ROŽAT K. SABICH. Sou tomado por aquela sensação de novo: isso não aconteceu. Sozinho nesta sala confortável, com seus lambris escuros e fileiras de livros de Direito de capa vermelha, espero que essa agora familiar sensação de pavor e ansiedade passe.

Há outra cópia da acusação na frente da caixa. Sempre me concentro nessas mesmas palavras: transgressão *vi et armis* – pela força e pelas armas –, um termo jurídico comum. Com essas mesmas palavras, durante séculos, nos países de língua inglesa, pessoas foram acusadas de atos de violência. É uma expressão arcaica, há muito abandonada na maioria das jurisdições, mas faz parte do texto de nosso estatuto estadual, e lê-la aqui sempre me deixa a sensação de uma herança bizarra. Me coloca ao lado de todas as estrelas do crime: John Dillinger, Barba Azul, Jack, o Estripador, e milhões de astros menores, os meio loucos, os abusados, os malvados e muitos que se renderam a uma terrível tentação momentânea, a um instante em que se encontraram intimamente com nossos elementos mais selvagens, nosso lado mais sombrio.

Depois de dois meses de informações diariamente vazadas à imprensa, de rumores, insinuações, fofocas cruéis, eu disse, resoluto, que seria um alívio se, por fim, uma acusação fosse feita. Mas me equivoquei. No dia anterior, Delay mandou a Stern o que chamamos de "cópia de cortesia" do réu. Li pela primeira vez as acusações a uns doze metros daqui, no saguão do elegante escritório cor creme de Sandy, e meu coração e todos os outros órgãos ficaram paralisados e tão cheios de dor que tive certeza de que algo havia estourado dentro de mim. Senti o sangue sumir do rosto e soube que meu pânico era visível. Tentei parecer tranquilo, não para demonstrar coragem, mas porque de repente percebi que era simplesmente a única alternativa.

Sandy estava sentado ao meu lado no sofá, e mencionei Kafka.

— Seria horrível e banal dizer que não posso acreditar nisso? — perguntei. — Que só sinto incompreensão e raiva?

— Claro que não — disse Sandy. — Claro que não. Se eu, que atuo na área criminal há trinta anos nesta cidade e pensei que já havia visto de tudo, não consigo acreditar! *De tudo!* E não digo isso levianamente. Tive um cliente, Rusty, não posso citar o nome, claro, que uma vez colocou vinte e cinco milhões em barras de ouro exatamente no lugar onde você está sentado. Em lingotes, sessenta centímetros de altura. E eu, que já vi essas coisas, fico em casa à noite pensando: de verdade, isto aqui é impressionante e assustador.

Em Sandy, essas palavras tinham o alcance da genuína sabedoria. Com seu suave sotaque espanhol, há uma elegância até mesmo no som de sua maneira comum de falar. Sua dignidade é reconfortante. Com o tempo, fui descobrindo que, como um amante, sempre me emociono com um gesto gentil.

— Rusty — disse Sandy, tocando a página que eu segurava —, você não mencionou a única coisa... — Tentou achar a palavra. — animadora.

— Qual seria?

— Não houve notificação da Seção 5.

— Ah. — Senti um arrepio. No nosso estado, a acusação tem de comunicar, já no momento do indiciamento, se haverá pedido de pena de morte. Com todos os meus cálculos das intenções de Delay finalmente calibrados ao longo dos meses, alguma resistência interna tinha impedido minha mente de sequer vislumbrar essa possibilidade. Acredito que meu olhar tenha denunciado meu embaraço, até mesmo uma certa humilhação, por já estar tão desconectado das perspectivas profissionais de rotina.

— Nem pensei nisso — disse eu, debilmente.

— Pois é — disse Sandy, sorrindo gentilmente. — Temos essa mania.

A conselho de Sandy, não estávamos na cidade quando a papelada do indiciamento voltou. Barbara, Nat e eu fomos para uma cabana de amigos dos pais dela, perto de Skageon. À noite, ouvíamos o barulho das Crown Falls, a um quilômetro e meio de distância; e a pesca de trutas foi a melhor de todos os tempos de que me lembro.

Mas, claro, a calamidade que deixamos mais de seiscentos quilômetros ao sul nunca foi esquecida. No dia seguinte, George Leonard, do *Trib*, não sei como, conseguiu o número do chalé e me pediu uma declaração. Eu o encaminhei a Stern. Mais tarde, entrei e ouvi Barbara conversando com a mãe. Depois que ela desligou, perguntei, achando que deveria:

— Já saiu em todo lugar?

— Todo lugar. Televisão, os dois jornais... Primeira página, com fotos. Seu ex-colega Delay entregou todos os detalhes sórdidos.

E isso foi um eufemismo. Meu caso é matéria até mesmo em tabloides de supermercado: PROMOTOR SUBCHEFE ACUSADO DE ASSASSINATO TINHA CASO COM A VÍTIMA. Sexo, política e violência se misturam no condado de Kindle. Não só a imprensa local ficou cheia disso durante dias, como a nacional também. Por curiosidade, comecei a ler essas matérias. A biblioteca de Nearing conta com uma excelente seção de jornais e periódicos, e tenho pouco a fazer agora durante o dia. Seguindo o conselho de Stern, recusei-me a renunciar ao cargo de promotor adjunto e fui colocado em licença administrativa remunerada por tempo indeterminado. Assim, passo mais tempo na biblioteca do que esperava. Junto-me aos velhos e às mulheres sem-teto para curtir o silêncio e o ar-condicionado enquanto inspeciono as notícias nacionais sobre minha má conduta. O *The New York Times* é, como sempre, secamente factual, referindo-se a todos como sr. e sra. e expondo a palhaçada toda. Surpreendentemente, foram as revistas jornalísticas nacionais, *Time* e *Newsweek,* que fizeram o possível para tornar tudo sinistro. Cada matéria vinha acompanhada da mesma foto, tirada por um imbecil que vi à espreita nos arbustos por alguns dias. Stern por fim me aconselhou a sair e deixá-lo me fotografar com a condição de que prometesse parar de me encher. Deu certo. As vans da imprensa, que, segundo os vizinhos, ficaram acampadas em frente à minha casa por uma semana enquanto estávamos escondidos perto de Skageon, ainda não voltaram.

Isso faz pouca diferença na prática. Depois de doze anos em que algumas vezes conduzi os julgamentos dos maiores casos da cidade, os jornais e emissoras de TV já têm imagens minhas suficientes para colocar meu rosto em todos os lugares. Não posso andar por Nearing sem ter que suportar olhares intermináveis. Noto uma hesitação permanente no jeito de todos, que param por algumas frações de segundo antes de me cumprimentar. Os comentários de consolo, que são poucos, são ridículos e ineptos, como minha diarista me dizendo "Que azar" ou o frentista adolescente perguntando se é sobre mim mesmo que ele está lendo no jornal. Outra coisa de que gosto na biblioteca é que ninguém pode falar lá dentro.

E como me sinto por ter sido tão instantaneamente abatido e derrubado de minha posição de cidadão modelo, passando a ser um pária? Dizer que não há palavras para expressar é impreciso. Há palavras, sim, mas seriam muitas. Meu ânimo muda descontroladamente. A ansiedade corrói, e passo muito tempo entre a raiva e a descrença. Na maior parte do tempo, sinto um entorpecimento, uma sensação de estar refugiado na inação. Mesmo preocupado com Nat e com a maneira como tudo isso vai distorcer seu futuro, o pensamento que me vem é que tudo está acontecendo, em última análise, só comigo. Sou eu a principal vítima. E até certo ponto, consigo suportar isso. Tenho mais do fatalismo de meu pai do que esperava; um lado meu nunca teve fé na razão ou na ordem. A vida é experiência; por razões não prontamente discernidas, tentamos simplesmente seguir em frente.

Às vezes, fico surpreso por estar aqui. Passei a observar meus sapatos enquanto caminho, pois o fato de estar me deslocando, indo a qualquer lugar, fazendo qualquer coisa, me parece incrível. É bizarro que, no meio dessa desgraça, a vida continue.

Ando principalmente assim, flutuante e remoto. Claro que também gasto grande parte do tempo imaginando por que tudo isso aconteceu. Mas descubro que, quando chego a certo ponto, minha capacidade de análise acaba. Minha especulação parece levar a uma periferia sombria e assustadora, à beira de um vórtice preto de paranoia e raiva do qual, até agora, consigo me retirar instantaneamente. Sei que em alguns níveis não vou aguentar muito mais e simplesmente nem tento. Foco apenas em quando tudo isso vai acabar e qual será o resultado. Queria, com um desespero cujo tamanho não cabe na metáfora, que tudo isso nunca houvesse acontecido; queria que as coisas fossem como antes; antes de eu permitir que minha vida fosse saqueada por Carolyn e tudo o que se seguiu. E também tenho minha ansiedade devoradora por causa de Nat: o que vai acontecer com ele? Como posso protegê-lo da vergonha? Como é possível que eu o tenha levado à beira da possibilidade de ser, para todos os efeitos, meio órfão? De certa forma, esses são meus piores momentos: essa frustração furiosa e violenta, essa sensação de incompetência, essas lágrimas. Mas, uma ou duas vezes nas últimas semanas, tive uma sensação extraordinária, mais leve que o ar, mais calmante que uma brisa, uma esperança que parece se instalar sem que eu perceba e que me deixa com a sensação de ter escalado um alto baluarte e de ter coragem de simplesmente olhar para a frente.

O caso contra mim, conforme avalio pelo conteúdo da caixa de papelão, é simples. Nico listou cerca de uma dúzia de testemunhas, mais da metade delas relacionada às evidências físicas e científicas que ele pretende apresentar. Lipranzer será chamado, aparentemente para dizer que o instruí a não levantar os registros de meu telefone residencial.

A sra. Krapotnik me identificou como pessoa que viu no prédio de Carolyn, mas não tem certeza de que sou o estranho que ela observou na noite do assassinato. Também está listada uma empregada doméstica de Nearing, cuja declaração um tanto enigmática sugere que me viu no ônibus da linha Nearing-City uma noite, perto da hora em que Carolyn foi morta. Raymond Horgan também consta, além de Tommy Molto; Eugenia, minha secretária; Robinson, o psiquiatra que consultei em algumas ocasiões; e vários experts científicos, inclusive Indolor Kumagai.

No entanto, é um caso claramente circunstancial. Ninguém dirá que me viu matar Carolyn Polhemus. Ninguém testemunhará sobre minha confissão (isso sem considerar Molto, cujo memorando trata minhas últimas palavras para ele naquela quarta-feira de abril como se não houvessem sido irônicas). O cerne deste caso é a evidência física: o copo com duas impressões digitais minhas, identificadas com base nas informações que forneci há doze anos, quando me tornei promotor adjunto; os registros telefônicos mostrando uma ligação de minha casa para a de Carolyn cerca de uma hora e meia antes de seu assassinato; o esfregaço vaginal, revelando a presença de espermatozoides de meu tipo sanguíneo, frustrados em sua migração cega urgente por um composto contraceptivo cuja presença implica um ato sexual consensual; e, por fim, as fibras Zorak V cor de malte escocês encontradas nas roupas de Carolyn e em seu cadáver e espalhadas pela sala de estar, que correspondem a amostras retiradas do carpete de minha casa.

Essas duas últimas evidências foram desenvolvidas como resultado de uma visita à minha casa feita por três policiais estaduais, que ocorreu um ou dois dias após a reunião da Quarta-Feira Negra, como Barbara e eu agora nos referimos a ela, na sala de Raymond. A campainha tocou, e lá estava Tom Nyslenski, que distribuiu intimações para o gabinete do promotor por pelo menos seis anos. Eu ainda estava tão atordoado que minha reação inicial foi ficar levemente satisfeito ao vê-lo.

— Não gosto de estar aqui — disse ele.

A seguir, ele me entregou duas intimações do grande júri, uma para produzir evidências físicas – uma amostra de sangue – e outra para testemunhar. Ele tinha também um mandado de busca, minuciosamente redigido, que autorizava os policiais a coletar amostras do carpete de toda a minha casa, bem como de todas as peças de roupa que eu tinha. Barbara e eu ficamos sentados na sala enquanto três homens de uniforme marrom andavam de um cômodo para o outro com sacos plásticos e tesouras. Passaram uma hora no meu closet cortando pequenas amostras das costuras. Nico e Molto eram espertos o suficiente para não mandar procurar a arma do crime também. Um profissional da lei saberia muito bem que não deveria guardar uma coisa dessas, e, se os policiais procurassem, os promotores teriam que admitir no tribunal que não havia sido encontrada.

— O carpete daqui é Zorak V? — perguntei baixinho à Barbara enquanto os policiais subiam.

— Não sei o que é isso, Rusty.

Barbara, como sempre, valorizava a manutenção da postura. Demonstrava certa tensão e irritação, mas nada pior. Como se o caso se tratasse de moleques de catorze anos disparando fogos de artifício tarde da noite.

— É sintético? — perguntei.

— Você acha que poderíamos pagar por um de lã? — respondeu ela.

Liguei para Stern, que me pediu para fazer um inventário do que levaram. No dia seguinte, forneci voluntariamente uma amostra de sangue no centro da cidade. Mas não testemunhei. Stern e eu tivemos nossa única discussão séria sobre isso. Sandy repetiu diversas vezes o que diz a sabedoria popular: que o alvo de uma investigação não ganha nada fazendo declarações antes do julgamento além de ajudar o promotor. Com seu jeito gentil, Stern me lembrou do estrago que eu já havia causado com minha explosão na sala de Raymond. Mas, no final de abril, sem ter sido indiciado e convencido de que nunca o seria, meu objetivo era evitar que esse episódio maluco prejudicasse minha reputação. Se eu me afastasse do cargo e me recusasse a testemunhar, como seria meu direito, o caso provavelmente nunca chegaria aos jornais, mas todos os advogados da promotoria saberiam e, por meio deles, metade dos outros na rua. Mas a opinião de Sandy prevaleceu quando o resultado do exame de sangue chegou e me identificou como um possível secretor, ou seja, alguém que produzia anticorpos do tipo A, assim como o homem que esteve com Carolyn pela última vez. As chances de isso ser uma coincidência eram de uma em dez. Então, percebi que minha última oportunidade de rápida absolvição havia passado. Tommy

Molto se recusou a aceitar minha alegação de privilégio, de modo que, em uma tarde sombria de maio, eu, como tantos outros que muitas vezes havia ridicularizado, entrei sorrateiramente na sala do grande júri, uma camarazinha sem janelas que parece um teatro pequeno e, em resposta a trinta e seis perguntas, repeti: "Seguindo a orientação de meu advogado, não vou responder a nada que possa me incriminar".

— Está gostando de ver o mundo do outro lado? — pergunta Sandy Stern.

Absorto nos mistérios da caixa de papelão, não notei que ele tinha entrado na sala de reuniões. É um homem baixinho e redondo, está com um terno impecável e a mão na maçaneta da porta. Poucos fios de cabelo cruzam seu couro cabeludo brilhante e pálido, emanando do que antes foi um bico de viúva. Tem um charuto entre os dedos. Esse é um hábito que Stern pratica apenas no escritório. Seria indelicado em local público, e Clara, sua esposa, o proíbe em casa.

— Não esperava que você voltasse tão cedo — digo.

— A agenda do juiz Magnuson é terrível. Naturalmente, a sentença será dada por último.

Ele está se referindo a outro caso no qual atuou. Aparentemente, passou um bom tempo esperando no tribunal e o negócio ainda não está concluído.

— Rusty, você se incomodaria se Jamie fosse com você na acusação?

Ele começa a explicar a razão, mas eu o interrompo.

— Sem problemas.

— Você é muito gentil. Vamos repassar, então, o que seu amigo Della Guardia enviou. Como é mesmo que você o chama?

— Delay.

A consternação de Sandy é aparente. Ele não consegue entender o motivo do apelido e é educado demais para me pedir que revele até mesmo a mais trivial confidência da promotoria, da qual é tantas vezes concorrente. Ele tira o casaco e pede um café. Sua secretária traz o café e um cinzeiro de cristal grande para o charuto.

— Muito bem — diz ele —, já entendeu o caso de Della Guardia?

— Acho que sim.

— Bom. Quero ouvir. Um resumo de trinta segundos, por favor, da declaração de abertura de Nico.

Quando contratei Sandy – umas quatro horas depois daquele encontro bizarro na sala de Raymond –, passamos trinta minutos juntos. Ele me deu seu preço – um adiantamento de vinte e cinco mil, uma taxa de cento e cinquenta por hora fora do tribunal e trezentos dentro. E o saldo, como uma cortesia estritamente para mim, a ser devolvido se não houvesse indiciamento; ele me disse para não falar com ninguém sobre as acusações e, em particular, para não fazer mais discursos indignados para os promotores; disse para evitar jornalistas e não largar meu emprego; disse que tudo isso era assustador, relembrando as cenas de sua infância na América Latina; disse que tinha confiança de que, com meu histórico extraordinário, todo esse assunto seria resolvido favoravelmente. Mas Sandy Stern – cujo trabalho conheço há mais de uma década, contra quem atuei em meia dúzia de casos e que, fosse em questões graves ou de pouca importância, sempre soube que poderia aceitar minha palavra – nunca me perguntou se eu cometi o crime. Perguntou, às vezes, alguns detalhes; uma vez, sem cerimônia, se eu havia tido "um relacionamento físico" com Carolyn, e, sem hesitar, eu disse que sim. Mas nunca fez a pergunta principal; nisso ele é como todo mundo. Até mesmo Barbara, que demonstra por várias proclamações que acredita em minha inocência, nunca me questionou diretamente. As pessoas dizem que é difícil. Controlam-se para não perguntar ou, com mais frequência, visivelmente rejeitam a ideia. Ninguém tem coragem de fazer a única pergunta que você sabe que eles têm na cabeça.

Quanto a Sandy, essa evitação parece mais algo típico de suas boas maneiras clássicas, essa presença formal que paira sobre ele como cortinas de brocado. Mas sei que tem mais uma razão. Talvez ele não pergunte porque não tem certeza da veracidade da resposta que pode obter. É um axioma do sistema de justiça criminal, tão certo quanto a lei da gravidade, que os réus raramente dizem a verdade. Policiais e promotores, advogados de defesa e juízes, todo mundo sabe que eles mentem. Mentem solenemente, com palmas suadas e olhos esquivos, ou, mais frequentemente, com um olhar de inocência juvenil e com descrença e revolta quando sua veracidade é atacada. Mentem para se proteger; mentem para proteger os amigos. Mentem por diversão ou porque sempre mentiram. Mentem sobre detalhes grandes e pequenos, sobre quem começou, quem teve a ideia, quem executou e quem se arrependeu. Sempre mentem; é o credo do réu: mentir para a polícia, mentir para o advogado, para o júri que julga seu caso. E, se for condenado, mentir para o agente da condicional. E para o colega de cela. Alardear sua inocência, deixar os bastardos nojentos de fora com uma pontinha de dúvida. Alguma coisa sempre pode mudar.

Portanto, seria um ato contrário à sua perspicácia profissional se Sandy Stern se permitisse ter fé sem reservas em tudo que digo. Então ele não pergunta. E seu procedimento tem outra virtude. Se eu encontrasse qualquer nova evidência que contradissesse frontalmente algo que tivesse dito a Sandy no passado, a ética legal poderia exigir que ele me mantivesse longe do banco das testemunhas, para onde é quase certo que pretendo ir. Melhor ver tudo que a promotoria tem para ter certeza de que minha memória, como dizem os advogados, foi totalmente "refrescada" antes que Sandy pergunte sobre minha versão. Preso em um sistema em que o cliente tende a mentir e o advogado que busca suas confidências talvez não o ajude a fazer isso, Stern trabalha nas brechas que restam. Acima de tudo, ele quer fazer uma apresentação inteligente. Não quer ser enganado ou ter suas opções limitadas por declarações precipitadas que se revelem falsas. Conforme o julgamento for se aproximando, ele vai precisar saber mais. Então, poderá fazer a pergunta; e certamente lhe darei a resposta. Por enquanto, Stern encontrou, como de costume, meios mais perspicazes e indefinidos para investigar.

— A teoria de Della Guardia é mais ou menos assim — digo. — Sabich é obcecado por Polhemus. Fica ligando para a casa dela. Não consegue desapegar, precisa vê-la. Uma noite, sabendo que sua esposa vai sair e que pode ir ver Carolyn escondido, ele liga, implora para vê-la, e Polhemus, por fim, concorda. Eles revivem os velhos tempos, mas algo dá errado. Talvez Sabich tenha ficado com ciúme de outro relacionamento. Talvez Carolyn tenha dito que esse encontro foi só o *grand finale*. Seja o que for, Sabich quer mais do que ela está disposta a dar. Ele perde a cabeça e a acerta com um instrumento pesado. E decide fazer parecer estupro. Sabich é promotor, sabe que, assim, haverá dezenas de outros suspeitos. Depois, ele a amarra, destranca tudo para fazer parecer que alguém invadiu e então... essa é a parte diabólica: arranca o diafragma contraceptivo dela para que não haja nenhuma evidência de consentimento. Como todos os criminosos, claro, ele comete alguns erros. Esquece que bebeu ao entrar, que deixou o copo no bar. E não pensa, talvez nem perceba, que o químico forense será capaz de identificar o espermicida. Mas sabemos que ele a matou porque nunca revelou... na verdade, mentiu sobre sua presença lá na noite do assassinato, o que fica estabelecido por todas as evidências físicas.

Essa exposição é assustadoramente reconfortante para mim. A impiedosa análise moderna do crime é uma parte tão importante de minha vida e mentalidade que nem consigo fingir que estou irritado ou levemente preocupado. O mundo do crime tem seu jargão, tão implacável quanto é doce o do músico de jazz, e usando-o de novo, sinto que estou de volta entre os vivos, entre aqueles que veem o mal como um fenômeno familiar, embora repugnante, com o qual têm que lidar, como o cientista estudando doenças em seu microscópio.

Prossigo:

— Essa é mais ou menos a teoria de Nico. Ele tem que se alongar um pouco na questão da premeditação. Poderia argumentar que Sabich pretendia acabar com ela desde o primeiro minuto, que escolheu essa noite para ter um álibi, no caso de ela se recusar a reacender a velha chama. Ou talvez a viagem de Sabich fosse outra: se não vai ser minha, não será de mais ninguém. Isso vai depender das nuances probatórias. Provavelmente, Nico vai fazer uma abertura que não o restrinja dentro dela. Mas deve ser mais ou menos assim. O que acha?

Sandy olha para seu charuto. É cubano, disse-me há algumas semanas. Um ex-cliente arranja, ele não pergunta como. O invólucro marrom-escuro queima tão caprichosamente que se veem as veias da folha gravadas nas cinzas.

— Plausível — diz ele, por fim. — A evidência do motivo não é forte, e geralmente é crítica em um caso circunstancial. Nada liga você a nenhum instrumento de violência. O estado está em maior desvantagem ainda porque você foi, em essência, oponente político de Della Guardia. Não importa que você não se considerasse um funcionário político, o júri não acreditará nisso e, para nossos propósitos, nem deveria ser informado disso. Há outras evidências de ressentimento entre você e o advogado de acusação, visto que você pessoalmente o demitiu. Mas a importância dessas coisas poderia ser muito reduzida se o próprio promotor não julgasse o caso.

— Esqueça — digo —, Nico nunca recusaria os holofotes.

Stern parece sorrir enquanto dá uma tragada no charuto.

— Concordo plenamente. Então, vamos ter essas vantagens. E esses fatores, que levantariam dúvidas na mente de qualquer pessoa sensata, vão assumir muita importância em um caso circunstancial. E nós dois sabemos que o júri não gosta desse tipo de caso. Mas, Rusty, temos que ser honestos e entender que as provas, no geral, são muito prejudiciais.

Sandy não faz uma pausa longa, mas suas palavras, que provavelmente eu mesmo teria usado, parecem dirigidas contra meu coração. As provas são muito prejudiciais.

— Temos que examinar tudo. É difícil, claro, e, sem dúvida, doloroso, mas agora é hora de você pôr a cabeça neste caso, Rusty. Você precisa me contar cada falha, cada defeito. Temos que examinar escrupulosamente cada evidência, cada testemunha, muitas vezes. E não diga que começamos amanhã. É melhor começar agora, hoje. Quanto mais deficiências encontrarmos neste caso circunstancial, melhores as nossas chances, mais Nico vai ter que explicar, e com dificuldade. Não tenha medo de ser técnico. Cada ponto que Della Guardia não puder explicar aumenta suas chances de absolvição.

Embora tenha endurecido, uma palavra me atinge como um soco. Chances.

Sandy convoca Jamie Kemp para participar de nossa reunião, uma vez que certamente definiremos várias moções que, em breve, teremos que protocolar. Para diminuir meu custo, Stern aceitou que eu ajudasse na pesquisa e investigação, mas tenho que agir sob sua direção. Compartilho com Kemp o trabalho do advogado júnior e estou gostando mais dessa colaboração do que esperava. Kemp é sócio de Stern há cerca de um ano. Pelo que entendi, até um tempo atrás, era guitarrista de uma banda de rock de popularidade média. Dizem que vivenciou todo esse mundo de vídeos, discos, fãs e turnês, e, quando as coisas ficaram ruins, entrou na faculdade de Direito em Yale. Tive contato com ele na promotoria em duas ou três ocasiões, sem incidentes, mas sua reputação era de esnobe e presunçoso, impressionado com sua própria beleza loura e uma vida inteira de boa sorte. Gosto dele, apesar de às vezes ele não conseguir suprimir esse senso de humor dos brancos privilegiados sobre um mundo pelo qual – ele tem certeza – nunca será totalmente tocado.

— Primeiro — diz Stern —, teríamos que apresentar uma notificação de álibi.

Ele está afirmando, não sugerindo. Notificaremos formalmente à promotoria nossa intenção de manter a declaração que fiz na sala de Raymond: eu estava em casa na noite em que Carolyn foi assassinada. Esta posição me priva do que, em tese, provavelmente seria uma defesa melhor: admitir que estive com Carolyn naquela noite, mas por um motivo não relacionado. Isso diminuiria a força das evidências físicas e focaria a última de todas as provas que me ligariam ao assassinato. Há semanas venho esperando algum esforço engenhoso de Stern para desencorajar o álibi, e fico aliviado. Independentemente do que Sandy pense sobre o que eu disse, aparentemente reconhece que mudar isso agora seria muito difícil. Teríamos que conceber uma explicação inocente para minha explosão na Quarta-Feira Negra: por que me dei ao trabalho de mentir, em tom indignado, para meu chefe, minha amiga e os dois principais advogados do novo governo.

Stern puxa a caixa para si e começa a examinar os documentos. Começa pela frente, evidências físicas.

— Vamos ao cerne da questão — diz. — O copo.

Kemp sai para fazer cópias do relatório de impressões digitais e, quando volta, nós três o lemos. O pessoal do cadastro digital fez suas descobertas um dia antes da eleição. A essa altura, Bolcarro já estava jogando no time de Nico, e certamente Morano, o chefe de polícia, também. Este relatório deve ter ido direto para o topo e para Nico. Portanto, Delay deve ter dito a verdade naquela quarta-feira, na sala de Horgan, quando afirmou que havia obtido provas significativas contra mim durante a campanha e optara por não as divulgar. Muita confusão na reta final, suponho.

Quanto ao relatório, aponta, resumidamente, que meu polegar direito e dedo médio foram identificados. A outra latente presente continua desconhecida. Não é minha nem de Carolyn. Muito provavelmente pertence a um dos primeiros curiosos que apareceram na cena: os policiais de rua que atenderam ao chamado, que parecem sempre andar mexendo em tudo antes que cheguem os da Homicídios; o síndico do prédio, que encontrou o corpo; os paramédicos; talvez até um jornalista. Será um dos detalhes difíceis para Della Guardia.

— Gostaria de ver esse copo — aponto. — Pode me ajudar a descobrir algumas coisas.

Stern aponta para Kemp e lhe pede para pôr na lista uma petição para produção de evidências físicas.

— Além disso — prossigo —, queremos que apresentem todos os relatórios de impressões digitais. Eles analisaram o apartamento inteiro.

Stern atribui essa tarefa a mim, entregando-me um bloco:

— Anote moção para produção de todos os exames científicos: relatórios subjacentes, espectrógrafos, gráficos, análises químicas etc. etc. Você sabe melhor que eu.

Anoto.

— Você bebeu no apartamento de Carolyn, claro, quando esteve lá, no passado, não é? — pergunta Stern.

— Claro. Ela não era muito boa dona de casa, mas acho que lavaria um copo uma vez a cada seis meses.

— Sim — diz Stern, simplesmente.

Estamos sérios.

Kemp tem outra ideia.

— Gostaria de fazer um inventário completo de tudo que há naquele apartamento, cada objeto. Onde está o gel anticoncepcional, ou seja lá o que for, que o químico está dizendo que encontrou? Não deveria estar no armário de remédios dela?

Ele olha para mim em busca de confirmação, mas sacudo a cabeça.

— Eu nem me lembro de falar sobre controle de natalidade com Carolyn. Posso ser o machista do ano, mas nunca perguntei o que ela fazia para evitar.

Stern está ruminando, contemporizando no ar com seu charuto.

— Cuidado aqui — diz. — São ideias produtivas, mas não podemos levar Della Guardia a evidências que ele não pensou em obter. Nossas requisições, sejam quais forem, precisam ser discretas. Lembrem-se de que tudo que a promotoria descobrir que favoreça a defesa vai ter que ser repassado a nós. Mas, tudo que discutirmos que possa ser útil para eles, é melhor esquecer.

Sandy me lança um olhar de soslaio, bastante divertido. Ele gosta de poder ser tão sincero com um ex-adversário. Talvez esteja pensando em alguma evidência específica que escondeu de mim no passado.

— Melhor nós mesmos conduzirmos essa busca sem revelar nossas intenções. — Aponta para Kemp desta vez. — Outra moção, então: uma para um inventário de todos os itens apreendidos no apartamento da falecida e outra para uma oportunidade de realizar uma inspeção nós mesmos. O apartamento continua lacrado? — pergunta para mim.

— Imagino que sim.

— Além disso — prossegue Stern —, sua menção aos hábitos pessoais de Carolyn me deu uma ideia. Deveríamos intimar os médicos dela. Nenhum sigilo profissional sobrevive à morte do paciente. Quem sabe o que poderíamos descobrir? Drogas?

— Fantasmas no armário — diz Kemp.

Rimos; é um momento sinistro.

Sandy, decoroso como sempre, pergunta se o nome de um dos médicos de Carolyn é "conhecido por mim". Não é, mas todos os funcionários do condado têm o seguro saúde Blue Cross. Uma intimação para eles, sugiro, fatalmente revelaria uma boa quantidade de informações, incluindo nomes de médicos. Stern fica satisfeito com minha contribuição.

O próximo grupo de documentos que examinamos são os registros telefônicos do número da casa de Carolyn e da minha; um maço de fotocópias de três centímetros de espessura com um trem de números intermináveis: catorze dígitos. Entrego as folhas uma a uma a Stern. De meu telefone, há ligações de um minuto para a casa de Carolyn registradas nos dias 5, 10 e 20 de março. Quando chego a 1º de abril, passo muito tempo procurando. Até que coloco o dedo no número que está registrado ali às 19h32. Uma ligação de dois minutos.

— De Carolyn — digo.

— Ah — diz Stern. — Deve haver uma explicação sensata para tudo isso.

Observar o trabalho de Stern é como rastrear fumaça, ver uma sombra se alongar. Será que é seu sotaque que lhe permite pôr essa ênfase sutil e perfeita na palavra "deve"? Conheço meu trabalho.

Ele fuma.

— O que você faz em casa quando fica com seu filho? — pergunta.

— Trabalho, leio memorandos, acusações, caixas de processos, resumos...

— Precisa consultar outros promotores de justiça?

— Às vezes.

— Claro — afirma Stern. — De vez em quando é preciso fazer uma pergunta breve, marcar uma reunião. Sem dúvida, em todos esses meses de registros — Stern toca o papel —, há várias ligações desse tipo para promotores adjuntos, além de Carolyn.

Assinto.

— Existem muitas possibilidades — digo. — Acho que Carolyn estava trabalhando em uma acusação grande naquele mês. Vou dar uma olhada em algumas coisas.

— Ótimo.

Stern olha de novo para as folhas com meus registros da noite do crime. Está com os lábios apertados, um olhar perturbado.

— Não há mais ligações depois das 7h32 — diz, enfim, e aponta.

Em outras palavras, nenhuma prova de que eu estava em casa, quando digo que estava.

— Ruim — comento.

— Ruim — diz Stern, por fim. — Ninguém ligou para você naquela noite?

Sacudo a cabeça. Ninguém que eu lembre. Mas sei qual é minha fala.

— Vou pensar nisso.

Pego de volta a folha de 1º de abril e a observo por um momento.

— Esses registros podem ser falsificados? — pergunta Kemp.

Assinto.

— Estava pensando nisso — comento. — A promotoria recebe um monte de cópias das impressões da companhia telefônica. Se um adjunto, ou qualquer outra pessoa, quisesse interferir no caso de um réu, poderia recortar e colar e ninguém notaria a diferença. — Assinto de novo e olho para Kemp. — Sim, essas coisas podem ser falsificadas.

— E devemos explorar essa possibilidade? — pergunta Stern.

Por acaso há um indício de censura em sua voz? Ele fica observando um fio puxado na manga de sua camisa, mas, quando seus olhos pousam nos meus por um breve instante, são penetrantes como lasers.

— Podemos pensar nisso — sugiro.

— Aham — diz Stern para si mesmo, bastante solene, e aponta para Kemp para que faça uma anotação. — Acho que não devemos explorar isso antes da conclusão das provas do estado. Não gostaria de vê-los apresentar o fato de que nos esforçamos para desafiar a precisão desses registros e fracassamos.

Ele dirige essa observação a Kemp, mas está claro que quem deve captar sua importância sou eu.

Stern pega resolutamente outro arquivo. Olha seu relógio, uma fina peça suíça de ouro. A acusação é daqui a quarenta e cinco minutos, mas Sandy tem que voltar ao tribunal antes. Sugere que falemos sobre as testemunhas, e eu resumo o que li até agora. Comento que Molto e Della Guardia não forneceram as declarações de duas testemunhas que estão na lista: minha secretária, Eugenia, e Raymond. Distraidamente, Sandy diz a Kemp para anotar mais uma moção. Coloca os óculos de volta – meia armação de casco de tartaruga – e continua estudando a lista de testemunhas.

— A secretária não me incomoda — diz ele — por motivos que vou explicar. Mas Horgan, francamente, sim.

Tomo um susto quando Sandy fala isso. Ele explica:

— Certas testemunhas, Della Guardia tem que pôr para depor, mesmo que representem desvantagens para ele. Você sabe disso muito melhor que eu, Rusty. O detetive Lipranzer é um exemplo. Ele foi bastante sincero na conversa com Molto no dia seguinte à eleição e reconheceu que você pediu para ele não solicitar seus registros telefônicos residenciais. Isso é suficientemente útil para a acusação chamar Lipranzer, apesar das muitas coisas boas que ele vai dizer sobre você. Horgan, por outro lado, não é uma testemunha que um bom promotor gostaria de interrogar. Todos os jurados o conhecem, e sua credibilidade é tanta que seria muito arriscado chamá-lo. A menos que...

Sandy se interrompe. Pega o charuto de novo.

— A menos que o quê? — pergunto. — A menos que ele seja hostil à defesa? Não acredito que Raymond Horgan vai me jogar na fogueira depois de doze anos. Além disso, o que ele poderia dizer?

— A questão é o tom, não tanto o conteúdo. Presumo que ele vai atestar a declaração que você fez na sala dele no dia seguinte à eleição. Seria de se esperar que Nico preferisse chamar a sra. MacDougall se tivesse que aceitar uma testemunha hostil. Ela, pelo menos, não é uma personalidade local há mais de uma década. Por outro lado, se parecer que Horgan, o oponente político de Della Guardia e seu amigo e patrão por doze anos, simpatiza com a acusação, vai ser extremamente prejudicial. Esse é o tipo de nuance que ocorre nos julgamentos e que, como você e eu bem sabemos, geralmente vira o jogo.

Olho para ele fixamente.

— Não acredito nisso.

— Entendo — diz ele —, e provavelmente você tem razão. É possível que exista algo que ainda não detectamos que vai parecer óbvio quando conhecermos o teor do testemunho de Horgan. Mesmo assim... — Sandy pensa um pouco. — Raymond conversaria com você?

— Não consigo imaginar por que não.

— Vou ligar para ele e ver. Onde ele está agora?

Kemp tenta recordar o nome do escritório de advocacia. Parece a liga das nações, tem uns seis nomes associados, de quase todos os grupos étnicos. O'Grady, Steinberg, Marconi, Slibovich, Jackson & Jones, algo assim.

— Temos que organizar uma reunião com Horgan, você e eu, o mais rápido possível.

É estranho; esta é a primeira coisa que Sandy diz que é totalmente inesperada e de cujo efeito não consigo me livrar. É verdade que não tenho notícias de Raymond desde aquele dia de abril em que saí de sua sala, mas ele tem suas próprias preocupações: emprego novo, escritório novo. E, particularmente, ele é advogado de defesa criminal experiente e sabe como nossas conversas necessariamente teriam que ser circunscritas. Eu havia tomado seu silêncio como uma atitude profissional. Até agora. Fico me perguntando se isso não seria apenas malícia dos promotores, uma tentativa de me deixar perturbado. Isso é bem a cara de Molto.

— Por que ele precisa que Raymond testemunhe se pretende chamar Molto? — pergunto.

— Principalmente — diz Stern — porque Molto, com toda a probabilidade, não vai testemunhar. Della Guardia comentou várias vezes que Tommy conduziria o caso no tribunal, e é vedado que o advogado seja também testemunha no mesmo processo.

Mesmo assim, Sandy lembra a Jamie que devemos entrar com uma moção para desqualificar Molto, já que ele está na lista de testemunhas. No mínimo, isso causará consternação no gabinete da promotoria e forçará Nico a vetar qualquer uso da declaração que fiz a Molto. Assim como eu, Sandy considera improvável que Nico realmente queira usar isso no caso. Como melhor amigo e principal assistente de Della Guardia, seria muito fácil desacreditar Molto. Mas, por outro lado, a declaração poderia ser usada efetivamente para me interrogar. É melhor, portanto, protocolar a moção para encurralar Nico.

Sandy prossegue:

— Isto eu não entendo — diz, erguendo a declaração da empregada doméstica que afirma ter me visto dentro de um ônibus de Nearing para a cidade naquela noite, perto da hora em que Carolyn foi assassinada. — O que Della Guardia está aprontando?

— Só temos um carro — explico. — Tenho certeza de que Molto checou isso. Barbara o usou naquela noite, de modo que eu precisaria de outro meio para chegar até Carolyn. Aposto que colocaram um policial parado na estação de ônibus de Nearing durante uma semana, procurando alguém que pudesse me descrever.

— Isso me interessa — diz Stern. — Aparentemente, aceitaram o argumento de que Barbara deixou você em casa naquela noite. Entendo por que admitiriam que ela levou o carro. Houve muitos episódios tristes com mulheres na universidade, seria difícil acreditar que ela usaria o transporte público à noite. Mas por que aceitar que ela saiu? Nenhum promotor iria querer argumentar que o réu pegou um ônibus para cometer um assassinato. Não parece autêntico. Não devem ter encontrado nada nas companhias de táxi e aluguel de carros. Presumo que estejam procurando algum tipo de registro que confirme a ausência de Barbara.

— Provavelmente o registro da universidade — comento, lembrando que Nat e eu íamos ver a mãe dele trabalhando no computador de vez em quando. — Vai mostrar que ela usou a máquina. Ela assina quando chega.

— Ah — diz Stern.

— A que hora seria isso? — pergunta Jamie. — Não muito tarde, certo? Ela saberia que você estava em casa na hora do assassinato ou pelo menos que o deixou lá, não é?

— Sem dúvida. O horário dela no computador é às oito. Ela sai sete e meia, sete e quarenta no máximo.

— E Nat? — pergunta Sandy. — Quando ele vai para a cama?

— Por aí. Na maioria das vezes, Barbara o põe para dormir antes de sair.

— Nat acorda muito ou dorme profundamente? — pergunta Kemp.

— Como uma pedra — afirmo. — Mas eu nunca o deixaria sozinho em casa.

Stern resmunga. Não poderíamos provar esse tipo de coisa.

— Mesmo assim — diz Stern —, esses fatos são úteis. Temos direito a ver todos os registros que eles têm. Isso é *brady*. — Provas favoráveis à defesa. — Vamos fazer outra petição, fervorosa e indignada. Essa é uma boa tarefa para você, Rusty. — E sorri gentilmente.

Faço a anotação. Digo a Sandy que há só mais uma testemunha sobre a qual quero falar. Aponto para o nome de Robinson.

— Ele é psiquiatra — digo. — Fiz algumas consultas com ele.

Tenho certeza de que foi ideia de Molto arrolar meu ex-psiquiatra como possível testemunha. Tommy está puxando minha corrente. Eu fazia coisas assim com os réus para que soubessem que eu sabia de tudo da vida deles. Mês passado, Molto intimou minha conta bancária em Nearing. O presidente do banco, dr. Bernstein, um velho amigo do falecido pai de Barbara, não vai me olhar mais na cara. Sem dúvida, Molto conseguiu o nome de Robinson pelos registros de meus cheques.

Fico surpreso com a reação de Stern à minha revelação.

— Sim, dr. Robinson — diz Sandy. — Ele me ligou logo após a chegada da denúncia, esqueci de mencionar.

O que Stern quis dizer é que ele é uma pessoa muito decorosa.

— Ele viu no jornal que eu era seu advogado. Só queria que eu soubesse que ele havia sido identificado e que a polícia tinha tentado uma entrevista.

Estava relutante, não queria incomodar você com essa informação. Enfim, ele me disse que se recusou a fazer qualquer declaração alegando sigilo profissional. Reafirmei isso e disse que era algo de que não abriríamos mão.

— Podemos abrir, não me importo — digo.

Parece-me uma intrusão menor em comparação com o que aconteceu nos últimos meses.

— Pois seu advogado ordena que se importe. Della Guardia e Molto, sem dúvida, esperam que renunciemos ao privilégio na crença de que esse médico vai testemunhar sobre sua saúde mental geral e a improbabilidade de comportamento criminoso.

— Aposto que vai mesmo.

— Estou vendo que não me fiz entender — diz Stern. — Como comentei antes, as evidências acerca do motivo são fracas. Acredito que você resumiu a teoria de Della Guardia muito bem. Sabich está obcecado, como você disse. Sabich não está disposto a desistir. Diga-me, Rusty, você analisou o caso de Della Guardia. Onde está a prova de um relacionamento amoroso anterior entre o réu e a falecida? Alguns telefonemas que podem ser explicados pela necessidade profissional? Não há nenhum diário, nenhum cartão que foi mandado com flores, nenhuma correspondência entre amantes. Acho que é para isso que sua secretária será chamada: para acrescentar o que puder, o que presumo que não seja muito.

— Muito pouco — digo.

Sandy tem razão; não notei essa falha. Como promotor, jamais teria deixado isso passar. Mas é mais difícil quando você tem todos os fatos. Luto contra uma sensação inebriante de esperança. Não posso acreditar que Nico bobeou nesse ponto essencial. Aponto para os registros.

— Houve ligações da casa de Carolyn para a minha no final de outubro do ano passado.

— É mesmo? E quem pode dizer que não foram da sra. Polhemus para você? Vocês atuaram juntos em um caso importante que foi julgado no mês anterior. Sem dúvida, houve atualizações contínuas, perguntas sobre fiança. Pelo que me lembro, houve muita disputa em torno da custódia do menino. Qual era o nome dele mesmo?

— Wendell McGaffen.

— Sim, Wendell. São assuntos aos quais às vezes o subchefe não consegue dar atenção no gabinete.

— E por que eu pedi a Lipranzer para não levantar os registros de meu telefone residencial?

— Isso é mais difícil — Sandy assente —, mas tenho como certo que uma pessoa inocente se descartaria como suspeito e evitaria que um detetive atarefado perdesse seu tempo.

Do jeito que ele fala, até eu acredito. É como um truque de mágica.

— E a sra. Krapotnik? — pergunto, aludindo ao testemunho que ela dará de que fui visto no apartamento de Carolyn.

— Vocês estavam trabalhando juntos no julgamento, tinham assuntos a discutir. Sem dúvida, se você quisesse escapar do ambiente *sombrio* da promotoria do condado de Kindle, não iria para Nearing, onde mora. Ninguém nega que você esteve no apartamento dela algumas vezes. Nós concordamos; suas impressões digitais estão no copo. — O sorriso de Sandy é latino, complexo. Sua defesa está tomando forma, e ele é bastante persuasivo. — Não — diz Sandy —, Della Guardia não pode chamar você, claro, nem sua esposa, portanto está enfrentando dificuldades. As línguas falam, Rusty, sem dúvida. Tenho certeza de que metade dos advogados do condado de Kindle agora acredita que já suspeitavam de um caso entre vocês. Mas o tribunal não admite. A acusação não tem testemunhas, portanto nenhuma evidência para o motivo. Eu estaria mais esperançoso se não fosse pelo problema de seu testemunho.

Seus olhos, grandes e escuros, profundos e sérios, cruzam brevemente com os meus. O problema de meu testemunho. Ele se refere ao problema de dizer a verdade.

— Mas essas são questões para o futuro. Nosso trabalho, afinal, é só levantar uma dúvida. E pode ser que, quando Della Guardia concluir seu caso, o júri seja levado a se perguntar se você não foi vítima de uma miserável coincidência.

— Ou se armaram para mim.

Sandy é um homem razoável e criterioso. De novo, assume aquele olhar grave em resposta à minha proposta. Obviamente, ele preferiria que não houvesse ilusões entre cliente e advogado. Olha o relógio. Está chegando a hora do show. Levo a mão a seu pulso.

— O que você diria se eu lhe dissesse que Carolyn parece ter tido algo a ver com o caso de um promotor adjunto que foi subornado? E o promotor adjunto do caso era Tommy Molto.

Sandy fica muito tempo pensando nisso, com um olhar bem cansado.

— Por favor, explique.

Conto a ele, em poucos instantes, sobre o arquivo B. Explico que são segredos do grande júri, que até agora preferi guardar para mim.

— E suas investigações levaram aonde?

— A lugar nenhum. Pararam no dia em que saí.

— Temos que encontrar uma maneira de continuar. Eu normalmente sugeriria um investigador, mas talvez você tenha outra ideia.

Sandy apaga o charuto. Amassa o toco com cuidado e fica olhando para ele um instante, com reverência. Suspira e se levanta para vestir o casaco.

— Atacar o promotor, Rusty, é uma tática que quase sempre agrada ao cliente e raramente convence o júri. Esses assuntos que mencionei antes... sua oposição política a Della Guardia, o fato de você o ter demitido, vão manchá-lo, diminuir sua credibilidade. E nos ajudarão a explicar o excesso de zelo do promotor em acusar com base em provas insuficientes. Mas, antes de nos aventurarmos no caminho da acusação propriamente dita, temos que analisar o assunto com muito cuidado. Ter sucesso sugerindo motivos sinistros da promotoria, como você bem sabe, é bastante raro.

— Entendo — digo. — Só queria que você soubesse.

— Claro. Obrigado.

— É que eu acho que não é só coincidência, Sandy. — E agora, em um súbito impulso, por fim me forço a dizer o que os vestígios do orgulho que ainda me resta há tanto tempo me impedem. — Eu sou inocente.

Stern estende a mão e, como só ele poderia fazer, dá um tapinha na minha. Seu olhar é de tristeza profunda, experiente. E, quando encontro essa expressão de cocker spaniel nos olhos castanhos dele, percebo que Alejandro Stern, um dos melhores advogados de defesa desta cidade, já ouviu essas ardentes proclamações de inocência muitas vezes na vida.

CAPÍTULO 19

À uma e quarenta da tarde, Jamie e eu encontramos Barbara na esquina da Grand com a Filer e vamos todos para o tribunal. A horda da imprensa está nos esperando nos degraus, abaixo das colunas. Conheço uma entrada pela casa de máquinas de aquecimento e resfriamento, mas acho que só conseguirei usar esse truque uma vez, e me ocorre o triste pensamento de que pode haver outro dia em que eu esteja particularmente ansioso para evitar essa massa de garras, com suas luzes de halogênio, seus microfones, seus empurrões e seus gritos. Por ora, eu me contento com abrir caminho, dizendo "Sem comentários".

Stanley Rosenberg, do Canal 5, maravilhosamente bonito – exceto pelos dentes da frente particularmente proeminentes –, é o primeiro a chegar até nós. Deixou sua câmera e equipamento de som e se aproxima de mim sozinho, caminhando ao nosso lado. Sempre nos tratamos sem formalidades.

— Alguma chance de você dizer algo para as câmeras?
— Nenhuma — respondo.

Kemp já está tentando intervir, mas o seguro enquanto continuamos andando.

— Se mudar de ideia, promete me ligar primeiro?
— Agora não — diz Jamie e segura a manga de Stanley.

Stanley – ponto para ele – mantém o bom humor. Ele se apresenta e faz sua proposta para Kemp. Deixa claro que, logo antes do julgamento, uma entrevista com Rusty seria bom para todos. Stern nunca me deixa fazer declarações a ninguém, mas Kemp, quando nos aproximamos dos degraus e da multidão de câmeras, luzes e microfones, diz apenas:

— Vamos pensar.

Stanley fica para trás, e Kemp e eu, flanqueando Barbara, meio que a empurrando pelos cotovelos, vamos abrindo caminho.

— O que acha de Raymond Horgan testemunhar contra você? — grita Stanley enquanto nos afastamos.

Eu me viro rapidamente. Os dentes feios de Stanley estão totalmente à mostra. Ele sabia que me pegaria com essa. Fico me perguntando de onde saiu isso. Stanley pode ter feito suposições ao ler o arquivo do tribunal com a lista de testemunhas de Nico, mas Rosenberg tem conexões antigas com Raymond, e meu instinto me diz que ele não usaria o nome de Horgan em vão.

Por ordem judicial, câmeras são proibidas dentro do tribunal, de modo que, quando passamos pelas portas giratórias, só os repórteres da mídia impressa e do rádio nos seguem em bando, esticando seus gravadores e gritando perguntas, às quais nenhum de nós responde. Enquanto vamos depressa pelo corredor em direção aos elevadores, pego a mão de Barbara, que está em volta de meu braço.

— Como você está? — pergunto.

Seu olhar é tenso, mas ela diz que está bem. Stanley Rosenberg não é tão bonito quanto parece na TV, acrescenta. Nenhum deles é, digo eu.

Minha audiência de acusação é perante o honorável Edgar Mumphrey, juiz-chefe do Tribunal Superior do condado de Kindle. Ele saiu da promotoria mais ou menos quando entrei. Ed era visto com certa admiração já naquela época por um motivo: é muito rico. Seu pai abriu uma rede de cinemas nesta cidade, que acabou transformando em hotéis e estações de rádio. Naturalmente, ele trabalhou para parecer imune à influência de sua fortuna: foi promotor adjunto por quase uma década, depois atuou em um escritório privado, por um ou dois anos apenas, antes de ser chamado à cátedra de juiz. Mostrou ser um juiz correto e capaz, com um desempenho apenas suficiente para evitar ser considerado brilhante. Tornou-se juiz-chefe ano passado; é um cargo mais administrativo, mas ele ouve todas as acusações e negociações e aceita as confissões de culpa quando são oferecidas nos estágios iniciais do processo.

Eu me sento na sala escura, de estilo rococó, do juiz Mumphrey, na primeira fila. Barbara está ao meu lado com um lindo terninho azul. Por motivos que me desconcertam, ela optou também por usar um chapéu, do qual desce uma grosseira malha preta, presumivelmente com a intenção de sugerir um véu. Penso em lhe dizer que o funeral ainda não chegou, mas Barbara nunca compartilhou o lado negro de meu senso de humor. Ao meu lado, desenhando loucamente, estão três artistas das emissoras de TV locais fazendo meu perfil. Atrás deles, estão os repórteres e as tietes de julgamentos, todos esperando minhas reações ao ser chamado de assassino em público.

Às duas horas, Nico entra provindo do vestiário, com Molto logo atrás. Delay não tem limites, continua respondendo às perguntas dos repórteres que o seguiram até a pequena antessala lateral. Fala com eles pela porta aberta. O promotor público, penso comigo mesmo. O maldito promotor público. Barbara, que está segurando minha mão, aperta-a um pouco mais forte com a chegada de Nico.

Quando conheci Nico, doze anos atrás, instantaneamente reconheci nele um garoto de ascendência estrangeira metido a espertinho, familiar para mim do colégio e das ruas, do tipo que, ao longo dos anos, escolhi conscientemente não ser: mais esperto que inteligente, arrogante, sempre falando. Mas, por falta de opção, formei com Nico esse tipo de rápida ligação que se forma entre os novos recrutas. Íamos almoçar juntos, ajudávamos um ao outro com as argumentações. Depois dos primeiros anos, acabamos nos afastando, em vista de nossas diferenças naturais. Tendo trabalhado para o presidente do Supremo Tribunal Estadual, eu era visto como um advogado. Nico, como dezenas de promotores adjuntos nas últimas décadas, chegou à promotoria com sua rede política já bem formada. Eu o ouvia ao telefone; havia sido capitão na delegacia do condado, onde seu primo, Emilio Tonnetti, era comissário e garantiu o cargo de Nico – uma das últimas contratações políticas com as quais Raymond concordou. Nico conhecia metade dos picaretas e funcionários do Prédio do Condado e nunca deixava de comprar ingressos para os jantares e partidas de golfe dos políticos e de fazer as rondas.

Na verdade, ele mostrou ser um advogado melhor do que se esperava. Sabe escrever bem, embora odeie perder tempo na biblioteca, e é eficaz perante um júri. Sua persona no tribunal, como observei ao longo dos anos, é típica de muitos promotores: sem humor, implacável, brandamente mesquinho. Ele tem uma intensidade única, que sempre ilustro contando um caso conhecido como "a história do clímax". Contei-a semana passada para Sandy e Kemp, quando eles perguntaram sobre o último caso em que trabalhei com Della Guardia.

Foi há quase oito anos, logo depois de termos sido designados para os tribunais criminais. Nós dois estávamos loucos para trabalhar com júri, portanto concordamos em atuar no caso de um babaca acusado de estupro, repassado a nós por alguém mais esperto.

Delay colocou a demandante, Lucille Fallon, no banco das testemunhas, como contei a Sandy e Kemp. Lucille, uma mulher de pele escura, estava em um bar às quatro da tarde quando conheceu o réu. Seu marido, desempregado, estava em casa com os quatro filhos. Lucille começou a conversar com o réu, Freddy Mack, e aceitou uma carona dele para casa. Era a quarta passagem de Freddy pelo tribunal, acusado anteriormente de um estupro e uma agressão – sobre os quais o júri, claro, nunca ouvira falar –, e ele ficou meio ansioso e tirou uma navalha do bolso, a fim de lhe dar forças para fazer o que, ao que tudo indicava, já ia acontecer de qualquer forma. Hal Lerner era o defensor do réu e recusou todos os pretos do júri, de modo que restou uma dúzia de brancos de meia-idade julgando uma mulher preta que havia recebido um tratamento um pouco mais rude do que desejava quando saíra para se divertir.

Nico e eu passamos horas tentando preparar Lucille para seu testemunho sem nenhum resultado visível. Sua aparência era terrível; gorda e desalinhada, com um vestido justo, divagando sobre aquela coisa horrível que havia acontecido com ela. Seu marido estava na primeira fila, e ela extrapolou, inventando uma versão totalmente diferente dos eventos. Disse que havia conhecido Freddy quando ele estava saindo do bar e pedira informações. Ela já estava caminhando direto para a ruína quando Nico, por fim, começou a fazer perguntas sobre o ato.

— E o que o sr. Mack fez então, sra. Fallon?

— Ele fez aquilo.

— Aquilo o quê, senhora?

— Isso que ele está dizendo que faz.

— Ele teve relações sexuais com a senhora, sra. Fallon?

— Sim, senhor, teve.

— Ele colocou o órgão sexual dele dentro da senhora?

— Aham.

— E onde estava a navalha?

— Bem aqui. Bem aqui na minha garganta. Apertando bem aqui, toda vez que eu respirava, achava que ia me cortar.

— Tudo bem, senhora.

Nico estava pronto para seguir adiante quando eu, sentado à mesa dos advogados, entreguei a ele um bilhete.

— Ah, sim — disse Nico —, esqueci. E quanto ao clímax dele, senhora?

— O quê?

— O clímax.

— Não, senhor. Ele tinha um Ford Fairlane.

Delay nem sorriu. O juiz Farragut ria tanto que se escondeu debaixo do banco, e um dos jurados, literalmente, caiu da cadeira. Nico nem sequer estremeceu.

E, quando o júri voltou com a decisão – inocente –, ele jurou que nunca mais atuaria em um caso comigo. Disse que, como não consegui me manter sério, dei ao júri a impressão de que não era um caso sério.

Nico parece bem feliz hoje. O esplendor do poder paira sobre ele. Está usando o cravo novamente e não poderia estar mais ereto. Está elegante e bem-vestido com um terno escuro novo. Sua vitalidade atrai; ele anda para a frente e para trás, troca palavras com os repórteres, misturando respostas a perguntas sérias com comentários pessoais. Uma coisa é certa, penso: o filho da puta está se divertindo à minha custa. Ele é o herói da mídia desta temporada, o homem que resolveu o assassinato do ano. Não há um jornal local em que não se veja seu rosto estampado. Semana passada, duas vezes vi colunas sugerindo que Nico poderia se candidatar a prefeito daqui a dois anos. Nico respondeu jurando fidelidade a Bolcarro, mas fica a dúvida: de onde saiu essa ideia?

No entanto, Stern insiste em dizer que Nico se esforçou para lidar com o caso de maneira justa. Conversou com a imprensa muito mais do que qualquer um de nós acredita ser apropriado, mas nem tudo que vazou saiu dele ou de Tommy Molto. Para o Departamento de Polícia, este caso está além de suas escassas capacidades de controle. Nico foi sincero com Stern sobre o andamento da investigação; compartilhou as evidências físicas à medida que surgiam e me notificou sobre o indiciamento. Concordou que eu não apresentava risco de fuga e consentirá com uma fiança em nota promissória. O mais importante, talvez, é que até agora me fez o favor de não acrescentar a acusação extra de obstrução da justiça.

Foi Stern, durante uma de nossas primeiras reuniões, quem primeiro apontou o perigo que eu correria se fosse indiciado por ocultar deliberadamente fatos relevantes para a investigação.

— Rusty, um júri provavelmente acreditará que você esteve naquele apartamento naquela noite e que, no mínimo, deveria ter falado sobre isso e, certamente, não ter mentido em seu encontro com Horgan, Molto, Della Guardia e MacDougall. Sua conversa com o detetive Lipranzer sobre os registros telefônicos de sua casa também é muito prejudicial.

Stern foi direto sobre tudo isso. Seu charuto ficava no canto da boca enquanto falava. Acho que notei seu olho tremer por um instante. Ele é o homem mais sutil que conheço. Mas eu sabia por que esse assunto havia sido levantado. Ele deveria propor esse acordo a Nico? Era isso que ele estava perguntando? Eu não pegaria mais de três anos por obstrução da justiça, estaria fora em dezoito meses. Teria meu filho de novo antes que ele crescesse. Em cinco anos, provavelmente recuperaria minha licença para exercer a advocacia.

Não perdi o poder de raciocinar, mas não consigo superar a inércia emocional. Quero de volta a vida que tive, não menos. Quero que isto não esteja acontecendo. Não quero carregar essa marca pelo resto da vida. Fazer um acordo seria o mesmo que aceitar uma amputação desnecessária. Pior.

— Nada de acordo — disse a Sandy.

— Não, claro que não. Claro!

Sandy olhou para mim sem poder acreditar. Ele não havia sugerido nada disso.

Nas semanas que se seguiram, presumimos que Della Guardia incluiria essa acusação mais segura no indiciamento. Em momentos de estranha flutuabilidade, particularmente nas últimas semanas, quando ficou claro que o indiciamento estava sendo preparado, fantasiei que a acusação poderia ser apenas por obstrução. Mas foi só por assassinato. Há razões táticas para que um promotor faça essa escolha. Uma acusação de obstrução ofereceria um meio-termo tentador – e insatisfatório para um promotor – para um júri inclinado a me considerar culpado, mas incomodado com a natureza circunstancial do caso de Nico. No entanto, no dia em que o indiciamento chegou, Sandy me deu um relato surpreendente da decisão de Nico.

— Como é natural, andei conversando muito com Nico ultimamente — disse Sandy. — Ele fala de você e de Barbara com certo sentimento. Me contou, em duas ou três ocasiões, histórias dos primeiros dias de vocês juntos na promotoria, de argumentações que você escreveu para ele, de noites que desfrutava com vocês dois quando era casado também. Devo dizer, Rusty, que ele me pareceu sincero. Molto é um fanático, odeia todas as pessoas que processa. Mas sobre Nico, não tenho tanta certeza. Acredito, Rusty, que ele foi profundamente afetado por este caso e que fez a escolha que fez por uma questão de justiça. Decidiu que seria irresponsável acabar com sua vida profissional simplesmente porque você foi indiscreto, por qualquer motivo e em qualquer grau. Pensa que se você é culpado desse assassinato, deve ser punido. Se não for, vai se contentar em deixá-lo em paz. E eu, pelo menos, o aplaudo por isso. Acredito — disse o advogado a quem, até agora, paguei vinte e cinco mil para me defender — que essa é a abordagem correta.

— Processo criminal 86-1246 — grita Alvin, o belo escrivão preto do juiz Mumphrey.

Sinto um frio no estômago e sigo em direção ao púlpito. Jamie está atrás de mim. O juiz Mumphrey, que entrou há pouco, está se acomodando em seu lugar. Os cínicos às vezes explicam a ascensão de Ed a juiz-chefe em função de sua boa aparência. Ele foi uma concessão que o judiciário eleito fez à era da mídia, alguém que agradaria aos eleitores quando se deparassem com a cédula de votação. A aparência de Ed é maravilhosamente judicial. Ele tem o cabelo prateado penteado para trás, feições regulares e fechadas, mostrando severidade. Algumas vezes por ano, ele é convidado a posar para algum anúncio em um dos jornais da Ordem.

Della Guardia acaba ficando ao meu lado. Molto está alguns metros atrás. Em contraste com a aparência de Nico, Tommy é desgrenhado. Seu colete, absurdo por si só em julho, tenta cobrir a barriga volumosa; e as mangas da camisa estão muito para fora do paletó. Não penteou o cabelo. Agora que o vejo, noto que o impulso de chamá-lo de imbecil – que pensei que teria que reprimir – passou. Procuro olhar Nico nos olhos. Ele assente.

— Rusty — diz, simplesmente.

— Delay — respondo.

Quando olho para sua cintura, vejo que me oferece a mão discretamente.

Não tenho oportunidade de testar a extensão de minha caridade. Kemp me puxa para o lado violentamente pela manga do casaco e se coloca entre mim e Della Guardia. Nós dois sabemos que não preciso que me digam para não falar com os promotores.

O juiz Mumphrey, sentado em seu estrado de nogueira, baixa os olhos e sorri para mim com ar circunspecto. Fico grato pelo reconhecimento.

— Este é o Processo Criminal 86-1246. Peço aos advogados que se identifiquem para registro.

— Meritíssimo, sou Nico Della Guardia, representando o povo do estado. Comigo está o subchefe da promotoria distrital, advogado Thomas Molto.

Engraçado ver as coisas que nos afetam. Não consigo suprimir um breve resmungo quando ouço o título de meu cargo antes do nome de Molto. Kemp puxa minha manga de novo.

— Quentin Kemp, meritíssimo, da Alejandro Stern, escritório de advocacia, representando o réu, Rožat K. Sabich. Solicito licença, meritíssimo, para protocolar nosso comparecimento.

A moção de Jamie é concedida; os registros do tribunal agora indicam oficialmente que Stern e companhia são meus advogados. Jamie prossegue:

— Meritíssimo, o réu está presente no tribunal. Acusamos o recebimento do indiciamento 86-1246 e dispensamos a leitura formal. Em nome do sr. Sabich, meritíssimo, pedimos ao tribunal que registre a declaração do réu: inocente da acusação.

— Declaração de inocência da acusação — repete o juiz Mumphrey, fazendo uma anotação nos autos do tribunal.

A fiança é definida: cinquenta mil mediante assinatura de nota promissória.

— Alguma das partes solicita uma reunião em meu gabinete?

Esta é a parte da barganha, geralmente automática, pois ajuda os dois lados a ganhar tempo. Delay começa a falar, mas Kemp o interrompe:

— Meritíssimo, isso seria uma perda desnecessária do tempo do tribunal.

Ele olha para o bloco de anotações em busca das palavras que Sandy escreveu. Quando sair, ele lerá o mesmo discurso de novo, ao vivo, para os jornalistas da TV.

— As acusações, neste caso, são muito graves e totalmente falsas — prossegue. — A reputação de um dos melhores servidores públicos e advogados da cidade foi impugnada e, talvez, destruída sem qualquer base factual. No sentido mais verdadeiro das palavras, a justiça, neste caso, deve ser rápida, portanto, pedimos ao tribunal que estabeleça uma data de julgamento imediata.

A retórica é esplêndida, mas é claro que a tática governa essa demanda. Sandy enfatizou bastante que uma determinação rápida evitará uma tensão interminável sobre minhas emoções despedaçadas. No entanto, por mais perturbado que eu esteja, reconheço a razão fundamental disso. O tempo está a favor do promotor neste caso. A evidência principal de Delay não vai se deteriorar. Minhas impressões digitais não perderão a memória. Os registros telefônicos não morrerão. Com o tempo, o caso da promotoria só pode se tornar mais forte. Uma testemunha ocular pode aparecer, pode surgir alguma informação sobre a arma do crime...

O pedido de Kemp vai significativamente contra o usual, visto que a maioria dos réus vê a delonga como a segunda melhor alternativa à absolvição. Nossa demanda parece surpreender Nico e Molto. De novo, Della Guardia começa a falar, mas o juiz Mumphrey o interrompe. Parece que já ouviu o suficiente.

— O acusado dispensou a audiência preliminar — diz o juiz. — Portanto, a questão será imediatamente levada a julgamento. Sr. escrevente, por favor, sorteie um nome.

Há uns cinco anos, depois de um escândalo no cartório, o último juiz-chefe, Foley, pediu sugestões sobre um método para garantir que a seleção de um juiz de primeira instância para um processo fosse totalmente aleatória. Tive a ideia de que o sorteio fosse feito em tribunal, na frente de todos. A proposta – apresentada, claro, em nome de Horgan – foi imediatamente adotada e acredito ter sido a pedra de toque para Raymond acreditar que eu tinha capacidade executiva. Agora, plaquinhas de madeira, cada uma com o nome de um juiz, são giradas dentro de uma gaiola fechada, emprestada de um jogo de bingo. Alvin, o escrevente, rola os "ossos", como os chamamos. Puxa o primeiro pela abertura da gaiola.

— Juiz Lyttle — diz.

Larren Lyttle, antigo sócio de Raymond, o sonho de qualquer advogado de defesa. Fico meio tonto. Kemp estende a mão para trás e, sem nenhum outro movimento, aperta a minha. Molto solta um verdadeiro gemido. Fico feliz ao ver que, em seu lugar no estrado, o juiz Mumphrey parece sorrir por um instante.

— O caso será colocado na agenda do juiz Lyttle para moções e julgamento. As moções do réu serão arquivadas em catorze dias, e o advogado de acusação responderá segundo ordens do juiz Lyttle.

O juiz Mumphrey pega seu martelo. Vai prosseguir, mas olha para Nico por um momento.

— Sr. Della Guardia, eu deveria ter interrompido o sr. Kemp, mas suponho que este caso provavelmente inspirará muitos discursos quando for concluído. Não pretendo endossar o que disse, mas ele está correto quando observa que são acusações muito sérias contra um advogado que, creio que todos nós sabemos, serviu a este tribunal com distinção durante muitos anos. Permita que lhe diga simplesmente, senhor, que eu, como todos os outros cidadãos deste condado, espero que a justiça seja feita neste caso. E está sendo feita.

Ed Mumphrey assente de novo para mim, e o próximo caso é chamado.

Della Guardia sai por onde entrou, o vestiário. Kemp está se esforçando para se manter sério. Coloca o bloco na pasta e fica observando Nico ir embora.

— Até que ele anda bem com todo aquele traseiro, não é? — comenta.

CAPÍTULO 20

— Vejo que ficou muito satisfeito com Larren — diz Barbara.

Estamos na estrada agora, por fim livres do trânsito do centro. Barbara está ao volante. Descobrimos, nas últimas semanas, que minha distração é tanta que o mundo não está seguro quando dirijo. Sinto um alívio primitivo por deixar as câmeras e o clamor para trás. Os jornalistas nos seguiram do tribunal até a rua, tirando fotos e avançando em nossa direção com aquelas câmeras enormes como os olhos de um monstro. Saímos devagar. Sandy havia nos aconselhado a parecer relaxados. Deixamos Kemp em uma esquina dois quarteirões adiante. Ele comentou que, se todos os dias forem como este, Nico não passará da declaração de abertura. Jamie é, por natureza, uma alma alegre, mas sua boa disposição conjurou uma sombra. Todos os dias não serão como este; momentos piores virão. Apertei sua mão e lhe disse que havia sido muito profissional. Barbara lhe deu um beijo no rosto.

— Larren é uma boa escolha — digo —, provavelmente a melhor.

Hesito apenas por causa de Raymond. Nem ele nem o juiz Lyttle jamais tentariam se comunicar fora do tribunal sobre o caso, mas a presença do melhor amigo do juiz como testemunha certamente terá algum impacto, de uma forma ou de outra, dependendo do equilíbrio das simpatias de Raymond. Pouso a mão na de Barbara, ao volante.

— Obrigado por ir comigo.

— Sem problemas — diz ela. — Foi muito interessante — acrescenta, sincera como sempre sobre sua curiosidade — se não levarmos em conta as circunstâncias.

Minhas circunstâncias são o que os advogados chamam de "caso proeminente"; a atenção da imprensa sobre nós continuará intensa. Nessa situação, a comunicação com os eventuais jurados começa muito antes de eles comparecerem ao tribunal para participar do júri. Nico tem vencido as batalhas da imprensa até agora. Tenho que fazer o possível para projetar uma imagem positiva. Como sou acusado, essencialmente, de assassinato e adultério, é importante que o público acredite que minha esposa não perdeu a fé em mim. A participação de Barbara em todos os eventos que a mídia cobrirá é fundamental. Stern insistiu que ela fosse até o centro da cidade para que ele pudesse lhe explicar isso pessoalmente. Dado seu repúdio por ocasiões públicas e suas estreitas suspeitas de estranhos, eu esperava que ela considerasse isso uma grande exigência. Mas ela não se opôs. Nos últimos dois meses, seu apoio tem sido infalível. Embora continue me vendo como vítima de minhas próprias loucuras – desta vez por sempre ter sido apaixonado pela vida pública e pela política cruel –, ela reconhece que as coisas já passaram muito da fase do castigo que eu merecia. O tempo todo expressa confiança em minha defesa e, sem uma palavra minha, me deu de presente um cheque administrativo de cinquenta mil para cobrir o adiantamento de Sandy e as taxas posteriores, retirados de um fundo que seu pai deixou exclusivamente sob seu controle. Ela ouve com muita atenção as horas de conversa à mesa nas quais critico Nico e Molto ou descrevo as complexidades de pequenas estratégias que Stern criou. À noite, quando estou pronto para me retirar para o vazio, ela acaricia minha mão. Ela assumiu um pouco de meu sofrimento. Embora demonstre bravura, sei que houve momentos, sozinha, em que chorou.

Não só o estresse desses eventos extraordinários, mas também a radical mudança prática de minha agenda, impôs um novo ritmo às nossas relações. Vou até a biblioteca; rascunho notas para minha defesa; mexo inutilmente no jardim. Mas estamos sozinhos e juntos, agora, a maior parte do tempo. No verão, Barbara tem poucas responsabilidades na universidade, e nos demoramos no café da manhã depois que deixo Nat no acampamento. Na hora do almoço, colho verduras para nossa salada. E um novo langor sexual foi se infiltrando suavemente em nosso relacionamento. "Acho que deveríamos transar", anunciou ela certa tarde no sofá, onde estava deitada lendo algo obscuro e comendo chocolate belga. De modo que um encontro vespertino passou a fazer parte de nossa nova rotina. É mais fácil para ela ficar por cima, acocorada sobre mim. Os pássaros cantam lá fora; a luz do dia entra pelas laterais das persianas do quarto. Barbara rola com meu pau cravado profundamente dentro dela; ela é um vórtice muscular em ação, de olhos fechados, mas revirando, e o rosto sereno enquanto vai ficando mais corada e busca o clímax.

Barbara é uma amante atlética e criativa; não foi a privação sexual que me levou à Carolyn. Não posso reclamar de bloqueios ou fetiches ou do que Barbara não faz. Mesmo em nossos piores momentos, mesmo em meio à convulsão que se seguiu às minhas confissões idiotas no inverno passado, não abandonamos o sexo. Somos da geração revolucionária, falamos abertamente sobre sexualidade. Quando éramos jovens, cuidamos dele como uma lanterna mágica e sempre encontramos seu lugar. Tornamo-nos especialistas na fisionomia do prazer, nos nós a apertar, nos pontos a massagear. Barbara, uma mulher dos anos 1980, acharia um grande insulto ficar sem sexo.

Por enquanto, o aspecto asséptico que habitou nossas relações durante meses desapareceu. Mas ainda encontro algo desesperado e triste no amor de Barbara. Ainda há distâncias a serem transpostas. Fico deitado na cama nas tardes doces enquanto Barbara cochila, com o silêncio suburbano do meio do dia, que acalma e seduz depois de anos de barulho no centro da cidade, e observo o mistério que minha esposa representa para mim.

Mesmo no auge de minha paixão por Carolyn, nunca pensei em me separar. Meu casamento com Barbara, algumas vezes, foi ambíguo, mas nossa vida familiar, não. Nós dois adoramos Nat incansavelmente. Desde pequeno, sabia que outras famílias viviam de um jeito diferente da minha. Conversavam à mesa de jantar, iam juntos ao cinema ou à sorveteria. Eu os via correndo, jogando bola nos campos abertos do Parque Florestal da Cidade, e ansiava por aquilo. Eles compartilhavam uma vida. Nossa existência como família, como pais e filho, é a única aspiração da infância que sinto ter realizado; a única ferida desse tempo que curei.

E, ainda assim, fingir que Nathaniel é nossa única salvação é muito cínico, pessimista e falso. Mesmo no período mais sombrio, nós dois respondemos aos mandamentos internos que encontram valor aqui. Minha esposa é uma mulher atraente, extremamente atraente. Ela se observa no espelho com cuidado, assumindo certos ângulos predeterminados para ter certeza de que permanecerá intacta: seus seios ainda são empinados; a cintura, apesar da gravidez, ainda é feminina; suas feições escuras e precisas ainda não perderam a delicadeza por acúmulo de gordura; seu colo ainda é firme. Sem dúvida, poderia encontrar pretendentes, mas escolheu ficar. É uma mulher capaz; e, com a morte do pai, cem mil foram depositados em um fundo de investimentos em seu nome, de modo que não há necessidade que a impeça de partir. Para o bem ou para o mal, deve haver verdade nas palavras amargas que ela às vezes lança contra mim no calor das brigas: que sou o único, a única pessoa, exceto Nat, a quem já amou.

Nos períodos clementes, como agora, a devoção de Barbara tende a ser extrema. Ela fica ansiosa para que eu absorva suas atenções. Eu me tornei seu embaixador no mundo exterior, voltando para Nearing com observações e histórias. Quando estava trabalhando em algum julgamento, eu costumava chegar em casa às onze horas, meia-noite, e encontrava Barbara me esperando de roupão, com meu jantar aquecido. Sentávamo-nos juntos, e ela escutava, com sua curiosidade intensa e absorta, o que acontecera naquele dia, como uma criança dos anos 1930 diante do rádio. Os pratos tilintavam; eu falava de boca cheia, e Barbara ria e se maravilhava com as testemunhas, os policiais, os advogados que via somente por meu intermédio.

E para mim? O que isso tudo é para mim? Sem dúvida, valorizo a lealdade e o comprometimento, a gentileza e a atenção, quando são demonstrados. Seus instantes de amor altruísta, tão focados em mim, são um bálsamo para meu ego surrado. Mas seria falso e oco se eu afirmasse que também não há momentos em que a desprezo. Como o filho ferido de um homem raivoso, não consigo subjugar totalmente minhas vulnerabilidades a seus humores sombrios. Em seus acessos de sarcasmo dilacerante, sinto minhas mãos se contorcerem, controlando o impulso de a estrangular. Em resposta a esses períodos, aprendi a manifestar uma indiferença que, com o tempo, começou a se tornar real. Caímos em um ciclo doentio, um cabo de guerra que cada um puxa para um lado, sempre para trás.

Mas esses tempos estão distantes agora e quase perdoados. Em vez disso, esperamos, curiosos com a descoberta. O que me prende? Algum anseio. Nas tardes lânguidas, parece que quase o entendo, quando as portas e janelas de minha alma se abrem para uma gratidão fundamental. Nunca vivemos sem erupções momentâneas; Barbara é incapaz de serenidade de longo prazo. Mas também fizemos nossas viagens aos pontos mais bonitos e lugares mais altos; com Barbara Bernstein, sem dúvida, vivi os melhores momentos de minha vida. Os primeiros anos foram inocentes, espirituosos, cheios daquela paixão clamorosa e de um mistério que excede o que se pode descrever: eu *anseio* às vezes e, transportado pela recordação, definho, pereço diante de uma sensação tátil; sou como uma máquina inútil abandonada no final de uma aventura de ficção científica, girando meus tocos estendidos, acenando para as criaturas às quais pertenci um dia: deixem-me entrar de novo! É um tempo que não volta mais.

Quando eu estava na faculdade de Direito, Barbara lecionava. Morávamos em um apartamento de dois cômodos e meio, antigo, infestado de bichos, escandalosamente abandonado. Os aquecedores lançavam jatos de água fervente em pleno inverno; os ratos e as baratas reivindicavam como domínio próprio qualquer espaço de armário abaixo do nível da pia. Só por estar em um bairro considerado estudantil foi que essa casa escapou de ser categorizada como barraco. Nossos senhorios eram dois gregos, marido e mulher, um mais doente que o outro. Moravam um andar acima, do outro lado do pátio. Ouvíamos suas erupções enfisêmicas em qualquer estação. Tinham artrite e doenças degenerativas do coração. Eu tinha medo de subir para pagar o aluguel todo mês por causa do cheiro de podridão, denso, estranho, que parecia repolho e pairava no ar, e se sentia assim que a porta abria. Mas era só o que podíamos pagar. Com minha mensalidade deduzida de meu salário de professor, estávamos próximos dos patamares burocráticos da pobreza.

Sempre brincávamos dizendo que éramos tão pobres que a única forma de entretenimento que podíamos nos permitir era transar. Esse humor derivava mais do embaraço compartilhado, pois sabíamos que estávamos beirando o excesso. Foram anos sensuais. Depois dos finais de semana, eu ficava acabado. Nosso *shabat* era jantar a sós, beber uma garrafa de vinho e depois longos amores gentis e ambulantes. Começávamos em qualquer lugar do apartamento e íamos nos arrastando, com cada vez menos roupa, pelo tapete e em direção ao quarto. Às vezes, isso durava mais de uma hora, eu dolorido e ereto, e minha belezinha morena, com os seios empinados, em êxtase, serpenteando um sobre o outro. E foi em uma noite dessas que, enquanto conduzia Barbara para os degraus finais que levavam ao quarto, vi nossa persiana aberta e, em cima, nossos dois vizinhos idosos, olhando para nossa janela, observando. Havia algo tão arrebatado e inocente em suas expressões que, quando os recordo, penso em animais assustados, como corças ou coelhos, com seu olhar de incompreensão, de olhos arregalados. Não suspeitei que nos espionavam havia muito tempo, mas isso em nada aliviou minha vergonha. Fiquei ali, com meu membro ereto na mão de Barbara, untada com óleo de amêndoa. Ela também os viu, eu sei. Porque, quando fui fechar a persiana, ela me deteve. Tocou minha mão e pegou meu membro de novo. "Não olhe", disse, "não olhe", murmurou, com seu hálito doce e quente em meu rosto. "Eles já vão sair."

CAPÍTULO 21

Uma semana depois da acusação, Sandy e eu estamos na recepção do escritório de advocacia do qual Raymond Horgan é sócio desde maio. É um lugar muito elegante. O piso é de madeira, coberto por um dos maiores tapetes persas que já vi, com tons de rosa sobre um vibrante campo azul-marinho. Há muita arte abstrata aparentemente cara nas paredes e mesas de vidro e cromo em cada canto da sala, com edições da *Forbes* e do *The Wall Street Journal* dispostas em fileiras. Uma loura simpática, que deve ganhar uns dois mil dólares de bônus por ano só por ser tão bonita, está atrás de uma elegante mesa de jacarandá, anotando nomes.

Sandy segura minha lapela com extrema leveza, murmurando instruções. Os jovens advogados que passam apressados em mangas de camisa provavelmente nem conseguem ver seus lábios se mexerem. Não devo discutir, orienta Sandy. Ele fará as perguntas. Minha presença aqui, como ele diz, deve servir apenas como estímulo. Acima de tudo, tenho que manter a serenidade, independentemente do clima de nossa recepção.

— Você sabe de alguma coisa? — pergunto.

— Ouvi algumas coisas — diz Sandy. — Mas especular é inútil, logo vamos ter as respostas direto da fonte.

Sandy, de fato, ouve muitas coisas. Um bom advogado de defesa tem uma rede intrincada. Os clientes fornecem informações, além dos repórteres. Às vezes, tem amigos policiais. Sem citar outros advogados de defesa. Quando eu era promotor, os advogados de defesa formavam uma espécie de tribo, sempre rufando tambores quando havia alguma notícia que pudessem comunicar por vias adequadas. Sandy me disse que Della Guardia intimou Horgan para o grande júri logo depois que Nico assumiu o cargo, e que Raymond tentou resistir alegando privilégio executivo. Disse que soube disso de uma fonte quente. Diante do embate, eu esperava uma hostilidade contínua entre Raymond e Nico, mas a reação de Sandy quando viu o nome de meu ex-chefe na lista de testemunhas sugere outra coisa. Sandy, evidentemente, jamais trairia a confiança da pessoa que lhe deu informações sobre as intenções de Raymond.

A secretária de Horgan vem nos buscar e, a meio caminho da sala de Raymond, já o encontramos. Ele está em mangas de camisa, sem paletó.

— Sandy, Rusty.

Ele me dá um tapinha no ombro enquanto aperta minha mão. Engordou um pouco, sua barriga está lutando contra os botões inferiores da camisa.

— Já estiveram aqui? — pergunta.

Raymond nos mostra tudo. Com os incentivos do código tributário, os escritórios de advocacia e as corporações se tornaram os novos Versalhes. Raymond nos conta sobre as obras de arte, nomes que sei que ele só conhece das revistas. Stella, Johns, Rauschenberg.

— Gosto especialmente desta peça — diz.

Refere-se a uns rabiscos e quadrados. Em uma das salas de reuniões, há uma mesa de três metros de comprimento feita de uma única peça de malaquita verde.

Sandy pergunta sobre o trabalho de Raymond. Principalmente trabalho federal até agora, responde Raymond, o que ele acha bom. Está com um grande júri indo bem em Cleveland. Seu cliente vendeu paraquedas para o departamento de defesa com cordas defeituosas.

— Foi um descuido puramente inadvertido — diz Raymond, com um sorriso maroto. — Cento e dez mil unidades.

Por fim, chegamos à sala de Raymond. Deram a ele uma de canto, com uma vista fantástica a oeste e a sul. O Mural do Respeito foi reinstalado aqui, com alguns acréscimos. Agora tem uma foto panorâmica do tablado na última inauguração de Raymond no meio. Com outras quarenta, estou ali, bem à direita.

Não noto um jovem até que Raymond o apresenta. Peter alguma coisa. Sócio. Peter tem nas mãos um bloco e uma caneta. Ele é o corroborador, deve comprovar se se seguiu o rigor necessário; salvará a pele de Raymond caso haja controvérsia posterior sobre o que ele disse.

— Muito bem, como posso ajudá-los? — pergunta Raymond depois de pedir um café.

— Primeiro — diz Sandy —, Rusty e eu queremos agradecer você por reservar um tempo para nos receber. Foi muito gentil.

Raymond faz um gesto de humildade.

— O que quer que eu diga?

É um *non sequitur*. Acho que ele quer sugerir que quer ajudar, sem ter que dizer isso com palavras.

— Acho melhor, e tenho certeza de que você entende — diz Stern —, que Rusty não participe de nossa conversa. Espero que não se importe se ele simplesmente ouvir.

Enquanto diz isso, Sandy olha para Peter, que pegou seu bloco e já está fazendo anotações incansavelmente.

— Claro, como quiser. — Raymond começa a mexer em sua mesa, tirando a poeira que nem eu nem ele podemos ver. — É uma surpresa que o tenha trazido; mas isso é com vocês.

Sandy franze a testa daquele jeito característico – um gesto latino que reflete algo muito delicado ou impreciso para dizer.

— Pois bem, o que quer que eu diga? — pergunta Raymond, de novo.

— Encontramos seu nome na lista de testemunhas de Della Guardia. Isso, naturalmente, motivou nossa visita.

— Claro — diz Raymond, e levanta as mãos. — Você sabe como são essas coisas, Alejandro. O cara lhe manda um convite para a festa, você tem que ir.

Eu já vi esse jeito franco e caloroso de Raymond mil vezes. Ele gesticula demais; suas feições largas estão sempre tendendo para um sorriso. Seus olhos raramente encontram os da pessoa com quem está falando. Era assim que ele negociava com os advogados de defesa, como se dissesse "sou um cara legal, mas não posso fazer nada". E, quando eles iam embora, Raymond costumava xingá-los.

— Então você vai depor por intimação?

— Exato.

— Entendo. Não recebemos o teor de sua declaração. Devo concluir que você não falou com os promotores ainda?

— Não, já conversei um pouco com eles, sim. Você entende, eu falo com você, falo com eles... No início, tivemos alguns problemas. Mike Duke teve que resolver algumas coisas, mas já conversei com Tom Molto algumas vezes. Merda, mais que algumas vezes. Mas você sabe, só nós dois; não assinei nenhuma declaração nem nada.

Mau sinal. Muito mau sinal. Pânico e raiva estão crescendo em mim, mas tento aplacá-los. Raymond está recebendo tratamento de testemunha estrela, sem declaração formal para minimizar as inconsistências que o colocariam em perigo no interrogatório. Várias conversas com o promotor, porque ele é muito importante para o caso.

— Você comentou sobre problemas — diz Sandy. — Não se trata de imunidade, não é?

— Não! Nada disso. É que alguns sujeitos aqui, meus novos sócios... Essa coisa toda os deixou tensos. E é meio embaraçoso para mim também. — Ele ri. — Que ótima maneira de começar... Estou aqui há três dias e recebo uma intimação do grande júri. Aposto que Solly Weiss adorou isso — diz ele, referindo-se ao sócio administrativo da empresa.

Sandy fica em silêncio. Está com o chapéu e a pasta posicionados decorosamente no centro de seu colo. Observa Horgan, sem desculpas, sondando-o. Raymond não está facilitando. Stern fica assim por alguns momentos e, de repente, abandona toda a sua confortável civilidade e parece se jogar sob a superfície das coisas.

— E o que você disse a eles? — pergunta, por fim, baixinho, imóvel.

— A meus sócios?

— Óbvio que não. Eu estava imaginando o que poderíamos esperar de seu testemunho... você já esteve deste lado das coisas antes.

Sandy passa a usar seu tom mais familiar, gentil e indireto. Quando perguntou o que Raymond disse a eles, um segundo atrás, foi como um flash de luz repentino. Seu ímpeto foi ao mesmo tempo óbvio e totalmente invocado.

— Ah, você entende, não quero repetir palavra por palavra — diz, indicando o jovem que faz as anotações.

— Claro que não — responde Sandy. — Tópicos, áreas; tudo que você sentir, pode dizer com tranquilidade. É muito difícil, de fora, sequer imaginar sobre o que uma testemunha terá que responder. Você sabe disso muito bem.

Sandy está sondando algo que não entendo completamente. Poderíamos nos levantar e ir embora agora se estivéssemos aqui só para cumprir o propósito previamente anunciado de nossa visita. Sabemos de que lado está Raymond Horgan. E não é do nosso.

— Vou testemunhar sobre a conduta de Rusty na investigação. Sobre de que maneira queria conduzi-la. E sobre uma conversa posterior que tivemos sobre aspectos de minha vida pessoal...

— Só um segundo. — Não me contenho mais. — Sobre a maneira que *eu* queria conduzi-la? Raymond, foi você quem me pediu para pegar o caso.

— Nós conversamos sobre isso.

De soslaio, percebo que Stern levantou a mão, mas foco em Horgan.

— Raymond, você me *pediu*. Disse que estava ocupado com a campanha, que o caso tinha que estar nas melhores mãos, que não poderia correr o risco de que alguém pisasse na bola.

— Isso é possível.

— Foi o que aconteceu.

Olho para Stern em busca de apoio. Ele está recostado na cadeira, olhando para mim, absolutamente furioso.

— Desculpe — digo, baixinho.

Raymond prossegue, alheio à minha conversa com meu advogado.

— Não me lembro disso, Rusty. Talvez seja isso que aconteceu, como você disse: eu estava ocupado com a campanha. Mas, pelo que me lembro, tivemos uma conversa dois dias antes do funeral e combinamos que você cuidaria do caso. Mas o que sinto é que isso foi mais ideia sua que minha. Fui receptivo, admito, mas lembro que fiquei surpreso com a maneira como as coisas acabaram.

— Raymond... o que está tentando fazer comigo, Raymond?

Olho para Sandy, que está de olhos fechados.

— Não posso perguntar isso a ele?

Mas fui além da conta; Raymond perde as estribeiras, começa a falar, quase debruçado na mesa:

— O que estou tentando fazer com você? — ele repete a pergunta, cada vez mais vermelho. — O que *você* estava tentando fazer *comigo*, Rusty? O que as suas impressões digitais estão fazendo naquele maldito copo? Que besteira foi aquela de se sentar em minha sala e me perguntar com quem eu estava trepando, sem nunca ter dito... quando teria sido simpático, ou duas semanas antes, quando o designei para aquela investigação e, pelo que me lembro, briguei com você algumas vezes por não ir fundo... — Ele se volta abruptamente para Sandy e aponta. — Isso é outra coisa que vou testemunhar. — E olhando para mim: — Duas semanas antes, quando era o certo e profissional, você *nunca*, em nenhum momento, disse que estava transando com a mesma garota. Pensei muito nessa conversa, Rusty, me perguntando que merda você estava fazendo. O que você *estava* fazendo?

Esta cena é mais do que Peter, o sócio, pode suportar. Ele parou de escrever e está só nos observando. Stern aponta para Peter.

— Nestas circunstâncias, aconselho meu cliente a não responder. É evidente que ele gostaria de fazer isso.

— Pois bem, é isso que vou testemunhar — diz Raymond a Sandy. Ele se levanta e enumera os pontos com os dedos. — Que ele queria o caso. Que eu tive que pressionar para ele se mexer. Que ele estava mais interessado em descobrir quem mais transava com Carolyn que quem a matou. E que, quando a coisa ficou feia, ele se sentou em minha sala e ficou falando um monte de bobagens, que não esteve nem perto do apartamento de Carolyn naquela noite. Isso é o que vou testemunhar. E terei o maior prazer nisso.

— Muito bem, Raymond — responde Sandy.

Ele pega seu chapéu de feltro cinza da cadeira onde o colocou, ao mesmo tempo tentando me acalmar.

Olho nos olhos de Horgan. Ele sustenta meu olhar.

— Nico Della Guardia foi honesto quando disse que você ia me ferrar — diz Horgan.

Sandy se coloca entre nós e me puxa pelo braço com as duas mãos.

— Já chega — declara.

— Filho da puta — digo, enquanto saímos depressa, antes de Peter. — Filho da puta!

— Sabemos onde estamos — diz Stern, calmamente.

Quando chegamos à recepção, ele me pede, baixinho e sibilando, que eu, por favor, me cale. Esse silêncio forçado parece sólido em minha boca. Estou desesperado para falar enquanto o elevador desce e seguro o braço de Sandy quando chegamos ao térreo.

— Qual é a dele?

— Ele é um homem muito zangado — diz Stern, atravessando com passo determinado o saguão de mármore.

— Percebi. Nico o convenceu de que sou culpado?

— Provavelmente. Raymond acha que você poderia ter sido mais cauteloso, particularmente no que se refere a ele.

— Por acaso não fui um funcionário fiel?

Sandy faz outro movimento latino daqueles que convocam mãos, olhos e sobrancelha. Tem outras coisas na cabeça. Enquanto caminha, olha sério para mim.

— Não fazia ideia de que Horgan tinha um caso com Carolyn. Nem de que você conversou com ele sobre esse assunto.

— Não me lembrava da conversa.

— Acredito — diz Stern, em um tom que dá a entender que duvida muito de mim. — Bem, acho que Della Guardia poderá usar isso a favor dele. Quando aconteceu esse relacionamento entre Raymond e Carolyn?

— Logo depois que ela terminou comigo.

Sandy para. Não faz nenhum esforço para mascarar sua contrariedade. Fala consigo mesmo em sua língua nativa.

— Sem dúvida, Nico está se aproximando de um motivo.

— Mas ele ainda está meio distante — digo, esperançoso.

Ele ainda não pode provar o relacionamento principal: entre Carolyn e eu.

— Um pouco — diz Sandy.

Há uma monotonia deliberada em sua expressão. Ele está muito bravo comigo, é evidente, tanto por minha atuação lá em cima quanto por esconder dele um detalhe tão significativo. Diz que teremos que conversar longamente, que agora tem uma audiência. Ele coloca o chapéu e se aventura no calor escaldante sem olhar para mim.

Chego ao saguão instantaneamente desolado. Tantas emoções estão surgindo que sinto como uma tontura. Acima de tudo, uma vergonha cáustica por minha própria estupidez. Depois de todos esses anos, não consegui reconhecer como esses eventos afetariam Raymond Horgan, mas, agora, a trajetória de suas emoções me parece previsível como uma curva hiperbólica. Raymond Horgan é um homem público, dedicou a vida a construir sua reputação. Sempre disse que não era político, mas tem a aflição dos políticos: vive da aclamação pública, anseia pela boa opinião de todos. Não lhe interessa minha culpa ou inocência, ele está devastado por sua própria desgraça. Seu próprio subchefe indiciado por assassinato! A investigação, que ele me deixou fazer, sabotada bem debaixo do nariz dele! E ele terá que sentar no banco das testemunhas e divulgar suas indiscrições. Farão piadinhas nos bares durante anos sobre ser promotor adjunto de Raymond Horgan. Entre a conduta dele e a minha, a promotoria será vista como um lugar mais ativo que os banhos públicos romanos. O pior de tudo é que o assassinato tirou Raymond da vida que ele realmente amava; mudou o curso da eleição; fez que fosse parar aqui nesta jaula de vidro e aço. O que enfurece Raymond, o que inspira sua raiva, não é o fato de eu realmente ter cometido esse crime. É que ele acredita ser outra vítima. Ele disse isso quando por fim soltou a língua: eu o ferrei, matei Carolyn para derrubá-lo. E consegui. Horgan acha que entendeu tudo. E, evidentemente, já planejou sua vingança.

Por fim, saio do prédio. O calor é intenso; o sol me cega. Sinto meu corpo instantaneamente instável. Compulsivamente, tento calcular os mil impactos sutis do depoimento de Raymond e sua evidente hostilidade para comigo no julgamento, mas isso logo passa. As ideias vêm e vão sem regularidade. Vejo o rosto de meu pai. Não consigo conectar as coisas. Depois de todas essas semanas, depois de tudo isso, sinto que por fim vou desmoronar, e descubro, surpreendentemente, que, quando saio andando, estou rezando. Era um hábito que tinha na infância, quando tentava buscar segurança em um Deus em quem sabia que não acreditava muito.

E agora, querido Deus, eu penso; querido Deus em quem não acredito, rezo para que pare com isso, pois estou morrendo de medo. Querido Deus, sinto o cheiro de meu medo, um odor distinguível como o ozônio no ar depois de um relâmpago. Sinto o medo de um jeito tão palpável que ele tem cor, vermelho ardente que escorre, e o sinto em meus ossos, que doem. Minha dor é tão extrema que mal consigo andar por esta avenida quente; e, por um momento, não consigo mesmo, pois minha espinha se curva de medo, como se uma haste derretida, em brasa, houvesse sido colocada ali. Querido Deus, querido Deus, estou em agonia e medo, e, seja o que for que fiz para você lançar isso sobre mim, liberte-me, por favor, eu oro, liberte-me. Liberte-me, querido Deus em quem eu não acredito; querido Deus, deixe-me ficar livre.

CAPÍTULO 22

Nos Estados Unidos, em um caso criminal, a acusação não pode apelar após o resultado. É um princípio constitucional, declarado pela Suprema Corte dos Estados Unidos. Só um promotor estadunidense, entre todos os advogados que estão diante do tribunal, entre os sofisticados e fajutos, os de cobrança com seus ternos de raiom, os magnatas da falência, os de divórcio que berram, os imbecis cheios de correntes de ouro ou os de gostos suaves como Sandy Stern, os "litigantes" de grandes empresas, que até as tarefas rotineiras nos tribunais executam em dupla; enfim, só o promotor não tem o direito de pedir revisão das decisões de um juiz. Independentemente da majestade de seu cargo, do poder dos policiais que ele comanda, do viés a seu favor que os jurados sempre mostram no tribunal, o promotor muitas vezes tem o dever continuado de suportar em silêncio várias formas de abuso judicial.

Em nenhum outro lugar, quando eu era da promotoria, essa obrigação era mais regular e onerosa que no tribunal do juiz Larren Lyttle. Ele é astuto e instruído, e indisposto pela experiência de uma vida inteira sob o ponto de vista do estado. Os hábitos que cultivou durante vinte anos atuando como advogado de defesa, quando regularmente maltratava e menosprezava promotores e policiais, não o abandonaram no tribunal. Além disso, ele tem o conhecimento autêntico de um homem preto das inúmeras maneiras que o poder de decisão do promotor pode ser usado para arrogantemente escusar caprichos irracionais. As injustiças aleatórias e completas que ele testemunhou nas ruas tornaram-se como uma enciclopédia emocional para ele, informando cada decisão sua tomada quase reflexivamente contra o estado. Depois de dois ou três anos, Raymond desistiu de ir ao tribunal para argumentar. Um berrava com o outro, como deviam fazer no antigo escritório de advocacia que tinham juntos. Então, Larren batia o martelo, mais inflexível que nunca, e declarava um recesso para que ele e Raymond pudessem fazer as pazes no gabinete dele e marcar um drinque.

O juiz Lyttle está no tribunal, recebendo relatórios sobre a situação de outros casos, quando Stern e eu chegamos. Sempre dá a impressão de que há um holofote ali. Ele é a única pessoa que se vê; bonito, mercurial, extraordinariamente atraente. O juiz Lyttle é um ser humano grande; tem um metro e noventa e cinco de altura e quase isso de largura. Sua fama começou como um herói do futebol e do basquete na universidade, onde foi bolsista. Tem uma cabeça cheia de cabelo afro de comprimento médio, a maior parte grisalha, um rosto grande, mãos enormes, um estilo de oratória principesco, uma voz potente e cheia que alcança todos os tons masculinos. Sua inteligência, que é imensa, também é transmitida por sua presença. Alguns dizem que Larren se vê, no futuro, como juiz federal; outros acham que seu verdadeiro objetivo é suceder o congressista Albright Williamson no distrito ao norte do rio, desde que Williamson pare de desafiar a idade e as previsões de seu cardiologista. Sejam quais forem suas inclinações, Larren é uma pessoa cujas perspectivas e poderes pessoais fazem dele um homem de importância capital por aqui.

Fomos convocados ontem de manhã a vir aqui por meio de um telefonema do escrivão do juiz. Com a apresentação das petições preliminares do réu, há dois dias, o meritíssimo deseja realizar uma audiência para entender o status de meu caso. Desconfio que vai decidir sobre algumas petições e talvez discuta a data do julgamento.

Sandy e eu esperamos em silêncio. Kemp ficou para trás. Ontem estivemos juntos os três e lhes contei tudo que sabia sobre cada testemunha que Nico arrolou. As perguntas de Stern foram precisas e limitadas; ele ainda não me perguntou se transei com Carolyn naquela noite, ou se estava lá por qualquer outro motivo, ou se, apesar de minhas proclamações anteriores, possuo algum instrumento que possa se encaixar no buraco aberto na cabeça dela.

Passo esses momentos de inatividade – bem conhecidos na vida de um advogado que atua no tribunal – olhando em volta. A imprensa está aqui de novo, em peso, mas os desenhistas ficaram em casa. O juiz Lyttle, político como um juiz pode ser, trata bem os repórteres. Há uma mesa reservada para eles na parede oeste, e ele sempre liga para a sala de imprensa antes de emitir qualquer decisão importante. O tribunal onde será determinado o curso do resto de minha vida é uma preciosidade. O local onde se senta o corpo de jurados é composto por um trilho de nogueira com umas esferas de madeira granulada, lindas. O banco das testemunhas é construído de forma similar e está encostado à mesa do juiz, que é bem elevada e coberta por um dossel de nogueira sustentado por dois pilares de mármore vermelho. O escrivão, o oficial de justiça e o estenógrafo (cujo trabalho é anotar cada palavra falada nas audiências públicas) ficam em um fosso diante do juiz. Alguns metros à frente deles, foram colocadas duas mesas finamente esculpidas, também de nogueira escura, com pernas cuidadosamente torneadas. Essas mesas são para os advogados nos julgamentos e ficam perpendiculares à mesa do juiz. A promotoria, por tradição, fica mais perto do júri.

Quando todos os outros negócios são concluídos, nosso caso é chamado. Alguns repórteres se aproximam da banca da defesa para ouvir melhor, e a assembleia de advogados – e eu – se reúne diante do tribunal. Stern, Molto e Nico declaram cada um o seu nome. Sandy nota minha presença. Tommy me dá um sorrisinho. Aposto que ele ficou sabendo de nosso encontro com Raymond semana passada.

— Cavalheiros — começa o juiz Lyttle —, eu os chamei aqui com a intenção de facilitar o andamento do caso. Tenho algumas petições do réu e estou pronto para julgá-las, a menos que os promotores estejam particularmente entusiasmados para dar uma resposta.

Tommy fala no ouvido de Nico.

— Apenas sobre a petição para desqualificar o sr. Molto — diz Nico.

Naturalmente, penso. Um escritório inteiro trabalhando para Nico, e ele ainda se acanha na hora de pôr as coisas no papel.

Larren anuncia que deixará a petição de desqualificação para o final, mas que tem algumas reflexões sobre isso.

— Agora, a primeira moção — diz o juiz, com a pilha de papel bem diante dele — é para marcar uma data de julgamento imediata. Pensei sobre isso, e, como os promotores sabem, o caso *Rodriguez* foi pleiteado esta manhã, de modo que estarei livre daqui a três semanas a partir de hoje. — Ele olha para o calendário. — Dia 18 de agosto. Sr. Stern, pode ser?

Isto é extraordinário. Não esperávamos nada antes do outono. Sandy terá que deixar tudo de lado, mas ele quase não hesita.

— Com prazer, meritíssimo.

— E a promotoria?

Nico imediatamente hesita. Diz que tem férias planejadas, assim como o sr. Molto. E que ainda há evidências a serem desenvolvidas. E, com isso, o Vesúvio entra em erupção.

— Não, não — diz o juiz Lyttle —, não quero ouvir nada disso. Não, sr. Delay Guardia.

Ele pronuncia o nome de Nico desse jeito, como se quisesse incorporar o apelido. Nunca se sabe o que esperar de Larren.

— Estas acusações aqui... — prossegue. — Estas acusações são o crime mais sério. O que mais você poderia fazer ao sr. Sabich? Promotor durante toda sua vida profissional, e você apresenta uma acusação como esta? Todos nós sabemos por que o sr. Stern quer um julgamento rápido, não há segredos aqui. Todos nós passamos boa parte da vida levando casos ao tribunal. O sr. Stern examinou as provas que você forneceu, sr. Delay Guardia, e ele acha que você não tem muito para um caso. Pode ser que esteja errado, não sei dizer. Mas, se você vai entrar neste tribunal acusando um homem de um crime, é melhor estar pronto para provar. Imediatamente. Não venha me falar sobre o que vai acontecer depois. Você não pode deixar isso pairando sobre o sr. Sabich como aquela velha espada de Dâmocles. Não, senhor — diz Larren, de novo. — O julgamento será daqui a três semanas.

Meu sangue gela. Sem pedir licença, sento-me à cabeceira da banca da defesa. Stern olha para trás e parece sorrir.

— O que mais? — Larren quer saber.

Apenas por um instante, enquanto ele olha em volta, dá um sorrisinho privado. Ele nunca consegue esconder sua satisfação consigo mesmo por esculachar um promotor. Analisa rapidamente nossas petições para a produção de provas. São todas concedidas, como deveriam. Tommy reclama um pouco da petição para produzir o copo. Recorda ao tribunal que a acusação tem o ônus de provar a cadeia de custódia – ou seja, que o copo nunca saiu das mãos do estado –, o que seria impossível se o copo fosse entregue à defesa.

— Pois bem, o que a defesa quer fazer com esse copo?

Eu me levanto imediatamente.

— Quero dar uma olhada, meritíssimo.

Sandy me lança um olhar corrosivo. Com a mão em meu antebraço, ele me coloca de volta em meu lugar. Tenho que aprender: não é meu papel falar.

— Tudo bem — diz Larren —, o sr. Sabich quer olhar o copo, só isso; ele tem esse direito. A acusação tem que produzir as provas. Eu examinei a descoberta e entendo por que o sr. Sabich quer olhar aquele copo com muito cuidado. Portanto, a petição será concedida.

Larren aponta para mim. É o primeiro sinal direto de que registrou minha presença.

— E a propósito, sr. Sabich, sem dúvida, você será representado por um advogado, mas, se for seu desejo falar pessoalmente, tem esse direito. A qualquer momento. Quando fizermos nossas reuniões no gabinete ou durante os procedimentos, tem todo o direito de comparecer. Quero que saiba disso. Todos nós sabemos que o sr. Sabich é um excelente advogado de defesa, um dos melhores que temos por aqui, e tenho certeza de que terá a curiosidade de saber, de tempos em tempos, o que estará sendo feito.

Olho para Sandy, que assente antes de responder. Agradeço ao juiz e digo que vou ouvir; que meu advogado vai falar.

— Muito bem — diz o juiz. — Agora, a petição para entrar no apartamento.

Seus olhos carregam uma luz e um calor que nunca vi nele no tribunal. Sou réu agora, sob sua custódia especial. Como um cacique ou chefão da máfia, ele sente que me deve proteção enquanto eu estiver em seus domínios.

Molto e Nico conversam.

— Sem objeções — responde Nico —, desde que um policial esteja presente.

Sandy instantaneamente se opõe a isso. Seguem-se alguns momentos de escaramuças típicas de tribunal. Todo mundo sabe o que está acontecendo; os promotores querem descobrir o que estamos procurando. Por outro lado, eles têm um argumento válido. Qualquer perturbação no conteúdo do apartamento de Carolyn prejudicará a capacidade deles de fazer uso adicional da cena para fins probatórios.

— Vocês já têm fotos — diz Larren. — Sempre que tenho um caso desses, fico me perguntando se os promotores não têm algum tipo de acordo com a Kodak.

Todos os repórteres riem, e o próprio Larren sorri. Ele é assim, adora entreter. Aponta seu martelo para Della Guardia e prossegue:

— Pode pôr um policial na porta para ter certeza de que nenhum membro da defesa removerá nada, mas não vou deixar que bisbilhote o que eles vão olhar. A promotoria teve quatro meses para revistar todo aquele apartamento — diz Larren, incluindo em sua contagem o mês em que eu chefiava a equipe de investigação. — Acho que a defesa tem direito a alguns minutos de sossego. Sr. Stern, redija uma ordem apropriada que eu a assino. E avisem com antecedência o administrador ou executor da sra. Polhemus, ou a quem quer que represente seu patrimônio, para que saiba o que o tribunal pretende permitir. Agora, vamos falar sobre esta petição para desqualificar o sr. Molto.

É nossa petição para evitar que Tommy atue como um dos advogados do caso, porque Nico disse que pode ser que Molto seja uma das testemunhas.

Nico reage rápido. Desqualificar um dos promotores três semanas antes do julgamento seria um fardo oneroso. Impossível. O estado não conseguiria se preparar a tempo. Não sei se Nico está querendo conseguir mais tempo ou derrubar a petição. Ele mesmo não deve saber direito.

— Veja bem, sr. Della Guardia, não fui eu quem lhe disse para colocar o sr. Molto em sua lista de testemunhas — diz o juiz Lyttle. — Não consigo imaginar como você pensou que iria proceder com um promotor que poderia ser testemunha. Um advogado não pode ser advogado e testemunha no mesmo processo; isso é assim em nossos tribunais há cerca de quatrocentos anos, e não pretendo mudar para este julgamento, independentemente de quão importante seja para qualquer um dos participantes ou de quantos repórteres da *Time* ou da *Newsweek* ou de qualquer outro veículo apareçam por aqui.

O juiz Lyttle faz uma pausa e estreita os olhos, olhando para a galeria dos repórteres, como se só agora os houvesse notado ali.

— Vou dizer uma coisa — Larren se levanta e fica andando em seu estrado, a um metro e meio do chão, e fala de uma altura enorme. — Pelo que entendo, sr. Delay Guardia, a declaração da qual você fala é aquela em que o sr. Sabich responde à acusação de assassinato do sr. Molto dizendo "Você tem razão".

— "Sim, você tem razão" — corrige Nico.

Larren aceita a correção curvando sua cabeça grande.

— Tudo bem. O estado ainda não ofereceu a declaração. No entanto, você indicou suas intenções, e o sr. Stern fez sua moção por esse motivo.

O que estou pensando é que não tenho certeza de que essa declaração virá à tona. O sr. Stern ainda não fez nenhuma objeção. Ele preferia ver o sr. Molto desqualificado primeiro. Mas imagino, sr. Delay Guardia, que, quando chegarmos lá, o sr. Stern dirá que essa declaração não é relevante.

Esse é um dos meios favoritos de Larren para ajudar a defesa. Ele prevê objeções que provavelmente ouvirá. Algumas — como essa — naturalmente acontecerão; outras nunca teriam ocorrido ao advogado de defesa. Em ambos os casos, quando feitas formalmente, as objeções previstas inevitavelmente são aceitas.

— Meritíssimo — diz Nico —, ele admitiu o crime.

— Ora, sr. Delay Guardia — responde o juiz Lyttle —, é mesmo? Isso é o que quero dizer, entende? Você diz a um homem que ele está fazendo algo errado, e ele diz "Sim, você tem razão". Todo mundo reconhece que isso é jocoso. Todos nós já vimos isso. Agora, se o sr. Sabich fosse do meu bairro, teria dito "Meu cu".

Explodem gargalhadas no tribunal. Larren marcou um ponto de novo. Senta-se outra vez, rindo também.

— Mas, na parte da cidade do sr. Sabich, acho que as pessoas dizem "Sim, você tem razão", e o que querem dizer é "Você está errado". — Fazendo uma pausa. — Para ser educado.

Mais risadas.

— Meritíssimo — diz Nico —, isso não seria uma questão para o júri?

— Pelo contrário, sr. Delay Guardia, essa é, inicialmente, uma questão para o tribunal. Tenho que ter certeza de que essa evidência é relevante, que torna mais provável a proposição para a qual é oferecida. Pois bem, não estou decidindo nada ainda, mas, meu caro, a menos que seja muito mais persuasivo do que tem sido até agora, espero que me veja decidir que essa evidência não é relevante. E talvez queira pensar nisso quando falar da moção do sr. Stern, porque, se não for oferecer essa evidência nem contar com ela no interrogatório do réu, eu teria que negar a moção do réu, não é?

Larren sorri. Nico está ferrado. O juiz quase disse que essa declaração não será admitida. A escolha de Nico é perder Molto e fazer um esforço inútil para apresentar essa evidência ou manter Tommy e abandonar essa prova. Realmente, ele não tem escolha: é melhor aceitar a menos pior.

Em um instante, a declaração que fiz a Molto simplesmente desaparece deste caso.

Molto se aproxima do estrado.

— Juiz... — diz, mas não vai mais longe.

Larren o interrompe, já sem nenhum bom humor.

— Sr. Molto, não vou ouvi-lo falar sobre a admissibilidade de seu depoimento. Talvez você me convença de que a regra, consagrada pelo tempo, que proíbe um advogado de ser testemunha em um caso em que ele atue não deveria ser aplicada aqui, mas, enquanto não o fizer, não quero ouvir mais nada, senhor.

Larren resolve as coisas rapidinho. Diz que nos veremos no julgamento no dia 18 de agosto. Depois de olhar mais uma vez para os repórteres, ele abandona o estrado.

Molto ainda fica parado ali, com um evidente olhar de contrariedade. Tommy sempre teve o péssimo hábito, para um advogado de tribunal, de permitir que sua insatisfação seja evidente. Mas o juiz Lyttle e ele estão brigando há muitos anos. Posso não ter me lembrado do trabalho de Carolyn no Distrito Norte, mas nunca poderia esquecer Larren e Molto. Suas disputas eram notórias. Exilado por Bolcarro naquela Sibéria judicial, o juiz Lyttle aplicava sua justiça própria, bruta. Policiais eram culpados de assédio a menos que se provasse o contrário. Molto, atormentado e amargamente infeliz, costumava alegar que os cafetões, drogados e ladrões sorrateiros, alguns dos quais apareciam diariamente no tribunal de Larren, se levantavam para aplaudi-lo quando ele chegava para a chamada matinal. A polícia desprezava o juiz Lyttle; inventavam epítetos raciais que mostravam a mesma imaginação que levou a humanidade à lua. Larren estava no centro havia anos quando terminei a investigação da Gangue dos Santos, e Lionel Kenneally ainda reclamava sempre que ouvia o nome desse juiz. Houve uma história que Kenneally deve ter me contado umas dez vezes sobre um caso de agressão levado por um policial que alegou que o réu havia resistido à prisão. O policial, chamado Manos, disse que ele e o réu haviam começado a brigar logo depois de o segundo xingar o primeiro.

— De quê? — perguntou Larren.

— Aqui no tribunal — disse Manos —, prefiro não dizer, meritíssimo.

— Por quê, oficial? Tem medo de ofender os presentes? — disse Larren, apontando para os bancos da frente, onde estavam sentados os réus da chamada matinal, um grupo de prostitutas, batedores de carteira e ladrões drogados. — Pode falar à vontade — disse o juiz Lyttle.

— Ele me chamou de filho da puta, meritíssimo.

Dos bancos, ergueram-se assovios, vaias e muita jovialidade. Larren bateu seu martelo exigindo silêncio, mas também estava rindo.

— Ora, oficial — disse Larren, de novo, ainda sorrindo —, você não sabia que esse é um termo carinhoso em nossa comunidade?

O pessoal nos bancos foi à loucura: saudações black-power e um frenesi de mãos. Manos aceitou tudo em silêncio. Um minuto depois, quando Molto terminou, Larren deu seu veredito favorável à defesa.

— E a melhor parte — dizia Kenneally quando contava essa história — é que Manos foi até o estrado no final, ficou parado ali com o quepe na mão e disse a Lyttle, doce como uma criança: "Obrigado, filho da puta", antes de ir embora.

Ouvi essa história de mais duas pessoas. Corroboram a conversa final, mas ambas juram que a última frase foi do juiz.

CAPÍTULO 23

Toda semana, geralmente nas noites de quarta-feira, o telefone toca. Antes mesmo de ele falar, já sei quem é. Posso até ouvi-lo dando uma tragada naquele maldito cigarro. Eu não deveria falar com ele nem ele comigo. Ambos recebemos essa ordem. Ele não diz seu nome.

— Como você está? — pergunta ele.
— Indo.
— Vocês estão bem?
— Segurando as pontas.
— Foda isso.
— Nem me fale.

Ele ri.

— É, acho que não vou falar nada. Precisa de alguma coisa? Tem algo que eu possa fazer?
— Não muito. E é bom não falar mesmo.
— É, eu sei. Sabe, imagino que logo você vai estar comandando aquela espelunca de novo. Aposto.
— É, eu sei. E você? Como está?
— Bem. Sobrevivendo.
— Schmidt ainda está no seu pé? — pergunto, referindo-me a seu chefe.
— Sempre, ele é assim mesmo. Que se foda.
— Estão sendo muito duros com você?
— Aqueles marias-moles? Ha!

Mas sei que Lip está passando por um momento difícil. Mac, que também ligou algumas vezes, disse que eles o mandaram de volta para McGrath Hall, tiraram-no do Comando Especial na promotoria. Schmidt o prendeu a uma mesa, fica assinando relatórios de outros babacas. Ele deve estar enlouquecendo com isso. Mas Lip estava sempre fazendo malabarismos no departamento. Tinha sempre que deslumbrar as multidões para enfraquecer seus detratores. Muitas pessoas estavam só esperando vê-lo cair; e agora ele caiu. A polícia sempre vai achar que Lipranzer sabia e me deixou ocultar informação. É assim que eles pensam.

— Ligo semana que vem — promete, sempre no final de cada conversa. E liga, fielmente. Nossas conversas não variam muito. Cerca de um mês depois, quando ficou claro para todos que a coisa era séria, ele me ofereceu dinheiro. "Sei que esse tipo de coisa sai caro", disse. "Você sabe que um imigrante sempre tem bufunfa guardada."

Eu disse que Barbara havia me ajudado, e ele fez um comentário sobre casar com uma garota judia.

Esta semana, quando o telefone toca, já estou esperando a ligação.

— Como você está? — pergunta ele.

— Indo — respondo.

Barbara atende bem nesse momento.

— É para mim, Barb — digo.

Sem saber de nosso acordo de sigilo, ela diz, simplesmente:

— Oi, Lip. — E desliga o telefone.

— O que está rolando?

— Vamos a julgamento agora — conto. — Em três semanas, menos.

— Sim, eu sei. Vi nos jornais.

Falamos disso um pouco. Não há nada que Dan Lipranzer possa fazer sobre seu testemunho. Vai quebrar minha espinha, nós dois sabemos disso, mas não há escolha. Ele respondeu às perguntas de Molto no dia seguinte à eleição, antes que pudesse adivinhar o placar; e me inclino a pensar que as respostas teriam sido as mesmas, ainda que Lip soubesse das consequências. O que aconteceu está no passado; é assim que ele justifica as coisas.

— Está se preparando? — pergunta ele.

— Estamos trabalhando muito. Stern é incrível, demais. Ele é o melhor, disparado.

— É o que se diz por aí.

Quando ele faz uma pausa, reconheço o clique de seu isqueiro.

— Tudo bem, então. Precisa de alguma coisa?

— Sim — digo.

Se ele não tivesse perguntado, eu não diria nada. Foi o acordo que fiz comigo mesmo.

— Diga — diz ele.

— Tenho que encontrar esse tal de Leon Wells, o cara que teria subornado o promotor do Distrito Norte, lembra? O réu do arquivo do tribunal que você desenterrou, aquele com Carolyn e Molto. Stern contratou um detetive, e o sujeito voltou de mãos abanando. Pelo que ele sabe dizer, não existe ninguém com esse nome. Não conheço outro caminho; não posso ter uma conversa franca com Tommy Molto.

Esse detetive particular se chama Ned Berman. Sandy disse que o sujeito era bom, mas me pareceu que não sabia o que estava fazendo. Eu lhe dei cópias das páginas do arquivo do tribunal, e, três dias depois, ele voltou dizendo que não poderia ajudar. Disse que o Distrito Norte, naquela época, era um verdadeiro zoológico. E me desejou sorte, dizendo que não havia como saber quem estava fazendo o quê para quem ali.

Lipranzer pensa um pouco no que lhe peço; mais do que eu esperava. Mas sei qual é o problema. Se o departamento descobrir que Lip ajudou na preparação de minha defesa, ele será preso. Insubordinação, deslealdade, mais de quinze anos, e sua aposentadoria já era.

— Eu não pediria, você sabe que não. Mas acho que pode realmente ser importante.

— Como? — pergunta ele. — Acha que Tommy agiu de má-fé? Que armou algo para evitar que você investigasse?

Percebo que, embora ele não costume fazer julgamentos, Lipranzer considera essa ideia absurda.

— Não sei o que dizer. Quer que eu diga que acho possível? Sim, acho. E, mesmo que ele não esteja aprontando comigo, se expuséssemos esse tipo de coisa, pegaria muito mal para ele. Uma coisa dessas pode chamar a atenção de um júri, sem dúvida.

Ele fica em silêncio de novo.

— Depois que eu testemunhar — diz ele. — Os caras estão de olho em mim, entende? E não quero que ninguém me faça perguntas e eu tenha que dar a resposta errada sob juramento. Muita gente gostaria de ver isso. Quando eu sair do banco de testemunhas, eles vão relaxar. Aí cuido disso. Com seriedade. Tudo bem?

Tudo bem nada. Provavelmente vai ser tarde. Mas já pedi demais.

— Ótimo. Você é um amigo, de verdade.

— Imagino que logo você vai estar comandando aquela espelunca de novo. Aposto — responde ele.

Beisebol, de novo. Liga de verão. Neste circuito, felizmente, não há classificação, pois os Stingers melhoraram pouco. No ar pesado das noites de agosto, as bolas voadoras ainda parecem desconcertar nossos jogadores. Elas caem com a velocidade desimpedida da chuva. As meninas respondem melhor ao treinamento; lançam e rebatem com cada vez mais habilidade. Mas os meninos, a maioria, parecem inacessíveis. Não há como fazê-los entender o mérito de um movimento bem calculado. Todos esses machos de oito anos chegam à base com sonhos de magia e violência no bastão. Preveem *home runs* e bolas radicais. Para os meninos, não adianta repetir mil vezes para manter a bola no chão.

Nat, surpreendentemente, é uma exceção. Neste verão, está mudando, começando a adquirir certo foco mundano. Parece ter acabado de descobrir seus poderes e o fato de que as pessoas consideram um sinal de caráter a maneira como fazemos as coisas. Quando é sua vez de rebater, observo como ergue os olhos quando dá a volta na primeira base antes de correr para a segunda. Não basta dizer que está apenas imitando os jogadores que vê na TV, porque o mais significativo é ele ter notado isso. Está começando a se preocupar com estilo. Barbara diz que ele está mais exigente com as próprias roupas. Eu ficaria mais encantado com tudo isso se não desconfiasse dos motivos desse amadurecimento repentino. Mais que amadurecer, ele foi arrancado pelos calcanhares de seu devaneio. Desconfio que Nathaniel voltou sua atenção para o mundo porque sabe que o mundo causou tantos problemas a seu pai.

Depois do jogo, voltamos para casa sozinhos. Ninguém foi impiedoso a ponto de sugerir que não ficássemos para o piquenique, mas é melhor assim. Ficamos uma vez após a acusação, e o tempo passou de um jeito tão estranho, com silêncios súbitos e pesados que surgem à menção dos assuntos mais comuns – trabalho para o qual não vou; programas de detetives que tratam de situações difíceis como a minha –, que entendi que não poderíamos voltar. Esses homens já são bastante generosos aceitando minha presença entre eles. O risco que represento é para as crianças; todos nós temos que pensar, nos próximos meses, na impossibilidade de explicar a elas para onde fui e o que fiz. É injusto atrapalhar essas noites maravilhosas com o presságio do mal. Então, Nat e eu acenamos e vamos embora. Eu carrego o bastão e a luva, e ele vai arrancando dentes-de-leão.

De Nathaniel, não ouço uma única queixa. Estou pateticamente emocionado por isso, pela lealdade de meu filho. Só Deus sabe quanto seus amigos o estão perturbando. Nenhum adulto consegue imaginar totalmente as piadas sarcásticas, a crueldade casual que ele tem que suportar. No entanto, ele se recusa a me abandonar; eu, o vaso do qual essa dor foi derramada. Ele não adora a situação, mas está comigo. Me faz levantar do sofá para treinar arremessos com ele e me acompanha, à noite, quando me aventuro a sair para pegar o jornal e um galão de leite. Caminha ao meu lado pela floresta pequena que há entre nosso terreno e o gramado de Nearing. E não demonstra medo.

— Está com medo? — pergunto, de repente, esta noite, enquanto caminhamos.

— Com medo de você ser preso?

O julgamento está tão próximo, é algo tão grande, que até meu filho de oito anos sabe imediatamente o que quero dizer.

— Sim.

— Não.

— Por que não?

— Não estou, só isso. É só um monte de bobagem, não é? — diz e me olha com os olhos semicerrados por baixo da aba de seu boné de beisebol torto.

— De certa forma.

— Vão fazer o julgamento, você vai contar o que aconteceu de verdade e pronto. É o que a mamãe diz.

Ah, meu coração quer explodir! É o que diz a mãe dele. Passo o braço em volta de meu filho, mais surpreso que nunca por sua fé nela. Nem consigo imaginar as longas sessões terapêuticas entre mãe e filho nas quais ela lhe ofereceu esse nível de apoio. É um milagre que só Barbara poderia ter realizado. Como família, estamos unidos por essa simetria: no mundo, eu amo mais Nat, e ele adora sua mãe. Mesmo nessa idade desconexa, tomado pela energia furiosa de uma pessoa de oito anos, ele a ama como a mais ninguém. Só ela tem permissão para abraçá-lo longamente; e eles desfrutam de uma afinidade especial, uma comunhão, uma dependência que vai mais fundo que as inexploradas profundezas entre mãe e filho. Ele é mais parecido com ela que comigo; tenso e cheio de inteligência motora, daqueles humores sombrios e privados. A devoção dela é igual à dele. Ele nunca sai dos pensamentos dela. Acredito quando ela diz que nunca poderia arrancar de si a mesma emoção por outra criança.

Um não se separa confortavelmente do outro. No verão passado, Barbara passou quatro dias em Detroit, visitando uma amiga de faculdade, Yetta Graver, que ela descobriu ser agora professora de matemática. Barbara ligava duas vezes por dia. E Nat ficou como uma ferida aberta, ranzinza, infeliz. A única maneira de acalmá-lo para dormir era fazendo-o imaginar comigo exatamente o que sua mãe e Yetta deviam estar fazendo naquele momento.

— Elas estão em um restaurante tranquilo — dizia eu. — Estão comendo peixe. Grelhado com bem pouca manteiga. Elas tomaram uma taça de vinho cada uma. Na sobremesa, vão relaxar e comer alguma coisa muito gostosa.

— Torta? — perguntava Nat.

— Torta.

E meu filho, aquele com quem sempre sonhei, adormecia pensando na mãe comendo torta.

CAPÍTULO 24

— Olá — diz Marty Polhemus.

— Olá — respondo.

Quando cheguei e vi a pessoa de cabelo comprido, ocorreu-me que era com Kemp que deveria me encontrar aqui. Mas encontro esse garoto, em quem não penso há meses. Ficamos parados no corredor, em frente ao apartamento de Carolyn, fitando-nos. Marty estende a mão e aperta a minha com firmeza. Ele não demonstra relutância, como se estivesse satisfeito por me ver.

— Não esperava vê-lo aqui — digo, por fim, procurando uma maneira de perguntar por que ele está aqui.

Do bolso da camisa, ele tira uma cópia da ordem do juiz Lyttle que nos permite inspecionar o local.

— Recebi isto.

— Ah, entendi — digo em voz alta. — Isso é só uma formalidade.

O juiz ordenou que notificássemos o advogado do espólio, um ex--promotor adjunto chamado Jack Buckley. Aparentemente, Jack enviou o aviso ao garoto.

— Era só para você poder se manifestar caso se importasse que entrássemos e olhássemos algumas coisas de Carolyn. Você não precisava vir.

— Sem problemas.

Ele está meio curvo, parece que vai desmanchar. Vai e volta; não dá sinal de que pretende ir embora.

Puxo conversa, perguntando o que ele anda fazendo.

— Da última vez que conversamos, seus planos eram ser reprovado e voltar para casa.

— Foi o que fiz — diz ele, sem cerimônia. — Na verdade, fiquei de exame em inglês e reprovei em física. Tinha certeza de que ia reprovar em inglês também. Voltei para casa há um mês e meio, vim ontem para pegar minhas coisas.

Digo que lamento e explico que, pela presença dele, presumi que as coisas haviam dado certo.

— Até que deram, para mim.
— Como seu pai reagiu?
Ele dá de ombros.
— Não ficou muito feliz, especialmente pelo inglês. Isso o deixou arrasado. Mas ele disse que tive um ano difícil, que vou trabalhar um pouco e depois volto. — Ele olha em volta, para o nada especificamente. — Enfim, quando recebi a comunicação, resolvi passar por aqui e ver do que se tratava.

Os psicólogos usam o termo "inadequado". É o que é esse garoto. Fica jogando conversa fora em frente ao apartamento onde sua mãe foi morta com o sujeito que todo mundo acha que a matou. Por um segundo, eu me pergunto se ele sabe o que está acontecendo. Mas o cabeçalho é inequívoco: POVO CONTRA SABICH. E ele não poderia ter deixado de ver a notícia nos jornais; não foi embora há tanto tempo.

Não tenho chance de investigar mais, porque Kemp chega. Ouço-o subir a escada. Está discutindo e, quando vira a esquina, vejo com quem: Tom Glendenning, um policial grandalhão de quem nunca gostei muito. Glendenning é o epítome do homem branco. Muitas piadas étnicas e raciais. E não está brincando. Toda a sua postura se justifica pelo fato de ter nascido branco e hoje ser policial; trata todos os outros como se fossem intrusos. Sem dúvida, ficará feliz por me ver da mesma forma. Quanto mais intrusos houver, melhor Tom se sentirá. Kemp está explicando que Glendenning não pode entrar enquanto vemos o apartamento, e Glendenning está dizendo que não foi isso que entendeu das instruções de Molto. Por fim, concordam que Glendenning vai descer e fazer uma ligação. Enquanto ele está fora, apresento Kemp a Marty Polhemus.

— Tem razão — diz Glendenning quando volta. — Foi essa a ordem daquele juiz.

Só de ouvir como ele pronuncia "daquele", você sabe o que ele está pensando.

Kemp revira os olhos. Ele é um bom advogado, mas não tem paciência para gente da Ivy League. Não hesita em deixar claro quando considera alguém um babaca.

Um grande aviso cor de laranja fosforescente foi colado na porta do apartamento de Carolyn. Informa que é uma cena de crime, lacrada por ordem do Tribunal Superior do condado de Kindle, e que a entrada é proibida. Está sobreposto ao batente para que a porta não possa ser aberta. As fechaduras foram preenchidas com uma massa plástica. Glendenning corta o aviso com uma navalha, mas demora um pouco para desobstruir as fechaduras. Quando termina, tira do bolso o chaveiro de Carolyn. Tem uma grande etiqueta vermelha e branca onde está escrito "provas". Na porta, há uma trava de fechadura e um ferrolho. Como eu disse a Lipranzer há muito tempo, Carolyn não era boba.

Com as chaves na fechadura inferior, Glendenning se vira e, sem dizer uma palavra, revista a mim, Kemp e Marty. Isso para nos impedir de plantar qualquer coisa. Mostro a ele o bloco de notas que tenho em mãos. Ele pede nossas carteiras. Kemp vai se opor, mas faço um sinal para deixar quieto. De novo, sem dizer uma palavra, Glendenning faz o mesmo com Marty, que já está com a carteira na mão.

— Caramba — diz Marty. — Quanta coisa! O que vou fazer com isso?

Ele fica vagando diante de nós. Olho para Jamie; nenhum de nós sabe se temos autoridade para pô-lo para fora ou se há alguma razão para nos incomodar. Glendenning alerta:

— Ei! Não toque em nada. Nada. Só eles podem tocar, entendido?

Marty assente. Anda pela sala em direção às janelas, aparentemente para olhar a vista.

O ar é velho, pesado, usado e queimado pelo calor do verão. Talvez haja algo apodrecendo aqui em algum lugar; há um leve cheiro. Embora a temperatura lá fora esteja amena hoje, o apartamento, com as janelas fechadas, não esfriou depois do calor intenso da semana passada. Deve estar cerca de trinta graus.

Não acredito em fantasmas, mas é perturbador estar aqui de novo. Tenho uma leve sensação esquisita na espinha. É estranho que o apartamento pareça arrumado, especialmente porque tudo foi deixado praticamente como foi encontrado. A mesa e o banquinho lilás ainda estão virados. O piso de madeira clara, ao lado da cozinha, ainda com o contorno do corpo de Carolyn desenhado com giz. Mas todo o resto parece ter adquirido certa densidade. Ao lado do sofá, em outra mesa de vidro, há uma caixinha entalhada que comprei para Carolyn. Ela a admirara na

Morton's no dia em que fomos até lá, durante o julgamento de McGaffen. Um dos dragões vermelhos da tela chinesa me avalia com seu olho de fogo. Deus, penso; Deus, será que me meti em encrenca?

Kemp acena para mim. Vai começar a busca. Ele me entrega um par de luvas de plástico largas que parecem saquinhos com dedos. Não há necessidade disso, mas Stern insistiu. Melhor não ter que brigar por impressões digitais que Tommy Molto afirme ter descoberto muito antes.

Paro um minuto diante do bar. Fica na parede ao lado da cozinha. Achava que podia ver o que estou procurando pelas fotos da polícia, mas quero ter certeza. Fico a um metro dos copos, alinhados sobre uma toalha, e os conto. Foi em um deles que minhas impressões digitais foram identificadas. Há doze aqui. Conto duas vezes para ter certeza.

Jamie se aproxima e sussurra:

— Quero saber onde nós vamos procurar!

Ele quer ver se há algo usado por Carolyn como contraceptivo.

— Há um banheiro ali — digo, baixinho. — Armário de remédios e cosméticos.

Digo a ele que vou olhar o quarto. Olho primeiro dentro do guarda-roupa. O cheiro dela está em tudo; reconheço as roupas que a vi usar. Essa visão desperta sensações suaves, que forçam passagem entre algo que as quer suprimir. Não sei se é o impulso profissional de ver tudo com um olhar clínico ou a noção do que é proibido – que antes eu sempre deixava do lado de fora. Passo para as gavetas.

Na mesa de cabeceira, uma peça rechonchuda com pés tortos estilo Queen Anne, está o telefone. É um lugar tão provável quanto qualquer outro, mas, quando abro a única gaveta, não vejo nada além de sua meia-calça. Empurro-a e encontro uma agenda de telefones, fina, com capa de pelica marrom clara. A polícia sempre deixa passar alguma coisa, e não resisto. Procuro no *S*. Nada. Então, penso em *R*. Sabia; meus números do trabalho e de casa estão aqui. Folheio a agenda. Horgan está aqui. O nome de Molto não aparece, mas há alguém chamado TM que provavelmente é ele. Lembro que devo consultar os médicos dela. Estão no *D*. Anoto os nomes e coloco o papel no bolso. Fora do quarto, noto uma agitação. Por alguma razão, meu primeiro pensamento é que Glendenning decidiu ignorar o juiz de pele escura e bisbilhotar. Viro as páginas da agenda para proteger minha descoberta, mas, quando a figura passa pela porta, vejo que é apenas Marty vagando. Ele olha e acena.

A página que virei é a do L. Larren, diz logo no começo. Há três números nela. Imagino que devem ter formado um grupo próximo no Distrito Norte, pois estão todos aqui. Mas penso de novo; não exatamente. Olho no N e no D, até no G. Nico não está. Enfio a agenda de volta sob a meia-calça.

Marty está à espreita à porta do quarto.

— Esquisito, né?

Concordo. Assinto com tristeza. Ele me diz que vai esperar fora do quarto. Tento deixar claro que ele pode sair do apartamento, mas o garoto é burro, não entende a dica.

Quando encontro Kemp, ele está analisando a sala.

— Não há nada aqui — diz. — Nenhuma espuma, nenhum creme. Nem encontrei um estojo de diafragma. Será que deixei passar algo? As mulheres escondem essas coisas?

— Não que eu saiba. Barbara guarda o dela na primeira gaveta da cômoda. Quanto a outras mulheres, não faço ideia.

— Bem, se o químico disse que o creme anticoncepcional estava presente no corpo e não foi apreendido no apartamento, diga você onde está — diz Kemp.

— Acho que eu o peguei — digo — quando arranquei o diafragma.

Com Kemp e Stern, adquiri esse hábito de especular em primeira pessoa sobre o que Nico dirá que fiz. Jamie acha isso divertido.

— Por que você faria isso?

Penso por um instante.

— Talvez para esconder o fato de eu ter tirado o diafragma.

— Isso não faz sentido. Foi estupro; que diferença faz o que ela fazia quando *queria* fazer sexo?

— Acho que eu não estava pensando direito. Se estivesse, não teria deixado o copo no bar.

Kemp sorri. Ele gosta desse jogo de palavras rápidas.

— Isso ajuda. Não tem jeito, quero falar com Berman — diz, referindo-se ao investigador particular. — Ele mesmo vai ter que procurar para poder depor a respeito. Ele estará disponível mais ou menos daqui a uma hora. Quando Glendenning souber que terá que esperar, vai explodir.

Nós quatro estamos fora do apartamento; Glendenning tranca a porta. Faz uma revista em cada um de nós de novo. Como Kemp previu, ele se recusa a esperar por Berman. Kemp diz que ele precisa esperar, que a ordem judicial nos dá acesso durante o dia todo.

— Não recebo ordens de nenhum advogado rock 'n' roll — diz Glendenning.

Mesmo quando eu jogava no mesmo time que ele, achava esse cara puro charme.

— Então, vamos ligar para o juiz — sugere Kemp.

Jamie desarma Glendenning rapidinho. O policial olha para o teto como se fosse a coisa mais ridícula que já ouviu, mas não tem saída. Ele e Kemp descem a escada, trocando palavras. Fico com Marty Polhemus.

— Cara legal, hein? — digo a Marty.

Ele me pergunta, com toda a seriedade do mundo:

— Qual deles?

— O policial.

— Normal. Ele me disse que aquele outro, sr. Kemp, tocava no Galactics.

Quando eu confirmo, previsivelmente o rapaz diz:

— Uau!

E fica em silêncio. Parece estar esperando algo mais.

— Conversei com a polícia...

— É mesmo? — digo, pensando nos copos do bar.

— Eles me perguntaram sobre você, sabia? Sobre quando foi conversar comigo.

— É o trabalho deles.

— Sim. Queriam saber se você disse alguma coisa sobre seu relacionamento com ela, quer dizer, com Carolyn. Sabia disso?

Tenho que me esforçar para controlar o reflexo de me virar. Esqueci; esqueci que contei isso a esse maldito garoto. Essa é a evidência que Nico tem, é assim que ele vai provar suas acusações. Sinto a bile densa em minha garganta.

— Eles me perguntaram algumas vezes. Eu disse... Bom, achei que havíamos tido uma conversa verdadeira, sabe?

— Claro — digo.

— E eu disse que você não falou nada sobre isso.

Olho para o garoto.

— Tudo bem? — pergunta ele.

É claro que devo alertá-lo sobre dizer a verdade, mas...

— Claro — digo, de novo.

— Não acredito que foi você quem a matou.

— Obrigado.

— É como carma — diz ele. — Não está certo.

Sorrio. Levanto a mão para sugerir que saiamos dali e, de repente, a ficha cai. O reconhecimento e o pânico são como dar de cara em uma parede. Fico tão assustado que minhas pernas começam a ceder, na verdade, dobram, e me seguro no corrimão. Seu idiota, penso, seu idiota! Ele está usando um gravador: Nico e Molto ligaram para o garoto, por isso ele está aqui, por isso é tudo estranho. Ele nos segue pelo apartamento e observa tudo que fazemos, depois arma para eu o subornar. Acabei de me condenar; estou ferrado. Sinto que vou desmaiar. Minhas pernas vacilam de novo, mas desta vez viro para trás.

Marty estende a mão.

— Que foi?

Quando olho para ele, sei que estou louco. Absurdo; ele está com uma camiseta justa e short. Não tem nem cinto. Ninguém pode esconder equipamentos embaixo de uma roupa dessas. Vi Glendenning o revistar, e os olhos dele também desmentem isso; só o que vejo é um garoto distraído, gentil, tímido, terrivelmente perdido.

Estou todo suado, exausto e fraco. Sinto minha pulsação forte nos braços.

— Estou bem — digo, mas Marty segura meu cotovelo enquanto descemos. — É o lugar — comento. — Provoca uma sensação ruim.

CAPÍTULO 25

Três da manhã. Quando acordo, meu coração está disparado e linhas frias de suor esfolam meu pescoço, de modo que, no torpor do sono, tento afrouxar o colarinho. Apalpo a garganta e me deito. Minha respiração é curta, meu coração troveja intermitentemente no ouvido que está sobre o travesseiro. O sonho ainda está claro: o rosto de minha mãe em agonia; aquela imagem cadavérica, esgotada, quando o fim estava chegando, e, pior, seu olhar de terror perdido e mudo.

Minha mãe adoeceu e morreu rapidamente no período mais tranquilo de sua vida adulta. Ela e meu pai não moravam mais juntos, mas ainda trabalhavam lado a lado na padaria todos os dias. Ele havia se mudado para a casa de uma viúva, sra. Bova; recordo os modos urgentes dela quando entrava na padaria, mesmo antes da morte do marido. Para minha mãe, cuja vida com meu pai fora o domínio do medo, isso foi como uma libertação. Seu interesse pelo mundo exterior aumentou de repente. Ela passou a ser uma das primeiras a ligar regularmente para aqueles programas de entrevistas de rádio em que os ouvintes participavam. Queremos sua opinião sobre namoro inter-racial, legalização da maconha, quem matou Kennedy... Ela enchia a mesa da sala de jantar de jornais e revistas velhos, blocos de notas e fichas, nos quais fazia anotações para si mesma, preparando-se para os programas do dia seguinte. Minha mãe, que tinha fobia de se aventurar para além de nosso prédio ou da padaria, que tinha que começar a se preparar de manhã cedo se fosse sair de casa à tarde, que desde que eu tinha oito anos me mandava ao mercado para ela não ter que sair de casa – minha mãe se tornou uma espécie de personalidade local graças a suas opiniões francas sobre várias controvérsias mundanas. Eu não conseguia conciliar essa mudança com as acomodações que havia feito muito antes comigo mesmo para aceitar suas excentricidades quase descontroladas ou as margens estreitas de sua vida anterior.

Ela tinha vinte e oito anos, quatro a mais que meu pai, quando se casaram. Era a sexta filha de um sindicalista judeu e uma moça de Cork. Tenho certeza de que meu pai se casou pelas economias dela, que lhe permitiram abrir a padaria. Tampouco havia qualquer sinal de que minha mãe houvesse se casado por amor. Ela era uma solteirona e, imagino, peculiar demais para atrair outros pretendentes. Seu comportamento, como testemunhei, tendia a ser excessivo e ingovernável, tours maníacos entre picos de hilaridade otimista e horas de olhares taciturnos. Às vezes, ficava frenética. Vasculhava suas gavetas lotadas, remexendo em sua caixa de costura enquanto soltava sons agudos e excitados. Como raramente saía de casa, suas irmãs criaram o hábito de visitá-la para ver como estava. Era um esforço corajoso; quando minhas tias nos visitavam, meu pai as atacava, chamando-as de intrometidas em seus monólogos consigo mesmo, e chegava a verdadeiras ameaças de violência se apareciam quando estava bêbado. As duas que se aventuravam com mais frequência, minhas tias Flo e Sarah, eram mulheres ousadas e determinadas – puxaram ao pai – e capazes de controlar meu pai com olhares severos e comportamento destemido; não muito diferente do que se estivessem enfrentando um vira-lata latindo. Elas não se intimidavam, mantinham sua missão não declarada de proteger os mansos: Rosie, minha mãe, e, principalmente, eu. Essas irmãs foram uma presença constante durante toda a minha infância. Elas me levavam doces, me levavam para cortar o cabelo e para comprar minhas roupas. Supervisionavam minha criação de maneira tão rotineira que eu já tinha vinte e poucos anos quando reconheci suas intenções – ou sua bondade. E, sem nunca perceber que isso havia acontecido, descobri que existiam dois mundos: o de minha mãe e o outro, habitado por suas irmãs, aquele ao qual eu, por fim, reconheci que também pertencia. Foi uma estrela fixa em minha juventude pensar que minha mãe não era, como eu dizia a mim mesmo, regular; saber que minha adoração por ela era um assunto puramente privado, ininteligível para os outros e além de meu poder de explicação.

Será que realmente me importo com o que ela pensaria agora? Acho que sim. Que filho não se importaria? Estou quase feliz por ela não ter vivido para testemunhar isto. Em seus últimos meses, morou conosco. Ainda morávamos na cidade, em um apartamento de um dormitório, mas Barbara se recusou a deixar minha mãe em qualquer outro lugar. Ela dormia em um sofá-cama na sala, do qual raramente se levantava. Na maior parte do tempo, Barbara ficava sentada em uma cadeira de madeira dura bem perto dela. Quase no fim, minha mãe conversava constantemente com Barbara. Mantinha a cabeça no travesseiro, com o rosto tristemente reduzido pela doença, seus olhos estreitamente focados, sua luz enfraquecendo... Barbara segurava sua mão, elas murmuravam. Não conseguia distinguir as palavras, mas o som era constante, como uma torneira. Barbara Bernstein, filha de uma elegante matrona suburbana, e minha mãe, de mente errante e disposição indelevelmente doce, viajavam uma para a outra, cruzavam os estreitos da solidão, enquanto eu, como sempre, estava cheio demais de tristeza pessoal para me aproximar. Eu as observava da porta: para Barbara, a mãe que não fazia exigências; para Rosie, uma filha que não a desprezava. Quando eu assumia o lugar de Barbara, minha mãe segurava minha mão. Tive a decência de lhe dizer muitas vezes que a amava; ela sorria debilmente, mas raramente falava. Perto do fim, foi Barbara quem lhe deu as injeções de Demerol. Algumas seringas ainda estão lá embaixo, em uma caixa com lembranças bizarras de minha mãe que Barbara guarda: velhos carretéis e fichas de fichário; a caneta Parker com ponta de ouro que ela usava para fazer anotações de suas participações na rádio.

Atravesso a escuridão para encontrar meus chinelos, tiro meu roupão do armário. Na sala, sento-me com os pés para cima, encolhido em uma cadeira de balanço. Ultimamente, tenho pensado em voltar a fumar. Não sinto desejo, mas é que me daria algo para fazer nessas horas abjetas da calada da noite, quando tantas vezes fico acordado hoje em dia.

Um jogo que faço comigo mesmo se chama "Qual é a pior parte?". Muitas coisas me parecem triviais agora. Não me importo muito com as mulheres que ficam boquiabertas quando ando pelo centro. Não me preocupo mais com minha reputação ou com o fato de que, pelo resto de minha vida, mesmo que as acusações sejam retiradas amanhã, muitas pessoas se encolherão automaticamente sempre que ouvirem meu nome. Não me preocupo com quão difícil será encontrar trabalho como advogado se for absolvido. Mas essa constante erosão emocional, a insônia, a ansiedade maníaca, não posso ignorar ou minimizar. O pior são esses despertares no meio da noite e os instantes antes de conseguir me recompor, quando tenho certeza de que o terror nunca vai acabar. É como procurar o interruptor no escuro sem nunca – e esse é o pior terror –, nunca ter certeza de que o encontrarei. Enquanto a busca vai ficando cada vez mais prolongada, o pouco de bom senso que existe em mim vai se desgastando, cede, borbulha como um comprimido efervescente jogado na água, e a escuridão selvagem de algum pânico ilimitado e eterno começa a me engolir.

Isso é o pior; isso e minhas preocupações com Nathaniel. No domingo, vamos colocá-lo em um trem para Camp Okawaka, perto de Skageon, onde deve ficar durante as três semanas de duração do julgamento. Lembrando-me disso, subo as escadas sem fazer barulho e fico parado no corredor escuro diante da porta do quarto dele. Fico escutando até conseguir ouvir o ritmo de sua respiração, e então forço minha respiração a se acalmar no mesmo ritmo. Enquanto observo Nat dormir, a estranheza da ciência toma conta de mim: penso em átomos e moléculas, pele e veias, músculos e ossos. Tento, por um instante, compreender meu filho como uma compilação de partes. Mas não dá certo. Não podemos jamais ampliar o domínio de nossa compreensão final. Conheço Nathaniel como a massa quente de meus sentimentos por ele; eu o vejo como algo não menor ou mais finito ou redutível que minhas paixões. Não vou separá-lo em partes e analisá-lo. Ele é meu menino, gentil e lindo enquanto dorme, e sou grato, tão grato que meu coração dói e se aperta por sentir tanta ternura nesta vida difícil.

Se eu for condenado, vão me separar dele. Larren Lyttle vai me mandar para a prisão por muitos anos, e o pensamento de perder o resto de sua jovem vida me despedaça, acaba comigo. Estranhamente, sinto pouco medo consciente da prisão em si. Temo o exílio e a separação. A ideia de confinamento me deixa pouco à vontade, mas os horrores físicos reais que tenho certeza de que sofrerei se for preso raramente estão em minha mente, mesmo quando me deixo perfurar pelos pensamentos sobre as consequências extremas que posso ter que enfrentar.

Mas eu sei. Passei dias em Rudyard, a penitenciária estadual aonde todos os assassinos são mandados. Eu ia lá, geralmente, para entrevistar uma testemunha; a visão é assustadora. As grades são pesadas barras de ferro pintadas de preto, com cinco centímetros de profundidade e quase dois de largura, e atrás delas estão todos os bastardos que – agora percebo – são exatamente os mesmos. Homens pretos tagarelando sobre suas ações maníacas e furiosas. Homens brancos com seus gorros enrolados. Latinos com o olhar perfurante de raiva. Coletivamente, são todos os homens com quem você evita cruzar em um corredor ou na estação de ônibus, todos os garotos que, na escola, você decidiu que seriam vagabundos. São os que sempre usaram seus déficits como cicatrizes, direcionados para lá quase tão certamente quanto uma flecha lançada para o céu mergulhando de volta à terra.

Sobre esse grupo, não é mais possível nutrir nenhum tipo de sentimento. Já ouvi todas as histórias de terror, sei que essas anedotas terríveis são algumas das tintas invisíveis que escurecem meus sonhos. Para mim, isso não estará longe de ser uma tortura. Sei sobre as facadas noturnas, sobre os banhos onde boquetes são feitos diante de todos. Sei sobre Marcus Wheatley, um dos caras que tentei fazer falar no processo da Gangue dos Santos, que arrumou encrenca com alguém do tráfico de drogas lá; colocaram o sujeito deitado de costas na sala de musculação, mandaram-no levantar as mãos e puseram uma barra com cem quilos em cada ponta, que o asfixiou, e meio que o guilhotinou também. Conheço a demografia desse bairro: dezesseis por cento de assassinos e mais da metade presa por algum tipo de crime violento. Sei sobre a comida cinza. Os quatro homens em uma cela. O odor insuportável de excrementos. Sei que todos os meses há áreas onde o controle das gangues se torna tão completo que os guardas se recusam a entrar durante dias. Sei dos próprios guardas e dos oito que foram condenados pelo tribunal federal por uma festa de Ano-Novo que organizaram, na qual usaram espingardas para enfileirar doze presos pretos e se revezaram para espancá-los com lajotas e tijolos.

Sei o que acontece com homens como eu lá, porque sei o que aconteceu com alguns que ajudei a mandar para lá. Sei sobre Marcy Lupino, que, sempre que meus pensamentos vagam, surge em minha mente. Marcello era um sujeito normal, típico americano trapaceiro, um contador que, no início da carreira, fazia uns trabalhinhos definindo probabilidades para alguns garotos do bairro onde morava. Por fim, Marcy prosperou na contabilidade e decidiu que não precisava mais de um emprego duvidoso, momento em que John Conte, um dos garotos, lhe informou que esse não era o tipo de trabalho que ele poderia largar. E foi assim que Marcy Lupino, respeitado contador, presidente da associação de pais e mestres e membro do conselho de administração de dois bancos, um cara que não adulterava os livros contábeis de seu maior cliente, saía do escritório todas as tardes às três e meia em ponto para definir probabilidades em jogos de bola, para avaliar as chances dos pôneis nas corridas do dia seguinte. Tudo muito bom, até um dia, quando um informante federal preparou uma sala com escuta. A Receita Federal entrou pela porta e encontrou Marcy Lupino entre meia dúzia de pessoas e três milhões de dólares em volantes de apostas. Os federais tentaram fazê-lo falar da pior maneira. Mas Marcy era muito bom em matemática. Dois anos de cadeia por tretas em jogos, fraude postal, fraude eletrônica, acusações de extorsão; qualquer coisa que os federais pudessem fazer com ele não seria pior que dez minutos do que John Conte e os garotos fariam. Cortariam seus testículos e o fariam comê-los. E isso, como Marcy Lupino bem sabia, não era uma figura de linguagem.

Foi quando Mike Townsend, da Força de Ataque ao Crime Organizado, me ligou. Ele queria dar incentivos a Marcy. Ele foi acusado no estado e, quando foi condenado, mandaram-no para Rudyard, e não para o acampamento noturno federal com o qual contava – um lugar com bufê de saladas e quadras de tênis, onde daria aulas de contabilidade para presidiários que cursassem faculdade e copularia com a sra. Lupino a cada noventa dias, quando teria autorização para sair. Nós o despachamos algemado, acorrentado a um homem que havia furado os olhos de sua filhinha com suas chaves.

Seis meses depois, Townsend ligou e fomos ao norte para ver se Lupino havia respondido. Encontramos o sujeito no campo com uma enxada. Estava arando o solo. Apresentamo-nos de novo; desnecessário, visto que ele não devia ter se esquecido de nós. Marcy Lupino colocou sua enxada debaixo do braço e se apoiou nela enquanto chorava. Chorou como nunca vi um homem chorar; ele tremia da cabeça aos pés; seu rosto estava roxo, e a água escorria de seus olhos, de verdade, como de uma torneira. Era um homenzinho gordo e careca de quarenta e oito anos chorando o mais forte que podia. Mas não quis falar. Só disse uma coisa: "Não tenho mais dentes". Nada mais.

Enquanto voltávamos, o guarda explicou.

O preto grandão, Drover, queria Lupino para si. É o tipo de cara a quem ninguém diz não, nem os italianos dali. Ele entrou na cela de Lupino uma noite, pôs o pau para fora e o mandou chupar. Lupino não quis, então Drover o pegou pela cabeça e bateu o rosto dele na grade do beliche até não lhe restar nenhum dente na boca; sobraram algumas raízes doloridas, alguns pedaços, mas dente nenhum.

A administração tinha uma regra, disse o guarda: o sujeito ganha curativos nos ferimentos, sutura, mas nenhum tratamento especial, a menos que fale. Disse que o filho da puta de Lupino não ia ganhar dentadura enquanto não contasse quem havia feito aquilo. E o maldito Lupino não contava, sabia bem o que era melhor para ele, ninguém ali era tão burro assim. Não, disse o guarda, ele não ia contar. E o velho Drover estava rindo, dizendo que havia feito um ótimo trabalho e que seu grande pau agora entrava macio como seda; disse que já havia entrado em muitas bocetas que não eram tão boas. O guarda, um excelente humanitário, apoiou-se na espingarda e riu. E disse a Townsend e a mim que com certeza o crime não compensava.

Fuja, penso agora, sentado no escuro, recordando Marcy Lupino. Fuja. Esse pensamento sempre vem assim, de repente: fuja. Como promotor, nunca consegui entender por que eles ficavam por aqui para enfrentar julgamento, sentença e prisão. Mas a maior parte ficava, como eu. Tenho mil e seiscentos dólares em minha conta corrente e mais nenhum dinheiro no mundo. Se eu saqueasse o fundo de Barbara, teria o suficiente para fugir, mas provavelmente perderia o único motivo que tenho para querer a liberdade: a chance de ver Nat. E, mesmo que pudesse passar os verões com ele no Rio ou no Uruguai ou em qualquer lugar que não tivesse acordo de extradição por assassinato, até mesmo os poderes de uma fantasia desesperada são muito escassos para imaginar como eu sobreviveria com um idioma que não conheço e sem uma habilidade que outras culturas reconheceriam. Eu poderia simplesmente desaparecer no centro de Cleveland ou Detroit, tornar-me alguém diferente e nunca mais ver meu filho. Mas o fato é que nada disso seria vida para mim. Mesmo nestas horas sem luz, quero as mesmas coisas que queria quando desci do ônibus, à noite, no verde da vila em Nearing. Somos muito simples e, às vezes, nos sentimos estranhamente fortalecidos. Fico sentado aqui, no escuro, com os calcanhares encostados no corpo e, enquanto estremeço, imagino o cheiro da fumaça dos cigarros.

CAPÍTULO 26

— Povo contra Rožat K. Sabich! — chama Ernestine, a escrivã do juiz Lyttle, no tribunal lotado.

É uma mulher negra, severa, de um metro e oitenta.

— Para julgamento! — grita.

Não há nada como o primeiro dia de um julgamento por assassinato. O sol nasce na manhã da batalha: cristãos contra leões em Roma. O sangue está no ar. Espectadores amontoados em cada centímetro disponível nos bancos públicos. Quatro fileiras cheias de repórteres, cinco desenhistas à frente. A equipe do juiz – sua secretária e assistentes jurídicos, que normalmente não estão presentes – está sentada em cadeiras dobráveis encostadas na parede dos fundos do tribunal, próximo à porta do gabinete dele. Os oficiais de justiça, armados para esta ocasião solene, estão posicionados nos cantos dianteiros do estrado, ao lado dos pilares de mármore. A atmosfera é agitada e intensa, cheia de murmúrios velozes. Ninguém aqui fica entediado.

O juiz Lyttle entra e todos se levantam. Ernestine faz seus anúncios:

— Atenção, atenção. O Tribunal Superior do condado de Kindle está agora em sessão, presidido pelo honorável juiz Larren L. Lyttle. Aproximem-se, prestem atenção e serão ouvidos. Deus salve os Estados Unidos e esta honorável Corte. — Ela bate o martelo.

Quando todos estão sentados, ela chama meu caso para julgamento. Subimos eu e os advogados ao púlpito. Stern e Kemp; Molto e Nico; Glendenning apareceu e será o investigador do caso, sentado com os promotores. Eu fico atrás dos advogados. O juiz Lyttle aparece, com o cabelo recém-cortado e bem penteado. É 18 de agosto, poucos dias antes de completar dois meses desde que fui indiciado.

— Estamos prontos para convocar o júri? — pergunta Larren.

— Sr. Juiz — diz Kemp —, temos alguns assuntos que podemos abordar enquanto estiver chamando os possíveis jurados.

O papel de Kemp neste caso será de adjunto. Stern o encarregou das pesquisas e Jamie se dirigirá ao juiz com relação a questões legais, fora da presença do júri. Quando os jurados estiverem presentes, ele não dirá uma palavra.

Do telefone do tribunal, Ernestine liga para a recepção e pede o *venire*, os cidadãos convocados para o júri, que serão interrogados pelo juiz e pelos advogados para determinar se devem servir no caso.

— Sr. Juiz — diz Kemp, de novo —, toda a produção de evidências que o senhor solicitou da promotoria foi atendida, com uma exceção. Ainda não tivemos oportunidade de ver aquele copo.

Stern instruiu Jamie a levantar essa questão por motivos que vão além de nossa curiosidade sobre o copo. Ele quer que o juiz Lyttle saiba que os promotores não atenderam às expectativas do juiz. Funciona. Larren fica contrariado.

— O que diz sobre isso, sr. Delay Guardia?

Nico não sabe o que responder. Olha para Molto.

— Sr. Juiz — intervém Tommy —, nós cuidaremos disso depois desta sessão.

— Tudo bem — diz Larren. — Isso será concluído hoje.

— Além disso — diz Kemp —, o senhor não se pronunciou a respeito de nossa petição para desqualificar o sr. Molto.

— Correto. Estou esperando a resposta da promotoria. Sr. Delay Guardia?

Tommy e Nico se entreolham e assentem. Ao que parece, procederão conforme já definiram, seja qual for essa definição.

— Meritíssimo, o estado não vai chamar o sr. Molto para depor. Portanto, acreditamos que a petição é discutível.

Stern dá um passo à frente e pede para ser ouvido.

— Posso concluir, meritíssimo, que o sr. Molto não será chamado em nenhuma circunstância, que seu testemunho é negado durante todo o caso e em todas as etapas?

— Exato — concorda Larren. — Quero que sejamos todos claros desde o início, sr. Delay Guardia. Não quero ouvir mais tarde que não esperava isso ou aquilo. O sr. Molto não testemunhará neste julgamento, correto?

— Correto — diz Nico.

— Muito bem. Negarei a petição do réu sobre a representação dos promotores uma vez que o sr. Molto não será chamado como testemunha neste julgamento.

Ernestine sussurra para ele, avisando que os futuros jurados estão no corredor.

E eles entram; setenta e cinco pessoas, das quais doze em breve serão responsáveis por decidir o que será de minha vida. Nada de especial, só gente comum. Se ignorássemos as citações e os questionários, poderíamos pegar as primeiras setenta e cinco pessoas que passassem pela rua. Ernestine chama dezesseis para se sentar no banco do júri e direciona o restante para as quatro primeiras fileiras do lado da promotoria, de onde os oficiais de justiça dispensaram os espectadores em meio a grandes resmungos, mandando-os formar uma fila de espera no corredor.

Larren começa contando ao *venire* do que se trata o caso. Ele já deve ter visto mil júris serem escolhidos durante sua carreira. A conexão é instantânea com esse preto grande e bonito, meio engraçado, com cara de esperto. Os brancos também gostam dele, provavelmente pensando que todos deveriam ser assim. Em nenhuma parte de um julgamento a vantagem de Larren para a defesa deve ser maior que neste momento. Ele é habilidoso para abordar júris, astuto para adivinhar motivações ocultas e comprometido até o fundo de sua alma com as noções fundamentais. Explica que o réu é presumido inocente. Inocente. Que, enquanto estiverem sentados aqui, devem pensar que o sr. Sabich não cometeu o crime.

— Com licença, senhor. Na primeira fila. Qual é seu nome?

— Mahalovich.

— Sr. Mahalovich. O sr. Sabich cometeu o crime pelo qual é acusado?

Mahalovich, um homem corpulento de meia-idade que está com um jornal dobrado no colo, dá de ombros.

— Eu não saberia dizer, sr. Juiz.

— Sr. Mahalovich, está dispensado. Senhoras e senhores, direi de novo o que os senhores devem presumir. O sr. Sabich é inocente. Eu sou o juiz, estou lhes dizendo isso. Presumam que ele é inocente. Quando estiverem sentados aí, quero que olhem para ele e digam a si mesmos: "Ali está sentado um homem inocente".

Ele aplica exercícios semelhantes, deixando claro que é ônus do estado provar a culpa diante de qualquer dúvida razoável e direito do réu de permanecer calado. Conversa com uma senhora magra, de cabelo grisalho e vestido tipo camisa, que está sentada na cadeira ao lado da que Mahalovich antes ocupou:

— Não acha, senhora, que um inocente deveria subir aí e dizer que não é culpado?

A mulher está dividida. Ela viu o que aconteceu com Mahalovich, mas não se mente para um juiz. Ela leva a mão à gola do vestido antes de falar.

— Penso que sim — diz ela.

— Claro que sim. E os senhores têm que presumir que o sr. Sabich pensa a mesma coisa, já que presumimos que ele é inocente. Mas ele não precisa fazer isso, porque a Constituição dos Estados Unidos declara que não é necessário. E isso significa que, se a senhora for jurada neste caso, promete tirar esse pensamento de sua cabeça. Porque o sr. Sabich e seu advogado, o sr. Stern, podem decidir confiar nesse direito constitucional. As pessoas que escreveram a Constituição disseram, Deus o abençoe, sr. Sabich, você não precisa se explicar. O estado tem que provar que o senhor é culpado. Não precisa dizer nada se não quiser. E o sr. Sabich não poderá receber esse benefício se algum dos senhores pensar que ele deve se explicar mesmo assim.

Como promotor, sempre achei insuportável essa parte da rotina de Larren, e Nico e Molto estão pálidos e contrariados. Não importa quantas vezes você diga a si mesmo que o juiz está certo, não consegue acreditar que alguém sequer imagine explicar isso de forma tão enfática. Nico está particularmente atento. Escuta com uma expressão alerta, sisuda. Ele perdeu peso, e há olheiras novas na pele pálida sob seus olhos. Preparar um caso dessa envergadura em três semanas é um fardo terrível, e, além disso, ele também tem uma promotoria a administrar. E deve ter passado pela cabeça dele com frequência quanta coisa ele pôs em risco. Atraiu os holofotes sobre si e, se perder, nunca mais terá a mesma credibilidade no cargo. Sua campanha silenciosa para ser apontado como sucessor de Bolcarro terminará pouco depois de começar. A carreira dele, muito mais que a minha, está em jogo. Já me dei conta de que minha carreira, depois dessa acusação e da comoção desse julgamento, provavelmente acabou de qualquer maneira.

A seguir, Larren aborda o assunto da publicidade. Questiona os jurados sobre o que leram sobre o caso. Para quem está tímido, ele aponta a matéria anunciando o início do julgamento na primeira página do *Trib* de hoje. Os jurados sempre mentem sobre isso; as pessoas que querem se livrar de servir no júri geralmente encontram uma maneira, mas as que vão ao tribunal estão, na maioria, ansiosas para servir e menos dispostas a confessar coisas que obviamente as desqualificariam. Mas Larren lentamente tira deles a verdade. Quase todos já ouviram algo sobre este caso, e, em cerca de vinte minutos, o juiz Lyttle anuncia que essa é uma informação sem valor.

— Ninguém sabe nada sobre este caso — diz —, porque não houve uma palavra sobre evidências.

Ele dispensa seis pessoas que admitem que não conseguirão tirar as notícias da imprensa da cabeça. É perturbador imaginar o que os outros, sujeitos aos respingos da mídia de Nico, devem pensar sobre o caso. É difícil acreditar que alguém possa realmente deixar de lado essas ideias preconcebidas.

No final da manhã, começam as perguntas sobre os antecedentes dos jurados; esse processo é chamado de *voir dire*, declaração da verdade, e segue durante a tarde e na segunda manhã. Larren pergunta tudo que lhe ocorre, e os advogados acrescentam mais perguntas. O juiz Lyttle não permitiria perguntas sobre questões do caso, mas os advogados podem divagar livremente sobre detalhes pessoais, em grande parte limitados apenas pela relutância em ofender. Que programas de TV você assiste, que jornais você lê? Pertence a alguma organização? Seus filhos trabalham? Em sua casa, você ou seu cônjuge são os responsáveis pela contabilidade mensal? É um jogo psicológico sutil para descobrir quem está predisposto a favorecer o réu. Consultores ganham centenas de milhares de dólares fazendo essas previsões para advogados, mas um profissional como Stern sabe muito sobre isso por instinto e experiência.

Para escolher um júri de maneira eficaz, é preciso conhecer bem o caso que vai julgar. Stern não me disse nada, mas está ficando claro que está decidido a não oferecer provas para a defesa; ele acha que pode destruir as provas de acusação de Nico. Talvez minhas ações no passado, quando eu estava fora de controle, apesar de suas instruções, tenham servido para convencê-lo de que eu seria uma péssima testemunha para mim mesmo. Sem dúvida, no final, a decisão de testemunhar ou não será minha, mas desconfio que Stern está tentando mexer os pauzinhos para me convencer de que podemos vencer sem meu testemunho, antes de me obrigar a não falar. De qualquer maneira, ele passou pouco tempo conversando comigo sobre a defesa. Mac e alguns juízes concordaram em depor como testemunhas abonatórias. Stern também me perguntou sobre vizinhos que estariam dispostos a prestar esse tipo de testemunho. Mas é evidente que quer tentar alegar dúvida razoável. No fim, se tudo correr como ele espera, ninguém saberá o que aconteceu. O estado terá falhado em cumprir seu ônus de prova, e terei que ser absolvido. Com esse objetivo, precisamos de jurados inteligentes o suficiente para apreciar os padrões legais e fortes o bastante para aplicá-los abertamente – ou seja, gente que não condenaria pessoas só porque são suspeitas. Por essa razão, Sandy me disse que acha que os jurados mais jovens serão melhores que os mais velhos. Além disso, estariam mais sintonizados com algumas das nuances das relações masculinas e femininas que dão sabor tão forte ao caso. Em outras palavras, ele quer pessoas que possam acreditar que um colega de trabalho pode ir ao apartamento de uma colega por motivos que não sejam relações sexuais. Por outro lado, disse ele, pessoas mais velhas teriam um respeito mais imediato por minhas realizações passadas, minha posição e minha reputação.

Quaisquer que sejam os planos, normalmente seguimos as impressões instintivas. Certos jurados parecem ser pessoas de quem gostaríamos, com quem poderíamos conversar.

Na segunda manhã, quando começamos a fazer nossas escolhas, Stern, Kemp e eu temos poucas divergências. Nós nos reunimos na banca dos advogados, dirigindo nossas decisões aos possíveis jurados, apresentados em grupos de quatro. Barbara é convidada por Sandy a deixar o banco de espectadores mais próximo e participar de nossa consulta. Ela pousa a mão levemente em meu ombro, mas não faz nenhum comentário. Em pé perto de mim enquanto conversamos, com um terninho de seda azul-escuro e, de novo, um chapéu combinando, ela transmite uma impressão de dignidade sombria, de luto bem contido. No geral, o efeito é meio parecido com o das viúvas de Kennedy. Ela está desempenhando bem seu papel. Ontem à noite, depois que o *voir dire* começou, Sandy explicou à Barbara que a chamaria para participar. Em casa, ela expressou gratidão pela cortesia de Sandy, mas lhe expliquei que a cortesia não era o principal motivo dele. Stern quer que todos os jurados vejam, desde o início, que minha esposa ainda está ao meu lado e que nós, nesta era moderna, levamos em conta as opiniões das mulheres.

A defesa consegue a dispensa de dez jurados sem explicação – as chamadas recusas peremptórias. A promotoria aceita seis. O plano de Nico parece ser praticamente o inverso do nosso, mas, com menos desafios, ele não tem a mesma oportunidade de moldar o júri. No geral, parece estar procurando seus eleitores, tipos étnicos mais velhos, geralmente católicos romanos. Por isso, sem ter planejado, recusamos todos os italianos.

Estou mais à vontade com o grupo escolhido do que costumava ficar quando era promotor. Há uma preponderância de pessoas mais jovens, muitas delas solteiras. A gerente de uma drogaria de vinte e tantos anos; uma jovem contadora de uma corretora de valores; um homem de vinte e seis anos capataz na linha de montagem de uma fábrica; outro sujeito da mesma idade que administra o restaurante de um hotel local e trabalha meio período com computadores. Também uma jovem preta que faz auditoria em uma seguradora. Entre os doze, temos uma professora divorciada; uma secretária de uma linha férrea; um homem que se aposentou ano passado, que coordenava um curso de música no ensino médio; e um mecânico de automóveis; também uma estagiária de administração do Burger King; uma auxiliar de enfermagem aposentada e uma vendedora de cosméticos da Morton's. Nove brancos, três pretos. Sete mulheres, cinco homens. Larren também define quatro suplentes, que ouvirão as evidências, mas não participarão das deliberações, a menos que um dos doze regulares adoeça ou seja dispensado.

Com o júri escolhido, no início da segunda tarde, estamos prontos para iniciar meu julgamento.

Faltando dez minutos para as duas horas, chegamos de novo ao tribunal para as declarações de abertura. A atmosfera é a mesma de ontem de manhã. A calmaria da seleção do júri passou, e o desejo de sangue está no ar. A adrenalina do começo é meio uma dor irritante que sinto penetrar meus ossos. Kemp me chama no corredor, fora da sala do tribunal, e caminhamos um pouco para fugir do bando de curiosos insatisfeitos que os oficiais de justiça não conseguiram acomodar lá dentro. Aqui fora nunca dá para saber se alguém está ouvindo. Os melhores jornalistas não relatariam nada que escutassem, mas nunca se sabe quem está falando com os promotores.

Jamie cortou uns bons cinco centímetros de seu cabelo ondulado estilo pajem e está com um distinto terno listrado azul comprado na J. Press, em New Haven. Ele é bonito, poderia ter escolhido Hollywood em vez da lei. Dos comentários que ouvi, deduzi que ganhava um bom dinheiro tocando guitarra, suficiente para não precisar trabalhar. Mas, em vez disso, agora exerce a advocacia, lê casos, escreve memorandos e se reúne comigo e com Stern até meia-noite.

— Quero lhe dizer uma coisa: gosto de você — diz Jamie.

— Eu também gosto de você — respondo.

— Realmente espero que você vença esta batalha. Nunca disse isso a um cliente, mas acho que vai vencer.

Ainda não houve mais que uns dois anos de clientes na vida de Jamie, portanto seu comentário não vale muito como previsão, mas fico comovido com seu bom pressentimento. Pouso a mão em seu ombro e agradeço. Óbvio que ele não disse que sou inocente. Ele sabe que não deve se deixar convencer disso; as provas estão contra mim. Provavelmente, se alguém o acordasse no meio da noite e lhe fizesse essa pergunta, ele diria que não sabe.

Stern aparece. Está quase alegre. Sua carne parece revigorada pela grande excitação; o tecido fino de sua camisa é tão branco e sem vincos que parece sagrado quando encontra suas bochechas cheias. Ele está prestes a fazer a declaração de abertura no caso mais notável de sua carreira. De repente, sinto muita inveja. Em todos esses meses, não pensei em como seria divertido conduzir um caso como este – uma omissão compreensível. Mas minhas velhas inclinações repentinamente surgem no meio deste ar sobrecarregado. O grande caso da Gangue dos Santos, uma conspiração de vinte e três réus que processei com Raymond, recebeu só uma fração da atenção deste, mesmo assim, foi como segurar um cabo de eletricidade, uma excitação que não passava, nem durante o sono, por sete semanas. Era como andar de moto ou escalar uma montanha: você sabe que já conhece a sensação. Fico triste de repente, brevemente desesperado por meu trabalho perdido.

— Então? — pergunta Sandy.

— Eu disse a Rusty que acho que ele vai ganhar — diz Kemp.

Stern ergue as sobrancelhas até quase a crista calva de seu couro cabeludo e fala em espanhol:

— Nunca em voz alta. Nunca. — Então, pega minha mão e me encara com seu olhar mais profundo. — Rusty, faremos o possível.

— Eu sei — digo.

Voltando ao tribunal, Barbara, que foi à universidade e voltou durante a hora de almoço, surge da multidão para me abraçar. É um meio abraço, com um braço firmemente em volta de minha cintura. Ela beija meu rosto e depois limpa o batom com a mão. Conversou com Nat.

— Nat pediu para eu dizer que ele te ama — diz ela. — E eu também.

Ela fala isso de um jeito meigo, de modo que o tom, apesar de suas boas intenções, é meio equívoco. Mas ela tem dado o melhor de si. É o momento certo e o lugar certo para o máximo desempenho.

O júri volta da sala de espera em fila. É nessa sala que eles deliberarão quando for a hora; está localizada logo atrás da banca do júri. A professora divorciada até sorri para mim enquanto se senta.

Larren explica que a função da declaração de abertura é a prévia das evidências.

— Uma prévia, não argumentação — sublinha. — Os advogados não apresentarão as inferências que supõem decorrentes da prova. Simplesmente dirão aos senhores, de maneira direta, quais serão as evidências.

Sem dúvida, Larren diz isso como um aviso para Delay. Em um caso circunstancial, o promotor precisa dar um jeito, logo no início, de fazer o júri ver como tudo se encaixa. Mas Nico terá que fazer isso com cuidado. Seja qual for a opinião de Della Guardia sobre Larren, o júri já está encantado com o juiz. Seu charme é como um perfume floral que ele lança no ar. Nico não ganhará nada sendo repreendido.

— Sr. Delay Guardia — chama Larren, e Nico se levanta, alinhado, ereto, eriçado de expectativa, uma pessoa no seu melhor.

— Ao dispor do tribunal — diz ele, seguindo a tradição.

Desde o início, ele se sai surpreendentemente mal. Imediatamente entendo o que aconteceu. As limitações de tempo e o fardo de administrar a procuradoria afetaram severamente sua preparação. Ele nunca fez isto; em parte, está improvisando, talvez em resposta ao aviso de Larren logo antes de começar. Nico não consegue disfarçar seu olhar tenso e nervoso nem encontrar um ritmo. Fala hesitando em alguns pontos.

Mesmo com a preparação inadequada de Nico, para mim, é difícil ouvir muito do que ele diz. Nico não está em seu melhor estilo e organização, mas tem seus pontos altos. O contraponto da evidência física contra o que eu disse e deixei de dizer a Horgan e Lipranzer é, como sempre temi, particularmente eficaz. Por outro lado, Delay deixa de enfatizar algumas coisas; fala muito pouco ao júri sobre coisas que deveria revelar. Um promotor esperto geralmente busca neutralizar as evidências da defesa mencionando-as primeiro, demonstrando, de sua própria boca, que seu caso pode resistir aos golpes mais fortes. Mas Nico não detalha adequadamente meu histórico; não diz que eu era o segundo em comando na promotoria, e, ao descrever meu relacionamento com Carolyn, omite qualquer menção ao julgamento de McGaffen. Quando Stern se levantar, à sua maneira tranquila, ele fará essas abreviações parecerem ocultações intencionais.

Quanto a minhas relações com Carolyn, Nico faz o único desvio que havíamos previsto. O problema de Nico é mais profundo do que eu, ou mesmo Stern, havia imaginado. Não só não tem provas de meu relacionamento com Carolyn como também não adivinhou corretamente o que aconteceu.

— As provas — diz ele ao júri — mostram que o sr. Sabich e a sra. Polhemus tiveram um relacionamento pessoal que durou muitos meses, pelo menos sete ou oito meses antes do assassinato. O sr. Sabich estava no apartamento da sra. Polhemus. Ela ligava para ele. Ele ligava para ela. Tinham, como eu disse, um relacionamento pessoal. — Ele faz uma pausa. — Um relacionamento íntimo. Mas nem tudo estava bem nessa relação. O sr. Sabich, aparentemente, estava muito infeliz. Ao que parece, sentia um ciúme extremo.

Larren se vira e olha feio para Nico, que está fazendo justamente o que o juiz o alertou para não fazer: argumentando, em vez de apenas descrever suas testemunhas e provas. Agitado, o juiz olha de vez em quando para Sandy — um sinal para meu advogado objetar —, mas Stern segue calado. Interromper é uma descortesia, e Sandy está no tribunal. E o mais importante é que Nico está dizendo coisas que não pode provar, como Stern bem sabe.

— O sr. Sabich estava enciumado, porque a sra. Polhemus não estava saindo só com ele. Ela tinha um novo relacionamento, coisa que, aparentemente, deixou o sr. Sabich enfurecido. — Mais uma pausa. — Um relacionamento com o promotor público, Raymond Horgan.

Este detalhe nunca foi a público. Nico, sem dúvida, escondeu o fato para proteger sua nova aliança com Raymond; mas não pode evitar, ele ainda é Nico e, inclusive, se volta para a imprensa enquanto larga essa notícia no mundo. Ouve-se a agitação no tribunal, e Larren, à menção de seu ex-sócio, por fim perde a calma.

— Senhor Delay Guardia! — troveja — Eu o alertei! Suas palavras não devem ter a natureza de uma argumentação final. Ou se limita a uma recitação *estéril* dos fatos, ou sua declaração de abertura está encerrada. Fui claro?

Nico fica de frente para o juiz; está realmente surpreso. Seu proeminente pomo de adão sobe e desce enquanto engole.

— Sem dúvida — diz ele.

Ciúme, escrevo em meu bloco de notas e o passo para Kemp. Dada a escolha entre nenhum motivo e um motivo que ele não vai poder provar, Nico escolheu o último. Pode até ser a aposta mais inteligente, mas, no fim, terá que se esforçar para florear os fatos.

Stern sobe ao púlpito assim que Nico termina. O juiz oferece um recesso, mas Sandy sorri gentilmente e afirma que está preparado para continuar se o tribunal não se opuser. Ele não está disposto a deixar espaço para a reflexão do júri acerca dos comentários de Nico.

Ele dá a volta no púlpito e apoia um cotovelo na estrutura. Está com um terno marrom, feito sob medida, que se adapta sutilmente a seu corpo cheio. Seu rosto pesado tem um ar portentoso.

— Como Rusty Sabich e eu vamos responder a isso? — pergunta ele.
— O que podemos dizer quando o sr. Della Guardia fala sobre duas impressões digitais, mas não sobre outra? O que poderemos dizer quando as

evidências mostrarem lacunas e suposições, fofocas e insinuações cruéis? O que podemos dizer quando um ilustre servidor público é levado a julgamento com base em provas circunstanciais que, como os senhores poderão determinar, nem se aproximam do precioso critério de dúvida razoável? Dúvida razoável. — Ele se vira e chega meio metro mais perto do júri. — E a acusação tem que provar a culpa além de qualquer dúvida razoável.

Stern relembra tudo que o júri ouviu do juiz Lyttle nos últimos dois dias. Começa unindo forças, perante os jurados, com esse jurista poderoso e erudito, o que é um dispositivo particularmente eficaz à luz do primeiro esculacho que Larren deu em Delay. Sandy usa o termo "evidências circunstanciais" repetidamente. Usa as palavras "rumores" e "fofocas" e passa a falar sobre mim.

— E quem é Rusty Sabich? Não simplesmente, como disse o sr. Della Guardia, um alto representante da Procuradoria do Estado. Ele era o subchefe da procuradoria; ele, entre alguns dos melhores advogados deste condado, deste estado. As evidências vão lhes mostrar isso. Um dos melhores alunos da Faculdade de Direito da Universidade. Membro da *Law Review*. Secretário judicial do presidente do Tribunal de Justiça do estado. Entregou sua carreira, sua vida ao serviço público, para impedir, prevenir e punir o comportamento criminoso — Stern olha com desdém para os promotores —, não para cometê-lo. Ouçam, senhoras e senhores, os nomes de algumas pessoas que, como as evidências mostrarão, Rusty Sabich levou à justiça. Ouçam, porque são pessoas cujas transgressões ficaram tão conhecidas que até os senhores, que não frequentam regularmente este tribunal, reconhecerão esses nomes e, tenho certeza, mais uma vez serão gratos pelo trabalho de Rusty Sabich.

Ele passa cinco minutos falando sobre a Gangue dos Santos e outros casos, mais do que deveria, mas Della Guardia não vai se opor depois de Sandy ter suportado sua abertura sem reclamar.

— Ele é filho de um imigrante, um iugoslavo combatente pela liberdade que foi perseguido pelos nazistas. O pai dele veio em 1946 para uma terra de liberdade, onde não haveria mais atrocidades. O que Ivan Sabich pensaria hoje?

Eu me contorceria se não houvesse recebido ordens severas de não demonstrar nada. Fico sentado com as mãos cruzadas, olhando para a frente.

O tempo todo devo parecer resoluto. Lamentavelmente, Stern não me deu uma prévia dessa parte. E, mesmo que eu testemunhe, não será sobre isso – não que os promotores fossem refutar.

O jeito de Stern é dominante. O sotaque deixa seu discurso intrigante, e sua ponderada formalidade lhe dá substância. Ele não faz previsões acerca do que a defesa vai mostrar. Evita prometer meu testemunho e se concentra nas deficiências. Nenhuma evidência, nenhuma centelha de evidência direta de que Rusty Sabich manuseou qualquer arma do crime. Nenhum sinal de que Rusty Sabich participou de qualquer tipo de violência.

— E qual é a pedra angular deste caso circunstancial? O sr. Della Guardia contou muitas coisas sobre o relacionamento do sr. Sabich com a sra. Polhemus, mas não lhes disse, como as evidências mostrarão, que eles eram colegas de trabalho, que trabalhavam como advogados, não como amantes, em um caso de imensa importância. Ele não mencionou isso. Deixou para que eu lhes contasse. Tudo bem, então, eu conto, e as evidências também lhes mostrarão isso. Os senhores devem se preocupar com o que as evidências mostram ou não sobre o relacionamento de Rusty Sabich e Carolyn Polhemus. Prestem atenção neste caso circunstancial no qual o sr. Della Guardia procura provar a culpa além de qualquer dúvida razoável. Eu lhes digo categoricamente, *categoricamente*, que as evidências não lhes mostrarão o que o sr. Della Guardia disse que mostrariam. Não. Os senhores verão que este caso não mostrará fatos, e sim suposição sobre suposição, suposição sobre suposição...

— Sr. Stern — diz Larren, suavemente —, creio que está caindo na mesma armadilha que o sr. Della Guardia.

Sandy se volta e até se curva brevemente.

— Mil perdões, meritíssimo — diz ele. — Parece que ele me inspirou.

Ouvem-se risadas leves. De todos: do juiz, de vários jurados. Uma leve risada à custa de Delay.

Sandy se volta para o júri e comenta como se falasse consigo mesmo:

— Preciso evitar me deixar levar por este caso.

E, então, ele planta sua última semente. Sem se comprometer, só umas breves palavras:

— Bem, o que não se pode é deixar de perguntar o motivo. Ao ouvir as evidências, perguntem o porquê. Não por que Carolyn Polhemus foi assassinada; infelizmente, isso ninguém descobrirá com essas provas. Mas por que Rusty Sabich está sentado aqui, falsamente acusado. Por que oferecer um caso circunstancial, um caso que deveria provar a culpa além de qualquer dúvida razoável e não o faz?

Sandy para e inclina a cabeça. Talvez saiba a resposta, talvez não. Continua baixinho:

— Por quê?

E não diz mais nada.

CAPÍTULO 27

Eles não conseguem encontrar o copo.

Nico admite isso assim que Stern, Kemp e eu chegamos na terceira manhã de julgamento. As primeiras testemunhas serão chamadas hoje.

— Como é possível? — pergunta Stern.

— Perdão — diz Nico. — Tommy me disse que se esqueceu disso no começo, e esqueceu mesmo. Agora, estão revirando tudo. Vai aparecer. Mas tenho um problema.

Della Guardia e Stern se afastam, conferenciando. Molto os observa com óbvia preocupação. Reluta em deixar seu lugar na banca da acusação, como um cachorro que levou bronca. Realmente, Tommy não parece bem. O julgamento mal começou, é cedo demais para ele estar tão exausto quanto parece. Sua pele está amarelada, e seu terno, o mesmo de ontem, parece não ter tido tempo de descansar. Não me surpreenderia descobrir que Molto não voltou para casa ontem à noite.

— Como podem perder uma prova dessas? — Kemp me pergunta.

— Acontece o tempo todo — respondo.

O Centro de Provas Policiais, no McGrath Hall, tem mais itens não reclamados que uma casa de penhores. Etiquetas são arrancadas, números são invertidos. Dei início a muitos casos com evidências extraviadas. Infelizmente, Nico tem razão: o copo vai aparecer.

Stern e Della Guardia concordaram em consultar o juiz sobre o tema antes que ele abra a sessão. Vamos todos voltar para o gabinete; isso poupará Nico de uma surra pública. A concessão de Stern em pontos como esse são pequenas cortesias que o tornaram popular na promotoria. Outros advogados exigiriam registro do fato para que Nico fosse escrachado pela imprensa.

Esperamos um pouco na antessala do gabinete de Larren enquanto sua secretária, Corrine, fica de olho na luz do telefone para saber quando o juiz vai desligar a ligação a que está atendendo no momento. Corrine é majestosa, de peito largo, e regularmente se especulava no tribunal sobre a natureza de seu relacionamento com Larren; até o outono passado, quando ela se casou com um agente da condicional chamado Perkins. Larren sempre foi um conquistador de certo renome. Divorciou-se há cerca de dez anos, e já ouvi muitas histórias sobre ele bebendo Jack Daniel's nas casas noturnas, frequentadas por gente bonita, do Bayou Boulevard, aquela faixa de paquera que certos sábios chamam de Rua dos Sonhos.

— Ele disse que vocês podem entrar — diz Corrine ao desligar o telefone após uma breve conversa com o juiz para anunciar nosso grupo.

Kemp, Nico e Molto nos precedem. Stern quer conversar comigo um instante.

Quando entramos, Nico já começou a contar o problema ao juiz. Ele e Kemp estão sentados em poltronas diante da mesa de Larren. Molto está sentado a certa distância no sofá. O gabinete, santuário interno do juiz, tem um porte distinto. Uma parede é forrada de relatórios da lei estadual, de lombadas douradas, e Larren também tem seu Mural do Respeito. Há uma grande foto dele com Raymond, entre várias fotos com políticos, a maioria pretos.

— Meritíssimo — diz Nico —, eu soube ontem à noite, por Tommy...

— Pensei que Tommy houvesse indicado ontem que o copo estava com você e que havia simplesmente esquecido o assunto. Tommy, vou lhe dizer uma coisa agora mesmo.

O juiz está em pé, atrás de sua mesa, todo legalista com uma camisa roxa de gola e punhos brancos. Fica mexendo em seus livros e papéis enquanto escuta, mas para e se vira e aponta um dedo robusto para Molto.

— Se vier com as mesmas besteiras do passado neste caso, vou jogá-lo na cadeia, pode acreditar. Não fique dizendo uma coisa querendo dizer outra. Estou dizendo isso na frente do promotor: Nico, você sabe que sempre nos demos bem, mas temos um histórico aqui — diz o juiz, inclinando sua cabeça grande em direção a Molto.

— Sr. Juiz, eu entendo, claro. Por isso fiquei preocupado assim que soube do problema. Acredito mesmo que tenha sido um descuido.

Larren olha de soslaio para Della Guardia. Nico nem se mexe. Está se comportando bem, com as duas mãos no colo, e se esforça ao máximo para se fazer de suplicante. Essa não é uma atitude natural para ele, e sua prontidão em se humilhar perante o juiz é, na verdade, bastante cativante.

Provavelmente houve um arranca-rabo entre Molto e ele na noite passada, por isso Tommy está com uma cara péssima.

Mas Larren não quer deixar o assunto de lado. Como sempre, já captou todas as implicações. Durante mais de um mês, os promotores prometeram apresentar um copo que sabiam que não poderiam encontrar.

— E isso não significa nada? — pergunta o juiz, buscando apoio em Stern. — Sabe, Nico, não dou essas ordens só por diversão. Você faça o que quiser com suas provas, mas, sério... Quem foi o último a pegar esse copo?

— Há divergências sobre isso, juiz, mas achamos que foi a polícia.

— Naturalmente — diz Larren e olha para longe, contrariado. — Bem, você está vendo o que temos aqui. Você desafiou uma ordem do tribunal; a defesa não teve oportunidade de se preparar. E em sua declaração de abertura, Nico, você deve ter se referido a essa evidência meia dúzia de vezes. Agora, o problema é seu. Quando encontrar o copo, supondo que o encontre, decidiremos se servirá como evidência ou não. Agora, vamos ao julgamento.

Mas as dificuldades de Nico são mais complexas do que um juiz furioso. Ele explica que o processo foi preparado pela promotoria com base em uma sequência estabelecida para as testemunhas esperadas; isso se chama ordem de provas. A primeira pessoa a testemunhar deve descrever a cena do crime e, consequentemente, mencionará o copo.

— Em meu tribunal — diz Larren —, não vamos mais falar sobre evidências que ninguém consegue encontrar.

Stern, por fim, fala. Anuncia que não temos nenhuma objeção a manter o planejado:

— Meritíssimo, se a promotoria não conseguir encontrar o copo, nós vamos nos opor a qualquer outra evidência referente. — Referente às impressões digitais, é o que quer dizer, claro. — Mas, por enquanto, não vejo motivos para mudar a ordem, se vossa excelência permitir.

Larren dá de ombros. É o processo de Sandy. Foi esse o assunto que ele e eu discutimos na antessala do juiz. Se fizermos objeções, poderemos fazer Nico chamar testemunhas fora da ordem que planejou, mas Sandy acha que a vantagem seria maior se a primeira testemunha de Nico tivesse que explicar que falta uma evidência. Melhor que pareçam os Keystone

Kops daquela série cômica de TV, foi o que Stern disse. A desorganização causará má impressão no júri. Além disso, pouco me prejudicará o simples fato de que um copo foi encontrado. E, como eu disse a Kemp, o pessoal da polícia que faz a custódia das evidências vai acabar localizando o copo; sempre localizam.

— Acho que você deveria dar ao sr. Stern uma ordem de provas, para que ele saiba quando voltarmos a este tema.

— Temos uma aqui, juiz, vamos entregar a eles agora mesmo — diz Molto.

Ele remexe na pilha desorganizada de papéis que tem no colo e, por fim, passa uma folha para Kemp.

— E vamos registrar isso — determina Larren.

Aí está o castigo de Nico. Por fim, ele terá que explicar essa bagunça em público.

Enquanto os advogados estão perante o juiz, repetindo nossa reunião de gabinete na presença do relator do tribunal, examino a ordem de provas. Estou ansioso para saber quando Lipranzer vai testemunhar. Quanto mais cedo for, mais cedo ele poderá retomar a busca por Leon. Tentei fazer o investigador particular de Sandy procurar mais, porém ele garante que não há nada a fazer. Mas essa lista não traz boas notícias. Lip está programado para a última parte do caso. Leon e eu teremos que esperar.

Mesmo decepcionado, reconheço que Tommy e Nico construíram o caso com cuidado. Começarão com a cena do crime e a coleta das evidências físicas e acelerarão aos poucos até a demonstração da razão de eu ser o assassino. Primeiro mostrarão a prova – por mais equívoca que seja – de meu relacionamento com Carolyn; depois, meu questionável manejo da investigação; mais para o fim, oferecerão as várias evidências que me colocaram na cena do crime: as impressões digitais, as fibras, os registros telefônicos, a empregada de Nearing, os resultados do exame de sangue. Indolor Kumagai testemunhará por último e, suponho, dará sua opinião especializada sobre como tudo foi feito.

Larren, em sua cadeira, ainda está repreendendo Nico para os registros.

— E os promotores avisarão imediatamente a defesa quando a prova for localizada. Correto?

Nico promete.

Com o assunto resolvido, o júri é convocado, e Nico anuncia o nome da primeira testemunha de acusação, o detetive Harold Greer. Ele entra pelo corredor e para diante de Larren para prestar juramento.

Quando Greer se senta, fica óbvio para todos nós por que Nico queria manter a ordem de provas predeterminada. Os júris, por razões óbvias, tendem a se lembrar da primeira testemunha, e Greer é impressionante: um homem preto enorme e falante, calmo e organizado na apresentação de si mesmo. Com ou sem o copo, ele é a imagem da competência. O departamento está cheio de policiais como Greer, homens e mulheres com QI de professores universitários que viraram policiais porque, dentro de seus horizontes, isso era a melhor coisa disponível.

Molto está inquirindo a testemunha. Está amarrotado, mas o interrogatório está bem preparado.

— E onde estava o corpo?

Greer foi o terceiro policial a chegar ao local do crime. Carolyn foi encontrada por volta das nove e meia da manhã. Ela tinha perdido uma reunião às oito e uma audiência às nove. Sua secretária ligou diretamente para o superintendente. Tudo o que ele fez, segundo me disse meses atrás, foi abrir a porta e olhar ao redor. Viu que precisaria dos policiais, e o pessoal de plantão chamou Greer.

Greer descreve o que observou e como os técnicos que coletam evidências trabalharam sob sua direção. Identifica um pacote de plástico lacrado que contém as fibras que foram retiradas do corpo de Carolyn e um pacote maior que contém sua saia, da qual foram obtidas mais fibras Zorak V. Molto e ele não dão grande destaque ao copo. Greer descreve que o encontrou no bar e que observou quando os técnicos selaram o saco.

— E onde está o copo agora?

— Tivemos problemas para localizá-lo. Deve aparecer na sala de provas da polícia.

A seguir, Molto conjura o espectro do diafragma removido. Greer diz que, em uma busca minuciosa no apartamento, não encontrou nenhum dispositivo contraceptivo. E então, depois de discorrer perante o júri sobre todas as pequenas evidências que a polícia encontrou, Molto chega a seu clímax.

— Com base em sua experiência de nove anos como detetive da Homicídios e no aspecto da cena, tem alguma opinião sobre o que aconteceu? — pergunta.

Stern faz sua primeira objeção perante o júri.

— Meritíssimo — objeta Stern —, isso é especulativo. Não pode ser considerado uma opinião especializada. O sr. Molto está pedindo um palpite.

Larren acaricia a face com sua mão grande, mas sacode a cabeça.

— Vou permitir.

Molto repete a pergunta.

— Com base na posição do corpo — responde Greer —, pela maneira como foi amarrado, os sinais de tumulto, a janela sobre a escada de incêndio aberta, ao ver a cena pela primeira vez, pensei que a sra. Polhemus havia sido assassinada durante ou em resultado de uma agressão sexual.

— Estupro? — pergunta Molto.

É uma pergunta sugestiva, geralmente não permitida na inquirição direta, mas inofensiva, dadas as circunstâncias.

— Sim — diz Greer.

— E havia fotógrafos da polícia no local?

— Sim.

— O que eles fizeram, se é que fizeram alguma coisa?

— Pedi que tirassem várias fotos da cena. Foi o que fizeram.

— Em sua presença?

Do carrinho de provas que os promotores trouxeram ao tribunal esta manhã, Molto tira a coleção de fotos que vi quatro meses atrás em meu escritório. Ele mostra cada uma para Sandy antes de apresentá-las a Greer. Molto preparou sua inquirição de maneira inteligente. Normalmente o juiz limita o uso de fotos pela promotoria em um caso de assassinato; é terrível e prejudicial. Mas, ao enfatizar a aparência do local, que a promotoria certamente alegará ser uma encenação, Tommy nos priva dos motivos comuns para objeções. Ficamos sentados, tentando parecer implacáveis, enquanto Greer descreve cada foto horrível e afirma que refletem a cena com precisão. Quando Molto as oferece, Sandy vai até o juiz e pede que as examine pessoalmente.

— Duas do corpo são suficientes — diz Larren.

Ele retira outras duas, mas permite que Molto passe entre os jurados, mostrando as duas admitidas no final da inquirição de Greer. Não ouso erguer os olhos o tempo todo, mas percebo, pelo silêncio na banca de jurados, que o sangue e o cadáver contorcido de Carolyn provocam o efeito que os promotores esperavam. A professora não vai sorrir para mim por um bom tempo.

— Inquirição cruzada — ordena o juiz.

— Só alguns pontos — diz Sandy e sorri levemente para Greer. Não vamos desafiar esta testemunha. — O senhor mencionou um copo, detetive. Onde está? — pergunta Stern, procurando entre as provas que Greer identificou.

— Não está aqui.

— Ah, desculpe, entendi que o senhor havia testemunhado sobre ele.

— Sim, testemunhei.

— Ah... — Sandy finge estar confuso. — Mas não está com ele?

— Não, senhor.

— Quando foi a última vez que o viu?

— Na cena.

— Não o viu desde então?

— Não, senhor.

— Já tentou encontrá-lo?

Greer sorri, provavelmente pela primeira vez desde que se sentou para testemunhar.

— Sim, senhor.

— Por sua expressão, vejo que se esforçou para encontrá-lo.

— Sim, senhor.

— E o copo ainda não foi encontrado?

— Não, senhor.

— E quem teria mexido nele por último?

— Não sei. O sr. Molto tem os recibos das provas.

— Ah...

Sandy se volta para Tommy, que parece ligeiramente divertido. É a encenação de Sandy que ele acha engraçada, mas os jurados, claro, não percebem que são a causa desse leve sorriso. Devem achar Tommy um tanto arrogante.

— O sr. Molto está com os recibos?
— Sim, senhor.
— Normalmente ele teria as evidências também?
— Sim, senhor. O promotor obtém as evidências e as etiquetas originais.
— Então o sr. Molto está com a etiqueta, mas não com o copo?
— Exato.
Sandy se volta de novo para Molto e, olhando para ele, diz:
— Obrigado, detetive.
Parece estar pensando em algo antes de se voltar de novo para a testemunha. Gasta alguns minutos nos detalhes da coleta de várias evidências. Quando chega ao diafragma, faz uma pausa enfática.
— Um dispositivo contraceptivo não foi o único item que o senhor não conseguiu encontrar, certo, detetive?
Greer estreita o olhar. Stern não está perguntando sobre o Diamante Hope ou o lenço de renda desaparecido de tia Tillie. A pergunta não pode ser respondida.
— Detetive, o senhor e os policiais sob seu comando fizeram uma busca minuciosa no apartamento, não foi?
— Sem dúvida.
— E, ainda assim, não conseguiram encontrar não só um diafragma, mas também nenhum creme ou gel ou outra substância que poderia ser utilizada com ele, não é verdade?
Greer hesita. Ele não havia pensado nisso.
— Exato — diz, por fim.
Nico se volta imediatamente para Tommy. Estão sentados a menos de cinco metros adiante de mim, de frente para o júri. Eu nunca tive oportunidade de observar meus oponentes; da banca do promotor, focava os jurados. Nico está sussurrando; deve ser alguma coisa do tipo "Onde enfiaram aquelas coisas?". Alguns jurados reagem com atenção a essa parte da inquirição.
Stern está prestes a se sentar quando peço que traga as fotos. Ele me lança um olhar duro, mas aceno de novo, e ele as entrega a mim. Enfim, encontro a do bar e faço uma observação a Stern. Ele se curva brevemente para mim antes de voltar para a testemunha.

— O senhor identificou esta fotografia, detetive Greer? Prova Estadual 6-G?
— Sim, senhor.
— É do bar onde encontrou o copo?
— Sim.
— Diga-me, senhor... seria mais fácil se tivéssemos o copo, mas por acaso se lembra bem dele?
— Creio que sim. É igual aos da foto.
— Pois bem; o copo que o senhor recolheu era um deste conjunto disposto aqui sobre esta toalha? — pergunta Sandy, virando a fotografia para que Greer e os jurados possam ver a parte que ele está indicando.
— Exato.
— Conte os copos, por favor.
Greer vai contando com o dedo na foto, devagar.
— Doze — diz.
— Doze — repete Stern. — Então, com o copo que falta, seriam treze?
Greer sabe que isso é estranho. Assente com a cabeça.
— Sim.
— Que conjunto estranho, não?
Molto objeta, mas Greer responde antes que Larren possa decidir:
— Muito.

— Rusty, eu valorizo seus pensamentos, de verdade — diz Sandy quando paramos para o almoço —, mas precisa compartilhá-los conosco antes, não em cima da hora. Esse detalhe pode ser significativo.
Olho para Stern enquanto saímos do tribunal.
— Só me ocorreu naquele momento — digo a ele.

Os promotores têm uma tarde desanimadora. Nunca julguei um caso como promotor adjunto que não tivesse um ponto baixo, um vale, um lugar onde minhas evidências fossem fracas. Eu dizia que era como caminhar pelo Vale da Morte. Para Nico, como já sabíamos há muito tempo, o vale é tentar provar o que aconteceu entre mim e Carolyn. Sua esperança, sem dúvida, é obter provas suficientes perante o júri para que possam fazer uma aposta com certo conforto. O plano que Molto e ele aparentemente elaboraram seria começar forte com Greer, cambalear por essa parte e depois correr para a base, tendo a evidência física para lhes fornecer uma nota de credibilidade crescente. Uma estratégia razoável. Mas todos os advogados voltam ao tribunal depois do almoço sabendo que essas horas pertencem à defesa.

A próxima testemunha do estado é Eugenia Martinez, minha ex-secretária. Claramente, ela vê esse momento como uma oportunidade de brilhar. Chega ao banco com um chapéu de abas largas e brincos compridos. Nico apresenta o testemunho dela, que é sucinto. Eugenia atesta que trabalha na promotoria há quinze anos. Durante dois, terminando em abril passado, trabalhou para mim. Um dia, em setembro ou outubro passado, ao atender o telefone, ela pegou a linha errada; ouviu poucas palavras da conversa, mas reconheceu as vozes como sendo a minha e a da sra. Polhemus. Eu estava falando sobre ir à casa da sra. Polhemus.

— E o que achou do que ouviu? — pergunta Nico.

— Protesto — diz Stern. — Isso seria abstrato e pessoal.

— Aceita.

Nico se volta para Larren.

— Sr. Juiz, ela pode testemunhar sobre o que ouviu.

— Sobre o que ouviu, sim, mas não expressar opinião. — Larren se dirige à Eugenia. — Sra. Martinez, a senhora não pode dizer o que pensou quando ouviu a conversa. Diga apenas as palavras e a entonação.

— Qual era a entonação? — pergunta Nico, voltando para perto de onde queria estar.

Mas Eugenia não está preparada para essa pergunta.

— Simpática — por fim, responde.

Stern objeta, mas a resposta é inócua demais para merecer exclusão. Larren faz um aceno com a mão e diz que a resposta será permitida.

Nico está se enrolando em uma parte importante. Mais uma vez, fico impressionado com a dificuldade que está tendo para se preparar.

— Eles pareciam íntimos? — pergunta.

— Protesto! — alega Stern, já se levantando.

A pergunta é indutiva e injustamente sugestiva.

De novo Larren ataca Nico perante o júri. Diz que foi uma pergunta claramente imprópria. É excluída, e os jurados recebem ordens para desconsiderá-la. Mas há um método na violação de Nico. Ele estava tentando encontrar uma maneira de enviar um sinal à Eugenia. Pergunta:

— Pode descrever melhor o tom das palavras que ouviu?

Stern objeta de novo, incisivo. Essa pergunta já foi feita e respondida. Larren olha para baixo.

— Sr. Delay Guardia, sugiro que passe para a próxima.

Mas, de repente, a ajuda chega a Nico de uma fonte inesperada.

— Ele disse "meu anjo" — diz Eugenia, espontaneamente.

Nico a encara, atordoado.

— Foi o que ele disse, certo? Disse que chegaria às oito horas e a chamou de "meu anjo".

Pela primeira vez desde o início do julgamento, minha compostura falha diante do júri. Deixo escapar um som e tenho certeza de que meu olhar está em chamas. Kemp põe a mão sobre a minha.

— "Meu anjo!" — sussurro. — Pelo amor de Deus!

Por cima do ombro, Stern me olha severamente.

De repente, com mais vantagens do que esperava, Nico se senta e declara:

— Inquirição cruzada.

Sandy avança sobre Eugenia. Começa a falar assim que se levanta, sem esperar chegar ao púlpito, com a mesma expressão furiosa que me lançou segundos antes.

— Para quem trabalha agora na promotoria, sra. Martinez?

— Para quem trabalho?

— Para quem digita? Atende os telefonemas para quem?

— Sr. Molto.

— Este senhor? O promotor à mesa? — Eugenia diz que sim. — Quando o sr. Sabich foi forçado a se afastar devido a esta investigação, o sr. Molto assumiu o cargo do sr. Sabich, certo?

— Sim, senhor.

— E é um cargo de considerável autoridade e influência na promotoria, certo?

— O segundo em comando — responde Eugenia.

— E o sr. Molto estava encarregado da investigação que custou o emprego do sr. Sabich?

— Protesto!

— Meritíssimo — diz Sandy ao juiz —, tenho o direito de expor possível preconceito. Esta mulher está testemunhando perante seu patrão. A percepção dela sobre os motivos dele é importante.

Larren sorri. Stern está tentando expor mais que isso, mas sua desculpa será aceita. A objeção é negada.

O relator do tribunal relê a pergunta e Eugenia responde que sim. Na declaração de abertura, Sandy tocou levemente na eleição e na mudança de administração; é sua primeira tentativa de expor a rivalidade pelo poder como tema. Em parte, isso responderá à pergunta que fez ao júri na abertura sobre por que os promotores conseguiram levar ao tribunal um caso com provas insuficientes. Nunca me ocorreu que ele poderia fazer isso implicando com Molto, e não com Della Guardia.

— Pois bem. Enquanto investigava o sr. Sabich, o sr. Molto lhe pediu para falar com um policial sobre o que a senhora recordava do relacionamento do sr. Sabich com a sra. Polhemus?

— Como?

— A senhora não falou, em maio, com o policial Glendenning?

Tom fica entrando e saindo do tribunal, mas agora está aqui, e Sandy aponta para ele, que está sentado, de uniforme, à mesa da promotoria.

— Sim, senhor.

— E a senhora sabia que esta investigação era muito importante, principalmente para seu chefe, sr. Molto, não sabia?

— Parecia ser.

— No entanto, quando lhe perguntaram sobre o relacionamento do sr. Sabich com a sra. Polhemus, não disse ao oficial Glendenning que ouviu o sr. Sabich chamar a sra. Polhemus de "meu anjo", não é?

Sandy diz isso com uma frieza especial. Está furioso por causa do perjúrio; está com o relatório de Glendenning nas mãos.

De repente, Eugenia percebe que está em um beco sem saída. Com um olhar relutante, vai murchando. Provavelmente não imaginava que a defesa saberia o que disse antes.

— Não, senhor — diz ela.

— Não disse ao policial Glendenning que o sr. Sabich usou algum termo carinhoso, não é, senhora?

— Não, senhor.

Ela está pensativa; já vi isso centenas de vezes: ela fecha os olhos e os ombros ao redor de si mesma. É quando Eugenia está em seu pior momento.

— Eu não disse nada parecido.

— Não disse ao sr. Glendenning?

— Não disse.

Sandy reconhece antes de mim aonde Eugenia quer chegar. Ela pensou em uma saída. Ele dá alguns passos em direção a ela.

— A senhora não testemunhou, há cinco minutos, que o sr. Sabich chamou a sra. Polhemus de "meu anjo"?

Eugenia se levanta do banco das testemunhas, feroz e orgulhosa.

— De jeito nenhum — diz em voz alta.

Três ou quatro dos jurados desviam o olhar. Uma delas, a estagiária dos hambúrgueres, ri alto, mas só uma vez.

Sandy observa Eugenia.

— Entendo — afirma, por fim. — Diga-me, sra. Martinez, quando atende o telefone do sr. Molto hoje em dia, escuta as conversas *dele*?

Ela desvia seus olhos duros com desprezo.

— Não — diz.

— Não ficaria ouvindo um instante a mais que o necessário para perceber que alguém está usando a linha, não é verdade?

Sem dúvida, esse é o problema de Eugenia. Ela deve ter ouvido coisas trocadas por telefone entre mim e Carolyn, muito mais do que revelou, mas, mesmo em um caso de seu chefe e do subchefe, não pode admitir que ouve as conversas. Os ventos da fortuna mudam muito depressa, e Eugenia, um bicho burocrático, sabe que tal admissão acabaria sendo a tão esperada dinamite para arrancá-la de seu cargo seguro no serviço público.

— Tudo que ouviu foi em um instante?

— Não mais.

— Não mais?

— Não, senhor.

— E disse que foi "simpático"? Foram essas as suas palavras?

— Foi o que eu disse, sim, senhor.

Stern se coloca ao lado de Eugenia. Ela pesa uns noventa quilos, tem feições largas, é mal-humorada e, mesmo com sua melhor roupa, como a que está usando hoje, não tem boa aparência. Seu vestido é muito chamativo e está apertado demais.

— A senhora baseia essa resposta em sua experiência nessas coisas? — pergunta Stern.

Sandy faz cara de vaso, mas alguns jurados entendem. Baixam os olhos e sorriem. Eugenia certamente entende; olhos de assassinos não poderiam ser mais frios que os dela.

Stern não exige uma resposta.

— E essa conversa sobre o encontro no apartamento da sra. Polhemus aconteceu em setembro passado?

— Sim, senhor.

— Lembra-se de que o sr. Sabich e a sra. Polhemus julgaram um caso juntos, como copromotores, em setembro passado?

Eugenia para um instante.

— Não.

— Não se lembra do caso McGaffen? De um garotinho que havia sido horrivelmente torturado pela mãe? Que ela colocou a cabeça dele em um torno? Que queimava o ânus dele com cigarros? Não se lembra de que o sr. Sabich trabalhou para garantir a condenação daquela... — Stern finge que está procurando uma palavra e conclui com: — "mulher"?

— Ah, esse — diz ela. — Sim, lembro.

— O caso McGaffen, suponho, não foi lembrado em suas conversas com o sr. Molto?

— Protesto.

Larren pondera.

— Retiro a pergunta — diz Stern.

Ele já mostrou ao júri o que queria: que o promotor Molto está se complicando; tem a etiqueta do copo desaparecido e inspirou o perjúrio de Eugenia.

— Sra. Martinez, lembra-se de como estava quente no condado de Kindle no ano passado, perto do Dia do Trabalho?

Ela franze as sobrancelhas. Já apanhou o suficiente, vê que é melhor cooperar.

— Fez mais de trinta e sete graus durante dois dias.

— Correto — responde Stern. — A promotoria tem ar-condicionado?

Eugenia bufa.

— Até parece!

Risos em todo o tribunal. Juiz, júri, espectadores. Até Stern por fim sorri.

— Imagino que, quando está quente assim, a senhora procura sair imediatamente quando o dia acaba, não é?

— Exatamente.

— Mas os promotores, quando estão no meio de um julgamento, não vão embora no final do dia, não é?

Ela olha para Sandy com desconfiança.

— Segundo sua experiência, não é comum que os promotores de justiça se preparem para o próximo dia de julgamento durante a noite? — pergunta Stern.

— Ah, sim.

— A senhora não preferiria trabalhar onde houvesse ar-condicionado, e não no escritório da promotoria, em uma noite de muito calor?

— Protesto — diz Nico, inutilmente.

— Vou permitir.

— Claro — responde ela.

— Imagino que não saiba se o apartamento da sra. Polhemus tinha ar-condicionado, correto?

— Não, senhor.

— Mas sabe que a beira do rio fica muito mais perto da promotoria que da casa do sr. Sabich, em Nearing?

— Sim, senhor.

Qualquer que seja a opinião do júri a respeito de Eugenia, provavelmente é favorável em comparação com o que pensa da sra. Krapotnik, que é chamada a seguir. Seus poucos minutos no banco das testemunhas chegam ao nível do burlesco. Ela é viúva; não diz do que o sr. Krapotnik morreu, mas é difícil acreditar que ela não tenha sido, parcialmente, a causa. Tem seios fartos e usa maquiagem extravagante. Seu cabelo é avermelhado, penteado para fora como um arbusto, e usa joias pesadas. É um ser humano difícil. Ela se recusa a responder às perguntas, narra as coisas livremente. A sra. Krapotnik explica que o falecido sr. Krapotnik era uma espécie de empresário, que comprou o imóvel à beira do rio quando, como diz ela, "o bairro ainda era uma zona, cheio de caminhões, lixo e tal". Assente com a cabeça para o júri quando diz isso, confiante de que eles sabem o que ela quer dizer. O próprio sr. Krapotnik administrou a reforma da propriedade.

— Ele era um visionário. Entende o que quero dizer? Ele via coisas. Aquele lugar... sabe o que havia lá? Pneus! Não estou brincando, sr. Dioguardi. Pneus! Não dava para acreditar no cheiro. Não sou fresca, e é constrangedor dizer isso, mas, uma vez, ele me levou lá e, juro por Deus, achei que ia vomitar.

— Senhora — chama Nico, não pela primeira vez.

— Ele era encanador. Alguém pensou que ele conhecia o mercado imobiliário? Pensou, senhor Dioguardi? — Ela estreita os olhos. — É esse seu nome? Dioguardi?

— Della Guardia — informa Nico, e volta seu rosto desesperado para Molto, em busca de ajuda.

Aos poucos, a sra. Krapotnik chega à Carolyn. A promotora adjunta foi inquilina deles quando se mudou para lá, há quase uma década. Quando o mercado imobiliário estava aquecido, o edifício virou um condomínio, e Carolyn comprou o apartamento em que morava.

Ouvindo a sra. Krapotnik, escrevo um bilhete para Kemp: "Onde uma agente da condicional que estuda Direito à noite arranjou dinheiro para alugar um apartamento à beira do rio?". Kemp assente. Ele pensou a mesma coisa. Por quase uma década, Carolyn morou no segundo andar do imóvel da sra. Krapotnik, que morava no primeiro. Carolyn mandou flores – o que não foi exatamente o mais correto – quando o sr. Krapotnik morreu.

Nico está ansioso para tirar a sra. Krapotnik do banco. A mulher está fora de controle. Ele nem se dá o trabalho de perguntar sobre a noite em que Carolyn foi assassinada. Qualquer identificação que a sra. Krapotnik fizesse, a esta altura, seria severamente objetada devido às incorreções anteriores dela.

Em vez disso, Nico simplesmente pergunta:

— Está vendo aqui no tribunal, sra. Krapotnik, alguém que tenha visto nas proximidades do apartamento da sra. Polhemus?

— Sim, eu sei que vi esse — diz ela, jogando as duas mãos e seus braceletes na direção do juiz.

Larren cobre o rosto com as duas mãos. Nico aperta o alto do nariz. Os espectadores reprimem o riso, mas, depois de um instante, soltam-se. Reconhecendo que pisou na bola, a sra. Krapotnik olha desesperadamente em volta e aponta para Tommy Molto, sentado à mesa do promotor.

— Ele também — diz.

Molto piora as coisas ao se virar para ver se há alguém atrás dele.

A essa altura, até os jurados estão rindo.

Nico vai até o carrinho de evidências e leva para a sra. Krapotnik a pasta de fotos entre as quais, anteriormente, ela identificou a minha. Ela olha para a folha, olha em minha direção e dá de ombros. Quem sabe?

— Lembra-se de ter identificado antes a fotografia número 4? — pergunta Nico.

Desta vez, ela diz em voz alta:

— Quem sabe? — Quando Nico fecha os olhos, frustrado, ela acrescenta: — Ah, tudo bem. Eu disse que era ele.

Nico volta para sua cadeira.

— Inquirição cruzada.

— Tenho uma pergunta — diz Stern. — Sra. Krapotnik, seu prédio tem ar-condicionado?

— *Ardicionado?* — Ela se volta para o juiz. — Por que ele quer saber se temos *ardicionado?*

Larren fica em pé, com toda a sua altura, e se apoia na lateral do estrado, de modo que fica inclinado sobre a sra. Krapotnik, cerca de um metro e oitenta acima da cabeça dela.

— Sra. Krapotnik — começa, calmamente —, essa pergunta pode ser respondida com sim ou não. Se disser mais alguma coisa, vou mandar prendê-la por desacato.

— Sim — diz a sra. Krapotnik.

— Sem mais perguntas — diz Stern. — Meritíssimo, ficará registrado que não houve identificação do sr. Sabich?

— Ficará registrado — garante o juiz Lyttle, assentindo com a cabeça — que o sr. Sabich foi uma das poucas pessoas no tribunal que a sra. Krapotnik não identificou.

Larren sai de seu estrado enquanto as risadas ainda ecoam.

Mais tarde, os repórteres se aglomeram em torno de Stern. Querem um comentário dele sobre os testemunhos do primeiro dia, mas ele não diz nada.

Kemp está guardando de volta na grande pasta do caso de Sandy os documentos – cópias de declarações e provas – que retiramos durante o dia e que agora estão espalhados pela mesa. Estou ajudando, mas Stern me pega pelo cotovelo e me conduz para o corredor.

— Nada de comemorar — diz. — Temos uma longa noite de trabalho. Amanhã vão chamar Raymond Horgan.

Como tudo isso me é familiar! Volto para casa à noite com o mesmo cansaço que sempre acompanha um dia no tribunal. Meus ossos parecem ocos devido à alta voltagem do dia; sinto nos músculos uma sensibilidade nevrálgica devido ao superaquecimento da adrenalina. Meus poros, ao que parece, não fecham muito rápido, e o leve suor corporal devido à excitação continua durante a noite. Volto para casa envolvido por minha camisa como se fosse uma embalagem.

Quando estou sentado no tribunal, em certos momentos, esqueço quem está sendo julgado. A questão do desempenho, obviamente, não está presente, mas o prêmio em atenção é grande. E, quando voltamos para o escritório, posso ser advogado de novo, atacando os livros, fazendo anotações e memorandos. Nunca sofro de falta de intensidade.

Quando o ônibus chega a Nearing, pouco antes da uma da manhã, e caminho pelas ruas iluminadas e silenciosas desta cidade tranquila, minhas sensações são todas conhecidas e, por serem conhecidas, são seguras. Estou como em um porto; minha ansiedade está ancorada; estou em paz. Como faço há anos, paro à porta, numa cadeira de balanço, e tiro os sapatos para não incomodar Barbara, que já deve estar dormindo. A casa está escura. Absorvo o silêncio e, finalmente sozinho, reflito sobre os acontecimentos do dia. Neste momento, talvez estimulado por todas as conversas sobre ela, ou simplesmente pela sensação momentânea de que por fim regressei ao passado melhor, ou talvez por uma lembrança inconsciente de outras voltas furtivas para casa, eu me surpreendo ao ver Carolyn se elevar diante de mim, como se elevava para mim naquele mês ou mais, quando eu achava ter encontrado o Nirvana, nua até a cintura, com seus seios altos e espetacularmente redondos, os mamilos vermelhos, eretos e grossos; seu cabelo cheio de estática devido às nossas brincadeiras no quarto; sua boca sensual aberta para oferecer algum comentário inteligente, lascivo e estimulante. E de novo perco quase toda a capacidade de movimento devido a meu desejo, tão feroz, tão faminto, tão libertino. Não me importa que seja louco ou inútil: sussurro o nome dela no escuro. Tomado de vergonha e anseio, sou como um pedaço de cristal tremendo no escuro. "Carolyn." Inútil, louco. Nem acredito em minha própria convicção nessa ideação – não é realmente uma ideia, mas sim aquela coisa profundamente enraizada, aquela corda de emoção que é um desejo de poder fazer tudo de novo. De novo. De novo.

Até que o fantasma recua, dobra-se no ar. Fico sentado quieto, com a espinha enrijecida na cadeira. Arfo. Levarei horas, eu sei, para conseguir dormir. Procuro algo para beber no armário do corredor. Eu deveria fazer minha mente analisar o significado dessa visita noturna, mas não posso. Tenho a sensação, tão determinada quanto o anseio de momentos antes, de que tudo é passado. Sento na cadeira de balanço da sala. Por alguma estranha razão, eu me sinto melhor com minha maleta, e a coloco no colo.

Mas é uma proteção incompleta. O rastro dessa intrusão deixa as correntes de minhas emoções turbulentas e perturbadas. Estou sentado no escuro e sinto a força das grandes personagens de minha vida circulando ao meu redor, como as múltiplas luas de algum planeta distante, cada uma exercendo suas forças profundas de maré sobre mim. Barbara, Nat, meus pais. Ah, esse cataclismo de amor e apego! E vergonha. Sinto o balanço de tudo isso e um comovente mal-estar de arrependimento. Desesperadamente, desesperadamente prometo a todos, todos eles, e a mim mesmo, e ao Deus em quem não acredito: se eu sobreviver a isso, serei melhor. Melhor do que fui até hoje. É um pacto urgente, tão sincero e sério como um desejo no leito de morte.

Bebo meu drinque. Fico sentado aqui, no escuro, esperando a paz.

CAPÍTULO 28

A primeira coisa que noto quando Raymond Horgan entra no tribunal é que está usando o mesmo terno que usou no enterro de Carolyn: discreto, de sarja azul. O peso que ganhou nos últimos tempos não prejudicou sua postura pública. Agora ele pode ser considerado corpulento, mas, por seu jeito de andar, ainda é uma pessoa de estatura. Ele e Larren trocam um sorriso enquanto Raymond presta juramento. Já sentado, Horgan olha para a multidão para avaliá-la, profissional e sereno. Acena com a cabeça para Stern primeiro, e, a seguir, seu olhar cruza com o meu, e ele me cumprimenta. Não me mexo; não permito que nem um cílio meu tremule. Neste momento, desejo de todo o meu coração ser absolvido, não por minha liberdade, mas sim para eu poder ver a cara de Raymond Horgan na primeira vez que ele cruzar comigo na rua.

Antes, aqui no tribunal, esperando a entrada de Raymond, a atmosfera era épica, tinha a alta amperagem de um momento especial – quatrocentas pessoas tensas, murmurando em tom urgente. Hoje, a galeria de imprensa é uma fileira e meia maior, e estão presentes os jornalistas de primeira linha: os âncoras e colunistas. Fiquei surpreso, durante o julgamento, com a disponibilidade dos repórteres de honrar as instruções de Stern para que ficassem longe de mim. Agora que têm as imagens de arquivo de minha entrada no tribunal, que podem mostrar com as matérias de cada noite na TV, Barbara e eu podemos ir e vir em relativa paz. De vez em quando, alguém – geralmente um jornalista que conheço há anos – me intercepta no corredor com uma pergunta. Encaminho todas para Stern. Semana passada, também encontrei um jornalista freelance de Nova York que disse estar pensando em escrever um livro sobre o caso. Ele acredita que será uma boa leitura. Recusei seu convite para jantar.

Eu estaria alheio às notícias se não fossem os jornais da manhã. Parei de assistir aos noticiários de TV. Os resumos são tão malfeitos que me deixam furioso, mesmo quando os erros me favorecem. Mas não posso evitar as manchetes, que vejo nas máquinas de venda automática de jornal enquanto vamos para a cidade. Os dois jornais locais parecem estar disputando para ver quem faz a cobertura mais desprezível do caso. A revelação de Nico na abertura, sobre o caso de amor entre Raymond e Carolyn, produziu manchetes de mau gosto por dois dias. SEXO NA PROMOTORIA, berrou o *Herald*, com todos os tipos de chamarizes e subtítulos. É impossível que o júri também não veja essas manchetes. No *voir dire*, eles prometeram não ler os jornais, mas poucos advogados confiam nessa promessa.

Na bancada do júri, neste momento, a agitação é considerável. Os jurados estão muito mais empolgados agora por ver Raymond do que, por exemplo, quando viram Nico pela primeira vez, durante o *voir dire*. Nessa ocasião, notei apenas alguns candidatos a jurado se inclinando para os outros e acenando com a cabeça na direção de Delay. Mas Horgan traz uma aura maior para o tribunal. Ele foi um homem bem conhecido durante a maior parte da vida adulta de todos. É uma celebridade; Della Guardia é um substituto. Talvez a sugestão de envolvimento carnal que Nico lançou na abertura também contribua para o grande interesse geral. Mas claro que, como Stern previu semanas atrás, chegamos a um momento crítico neste julgamento. Todos os jurados já giraram a cadeira para ficar de frente para o banco das testemunhas. Quando Molto sobe ao púlpito para iniciar a inquirição direta, a grande sala do tribunal faz silêncio.

— Diga seu nome, por favor.

— Raymond Patrick Horgan — responde ele. — Terceiro.

Ele sorri brevemente para Larren ao dizer isso. Deve ser uma piada interna. Eu nunca soube que Raymond era Terceiro; incrível, às vezes, o que é dito sob juramento.

Molto de novo se preparou com cuidado para a inquirição. Raymond sabe muito bem o que esperar – como é o certo –, e ele e Tommy desenvolvem um bom ritmo. Horgan mantém as mãos cruzadas. Com seu terno azul e seu melhor comportamento em público, parece sereno. Todo o seu charme e franqueza estão presentes. Reduziu um pouco o volume de sua voz de barítono, em um esforço de suavizá-la.

Tommy não tem pressa. Ele vai conseguir tudo o que puder de Horgan e se recuperar rapidamente do desastre de ontem na guerra das boas impressões. Pergunta sobre o passado de Raymond. Nasceu aqui mesmo, fez o ensino médio no East End, na St. Viator's. Depois de dois anos de faculdade, o pai morreu. Raymond virou policial. Com sete anos de polícia, já era sargento quando se formou em Direito, curso que fez à noite. Por um momento, receio que Molto traga à tona o fato de que Raymond exerceu a advocacia com Larren, mas ele omite isso. Horgan simplesmente diz que era uma sociedade de três homens e que trabalhavam principalmente com Direito Criminal. E, depois de dezesseis anos de advocacia, a política.

— Algumas eleições eu ganhei, outras perdi — diz Raymond e se vira para sorrir afetuosamente para Nico, que está à mesa da promotoria.

Delay, que estava fazendo anotações, levanta sua cabeça meio calva e sorri. Meu Deus, como eles se olham! Amigos instantâneos. Os jurados estão encantados com essa aliança, forjada após conhecidas adversidades do passado. A sorridente professora assiste à troca de sorrisos entre os dois com aparente deleite. Sinto minha alma se apertar. Será um dia muito difícil.

— E o senhor conhece o réu, Rožat Sabich?
— Sim, conheço Rusty — diz Raymond.
— O senhor o está vendo aqui no tribunal?
— Sim.
— Poderia apontar para ele e descrever o que está vestindo?
— Está ao lado do sr. Stern. É o segundo na banca da defesa, de terno azul risca de giz.

Isso é uma formalidade para estabelecer que o Sabich mencionado sou eu. Ontem, com Eugenia, Sandy se levantou e concordou – "estipulado" é o termo jurídico – com a identificação para que não tivéssemos que passar por esse exercício de apontar o dedo. Mas, agora, Stern me diz baixinho:

— Fique em pé.

Eu me levanto devagar e encaro Raymond Horgan. Não sorrio nem faço cara feia, mas tenho certeza de que minha fúria abjeta é evidente. A afabilidade de Raymond esmorece um pouco; ele aponta:

— É ele — diz, baixinho.

Molto explora superficialmente minha história com Raymond, mas Sandy vai abordá-la com detalhes. Então, pergunta sobre Carolyn. Horgan fica instantaneamente sombrio. Baixa os olhos.

— Sim, eu também a conhecia.

— Qual era a natureza do relacionamento de vocês?

— Quando a conheci, ela era agente da condicional. Durante oito anos, foi promotora adjunta em nosso escritório e, por um breve período, no final do ano passado, também tivemos um relacionamento afetivo.

Simpático, sucinto. Passam para o assassinato. Molto não menciona a eleição, mas ela surge nas respostas de Raymond, por referência.

— E era prática, na promotoria, fiscalizar as investigações policiais?

— Em casos importantes, sim, havia a prática de designar um promotor adjunto para orientar e auxiliar a polícia; e esse era um caso muito importante, a meu ver.

— Quem designou o promotor adjunto para esse caso?

— Para encurtar um pouco as coisas, diria que o sr. Sabich e eu decidimos que ele deveria assumir esse papel nesse caso.

Tommy, pela primeira vez, faz uma pausa. Ao que parece, Raymond recuou um pouco como resultado de seu encontro comigo e com Stern. Molto não esperava isso. Pergunta de novo:

— Como o sr. Sabich conseguiu essa designação?

— Não lembro bem se fui eu que sugeri ou se foi ele. Como todo mundo, eu estava confuso e abalado naquele momento. Ele pegou o caso e ficou feliz com isso, eu me lembro. Não ficou nem um pouco relutante e prometeu trabalhar com vigor.

— E trabalhou?

— Segundo meu modo de pensar, não.

Essa resposta seria objetável, com o argumento de que é mera conclusão, mas Stern não quer interromper. Está com um de seus dedos grossos apoiado do queixo ao nariz e observa atentamente; nem se preocupa em fazer anotações. Muitas vezes, sua concentração no tribunal parece um transe. Ele demonstra muito pouco, apenas absorve. Tenho a mesma sensação que tive quando estávamos no escritório de Horgan: de que os cálculos de Sandy não são sobre fatos ou estratégia, mas sim sobre caráter. Ele está tentando sacar Horgan.

Raymond registra suas queixas sobre o tratamento que dei ao caso; diz que, inclusive, teve que me pedir para acelerar os relatórios de impressões digitais e fibras. Fica clara a impressão de que eu estava enrolando.

A seguir, ele descreve nossa conversa na sala dele naquela noite, quando ambos percebemos que ele ia perder.

— Ele me perguntou se eu havia sido íntimo de Carolyn.

— E o que o senhor respondeu?

— A verdade — diz Raymond, simples e tranquilamente. — Ficamos três meses juntos, e acabou.

— E, quando disse isso a ele, o sr. Sabich expressou alguma surpresa?

— Nenhuma.

Já entendi. Eles vão fazer o raciocínio de trás para a frente: eu perguntei, mas já sabia a resposta. Qual é a teoria deles? Que fiquei indignado quando descobri? Ou que cedi ao peso das mágoas acumuladas? Nenhuma das duas faz sentido para quem supõe, como Nico, que meu relacionamento com Carolyn ainda existia. Não ter os fatos certos é sempre prejudicial. Sinto que muitos jurados estão me observando, tentando ler em mim a verdade da suposição dos promotores.

— E em algum momento dessa conversa, ou antes, o sr. Sabich lhe informou que ele próprio teve um relacionamento afetivo com a sra. Polhemus?

Sandy instantaneamente volta à vida e se levanta.

— Protesto. Meritíssimo, simplesmente não há provas de qualquer relacionamento afetivo entre o sr. Sabich e a sra. Polhemus.

É uma boa tática, pelo menos para quebrar o ritmo de agora e levar o júri de volta para ontem. Mas essa objeção que estamos levantando ainda representa um caminho doloroso para mim. Não podemos continuar enfatizando essa falta de provas se eu for testemunhar e dizer ao júri que tudo que Stern contestou durante duas semanas é verdade: que Carolyn e eu realmente tivemos um romance quente. Parece que esse é um dos muitos meios delicados que Stern está empregando para desencorajar meu testemunho.

— Beeeemm — diz Larren, arrastando a palavra e virando o corpo na cadeira. — Eu diria *quase* nenhuma prova.

Esse comentário é bom para a defesa. Ele prossegue:

— Vou permitir a pergunta, mas quero dar uma instrução limitante ao júri. — Volta-se para os jurados. — Senhoras e senhores, o sr. Molto está fazendo uma pergunta com base em uma suposição. Cabe aos senhores decidir, com base nas evidências ouvidas neste tribunal, se essa suposição é verdadeira. Só porque ele diz isso não significa que seja verdade. O sr. Stern diz que não há evidências suficientes para justificar essa suposição, e, no final do caso, essa será uma das coisas que os senhores determinarão. Prossiga, sr. Molto.

Molto repete a pergunta.

— Não — diz Raymond, já sem aquele seu humor gaélico.

— Isso seria algo que lhe interessaria saber?

— Protesto!

— Reformule, sr. Molto. É algo que a testemunha esperava que o sr. Sabich lhe dissesse, com base no entendimento da testemunha sobre as práticas de seu escritório?

É raro Larren ser tão prestativo com os promotores. Dá para ver que Raymond está causando o impacto que eu temia.

Quando a pergunta é feita conforme sugerida pelo juiz, Raymond me joga na berlinda.

— Sem dúvida, eu esperava isso. Nunca teria permitido que ele cuidasse dessa investigação se soubesse, pois isso levantaria mais perguntas que respostas. O público deve saber que as coisas estão sendo feitas por motivos profissionais, não pessoais — acrescenta, totalmente de graça.

Stern, diante de mim, franze a testa.

Molto vai inquirindo Raymond até chegar à reunião em seu escritório. Horgan relata fielmente minhas explosões, apesar dos alertas dele e de Mac.

— Descreva como estava o sr. Sabich ao sair da reunião.

— Ele estava bastante alterado, eu diria. Fora de si. Perdeu totalmente a compostura.

Molto olha para Nico e diz que não tem mais perguntas.

Larren faz um recesso antes da inquirição cruzada. No banheiro, quando saio de uma cabine, encontro Della Guardia em uma pia próxima. Seu cabelo é ralo demais para pentear, por isso tenta ajeitá-lo com a ponta dos dedos. Ele pestaneja quando me vê pelo espelho.

— Nada mal essa testemunha, hein? — pergunta.

É difícil adivinhar sua intenção. Não sei se foi um comentário casual ou se está se vangloriando. Ainda tenho a sensação de que Nico está emocionalmente deslocado. Está perdido – como vi quando me ofereceu a mão no dia da acusação; ele sempre preferiu evitar situações desagradáveis. Lembro-me de quando se divorciou de Diana; embora ela estivesse vivendo uma vida louca, ele a acolheu de volta durante algumas semanas quando ela foi posta na rua pelo outro sujeito com quem estava ficando. Nico percebe minha hesitação.

— Ah, você tem que admitir que ele não é uma testemunha ruim.

Seco as mãos. Agora percebo: Nico ainda quer que eu goste dele. Meu Deus, como os seres humanos são estranhos! Bem, talvez Nico ainda tenha seu lado redentor. Em um momento como este, Horgan seria frio como a lâmina de um sabre.

Parece inútil, neste minuto, opor resistência. Dou um sorrisinho e digo, chamando-o pelo apelido:

— Melhor que a sra. Krapotnik, Delay.

— Sr. Horgan, o senhor disse que teve um relacionamento afetivo com a sra. Polhemus, correto?

— Correto.

— E também disse que acredita que o sr. Sabich deveria ter lhe informado que ele também teve um relacionamento afetivo com ela?

— Sim, mais tarde — diz Raymond, com cuidado, para que não pareça que ele sentiu ciúme. — Quando a investigação começou, acho que tinha a obrigação profissional de me contar.

— O senhor tem conhecimento de que tenha existido um relacionamento afetivo entre o sr. Sabich e a sra. Polhemus?

— Essa é a questão — responde Horgan —, ele nunca me contou.

Sandy não é de aceitar de bom grado uma evasiva. Fica olhando demoradamente para Horgan; quer que o júri perceba que a testemunha está enrolando.

— Por favor, responda à pergunta que lhe fiz. Lembra qual foi?

— Lembro.

— Mas optou por não responder?

Raymond mexe a boca, mas as palavras não saem.

— Desculpe, sr. Stern. Não, eu não tenho conhecimento de um relacionamento assim.

— Obrigado — diz Stern, começando a andar de um lado a outro. — Mas, supondo que houvesse algo a revelar, acredita que um funcionário honesto faria uma revelação dessas a uma pessoa em cargo de responsabilidade?

— Acredito.

— Entendo — diz Stern e fica um instante fitando Raymond.

Sandy é baixinho e tranquilo, mas, no tribunal, emana um poder imenso. Sem dúvida, é igual a Raymond Horgan, que também demonstra muita firmeza. Está sentado no banco das testemunhas com seu corpanzil irlandês corado, as mãos cruzadas, esperando que Sandy o enfrente. Supondo que saia intacto dessa, a combinação de proeminência e habilidade de Raymond provavelmente fará dele o principal advogado de defesa desta cidade. Seu rival mais próximo será o homem que o está inquirindo agora. Nos próximos anos, sem dúvida, haverá vários casos de réus múltiplos nos quais trabalharão juntos. Em sentido prático, a preservação de seu relacionamento com Raymond é muito mais importante para Stern que qualquer coisa que aconteça comigo. A regra de vida na banca da defesa normalmente é jogar junto e se dar bem. O estado é o único inimigo profissional que esses sujeitos querem ter.

Reconhecendo tudo isso, antes do julgamento, deixei minha hostilidade de lado e disse a Sandy que ele tinha autorização para tratar Raymond com gentileza. E, como Stern apontou, a credibilidade de Raymond, nascida de anos sob a luz do público, tornaria difícil atacá-lo com sucesso. Mas, pelo comportamento de Stern, fica claro que ele não será nem cortês nem complacente com Raymond. Talvez acredite que a inquirição direta foi muito prejudicial para nós e não quer simplesmente absorver o impacto. Mas estou surpreso por Sandy ter começado a atacar tão abruptamente, pois há certas coisas favoráveis que Raymond terá que me conceder, como elogios a meu desempenho passado no trabalho, por exemplo. E a sabedoria diz que devemos aceitar o que a testemunha nos dá antes de esbofeteá-la.

— E o senhor aplicava esses padrões de conduta a si mesmo também?

— Eu tentava.

— Sem dúvida, o senhor daria todas as informações apropriadas a uma pessoa de sua equipe que estivesse cumprindo seu trabalho, não é?

— De novo, sr. Stern, eu tentaria.

— E, com certeza, a morte da sra. Polhemus era um caso muito importante em seu escritório, correto?

— Dado seu significado político, eu diria que era crítico — diz Raymond, olhando para mim com olhos duros como esferas de rolamento.

— Mas, mesmo considerando esse um caso crítico, o senhor não deu ao sr. Sabich todas as informações de que dispunha sobre o assunto ou sobre a sra. Polhemus, não é?

— Eu tentei.

— É mesmo? Não era muito importante saber tudo sobre os casos em que a sra. Polhemus estava trabalhando para que alguém que pudesse ter motivo para matá-la pudesse ser identificado?

De repente, Raymond percebe o rumo que a inquirição está tomando. Recosta-se na cadeira, mas ainda tenta lutar.

— Aquilo não era a única coisa importante.

Grande erro. Advogados são realmente péssimas testemunhas. Raymond vai negar que o registro de casos de Carolyn seria uma importante fonte de pistas. Nos momentos seguintes, Sandy o constrange demais. As pessoas que aplicam a lei, muitas vezes, temem represálias daqueles que processam? Essas represálias ocorrem com muita frequência? A aplicação da lei seria impossível se promotores e policiais pudessem ser agredidos, mutilados, assassinados pelas pessoas que investigam? Quando a sra. Polhemus foi morta, pensou-se, de fato especulou-se na imprensa, não foi, que um ex-réu poderia ser o assassino? Depois de algumas perguntas, Raymond vê que está perdido e responde apenas sim.

— Então, todos os casos da sra. Polhemus eram importantes? Era importante saber quem e o que ela estava investigando?

— Sim.

— E apesar de saber disso, sr. Horgan, o senhor retirou pessoalmente um arquivo da gaveta da sra. Polhemus após o início da investigação do assassinato dela, não foi?

— Sim.

— Era um tema delicado, não?

Até agora, Larren estava observando a inquirição recostado em sua cadeira. Parecia estar se divertindo um pouco com essa disputa entre dois profissionais conhecidos, mas agora interrompe:

— Qual a relevância disso, advogado?
Sandy fica sem palavras por um momento.
— Meritíssimo, parece que a relevância disso é clara.
— Não para mim.
— A testemunha disse, na inquirição direta, que o sr. Sabich não lhe deu informações que o sr. Horgan considerava pertinentes. E o réu tem o direito a explorar os padrões de conduta do sr. Horgan a esse respeito.
— O sr. Horgan era o promotor público, sr. Stern. O senhor está misturando as coisas — diz o juiz.
Mas o alívio vem de uma fonte inesperada. Della Guardia se levanta:
— Não temos nenhuma objeção a essa linha de inquirição, sr. Juiz.
Larren se demora olhando para Nico. Molto imediatamente segura o braço de Delay. Presumo que Nico quer que a discussão sobre os padrões profissionais continue porque acredita que isso mostrará ainda mais ao júri a extensão de meu erro. Mas ele está dando bola fora. Por um lado, Horgan não é testemunha dele, e deduzo, pela maneira acalorada com que Molto fala com ele enquanto Delay retoma seu assento, que Nico não percebeu a intenção da inquirição de Sandy. Fico imaginando se ele sabe sobre o arquivo B ou se só esqueceu. Faço uma anotação, que darei a Stern no intervalo: "Com quem Horgan falou sobre o arquivo B? Com Molto? Nico? Ninguém?".
Com essa nova luz do dia, Sandy prossegue sem demora.
— Como eu disse, aquele era um caso muito delicado, não era?
— Sim.
— Envolvia alegações de...
Larren de novo intercede, mais fiel que um labrador.
— Não precisamos dos detalhes do funcionamento interno da procuradoria ou de suas investigações, muitas das quais, devo lhe relembrar, sr. Stern, são protegidas por regras de segredo de júri. Era um caso delicado, vire a página.
— Claro, meritíssimo, não tive interesse em revelar nenhum segredo.
— Claro que não — diz Larren e sorri com aparente descrença, voltando-se para sua garrafa de água, que, por acaso, está na direção do júri. — Prossiga.

— E, de fato, esse caso era tão delicado, sr. Horgan, que o senhor o atribuiu à sra. Polhemus sem informar a qualquer outra pessoa da promotoria que o havia feito, correto?

— Sim.

Sandy vai citando todas as pessoas da promotoria que não foram informadas: Mac, o chefe de Investigações Especiais, Mike Dolan, mais três ou quatro nomes, e termina com o meu. Raymond admite cada um.

— E o senhor entregou o arquivo ao sr. Sabich somente quando ele pessoalmente lhe informou que, aparentemente, faltava uma pasta na sala da sra. Polhemus, não é verdade?

— Sim.

Sandy anda um pouco pela sala do tribunal para deixar que tudo isso seja assimilado. Raymond foi maculado; o júri está prestando muita atenção.

— A sra. Polhemus era uma mulher ambiciosa, não era?

— Suponho que depende do que se entende por ambiciosa.

— Ela gostava de ser conhecida, queria progredir na carreira, não é?

— Sim, verdade.

— Ela queria cuidar desse caso?

— É o que recordo.

— Sr. Horgan, atribuiu esse caso à sra. Polhemus, esse caso altamente delicado, esse caso do qual só o senhor e ela sabiam, esse caso que ela queria muito resolver, na época em que vocês dois estavam envolvidos afetivamente, correto?

Raymond se remexe de novo na cadeira. Ele sabe que Stern não vai poupá-lo de nada agora. Está um pouco mais curvado, de modo que, a meu ver, parece estar tentando se esconder.

— Eu realmente não lembro exatamente quando fiz essa atribuição.

— Permita que lhe recorde, então.

Sandy pega a pasta do arquivo, mostra a Raymond a data de registro e declara, segundo a inquirição direta, em que época ele e Carolyn estavam juntos.

— Assim sendo — conclui —, o senhor atribuiu esse caso tão delicado à sra. Polhemus enquanto estava afetivamente envolvido com ela?

— Parece que foi assim que aconteceu.

Stern para e fita Horgan.

— A resposta à pergunta é sim — diz Raymond.

— O fato de não ter informado a ninguém sobre essa atribuição contradiz o procedimento estabelecido na promotoria, não é?

— Eu era o promotor público, eu decidia quando haveria exceções às regras — responde ele, aproveitando a dica de Larren.

— E abriu uma exceção para sra. Polhemus?

— Sim.

— Com quem estava saindo... Retiro isso. Normalmente, esse caso teria sido atribuído a um advogado com mais experiência, não é?

— Isso é levado em consideração normalmente, sim.

— Mas não foi levado em consideração?

— Não.

— E esse continuou sendo seu segredo com sra. Polhemus, mesmo depois de o relacionamento de vocês acabar, não é?

— Sim — diz Raymond e sorri pela primeira vez em certo tempo. — Não houve mudança em minha conduta.

— Porque sentiu vergonha?

— Isso não me passou pela cabeça.

— E quando o sr. Sabich estava tentando reunir todas as informações sobre os casos da sra. Polhemus, não lhe passou pela cabeça que o senhor havia ido à sala dela, retirado o arquivo e o colocado em sua própria gaveta?

— Acho que não.

— Não estava tentando esconder nada, não é, sr. Horgan?

— Não.

— Era época de campanha eleitoral, não era?

— Sim.

— Foi uma campanha difícil?

— Brutal.

— Uma campanha na qual, como se viu depois, o senhor estava perdendo?

— Sim.

— Uma campanha na qual seu adversário era o senhor Della Guardia, que foi seu promotor adjunto e tinha muitos amigos na promotoria?

— Verdade.

— E o senhor não se preocupou, sr. Horgan, no meio dessa campanha brutal, com o vazamento da informação, por meio de um dos amigos do sr. Della Guardia, de que o senhor havia deixado que a promotora adjunta com quem estava dormindo escolhesse os casos em que trabalhava?

— Talvez isso tenha passado pela minha cabeça. Quem sabe, sr. Stern? Não era uma situação ideal.

— Longe disso — diz Stern. — Eu lhe pergunto de novo, senhor: estava tentando esconder o fato de que teve um caso com uma funcionária sua?

— Eu não falava sobre isso normalmente se é o que quer dizer.

— De fato... poderia ser visto como falta de profissionalismo.

— Poderia, mas não foi. Nós dois éramos adultos.

— Entendo. O senhor tinha confiança em seu julgamento, apesar do caso amoroso?

— Muita.

Aos poucos, nesse tempo todo, Stern foi se aproximando de Horgan. Agora, dá os últimos passos e apoia a mão na grade do banco das testemunhas, de modo que fica a menos de um metro de Raymond.

— E, mesmo assim, o senhor vem a este tribunal, onde a vida de um homem que lhe serviu fielmente durante doze anos está em jogo, e nos diz que não teria a mesma confiança nele?

Horgan fixa o olhar em Stern. De onde estou, não consigo ver a expressão de Raymond. Por fim, ele se vira, e está empurrando a bochecha com a língua e olhando para Della Guardia, um tanto envergonhado. Não sei se está procurando ajuda ou pedindo desculpas.

— Eu queria que ele tivesse dito alguma coisa, só isso. Teria ficado melhor para ele e para mim.

Um dos jurados diz: "Hmmmm". Ouço o som, mas não vejo de quem proveio. Outros estão olhando para o chão. É difícil imaginar por que isso provocou tanto impacto. Nada mudou nas impressões digitais, nas fibras ou nos registros de meu telefone, mas foi um momento maravilhoso para a defesa. Molto e Nico trouxeram Raymond Horgan a este tribunal como um modelo de decoro, o árbitro dos padrões de conduta. Agora, fica claro que as coisas foram exageradas. Assim como fez ao representar

Colleen McGaffen, Sandy Stern encontrou a mensagem que deseja enviar a este júri, mas não a pronuncia em voz alta. E daí? Consegue transmiti-la mesmo assim: "Suponham que seja verdade que Sabich e a falecida eram íntimos. Suponham que ele decidiu, sabiamente ou não, guardar essa informação para si mesmo. Isso não foi diferente do que Horgan fez". Se eu estava envergonhado demais para confessar aspectos de minha conduta passada, todos deveriam entender. O nó entre o que eu não disse e o que fiz foi desatado; foi cortada a ligação entre o assassinato e a mentira.

Sandy se afasta, deixando Horgan ali sentado. Raymond suspira algumas vezes e pega seu lenço. Quando Stern passa pela nossa mesa, antes de seguir, pousa a mão em meu ombro, e eu a cubro com a minha. É um gesto espontâneo, mas parece agradar aos jurados que o notam.

— Vamos passar a outro assunto, sr. Horgan. Como conheceu o sr. Sabich?

Sandy ainda está andando, voltando para a testemunha, e faço um sinal de não para ele por baixo da mesa. Eu me esqueci de lhe dizer para não fazer essa pergunta.

— Talvez seja melhor não perdermos tempo com história antiga — diz Stern, casualmente. — Retirarei essa pergunta se o tribunal permitir. Inclusive, meritíssimo, se for conveniente, talvez pudéssemos parar para almoçar.

— Muito bem — diz Larren.

Ele está particularmente sóbrio após o depoimento de Raymond. Antes de deixar seu banco, o juiz Lyttle olha para Horgan, que ainda não se mexeu.

CAPÍTULO 29

— O que achou desta manhã? — pergunta Stern enquanto pega os temperos. — Você tem que experimentar a carne com milho, Rusty. É um prato simples, mas muito bem preparado.

Stern trabalhou durante o almoço todos os dias anteriores, mas é evidente que essa não é sua rotina preferida. Uma vida civilizada inclui uma refeição ao meio-dia, diz ele, e hoje, com Horgan ou não, ele me leva para almoçar em seu clube. Fica no quadragésimo sexto andar do Morgan Towers, um dos prédios mais altos da cidade. Daqui se vê o rio fazer a curva e correr, e as fileiras serrilhadas do horizonte da cidade, que, hoje em dia, parece mais um monte de caixas de sapatos, uma atrás da outra. Com um telescópio, provavelmente seria possível ver minha casa em Nearing.

Eu esperava ficar mais próximo de Sandy. Gosto dele, e meu respeito por suas habilidades profissionais, nunca desprezíveis, tem crescido progressivamente. Mas não diria que nos tornamos amigos. Talvez seja porque sou seu cliente, nada menos que acusado de assassinato. Mas a visão de Stern sobre a capacidade humana é tão ampla que duvido que qualquer ato, por mais hediondo que seja, desqualifique alguém para suas afeições. O problema, se é que há algum, são suas restrições internas. Ele traça limites em sua vida profissional, e duvido que alguém os ultrapasse. É casado há trinta anos. Encontrei Clara uma ou duas vezes; os três filhos deles estão espalhados por todo o país; a mais nova termina a Faculdade de Direito de Columbia ano que vem.

Mas, pensando bem, não conheço muitas outras pessoas que afirmam ser próximas de Stern. Ele é um companheiro agradável em qualquer ocasião social e um contador de histórias cortês. Lembro que um amigo do pai de Barbara me disse, anos atrás, que Stern conta histórias maravilhosas em iídiche – uma habilidade que, claro, não posso confirmar. Mas há limites nítidos para o conceito de intimidade de Sandy Stern. Sei pouco sobre o que ele realmente pensa, especialmente sobre mim.

— Tenho dois comentários sobre esta manhã — digo, enquanto me sirvo do milho com carne. — Achei que correu muito bem e gostei muito. Sua inquirição foi brilhante.

— Ora, ora — diz Stern.

Sandy, apesar de suas boas maneiras, é um egocêntrico considerável, como qualquer outro advogado famoso. Ele sacode a cabeça, mas se permite um instante para saborear meu elogio. Ouvimos vários repórteres e observadores do tribunal sussurrando elogios quando vínhamos para cá. Stern está só na metade da inquirição cruzada, mas demonstra um leve ar de triunfo.

— Ele se complicou sozinho — prossegue. — Antes do início deste caso, acho que nunca notei que Raymond era uma pessoa vaidosa. Mesmo assim, não sei aonde isso vai nos levar.

— Você o constrangeu muito.

— Pelo jeito sim, e ele vai me fazer pagar por isso um dia. Mas nosso problema agora não é esse.

— Fiquei surpreso ao ver Larren ser tão protetor com Raymond. Teria apostado que tentaria se mostrar neutro.

— Larren nunca teve medo de ser considerado um homem com afinidades — diz Sandy e se recosta enquanto o garçom coloca o prato na mesa. — Só espero que nos saiamos bem no próximo momento crítico. Não estou tão otimista.

Não sei do que ele está falando.

— Há dois interrogatórios cruciais neste julgamento, Rusty — lembra ele. — Estamos apenas no meio do primeiro.

— Qual é o outro? Lipranzer?

— Não. — Stern franze a testa de leve, aparentemente contrariado pela perspectiva do testemunho de Lip. — Com o detetive Lipranzer, nossa melhor defesa será o ataque. Vamos torcer para que o estrago não seja grande. Mas não, eu estava me referindo ao dr. Kumagai.

— Kumagai?

— Sim — Sandy assente para si mesmo. — Como você já sabe, a evidência física é o centro do caso dos promotores. Mas, para utilizar plenamente essa evidência, Nico precisa chamar um perito científico. Della Guardia não pode aparecer diante do júri no final do caso e oferecer apenas conjecturas sobre como o ato ocorreu. Suas teorias devem ter o respaldo das opiniões de um cientista. Por isso, ele vai chamar Kumagai. — Sandy prova a comida com evidente satisfação. — Perdão por ser didático; não estou acostumado a aconselhar advogados em julgamento. De qualquer maneira, o testemunho de Kumagai é crítico. Se ele tiver um bom desempenho, vai solidificar o caso para a acusação. Mas seu testemunho também oferece uma oportunidade para nós. Será a única chance que teremos de atenuar um pouco as evidências físicas: impressões digitais, fibras, todos esses itens que normalmente são incontestáveis. Se fizermos o depoimento de Kumagai parecer duvidoso, todas as evidências físicas serão questionadas também.

— E como vai fazer isso?

— Ah — diz Stern, um tanto melancólico —, fazendo perguntas difíceis. Daremos atenção a isso em breve.

Ele dá uns tapinhas na faca de pão e lança os olhos para o horizonte, mas sem focá-lo. Logo prossegue:

— Kumagai não é um indivíduo agradável; o júri não vai ser caloroso com ele. Alguma coisa vai surgir. Enquanto isso — diz Stern, olhando para mim abruptamente —, que erro foi esse que quase cometi? Algo terrível teria sido revelado quando perguntei como você e Horgan se conheceram?

— Imaginei que você não ia querer que o júri ouvisse sobre um iugoslavo defensor da liberdade que foi parar na prisão federal.

— Seu pai? Meu Deus, Rusty, desculpe por essa improvisação. Aquilo me ocorreu na hora. Você entende essas coisas, tenho certeza.

Digo a Sandy que entendo.

— Seu pai foi preso? Como isso aconteceu? Horgan o representou?

— Steve Mulcahy. Raymond havia representado só uns dois casos no tribunal. Foi assim que nos conhecemos; ele foi muito legal comigo, eu estava furioso.

— Mulcahy era o outro sócio? — Naquela época, o escritório era Mulcahy, Lyttle & Horgan. — Ele morreu há muitos anos... Estamos falando de um bom tempo atrás, suponho.

— Sim, eu ainda fazia faculdade de Direito. Mulcahy foi meu professor. Quando meu pai recebeu a primeira intimação, eu o procurei. Estava morto de vergonha. Sempre achei que bom caráter e preparo físico poderiam me proteger.

— Meu Senhor! Qual foi o crime?

— Sonegação — digo e dou a primeira garfada em meu almoço. — Meu pai não declarou impostos durante vinte e cinco anos.

— Vinte e cinco anos! Meu Deus! Como está seu peixe?

— Bom. Quer um pouco?

— Se você não se importar... Obrigado, você é muito gentil. O peixe daqui é muito bom mesmo.

Sandy continua puxando conversa. Está sereno e à vontade em meio às mesas com talheres de prata e aos garçons de paletó claro. É seu refúgio. Daqui a quarenta e cinco minutos, ele retomará o interrogatório de um dos mais proeminentes advogados da cidade. Mas, como todos os virtuosos, tem merecida fé em seus instintos. Já trabalhou duro para se preparar; o resto é inspiração.

Quando estamos quase acabando de almoçar, mostro a Sandy as anotações que fiz esta manhã.

— Ah, sim. Muito bom — diz ele.

Alguns desses assuntos ele está decidido a nem responder.

— Você foi falsamente acusado, e ele disse que você perdeu a compostura? Realmente, isso é bobagem demais para repetir.

Em outra mesa, ele vê um amigo, um ruivo mais velho, e vai cumprimentá-lo. Reviso o bloco que trouxe comigo, mas a maior parte foi abordada em nossa conversa. Então, fico olhando para a cidade e, como sempre, penso em meu pai com desespero. Fiquei furioso com ele durante aquele episódio, tanto por causa de meu próprio desconforto quanto porque achava que ele não tinha o direito de buscar atenção depois de ignorar a doença de minha mãe, na época em estágio inicial. Mas, enquanto observava meu pai na antessala de Mulcahy, um verme de dor começou a corroer meu coração. Em sua distração, meu pai, geralmente rígido com sua higiene pessoal, não se barbeou. Como sua barba crescia depressa, suas bochechas estavam esbranquiçadas por causa dos pelos incipientes. Ele segurava a aba do chapéu de feltro e o girava nas mãos. Estava de gravata, coisa que raramente usava; o nó estava um horror, torto para um lado, e o colarinho da camisa estava sujo. Ele parecia pequeno para a cadeira e para suas roupas também. Ficava olhando para os pés; parecia muito mais velho do que era. Estava muito assustado.

Acho que nunca vi meu pai assustado antes disso. Seu semblante quase invariável era de uma indiferença sisuda e mal-humorada. Na época, não me perguntei o que havia produzido essa mudança. Meu pai raramente falava comigo sobre sua história; praticamente tudo que eu sabia provinha de seus parentes: seus pais que foram mortos a tiros, a fuga de meu pai, os campos de refugiados de um lado ou de outro onde passou os últimos anos de sua juventude. Meu primo Ilya me disse, uma vez, quando eu tinha nove ou dez anos, que eles tinham comido um cavalo. Essa história me inspirou pesadelos durante quase uma semana. Um velho pangaré havia morrido; tombara durante a noite e congelara. Ficara na neve durante três dias, até que um guarda permitiu que fosse arrastado para dentro da cerca de arame farpado do campo. O pessoal atacou: puxaram a pele com as próprias mãos e rasgaram a carne. Alguns pretendiam apenas levar um pouco para cozinhar, mas outros, em pânico, começaram a comê-lo ali mesmo. Meu pai viu isso, sobreviveu, veio para os Estados Unidos. E então, em um escritório de advocacia quase três décadas depois, antevia a repetição de tudo isso. Eu tinha vinte e cinco anos e, na época, compreendi melhor a vida de meu pai e como suas privações, naquela estranha hereditariedade de efeitos materiais, haviam se tornado minhas. Reconheci mais disso em um momento que em todo o tempo anterior. E fui tomado pela dor.

Mulcahy instruiu meu pai a se declarar culpado. O promotor adjunto prometeu não recomendar mais de um ano de prisão, e o velho juiz Hartley, um homem suave, deu-lhe apenas noventa dias. Fui visitá-lo só uma vez enquanto esteve preso. Eu não tinha estômago para isso, e minha mãe estava chegando ao fim.

Quando perguntei como estava, ele olhou em volta, como se só então estivesse vendo aquele lugar pela primeira vez. Estava mastigando um palito de dentes.

"Já estive pior", disse ele. Já havia recuperado toda a sua velha dureza, e isso foi mais perturbador que seu medo para mim. Cabeça-dura, ignorante, ele abraçava seus mais profundos infortúnios com uma espécie de orgulho. Essas coisas pelas quais não só meu pai, mas também eu, acabamos sofrendo, ele ostentava como medalhas. Havia disputado as Olimpíadas de confinamento, poderia sobreviver a uma prisão local. Meu pai não tinha gratidão para comigo nem desculpas por minha vergonha ou por sua estupidez. Não tinha consciência de qual era sua verdadeira prisão; era tarde demais para isso. Morreu quase três anos depois. Mas a verdade é que, por tudo que aconteceu antes, só naquele momento foi que, por fim, desisti dele.

A inquirição da tarde começa do ponto em que pensei que a da manhã começaria: naquelas áreas onde o testemunho de Horgan nos favorece. Stern começa com as ligações de março de meu telefone para o de Carolyn. Horgan prontamente se lembra da acusação de um estuprador reincidente que ela estava tentando elaborar naquele mês e reconhece que uma das principais funções do subchefe é auxiliar na elaboração de acusações, especialmente em casos complexos. Raymond não opõe resistência à sugestão de Stern de que a agenda de Carolyn no julgamento e minha agenda diurna lotada poderiam facilmente ter levado a essas consultas por telefone à noite ou, no mínimo, a telefonemas com o objetivo de agendar reuniões para falar sobre o indiciamento proposto.

Das ligações, Stern passa para a conversa na sala de Raymond na quarta-feira após a eleição. Ao oferecer minha declaração de que eu estava em casa na noite em que Carolyn foi assassinada, a promotoria, em essência, apresentou evidências de minha defesa, e Stern apenas desenvolve mais o assunto.

Sandy enfatiza que minha declaração foi voluntária. A sra. MacDougall incentivou o sr. Sabich a não falar? O senhor, sr. Horgan, pediu mais enfaticamente a ele para não falar? O senhor lhe disse para ficar de boca fechada? No entanto, ele falou, e foi bastante provocado, não foi? Não houve nada calculado na reação dele, correto? As palavras dele pareciam espontâneas? Stern desenvolve longamente o fato de que um promotor sabe perfeitamente que, para quem é alvo de uma investigação, é perigoso falar. A implicação, que ele vai cuidadosamente revelando, é que uma pessoa com meu passado, que tivesse tempo para contemplar a perspectiva de um confronto, saberia que não deveria falar, especialmente daquela maneira. Stern sugere que um homem que esteve no local do assassinato, que fez o que os promotores dizem que eu fiz e que estava no comando da investigação, saberia muito bem que não deveria escolher uma mentira que poderia ser tão facilmente desmascarada. Somente uma pessoa que realmente não esteve no local do crime e que desconhecia as verdadeiras circunstâncias poderia se sentir provocada por um insulto do qual nada sabia, explodir com uma resposta verdadeira, que o acaso enfraqueceu de um jeito bizarro. Observando Stern fazer a inquirição, prevejo seu argumento final e percebo claramente suas razões para não querer que eu deponha: Rusty Sabich deu sua explicação espontânea no dia em que foi confrontado pela primeira vez. O que mais ele poderia acrescentar agora, tanto tempo depois do fato?

Com minha versão perante o júri, Stern começa a construir minha credibilidade. Leva Raymond a um extenso tour por minhas realizações como promotor adjunto. Começa, de fato, com a *Law Review* e passa pelos anos seguintes. Quando Molto por fim objeta, dizendo que isso é desnecessário, Sandy explica que Horgan questionou meu julgamento como responsável na investigação da morte de Polhemus. Que é apropriado que o júri conheça toda a minha experiência profissional para que possam reconhecer que o que foi retratado como falta de vontade ou insubordinação pode ser apenas um desentendimento entre dois promotores veteranos. A lógica dessa justificativa é inatacável, de modo que Larren instrui Molto a se sentar de novo. E continua a canonização de São Rožat...

— E então, quase dois anos atrás — Sandy, por fim, pergunta —, quando o sr. Sennett, então seu subchefe, mudou-se para San Diego, o senhor procurou o sr. Sabich para preencher essa vaga?

— Sim.

— E é correto dizer que o cargo de subchefe era ocupado pela pessoa em cujo julgamento o senhor depositava a maior confiança?

— Podemos dizer isso. Eu o considerava o melhor advogado para o cargo.

— Certo. E o senhor tinha mais cento e vinte promotores adjuntos?

— Por volta disso.

— Incluindo o sr. Della Guardia e o sr. Molto?

— Sim.

— E o senhor escolheu o sr. Sabich?

— Sim.

Nico ergue o rosto, furioso, mas nem ele nem Molto objetam. Sandy trabalha como um joalheiro, martelando temas de ressentimentos passados. Dois jurados parecem assentir.

— E o senhor não achava que o sr. Sabich cometeria um crime, não é? Tinha absoluta e total confiança no julgamento e integridade dele, com base nos doze anos de trabalho juntos?

A pergunta é composta e argumentativa, mas também óbvia.

— Vou permitir — diz Larren quando Molto objeta.

Raymond pondera antes de responder:

— Correto — responde, por fim.

Essa pequena concessão parece ter um efeito substancial na bancada do júri. Vejo agora por que Stern atacou Raymond no início. Ele queria mostrar algo. Não ao júri, mas sim a Raymond Horgan. Agora, Raymond não tem as mesmas certezas que tinha quando entrou no tribunal.

— Correto. E não era necessário que ele consultasse o senhor sobre todos os casos para ter certeza de que estava procedendo exatamente da maneira que o senhor desejava, não é? — pergunta Stern.

Acho que ele está tentando minimizar a importância de minha demora a exigir o relatório sobre as impressões digitais.

— Eu sempre dei certa margem de manobra às pessoas que trabalhavam para mim.

— Pois bem; não é verdade, sr. Horgan, que, ao conduzir a investigação do assassinato da sra. Polhemus, o sr. Sabich sabia que o senhor havia confiado no julgamento dele em muitas ocasiões no passado, inclusive em muitos casos substanciais?

— Não sei o que ele sabia, mas, sem dúvida, aprovei seu julgamento no passado sobre muitas coisas.

— Por exemplo — diz Sandy, sem qualquer indicação do que está por vir —, deu ao sr. Sabich autoridade para decidir como e quando demitir o sr. Della Guardia?

Nico, compreensivelmente, entra em erupção. Larren está contrariado. Convoca imediatamente uma conferência com os advogados fora da presença do júri. Alguns juízes realizam essas reuniões na sala do tribunal, ao lado do banco, longe do júri. A prática de Larren, cujo objetivo é evitar que o júri ouça os argumentos dos advogados, é deixar a sala do tribunal e ficar na pequena antessala diante de seu gabinete.

Della Guardia, Molto, Kemp, Stern, a estenógrafa e eu seguimos o juiz pela porta dos fundos, atrás de seu banco. Fica claro, mesmo antes de todos estarmos reunidos, que o juiz está puto com Stern. Considera a última pergunta dele uma apelação barata.

— E o que vamos fazer aqui, agora? — pergunta a Sandy. — Vamos reviver o passado dia após dia? Não vamos transformar este processo em um concurso de caráter.

Molto e Nico estão conversando. Qualquer antagonismo passado entre o promotor e o réu é irrelevante, dizem. E o juiz Lyttle está claramente inclinado a concordar.

— Meritíssimo — diz Stern —, nós não acusamos pessoalmente o sr. Della Guardia de má-fé. Mas acreditamos que a circunstância da demissão pode indicar como e por que ele pode estar enganado.

Sem dizer isso com palavras, Stern está focando Molto de novo. Teve o cuidado de implicar com ele, não com Nico, desde o início. Della Guardia é uma pessoa popular nesta cidade agora e conhecida dos jurados. Já Molto é um zé-ninguém. Talvez Sandy também pretenda tirar vantagem da promessa inequívoca feita no início de que Molto não testemunharia.

— Por que o sr. Della Guardia pode estar enganado, sr. Stern, é irrelevante. O que o promotor pensa de seu caso não importa para este júri. Por Deus, você não vai querer entrar nisso.

— Meritíssimo — diz Stern, solenemente —, a teoria da defesa é que o sr. Sabich foi incriminado falsamente.

De todos neste grupo, eu mesmo dou um passo para trás. Estou atordoado. Stern rejeitou tão enfaticamente essa tática semanas atrás que não pensei mais nisso. E as coisas pareciam estar indo muito bem sem ela. Por acaso a inquirição direta de Horgan foi tão devastadora assim? Não estou mais entendendo a teoria de defesa de meu próprio advogado. Um instante atrás, pensei que ele estivesse elaborando uma de suas delicadas mensagens subliminares ao júri: Molto queria o cargo de Sabich; pressionou muito para levar o caso ao tribunal a fim de consegui-lo, e Della Guardia não reconheceu isso porque, mesmo inconscientemente, estava alimentando seu próprio rancor. Isso é clássico de Sandy Stern: uma avaliação engenhosa da fragilidade humana, comunicada discretamente, com o intuito de diminuir a credibilidade dos promotores e demonstrar como esse erro grotesco – incriminar-me – veio a ser cometido. Esse é o tipo de sugestão sutil crível que os júris costumam aceitar ansiosamente. Mas é um tiro no escuro, algo que, conforme concordei com Stern, não valia o risco. Eu não estava preparado para essa mudança de direção sem consulta prévia. E ficará registrada, pois essas conferências ficam disponíveis ao público. No intervalo, os repórteres vão se aglomerar em volta da estenógrafa e implorar para que leia suas anotações. Já estou até vendo a manchete: SABICH INCRIMINADO, DIZ ADVOGADO. Só Deus sabe o que os jurados vão pensar, isso se algum deles deixar de perceber o inevitável: que Sandy está improvisando para aumentar nossas chances.

Enquanto isso, Nico está andando de um lado a outro, bufando.

— Não acredito — repete, duas ou três vezes.

Larren olha para Molto em busca de uma resposta.

— Ridículo — diz Molto.

— Seu repúdio constará dos registros. Refiro-me a seu argumento contra o objetivo da pergunta. Se o sr. Stern vai realmente se esforçar para provar que o caso contra o sr. Sabich é uma armação, suponho que essa história de antagonismo seja relevante para esses propósitos.

Fica claro que essa pode ser uma das razões de Stern ter mudado de tática: para obter provas que normalmente seriam inadmissíveis perante o júri.

— Devo dizer, sr. Stern — diz o juiz —, que o senhor está brincando com fogo. Não sei aonde quer chegar, mas vou lhe dizer duas coisas. Primeiro, é melhor estar preparado para a resposta da promotoria. Porque o promotor terá direito a certa liberdade de movimentos para responder. E segundo, é melhor que a prova dessa acusação seja apresentada ou vou impedir qualquer inquirição sobre esse tema, e farei isso na presença do júri.

De sua altura considerável, Larren olha diretamente para Stern. Em uma situação como esta, a maioria dos advogados de defesa recua e retira a pergunta. Mas Stern diz, simplesmente:

— Entendo. Meritíssimo, acredito que o senhor verá exatamente o desenvolvimento disso. Vamos oferecer evidências.

— Pois muito bem.

Voltamos ao tribunal.

— Que porra é essa? O que ele está fazendo? — pergunto a Kemp quando nos sentamos de novo à mesa da defesa.

Jamie sacode a cabeça. Sandy também não conversou com ele sobre isso.

Stern logo abandona o assunto da demissão de Nico e passa para temas menores. Enfatiza mais alguns pontos ao acaso e depois volta à mesa dos advogados para conferenciar.

— Estou quase acabando — sussurra para Kemp e para mim. — Só tenho mais uma área a abordar. Algo mais?

Pergunto qual era a dele na conferência, e ele pousa a mão em meu ombro, dizendo que vai falar sobre isso mais tarde. Kemp diz a Sandy que não tem mais nada, e Stern, mais uma vez, dirige-se à testemunha.

— Só mais algumas perguntas, sr. Horgan. O senhor tem sido muito paciente. Falamos anteriormente sobre um arquivo que o senhor atribuiu à sra. Polhemus, um caso muito delicado. Lembra-se dessa parte da inquirição?

— Creio que vou me lembrar disso por um bom tempo — diz Raymond, mas sorri.

— O senhor sabia que o sr. Molto estava envolvido no caso ali descrito?

Nico se levanta primeiro, berrando de indignação. E Larren, pela primeira vez diante do júri, mostra-se furioso com Stern.

— Senhor, eu o avisei sobre esse tema de inquirição.

— Meritíssimo, é relevante para a posição da defesa que apresentei agora há pouco na conferência.

Stern está se referindo à teoria da armação contra mim. Está sendo evasivo para esconder do júri o conteúdo da conferência, pois eles não devem saber.

— Devo dizer ao tribunal que temos toda a intenção de continuar investigando esse arquivo com o júri e oferecer provas sobre ele quando for nossa vez. Na verdade, essa é a prova a que aludi.

Stern está dizendo que vamos apresentar provas sobre o arquivo B para sustentar a acusação de que armaram contra mim. Mais uma vez, estou surpreso com a postura dele. O juiz se recosta; descansa as mãos sobre a cabeça e bufa para desabafar.

— Por enquanto, já ouvimos o suficiente.

— Mais duas perguntas — diz Sandy, com autoridade magistral, e se volta para Horgan sem esperar que o juiz lhe diga não.

— O sr. Molto alguma vez lhe perguntou sobre esse arquivo?

— Pelo que me lembro, sim. Depois que renunciei ao cargo de promotor, ele revisou tudo que Rusty... que o sr. Sabich havia feito no caso Polhemus.

— E o sr. Molto pegou esse arquivo, então?

— Sim.

— E sabe que investigação, se houve alguma, ele conduziu sobre as denúncias ali contidas?

— Não.

— Eu respondo a isso — diz Nico, de repente.

Ele está em pé; é evidente que perdeu a paciência. Está vermelho, de olhos arregalados.

— Ele não tomou nenhuma atitude. Ele não iria atrás das pistas falsas de Rusty Sabich!

Um discurso desses perante o júri normalmente seria grosseiro e impróprio. Mas é exatamente o tipo de resposta a que o alerta de Larren na conferência parecia convidar, e Della Guardia aproveitou ao máximo a oportunidade. Sem dúvida, ele e Tommy discutiram isso no caminho de volta da conferência e decidiram que Nico tentaria fazer uma defesa enérgica de Molto na presença do júri. Stern não faz objeções, simplesmente se volta para Molto.

— Sr. Della Guardia, talvez todos nós aprendamos algo hoje sobre pistas falsas — diz Stern e logo acrescenta: — E sobre bodes expiatórios.

Estas são as últimas palavras de Stern na inquirição cruzada de Raymond.

Larren decreta recesso até segunda-feira. Às sextas-feiras, ele ouve moções de outros casos. Espero alguma explicação de Stern sobre suas novas táticas, mas ele fica recolhendo papéis na banca da defesa. Raymond aperta a mão de Sandy quando passa para sair do tribunal, mas vai para longe de mim.

Por fim, Stern vem falar comigo. Ele enxuga o rosto com o lenço, parece tranquilo. Deixando de lado a última parte, a inquirição de Horgan correu excepcionalmente bem.

Mas estou preocupado demais para parabenizá-lo.

— O que foi aquilo? — pergunto. — Achei que você tivesse dito que não íamos seguir esse caminho.

— Como ficou evidente, Rusty, mudei de ideia.

— Por quê?

Stern me dá aquele sorriso latino que diz que o mundo é cheio de mistérios.

— Instinto — responde.

— E que provas vamos oferecer?

Ele é um pouco mais baixo que eu e não consegue passar o braço confortavelmente em volta de meus ombros. Por isso, usa outro gesto confidencial e toca minha lapela.

— Foi bom você comentar. Por enquanto, vou ter que deixar essa preocupação para você — diz e vai embora.

CAPÍTULO 30

Esta noite, digo que estou exausto e deixo Stern e Kemp mais cedo. Tenho um compromisso que quero cumprir. Liguei para ele depois do tribunal e, cumprindo sua palavra, Lionel Kenneally está aqui, em um bar do bairro chamado Six Brothers. O taxista me lança um olhar peculiar quando me deixa. Não que não haja brancos por aqui; há algumas famílias estoicas que lutam para subsistir entre os porto-riquenhos e os pretos, mas não usam terno risca de giz e não carregam pastas. Suas casinhas de telhado de duas águas ficam escondidas entre os armazéns e fábricas que cobrem a maior parte de cada quarteirão. Há uma fábrica de salsichas do outro lado da rua, que deixa o ar pesado pelo cheiro de temperos e alho. O bar é como tantos outros por aqui: só um punhado de mesas de fórmica, chão vinílico e luzes sobre os espelhos. Acima do balcão, há um letreiro de néon da Hamm's que lança sombras estranhas da cachoeira contínua de lantejoulas.

Kenneally nem espera quando entro; já se levanta e vai indo para um salão menor, com quatro mesas, onde diz que não seremos incomodados; eu o sigo.

— O que diabos você quer?

Ele está sorrindo, mas seu tom de voz não é totalmente simpático. Ele é o comandante do turno e está com um indiciado, um inimigo do estado, um criminoso acusado de homicídio. Não é lugar para um policial graduado ser visto.

— Agradeço por ter vindo, Lionel.

Ele anui. Quer que eu vá direto ao assunto. Uma mulher aparece à porta. De início, resolvo não beber, mas penso melhor e peço um uísque com gelo. Lionel já está com o dele na mão.

— Preciso fazer algumas perguntas que deveria ter feito quando fui falar com você no distrito, em abril.

— Sobre o quê?

— Sobre o que acontecia no Distrito Norte uns oito ou nove anos atrás.

— Como assim?

Ele está me olhando: não quer desviar do assunto.

— Alguém pegava propina?

Kenneally bebe e fica pensando.

— Você sabe que está fodido, não é? — pergunta.

— Eu leio os jornais — respondo.

Ele olha para mim.

— Você vai rodar?

Digo a ele a verdade.

— Acho que não, Stern é mágico. Três jurados já estão pensando em convidá-lo para jantar, dá para ver pela cara deles. Ele deu uma surra em Horgan hoje.

— No centro, dizem que Nico não tem nada, que se precipitou, que Molto forçou a barra. Dizem que, se tivesse um pouco de cérebro, colocaria você em uma sala com um gravador e alguém de sua confiança em vez de dar ouvidos a Mac.

Reconheço agora que o que pensei ser efeito do álcool é raiva. Lionel Kenneally está furioso. Ele ouviu o suficiente sobre este caso para saber que fez algo que não faz com frequência: cometeu um erro de julgamento.

— Eu mesmo acho que você vai se ferrar de qualquer maneira. Você não me disse que andou por lá mexendo nos copos dela.

— Quer que eu diga que não a matei?

— Pode ter certeza disso.

— Eu não a matei.

Kenneally me olha fixamente, com um olhar feroz e imóvel. Sei que minhas palavras foram comedidas demais para lhe dar qualquer garantia.

— Você é um filho da puta estranho pra caralho — diz ele.

A garçonete, que está com uma daquelas blusas antigas de babados que mostram o começo do decote, entra com minha bebida. Ela também deixa outro copo de uísque diante de Lionel.

— Sabe — digo a Kenneally depois de beber um gole —, há uma coisa que nunca entendi sobre mim. Minha velha era esquisita, como aquelas mulheres do centro que andam carregando sacolas de compras, e meu velho passou a maior parte da Segunda Guerra Mundial comendo cavalos mortos. E coisas assim mexem com a cabeça da gente, pode acreditar. Tudo em minha vida foi estranho. E, até tudo isto acontecer, eu realmente achava que era um bom garoto. Era o que eu queria ser e o que achava que era. Sério, eu achava que era como Beaver Cleaver ou um personagem bonzinho mais moderno. Achava de verdade. E praticamente a única coisa que tirei dessa experiência até agora foi ouvir de você que sou um filho da puta estranho e sentir aquela corda vibrar no peito quando alguém, mesmo que meio bêbado, diz algo que é verdade. Por isso eu lhe agradeço — concluo e bato meu copo no dele.

Não sei se Lionel gostou de meu discurso; ele fica me observando por um instante.

— Por que você veio, Rusty?

— Já lhe disse. É só você responder à minha pergunta.

Kenneally suspira.

— Você é um pé no saco. Tudo bem, uma pergunta. E o que for dito aqui morre aqui, fica entre nós. Não quero saber de história triste sobre seus direitos constitucionais ou essas merdas. Ninguém vai me chamar para testemunhar contra o promotor. Se isso acontecer, o mundo vai pensar que você confessou aqui esta noite.

— Entendi as regras.

— A resposta curta é: não sei exatamente. Talvez eu tenha ouvido algumas coisas, mas não tinha nada a ver com aquilo. Essas coisas corriam meio soltas, entende o que quero dizer? Lembre-se, estamos falando de antes de Felske se dar mal.

Felske era um fiador que costumava dar agradinhos a certos policiais que lhe indicavam clientes. Quando a lei de fiança foi reformada, permitindo a assinatura de promissórias e eliminando a necessidade de fiadores externos, Felske e seus policiais mantinham a renda vendendo ajuda ocasionalmente. Algumas vezes, os policiais convenciam uma testemunha a não aparecer; em outras, esqueciam coisas quando testemunhavam. Mas Felske, um dia, fez essa proposta a um policial que tinha um microfone eletrônico escondido. Esse policial, chamado Grubb, entregou Felske e mais três policiais ao FBI. Isso foi há cinco anos.

— Naquela época, não havia muitas restrições lá.

— Tommy Molto era uma dessas pessoas de quem ouviu falar?

— Achei que você já havia feito sua pergunta.
— É que tem subdivisões.
Kenneally não sorri; fica olhando para o copo.
— Neste trabalho, você aprende que é melhor nunca dizer nunca. Veja só você — Kenneally ri, ainda com raiva de si mesmo. Tudo isto vai contra o que ele sempre acreditou. — Mas Molto nunca — diz. — Ele veio do seminário, porra; levava o rosário para o tribunal. Sem chance, esse cara nunca iria levar bola.
— Carolyn estava envolvida nisso que acontecia lá?
Ele sacode a cabeça. Não está dizendo não, só está se recusando a responder.
— Veja bem, eu não lhe devo nada, Rusty. Sempre achei que você fazia seu trabalho com profissionalismo. Você veio para cá antes de o pessoal do subúrbio ouvir falar de gangues e trabalhou duro; eu lhe dou esse crédito. E fez mais coisas. Entrava comigo no conjunto habitacional no meio da noite, arregaçava as mangas. Mas não force a amizade, ok? Eu devo fidelidade aos policiais, mas você não é tira.
Lealdade policial. Ele não vai entregar uma mulher morta. Kenneally fica bebendo e olhando para fora.
— Carolyn tinha alguma coisa com Molto, alguma coisa pessoal?
— Jesus! Qual é seu problema com Molto? O cara é estranho como todo mundo.
— Digamos que ele é minha melhor alternativa.
— Que merda é essa?
Faço um aceno com a mão para ele deixar para lá.
— Não imagino aquele cara nem sentindo o cheiro da Polhemus. Você o conhece, ele parece Buddy Hackett. Eles eram amigos, só isso. Parceiros; às vezes, ela suavizava as coisas para ele. — Kenneally bebe outro gole. — Não era com ele que ela estava dormindo.
— Com quem?
— Sem chance, não vou falar — diz ele. — Já disse o suficiente.
— Lionel...
Não quero implorar, mas ele nem olha para mim.
— Não é fofoca, pelo amor de Deus! É minha maldita vida que está em jogo.

— Com o preto.
— O quê?
— Ela estava dormindo com o preto.
Não entendo a princípio. Até que...
— Larren?
— Você esteve no Distrito Norte, lembra como era. Era como se todo mundo trabalhasse em uma sala só. Três portas, e todas davam para o mesmo lugar. Promotoria, condicional, Nick Costello registrando os policiais que iam testemunhar... Ele tinha uma mesa lá. O gabinete do juiz abria para lá também. Ele saía do tribunal ao meio-dia, ela entrava no gabinete dele rebolando. Eles não escondiam. Caralho — diz Kenneally —, eu dei a letra da última vez, não lembra? Eu disse a você que ela trepava com todo mundo para subir, que não imaginava por que Horgan a contratou. Foi por isso: o velho amigo dele, o juiz filho da puta. Ele e Horgan tinham algum tipo de ligação.
— Eles eram sócios em um escritório de advocacia — digo —, há muitos anos.
— Não me surpreende. — Lionel sacode a cabeça, decepcionado.
— E você não vai me dizer se Carolyn era corrupta?
Ele levanta um dedo e diz:
— Vou embora.
Mas fica parado um tempo.
— Às vezes, ela suavizava as coisas, como falei. Molto e o juiz não se davam muito bem, talvez você tenha ouvido histórias sobre isso.
— Algumas.
— Ela era amiga de todo mundo naquela época. Era agente da condicional e às vezes conseguia que o juiz fizesse vista grossa. Outras vezes, Molto. Ela era meio que uma árbitra. Talvez você tenha razão; talvez Molto arrastasse mesmo um bonde por ela. Talvez seja por isso que ele não gostava de comparecer perante o juiz. Quem sabe? Vai entender as pessoas — diz ele.
Percebo que ele não vai me dizer mais nada. Essa última parte foi pura caridade.
Pego minha pasta e deixo dinheiro para as bebidas.
— Você é uma boa alma, Kenneally.

— Um idiota, é isso que eu sou. Metade do centro vai falar sobre isso amanhã. O que posso dizer a eles que conversamos?

— Não dou a mínima, diga o que quiser. Diga a verdade. Molto já sabe o que estou procurando. Talvez seja por isso que estou nesta encrenca.

— Você não acredita nisso.

— Não sei — digo. — Mas tem alguma coisa errada.

CAPÍTULO 31

Passamos o fim de semana trabalhando, os dois dias. Minha parte é nos preparar para o fim do caso do estado, quando a defesa, como questão de rotina, apresenta uma moção para um veredito direto de absolvição – ou seja, um pedido para que o juiz encerre o julgamento, declarando que não há provas suficientes para um júri razoável condenar o réu. Isso geralmente é inútil. Ao decidir sobre a moção, o juiz é obrigado a avaliar as evidências sob a luz mais favorável ao estado, o que significa que, por exemplo, para os fins dessa decisão, Lyttle terá que aceitar o testemunho de Eugenia, com aquele "meu anjo" e tudo. Mas a decisão de um veredito direto não pode ser contestada; o estado não pode apelar. Por isso, alguns juízes – Larren notoriamente – usam isso como um dispositivo para impor o resultado que preferem. Assim sendo, enquanto nossas perspectivas forem sombrias, Stern quer fazer uma apresentação o mais forte possível. Minha tarefa é encontrar casos que condenem a ausência de prova de motivo em um caso circunstancial. Para isso, passo horas na biblioteca.

Domingo de manhã, nós nos encontramos para conversar sobre estratégia. Sandy ainda não quer falar em detalhes sobre a apresentação de nossa defesa. Não faz menção a meu depoimento ou de outras testemunhas. Apenas analisamos o restante das provas do estado. Lipranzer deve testemunhar na segunda-feira. O caso do estado agora começará a ganhar velocidade. Suas evidências físicas chegarão: as fibras, os registros telefônicos, as impressões digitais (supondo que consigam encontrar o copo); a empregada que acha que me viu no ônibus; e Kumagai.

Stern, de novo, enfatiza o que me disse outro dia durante o almoço: que precisamos levantar dúvidas sobre Kumagai. Se não conseguirmos, os promotores chegarão ao fim do caso com um ímpeto imenso; e isso, por sua vez, pode forçar Sandy a mudar a estratégia de nossa apresentação. Essa é uma das razões de Stern não querer decidir ainda sobre o que devemos fazer.

Juntos, Kemp, Stern e eu tentamos descobrir maneiras de atacar Kumagai. Stern já inquiriu Indolor várias vezes e compartilha da opinião comum de que Kumagai é um incompetente. O júri não vai querer acreditar nele. Conto a eles histórias antigas sobre Indolor; por fim, comento que o arquivo pessoal do Departamento de Polícia, onde podem estar registradas reclamações sobre o desempenho passado de Kumagai, seria um bom lugar para procurar.

— Excelente — diz Stern. — Que maravilha ter um promotor do nosso lado!

Ele instrui Jamie a redigir imediatamente uma intimação para o arquivo e outra para os registros do laboratório de patologia para que possamos ver o que mais Indolor estava fazendo em abril. Não temos despachado a maioria de nossas intimações, visto que muitos subdelegados que as distribuem tendem a alertar os promotores, dando a eles a oportunidade de combater as evidências reunidas ou, pior ainda, de utilizá-las se forem úteis para o estado. Mas, agora que o caso da acusação está quase completo, temos que agir. Jamie vasculha suas anotações antigas para ter certeza de que não esquecemos de nada do que decidimos solicitar. Ele rascunha intimações para cada médico de Carolyn, que identificamos graças à agenda telefônica que encontrei no apartamento dela.

— E você queria intimar a companhia telefônica para que pudéssemos checar os registros de sua casa, não é? — pergunta Kemp.

— Não se preocupe com isso — digo, rapidamente.

Não ergo os olhos, mas sinto o peso do olhar espantado de Kemp sobre mim. Mas Stern continua, sem perder o ritmo:

— Talvez, se não for produtivo levantar questões — diz Sandy —, devemos pensar em trabalhar com estipulações.

Estipulação é uma declaração acordada entre acusação e defesa que leva por escrito o que uma testemunha diria, de modo que ela não precise ser chamada. Conforme Stern vai pensando em voz alta sobre essa possibilidade, vai se convencendo cada vez mais de que esse é o caminho certo. Concordaremos com a estipulação não só dos representantes da companhia telefônica, mas também dos peritos da Cabelos e Fibras e do químico forense. Assim, encurtaremos o tempo de exposição dessas evidências prejudiciais diante do júri. Della Guardia pode não aceitar a proposta, mas é provável que aceite. Para um promotor, sempre é um alívio não ter que apresentar suas provas.

Com essas decisões tomadas, Kemp e eu voltamos para a biblioteca, que é uma sala de reuniões central na suíte de Stern, onde os livros de estatutos e relatórios jurídicos estão armazenados em caixas de carvalho escuro em cada uma das quatro paredes, cobrindo-as do chão ao teto. Eu trabalho em uma mesa, Kemp em outra. Faz algum tempo que percebi que Jamie está me observando, mas ainda não levantei os olhos.

— Não entendo — diz ele, por fim, não mais me permitindo ignorá-lo. — Você disse que achava que havia algo errado nos registros telefônicos.

— Jamie, me dê um tempo. Pensei melhor nisso desde então.

— Você disse que seria melhor ver se não foram adulterados.

A intensidade que noto em seus olhos não é raiva. É algo vulnerável. Como acontece raramente, Quentin Kemp, com suas botas de caubói e blazer de tweed, parece indefeso e jovem demais. Ele se considera muito moderno para ser enganado.

— Jamie, eu disse isso naquelas circunstâncias, entende?

Mas percebo que ele não entende nada. Seu olhar me incomoda, e também o fato de pensar que não pode acreditar em mim. Fecho meu bloco de notas e visto meu casaco. Sandy ainda está em sua sala quando digo que vou embora. Ele está estudando as resmas de evidências científicas que Nico produziu em resposta às nossas moções: espectrógrafos, gráficos de digitais, o relatório completo da autópsia de Carolyn... Está com um belo suéter e calças casuais e parece tranquilo sob a sombra do vidro verde da luminária, fumando seu precioso charuto.

Lipranzer vai depor hoje, segunda-feira de manhã. Nico tem o cuidado de o manter longe de mim. A equipe da promotoria atravessa o corredor com Lip no instante em que Ernestine convoca o tribunal para a sessão. Lipranzer está de terno, coisa que ele odeia, mas parece mais um presidiário que um policial. É uma coisa horrível, de tecido dupla face, com uma estampa que parece uma bolsa de viagem. Seu cabelo está particularmente ensebado. Acabo segurando a porta quando Lip entra no tribunal e, apesar da presença de Nico à frente dele e de Glendenning atrás, ele me dá um aceno e uma piscadinha. E me sinto fortalecido só de vê-lo de novo.

Nico lida bem com Lip. É sua melhor inquirição neste julgamento até agora. Ele é prático e consegue tudo de que precisa rapidamente. Ele sabe que Lip não é seu amiguinho, que dirá a verdade, mas – tão diferente de Horgan – que está esperando a primeira oportunidade para morder os calcanhares do promotor. Delay toma cuidado para não lhe dar essa chance. Ele é profissional e sabe que pode esperar de Lip o mesmo comportamento. Ambos são contidos e breves.

— O sr. Sabich alguma vez lhe contou que teve um relacionamento afetivo com Carolyn Polhemus?

— Protesto.

— Pela mesma razão que com o sr. Horgan, sr. Stern? — pergunta o juiz.

— Exato.

— Negada. Senhoras e senhores, tenho certeza de que se lembram do que eu disse semana passada sobre perguntas baseadas em suposições. Só porque o sr. Della Guardia está dizendo algo, não significa que seja verdade. Prossiga.

Fico imaginando como Lip responderá à pergunta, mas ele diz simplesmente não. Nico não perguntou se eu sugeri que esse relacionamento poderia existir ou se ficou subentendido entre nós, visto que essa é uma pergunta que Della Guardia não pode fazer adequadamente. Ele perguntou se eu disse a Lip, e ele respondeu corretamente. Cercado pelas formalidades das regras sobre evidências, nosso sistema de busca da verdade acaba eliminando metade daquilo que todo mundo sabe.

De maneira sucinta, quase britânica, Nico revela que eu disse a Lip para não levantar os registros telefônicos de minha casa. E também consegue que Lipranzer fale sobre as vezes em que teve que me lembrar de solicitar a análise computadorizada das impressões digitais encontradas no copo e em outros lugares do apartamento de Carolyn. Tudo vai emergindo entre os dois como uma estranha sugestão sutil. Tenho certeza de que o júri sabe que algo está errado aqui e, no final, com sua inteligência, Nico consegue deixar isso claro para o júri. Quando consegue tudo de que precisa de Lipranzer, faz perguntas para evidenciar o viés de Lip. Pergunta sobre os casos em que ele e eu trabalhamos juntos.

— Seria justo dizer que agora vocês dois formam uma espécie de equipe de investigação?

— Sim, senhor.

— E, como resultado do trabalho em equipe, vocês formaram uma amizade pessoal?

— Sem dúvida.

— Uma amizade próxima?

Lip olha para mim um instante.

— Acredito que sim.

— O senhor confia nele?

— Confio.

— E ele sabe disso?

Stern objeta: Lip não pode responder sobre o que eu sei, e o promotor está tentando conduzi-lo. A testemunha já caracterizou o relacionamento, de modo que Larren aceita a objeção.

— Colocarei da seguinte maneira, então: o senhor foi designado para o caso inicialmente?

— Não, senhor.

— Quem foi designado?

— Harold Greer, detetive do 18º Distrito, onde ocorreu o crime.

— Ele é um investigador competente?

— Segundo minha opinião?

Nico fica alerta, tanto para evitar objeções quanto para que Lip não perca o rumo.

— O sr. Sabich já expressou alguma reserva ao senhor sobre as habilidades de Harold Greer?

— Não, senhor. Todo mundo que conheço considera Harold Greer um policial de primeira linha.

— Obrigado — Nico sorri, saboreando o bônus. — E, pelo que sabe, quem decidiu passar o caso para o Comando Especial e chamar o senhor, detetive Lipranzer?

— O sr. Sabich solicitou minha designação se é isso que está perguntando. Ele já tinha a autorização do sr. Horgan.

— Pelo que sabe, detetive Lipranzer, o réu tem um relacionamento pessoal mais próximo com alguém da polícia?

Lip dá de ombros:

— Não que ele tenha mencionado.

Nico se empertiga.

— Assim sendo, detetive, é correto dizer que o senhor é, dentro da polícia do condado, a pessoa que menos provavelmente suspeitaria que sr. Sabich seria um assassino?

A pergunta é objetável. Stern vai se levantar, mas para com as mãos apoiadas nos braços da cadeira. Desta vez, faço o mesmo. Ele viu Lip hesitar e sabe que Nico, ao improvisar, cometeu seu primeiro erro: deu uma abertura a Lipranzer e vai levar um golpe.

— Eu jamais acreditaria nisso — afirma Lip, simplesmente, enfatizando o "jamais".

Na medida. Isso vai agradar ao júri. Ele não tentou massacrar Nico, mas aproveitou a oportunidade para expressar seus sentimentos.

Sandy se levanta para a inquirição cruzada. Conversamos ontem à noite sobre não inquirir Lip para não enfatizar os pontos favoráveis a Nico. Mas, aparentemente, a inquirição direta foi ainda melhor para a acusação do que Stern esperava. E, já que Nico abriu as portas para um catálogo dos sucessos que Lip e eu conquistamos juntos, tentando explicar por que eu o escolhi para o caso, Stern explora cada um deles.

— E, na verdade — diz Stern, já quase no fim —, no meio dessa investigação de assassinato, o senhor e o sr. Sabich estavam investigando outro assunto, não é?

Lip está confuso.

— Não havia um arquivo, que estava guardado na gaveta do sr. Horgan...

Sandy não vai mais longe; Nico já está em pé, gritando. Larren pega seu martelo e aponta para Stern.

— Sr. Stern, já lhe disse muitas vezes que não quero ouvir mais nada sobre esse arquivo durante este julgamento. O senhor foi longe demais enquanto o sr. Horgan estava testemunhando e não vou tolerar nenhuma recorrência.

— Meritíssimo, esta evidência é crítica para nossa defesa. Pretendemos continuar explorando o assunto desse arquivo quando for nossa vez de apresentar provas.

— Pois bem; se isso for crítico para sua defesa, podemos conversar sobre perguntas ao detetive Lipranzer que remetam àquela época. Mas eu o aconselho, senhor, a passar para outra área de inquirição, porque ainda não ouvi o suficiente para permitir que persiga essa lebre por todo o tribunal neste momento. Fui claro? — diz o juiz Lyttle, espiando por cima do banco com as feições impressionantemente contraídas.

Stern faz sua reverência característica, inclinando a cabeça e os ombros. Fico desconcertado com o lapso de Sandy. Ele levou um esculacho na presença do júri, um revés totalmente previsível, e ainda não entendi o que está tentando fazer. Ele já lançou uma sombra sobre Molto com esse arquivo, por que está insistindo nisso? O júri ficará desapontado, especialmente se ele continuar prometendo provas que não temos em mãos. Não podemos oferecer a carta que encontrei no arquivo B porque é boato. Não estou entendendo o blefe de Stern, e ele é evasivo sempre que toco no assunto. Age como se isso fosse só mais um efeito dramático.

Stern já voltou à mesa da defesa.

— Detetive Lipranzer, o sr. Della Guardia lhe fez algumas perguntas sobre os registros telefônicos. — Sandy mostra os documentos. — Pelo que entendi de seu depoimento, foi o senhor quem levantou a questão do número da casa dele com o sr. Sabich, certo?

— Sim, senhor.

— Ele não tocou no assunto?

— Não.

— Ele não lhe pediu que não puxasse os registros da casa dele, correto?

— Absolutamente correto.

— Aliás, ele avisou, no início, que o senhor encontraria ligações da sra. Polhemus para um dos telefones dele, não é?

— Do escritório dele, certo.

— Ele não pediu ou disse que não levantasse nenhum registro por esse motivo, não é?

— Não, senhor.

Há uma ênfase retumbante em todas as respostas de Lip. Com suas perguntas, Stern está demonstrando o que um interrogador pode fazer com uma testemunha amigável. Mas está tudo muito claro: não há resistência. Lip está mais ou menos permitindo que o próprio Stern testemunhe.

Sem demora, ele endossa a proposta de Stern de que foi ideia do próprio Lipranzer não levantar meus registros telefônicos residenciais. Que ele os considerou irrelevantes; que eu simplesmente concordei com a sugestão, dizendo, como é comum, que era melhor evitar uma intimação, pois isso poderia incomodar minha esposa. Sandy retorna à mesa da defesa para pegar um documento. Declara seu número e o entrega a Lip para que o identifique. É a intimação original *duces tecum* à companhia telefônica.

— Diga-me, qual promotor emitiu essa intimação?
— Rusty. Sr. Sabich.
— O nome dele aparece como o signatário na folha de rosto, não é?
— Sim.
— E, segundo seus termos, esta intimação exige a produção desses mesmos registros?
— De acordo com o que está escrito?
— Foi o que perguntei.
— A resposta é sim. A intimação cobre esses registros.
— Ela contém alguma isenção para a casa do sr. Sabich?
— Não.
— E, sempre que o senhor ou qualquer outra pessoa quisesse examinar os registros da casa do sr. Sabich, esta intimação exigiria que fossem apresentados?
— Sim.
— Na verdade... por favor, não responda se estiver além de seu conhecimento; quando o sr. Molto e o sr. Della Guardia decidiram que queriam esses registros, eles confiaram na autoridade desta intimação para obtê-los, não é?
— Creio que sim.
— Então, o sr. Sabich está sendo julgado aqui com base em provas que ele mesmo intimou, correto?

Agitação no tribunal. Objeção de Nico.
— A pergunta é argumentativa.

Larren sacode a cabeça, tranquilo.
— Sr. Della Guardia, o senhor está tentando mostrar aqui, como meio de caracterizar culpa, que o sr. Sabich dificultou a obtenção de evidências. A acusação tem o direito de fazer isso, sim, mas a defesa tem o direito

de mostrar que as provas que estão sendo apresentadas foram realmente reunidas por meio dos esforços do réu. Não sei de que outra forma eles se contraporiam à sua prova. Negado.

— Repito — diz Stern diante de Lipranzer —, o sr. Sabich está sendo julgado aqui com provas que ele mesmo intimou?

— Correto — afirma Lip. E, ansioso como um adolescente, acrescenta: — Bem como as impressões digitais.

— Exato — diz Sandy.

Agora, ele passa para as impressões digitais. Foi Sabich quem foi pessoalmente a McGrath Hall, conversou com Lou Balistrieri e exigiu que as impressões fossem processadas? É verdade que Sabich estava ocupado, administrando a promotoria inteira enquanto Horgan fazia campanha, mas, de novo, foram seus próprios esforços que produziram as evidências que agora estão sendo usadas na tentativa de condená-lo?

— Ele obstruiu seu trabalho? — pergunta Sandy, no fim.

Lip fica ereto na cadeira.

— Não.

— Ele impediu seu trabalho?

— Não, segundo meu julgamento.

— De fato, detetive, acredito que o senhor disse ao sr. Della Guardia que, mesmo que soubesse dessas evidências, seu respeito e afeição por Rusty Sabich, após tantos anos de trabalho juntos, são tamanhos que nunca suspeitaria, muito menos acreditaria, que ele poderia ter cometido esse assassinato. Correto?

Pela maneira como Lip hesita, por um momento temo que Stern tenha ido longe demais. Mas logo vejo que é só Lip tentando, sem muito jeito, obter um efeito dramático.

— Nunca — repete.

Stern se senta e, furtivamente, sorri para mim. É um gesto destinado principalmente ao júri, mas, pela primeira vez, tenho a impressão de que os jurados não estão satisfeitos com o desempenho dele. Não é convincente. Este *tour de force* ainda não explica por que não dei a Lip informação sobre as ligações feitas de meu telefone, especialmente a da noite do assassinato. A inquirição de Stern não oferece nenhuma razão para eu não trabalhar com Harold Greer, cuja aparência é, sem dúvida, muito mais impressionante para o júri que a de Lipranzer. Não mostra que alternativas eu tinha além de procurar Lou Balistrieri quando Lipranzer – para não dizer Horgan – estava me importunando para fazer isso. E essa última pergunta e resposta, embora tocante em sua estranheza, é pura bobagem. Ninguém poderia deixar de ficar desconcertado com a descoberta dos registros telefônicos e das impressões digitais. A natureza duvidosa da inquirição cruzada é enfatizada pela resposta obediente de Lip à orientação de Stern. Está tudo muito claro: Lipranzer é meu amigo, disposto a ser enganado. O júri não deixará de perceber isso. É como sempre temi: a regra de reações iguais e opostas também se aplica ao tribunal. Devido, em grande parte, à sua visível relutância, Dan Lipranzer foi a testemunha mais prejudicial a mim até hoje.

A tarde segue ladeira abaixo. As estipulações são preparadas e lidas. Logo após o testemunho de Lipranzer, a revelação do conteúdo dos registros telefônicos é avassaladora. Nico lê a estipulação sozinho. Por fim entendeu este júri; formado por um grupo de pessoas inteligentes que querem que os fatos sejam apresentados sem rodeios. Nico assume um tom monótono e discreto e levanta os olhos ligeiramente quando termina de ler para poder observar o efeito das evidências. Os jurados estão atentos a ele, e sinto o peso de seus cálculos. Descubro que, como réu, os pontos baixos do tribunal são sentidos com maior intensidade que como advogado. Minha tarde é definida por uma sensação de fraqueza, repressão e uma boa quantidade de náusea.

A estipulação sobre as fibras de carpete é longa, mas tem um impacto semelhante. Ao concordar em abrir mão do depoimento, Nico, em tese, perdeu o drama de uma apresentação ao vivo. Mas testemunhas técnicas tendem a ser monótonas e excessivamente detalhistas, ao passo que resumos escritos são diretos o suficiente para causar impacto. Dessa maneira, Stern não tem oportunidade de usar suas desorientações ou minimizações magistrais. Os fatos, como são, emergem em meio a um silêncio doloroso. O único aspecto favorável – que nenhuma das minhas roupas tinha as fibras encontradas – é facilmente explicado: as roupas que usei naquela noite foram descartadas – junto com a arma do crime. Ou simplesmente não soltaram fibras. Essas conclusões, inevitáveis e aritmeticamente diretas, parecem adensar o ar do tribunal. Sinto-as em todos os cantos. E, com elas, uma espécie de silêncio ou calma habita o lugar: uma resolução incipiente. É mais que a calmaria do meio da tarde; é como se todos os observadores, incluindo os jurados, percebessem uma mudança de direção, uma alteração do impulso mais alinhado com as expectativas originais. Os promotores demoraram mais do que deveriam, mas estão assumindo o controle do julgamento, provando suas alegações.

Como sempre, é Molto, desatento e ansioso demais, que começa a me puxar do abismo. Quando a última estipulação é lida, ele pede uma conferência no gabinete.

— O que é? — pergunta Larren quando estamos todos reunidos.

— Juiz — diz ele —, estamos prontos para prosseguir com o perito em impressões digitais. Há apenas uma pequena dificuldade.

Kemp me olha com uma alegria perversa. A dita dificuldade é óbvia para nós dois: não encontraram o copo. O sorriso de Jamie é bem-vindo; é o primeiro sinal de calor renovado entre nós em mais de um dia e chega no momento certo, pois estivemos os três calados e sombrios a tarde toda. Durante o recesso das três e meia, encontrei Stern no banheiro e não dissemos nada. Ele deu de ombros, daquele seu jeito judaico-latino. Seus olhos estavam apáticos. Sabíamos que isso ia acontecer, era o que pareciam dizer. Nosso tempo na corda bamba acabou.

Agora, na pequena antessala de seu gabinete, o olhar do juiz Lyttle é fulminante. Aos olhos de Larren, Molto não é capaz de fazer nada direito.

— Está me dizendo que concluíram a busca e esse objeto não foi encontrado?

— Sr. Juiz... — começa ele.

— Porque estamos falando de um conjunto de fatos, e terei que decidir com base nisso. Se está me dizendo que acha que o copo vai aparecer, mas é conveniente para vocês prosseguir sem ele, é outra coisa. Mas não quero saber de prosseguir agora e descobrir as evidências mais tarde, entendido?

Nico segura o braço de Tommy e explica ao juiz que gostariam de ter mais uma noite para procurar.

— Tudo bem, então — diz Larren. — Devo concluir que vão apresentar uma moção para um adiamento até amanhã?

Nico responde com clareza:

— Sim.

Fica evidente que o sucesso do dia o fortaleceu; consegue tolerar a adversidade sem angústia. Sua antiga confiança parece possuí-lo de novo.

— Meritíssimo — diz Stern —, espero que o tribunal não tenha decidido deixar a acusação prosseguir com as provas das impressões digitais na ausência do copo. Se vossa excelência permitir, pedimos para ser ouvidos sobre essa questão.

— Entendo perfeitamente — responde Larren. — Talvez queira pesquisar sobre essa questão, sr. Stern, e será um prazer ouvi-lo depois. E posso lhe dizer que não estou inclinado a deixar ninguém sentar no banco das testemunhas em meu tribunal e dar sua opinião sobre algo que foi observado em um objeto físico que ninguém consegue mais encontrar. — Lança um olhar mal-humorado para Molto. — Portanto, consulte os livros esta noite e ouvirei o senhor. E, sr. Della Guardia, em seu lugar, arregaçaria as mangas e iria pessoalmente àquela sala de provas.

— Sim, meritíssimo — diz Nico, obediente.

Stern me lança um olhar significativo por baixo de sua sobrancelha erguida enquanto nos dirigimos ao tribunal. Parece estar me perguntando algo, como se pensasse que posso explicar a ausência do copo. Talvez seja apenas a expectativa que dá a Sandy essa expressão. Se Larren impedir os promotores de apresentar as impressões digitais, o caso contra mim certamente vai fracassar. Stern não sabe se deve ou não ter esperanças. Nem eu.

— Ele realmente pensaria em não permitir essa prova? — pergunto a Stern enquanto estamos de pé atrás da mesa dos advogados, esperando que o júri volte ao tribunal para que o juiz possa dizer que estão dispensados por hoje.

— Parece um problema sério de provas, não é? Teremos que estudar esta noite. Mais tempo para mim e Kemp na biblioteca.

Assinto com a cabeça, aceitando a instrução tácita de Stern.

Por volta das nove e meia desta noite, Kemp volta à pequena biblioteca de Stern para me dizer que há uma ligação para mim. Ele fica para inspecionar a série de casos que copiei dos relatórios dos tribunais estaduais do supremo e de apelação enquanto vou até a mesa da recepcionista, onde Jamie atendeu o telefone. Uma linha está piscando, em espera. Presumo que seja Barbara. Ela geralmente liga neste horário, com a esperança de revisar as evidências do dia durante alguns momentos; e todas as noites tenho que navegar por entre arabescos de reserva e respostas contidas.

A verdade é que tenho feito o possível para evitar Barbara desde os dias imediatamente anteriores ao julgamento. Sugeri que ela fosse dormir todas as noites antes de eu voltar; janto sempre com Stern e Kemp e a proibi inclusive de deixar comida para mim. Não suporto ver sua curiosidade absorta voltada para as evidências como um holofote. Não quero aquelas cenas noturnas em que refletimos sobre os acontecimentos de meu julgamento, como fazíamos com os criminosos que eu processava. Eu ficaria insuportavelmente constrangido ao ouvir Barbara fazer uma análise minuciosa das decisões táticas tomadas neste julgamento por minha vida. Mais que tudo, não quero discutir meu desconforto. Com as evidências sendo apresentadas todos os dias diante de nós, sei a que conclusões ela pode chegar e, em meu estado atual, eu não toleraria esse confronto para dissipar suspeitas ou confirmá-las.

Mas, quando atendo o telefone, não é a voz de Barbara que ouço.

— Como foi? — pergunta Lip. — Achei que iam lhe dar uma medalha por todas aquelas coisas incríveis que você e eu fizemos.

— Você foi ótimo — digo. Não faz sentido dizer a verdade.

— Maldito Delay, viu? — diz ele. — Schmidt veio falar comigo hoje de manhã antes de eu entrar; disse que um passarinho queria ter certeza de que, se eu pisasse na bola no banco das testemunhas, faria ronda sozinho no Distrito Norte no meio da noite. Bem sutil esse cara.

Assinto com veemência. Eu mesmo mandava algumas mensagens dessas de tempos em tempos para policiais que tinham uma peculiar amizade com os advogados de defesa ou que conheciam o réu do bairro. Faz parte do trabalho.

— Pensei em nos encontrarmos hoje à noite — sugere Lip — para falar sobre aquela coisa com que eu disse que te ajudaria. — Está se referindo a encontrar Leon. — O que acha de eu levar você para casa? Vai demorar um pouco ainda?

— Mais duas horas, provavelmente.

— Para mim, está bom. Eles me puseram para trabalhar das quatro à meia-noite. Vou tomar meu café cedo. Na esquina da Grand com a Kindle às onze e meia? Vou estar com o Aries sem identificação.

Agimos como em um filme de espionagem. Fico no saguão até que o carro aparece, e Lip não para nem cinco segundos no meio-fio antes de começar a andar de novo. Agora que já depôs, a pressão sobre ele diminuiu, mas muita gente lhe diria que o mais sábio seria ficar longe de mim. Ele faz a curva tão rápido que a traseira derrapa um pouco no asfalto, escorregadio por causa de uma chuva leve.

Eu o parabenizo de novo por seu testemunho.

— Foi bom — digo —, porque você jogou limpo.

— Tentei — ele diz e pega seu rádio, que está fazendo um barulhão.

— Ah, ótimo — fala no rádio. — Estamos trabalhando em uma apreensão de drogas com os federais para compensar aquele fiasco de abril; esses caras não conseguem trabalhar juntos por tempo suficiente para não pisar na bola. É melhor que o sujeito não tenha câmeras, porque ele não poderia deixar de perceber a chegada desse pelotão.

Pergunto o que está rolando.

— É legal — diz Lip. — Infiltraram uma agente bonita, pequena, com um casaco de vison que foi apreendido da última vez que o Strike Force entrou no cassino clandestino de Muds Corvino. Está se passando por uma suburbana drogada e vai comprar dez quilos de coca de alguém em Nearing.

— Deve ser um dos meus vizinhos — digo. — Tem um cara no quarteirão chamado Cliff Nudelman cujo nariz é mais vermelho que o de Rudolph.

Estamos calados, ouvindo o tráfego do rádio. Policiais e ladrões. Sinto uma vaga melancolia quando admito a mim mesmo que tenho saudade disso. A estática está forte por causa da chuva. Os trovões e relâmpagos não devem estar longe. Reluto a mencionar Leon primeiro, mas, por fim, pergunto em que ponto Lip está.

— Ainda não comecei — diz ele —, mas vou, logo, logo. Só não tenho a menor ideia de onde procurar. Era isso que eu queria saber. Tem alguma sugestão?

— Não sei, Lip. Não deve ser tão difícil encontrar uma bicha chamada Leon. Fale com garçons ou decoradores de interiores.

— Deve ter se mudado para San Francisco. Ou morreu de aids ou de qualquer merda.

Eu me recuso a responder à sugestão de Lip de que seus esforços serão inúteis. Ficamos calados por um momento; o rádio ruge.

— Posso fazer uma pergunta? — diz ele depois de um tempo. — Isso é tão importante assim?

— Para mim?

— Sim.

— Pode ter certeza.

— Posso perguntar por quê? Acha mesmo que esse babaca vai lhe dar alguma coisa?

Digo a ele o que já disse antes:

— Quero encontrar *alguma coisa*, Lip. É a explicação mais sincera que consigo dar.

— Contra Molto?

— Contra Molto, isso. Essa é a única maneira que me ocorre.

Estamos passando perto da rodoviária, um lugar desolado a qualquer hora, mas especialmente à meia-noite com chuva. Olho para o lugar, um vulto triste no escuro. A fé cada vez menor de Lip em mim paira com uma névoa de tristeza própria. Mais ainda que os riscos, é isso que o incomoda. De sua própria perspectiva, ele concluiu que quero usar algo contra Molto como uma distração – como disse Nico, uma pista falsa. A relutância de Lip é óbvia para nós dois, e um sinal disso é o fato de que tenho que usar nossa amizade para convencê-lo a fazer o que sei que ele não faria por quase ninguém mais.

— Temos que achar alguma coisa. Berman, o detetive particular de Sandy, disse que não encontrou nem uma ficha criminal do departamento.

— Eu disse, cara, eles cercaram bem esse assunto. Vão cair matando em cima de Kenneally por conversar com você.

Paro um momento.

— Como você soube disso?

— O comandante de turno não faz nada sem que todo mundo saiba.

As gotas de chuva decoram a janela. O ar é úmido. Agora entendo esse negócio de ficar espionando na esquina.

— O que ele falou para você? — pergunta Lip.

— Não muito. Disse que Carolyn e Larren estavam juntos. O que você acha disso?

— Acho que ela dava suas voltinhas por aí — sugere Lipranzer. — O mesmo que sempre pensei.

— Ele disse que Larren a colocou na promotoria por meio de Raymond.

— Faz sentido — diz Lip.

— Foi o que pensei.

— Ele lhe contou mais alguma coisa?

— Histórias antigas. Disse que o Distrito Norte era um lugar velho e sujo, mas que acha que Molto era limpo.

— E você acredita nisso?

— Não quero acreditar.

— Eu não aceitaria a opinião desse sujeito sobre quem é limpo ou sujo. É o que eu digo. Só Deus sabe de onde ele vem.

— Qual é seu problema com Lionel?

— Ele não é meu tipo de policial — diz Lipranzer, simplesmente.

A esta altura, já cruzamos a ponte Nearing; deixamos a ostentação das luzes amarelas de enxofre da rodovia e adentramos a repentina escuridão dos bairros suburbanos.

— Trabalhei com ele quando comecei.

— Não sabia disso.

— Pois é. Eu o vi em ação. Não é meu tipo de policial.

Resolvo não perguntar mais nada.

Lip fica olhando pelo para-brisa. As sombras dos limpadores se movem em seu rosto.

— Estou falando de doze, catorze anos atrás — diz ele, por fim. — As coisas eram diferentes; sou o primeiro a admitir isso, ok? Todo mundo aceitava bola naquela época, entende? Todo mundo. — Lip me olha fixo; sei o que ele quer dizer, e é perturbador. — Cafetões, donos de bares, todo mundo molhava a mão do pessoal lá. Ninguém falava sobre isso, era natural. Por isso, não jogo pedras. Mas, uma noite, eu estava saindo de um lugar, duas, três da manhã, e vi uma viatura descer a rua a toda velocidade e parar de repente. Primeiro pensei que estava me procurando, mas, quando cheguei mais perto, vi que era Kenneally. Ele nem me viu. Era sargento na época, por isso andava sozinho, supervisionava a ronda. Ele estava olhando para o outro lado da rua, onde havia uma prostituta. Era uma garota preta, com uma saia que mais parecia um cinto e um top de oncinha. Enfim, ouvi o sujeito assobiar como se estivesse chamando um cachorro ou um cavalo, bem alto. Ele levou a viatura para o beco, desceu e ficou olhando para a puta, com um sorrisão na cara e apontando assim.

Com o indicador, Lip fica apontando para sua virilha. Prossegue:

— A mulher ficou ali, esperando, e ele apontando e sorrindo. Ele disse algo que não consegui ouvir, tipo "não diga não" ou algo assim. Enfim, ela desceu a rua bem devagar, com cara de "Afe, não acredito", arrastando a bolsa como se tivesse uma bigorna dentro. E Kenneally com aquele sorrisão. Sentou ali mesmo na viatura; só vi as pernas dele para fora, com a cueca nos tornozelos, e a mulher trabalhando de joelhos. O filho da puta nem tirou o quepe.

Lip embica em minha garagem, põe o carro em ponto morto e acende um cigarro.

— Ele não é meu tipo de policial — diz, de novo.

CAPÍTULO 32

A primeira batalha acirrada do julgamento sobre uma questão legal ocorre no dia seguinte e ocupa a manhã toda. Nico descreve uma busca, item por item, de seis horas na sala de evidências da polícia. Não conseguiram encontrar o copo. Ambas as partes prepararam memorandos sobre a admissibilidade do testemunho sobre as impressões digitais no copo. Kemp redigiu o nosso pouco depois da meia-noite. Molto deve ter começado mais tarde, visto que Nico disse que era mais de uma da manhã e eles ainda estavam no labirinto da sala de provas. Estamos todos com o olhar nebuloso, os olhos vermelhos de um advogado em julgamento. Larren se retira para seu gabinete para ler os dois memorandos, depois volta para ouvir a argumentação oral. No início, apenas Nico e Stern deveriam se dirigir ao juiz, mas cada um consulta com tanta frequência seu colega que logo os quatro advogados estão conversando, e o juiz interrompendo, fazendo perguntas hipotéticas e, ocasionalmente, pensando em voz alta. Stern defende seus pontos de vista com mais veemência que nunca. Talvez perceba uma oportunidade de sucesso; talvez o desespero esteja aumentando depois dos eventos preocupantes de ontem. Ele enfatiza a fundamental injustiça de forçar o réu a confrontar testemunhos científicos cuja base não tivemos chance de avaliar. Nico, e depois Molto, afirmam repetidamente que a chamada cadeia de custódia não foi contestada. Sendo o copo encontrado ou não, os testemunhos de Greer, Lipranzer e Dickerman, supervisor do laboratório, estabelecerão, em conjunto, que as impressões digitais foram identificadas com base nas amostras obtidas no copo no dia seguinte ao assassinato.

O cabo de guerra entre os advogados é interminável; percebo meu espírito preso em uma montanha-russa doentia, subindo e logo descendo instantaneamente da euforia ao amargo lamento. É evidente que o juiz está indeciso. Essa é uma daquelas questões, dentre tantas durante um julgamento, em que o juiz está dentro dos limites legais, independentemente da decisão que tome. As autoridades apoiam uma decisão favorável a qualquer uma das partes. A maneira como Larren fala com Nico e Tommy sobre o descuido da polícia me dá certeza, em alguns momentos, de que essa evidência será excluída. Mas os promotores são francos sobre a devastação que isso provocaria no caso e, mesmo sem dizer explicitamente, insinuam a impropriedade de jogar fora uma acusação importante por causa de negligência policial. No fim, esse argumento é mais persuasivo, e Larren decide contra a defesa.

— Vou admitir o depoimento — diz o juiz, pouco depois de o relógio do tribunal marcar meio-dia.

A seguir, ele explica a base de sua decisão para registro, para que o tribunal de apelação possa avaliar seu julgamento, se chegar a isso.

— Devo dizer que estou bastante relutante em admitir o depoimento, mas me sinto influenciado por sua óbvia importância para o caso. Naturalmente, esse mesmo fato, dado o tom geral de algumas coisas que ocorreram aqui — O juiz olha para Molto. —, me leva a entender o ceticismo da defesa. Eles têm razão quando afirmam que não tiveram a oportunidade de examinar um objeto de evidência física. Por outro lado, o objeto em si não será apresentado. A ausência dessa exposição é atribuída à sala de provas da polícia. Quero registrar que os guardiões da sala de evidências da polícia são responsabilizados há anos por esse tipo de negligência na manutenção de registros e manuseio de provas. Este deve ser o exemplo mais dramático, mas certamente não é o único que conhecemos. E devo dizer que é esse conhecimento, ao qual chegamos fora dos registros, que me influencia a permitir o testemunho. O fato é que mesmo os promotores mais bem-intencionados... Que fique claro que, de forma alguma, estou decidindo sobre as intenções do sr. Della Guardia ou do sr. Molto, que parece ter sido a última pessoa a ter o copo nas mãos.

De novo, Larren lança um olhar sisudo para Tommy. Foi isso que Greer disse sobre o copo?, eu me pergunto.

— Mas parece que mesmo os promotores mais bem-intencionados — prossegue o juiz — não conseguem controlar o que acontece com as provas depois que saem de suas mãos. Pode ser que haja má-fé aqui. Continuarei procurando evidências e, se houver mesmo esse tipo de má-fé, este processo será encerrado. Ponto. Mas essa ideia é tão intragável para mim que vou presumir que não seja verdade. Portanto, admito essa prova, apesar da objeção e com minhas próprias reservas registradas. Mas darei ao júri uma instrução limitante com palavras fortes, que quero elaborar com calma na hora do almoço. Voltaremos às duas.

O juiz abandona o tribunal, pedindo aos advogados que fiquem mais alguns instantes para que opinem sobre a instrução que pretende redigir.

Sandy está meio filosófico. Fica claro, agora, que acreditava que íamos vencer. Explico o que ocorreu à Barbara, que fica particularmente contrariada com a decisão de Larren.

— Não é justo — diz ela. — Você nem teve a chance de ver esse copo.

— Mas entendo — digo. — Essa é uma daquelas decisões que um juiz pode tomar.

Não estou querendo ser heroico. O tempo todo estou analisando Larren segundo meus padrões internos. Mas, neste caso, eu teria decidido da mesma maneira.

Vou ao banheiro. Quando saio, Nico está de novo diante da pia, lavando as mãos enquanto vira a cabeça para a esquerda e para a direita para ver seu cabelo sob a luz.

— Então, Rusty — diz —, vamos ouvir seu depoimento semana que vem?

De acordo com as leis estaduais sobre descoberta, a defesa não tem obrigação de informar a acusação sobre suas testemunhas. Muitas vezes, se o réu vai testemunhar ou não é o segredo mais bem guardado do campo da defesa. A promotoria deve descansar amanhã. Supondo que o juiz leve um dia para argumentar sobre a petição do veredito direto, a apresentação de nossa defesa começará na próxima segunda-feira. Se os promotores não receberem nenhuma indicação de nossas intenções, não saberão se terão que passar o fim de semana se preparando para a inquirição ou os argumentos finais. Na maioria das vezes, ficam na dúvida.

— Tenho certeza de que Stern vai lhe contar assim que decidirmos, Delay.

— Aposto que você vai depor.

Nico está jogando verde para me sondar. Está muito mais durão que em nosso encontro aqui mesmo na semana passada. Esse é o Delay astuto de antigamente.

— Talvez você ganhe a aposta — digo. — Vai conduzir a inquirição?

— Serei obrigado — diz ele. — Não conseguiria inquirir Barbara. Ela é legal demais.

De novo, Nico está sondando. Quer saber se Barbara testemunhará para validar meu álibi. Talvez esteja tentando ver se eu estremeço ao pensar em Molto inquirindo minha esposa.

— Você é mole demais, Delay.

Eu me olho no espelho. Já cansei dessa conversa. Mas Nico, otimista pela onda de acontecimentos dos últimos dois dias, não desiste:

— Não me decepcione, Rusty, eu quero ouvir você de verdade. Sabe, às vezes me pergunto... como aquele cara que eu conhecia pôde fazer uma coisa dessas? Admito que me pergunto, às vezes.

— Nico, se eu lhe contasse o que realmente aconteceu, você não acreditaria.

— O que quer dizer com isso?

Eu me viro para sair, mas ele segura meu cotovelo.

— Sério, o que você quer dizer? — pergunta, de novo. — Não está se referindo àquela merda de que Tommy incriminou você, não é? Isso é para os jornais, Rusty. Você está falando com Delay. — Ele alisa sua camisa. — Não pode acreditar nisso, é um monte de bobagem. Diga, em off, e essa merda toda. Só entre mim e você, velhos amigos, ninguém vai comentar nada. Está me dizendo que acredita nessa porcaria?

— Onde está o copo?

— Porra, os policiais perdem tudo. Nós dois sabemos disso.

— Pareceu que Molto preparou Eugenia.

— O quê? Você acha que ele a mandou dizer "meu anjo"? Ora, me poupe. Ele a incitou demais, admito isso, e foi uma estupidez. E eu disse isso a ele; eu *disse*. Ele é compulsivo, você sabe. Molto gostava muito de Carolyn, era muito próximo dela. Ele a considerava uma de suas amigas mais próximas, tipo irmã mais velha. Ele cuidava dela; está muito comprometido com este caso.

— Você já deu uma olhada naquele arquivo, Nico?

— Aquele da gaveta de Raymond?

— Faça sua lição de casa, Nico, mas sozinho. Talvez você tenha algumas surpresas sobre a irmã mais velha e o irmão mais novo.

Nico sorri e sacode a cabeça para mostrar que não acredita, mas sei que o intriguei. Aproveito a vantagem; sei lidar com Nico há anos. Seco as mãos em uma toalha de papel com os lábios franzidos para mostrar que não vou dizer mais nada.

— Então é isso? Esse é o grande segredo? Foi Tommy? É isso que vou ouvir?

— Tudo bem, Delay — digo baixinho, de costas para ele —, vou lhe dar uma prévia. Uma pergunta. Eu e você, em off, como você disse. Dois velhos amigos, ninguém comenta nada fora daqui.

Eu me viro e olho diretamente para ele.

— Você a matou? — pergunta ele.

Eu sabia que ele perguntaria isso. Mais cedo ou mais tarde, alguém teria que perguntar. Termino de secar as mãos e convoco em mim tudo que pertence à verdade, à sinceridade que possuo em meus modos, e digo, bem baixinho:

— Não, Nico — E olho bem nos olhos dele. —, eu não matei Carolyn.

Vejo que ele se abala; noto uma dilatação em suas pupilas; seus olhos ficam mais escuros instantaneamente; seu rosto muda de tom.

— Muito bem — diz ele, por fim. — Você vai se sair muito bem. — E sorri. — Meio chato esse negócio de ser acusado falsamente, hein?

— Vá se foder, Delay.

— Eu sabia que ouviria isso também.

Saímos do banheiro rindo. Quando ergo os olhos, vejo que atraí a atenção de Stern e Kemp, que estão parados a pouca distância no corredor, conversando com Berman, o investigador particular. Ele é muito alto, tem a barriga grande e está com uma gravata chamativa. O olhar de Stern demonstra contrariedade. Talvez esteja zangado por me ver com Nico. Parece que foi interrompido; ele acena, despedindo-se dos outros dois, e volta ao tribunal. Kemp se afasta alguns passos com Berman, depois volta até mim. Observamos enquanto Delay segue Sandy para dentro.

— Não vou estar aqui esta tarde — comenta Jamie. — Tenho que ver uma coisa.

— Coisa boa?

— Muito boa se der certo.

— É segredo?

Jamie olha para a porta do tribunal.

— Sandy disse para eu não falar disso agora para não criar falsas esperanças. Ele quer ser cauteloso, entende?

— Não muito — digo.

Berman, a certa distância, diz a Jamie que precisam ir.

Kemp toca minha manga.

— Se der certo, você vai adorar. Confie em mim.

Tenho certeza de que meu olhar é abjeto, demonstra confusão e frustração com meus próprios advogados. Mas sei que não posso objetar; eu mesmo ensinei Jamie Kemp a ser frugal com sua confiança. Eu o eduquei no ceticismo profissional, acreditando que o melhor julgamento ainda está por vir.

— Descobrimos uma coisa sobre um dos intimados — diz ele.

Berman o chama de novo; fala que disseram ao sujeito que estariam lá à uma. Jamie se afasta.

— Confie em mim — pede, mais uma vez, antes de sair correndo.

— Senhoras e senhores — Larren lê para o júri —, os senhores ouvirão agora o testemunho de um perito em impressões digitais, Maurice Dickerman, sobre evidências que ele afirma ter identificado em certo copo. Ao considerar essa prova, os senhores devem... enfatizo: *devem* ter em mente que a defesa não teve oportunidade de examinar esse copo. O testemunho é adequado, mas cabe aos senhores determinar que peso dar a ele. A defesa não teve oportunidade de ver que explicação científica pode haver para as evidências da acusação. Não teve oportunidade de ver se houve alguma trapaça; não estou dizendo que houve, mas estou dizendo que a defesa não teve a oportunidade de procurar um perito próprio para dizer sim ou não sobre isso. Não tiveram oportunidade de ver se houve algum erro. Um erro inocente, mas um erro mesmo assim. Nem tiveram oportunidade de ver se outro perito olharia o copo e diria que as impressões digitais eram de outra pessoa. E os estou instruindo por uma questão de lei, senhoras e senhores, que, quando este caso terminar e os senhores estiverem deliberando sobre ele, têm o direito de levar em conta não só esse testemunho, mas também a falha da promotoria ao não disponibilizar o copo à defesa. E é permitido...

não estou lhes dizendo o que fazer, mas é permitido que esse único fato levante uma dúvida razoável nos senhores, o que exigiria a absolvição do sr. Sabich. Muito bem, prossigam.

No púlpito, Molto fica olhando para o juiz por um momento. A esta altura, os dois já abandonaram o fingimento. Existe um ódio absoluto entre eles, e é visível e intenso. Enquanto isso, a força da instrução limitada de Larren vai se instalando no tribunal. Este é um momento glorioso para a defesa. O juiz desacreditou a evidência da impressão digital. Disse que a absolvição é uma conclusão admissível. A sugestão de que um erro foi cometido é como um corte no osso em um julgamento criminal.

Morrie Dickerman se senta no banco das testemunhas. Ele é puro profissionalismo; um nova-iorquino anguloso com grandes óculos de armação escura, Morrie acha impressões digitais fascinantes. Ele gostava de mim porque eu o ouvia. Morrie é tão bom quanto Indolor Kumagai é ruim – sim, esse é o tipo de mix de habilidades que se encontra no serviço público. Sentado ali com suas fotos e slides, mostra ao júri como é feito o processo. Explica como se formam as impressões digitais – um resíduo de óleo deixado por certas pessoas, em determinados momentos. Algumas pessoas nunca deixam impressões digitais; a maioria deixa em alguns momentos e não em outros; depende de quanto suam. Quando deixam, é uma marca única. Nenhuma impressão digital é igual a outra. Morrie dá todas essas informações com generosidade, e depois, nos últimos cinco minutos de depoimento, ele me joga na fogueira com suas fotos do bar, do copo, das impressões e das ampliações de minha ficha de funcionário do condado. Todos os pontos característicos correspondentes estão identificados com setas vermelhas. Morrie se preparou muito bem, como sempre.

Stern fica um tempo parado, estudando a ampliação fotográfica de uma de minhas impressões digitais encontradas no copo. Vira a foto para Morrie e começa:

— A que horas do dia 1º de abril foi feita essa impressão digital, sr. Dickerman?

— Não faço ideia.

— Mas tem certeza de que foi feita no dia 1º de abril?

— Não há como dizer isso também.

— Como disse? — Stern abre a boca, em falsa surpresa. — Ora, certamente pode nos dizer que foi feito por volta de 1º de abril, não é?

— Não.

— Diga-me, quanto tempo duram as impressões digitais?

— Anos — diz Dickerman.

— Como disse?

— Pode levar anos até que os óleos se decomponham.

— Qual foi a impressão digital mais antiga que o senhor tirou durante todo esse tempo que trabalha na polícia?

— Em um caso de sequestro, tirei uma impressão digital do volante de um carro abandonado que devia ter três anos e meio.

— Três anos e meio? — ofega Stern.

Ele é uma maravilha. O homem que destruiu Raymond Horgan agora finge confusão inocente, deferência ao perito. Age como se estivesse descobrindo tudo isso agora.

— Então, o sr. Sabich poderia ter manuseado este copo seis meses antes, quando esteve no apartamento da sra. Polhemus trabalhando no julgamento de McGaffen?

— Não sei dizer quando o sr. Sabich trabalhou nesse julgamento. Só posso dizer que há duas impressões digitais dele.

— Supondo que o sr. Sabich tocou o copo por algum motivo; bebeu água, por exemplo. Se apenas o interior do copo foi enxaguado depois que ele o usou, é possível que suas impressões tenham permanecido?

— Sim. Aliás, isso é teoricamente possível mesmo que todo o copo tenha ficado imerso. Normalmente, água e sabão removem os óleos, mas há na literatura casos em que impressões digitais foram identificadas mesmo após a lavagem do objeto.

— Não! — diz Sandy Stern, fingindo-se surpreso.

— Mas eu mesmo nunca vi isso — afirma Dickerman.

— Bem, pelo menos sabemos que ninguém mais manuseou o copo, porque não havia outras impressões digitais nele, correto?

— Não.

Stern fica imóvel.

— Como disse?

— Há outra latente.

— Não! — exclama Stern, de novo.

Ele está atuando conscientemente; Sandy tem uma estranha teatralidade. No início do julgamento, o júri ainda não o conhecia, não sabia que ele estava atuando. Agora, na segunda semana, ele se permite gestos mais amplos, como se admitisse a intencionalidade de seu comportamento. Com isso, está dizendo ao júri: "Eu sei e vocês sabem". É um ato de confiança. Assim, os jurados entendem que ele não está realmente surpreso com nada daquilo.

— Quer dizer que há outra impressão digital no copo?

— É o que estou dizendo.

— Pode ser, senhor, que o sr. Sabich tenha tocado no copo meses antes, e outra pessoa o manuseou em 1º de abril?

— Pode ser — diz Dickerman, calmamente. — Pode ser qualquer coisa.

— Bem, sabemos que o sr. Sabich esteve lá naquela noite porque as impressões dele estão em muitos outros objetos no apartamento, não é?

— Não, senhor.

— Ora, deve estar em algumas coisas. Por exemplo, as travas das janelas foram abertas. Havia impressões identificáveis lá?

— Identificáveis, sim, mas não identificadas.

— Eram impressões digitais de alguém, mas não do sr. Sabich?

— Nem da sra. Polhemus. Nós a excluímos.

— Uma terceira pessoa deixou essas impressões?

— Sim, senhor.

— E no copo também?

— Exato.

Stern repassa toda a lista de locais dentro do apartamento de onde foram colhidas digitais, mas não minhas: a mesinha de café que estava virada; os utensílios da lareira, que carregam o estigma de poder ter sido a arma do crime; a superfície do balcão; as mesinhas laterais; a janela; a porta. E cinco ou seis outros lugares.

— E as digitais do sr. Sabich não apareceram em nenhum desses lugares?

— Não, senhor.

— Só nesse copo que ninguém encontra mais?

— Sim, senhor.

— Em um só lugar?

— Nada mais.

— Ele teria deixado impressões digitais por todo o apartamento se houvesse estado lá, não é?

— Poderia ter deixado ou não. O vidro é uma superfície extraordinariamente receptiva.

Stern, claro, já sabia a resposta.

— Mas e a mesa de vidro, e as janelas? — pergunta Stern.

Dickerman dá de ombros. Ele não está aqui para explicar; está aqui para identificar impressões digitais. Stern aproveita ao máximo essa limitação de Dickerman e, pela primeira vez desde que o julgamento começou, olha diretamente para o júri, como se buscasse consolo.

— Senhor — diz Stern —, quantas outras impressões identificáveis havia de uma terceira pessoa, não do sr. Sabich nem da sra. Polhemus?

— Cinco, creio. Uma na trava, uma na janela, duas nas garrafas de bebidas e uma em uma das mesinhas laterais.

— E algumas foram feitas pela mesma pessoa?

— Não sei dizer.

Stern, que ainda não saiu do lado da banca da defesa, inclina-se um pouco para a frente a fim de indicar que não entendeu.

— Como disse? — pergunta, mais uma vez.

— Não há como saber. Só posso dizer que não são de alguém cujas impressões foram registradas no condado, porque fizemos a verificação no computador. A pessoa não tem antecedentes criminais e nunca trabalhou no serviço público. Mas as impressões podem ser de cinco pessoas diferentes ou da mesma. Podem ser da faxineira, de um vizinho ou namorado. Não sei dizer.

— Não entendo — responde Stern, que entende muito bem.

— As pessoas têm dez dedos, sr. Stern. Não sei se uma é do dedo indicador do desconhecido A, e outra do dedo médio do desconhecido B. Nem se são da mão esquerda ou direita. Não há como saber sem uma base sobre a qual trabalhar.

— Ora, certamente, sr. Dickerman... — Stern para. — Qual promotor supervisionou suas atividades depois do sr. Sabich?

— Molto — diz Dickerman, provocando a sensação imediata de que não gosta muito de Tommy.

— Sem dúvida ele pediu ao senhor para comparar essas cinco impressões digitais não identificadas para ver se duas poderiam ser do mesmo dedo, não é?

Muito bom, penso comigo mesmo. Excelente. Esse é o tipo de detalhe que eu sempre deixava passar quando era promotor. Queria o foco no réu, e o réu, claro, queria o foco em qualquer outra pessoa.

Mas, quando Dickerman responde que não, um dos jurados, o atleta que trabalha meio período com computadores, volta-se, sacudindo a cabeça, e olha para mim, como quem diz: Dá para acreditar nisso? Fico surpreso por termos nos recuperado tanto desde ontem. O jurado se volta para a pessoa a seu lado, a jovem gerente da drogaria, e trocam comentários.

— Dá para fazer isso da noite para o dia — explica Dickerman.

— Bem, tenho certeza de que o sr. Molto se lembrou disso agora — diz Stern e vai se sentar; mas resolve prosseguir. — Sr. Dickerman, sabe por que o sr. Molto não lhe pediu para fazer a comparação das outras impressões?

Um bom advogado nunca pergunta por quê, a menos que saiba a resposta. Stern sabe, assim como eu. Negligência. Muita coisa para fazer em pouco tempo. Esse é o problema do foco. Qualquer resposta será suficiente para levantar dúvidas sobre Molto.

— Presumo que não tenha dado importância — sugere Dickerman, tentando minimizar o significado da omissão.

Mas sua resposta tem um tom agourento, como se Molto não se preocupasse com a verdade.

Stern, que ainda está à mesa da defesa, fica em pé mais um segundo.

— Pois é — diz. — Pois é.

Molto vai até o púlpito, e a sra. Maybell Beatrice, que trabalha como doméstica em Nearing, é chamada. Fico aliviado por ver Tommy aí em cima de novo. Apesar de todo o desleixo de Nico, parece que agora ele se encontrou no tribunal. Mas Tommy tem muito menos jogo de cintura. Na promotoria, sempre houve uma espécie de divisão cultural, uma barreira na qual minha amizade com Nico acabou encalhada. Raymond sempre selecionou um corpo de elite, jovens advogados formados em faculdades de que ele gostava; e, após um período de aprendizado, colocava-os para trabalhar em Investigações Especiais. Processávamos culpados e ricos por suborno e fraude; conduzíamos investigações extensas e julgamentos do grande júri; aprendíamos a trabalhar contra gente como Stern, advogados que defendiam a lei para os juízes e as nuances para os jurados. Molto e Della Guardia nunca se elevaram acima da acusação de crimes de rua. A mistura particular de orgulho e paixão de Tommy foi alimentada durante muito tempo nos tribunais de homicídios e cortes secundárias. Nesses lugares, nenhuma prisão é proibida, os advogados de defesa usam todas as estratégias e artifícios baratos, e os promotores aprendem a imitá-los. Tommy se tornou o tipo de promotor que a promotoria muitas vezes cria: um advogado que não consegue mais distinguir os limites entre persuasão e trapaça, que considera um julgamento uma série de truques e artifícios. No início, eu achava que sua personalidade ardente seria uma detração para o estado; mas o fardo que ele passou a representar para a promotoria foi sua incapacidade de escapar de sua experiência. Ele é mais brilhante que Nico, tem uma inteligência penetrante e está sempre preparado, mas, a esta altura, todo mundo no tribunal suspeita que seu zelo não tem limites; que ele fará de tudo para vencer. Seja qual for a velha rivalidade ou ciúme em relação à Carolyn, entendo que essa característica também deve ser uma fonte parcial da antipatia entre o juiz e ele.

E é a mesma coisa que mantém minha curiosidade acesa sobre Leon e o arquivo B e as sombras escondidas no passado de Molto. Achei intrigante o comentário de Nico sobre o relacionamento próximo entre Molto e Carolyn. Quem sabe exatamente como ela o seduziu? Cada vez mais, como todos aqui, eu me convenço de que há algo de sinistro no caráter de Molto. É muito fácil para ele justificar seu comportamento; não há um limite óbvio abaixo do qual não desceria. Aquilo que começou como mais um ilusionismo de Stern parece ter adquirido vida própria. Fiquei pensando, enquanto tentava adivinhar qual revelação Kemp foi investigar, se Molto não seria o alvo. Ele respondeu mal ao antigo artifício de Stern de jogar o promotor na fogueira. E vai cometer seu maior erro até agora na inquirição direta dessa mulher.

A sra. Beatrice alega que viu um homem branco no ônibus das oito da noite em uma terça-feira de abril. Não sabe qual terça à noite era, mas era terça, porque trabalha até tarde nas terças, e era abril, porque se lembra de que foi no mês anterior ao que falou pela primeira vez com a polícia, que estava fazendo entrevistas aleatórias no terminal de ônibus em maio.

— Senhora — diz Molto —, peço que olhe ao redor para ver se há alguém que reconhece.

Ela aponta para mim.

Molto se senta.

Stern começa a inquirição cruzada. A sra. Beatrice o cumprimenta sem apreensão. É uma idosa, bastante corpulenta, de rosto alegre e bondoso. Seu cabelo grisalho está preso em um coque, e ela usa óculos redondos de aro de metal.

— Sra. Beatrice — diz Stern, simpático —, me parece que a senhora é o tipo de pessoa que chega ao terminal um pouco mais cedo.

Stern sabe disso, claro, pelo horário registrado no relatório da entrevista policial.

— Sim, senhor. A sra. Youngner me libera todas as noites faltando quinze, assim posso comprar o jornal e um chocolate e arranjar um lugar para sentar.

— E o ônibus que vai à cidade é o mesmo que sai dela, certo?

— Sim, senhor.

— Ele é circular? Termina seu trajeto em Nearing e volta?

— Faz o retorno em Nearing, isso mesmo.

— E a senhora está lá todas as noites quando esse ônibus chega, às quinze para...?

— Quinze para as seis. Quase todas as noites, sim, senhor. Exceto às terças-feiras, como expliquei.

— E as pessoas que vêm do centro descem do ônibus e passam pela senhora, que tem oportunidade de ver o rosto delas, é isso?

— Sim, senhor. Muitas delas parecem muito cansadas.

— Senhora... Ah, eu não deveria perguntar isso... — Ele olha sério de novo para o relatório da entrevista policial. — Não está dizendo que reconhece o sr. Sabich como o homem que viu no ônibus naquela noite de terça-feira, não é?

Não há nada a perder com essa pergunta. A inquirição direta de Molto já deixou a impressão de que, de fato, é esse o caso. Mas a sra. Beatrice faz uma careta e sacode a cabeça enfaticamente.

— Não, senhor. Eu gostaria de explicar isso.
— Por favor, explique.
— Eu sabia que havia visto esse homem. — Ela assente para mim. — Eu disse isso ao sr. Molto muitas vezes; vi esse homem quando fui pegar o ônibus. Eu lembro que havia um homem naquele ônibus em uma noite de terça-feira, porque trabalho até tarde nesse dia, já que a sra. Youngner só chega perto das sete e meia às terças. E lembro que era um homem branco, porque não há muitos homens brancos que pegam o ônibus para a cidade àquela hora da noite. Mas eu simplesmente não consigo lembrar se era esse homem ou outro. Sei que ele me parece muito familiar, mas não sei dizer se é porque o vi na estação ou porque o vi no ônibus naquela noite.

— Então, tem dúvida de que foi o sr. Sabich que viu naquela noite?
— Isso mesmo. Não posso afirmar que era ele. Pode ser, mas não posso afirmar.
— Falou com o sr. Molto sobre seu testemunho?
— Muitas vezes.
— E já contou a ele tudo que acabou de nos contar?
— Sim, senhor.

Sandy se volta para Molto com um olhar altivo de reprovação muda.

Depois da sessão, Stern me pede para ir para casa, trazendo Barbara até mim.

— Leve sua linda esposa para jantar. Ela merece uma recompensa por seu apoio.

Digo a Stern que esperava que começássemos a discutir nossa defesa, mas ele sacode a cabeça.

— Rusty, perdão, mas não posso — diz ele.

Como presidente do Comitê de Processo Penal da Ordem dos Advogados, ele é responsável por um jantar formal que será oferecido amanhã à noite em homenagem ao juiz Magnuson, que está se aposentando depois de ocupar o cargo de juiz criminal durante três décadas.

— E terei que passar uma ou duas horas com Kemp — acrescenta casualmente.

— Não quer me dizer onde ele esteve?

Stern franze o cenho.

— Rusty, por favor, faça o que estou pedindo. — Ele pega de novo no braço de Barbara e no meu. — Temos algumas informações. Têm a ver com minha inquirição de amanhã do dr. Kumagai. Mas não vale a pena falar disso agora. Pode ser um mal-entendido; não quero alimentar falsas esperanças. É melhor ficar no escuro do que ter suas expectativas frustradas. Por favor, aceite meu conselho. Você anda trabalhando longas horas, tire uma noite de folga. No fim de semana, podemos discutir uma defesa se for necessária.

— Se for necessária? — pergunto.

O significado de suas palavras é indecifrável. Por acaso ele está propondo que descansemos, que não ofereçamos evidências? Ou essa nova informação é tão explosiva que o julgamento será interrompido?

— Por favor — diz Sandy, de novo, já nos levando para fora do tribunal.

Barbara intervém, pegando minha mão.

Então, jantamos no Rechtner's, um restaurante alemão de que sempre gostei, à moda antiga, perto do tribunal. Barbara está bem contente depois dos acontecimentos favoráveis de hoje. Parece que também foi afetada pelos eventos severos de ontem. Ela sugere uma garrafa de vinho e, depois de aberta, faz perguntas sobre o julgamento. Ela gosta de me ter por perto, por fim. É evidente que minha indisponibilidade a vem frustrando. Ela faz perguntas em série, com seus grandes olhos escuros imóveis e atentos. Está muito preocupada com a estipulação dos caras da Cabelos e Fibras de ontem. Por que escolhemos isso em vez de testemunho? Ela pede um relato completo de tudo que o relatório do laboratório revelou. A seguir, faz muitas perguntas sobre Kumagai e o que se espera que o testemunho dele mostre. Minhas respostas, como sempre, são lacônicas. Respondo brevemente, digo para ela comer, enquanto tento conter meu desconforto. Como sempre, há um aspecto no interesse de Barbara que é assustador para mim. Seu fascínio é realmente tão abstrato quanto parece? São os procedimentos e quebra-cabeças que a atraem, mais até que o impacto sobre mim? Tento mudar de assunto, pedindo notícias de Nathaniel, mas Barbara percebe que estou tentando dissuadi-la.

— Sabe, você está ficando como antes — diz ela.

— Como assim? — pergunto, em uma terrível tentativa de evasão.

— Está distante de novo.

Estou onde estou, e ela reclama. Mesmo com o vinho, uma onda de raiva avassaladora me inunda. Meu rosto, imagino, deve estar como o de meu pai, com aquela expressão monumental de algo sombrio e indomável. Espero até passar.

— Não é uma experiência fácil, Barbara. Estou tentando superar isso dia a dia.

— Quero ajudar você, Rusty — diz ela. — Como puder.

Não respondo. Talvez eu devesse sentir raiva de novo, mas, como sempre acontece, depois da ira, fico abandonado nas cavernas escuras da tristeza mais profunda de minha vida.

Estendo as mãos por cima da mesa e pego as dela.

— Eu não desisti — digo —, quero que você saiba disso. Está muito difícil agora, estou só tentando chegar até o fim. Mas não desisti de nada; quero o máximo possível se tiver a chance de começar de novo. Tudo bem?

Ela olha para mim com uma franqueza rara, mas por fim assente.

No caminho de volta para casa, pergunto de novo sobre Nat, e Barbara me conta, como nunca havia feito antes, que recebeu vários telefonemas do diretor do acampamento. Nathaniel está acordando duas vezes por noite com pesadelos, gritando. O diretor, que no começo considerou isso mera questão de adaptação, agora decidiu que o problema é agudo. O menino sente mais do que saudade de casa. Ele sente uma ansiedade especial em relação a meu destino, que foi exacerbada por estar longe. O diretor recomendou que ele volte para casa.

— O que você achou do Nat ao telefone?

Barbara ligou para ele duas vezes, durante o intervalo do almoço, único horário em que era possível encontrá-lo. Eu estava com Stern e Kemp em ambas as ocasiões.

— Ele parece bem; está tentando ser corajoso. Mas é isso, acho que o diretor tem razão. Nat vai ficar melhor em casa.

Concordo prontamente. Estou emocionado e, apesar da perversidade disso, sinto-me encorajado pela profundidade da preocupação de meu filho. Mas o fato de Barbara ter guardado isso para si mesma mexe com velhas feridas. Encontro-me mais uma vez à beira da raiva, mas digo a mim mesmo que estou sendo insensato, irracional. A ideia dela, eu sei, é não aumentar meus fardos. Mas ela tem uma maneira impecável e indetectável de guardar as coisas para si mesma.

Quando abrimos a porta, o telefone está tocando. Imagino que seja Kemp ou Stern, finalmente prontos para dar a grande notícia, seja ela qual for. Mas é Lipranzer, que ainda não fala seu nome.

— Acho que conseguimos alguma coisa. Sobre aquilo — diz. Leon.

— Pode falar agora?

— Agora não. Só liguei para saber se você vai estar livre amanhã à noite. Tarde, depois que eu sair.

— Depois da meia-noite?

— Isso. Pensei em darmos uma volta, ir ver um cara.

— Você o encontrou?

Meu coração acelera. Incrível, Lipranzer encontrou Leon.

— Parece que sim, mas vou saber amanhã com certeza. Você vai adorar essa.

Ouço alguém falando perto dele.

— Tenho que desligar. Só queria avisar. Amanhã à noite. — Ele ri, algo raro em Dan Lipranzer, especialmente nestes tempos. — Você vai adorar.

CAPÍTULO 33

— Doutooor Kumagai — diz Sandy Stern, arrastando as sílabas com escárnio.

São catorze horas e cinco minutos, início da sessão após o almoço, e estas são as primeiras palavras de uma inquirição que tanto Kemp quanto Stern me prometeram, em particular, que será a mais agitada do julgamento.

Tatsuo Kumagai – Ted para os íntimos –, a última testemunha do estado, encara Stern, relaxado e indiferente, com as mãos cruzadas e uma expressão plácida em seu rosto moreno. A este público, ele se apresenta como um homem sem necessidade de expressão. Ele é um perito, um observador imparcial dos fatos. Está com um terno azul de veludo cotelê, e seu abundante cabelo preto está cuidadosamente penteado para trás, formando um topete. Sua inquirição direta, esta manhã, foi a primeira ocasião em que vi Indolor depor, e ele se saiu um pouco melhor do que eu esperava. A terminologia médica e seus padrões de fala únicos fizeram que a relatora do tribunal o interrompesse várias vezes para pedir que as respostas fossem repetidas ou soletradas. Mas ele tem uma presença inegável. Sua arrogância natural se traduz, no banco das testemunhas, em uma confiança bem desenvolvida por ser um médico especialista. Suas qualificações são impressionantes. Ele estudou em três continentes. Tem artigos no mundo todo. Já testemunhou como patologista forense em casos de homicídio por todo o país.

Essas credenciais surgiram no longo processo de qualificação de Indolor como perito. Ao contrário de uma testemunha ocular, que se limita a contar o que viu, ouviu ou fez, Indolor é encarregado de analisar todas as evidências forenses e opinar sobre o ocorrido. Antes de sua aparição, várias estipulações foram lidas: a análise do químico forense; os resultados dos exames de sangue... No depoimento, Indolor usou esses fatos e o exame que fez no corpo para fornecer um relato abrangente. Na noite de 1º de abril, a sra. Polhemus teve relações sexuais, quase certamente de natureza consensual. Essa opinião foi baseada na presença de uma concentração de dois por cento do produto químico nonoxinol-9 e várias bases gelatinosas, indicando o uso de um diafragma. O homem com quem a sra. Polhemus teve relações sexuais era, como eu, um secretor tipo A. Logo depois que ela fez sexo – tempo relativo indicado pela profundidade, dentro da vagina, do depósito seminal primário –, a sra. Polhemus foi atingida por trás. Seu agressor era destro, como eu. Isso pôde ser determinado pelo ângulo do golpe no lado direito da cabeça dela. A altura dele não pode ser estimada sem saber a posição dela no momento do ataque ou o comprimento da arma do crime. A melhor indicação que se depreende do ferimento craniano é que ela estava em pé, mesmo que brevemente, quando foi atingida. O diafragma foi aparentemente removido nesse momento, e a sra. Polhemus, já morta, foi amarrada. Sem a objeção de Stern, Indolor declarou que a presença do composto espermicida, juntamente com o destravamento das portas e janelas, o levou a acreditar que um estupro havia sido simulado para ocultar a identidade do assassino, que era alguém familiarizado com os métodos de detecção de crime e as responsabilidades rotineiras da sra. Polhemus na promotoria.

Na condução de Nico da inquirição de Indolor, ele perguntou se sua opinião sobre como o crime havia ocorrido já havia sido comunicada a mim.

— Sim, senhor. Conversei com o sr. Sabich por volta do dia 10, 11 de abril deste ano e discutimos o caso.

— Conte-nos o que foi dito.

— Sr. Sabich tentou me convencer de que sra. Polhemus morreu acidentalmente, em alguma atividade sexual pervertida; que foi amarrada por vontade própria.

— E como o senhor respondeu?

— Eu disse que era ridículo e expliquei que as evidências mostram o que realmente aconteceu.

— E depois que informou o sr. Sabich de sua teoria sobre o que ocorreu, discutiram sobre mais alguma coisa?

— Sim. Ele ficou bastante chateado, nervoso. Levantou-se e me ameaçou. Disse que era melhor eu ter cuidado ou iria me processar por interferir em uma investigação. Um pouco mais, mas basicamente isso.

Stern e Kemp, um de cada lado meu, até agora ouviram Indolor com uma calma que se aproximava da beatitude. Nenhum dos dois se preocupou em fazer anotações. Ainda não sei o que esperar, mas isso foi escolha minha.

Kumagai cometeu um erro, foi o que me disse Kemp quando cheguei a seu escritório esta manhã. Um erro grande.

— Muito grande? — perguntei.

— Enorme — disse Kemp. — Enorme.

Assenti e pensei comigo mesmo que, se fosse outra pessoa que não Indolor, eu ficaria mais surpreso.

— Quer saber qual foi? — perguntou-me Kemp.

Estranhamente, descobri que a avaliação de Stern estava certa. Era melhor eu não saber os detalhes. Saber que houve algum erro descomunal foi o suficiente para me levar diretamente às periferias de minha raiva mais profunda, e eu não tinha desejo de entrar nessa região de caos.

— Surpreenda-me — disse a Kemp. — Vou descobrir no tribunal.

Agora, estou esperando. Indolor está sentado ali, imperturbável, impassível. Na hora do almoço, Kemp me disse que achava que a carreira de Kumagai acabaria hoje.

— Doutooor Kumagai — começa Stern —, o senhor testemunhou aqui como perito, não é mesmo?

— Sim, senhor.

— E nos falou sobre seus artigos e diplomas, não foi?

— Respondi sobre isso, sim.

— O senhor disse que testemunhou em muitas ocasiões anteriores.

— Centenas — diz Indolor.

Cada resposta tem uma espécie de insolência. Ele quer mostrar que é inteligente e durão, superior a qualquer advogado.

— Doutor, que o senhor saiba, alguma vez sua competência foi questionada?

Indolor se ajeita no banco. Começa o ataque.

— Não, senhor — diz ele.

— Doutor, não é verdade que muitos promotores adjuntos, ao longo dos anos, reclamaram de sua competência como patologista forense?

— Não para mim.

— Não, não para o senhor. Mas para o chefe de polícia, resultando em pelo menos um memorando anexado a seu arquivo pessoal?

— Disso, eu não sei.

Sandy mostra o documento primeiro para Nico, depois para Kumagai.

— Nunca vi isso — diz ele, sem demora.

— O senhor não precisa ser notificado, segundo o regulamento da polícia, sobre qualquer coisa anexada a seu arquivo pessoal?

— Pode ser, mas o senhor perguntou se eu lembro. Não lembro.

— Obrigado, doutor.

Sandy tira o documento das mãos de Kumagai e, enquanto está voltando para nossa mesa, pergunta:

— Tem algum apelido, senhor?

Kumagai fica rígido. Talvez esteja arrependido de não ter admitido o memorando.

— Amigos me chamam de Ted.

— E o que mais?

— Não uso apelido.

— Não, não que o senhor use. Como o senhor é conhecido?

— Não entendi a pergunta.

— Alguém já se referiu ao senhor como Indolor?

— Para mim?

— Para qualquer pessoa, que o senhor saiba?

Mais uma vez, Indolor se remexe.

— Pode ser — diz, por fim.

— O senhor não gosta desse apelido, não é?

— Não me importo.

— O senhor adquiriu esse apelido há alguns anos, do ex-subchefe sr. Sennett, em um contexto nada lisonjeiro, não é?

— Se o senhor diz...

— O sr. Sennett lhe disse que o senhor estragou uma autópsia e que a única pessoa que consideraria *indolor* trabalhar com o senhor era o cadáver, porque estava morto, não foi?

Trovejam risos no tribunal. Até mesmo Larren está rindo. Eu me remexo na cadeira. Seja o que for que Stern descobriu, deve ser bom, porque, pela primeira vez, ele abandonou seu decoro inato. Sua inquirição, até agora, está beirando a crueldade.

— Não lembro — diz Indolor, friamente, quando a ordem volta à sala.

Todo policial e promotor do condado de Kindle conhece essa história. Stan Sennett adoraria contá-la no banco das testemunhas, mas o juiz provavelmente não permitiria tal desvio, chamado de impedimento colateral.

Ao longo dos anos, Kumagai foi desenvolvendo conhecimento das regras acerca das evidências. Agora, está com os ombros fechados sobre o peito; olha para Stern, esperando mais. Aparentemente, considera que teve uma pequena vitória e sente prazer nisso.

— Pois bem, o sr. Della Guardia e o sr. Molto são duas pessoas da promotoria com quem o senhor teve... digamos... menos desacordo, correto?

— Claro. Eles são bons amigos.

Nesse ponto, Indolor aparentemente foi bem treinado. Ele admite sua proximidade com Tommy e Delay para minimizar a importância deles.

— O senhor falou sobre essa investigação com algum deles enquanto estava em andamento?

— Eu falo com o sr. Molto de vez em quando.

— Quantas vezes o senhor falou com ele?

— Temos contato, conversamos de vez em quando.

— O senhor falou com ele mais de cinco vezes nas primeiras semanas de abril?

— Claro — responde ele —, se o senhor diz.

Indolor não quer correr riscos. Ele sabe que foram distribuídas intimações e não tem como saber de quem são os registros telefônicos que levantamos.

— E o senhor falou detalhadamente sobre essa investigação?

— Sr. Molto é um amigo. Ele pergunta o que estou fazendo, eu digo. Falamos sobre informação pública, nada de grande júri.

Indolor retoma seu sorriso satisfeito. Essas respostas, claro, foram objeto de discussão prévia entre ele e os promotores.

— O senhor disse ao sr. Molto os resultados da análise do químico forense antes de transmiti-los ao sr. Sabich? Eu me refiro especificamente ao espécime encontrado no gel espermicida.

— Entendido — diz Indolor, seco.

Ele olha para Tommy, que está com a mão sobre parte do rosto; e, ao receber o olhar de Kumagai, ele se endireita e a tira.

— Acho que sim — diz Kumagai.

Ele ainda não terminou sua resposta quando Larren fala por cima:

— Só um segundo — pede o juiz. — Só *um* segundo! Os registros refletirão que o promotor Molto acabou de fazer um gesto que reconheço como um sinal para a testemunha, relacionado com a última resposta desta. Haverá mais procedimentos em relação ao sr. Molto posteriormente. Prossiga, sr. Stern.

Tommy está vermelho e se atrapalha ao se levantar.

— Meritíssimo, desculpe, mas não sei do que está falando.

Nem eu, e isso que eu estava observando Molto. Mas Larren está irado.

— Este júri não é cego, sr. Molto, nem eu. Prossiga — determina a Stern.

Mas sua raiva é grande demais para ser guardada, e ele imediatamente gira sua cadeira para Molto e gesticula com o martelo.

— Eu o avisei. Eu já disse antes, sr. Molto, estou muito contrariado com sua conduta durante este julgamento. Haverá procedimentos.

— Sr. Juiz... — diz Tommy, desesperado.

— Retorne a seu lugar, advogado. Sr. Stern, prossiga.

Stern vem até a mesa. Eu explico o que vi; ele também não notou nada. Mas Sandy não desperdiça o incidente. Em tom afetado, pergunta:

— É correto dizer, dr. Kumagai, que o senhor e o sr. Molto sempre tiveram uma boa relação?

A pergunta provoca algumas risadinhas, especialmente dos repórteres. Kumagai pestaneja com desdém e não responde.

— Dr. Kumagai — pergunta Stern —, não é sua ambição tornar-se legista do condado de Kindle?

— Gosto de ser legista — diz Indolor, sem hesitação. — Dr. Russell faz um bom trabalho agora. Alguns anos depois de se aposentar, talvez eu consiga o emprego.

— E a recomendação do promotor lhe ajudaria a conseguir esse cargo, não é?

— Quem sabe? — Indolor sorri. — Mal não faria.

A contragosto, tenho que admirar Delay. Kumagai é sua testemunha e, obviamente, ele o aconselhou a jogar com franqueza sobre o que rolou durante a campanha eleitoral. Fica claro que Nico quer se mostrar perante o júri como um promotor franco para compensar algumas gafes de Molto. E sua análise me parece correta. Se não fosse pelo incidente com o juiz há pouco, tudo estaria muito bem.

— Em abril, o senhor e o sr. Molto já haviam discutido a possibilidade de o senhor se tornar legista, dr. Kumagai?

— Eu já disse, o sr. Molto é meu amigo. Eu falo o que quero fazer, ele fala o que quer fazer. Falamos o tempo todo. Abril, maio, junho.

— E, em abril, o senhor também falou várias vezes sobre essa investigação antes de receber o laudo do químico forense?

— Diria que sim.

— Pois bem, doutor, aquele relatório dizia respeito à amostra de sêmen que o senhor havia retirado da sra. Polhemus durante a autópsia, correto?

— Correto.

— E foi esse o espécime identificado como sendo do tipo sanguíneo do sr. Sabich e contendo produtos químicos consistentes com o uso, pela sra. Polhemus, de um dispositivo de controle de natalidade; um diafragma. Correto?

— Correto.

— E a presença desse produto químico contraceptivo, o espermicida, naquele espécime é fundamental para sua opinião de perito, não é?

— Todos os fatos são importantes, sr. Stern.

— Mas esse fato é particularmente importante, porque o senhor quer que acreditemos que esse trágico incidente teve apenas a aparência de um estupro, não é?

— Não quero que acredite em nada. Essa é a minha opinião.

— Mas é sua opinião, para ir direto ao ponto, que o sr. Sabich tentou simular um estupro, correto?

— Se o senhor diz...

— Não é isso que está tentando sugerir? O senhor, o sr. Molto e o sr. Della Guardia? Sejamos francos com estas pessoas. — Sandy aponta para o júri. — Sua opinião é a de que um estupro foi encenado e de que a forma como isso foi feito sugere conhecimento de técnicas investigativas e das funções regulares da sra. Polhemus na promotoria, correto?

— Disse isso na inquirição direta.

— E tudo isso aponta para o sr. Sabich, não é?

— Se você está dizendo... — diz Indolor, por fim, e sorri.

É visível a relutância de Indolor em acreditar que Stern é incompetente a ponto de comprometer seu próprio cliente. Mas Sandy continua forçando, dizendo mais do que Kumagai arriscaria sozinho, e dá para ver que Indolor sente seu prazer característico com o infortúnio de outra pessoa.

— E todas essas deduções dependem, no final das contas, da presença do gel espermicida no espécime que o senhor enviou ao químico forense, não é?

— Mais ou menos.

— Muito mais que menos, não é?

— Eu diria que sim.

— Então, essa amostra e a presença do espermicida são essenciais para sua opinião de perito? — pergunta Stern, voltando ao ponto em que estava há pouco.

Desta vez, Indolor admite. Dá de ombros e diz que sim.

— Sua opinião de perito, dr. Kumagai, leva em consideração o fato de que nenhum gel espermicida foi encontrado no apartamento da sra. Polhemus? Conhece o testemunho que o detetive Greer prestou aqui?

— Minha opinião é baseada em evidências científicas. Não li a transcrição.

— Mas conhece esse testemunho?

— Ouvi falar.

— E não o preocupa, como perito, que sua opinião dependa da presença de uma substância não encontrada nos pertences da vítima?

— Se me preocupa?

— Essa é minha pergunta.

— Não. Minha opinião é baseada em evidências científicas.

Stern olha longamente para Indolor.

— O espermicida veio de algum lugar, sr. Stern — acrescenta Indolor. — Não sei onde mulher esconde essas coisas. Está no espécime. O exame diz.

— Pois é — diz Sandy Stern.

— O senhor estipulou — retruca Kumagai.

— Que o espermicida estava na amostra que o senhor enviou? Sim, concordamos com isso.

Sandy caminha pelo tribunal. Ainda não consigo adivinhar qual foi o erro de Kumagai. Até ele mencionar a estipulação, eu poderia apostar que o espermicida foi identificado erroneamente.

— Doutor — diz Stern —, suas impressões iniciais no momento da autópsia não registraram a presença de um espermicida, não é?

— Não lembro.

— Pense bem, por favor. Sua teoria original não era a de que a última pessoa que teve relações sexuais com a sra. Polhemus era estéril?

— Não lembro.

— Não? O senhor disse ao detetive Lipranzer que o homem que atacou a sra. Polhemus parecia ter uma condição pela qual produzia espermatozoides mortos, não disse? O detetive Lipranzer já testemunhou uma vez perante o júri, tenho certeza de que não se incomodará se tiver que voltar. Por favor, reflita, dr. Kumagai, não foi isso que o senhor disse?

— Talvez. Muito preliminar.

— Tudo bem, foi sua opinião muito preliminar. Mas foi sua opinião, não é?

— Acho que sim.

— E se lembra dos achados físicos que o levaram a essa opinião?

— Não, senhor.

— Na verdade, doutor, tenho certeza de que é difícil que se lembre, nos dias posteriores, sem ajuda, de qualquer autópsia que faça, correto?

— Às vezes.

— Quantas autópsias o senhor faz em uma semana, dr. Kumagai?

— Uma, duas. Às vezes dez. Depende.

— Lembra-se de quantas executou nos trinta dias que cercaram a morte de Carolyn Polhemus?

— Não, senhor.

— Ficaria surpreso se soubesse que foram dezoito?

— Parece correto.

— E, com esse número, é óbvio que as especificidades de qualquer exame podem fugir à sua memória, não?

— Correto.

— Mas, quando falou com Lipranzer, os detalhes eram mais recentes, não é?

— Provavelmente.

— E o senhor disse a ele, na época, que achava que o agressor era estéril?

— Diria que lembro pouco.

— Pois bem, vamos revisar as descobertas de que atualmente lembra que podem ter levado a essa sua opinião preliminar.

Sandy as cita rapidamente. O *rigor mortis*, a coagulação do sangue e as enzimas digestivas estabeleceram a hora da morte. O depósito primário de fluidos masculinos na parte posterior da vagina, longe da vulva, indicou que Carolyn havia passado pouco tempo em pé após o sexo, o que significa que a relação sexual ocorreu perto do momento do ataque. E havia nas tubas uterinas ausência de espermatozoides vivos, o que se esperaria encontrar dez a doze horas após a relação sexual, supondo que nenhum método contraceptivo houvesse sido usado.

— E, para explicar esses fenômenos, principalmente os espermatozoides mortos, o senhor teorizou que o agressor era estéril. Não lhe ocorreu, a princípio, que um espermicida havia sido usado, não é, doutor?

— Aparentemente, não.

— Olhando para trás, deve pensar que foi um tolo por não ter percebido algo tão óbvio como o uso de um espermicida, não é?

— Cometo erros — admite Indolor, com um movimento de mão.

— É mesmo? — pergunta Stern e fita o perito do estado. — Com que frequência?

Kumagai não responde a isso, mas admite o erro:

— Sr. Stern, não encontrei dispositivo contraceptivo. Nenhum diafragma. Aparentemente, presumi que nenhum controle de natalidade foi usado.

— Mas certamente, dr. Kumagai, um perito de sua estatura não poderia se enganar tão facilmente, não é?

Kumagai sorri; ele sabe que Stern está tripudiando.

— Todos os fatos são importantes — diz ele. — É o tipo de coisa que esse assassino sabe.

— Mas o senhor não estava tentando enganar o detetive Lipranzer quando lhe deu sua impressão inicial, não é?

— Ah, não! — Indolor sacode a cabeça vigorosamente; já estava preparado para essa sugestão.

— Naquela época, o senhor devia estar convencido, doutor, de que o contraceptivo não havia sido usado. Tão convencido que considerou o uso de espermicida fora de questão?

— Sr. Stern, eu tenho opinião. Químico tem resultados. Opinião muda. Lipranzer sabe que opinião é preliminar.

— Vamos analisar algumas alternativas. Por exemplo, dr. Kumagai, estaria convencido de que uma mulher que sabia que não poderia ter filhos não usaria controle de natalidade, correto?

— Claro — diz ele. — Mas sra. Polhemus tem filho.

— Foi o que mostraram as evidências — comenta Stern. — Mas não vamos analisar os detalhes da sra. Polhemus. Considere apenas meu exemplo. Se uma mulher soubesse que não poderia conceber, não seria razoável que usasse um espermicida, não é?

— Claro. Irracional.

Indolor concorda, mas suas respostas estão ficando mais lentas. Seus olhos estão apertados, ele não tem ideia do ponto aonde Stern quer chegar.

— Absurdo?

— Eu diria.

— Como perito forense, o senhor pode imaginar qualquer razão para que essa mulher do exemplo usasse um diafragma ou um espermicida?

— Estamos falando de mulher na menopausa?

— Estamos falando de uma mulher que sabe, sem sombra de dúvida, que não pode engravidar.

— Sem motivo. Nenhuma razão médica. Não penso em nenhuma razão.

Sandy olha para Larren.

— Meritíssimo, a estenógrafa do tribunal poderia marcar as últimas cinco perguntas e respostas para que as possa ler mais tarde se necessário?

Kumagai observa lentamente o tribunal. Olha para o juiz, para a estenógrafa, por fim para a mesa dos promotores. Está bem carrancudo. A armadilha, seja qual for, foi armada. Todo mundo percebe. A relatora prende um clipe no maço estreito de notas estenográficas.

— Não é sua opinião de perito, dr. Kumagai — pergunta meu advogado, Alejandro Stern —, que Carolyn Polhemus era uma mulher que sabia que não podia conceber?

Kumagai fita Stern e se inclina sobre o microfone localizado diante do banco das testemunhas.

— Não — afirma.

— Por favor, não se apresse, doutor. O senhor fez dezoito autópsias naquelas semanas, não prefere analisar suas anotações originais?

— Eu sei que a mulher usou contraceptivo. O senhor estipulou — diz ele, de novo.

— E eu, doutor, digo, mais uma vez, que estipulamos a identificação que o químico forense fez do espécime que o *senhor* lhe enviou.

Stern retorna à nossa mesa. Kemp já tem na mão o documento que Sandy quer. Ele deixa uma cópia com a promotoria e entrega o original a Kumagai.

— Reconhece as anotações da autópsia que realizou na sra. Polhemus, dr. Kumagai?

Indolor vira algumas páginas.

— Minha assinatura.

— Poderia, por favor, ler em voz alta a curta passagem marcada pelo clipe de papel? — Sandy se volta para Nico. — Página 2, advogado.

Kumagai tem que trocar de óculos.

— "Tubas uterinas amarradas e separadas. Extremidades fimbriadas parecem normais."

Kumagai olha para a folha que leu. Folheia de novo o relatório até o fim. Está profundamente carrancudo agora. Por fim, sacode a cabeça.

— Não está certo — diz.

— Suas próprias anotações da autópsia? O senhor as grava ao microfone enquanto conduz o procedimento, não é? Acaso está sugerindo, doutor, que cometeu um erro recente?

— Não está certo — ele repete.

Stern volta para a banca da defesa para pegar outro papel. Agora entendo. Olho para ele enquanto pega o próximo documento de Kemp e sussurro:

— Está me dizendo que Carolyn Polhemus fez laqueadura?

É Kemp quem assente com a cabeça.

Os próximos segundos passam em branco. Estranha e inexplicavelmente, eu me sinto sozinho, preso em minhas sensações hesitantes. Uma conexão essencial foi interrompida. Por um momento, é como um *déjà-vu*. Não consigo entender as razões; o que acontece no tribunal me parece remoto. Estou ciente, de forma deslocada, de que Indolor Kumagai está sendo devastado. Ele nega mais duas ou três vezes que seja possível que a sra. Polhemus tenha tido suas tubas uterinas cortadas cirurgicamente para evitar a concepção. Stern pergunta se outros fatos podem afetar sua opinião e coloca nas mãos de Kumagai os registros do ginecologista do West End que realizou a laqueadura há seis anos e meio, depois que Carolyn abortou. Foi esse médico, sem dúvida, que Kemp foi ver ontem à tarde.

— Pergunto de novo, senhor: esses registros alterariam sua opinião de perito?

Kumagai não responde.

— Senhor, sua opinião de perito agora é que Carolyn Polhemus sabia que não podia conceber?

— Aparentemente. — Kumagai tira os olhos do papel.

Em meio a minha confusão, descubro que sinto pena dele. Agora, ele fala devagar, parece oco. É para Molto e Nico que fala, não para Stern nem para o júri.

— Esqueci — diz a eles.

— Senhor, não é absurdo acreditar que Carolyn Polhemus usou um espermicida na noite de 1º de abril?

Kumagai não responde.

— Não é irracional acreditar nisso?

Kumagai não responde.

— Não há nenhuma razão que o senhor conheça que explicaria por que ela usaria, não é, doutor?

Kumagai ergue os olhos. Não há como saber se ele está pensando ou simplesmente sendo assolado pela vergonha. Está segurando a grade chanfrada do banco das testemunhas. Ainda não responde.

— Devo pedir à estenógrafa que leia suas respostas às perguntas que fiz há poucos instantes?

Kumagai sacode a cabeça.

— Não está claro, dr. Kumagai, que Carolyn Polhemus não usou um espermicida no dia 1º de abril? Essa não seria sua opinião de perito? Não lhe parece, senhor, como perito e cientista, a razão mais óbvia para que nenhum vestígio de espermicida tenha sido encontrado no apartamento dela?

Kumagai parece suspirar.

— Não posso responder às suas perguntas, senhor — diz, com certa dignidade.

— Bem, responda a esta pergunta, dr. Kumagai: não está claro, diante desses fatos, que o espécime que o senhor enviou ao químico não foi retirado do corpo de Carolyn Polhemus?

Kumagai agora se endireita e ajeita os óculos no nariz.

— Eu tenho um procedimento regular.

— Está dizendo a este júri, senhor, que se lembra claramente de pegar aquele espécime, rotulá-lo e enviá-lo?

— Não.

— Repito: não é provável que a amostra contendo o espermicida, a amostra identificada como contendo fluidos do tipo sanguíneo do sr. Sabich, não tenha sido retirada do corpo de Carolyn Polhemus?

Indolor sacode a cabeça de novo. Mas não é negação; ele não sabe o que aconteceu.

— Senhor, não é provável?

— É possível — sugere ele, por fim.

Na bancada do júri, do outro lado do tribunal, ouço um dos homens dizer: "Pelo amor de Deus!".

— E esse espécime, dr. Kumagai, foi enviado na época em que o senhor mantinha conversas regulares com o sr. Molto, correto?

Ao ouvir isso, Kumagai por fim reencontra sua centelha. Ele se ajeita na cadeira e responde:

— Está me acusando, sr. Stern?

Stern demora um pouco para falar.

— Já tivemos acusações sem fundamento suficientes para um caso.

E, antes de retomar sua cadeira, Stern acena com a cabeça para a testemunha para dispensá-la.

— Doutooor Kumagai — diz, e se senta.

Após a sessão, Jamie Kemp e eu estamos na sala de reuniões de Stern descrevendo o interrogatório de Kumagai para uma pequena audiência composta pela secretária de Sandy, o investigador particular Berman e dois estudantes de Direito que trabalham no escritório como escriturários. Kemp trouxe uma garrafa de champanhe, e um dos jovens ligou o rádio. Como bom ator que é, Kemp faz uma sátira na qual interpreta os papéis de Stern e Kumagai. Repete as perguntas mais danosas de Stern em tom insistente e depois se joga em uma cadeira, batendo os pés e fingindo sufocar. Estamos gargalhando quando Stern entra pela porta. Ele está de smoking, ou, mais propriamente, parte dele: só a calça listrada e a camisa engomada; a gravata-borboleta vermelha, ainda não amarrada, pende de seu colarinho. Inspecionando a cena, ele fica lívido; uma raiva feroz toma conta de todas as suas feições. Fica claro que ele está se esforçando para se controlar.

— Isso é inapropriado — diz, dirigindo-se a Kemp. — Totalmente inapropriado. Estamos em julgamento, este não é o momento de comemorar. Não podemos levar sequer uma sombra de presunção àquele tribunal; o júri sente essas coisas intuitivamente, e não gosta. Por favor, arrume isso, gostaria de falar com meu cliente. Rusty — diz a mim —, quando você tiver um minuto...

Ele dá meia-volta, e eu o sigo até sua sala, cujo interior é suave, quase feminino. Suspeito que a mão de Clara teve participação na decoração. Tudo tem o mesmo tom creme. Cortinas até o chão cobrem as janelas, e móveis estofados de algodão haitiano lotam o escritório, dando a sensação, a quem entra, de que está sendo empurrado para uma poltrona. Stern mantém um pesado cinzeiro de cristal em cada canto de sua mesa.

— A culpa é mais minha que de Jamie — digo quando entro.

— Obrigado, mas você não está encarregado de conduzir julgamentos neste momento, ele sim. Aquilo foi totalmente inapropriado.

— Foi uma grande vitória. Ele trabalhou duro, estávamos curtindo. Ele estava tentando deixar seu cliente à vontade.

— Não precisa defender Kemp para mim. Ele é um advogado de primeira linha, e valorizo o trabalho dele. Talvez seja eu o culpado. Quando um caso está chegando à conclusão, sempre fico tenso.

— Você deveria saborear a vitória de hoje, Sandy. Nenhum advogado consegue muitas inquirições cruzadas como essa, especialmente do perito do estado.

— É isso mesmo — diz Stern e se permite um breve sorriso caprichoso. — Que erro colossal! — Ele solta uma espécie de gemido e sacode a cabeça. — Mas isso já passou. Você tem sido muito insistente, e por isso gostaria de um momento para discutir nossa defesa do caso. Gostaria de ter mais tempo, mas me comprometi meses atrás com esse jantar para o juiz Magnuson. Della Guardia estará lá, de modo que estaremos todos em igual desvantagem. — Ele sorri, apreciando seu próprio humor discreto. — Enfim, sua defesa: as decisões nessas questões são sempre do cliente. Se quiser, eu lhe darei meu conselho. Se não, sinta-se livre para determinar o que quer. Estou à sua disposição.

Como previ o tempo todo, Sandy esperou até que estivéssemos claramente à frente antes de permitir que eu tomasse minhas decisões. Eu sei o que ele sugeriria.

— Você acha que vamos ter a chance de oferecer uma defesa?

— Está me perguntando se acho que o juiz Lyttle nos dará um veredito direto amanhã?

— Em sua opinião, isso é possível?

— Eu ficaria surpreso. — Ele pega o charuto no cinzeiro. — Realisticamente, minha resposta é não.

— O que resta que me liga ao crime?

— Rusty, não há razão para eu lhe dar uma aula. Mas você deve lembrar que, nesta fase, as inferências devem ser tomadas sob a luz mais favorável à acusação. Até mesmo o testemunho de Kumagai na inquirição direta, por mais absurdo que tenha sido, deve ser creditado aos propósitos da petição. E a resposta à sua pergunta é que as provas, sob qualquer luz, ligam você à cena. Suas impressões digitais estão lá; fibras de um carpete que pode ser seu estão lá. Os registros telefônicos mostram que você falava com ela. E tudo isso foi ocultado. Em termos mais práticos, nenhum juiz deseja usurpar o papel do júri como tomador de decisão em um caso desta estatura. Isso dá lugar a críticas e, talvez mais importante, deixa no ar a sensação de que o caso não foi resolvido de maneira justa. Considero as provas da acusação, da maneira como estão, muito tênues.

É provável que o juiz veja da mesma maneira; mas, sem dúvida, ele preferiria que o júri o eximisse. Se, inexplicavelmente, eles fracassarem nessa responsabilidade, ele pode aprovar uma petição de absolvição depois do julgamento, independentemente do veredito. Eu consideraria isso muito mais provável, neste caso.

Faz sentido o que ele falou, mas eu esperava que dissesse outra coisa.

— Isso nos leva à questão da defesa — diz Stern. — Com certeza, se prosseguirmos, teremos que fornecer certos documentos. Queremos estabelecer que Barbara estava na universidade, como você afirmou. Portanto, vamos apresentar o registro do computador para demonstrar que ela se conectou pouco depois das oito da noite. Queremos mostrar que as empresas de aluguel de carros e de táxis não têm registros que sustentem a ideia de que você viajou para a cidade na noite de 1º de abril. Os registros do ginecologista de que falamos hoje também devem, claro, ser fornecidos, além de outras probabilidades e fins. Tomo tudo isso como certo. Mas a questão é se vamos oferecer testemunhos.

— Quem você pensaria em chamar?

— Testemunhas de caráter. Barbara, com certeza.

— Não quero que ela testemunhe — digo, rapidamente.

— Ela é uma mulher atraente, Rusty, e há cinco homens no júri. Ela pode validar seu álibi de uma maneira bastante eficaz. Sem dúvida, está disposta a isso.

— Se eu testemunhar e Barbara estiver sentada na primeira fila sorrindo para mim, o júri vai saber que ela valida meu álibi. Não há razão para ela ser massacrada.

Stern suspira. Atrapalhei seus planos.

— Você não quer que eu deponha, não é, Sandy?

Ele não responde a princípio. Limpa um pouco de cinza de charuto das dobras de sua camisa.

— Está relutante por causa de meu relacionamento com Carolyn? — pergunto. — Não vou negar, você sabe.

— Eu sei disso, Rusty, e não acho nada animador. Acho que daria um grande impulso ao estado, coisa de que eles precisam desesperadamente. Se bem que, para ser franco, corremos certo risco de que esses mesmos fatos surjam na inquirição de Barbara. O privilégio de conversas confidenciais provavelmente proibiria a investigação de suas confissões à sua esposa sobre seu caso, mas nunca se pode ter certeza. Provavelmente, não vale a pena arriscar.

Stern se mostra casual ao admitir que eu estava certo, afinal: realmente, não faz muito sentido chamar Barbara para depor.

— Mas a divulgação desse seu caso amoroso não é minha principal preocupação com seu testemunho — diz Sandy.

Ele se levanta e finge se espreguiçar, mas eu sei que quer se sentar ao meu lado no sofá, lugar onde sempre dá as más notícias. Ele ajeita uma foto de Clara com as crianças no aparador de bétula atrás de sua mesa; e então, mais naturalmente, acomoda-se ao meu lado.

— Rusty, eu prefiro ver o réu depor. Não importa quantas vezes e com que insistência os jurados sejam informados de que não devem usar o silêncio de um réu contra ele, essa é uma instrução impossível de seguir. O júri quer ouvir uma negação, especialmente quando o réu é uma pessoa acostumada a se apresentar em público. Mas, neste caso, sou contra. Nós dois sabemos, Rusty: dois grupos de pessoas são boas testemunhas. As que são essencialmente verdadeiras e as mentirosas habilidosas. Você é uma pessoa essencialmente verdadeira e normalmente daria uma boa testemunha a seu favor. Com certeza, você tem anos de experiência, sabe se comunicar com um júri. Não tenho dúvidas de que, se testemunhasse tudo que sabe, você o faria de forma convincente e seria absolvido. Merecidamente, devo acrescentar.

Ele olha para mim com uma expressão breve, mas penetrante. Não sei se isso é um voto de confiança em minha inocência ou outro comentário sobre a má qualidade do caso do estado, mas sinto que é o primeiro e fico agradavelmente surpreso. Com Stern, claro, é possível que tenha dito isso agora só para dourar a pílula.

— No entanto — prossegue —, tenho certeza, depois de observá-lo por vários meses, que você não vai dizer tudo que sabe. Alguns assuntos continuam sendo seu segredo. Claro que, a esta altura, não desejo me intrometer, e digo isso sinceramente. Com alguns clientes, a persuasão é necessária. Com outros, nunca se sabe. Mas, em alguns casos, é melhor não mexer em certas coisas. Essa é minha intuição aqui. Tenho certeza de que a escolha que você fez foi deliberada e bem ponderada, mas, seja como for, quando alguém se senta no banco das testemunhas determinado a dizer menos que a verdade, é como um animal de três pernas na selva. Você não é um mentiroso habilidoso, e, se Nico se aventurar nessa sua área sensível, seja ela qual for, as coisas vão acabar muito mal para você.

Uma pausa, um silêncio um pouco mais longo que o necessário se passa entre nós.

— Temos que avaliar o caso como ele é — diz Stern. — Ainda não tivemos um dia ruim para a defesa. Bem, talvez um. Mas não há sequer uma evidência que permaneça imaculada. E, hoje à tarde, desferimos um golpe do qual o estado provavelmente não vai se recuperar. Segundo meu melhor julgamento profissional, você não deve testemunhar. Sejam quais forem suas chances, e admito que acho que, depois de hoje, são muito boas, estão melhores assim. Diante de tudo isso, permita que o lembre de que a decisão é sua. Eu sou seu advogado e vou apresentar seu testemunho, se decidir prestá-lo, com confiança e convicção, independentemente do que decida dizer. Mas, enfim, nenhuma escolha precisa ser feita esta noite. Só queria permitir que você começasse seu período de reflexão final com minhas opiniões em mente.

Ele sai momentos depois, com o nó da gravata e o paletó tirado do cabide atrás da porta perfeitos. Fico na sala dele, melancólico por causa de seus comentários. Isso foi o mais próximo que Stern e eu chegamos de uma conversa de coração aberto. Sua franqueza, depois de tantos meses de repressão, é perturbadora, por mais gentil ou elegante que seja.

Ando pelo corredor pensando em tomar outra taça de champanhe. A luz de Kemp ainda está acesa; ele está trabalhando em sua salinha. Sobre um dos arquivos, colado na parede, há um pôster. Contra um fundo vermelho vibrante está um jovem com uma jaqueta de lantejoulas. Está tocando guitarra, e a foto o flagrou em movimento, de modo que seu cabelo está bagunçado, como um dente-de-leão perdendo as sementes. A palavra GALACTICS cruza o pôster de ponta a ponta em letras maiúsculas brancas. Tenho certeza de que poucas pessoas que entram reconhecem o Jamie Kemp de uma década atrás.

— Coloquei você em uma situação difícil com o chefe — digo. — Desculpe.

— Merda, a culpa foi minha. — Ele aponta para uma cadeira. — Ele é o ser humano mais disciplinado que conheço.

— E um baita advogado.

— Não é? Já viu alguma coisa parecida com o que aconteceu hoje?

— Nunca — afirmo. — Em doze anos, nunca. Há quanto tempo vocês sabiam daquilo tudo?

— Sandy notou o registro na autópsia no domingo à noite. Recebemos os registros do ginecologista ontem. Quer saber de uma coisa? Stern acha que foi só um erro; acha que Kumagai faz tudo pela metade. Quando recebeu os resultados do químico, saiu de lá e esqueceu a autópsia. Mas eu não engulo essa.

— Não? Qual é a sua opinião?

— Que armaram para você.

— Bem — digo, depois de um instante —, acreditei nisso durante muito mais tempo que você.

— Eu acreditei na maior parte do tempo — diz Kemp. Tenho certeza de que está pensando nos registros telefônicos de novo, mas não os menciona. — Você sabe quem pode ter feito isso?

Penso por um momento.

— Se soubesse, por que não contaria aos meus advogados?

— O que você acha de Molto?

— Talvez — digo. — Provavelmente.

— E o que ele ganha com isso? Impede você de investigar esse arquivo? Como você o chama? Arquivo B?

— Isso, arquivo B — repito.

— Mas Molto não poderia achar que você não mencionaria isso se ele o incriminasse.

— Não, mas veja em que posição estou. Prefere ser acusado pelo subchefe da promotoria ou por um homem selvagem que você está tentando prender por assassinato? Além disso, ele não saberia a que distância estávamos da verdade. Só queria impedir que alguém avançasse.

— Isso é inacreditável, não acha? Bizarro.

— E, provavelmente, uma das razões de eu não acreditar mais nisso.

— Quais são as outras razões?

Sacudo a cabeça.

— Vou ter uma ideia melhor esta noite.

— O que você vai fazer esta noite?

Sacudo a cabeça de novo. Pelo bem de Lipranzer, não posso correr nenhum risco. Tem que ficar tudo entre mim e ele.

— Esta é a noite do faça-você-mesmo?

— Exato — digo.

— Tome cuidado. Não comece a fazer nenhum favor a Della Guardia.

— Não se preocupe — digo —, sei o que estou fazendo.

Eu me levanto e penso nessa minha última declaração, uma das mais furadas que fiz nos últimos tempos. Dou boa-noite a Kemp e volto pelo corredor para procurar o champanhe.

CAPÍTULO 34

Como Papai Noel ou os demônios que aparecem na floresta, Lipranzer chega à minha casa depois da meia-noite. Está animado e extraordinariamente bem-humorado. Barbara o cumprimenta à porta, já vestida para dormir.

Enquanto esperava Lip, não senti a menor vontade de dormir. Os acontecimentos do dia se combinaram de tal maneira que, pela primeira vez em meses, tenho uma sensação que é algo mais que uma esperança incipiente. É como a recepção trêmula da nova luz do dia pelas pálpebras fechadas. Em algum lugar dentro de mim, reacendeu-se a fé de que serei livre. Então, nessa suave luminescência, passei com minha esposa o tempo mais agradável das últimas semanas. Barbara e eu tomamos café juntos e conversamos durante horas sobre a ruína de Indolor Kumagai e o retorno de Nathaniel, programado para sexta-feira. A perspectiva de uma vida renovada é um bálsamo para nós.

— No centro da cidade, estão dizendo umas coisas malucas — diz Lipranzer a nós dois. — Quando estava saindo do Hall, conversei com um sujeito que havia acabado de ouvir Glendenning dizer que Delay está falando em encerrar o caso e que Tommy está espernando e gritando, tentando achar alguma coisa nova. Pode ser verdade?

— Pode ser — digo.

À menção da ideia de Nico encerrar o caso, Barbara segura meu braço.

— O que aconteceu naquele tribunal hoje? — pergunta Lip.

Começo a contar a história do interrogatório de Kumagai, mas ele já sabe.

— Eu sei disso — afirma. — O que eu quero saber é como é possível uma coisa dessas. Eu lhe contei, aquele idiota me disse que o sujeito atira em seco. Não me interessa quantas vezes ele negue. Mas Ted Kumagai é história; não há uma única alma no Hall que não diga que ele será suspenso semana que vem.

Como Kemp previu. A esta altura, acho que minha compaixão por Indolor diminuiu.

Barbara nos acompanha até a porta.

— Tomem cuidado.

Lipranzer e eu ficamos um pouco à entrada da garagem, no Aries sem identificação. Fiz outro bule de café – esse com cafeína – quando Lip chegou, e Barbara lhe deu uma xícara para viagem. Ele fica bebendo o café enquanto estamos no carro.

— Aonde nós vamos, então? — pergunto.

— Quero que você adivinhe — diz ele.

Claro que é meio tarde para uma visita, mas aprendi essa abordagem com os policiais há muito tempo. Se precisa encontrar alguém, a melhor hora para procurar é no meio da noite, quando quase todo mundo está em casa.

— Chute alguma coisa sobre Leon — diz Lip. — Como você acha que ele é?

— Não faço ideia. Ele tem algum tipo de trabalho que não quer perder. Isso ficou claro na carta. Então, deve ganhar um bom dinheiro. Mas vive perigosamente. Não sei, talvez seja dono de um restaurante ou bar, com sócios heterossexuais. Pode ser qualquer coisa meio respeitável. Dirige uma companhia de teatro, que tal? Cheguei perto?

— Você nunca vai chegar perto. Ele é branco?

— Provavelmente. E muito bem de vida, seja quem for.

— Errado — diz Lipranzer.

— Ah, jura?

Lipranzer ri.

— Muito bem — digo —, chega de chutar. Qual é a novidade?

— Imagine só — exclama Lipranzer. — Ele é um Santo.

— O quê?

— Tem uma ficha criminal do tamanho de meu braço. O Departamento de Crimes de Gangues tem todo tipo de informação sobre ele. Esse cara é como um tenente agora, acho que o chamam de diácono. Ele dirige as coisas em dois andares no conjunto habitacional. Subiu na hierarquia há anos. Pelo jeito, imaginou que seus amigos durões não o levariam muito a sério se descobrissem que ia ao Parque Florestal da Cidade chupar o pau de garotos brancos. Esse é o lance dele. Mojoleski tem um delator, gay de carteirinha, professor do ensino médio, que lhe deu todo tipo de informação sobre o babaca do Leon. Parece que os dois andaram juntos durante anos. Esse cara era professor de Leon, Eddie alguma coisa. Aposto que é o cara que escreveu aquela carta.

— Filho da puta! Aonde estamos indo, então? À Grace?

— À Grace — diz Lipranzer.

Essas palavras ainda são suficientes para me provocar um arrepio perto do coração e na espinha. Lionel Kenneally e eu passamos algumas noites lá. Madrugadas, na verdade. Três da manhã, quatro, o momento mais seguro para um homem branco.

— Liguei para ele — explica Lipranzer. — O cara é rico, tem telefone e tudo. Aliás, no próprio nome. Aquele Berman fez um ótimo trabalho, hein? Enfim, liguei há uma hora mais ou menos; disse que estava dando assinaturas de jornal de graça. Ele não se interessou, mas disse que sim quando perguntei se eu estava falando com Leon Wells.

Um Santo, penso enquanto vamos para a cidade.

— Um Santo — digo em voz alta.

Conheci o conjunto habitacional da Grace Street durante meu quarto ano como promotor adjunto. Naquela época, eu fazia parte do círculo seleto de Raymond Horgan, e ele me escolheu para liderar uma investigação policial em larga escala/grande júri da Gangue dos Santos. Essa caça à maior gangue de rua da cidade foi anunciada por Raymond bem a tempo de se tornar a peça central de sua primeira campanha de reeleição. Para ele, era uma questão ideal. Os gângsteres pretos não agradavam a ninguém no condado de Kindle, e o sucesso da investigação dissiparia permanentemente a imagem de homem de coração mole de Raymond. Essa investigação foi minha primeira incursão aos holofotes, a primeira vez que trabalhei com repórteres ao meu lado. Tomou quase quatro anos de minha vida. Quando Raymond concorreu à reeleição de novo, havíamos condenado cento e quarenta e sete membros de gangues. A imprensa divulgou a vitória sem precedentes de Raymond Horgan sem nunca mencionar que mais de setecentos Santos continuavam nas ruas fazendo as coisas de sempre.

A gênese dos Santos renderia uma dissertação razoavelmente boa para algum sociólogo. Originalmente, eram os Bandidos da Noite, uma gangue de rua pequena e não muito disciplinada do Distrito Norte. O líder era

Melvin White, um estadunidense de boa aparência, com um olho cego, leitoso e errante e, talvez para equilibrar, um brinco pendente de turquesa de sete centímetros de comprimento na orelha oposta. Seu cabelo tendia para o liso, e ele o usava no estilo Górgona, lembrando, no mínimo, um rastafári desgrenhado. Melvin era ladrão; roubava calotas, armas, correspondência, o troco das máquinas de venda automática e todo tipo de veículo motorizado. Uma noite, Melvin e três amigos mataram um árabe, dono de um posto de combustível, que reagiu enquanto eles esvaziavam sua caixa registradora. Alegaram homicídio involuntário, e Melvin, que até então só havia visitado o acampamento estadual para jovens, foi para Rudyard, onde ele e seus três amigos conheceram homens a quem admirar. Melvin ressurgiu quatro anos depois, vestindo um cafetã e coberto de filactérios, e anunciou que agora era o chefe Harukan, líder da Ordem dos Santos e Demônios Noturnos. Vinte outros iniciados vestidos como ele se estabeleceram na mesma parte da cidade e, nos doze meses seguintes, começaram, como diziam, a se envolver na comunidade. Melvin reuniu seus seguidores em um edifício deserto que ele chamava de seu *ashram*. Pregava nos fins de semana e à noite usando um megafone. E, durante o dia, ensinava os interessados a roubar.

Inicialmente, roubavam correspondência. Os Santos tinham gente no correio. Muita, na verdade. Não roubavam só cheques e ingressos para eventos, mas também informações de contas para poder passar cheques falsificados em qualquer banco. Harukan tinha o que, por falta de palavra melhor, pode ser chamado de visão para reconhecer os princípios do capitalismo e geralmente reinvestia seus lucros em imóveis em ruínas no Distrito Norte, tomados de proprietários inadimplentes e comprados em leilões. Até que quarteirões inteiros se tornaram propriedade dos Santos. Eles andavam de um lado a outro com seus carrões, tocavam buzinas e rádios. Iludiam as filhas da vizinhança e transformavam os filhos, mesmo contra a vontade, em iniciados. Nesse meio-tempo, Harukan acabou emergindo como figura política. Os Santos distribuíam comida nos fins de semana.

Quando já estavam mais bem estabelecidos, Melvin levou os Santos à heroína. Prédios inteiros foram transformados em laboratórios. Homens com diplomas de química misturavam a heroína com quinino e lactose, enquanto outros dois com M-16 nas mãos os observavam. Em outra área, seis mulheres, totalmente nuas para evitar contrabando em cavidades corporais, embalavam a droga em saquinhos de dez centavos selados a vácuo. Nas ruas da "Santolândia", a heroína de boa qualidade era vendida em barracas. Havia janelas nas garagens, onde garotos brancos dos subúrbios podiam passar de carro e comprar; e, nos fins de semana, o trânsito ficava tão ruim que um magnata de cafetã e óculos escuros ficava embaixo com um apito conduzindo as pessoas. Uma ou duas vezes, os jornais tentaram escrever sobre o que acontecia ali, mas a polícia não gostou. Havia policiais envolvidos, coisa que o departamento tradicionalmente prefere ignorar; e os que não tinham rabo preso, tinham medo. Os Santos matavam; atiravam, estrangulavam, esfaqueavam. Assassinavam, claro, em disputas envolvendo drogas; mas também matavam por pequenas diferenças de opinião, porque alguém insultou o estofamento do sofá de alguém ou por causa de um inocente roçar de ombros na rua. Eles administravam seis quarteirões desta cidade, sua pequena arena fascista, e um quarto desse terreno era ocupado pelo conjunto habitacional da Grace Street.

Já ouvi dizer, em muitas ocasiões, que esse conjunto habitacional foi construído com base nos mesmos planos arquitetônicos dos dormitórios estudantis de Stanford. Mas agora não há nenhuma semelhança. As pequenas varandas nos fundos de cada apartamento foram fechadas com tela de galinheiro para acabar com a chuva de suicídios, crianças e bêbados caindo e pessoas empurradas que, nos primeiros cinco anos, viravam sopa na calçada. A maioria das portas de vidro deslizantes das varandas foi substituída por placas de compensado; e das próprias varandas pende uma grande variedade de objetos, como roupas, latas de lixo, bandeiras de gangues, pneus velhos, peças de carro ou, no inverno, qualquer coisa que precise ser protegida do calor. Nenhum sociólogo seria capaz de retratar quão longe a vida nessas três torres de concreto está da existência que a maioria de nós conhece. "Não é uma escola dominical", sempre foi a frase favorita de Lionel Kenneally. E ele tem razão; não é. Mas era mais do que a ironia barata ou o racismo furioso poderiam compreender. Era uma zona de guerra, parecida com o que descreviam conhecidos meus que voltavam do Vietnã. Era uma terra onde não havia futuro, um lugar onde havia pouco senso de causa e efeito. Sangue e fúria, quente e frio eram os termos que tinham algum significado. Mas não havia como alguém apostar no que poderia acontecer no ano seguinte nem na semana seguinte. Às vezes, quando ouvia minhas testemunhas descrevendo os eventos diários da vida no conjunto habitacional, da maneira desconexa que a maioria delas o fazia, eu ficava imaginando se não estariam alucinando.

Morgan Hobberly, meu informante, um Santo reformado que virou religioso de verdade, contou-me que, uma manhã, rolara para fora da cama ao som de tiros em frente à sua porta. Quando fora ver o que era, encontrara-se entre dois iniciados tentando matar um ao outro com carabinas. Perguntei a Morgan o que ele fez. "Cobri a cabeça com o travesseiro e voltei a dormir, querido. Não era comigo."

Na verdade, meus quatro anos de investigação foram bem-sucedidos só por causa de Morgan Hobberly. Toda a incursão na vida da gangue, que Stern anunciou perante meu júri em uma dúzia de ocasiões, resumiu-se a um golpe de sorte: ter conhecido Morgan. Uma organização como a de Harukan não tinha um único membro que não pudesse ser comprado. Dezenas deles eram informantes da polícia ou de agências federais. Mas Melvin era inteligente e punha alguns deles para fazer o trabalho de contraespionagem também. Nunca tínhamos certeza do que era verdade, pois obtínhamos de nossas diversas fontes duas ou três histórias diferentes ao mesmo tempo.

Mas Morgan Hobberly sabia da verdade. Ele estava por dentro. Não especialmente porque quisesse, mas porque os Santos gostavam de tê-lo por perto. Todo mundo conhece um Morgan Hobberly. Nasceu um sujeito legal, com um dom, assim como algumas pessoas nascem para a música, ou para a equitação, ou para o salto em altura. Suas roupas simplesmente lhe caíam bem; seus movimentos eram ágeis. Ele não era tão bonito quanto composto, mas tinha presença. Não era distante, era mágico. Despertou em mim uma vibração que, de certa maneira, assemelhava-se aos meus sentimentos por Nat. E só porque uma voz moral que Morgan tomava por divina lhe disse, certa manhã, que os caminhos de Harukan eram maus, ele sigilosamente foi trabalhar para o estado. Colocávamos um gravador nele, e ele ia participar das reuniões dos chefes. Ele nos deu o número dos telefones que grampeamos depois. Nos setenta dias em que Morgan

Hobberly nos ajudou, reunimos praticamente todas as evidências para os julgamentos, que duraram mais dois anos.

Mas ele não sobreviveu, claro. Os bons, dizem, nunca sobrevivem. Foi Kenneally quem me contou que haviam encontrado Morgan. Receberam uma ligação nada animadora do comando distrital do Parque Florestal da Cidade. Quando cheguei, já se via aquela dispersão característica de policiais, paramédicos e repórteres, comum em cenas de crime. Ninguém quer falar com ninguém; ninguém quer ficar perto do corpo. Havia gente por todo lado, disparadas em lugares diferentes como esporos. Não consegui descobrir onde ele estava, mas Lionel já estava lá, com as mãos enfiadas na jaqueta, e me lançou aquele olhar baixo dele, de criado. "Fodemos tudo", era o que queria dizer. E então desviou os olhos, só o suficiente para eu adivinhar a direção do corpo.

Morreu afogado, foi o que o legista Russell determinou mais tarde – não deixei Kumagai chegar perto do corpo. Morreu afogado, descobriu o legista, na latrina de um banheiro público. Ele estava lá, de cabeça para baixo, com o crânio e os dois ombros quebrados, enfiados no assento de madeira. O *rigor mortis* já havia se estabelecido, de modo que suas pernas estavam abertas em um ângulo de espantalho, e suas calças de trabalho, de sarja simples, meias sintéticas esfarrapadas e sapatos gastos, criavam uma atmosfera de insuportável humildade. Sua pele – a faixa de carne visível onde as calças e as meias não se encontravam – estava roxa, de um tom régio. Fiquei naquela minúscula cabana de madeira, onde uma ou duas moscas ainda zumbiam embora já fosse novembro, onde o ar era fétido mesmo sem o calor do verão, pensando no estranho humor de Morgan Hobberly e no éter no qual eu sempre achara que ele podia flutuar. Não podia acreditar no que via; acreditava menos que em anjos e fantasmas, porque sempre pensara que aquele homem, enquanto caminhasse pelo mundo, não poderia ser tocado.

Noto o frio em Lipranzer; não falta de emoção ou distância, mas frio de verdade, embora a temperatura noturna de agosto ainda esteja por volta dos vinte e um graus. Está com os ombros curvados e a jaqueta bem fechada. Eu o conheço muito bem, sei que isso é um sinal de desconforto, se não de medo. Nesse território, acho que sou mais experiente.

— Como vai, Charlie Chan? — pergunto enquanto subimos a escada de concreto.

— Mim não gostar disso, chefe — diz ele. — De jeito nenhum.

No conjunto habitacional, a escada é a via principal dos edifícios. Os elevadores normalmente estão quebrados, e, quando funcionam, ninguém entra neles, uma vez que não há misericórdia para quem se encontrar entre os andares com uma cabine cheia de Santos. De modo que tudo é feito nesta escada. As drogas são vendidas aqui; o vinho é bebido aqui; o amor é feito aqui. São quase três da manhã e este Ganges vertical ainda não está totalmente deserto. Perto do quarto andar, dois rapazes estão bebendo algo escondido em uma sacola, tentando seduzir uma jovem cuja cabeça está jogada para trás, encostada nos blocos de concreto.

— Como vai, irmão? — dizem a um preto que, por acaso, está subindo à nossa frente.

A Lip e a mim não dizem nada, mas seus olhares são insolentes e frios. Sem titubear, Lip puxa sua arma quando passamos. Não quer ser confundido com um branco comum.

No alto da escada, oitavo andar, Lip leva um dedo aos lábios e silenciosamente puxa a porta corta-fogo de aço. Eu o sigo até um típico corredor de conjunto habitacional: bem iluminado para desencorajar intrusos, com lixo nas laterais em pedaços isolados e um cheiro bruto de excrementos. Mais ou menos na metade da parede, o gesso foi quebrado em uma forma que lembra a cabeça de alguém. Em um corredor como este, um dos homens de Lionel Kenneally atirou em Melvin White, na noite seguinte à nossa primeira rodada de acusações. Eu estava do lado de fora supervisionando as prisões; só uns vinte minutos depois de todos termos ouvido o tiroteio foi que os policiais me deixaram entrar. A essa altura, a ambulância havia chegado, e subi com os paramédicos. Junto com os cirurgiões, eles, por fim, salvaram a vida de Melvin, permitindo seu retorno a Rudyard. Mas, quando o vi, as chances de Harukan não pareciam boas. Eles o deixaram lá, no meio do corredor, ao lado de seu rifle automático. Ele emitia um som que saía com muita dificuldade, desesperado demais para ser chamado de gemido; cobria seu estômago com os braços, tudo cheio de sangue. Entre suas mãos, projetava-se um pedacinho de tecido roxo retorcido. E em pé ao lado dele estava Stapleton Hobberly, irmão de Morgan, que passou a ser nosso informante depois que Morgan foi morto. Stapleton estava com o pênis nas mãos, urinando no rosto de Melvin White enquanto vários policiais descansavam contra as paredes e observavam. "E o que vou dizer se esse cara morrer afogado?", perguntou-me um dos paramédicos.

Agora, Lip está batendo na porta.

— Ei, acorda, Leon! Acorda! É a polícia. Anda, cara, só queremos conversar.

Esperamos. O edifício, de maneira quase indetectável, parece mais silencioso agora. Lip bate de novo com a palma da mão. Não há como chutar as portas daqui, são todas de aço reforçado.

Lipranzer sacode a cabeça, e, nesse momento, a porta se abre de repente, sem fazer barulho. Bem devagar. Por dentro, a sala é um breu total, não há sinal de luz. E começa uma extraordinária descarga de adrenalina. Se eu fosse identificar os detalhes que desencadearam essa resposta, seria o pequeno estalido metálico; mesmo antes disso, porém, uma percepção instantânea de alarme. O perigo é palpável no ar, como se a ameaça fosse um odor, uma agitação, como o vento. Quando ouço o som da arma sendo engatilhada, percebo que somos alvos perfeitos, iluminados por trás pela luz do corredor. No entanto, por mais claro que seja esse pensamento, o impulso de me mexer não acontece. Mas Lipranzer reage; diz "Filho da puta" e, enquanto se joga no chão, me puxa pela perna. Caio, bato o cotovelo dolorosamente e rolo para longe. Acabamos os dois de bruços no chão, olhando um para o outro, um de cada lado da porta. Lipranzer segura a pistola com as duas mãos, fecha os olhos e grita em volume máximo:

— Leon, sou da *polícia!* Este homem é da *polícia!* Se não jogar sua arma para cá em dez segundos, vou chamar reforços, e eles vão estourar sua cabeça. Vou começar a contar!

Lip fica de joelhos, com as costas na parede, e faz um sinal com o queixo para eu fazer o mesmo.

— Um! — grita.

— Cara, como vou saber se você é da polícia mesmo, hein? Como vou saber?

Lip tira sua identificação da jaqueta — a estrela e sua identidade com foto —, aproxima-se da porta e, deixando apenas a mão exposta, joga-a para dentro.

— Dois! — grita.

Ele começa a se afastar, apontando para a placa luminosa de saída. Vamos correr para lá daqui a pouco.

— Três!

— Cara, vou ligar as luzes agora, ok? Mas vou ficar com a arma.

— Quatro!

— Tudo bem, tudo bem, tudo bem.

A arma vem deslizando pelo chão e acerta o batente da porta. É preta, pesada. Até parar, pensei que fosse um rato. A luz do apartamento atinge a soleira.

— Saia, Leon — grita Lip. — De joelhos.

— Ah, cara!

— De joelhos!

— Merda.

Ele sai de joelhos pela porta, rapidinho, com os braços estendidos à frente. É cômico. Ah, os policiais... sempre *tão* sérios...

Lip o revista. Quando acaba, assente com a cabeça e nós três nos levantamos. Lip pega sua identificação de volta. Leon, um homem de pele lisa e constituição forte, está com uma regata preta e uma faixa vermelha na cabeça. Embaixo, só um samba-canção. Aparentemente nós o acordamos.

— Sou o detetive Lipranzer, Comando Especial. Eu gostaria de entrar e conversar.

— E quem é ele, cara?

— Ele é meu amigo, porra — diz Lip, ainda com a arma na mão, e empurra Leon. — Ande, volte para dentro.

Leon entra primeiro. Lip cobre a entrada; com a arma na vertical diante do rosto, passa rapidinho de um lado ao outro do batente da porta, olhando para dentro. A seguir, entra para checar o lugar. Um momento depois, volta e faz um sinal para eu entrar. Guarda a pistola de novo às costas, embaixo da jaqueta.

— Cara, nós seríamos manchete — digo a ele; são minhas primeiras palavras desde que tudo isto começou. — Se ele tivesse atirado, você teria salvado minha vida.

Lip faz uma careta de desprezo.

— Se ele tivesse atirado, você já estaria morto quando puxei sua perna.

Lá dentro, Leon está nos esperando. O apartamento dele é uma cozinha comprida e alguns quartos. Não se ouve mais ninguém; ele está sentado em um colchão no chão, na sala; vestiu uma calça. Há um despertador de plástico e um cinzeiro ao lado do colchão, a seus pés.

— Queremos lhe fazer algumas perguntas — diz Lip. — Se não nos enrolar, vamos embora em cinco minutos.

— Qual é, cara? Você vem aqui às três da manhã, qual é! Ligue para Charley David, cara, é meu advogado. Fale com ele, porque estou cansado e vou dormir.

Ele se recosta na parede e fecha os olhos.

— Você não precisa de advogado, Leon.

Ainda de olhos fechados, Leon ri. Ele já ouviu isso antes.

— Você tem imunidade — afirma Lipranzer. — Este cara é promotor. Não é? — pergunta para mim.

Leon abre os olhos a tempo de me ver assentir.

— Viu? Agora você tem imunidade.

— É 7725868 — recita Leon. — Esse é o número dele, cara. Charley Davis.

— Leon — diz Lip —, há uns oito, nove anos, você gastou mil e quinhentos dólares com alguém da promotoria para resolver uns problemas que tinha. Sabe do que estou falando?

— Sem chance, cara. Você entra aqui às três da manhã, perguntando merda, acha que sou burro, cara? Acha? Um idiota do caralho? Acha que vou falar com um tira sobre essas merdas? Qual é, cara? Vá pra casa, me deixe dormir.

Ele fecha os olhos de novo.

Lip bufa. Por alguma razão, imagino que vai puxar a arma de novo e sinto o impulso de detê-lo. Mas ele apenas caminha lentamente até Leon e se agacha à cabeceira do colchão. Leon o viu se aproximar, mas fecha os olhos assim que Lipranzer chega a seu lado. Lip cutuca o braço de Leon algumas vezes e aponta para mim.

— Está vendo aquele cara? Ele é Rusty Sabich.

Leon abre os olhos. O exterminador dos Santos, bem aqui na sala dele.

— Até parece — duvida.

— Mostre a ele seu cartão — pede Lipranzer.

Não estou preparado para isso e tenho que esvaziar os bolsos de meu blazer. Descubro que ele está cinza em toda a frente, por causa da sujeira do corredor. Eu trouxe comigo os documentos que Lip conseguiu meses atrás, do processo judicial de Leon, minha agenda e minha carteira. Dentro dela, encontro um cartão com as orelhas dobradas. Entrego-o a Lipranzer, que o entrega a Leon.

— Rusty Sabich — diz Lipranzer, de novo.

— E daí? — pergunta Leon.

— Leon — diz Lip —, quantos irmãos seus você acha que eram informantes dele, hein? Vinte e cinco? Trinta e cinco? Quantos Santos você acha que ele pagou para delatar os irmãos? Volte a dormir, Leon, e Rusty Sabich vai dar uns telefonemas amanhã de manhã e contar a cada um deles que você vai ao Parque Florestal da Cidade chupar garotos brancos. Vai contar quem, quando e onde. Vai dizer a eles como descobrir tudo sobre esse diácono bicha deles chamado Leon Wells. Está certo? Acha que estou blefando? Não, meu caro. Esse foi o sujeito que deixou Stapleton Hobberly mijar na cara de Harukan. Já ouviu essa história, não é? Pois bem, só queremos cinco minutos de seu tempo. Conte a verdade absoluta, e o deixaremos em paz. Precisamos saber algumas coisas, só isso.

Leon não se mexeu muito até agora, mas escuta Lipranzer com os olhos arregalados. Não há mais malandragem em sua expressão.

— Ah, claro! E, semana que vem, você precisa de mais alguma coisa e vem bater aqui às três da manhã com esse papo de novo.

— Vamos dizer agora mesmo se precisarmos de mais alguma coisa. Assim que você responder às nossas perguntas.

Precisaremos que Leon compareça ao tribunal para testemunhar se pegarmos Molto, mas Lip conhece as regras do jogo: não se diz isso aos caras.

— Chega de enrolação, Leon. Minha primeira pergunta é a seguinte: você pagou ou não pagou mil e quinhentas verdinhas para encerrar seu caso?

Leon bufa e se endireita.

— Aquele maldito Eddie! — diz. — Se você já sabe, cara, por que está me enchendo?

— Leon — chama Lip, baixinho —, você ouviu minha pergunta.

— Sim, cara. Eu paguei mil e quinhentas pratas.

Meu coração bate forte. *Tum, tum, tum*. Imagino que vou ver meu bolso saltar se olhar para minha camisa.

Falo pela primeira vez:

— Aquela mulher, Carolyn, agente da condicional, teve alguma coisa a ver com isso?

Leon ri.

— Pode crer, cara.

— O quê?

— Ah, cara, não se faça de inocente. Aquela vadia armou tudo, cara, você sabe disso. Ela disse para eu não ficar deprimido, que ela ia cuidar de tudo. Muito gentil. Muito. Cara, aposto que ela fez isso centenas de vezes. Ela me disse aonde ir, como levar a bufunfa, cara. Muito legal a mulher. Está me escutando?

— Sim. — Eu me agacho como Lipranzer. — E ela estava lá quando você levou a grana?

— Sim, sentada bem ali. Muito simpática, dizendo: "Tudo bem? Senta aí". Aí, o cara começou a falar.

— Ele estava atrás de você?

— Isso aí. Ela me avisou quando entrei: "Não se vire, só faça o que o homem disser".

— E ele mandou você deixar a grana na mesa dele?

— Não, cara, na mesa onde eu estava. Ele disse para deixar na gaveta de cima.

— Foi o que eu quis dizer. Era a mesa do promotor, não era?

— Sim, essa mesma.

— E você pagou o promotor, certo? — pergunta Lipranzer.

Leon olha para ele, irritado.

— Não, cara! Eu não ia comprar nenhum promotorzinho. Acha que eu sou burro? Ele ia pegar minha grana e dizer: "Ah, não, não posso fazer isso, acabei de receber uma mensagem do centro da cidade". Já ouvi essa merda muitas vezes.

Lipranzer olha para mim. Ele ainda não entendeu, mas eu sim. Agora mesmo. Finalmente. Meu Deus, estou chocado.

— Então, quem foi? — pergunta Lip.

Leon faz cara feia. Não quer contar a um policial nada que ele já não saiba. Eu falo por ele.

— Ao juiz, Lip. Leon pagou ao juiz, não é?

Leon assente.

— O preto. Era ele também atrás de mim. Reconheci a voz quando o ouvi no tribunal — diz Leon, estalando os dedos para lembrar o nome.

Mas não há razão para ele se incomodar; está bem aqui, na ordem de dispensa. Eu a tiro do bolso para verificar. A assinatura está aí, já a vi dezenas de vezes nos últimos dois meses. Tão distinta quanto tudo que Larren faz.

São quase cinco da manhã agora e estamos no Wally's, um bar à beira do rio que fica aberto a noite toda. Era famoso por seus donuts, antes de as redes nacionais também terem essa ideia.

— O que rolava? — pergunta Lip. — Larren estava se divertindo com ela e pegava a bolada para manter os luxos da amante?

Lip ainda está com frio. No caminho para cá, parou em um boteco ilegal que conhece e saiu com meio litro de brandy de pêssego. Bebeu como se fosse Coca-Cola. Ele ainda não havia se recuperado do confronto inicial à porta de Leon. "Deus", disse, "às vezes eu odeio ser policial."

Agora, sacudo a cabeça diante de suas perguntas. Não sei. A única coisa que descobri com certeza na última hora é que foi isso que Kenneally não quis me contar quando falei com ele semana passada. Que Larren era corrupto. Foi isso que irritou os policiais naquela época: o juiz também recebia bola.

— E Molto? — pergunta Lip. — Acha que ele também?

— Acho que não. Não imagino Larren Lyttle dividindo nada. Nico me disse que Molto sempre admirou Carolyn. Provavelmente ela lhe pedia para fazer vista grossa, e ele simplesmente obedecia. Tenho certeza de que ele tinha tesão por ela, como todo mundo.

Tudo muito católico e reprimido, claro. Isso também faria sentido. Esse é o combustível que mantém o motor de Molto funcionando em alta rotação: paixão reprimida.

Conversamos por mais de uma hora, até que já dá para tomar café da manhã e pedimos ovos. O sol está nascendo sobre o rio em uma espetacular profusão de luz rosada.

De repente, penso uma coisa e rio. Rio muito, com uma falta de controle embaraçosa. É um ataque de hilaridade juvenil. Um pensamento ridículo, nada engraçado, mas foi um dia longo e muito estranho.

— Que foi? — pergunta Lip.

— Conheço você há tantos anos e nunca me toquei.

— De quê?

Começo a rir de novo. Demora um pouco para eu conseguir falar.

— Nunca me toquei de que você anda armado.

CAPÍTULO 35

Barbara rola quando me aproximo da cama, de pijama.

— Já vai levantar? — Ela estreita os olhos e verifica o relógio. São seis e meia. — É cedo, não?

— Estou deitando agora — digo.

Ela se espanta; apoia-se no cotovelo, mas eu a detenho com um movimento de mão, deixando claro que não vale a pena falar agora.

Eu achava que não ia conseguir dormir, mas durmo. E sonho com meu pai na cadeia.

Barbara espera até o último minuto para me acordar, por isso temos que nos apressar. O trânsito na ponte é intenso, e o tribunal já está em sessão quando chegamos. Kemp e os dois promotores estão diante do juiz. Nico está falando; está taciturno e abatido, e sua maneira de se dirigir ao juiz só pode ser descrita como agitada.

Eu me sento ao lado de Stern. Barbara ligou para dizer que chegaríamos atrasados, mas, diplomaticamente, omitiu o motivo. Passo os primeiros momentos de minha conferência sussurrada com Sandy lhe assegurando que ambos estamos bem de saúde. A seguir, ele explica o que está acontecendo:

— A promotoria entrou em desespero. Vou lhe contar tudo quando o juiz der o intervalo; eles querem que Molto testemunhe.

Pensei mesmo que era disso que Nico estava falando. Quando ele termina de exortar o juiz, Larren olha para baixo e diz, simplesmente:

— Não.

— Meritíssimo...

— Sr. Delay Guardia, analisamos isso cuidadosamente no primeiro dia do julgamento. O senhor não pode chamar o sr. Molto para depor.

— Sr. Juiz, nós não sabíamos que...

— Sr. Delay Guardia, se eu me sentisse inclinado a permitir que o sr. Molto testemunhasse, deveria anular o julgamento agora mesmo, porque, se este caso chegasse ao tribunal de apelação... se, e estou falando hipoteticamente, se chegasse lá, eles o mandariam de volta. O sr. Stern questionou no primeiro dia de julgamento o testemunho do sr. Molto e o senhor disse não, de jeito nenhum; e assim será.

— Sr. Juiz, o senhor disse que teríamos direito a certa liberdade se a defesa continuasse com a teoria da armação. O senhor mesmo disse.

— E eu permiti que o senhor se apresentasse perante o júri e fizesse uma declaração totalmente imprópria. Não se lembra do que aconteceu enquanto o sr. Horgan estava no banco das testemunhas? Ora, eu deveria ter mais fé na perspicácia profissional do sr. Stern em vez de supor que ele se aventuraria por esse caminho sem razão. Naquele momento, sr. Della Guardia, eu não sabia que a principal prova do estado desapareceria depois de ser vista pela última vez com o sr. Molto. Eu não sabia que o sr. Molto e o patologista-chefe iriam fabricar provas ou testemunhos... e lhe digo, senhor, que essa é uma interpretação razoável à luz dos acontecimentos de ontem. Ainda estou pensando sobre o que vai acontecer com o sr. Molto. Mas uma coisa que não vai acontecer é ele se sentar no banco das testemunhas e piorar as coisas. Muito bem, qual é o outro assunto que o senhor queria discutir?

Nico fica calado, de cabeça baixa, por um segundo. Quando se apruma, ajeita o paletó antes de falar:

— Sr. Juiz, vamos arrolar uma nova testemunha.

— Quem?

— O dr. Miles Robinson, psiquiatra do sr. Sabich. Ele estava em nossa lista de testemunhas. Nós o omitimos da ordem de prova, mas informei o sr. Stern sobre a mudança ontem à noite.

Ao lado de Stern, fico tenso. Ele põe a mão em meu braço para evitar uma reação precipitada minha.

— Que merda é essa? — sussurro.

— Eu ia discutir isso com você esta manhã — diz Stern, calmo. — Já falei com o médico. Daqui a pouco lhe darei minha estimativa do que os promotores estão querendo fazer.

— E qual é o problema? — pergunta Larren. — O sr. Stern se opõe a que chamem a testemunha sem aviso prévio?

Stern se levanta.

— Não, meritíssimo. Eu me oponho ao depoimento da testemunha, mas não com base nisso.

— Exponha sua objeção, sr. Stern.

— Meritíssimo, nós nos opomos por dois motivos. Seja qual for a visão esclarecida sobre a psicoterapia, muitas pessoas continuam a considerando um estigma. Esse testemunho, portanto, traz em si o risco de prejudicar seriamente o sr. Sabich. E o mais importante é que, pelo que entendi, ao inquirir o dr. Robinson, o sr. Molto obterá material que violaria o sigilo médico-paciente.

— Entendo — diz Larren, de novo. — Vai apresentar uma petição para suprimir o testemunho?

Stern olha para mim; está pensando em alguma coisa. Ele se inclina em minha direção, mas muda de ideia.

— Meritíssimo, talvez meus comentários sejam ofensivos, por isso peço perdão, mas acredito que sejam apropriados e necessários para articular o interesse de meu cliente. Sr. Juiz Lyttle, questiono os motivos dos promotores para oferecer essa prova. Não percebo nenhuma base factual para violar o sigilo que impede um médico, especialmente um psicoterapeuta, de testemunhar sobre suas conversas inseridas no processo de tratamento de um paciente. Acredito que estão oferecendo esse testemunho sabendo que a defesa apresentaria uma petição para suprimi-lo e que o tribunal a deferiria. E, quando isso ocorresse, os promotores teriam alguém para culpar quando o caso chegasse ao fim ao qual todos sabemos que chegará.

Nico está revoltado. Bate no púlpito, furioso pela sugestão de Stern de que ele e Molto estão tentando enganar o juiz.

— Eu nego isso — diz. — Eu nego! Isso é um ultraje!

Ele faz sua ceninha: sai pisando duro e acaba à mesa dos promotores, olhando ferozmente para Stern enquanto bebe um copo de água.

Larren fica calado por um longo tempo. Quando fala, não faz nenhum comentário sobre o que Stern sugeriu.

— Sr. Della Guardia, com base em que o senhor buscará anular o sigilo?

Nico e Molto conversam.

— Meritíssimo, nossa expectativa é que as evidências mostrem que o sr. Sabich consultou o dr. Robinson apenas em algumas ocasiões. Assim sendo, acreditamos que as declarações do sr. Sabich não tinham o propósito de buscar tratamento, de modo que não se encaixariam no sigilo médico-paciente.

Já ouvi tudo que podia suportar. Baixinho, mas audivelmente, digo:

— Que absurdo!

Talvez o juiz tenha me ouvido, pois olha para mim.

— Escute aqui — diz Larren —, este caso não está indo muito bem para o estado. Qualquer idiota saberia disso, e ninguém aqui é idiota. Mas se pensa, sr. Delay Guardia, que vou deixá-lo obter testemunho privilegiado para que possa tentar tirar um coelho da cartola, é melhor tirar o cavalo da chuva. Não posso e não vou permitir isso. Mas não vou suprimir o testemunho. Não tenho comentários sobre as observações do sr. Stern; não sei se ele está certo. Direi apenas que é apropriado julgar a aplicação do privilégio pergunta por pergunta. Se quiser levar essa testemunha à presença do júri, fique à vontade, mas lhe digo agora mesmo que o senhor está se arriscando. A conduta de um dos promotores foi deplorável, e, se ele tentar extrair material privilegiado na presença do júri, arcará com as consequências. Conversou com o dr. Robinson para saber quais são as áreas de inquirição permitidas?

— O dr. Robinson se recusou a falar conosco.

— Fez bem — diz Larren. — Faça o que quiser, sr. Delay Guardia, mas é melhor que consiga bastante coisa com essa testemunha. Porque já imagino o que o júri está pensando.

Nico pede um momento para conferenciar e vai com Molto a um canto do tribunal. Tommy fala com veemência; está vermelho e agita as mãos enfaticamente. Não fico surpreso quando Nico anuncia que pretendem prosseguir.

Assim, o júri é chamado de volta, e Miles Robinson se senta no banco das testemunhas. Tem sessenta e poucos anos, é elegante, usa o cabelo branco cortado bem rente. Fala com mansidão e é extremamente digno. Em outra época, teria sido considerado um oitavão; é mais claro que eu, mas tem ascendência preta. Eu o conheci brevemente, muitos anos atrás, quando ele foi chamado como testemunha em um caso de insanidade. É o maior perito do país em perda de memória. Ele é professor titular da Faculdade de Medicina da universidade daqui e copresidente do Departamento de Psiquiatria. Quando tive meus problemas, ele me pareceu o melhor psiquiatra a procurar.

— O senhor conhece Rusty Sabich? — pergunta Molto logo após Robinson declarar seu nome, o endereço de seu consultório e sua profissão.

O dr. Robinson se volta para o juiz.

— Devo responder a isso, meritíssimo?

Larren se inclina e fala gentilmente.

— Dr. Robinson, o sr. Stern ali — aponta — representa o sr. Sabich. Se achar que o senhor não deve ser obrigado a responder algo, ele se oporá. Caso contrário, o senhor deve responder às perguntas feitas. Não se preocupe, ele é altamente qualificado.

— Sim, nós já nos falamos — diz Robinson.

— Muito bem, então — recomeça o juiz. — Releia a pergunta, por favor — pede à relatora do tribunal.

— Sim — responde Robinson após a releitura.

— Como o conheceu?

— Ele foi meu paciente.

— Quantas vezes o senhor o atendeu?

— Verifiquei meus registros ontem à noite. Cinco vezes.

— De quando a quando?

— De fevereiro a abril deste ano. Três de abril foi a última vez.

— Três de abril? — repete Molto.

Fica de frente para o júri, que se recusa a olhar para ele. Molto pretende chamar a atenção para o fato de que minha última sessão foi dois dias depois do assassinato.

— Sim, senhor.

— O sr. Sabich já falou sobre Carolyn Polhemus com o senhor?

O sigilo médico-paciente protege conversas, não atos. Até agora, Molto não pediu a Robinson que repetisse nada do que eu disse. Mas Stern se levanta ao ouvir essa pergunta.

— Protesto — diz.

— Aceita — responde o juiz, distintamente.

Ele cruza os braços e olha para Molto. Fica evidente que ele compartilha a percepção de Sandy sobre os motivos do promotor e que já concebeu sua estratégia política. Deixará Robinson depor e aceitará todas as objeções a perguntas importantes.

— Meritíssimo, poderia explicar a base de sua decisão? — pergunta Molto, olhando desafiadoramente para o juiz.

Meu Deus, como esses dois se odeiam! A esta altura, só uma escavação arqueológica conseguiria atravessar as camadas sedimentares de ressentimentos acumulados ao longo dos anos. Parte disso deve ser por causa de Carolyn. Molto é primitivo demais para não sentir ciúme. Saberia, nos tempos deles no Distrito Norte, da outra dimensão das relações de Larren com ela? Fiquei intrigado com isso a maior parte da noite passada. Quem sabia o quê sobre quem naquela época? E o que Larren acha que Molto sabe agora? São teias emaranhadas. Seja o que for, é evidente que a disputa entre esses dois agora não tem nada a ver comigo.

— Sr. Molto, o senhor conhece o fundamento da decisão. Foi discutido antes da entrada do júri. O senhor mesmo estabeleceu uma relação médico-paciente, de modo que as conversas entre eles são sigilosas. E, se questionar mais uma decisão minha na presença do júri, senhor, sua inquirição será encerrada. Prossiga.

— Dr. Robinson, não é verdade que o sr. Sabich parou de consultá-lo?

— Sim, senhor.

— O tratamento dele com o senhor acabou?

— Sim, senhor.

— Sr. Juiz, afirmo que essas conversas não são sigilosas.

— Isso é um desacato, sr. Molto. Prossiga com sua inquirição.

Molto olha para Nico e então solta tudo. Avalia seus armamentos e escolhe a bomba nuclear.

— Rusty Sabich já lhe contou que matou Carolyn Polhemus?

Ouve-se o som abrupto de pessoas ofegando por todo o tribunal. Mas agora entendo por que Nico ficou furioso antes. Eles trouxeram Robinson aqui para responder justamente a essa pergunta, não a nada marginal, como se eu tinha um caso com ela. Estão dando um último tiro no escuro. Mas o juiz está furioso.

— Já chega — grita. — Chega! Já deu, sr. Molto! Se as outras perguntas são sigilosas, como é que essa não seria?

Sussurro para Stern, mas ele diz não. Eu digo sim; inclusive, pego seu cotovelo e o faço levantar. Ele começa a falar, mas com um raro tom de incerteza:

— Meritíssimo, nós não objetamos a que essa pergunta, conforme formulada, seja respondida.

Larren e Molto demoram a reagir, o juiz devido à sua ira e Molto por pura confusão. Mas, por fim, ambos compreendem ao mesmo tempo.

Molto diz:

— Solicito retirar a pergunta.

Mas o juiz entende o que ele pretende.

— Não, senhor. O senhor não vai fazer uma pergunta tão prejudicial na presença do júri e depois tentar retirá-la. Portanto, o registro é claro. Sr. Stern, está abrindo mão do sigilo?

Stern limpa a garganta e responde:

— Meritíssimo, a pergunta busca obter comunicação sigilosa, mas, a meu ver, conforme foi formulada, pode ser respondida sem invadir o privilégio do sigilo.

— Entendo — comenta Larren. — Bem, acho que o senhor tem razão, dependendo da resposta. Está disposto a arriscar?

Stern desvia os olhos para mim um instante, mas responde claramente:

— Sim, meritíssimo.

— Bem, vamos ouvir a resposta, então. Assim, saberemos em que pé estamos. Sra. Relatora, por favor, leia a última pergunta do sr. Molto.

Ela se levanta, com a fita estenográfica na mão, e lê com voz monótona:

— Pergunta do sr. Molto: "Rusty Sabich já lhe contou que matou Carolyn Polhemus?".

Larren levanta a mão para que a estenógrafa possa retomar seu assento e se preparar para anotar a resposta. A seguir, assente com a cabeça para a testemunha.

— A resposta à pergunta — diz Robinson, com seu jeito comedido — é não. O sr. Sabich nunca me disse nada parecido.

A sala do tribunal se agita de maneira inédita até agora, com um ar de liberação. Os jurados assentem com a cabeça; a professora sorri para mim.

Mas Molto não desiste.

— Já conversaram alguma vez sobre o tema de assassinar a sra. Polhemus?

— Protesto a essa pergunta e a todas as demais relativas à comunicação entre o sr. Sabich e o médico — diz Stern.

— Aceita. Esta objeção é interpretada como uma instrução limitante e é concedida. Sendo qualquer pergunta adicional proibida ou irrelevante para este processo, pretendo encerrar a inquirição. Dr. Robinson, está dispensado.

— Meritíssimo! — grita Molto.

Mas Nico instantaneamente o segura pelo braço. Leva Tommy para longe do púlpito, já trocando palavras. Nico assente com a cabeça para apaziguá-lo, mas demonstra uma firmeza, uma determinação que não combina com a indignação de Tommy.

O juiz olha apenas para Nico.

— Devo entender, sr. Delay Guardia, que o estado concluiu?

Nico responde:

— Sim, sr. Juiz. Em nome do povo do condado de Kindle, o estado concluiu a apresentação do caso.

Larren vai dispensar o júri agora até segunda-feira e ouvir a moção para um veredito direto. Ele se volta para os jurados:

— Senhoras e senhores, eu normalmente pediria que os senhores deixassem o tribunal neste momento, mas não farei isso. O serviço dos senhores neste caso acabou...

A princípio, não entendo as palavras, mas, quando sinto os braços de Jamie Kemp em volta de mim e depois os de Stern, entendo o que aconteceu. Meu julgamento acabou. O juiz continua falando. Diz aos jurados que podem ficar se quiserem. Estou chorando. Abaixo a cabeça na mesa um instante; estou soluçando. Mas a levanto para ouvir Larren Lyttle me libertar.

Ele se dirige ao júri:

— Refleti longamente sobre este caso nas últimas vinte e quatro horas. Neste momento, normalmente, um advogado de defesa apresenta uma petição para uma sentença de absolvição. E, na maioria das vezes, o juiz decide deixar que o caso prossiga. Normalmente, há evidências suficientes para que um júri razoável considere um réu culpado. Parece-me justo dizer que deveria haver mesmo. Nenhum homem deve ser levado a julgamento sem provas suficientes para que pessoas justas possam concluir, sem sombra de dúvida, que ele é culpado. Acredito que a justiça exige isso. E acho que, neste caso, a justiça não foi feita. Entendo que os promotores têm suspeitas. Antes da sessão de ontem, eu até diria que havia motivos razoáveis para suspeitar. Mas agora não tenho tanta certeza. Não posso, porém, deixá-los deliberar sobre evidências como essas, claramente inadequadas. Seria injusto com os senhores e, principalmente, com o sr. Sabich. Ninguém deve ser levado a julgamento com base em provas como essas. Não tenho dúvidas de que o veredito dos senhores seria "inocente", mas o sr. Sabich não deveria ter que viver com esse espectro nem mais um momento. Não há nenhuma prova de motivo aqui, nenhuma evidência concreta de que houve sequer um relacionamento íntimo. Não há nenhuma prova efetiva, no que me diz respeito, depois de ontem, para dar a qualquer pessoa razoável motivos para acreditar que o sr. Sabich teve relações carnais com a sra. Polhemus na noite da morte dela. E, como acabamos de ver, não há a menor prova direta de que ele assassinou a sra. Polhemus. Talvez ele tenha estado lá naquela noite. O estado tem direito a essa inferência. Se os promotores houvessem encontrado aquele copo, eu estaria mais confiante. Mas, diante de todas essas circunstâncias, não posso deixar o caso prosseguir.

— Meritíssimo...

Nico está em pé.

— Sr. Della Guardia, entendo que esteja desesperado neste momento, mas estou falando e gostaria que me ouvisse.

— Meritíssimo...

— Tenho algumas palavras a dizer sobre o sr. Molto.

— Sr. Juiz, solicito o arquivamento do caso.

Larren se espanta; recua, até. O tribunal fica ainda mais agitado e ouve-se o barulho de pessoas se mexendo. Sem olhar para trás, sei que os repórteres estão correndo para os telefones. A TV terá que trazer suas câmeras para cá. Ninguém imaginava que a merda seria jogada no ventilador agora.

O juiz bate o martelo e exige ordem. A seguir, abre sua mão grande para indicar a Nico que pode prosseguir.

— Sr. Juiz, queria dizer algumas coisas. Primeiro, parece que muitas pessoas passaram a pensar que este caso é uma armação, uma farsa. Eu nego isso. Quero negar isso em nome de todos os membros da acusação. Acho que fizemos bem em trazer este caso ao tribunal...

— O senhor queria apresentar uma petição, sr. Delay Guardia?

— Sim, sr. Juiz. Quando cheguei ao tribunal esta manhã, minha expectativa era de que o senhor deixaria o caso ir a júri. Alguns juízes deixariam, acredito eu. E acredito que seria o certo. Mas outros juízes provavelmente não deixariam, e, uma vez que, aparentemente, o senhor já se decidiu...

— Sem dúvida.

— Pelo bem do sr. Sabich, acredito que não devem restar dúvidas sobre a legalidade da decisão de sua parte, sr. Juiz. Eu discordo dela; nós discordamos. Mas não acho justo fingir que a considero ilegal. E certamente não quero que ninguém pense que estou procurando desculpas — Nico se volta brevemente para olhar por cima do ombro na direção de Stern. — Portanto, por essas razões, gostaria de aceitar seu veredito e solicitar o arquivamento do caso.

— Petição aceita — diz Larren e se levanta. — Sr. Sabich, está dispensado. Não tenho palavras para expressar quanto lamento que tudo isso tenha acontecido. Nem mesmo o prazer de vê-lo livre compensa a desgraça que este caso representa para a causa da justiça. Desejo-lhe boa sorte. — Ele bate o martelo. — Caso encerrado — diz e sai.

CAPÍTULO 36

Turbulência. Minha esposa, meus advogados, repórteres, espectadores, não sei. Todos querem me tocar. Barbara é a primeira.

A sensação de seus braços em volta de mim com tanta firmeza, seus seios apertados contra mim, sua pelve contra a minha é surpreendentemente estimulante. Talvez este seja o primeiro sinal da regeneração de minha vida.

— Estou tão feliz! — Ela me beija. — Estou tão feliz por você, Rusty.

Ela se afasta de mim e vai abraçar Stern.

Hoje, escolho fazer minha última saída pela casa de máquinas. Não quero enfrentar o caos da imprensa. Reúno Barbara, Stern e Kemp no final do saguão e desaparecemos de vista. Mas é claro que não há como escapar. Outro bando está esperando quando chegamos ao edifício de Stern. Subimos as escadas sem muitos comentários. De algum lugar, apareceu um almoço na sala de reuniões, mas não temos oportunidade de comer. Os telefones tocam. E as secretárias logo relatam que a recepção está tomada pela multidão de repórteres se espalhando pelos corredores. O monstro faminto precisa ser alimentado; não posso negar este momento a Stern. Ele merece, e as consequências desse tipo de sucesso em um caso célebre, tanto em termos econômicos quanto profissionais, ampliarão a carreira de Stern nos próximos anos. Agora, ele é um advogado de prestígio nacional.

E assim, depois de meio sanduíche de carne enlatada, descemos todos para o saguão do prédio para enfrentar de novo a multidão de repórteres que se empurram e gritam, erguendo microfones, gravadores e luzes brilhantes ao meu redor como uma dúzia de sóis. Stern fala primeiro, depois eu.

— Não creio que alguém, nestas circunstâncias, possa dizer algo adequado, especialmente em tão pouco tempo. Estou muito aliviado por tudo isso ter acabado. Nunca vou entender completamente como isso aconteceu. Sou grato por ter sido representado pelo melhor advogado da face da Terra.

Eu me esquivo das perguntas sobre Della Guardia; ainda não tenho essa questão resolvida em minha cabeça. Já há uma grande parte de mim que se contenta com a ideia de que ele estava só fazendo seu trabalho. Ninguém pergunta sobre Larren, e não menciono seu nome. Apesar de minha gratidão, duvido que, depois da noite passada, eu possa elogiá-lo.

De volta ao andar de cima, vejo que agora há champanhe, da mesma safra que Kemp estourou na noite anterior. Stern estava preparado para a vitória ou ele sempre mantém uma garrafa no gelo? Ainda há muitos visitantes. Fico entre eles com Kemp e Stern e faço brindes a Sandy. Clara, esposa de Sandy, está aqui. Mac chega; chora enquanto me abraça em sua cadeira de rodas.

— Nunca tive dúvidas — diz.

Barbara vem me dizer que vai embora. Ela tem esperança de que o retorno de Nat possa ser antecipado um dia. Talvez o diretor do acampamento possa arranjar um lugar no DC-3 que faz a rota de Skageon para cá e vice-versa, mas isso exigirá muitos telefonemas. Acompanho-a até o saguão; ela me abraça de novo.

— Estou tão aliviada — diz ela —, tão feliz por ter acabado assim!

Mas algo entre nós é impenetravelmente triste. Não consigo, agora, imaginar totalmente os estados internos de Barbara, mas acho que, mesmo neste momento de gratidão e alívio arrebatadores, reconhece que algo ainda permanece suspenso. No rescaldo de tudo isso, superar nossos velhos problemas exigirá uma jornada traiçoeira através de abismos quase intransponíveis rumo à graça e ao perdão.

Continua chegando gente ao escritório de Stern. Vários policiais estão aqui, além de advogados da cidade que vieram parabenizar Sandy e eu. Sinto-me pouco à vontade entre tantos estranhos e tão poucos conhecidos. E minha euforia inicial já passou há muito tempo, dando lugar a uma melancolia reprimida. A princípio, penso que estou exausto e cheio de dó de mim mesmo. Mas, por fim, reconheço que minha perturbação parece surgir, como óleo preto que brota da terra, de algo mais particular; é uma ideia que parece exigir tempo para contemplação, e, discretamente, vou embora. Não digo que estou indo; saio com a desculpa de que vou arejar a cabeça. Então, saio do prédio. É fim de tarde. As sombras são mais longas, e, do rio, sopra uma brisa rica e plena de verão.

As edições noturnas dos jornais já estão nas bancas. A manchete do *Tribune* tem meia página: JUIZ LIBERTA SABICH. E o subtítulo: "Chama a acusação de desgraça para a causa da justiça".

Pago meu jornal e leio: "Declarando 'uma desgraça para a causa da justiça', o juiz Larren Lyttle, do Tribunal Superior do condado de Kindle, rejeitou hoje as acusações de assassinato contra Rožat K. Sabich, ex-sub-chefe da procuradoria, encerrando o julgamento de oito dias de Sabich. O juiz criticou duramente o caso apresentado pelo promotor do condado de Kindle, Nico Della Guardia, e afirmou, em certo ponto, que acreditava que algumas evidências contra Sabich, um ex-rival político de Della Guardia, foram fabricadas pela promotoria".

Os dois jornais têm a mesma abordagem. Nico massacrado. Acusações falsas contra um antigo adversário político. Coisas bem feias. As notícias vão correr de costa a costa; meu amigo Nico não vai se recuperar tão cedo. A imprensa, cega como sempre para meios-tons ou áreas cinzentas, não faz menção ao gesto final de decência de Nico ao pedir o arquivamento do caso.

Desço até o rio. A cidade está estranhamente calma esta noite. Abriu um lugar novo à beira do rio, com mesas ao ar livre; peço duas cervejas e um sanduíche. Seguro a seção de esportes diante de mim para evitar responder aos olhares demorados de transeuntes ocasionais, mas passo a maior parte do tempo em uma espécie de reflexão entorpecida. Ligo para Barbara perto das seis, mas ninguém atende. Espero que ela esteja a caminho do aeroporto. Quero chegar e ver Nat. Mas, antes disso, preciso passar em outro lugar.

A porta da frente está aberta quando volto ao escritório de Stern, mas a suíte está quase deserta. Ouço apenas uma voz e, pelo tom, sei que é de Stern. Sigo o som até a rica sala de Sandy. Pelo que ouvi no corredor, deduzo que já está discutindo outro processo. Ah, essa vida de advogado... penso, ao vê-lo ali. Esta manhã, Sandy Stern ganhou o caso mais conhecido de sua carreira; esta noite, já está trabalhando de novo.

Há uma pasta aberta diante dele, que olha enquanto fala ao telefone. Cópias das edições vespertinas dos dois jornais foram jogadas no sofá.

— Ah, sim — responde ele —, Rusty acabou de chegar. Sim. Mais tarde, amanhã de manhã, às dez. Prometo.

Ele coloca o fone no gancho.

— Um cliente — diz. — Vejo que voltou.

— Desculpe, saí fugido.

Sandy levanta a mão para indicar que não preciso explicar nada.

— Mas queria falar com você — comento.

— Isso acontece — diz Stern. — Tenho clientes, depois de provações como essa, de experiências muito intensas, que voltam durante dias, inclusive semanas. É muito difícil acreditar que acabou.

— É mais ou menos sobre isso que eu gostaria de falar. Posso? — pergunto e pego um dos charutos de Sandy, que ele costuma me oferecer.

Ele escolhe um também enquanto seguro a caixa aberta. Fumamos, advogado e cliente.

— Queria lhe agradecer — digo.

Sandy levanta a mão do mesmo jeito que antes. Digo quanto admirei a defesa que fez de mim, que raramente senti desejo de questionar. Afirmo que ele é o melhor. Esse elogio parece atingir Sandy com o efeito calmante de um banho de leite morno. Ele faz pouco mais que rir e dar uma tragada no charuto – um de seus gestos corteses e impotentes diante da verdade.

— E também andei pensando nas coisas e gostaria de saber o que aconteceu naquele tribunal hoje.

— Hoje? — pergunta Sandy. — Hoje você foi absolvido de acusações graves.

— Não, não — digo. — Quero saber o que realmente aconteceu. Ontem você me explicou por que Larren teria que deixar o caso ir a júri, e hoje ele me absolveu, sem sequer uma petição da defesa.

— Rusty, fiz uma estimativa acerca do que o juiz poderia pensar. Que advogado você conhece que tem a capacidade de sempre prever corretamente as tendências dos magistrados? O juiz Lyttle decidiu não expor você ao risco de um veredito infundado do júri, o que poderia ter aumentado a pressão sobre ele, muito mais do que ele achava correto. Nós dois deveríamos ser gratos pela perspicácia e coragem dele.

— Ontem à noite, sua estimativa era de que o caso do estado era bom o suficiente para ir a júri.

— Rusty, sou pessimista por natureza. Você não pode me repreender por minha disciplina. Se eu tivesse previsto a vitória e o resultado fosse diferente, entenderia sua preocupação. Mas isto não.

— Não?

— Nós dois sabemos que o caso da promotoria não era forte desde o início e que enfraqueceu conforme foi avançando. Algumas decisões foram favoráveis, algumas testemunhas hesitaram, algumas inquirições foram bem-sucedidas. Uma evidência não foi contabilizada, outra foi claramente descaracterizada. O caso do estado fracassou. Nós dois já vimos isso acontecer em muitas ocasiões. E as coisas foram de mal a pior para eles hoje. Veja só o testemunho do dr. Robinson esta manhã. Foi muito revelador.

— Acha mesmo isso? Não contei a ele que matei Carolyn; e daí? Sou um advogado, promotor. Eu saberia que não deveria confessar a ninguém.

— Mas consultar um psiquiatra dois dias depois do assassinato, ter a vantagem desse relacionamento profissional mais íntimo e não fazer nenhuma declaração culposa... Rusty, foi uma prova significativa e obtida nada menos que pela promotoria. Se eu soubesse disso, talvez não fizesse a previsão que fiz ontem à noite. — Sandy franze a testa, desviando os olhos brevemente. — Em um momento como este, Rusty, de mudança tão repentina, já vi pessoas reagirem de maneira estranha. Não permita que seus pensamentos sobre os eventos em si obscureçam sua avaliação do caso.

Muito diplomático. Não deixe que o fato de ter matado Carolyn influencie seu julgamento como advogado. Essa leve traição a mim, por mais sutil que seja, é tão descabida nele que agora tenho certeza de que estou certo.

— Já estou nesses tribunais há doze anos, Sandy. Algo está errado.

Stern sorri. Larga o charuto e aperta as mãos.

— Não há nada de errado, Rusty. Você foi absolvido. É assim que o sistema funciona. Vá para casa, para sua esposa. Nathaniel já voltou? Será um reencontro maravilhoso para todos vocês.

Não permito que ele desvie do assunto.

— Sandy, o que explica o que aconteceu hoje?

— As evidências; seu advogado; os advogados do outro lado; seu próprio bom caráter, que era bem conhecido do juiz. Rusty, o que mais você acha que posso lhe dizer?

— Acho que você sabe o que eu sei — digo.

— Sobre o quê, Rusty?

— Sobre o arquivo B. Sobre Larren e Carolyn. Sobre o fato de ela intermediar pagamento de propina para ele.

Choque, surpresa aguda, não fazem parte do arcabouço emocional de Sandy Stern. Sua fé na própria experiência é tão grande que nunca permitiria que nada o afetasse. Mas sua expressão agora ganha intensidade. Sua boca se curva para baixo e ele vira o charuto para si, observando as cinzas antes de olhar de volta para mim.

— Rusty, com todo o respeito, você já passou por muita coisa. Sou seu amigo, mas também seu advogado. Advogado. Eu guardo seus segredos, mas não lhe conto os meus.

— Eu consigo encarar os fatos, Sandy, garanto. Já encarei muita coisa nos últimos meses. E, como você me disse ontem à noite, sou muito bom em guardar segredos. É que tenho um compromisso bizarro comigo mesmo de descobrir a verdade. Quero entender toda essa ironia.

Espero, e Stern por fim se levanta.

— Entendo seu problema; está preocupado com a integridade do juiz.

— Com razão, não acha?

— Não, eu discordo.

Stern se senta no braço do sofá, estofado com um tecido branco e grosso. Afrouxa a gravata, sem pressa.

— Rusty, o que lhe digo é o que eu sei. Como sei não é preocupação sua. Já tive muitos clientes... As pessoas se preocupam, pedem orientação a um advogado às vezes, só isso. É o que vai acontecer aqui. Vamos conversar agora e o que dissermos não será repetido por nenhum de nós fora daqui. De minha parte, digo: eu não falei nada. Entendido?

— Entendido.

— Você questiona o caráter de Larren. Permita-me um momento de filosofia, Rusty, mas nem todo mau comportamento humano é resultado de falhas crassas de caráter. As circunstâncias também são importantes. Existe a tentação, se me permite usar uma palavra antiquada. Conheço Larren desde o início de minha carreira e posso lhe dizer que ele não era ele mesmo naquela época. O divórcio o deixou em um estado caótico. Bebia demais, soube que também jogava. Envolveu-se afetivamente com uma mulher bonita e egoísta, e sua vida profissional foi abalada. Ele havia deixado de advogar quando estava no auge, tanto em termos de destaque quanto de retorno financeiro. Tenho certeza de que, com essa mudança, pretendia compensar as reviravoltas de sua vida pessoal, mas, em vez disso, viu-se confinado, em decorrência de um ato de vingança política, em uma zona que era a lixeira judicial, lidando com questões de importância insignificante que não tinham relação com o que o atraía na magistratura. Larren é uma mente poderosa, capaz, e durante anos lidou apenas com multas de trânsito, brigas de bar, interlúdios sexuais no Parque Florestal da Cidade, casos da periferia da justiça pública. Todos esses casos acabam da mesma maneira, com o réu dispensado; só muda o rótulo: caso arquivado; supervisão pré-julgamento; liberdade condicional pós-julgamento. De qualquer maneira, o réu volta para casa. E Larren estava em um ambiente cuja corrupção total sempre foi um dos segredos mais angustiantes desta cidade. Fiadores, policiais, oficiais da condicional, advogados... O Distrito Norte era uma colmeia de negócios ilícitos. Você acha, Rusty, que Larren Lyttle foi o primeiro juiz do tribunal do Distrito Norte a seguir o mau caminho?

— Não acredito que você o está justificando — digo.

Stern me fita com severidade.

— Nem por um momento — diz, com veemência. — Nem por um momento. Não perdoo nem por um momento isso de que falamos. É uma vergonha; essas condutas acabam com as nossas instituições públicas. Se essa questão tivesse sido objeto de acusações, com provas apropriadas, e se eu fosse o juiz perante o qual fosse julgada, as sentenças de prisão seriam longas. Provavelmente perpétuas, independentemente de minhas afinidades ou afetos. Mas isso aconteceu no passado, há muito tempo. Posso afirmar que o juiz Lyttle preferiria morrer, e falo com sinceridade, a corromper seu cargo no Tribunal Superior. Minha avaliação é sincera, não apenas a hipocrisia de um advogado acerca de um juiz.

— Sandy, minha experiência como promotor me mostrou que as pessoas não costumam ser só meio corruptas. É uma doença progressiva.

— É um episódio do passado, Rusty.

— Acredita mesmo que acabou?

— Sem sombra de dúvida.

— E a maneira como acabou também é outra história?

— Rusty, você precisa entender que não tenho o conhecimento de historiador. Apenas ouvi relatos personalizados de certos indivíduos.

— Como acabou, Sandy?

Ele olha para mim, ainda no braço do sofá. Está com as mãos nos joelhos, sem rastro de humor no rosto. As confidências são o cerne da vida profissional de Sandy Stern. Para ele, são assuntos íntimos e sagrados.

— Pelo que eu soube — diz, por fim —, Raymond Horgan tomou conhecimento do que estava acontecendo e exigiu que aquilo acabasse. Alguns policiais do 32º Distrito começaram a reunir evidências; outras pessoas com conhecimento disso tinham um medo profundo de que uma investigação sobre corrupção no Distrito Norte acabasse levando muita gente à ruína, além do juiz Lyttle. Foi de uma ou duas dessas pessoas preocupadas que ouvi esse relato. Enfim, elas decidiram que o promotor deveria ser devidamente comunicado sobre a subsequente investigação — Stern afasta o olhar um instante e acrescenta, com seu sorriso mais distante: — Talvez esse tenha sido o conselho do advogado deles. Em particular, tenho certeza, calcularam que Horgan naturalmente informaria seu velho amigo dos perigos aos quais estava exposto e o aconselharia a parar a todo custo. Acredito que foi isso que aconteceu. Ressalto que não sei se estou certo. Como, sem dúvida, você percebe, fico muito desconfortável com esse tipo de conversa e nunca fiz nenhum esforço para confirmar essa informação.

Eu deveria ter imaginado que Horgan estava no meio disso. Fico calado um instante. Que sentimento é esse? Algo entre decepção e escárnio.

— Sabe — digo —, houve um tempo em que pensei que Raymond Horgan e Larren Lyttle eram heróis.

— E com razão. Eles fizeram muitas coisas heroicas, Rusty. Muitas.

— E Molto? Você já ouviu alguma coisa sobre ele?

Stern sacode a cabeça negativamente.

— Ele não desconfiava, pelo que sei. Mas é difícil acreditar que foi realmente esse o caso. Talvez tenha tomado conhecimento das suspeitas de outras pessoas e se recusado a acreditar. Pelo que sei, ele próprio estava um tanto escravizado por Carolyn, como um cachorrinho, um devoto. Tenho certeza de que ela era capaz de manipulá-lo. Na América Latina, vemos... bem, víamos, quando eu era jovem; não tenho ideia do que acontece agora. Enfim, quando eu era jovem, encontrei frequentemente mulheres do tipo de Carolyn, que usavam sua sensualidade com um viés agressivo. Nos dias de hoje, há coisas mais preocupantes sobre uma mulher com uma abordagem tão antiquada e oblíqua dos meios do poder. É mais sinistro. Mas ela era muito habilidosa.

— Ela era um monte de coisas — digo.

Ah, Carolyn, penso, de repente, com uma tristeza insuportável. O que eu queria com você, Carolyn? Algo me faz pensar que Stern não a entendeu direito. Talvez seja a provação passada e seu extraordinário fim hoje; talvez seja a semana da anistia no condado de Kindle, quando ninguém pode ser culpado; talvez seja apenas mais da mesma obsessão degradada. Mas, por alguma razão, mesmo depois de tudo – *tudo* –, sentado aqui em meio à fumaça de charuto e móveis macios, ainda sinto algo por ela. Mais que tudo, sinto compaixão.

É possível que eu tenha julgado Carolyn totalmente mal. Talvez ela sofresse de algum defeito de nascença, como um recém-nascido que vem ao mundo sem certos órgãos. Talvez as partes emocionais estivessem ausentes nela ou tivessem alguma atrofia congênita. Mas não acredito nisso. Acho que ela era como tantos outros feridos e mutilados que passaram diante de mim: suas sinapses e receptores funcionavam bem em seu coração e sentimentos, mas eles estavam sobrecarregados pela necessidade de dar consolo a si mesma. À sua dor... Ah, sua dor! Ela era como uma aranha presa em sua própria teia. No fim da vida, à sua maneira monumental, deve ter sentido um grande tormento. Certamente, isso não foi fruto do acaso; não posso adivinhar as causas; que forja de crueldade a produziu, eu não sei. Mas existia alguma forma de abuso, alguma mesquinhez havia muito praticada da qual ela claramente pretendia escapar. Carolyn tentou se recriar. Ela assumiu todos os papéis brilhantes: meretriz, estrela, defensora de causas, fêmea fatal, promotora inteligente e obstinada, decidida a dominar e punir aqueles seres inferiores que não conseguiam conter impulsos feios e violentos.

Mas nenhum disfarce poderia mudá-la. A hereditariedade do abuso costuma ser mais abuso. Seja qual for a crueldade que a formou, ela a absorveu e, com autoilusão, desculpas selvagens, mas sempre, acho, algum resíduo tenso de dor, ela a devolveu ao mundo.

— Então — pergunta Stern —, está mais satisfeito?

— Em relação a Larren?

— E quem mais?

Aparentemente, ele interpretou mal meu momento de reflexão.

— Não estou satisfeito, Sandy. Ele não tinha nada que presidir meu caso. Deveria ter se escusado no instante em que foi designado.

— Talvez, Rusty, mas devo lembrar-lhe que o juiz Lyttle não tinha ideia, quando este caso começou, que aquele arquivo... o arquivo B, como você o chama, seria um elemento de sua defesa.

— Mas você sabia.

— Eu? — Stern agita a mão para dissipar a fumaça e faz um comentário em espanhol que não entendo. — Eu também sou alvo de reclamação? Certamente você não acha que planejei focar aquele arquivo desde o início, não é? E mesmo que planejasse, Rusty, eu deveria apresentar uma petição para o juiz Lyttle se escusar? Como você apresentaria isso? O réu pede ao juiz que decline este caso porque a suposta vítima já foi amante e parceira de crime de vossa excelência? Alguns assuntos não podem ser resolvidos com uma petição. Sério, Rusty. Não quero parecer cínico e compartilho de sua preocupação com os padrões de conduta profissional. Mas digo, de novo, acho que você está reagindo ao choque dos acontecimentos. Essa meticulosidade, diante das circunstâncias, é meio surpreendente.

— Não quero ser pedante e, se estiver sendo, desculpe; mas não estou preocupado com a forma ou com os detalhes técnicos. É que tenho a sensação de que as coisas foram muito distorcidas.

Stern leva a cabeça para trás e tira o charuto da boca. É um movimento longo e lento e tem o intuito de mostrar surpresa. Mas não é mais noite de estreia, já vi todas as melhores jogadas de Sandy Stern várias vezes e não acredito nessa.

— Sandy, andei pensando muito sobre as coisas nas últimas horas. A carreira de Larren Lyttle acabaria se as circunstâncias do arquivo B fossem totalmente exploradas. E você aproveitou todas as oportunidades para deixar claro que pretendia fazer exatamente isso.

— Sério, Rusty, você deve saber de coisas que eu não sei. Não vi nada que indicasse que o juiz Lyttle compreendeu totalmente a importância desse arquivo. E não esqueça que seu conteúdo nunca esteve no tribunal.

— Sandy, ficaria ofendido se eu dissesse que ainda acho que você não está me contando tudo?

— Ah — diz Stern —, já estamos há muito tempo juntos neste caso. Você está começando a falar como Clara, Rusty.

Ele sorri, mas de novo me recuso a ser dissuadido.

— Sandy, demorei muito para somar dois mais dois, admito. Por um tempo, pensei que fosse só uma coincidência bizarra. Eu achava que era pura sorte sua insistência naquele arquivo, não que você queria tirar vantagem da vulnerabilidade de Larren. Mas agora percebo que isso não é possível. Você *quis* chamar a atenção do juiz. Não havia outro motivo para continuar se referindo a esse arquivo. Da última vez que o citou, acho que quando Lip estava depondo, já havíamos passado do ponto de precisar levantar dúvidas sobre Tommy. Àquela altura, você já sabia tudo sobre Kumagai. Sabia que surpreenderia Molto com isso. Mas você se esforçou de novo para dizer ao juiz que íamos oferecer provas sobre o arquivo na primeira chance que tivéssemos. Você deve ter dito isso a ele, de uma forma ou de outra, meia dúzia de vezes. Você queria que Larren acreditasse que estávamos empenhados em virar esse arquivo do avesso em público. Por isso falou todo aquele negócio de armação enquanto Horgan estava sendo inquirido. Você queria que ficasse registrado para que Larren pensasse que não tinha como impedi-lo de seguir com isso. Mas, quando você se sentou comigo para falar sobre a defesa, não disse uma palavra sobre o arquivo. Não tínhamos nada a oferecer.

Stern fica calado um tempo.

— Você é um bom investigador, Rusty — diz, por fim.

— E você é muito lisonjeiro. Na verdade, tenho a sensação de que andei bastante perdido. Ainda há muitas coisas que não descobri. Como isso que você mencionou há um segundo. Como você *sabia* que Larren iria perceber que o arquivo B dizia respeito a um caso em que ele estava envolvido? O que mais tem nessa história?

Stern e eu nos encaramos por um momento. Seu olhar está mais profundo e mais complexo que nunca. Se ele está desconcertado, disfarça bem.

— Não há mais o que contar, Rusty — ele garante. — Fiz algumas suposições, especialmente quando vi as reações do juiz com Horgan no banco das testemunhas. Eles são muito próximos, é claro, e, como eu disse, pelo que soube, Raymond foi bastante sensível às implicações daquele arquivo. Me pareceu provável que ele e Larren tivessem falado sobre isso em algum momento no passado, mas não tenho nenhum conhecimento específico disso. Só minha intuição de advogado.

Horgan. Isso foi o que deixei passar. Raymond deve ter contado a Larren sobre esse arquivo há muito tempo. Stern tem razão. Por um momento, desenvolvo as lucubrações decorrentes disso, mas isso não é para agora. Quero esclarecer tudo com Stern primeiro.

— Vamos ver se eu entendi — digo. — Você nem sonharia em ameaçar diretamente o juiz. Isso seria contraproducente e poderia ser desastroso. E simplesmente não é seu estilo. Você tinha que encontrar uma maneira perfeita e sutil de fazer as coisas. Queria que Larren ficasse preocupado com o arquivo, mas que acreditasse que só ele havia percebido o perigo. Assim, o tempo todo você fez parecer que a defesa estava perseguindo Tommy Molto. Você agiu como se pensasse que ele era o criminoso que o arquivo exporia. E o juiz engoliu. E fez o possível para nos guiar na direção errada; fez tudo que pôde para levantar suspeitas sobre o zelo de Tommy. Larren ridicularizou o caráter de Molto, olhava para ele com desprezo; acusou-o de fabricar provas, de fazer sinais para as testemunhas. Mas isso foi uma dupla vantagem para você. Quanto mais a imagem de Tommy ia se queimando, mais forte se tornava seu argumento para entrar no arquivo B, porque ficou parecendo que aquilo tudo realmente foi uma armação arquitetada por Molto para evitar que Sabich descobrisse seu passado distorcido. Assim, era cada vez mais importante para Larren encerrar o julgamento. Ele nunca poderia correr o risco de deixar vazar o conteúdo daquele arquivo, como você sempre dizia que queria fazer. Larren não sabia o que ia acontecer, mas, o pior, claro, era a verdade. Ele podia apostar que Tommy não guardaria para si tudo que soubesse sobre o passado obscuro do Distrito Norte. Molto podia se conter para proteger Carolyn e agora sua memória, mas não para salvar a pele de Larren em detrimento de sua carreira. E assim, sem nem precisar de uma petição nossa, o juiz Lyttle declarou nocaute técnico e me mandou para casa. Mas, Sandy, havia um homem no tribunal que sabia que isso ia acontecer. Você sabia disso o tempo todo.

Stern arregala seus olhos castanho-claros sombrios.

— Você me julga tão severamente, Rusty?

— Não. Eu concordo com você; ninguém está acima da tentação. Sandy sorri, um tanto triste.

— Pois é — diz.

— Mas tolerância não requer ausência de padrões de conduta. Sei que pareço um ingrato de marca maior, mas preciso dizer que não aprovo.

— Eu não agi em benefício próprio, Rusty. — Ele me olha daquele jeito familiar, abaixando o queixo para poder me observar por baixo de seu cenho franzido. — Foi uma situação na qual eu... na qual nós nos encontramos de repente. Eu não a criei. Minha lembrança de alguns desses assuntos aos quais você se refere foi se atualizando enquanto prosseguíamos. De início, pensei em Molto porque ele era um alvo muito mais fácil que Della Guardia. Achei necessário desenvolver esse assunto de rivalidades passadas de alguma maneira. Quando outros assuntos me vieram à mente, foi conveniente prosseguir da maneira que você descreveu. Mas eu não queria coagir o juiz; foi por essa razão que fiz de Molto nosso culpado, para que o juiz Lyttle não se sentisse impelido a fazer algo precipitado. Quer saber se eu estava ciente de que isso poderia criar certa pressão em Larren também?

Stern faz um gesto, quase sorri, de novo com aquele misterioso olhar latino, desta vez usado como a forma mais relutante, embora filosófica, de aquiescência.

— Como você disse — prossegue —, avaliei um ponto de vulnerabilidade. Mas acho que, no geral, na sua análise, você me atribui uma complexidade mental que nenhum ser humano, e certamente não eu, possui. Fiz certos julgamentos, instantaneamente. Não foi uma rota traçada com antecedência. Foi uma questão de intuição e estimativa o tempo todo.

— Eu sempre vou ter dúvidas sobre o resultado.

— Isso seria inapropriado, Rusty. Entendo sua preocupação agora, mas eu hesitaria em aceitar sua opinião sobre a decisão final do juiz. Para mim, a maneira como ele lidou com este caso foi imparcial. Com certeza, se ele quisesse uma forma conveniente de encerrar o processo, poderia ter proibido a promotoria de oferecer o testemunho sobre as impressões digitais na ausência do copo. Até Della Guardia, decepcionado como estava, admitiu que a decisão de Larren hoje estava dentro do âmbito do legítimo arbítrio do juiz. Acha que Nico teria feito aquele belo gesto de apresentar uma moção para arquivar o caso se acreditasse que a avaliação de Larren era infundada? O juiz Lyttle proferiu uma decisão adequada e, se não tivesse feito isso, tenho certeza de que você teria sido absolvido. Não foi isso que os jurados disseram à imprensa?

Foi isso realmente que os jornais relataram. Três jurados disseram à mídia, na escadaria do tribunal, que não teriam votado pela condenação. Mas Sandy e eu sabemos que as impressões de três leigos que descobriram que o juiz do caso o considerava infundado valem pouco e não determinaria o que outras nove pessoas teriam feito.

Stern prossegue:

— Como eu disse, fiz avaliações. Se, em retrospecto, qualquer um de nós as considera questionáveis, isso deve ser um peso em minha consciência, não na sua. Seu papel é aceitar sua boa sorte sem mais reflexão. Esse é o significado legal de uma absolvição. Esse assunto está totalmente resolvido; eu o aconselho a seguir a vida. Você vai superar essa sombra em sua carreira; você é um advogado talentoso, Rusty. Sempre o considerei um dos melhores promotores de Horgan, provavelmente o melhor. Fiquei bastante desapontado por Raymond não ter tido o bom senso de renunciar no ano passado e fazer os arranjos políticos apropriados para que você o sucedesse.

Sorrio. Agora sei que o pior já passou; não ouço esse velho papo há muitos meses.

— Acredito mesmo que você vai ficar bem, Rusty. Sinto isso.

Sinto que Stern está prestes a dizer algo que não quero ouvir; talvez que lucrei com toda essa experiência. Mas não lhe dou oportunidade. Pego minha pasta, que havia deixado aqui, e me preparo para ir. Stern me acompanha até a porta. Ficamos ali, apertando as mãos, prometendo nos falar, sabendo que, seja como for, no futuro teremos muito pouco a dizer um ao outro.

OUTONO

CAPÍTULO 37

Somente os poetas são verdadeiramente capazes de escrever sobre a liberdade, essa coisa doce e estimulante. Nunca na vida conheci um êxtase tão tenro e completo como os instantes ocasionais e arrepiantes de prazer quando de novo percebo que todo o perigo ficou para trás. Acabou. Sejam quais forem as consequências, sejam quais forem os sorrisos maliciosos, as acusações mudas, o desdém ou desprezo com que os outros possam me tratar, abertamente ou, mais provavelmente, pelas costas; seja o que for que digam, o terror acabou; as horas insones de madrugada que passei tentando me lançar adiante no tempo, imaginando uma vida de labuta irracional durante o dia e as noites trabalhando, como metade dos outros presos, em uma série interminável de pedidos de *habeas corpus* e, por fim, as horas cautelosas de medo, meio adormecido em algum beliche de prisão, esperando qualquer terror perverso que a noite trouxesse... esse horror é passado. E esse êxtase é acompanhado de uma sensação de alívio merecido. Cada pecado de minha vida parece expiado. Minha sociedade me julgou, não exigiu punição. Todas aquelas frases feitas são verdadeiras: tirei um peso enorme das costas; sinto-me tão leve que sou capaz de voar; é como ganhar na loteria; tirei a sorte grande. Eu me sinto livre.

Mas então, claro, uma sombra cai, e penso no que passei com enorme raiva e amargura e uma queda vertiginosa na depressão. Quando era promotor, perdia casos, naturalmente, mais do que gostaria, e tinha a chance de observar os réus absolvidos no instante da vitória. A maioria chorava; quanto mais culpados eram, mais choravam. Sempre pensei que fosse de alívio e culpa, mas não. É, e posso afirmar, de descrença, por não acreditar que essa provação, esse... esse julgamento foi suportado sem nenhum objetivo aparente, exceto a desgraça e o dano irreparável.

O retorno à vida é lento: uma ilha por onde passa um vento suave. Nos primeiros dois dias, o telefone não para. É surpreendente ver que as pessoas que não falaram comigo nos últimos quatro meses imaginam que eu aceitaria seus parabéns loquazes. Mas elas ligam. E sou suficientemente calculista para saber que posso precisar delas de novo um dia.

Aceito seus votos de boa sorte com certa desenvoltura. Mas passo a maior parte do tempo sozinho. Ando tomado pelo desejo de estar ao ar livre, de sair neste verão minguante e outono incipiente. Um dia, não levei Nat à escola e fomos pescar de canoa. O dia passou e não falamos quase nada; mas fiquei contente por estar com meu filho e senti que ele sabia disso. Outros dias, ando na floresta durante horas. Bem lentamente, começo a ver coisas que antes não via. Durante quatro meses, minha vida foi um abandono, uma tempestade desesperada de sentimentos tão selvagens que não existia nada fora dela. Todos os rostos que surgiam em minha imaginação provocavam um impacto ciclônico em meus recantos interiores, que agora, gradativamente, vão se aquietando e que, por fim percebo, com o tempo, voltarão a exigir movimento.

Por enquanto, continuo em casa. Meus vizinhos dizem que eu deveria escrever um livro, mas ainda não estou pronto para nenhum empreendimento. Logo fica claro que minha presença é desconcertante para Barbara. Sua irritação comigo, contida por tanto tempo, agora retorna de maneira peculiar. É evidente que ela não se sente capaz de dizer o que pensa. Não há queixas abertas nem instantes de sarcasmo estridente. Como resultado, parece ainda mais confinada em si mesma que nunca. Vejo-a me encarando com um olhar intenso, preocupado, furioso, acho. Quando pergunto o que foi, vejo covinhas de desaprovação em seu queixo; ela suspira, dá meia-volta e sai de perto.

— Você vai voltar a trabalhar? — perguntou-me um dia. — Não consigo fazer nada com você por aqui.

— Não estou incomodando você.

— Você me distrai.

— Sentado na sala? Mexendo no jardim?

Admito que estava tentando provocá-la. Ela levantou os olhos para o céu e saiu de perto.

Mas agora ela não morde mais a isca. Esta batalha deve ser travada em silêncio.

É verdade que não fiz nenhum esforço para conseguir um emprego. Os cheques da promotoria continuam chegando a cada duas semanas. Della Guardia, claro, não tem motivo justificável para me demitir, e o escritório viraria de cabeça para baixo se eu voltasse ao trabalho. Nico está sob o cerco da imprensa; as notícias nacionais aumentaram a sensação de constrangimento local. O que normalmente poderia passar por mera incompetência na administração dos assuntos do condado foi magnificado pelas lentes da atenção de costa a costa e se tornou um grande escândalo. Nico Della Guardia fez o mundo passar a ver os cidadãos do condado de Kindle como bufões ignorantes do interior. Os editoriais, e inclusive os poucos políticos locais do partido da oposição, estão exigindo que Nico nomeie um promotor especial para investigar Tommy Molto. A Ordem dos Advogados local abriu um inquérito para determinar se Tommy deve ser expulso. A crença geral é que Nico, em sua ambição de concorrer a prefeito, pressionou demais, e que, em resposta, Molto fabricou evidências em conluio com Indolor Kumagai. A petição de Nico para arquivar o caso é amplamente interpretada como uma confissão. Só ocasionalmente outras motivações são sugeridas.

Vi uma matéria de domingo de Stew Dubinsky que mencionava o arquivo B e o cheiro que cercava o tribunal do Distrito Norte durante aqueles anos. Mas nada disso foi adiante. Seja qual for o entendimento geral, não pretendo corrigi-lo. Não vou desculpar Nico, Tommy nem Indolor.

Ainda não quero contar o que sei: que era meu o sêmen coletado de Carolyn; que aquelas eram, sem dúvida, minhas digitais encontradas naquele copo no apartamento; que as fibras do carpete detectadas eram de minha casa; que todas as ligações que os registros mostraram foram feitas de meu telefone. Nunca estarei pronto para arcar com os custos dessas admissões. E há uma justiça bruta nisso. Tommy Molto que curta a experiência de tentar refutar o que as circunstâncias aparentemente deixaram óbvio. E eu aceito os cheques.

O último ato de Mac como subchefe administrativa na promotoria, antes de assumir o cargo de juíza, é negociar uma data para o fim de meu salário. Nico sugeriu mais seis meses; exijo mais um ano, como reparação. Fechamos em nove no fim. Na conversa final sobre esse assunto, Mac honra enormemente nossa amizade me convidando para falar em sua posse. É minha primeira aparição pública. Ed Mumphrey, que preside o cerimonial, apresenta-me como "um homem que sabe muito sobre justiça", e as quase quatrocentas pessoas ali reunidas para ver Mac se tornar juíza se levantam para me aplaudir. Agora sou um herói local; o Dreyfus do condado de Kindle. As pessoas se arrependem um pouco do prazer que sentiram ao me ver ser açoitado, mas não consigo esquecer como me sinto deslocado na sociedade. O julgamento ainda é como uma concha ao meu redor; não posso sair.

Como sou um dos três oradores da cerimônia, Nico não está presente. Mas Horgan não conseguiu ficar longe, como seria adequado. Tento evitá-lo, porém, mais tarde, entre a agitação em volta das mesas de canapés na recepção do hotel, sinto uma mão em meu braço.

Raymond está com aquele sorriso bajulador no rosto. Mas não se arrisca a me estender a mão.

— Como tem andado? — pergunta de um jeito caloroso.

— Tudo bem.

— Deveríamos almoçar qualquer dia.

— Raymond, nunca mais na vida farei algo que você diga que devo fazer.

Dou meia-volta, mas ele me segue.

— Eu me expressei mal. Realmente gostaria que almoçasse comigo, Rusty. Por favor.

Velhos afetos, ligações antigas... tão difíceis de quebrar. Que outra razão? Combino com ele uma data e vou embora.

Encontro Raymond em seu escritório de advocacia, e ele sugere que, se eu não me importar, não saiamos. Seria melhor para nós dois não dar chance para que saísse alguma matéria sagaz na coluna *I On The Town* sobre como Raymond H. e o absolvido subchefe deixaram para trás a punhalada nas costas. Raymond providenciou um almoço para nós. Comemos camarão ao molho rémoulade sozinhos em uma enorme sala de reuniões sobre aquela mesa de pedra que parece ser composta de uma única peça, uma laje de quase dez metros, polida e colocada aqui como uma plataforma de leilão para os capitães da indústria. Raymond faz as perguntas obrigatórias sobre Barbara e Nat e fala sobre o escritório de advocacia. Depois, pergunta sobre mim.

— Nunca mais vou ser o mesmo — digo.

— Imagino.

— Duvido que consiga.

— Está esperando que eu peça desculpas?

— Não precisa se desculpar. De qualquer maneira, isso não me ajudaria em absolutamente nada.

— Não quer que eu diga que lamento o que aconteceu?

— Cansei de lhe dar conselhos sobre como se comportar, Raymond.

— Mas lamento de verdade.

— Com razão.

Raymond não se abala; já estava preparado para certo rancor.

— Sabe por que eu lamento? Porque Nico e Tommy me fizeram acreditar. Nunca me ocorreu que eles houvessem manipulado as evidências. Achei que fariam o que haviam aprendido comigo. Vão tentar tirar Della Guardia, sabia? Vão tentar. Há petições circulando.

Assinto. Li muito sobre isso. Semana passada, Nico anunciou que não havia fundamento para a nomeação de um promotor especial; expressou sua confiança em Molto. E os jornais e editorialistas de TV o ridicularizaram de novo. Um legislador estadual fez um discurso no plenário da Câmara. A palavra-chave desta semana é *acobertamento*.

— Você sabe qual é o problema de Nico, não sabe? Bolcarro. Bolcarro não lhe dará mais atenção. E também vai ficar de braços cruzados diante dessas petições de revogação do mandato. Nico vai ter que se virar sozinho. Bolcarro acha que deu um impulso a Nico, e, quando se dá conta, Della Guardia sai candidato a prefeito. Isso lhe parece familiar?

— Hmm-hmm — digo, querendo demonstrar tédio, petulância.

Vim aqui para deixar clara minha raiva. Prometi a mim mesmo que não me preocuparia com quão baixo afundasse. Se me der vontade de xingar, xingarei. Darei socos, jogarei comida... Não haverá nível baixo ao qual não descerei.

— Veja — diz ele, de repente —, coloque-se no meu lugar. Foi uma coisa difícil para todos.

— Raymond — digo —, que merda é essa que você fez comigo? Eu lambi seu cu durante doze anos!

— Eu sei.

— Você tentou acabar comigo.

— Já disse, Nico me fez acreditar. Depois que acreditei, fui uma espécie de vítima em tudo isso.

— Vá se foder! — digo. — E, quando acabar, vá se foder de novo!

Limpo as comissuras da boca com o guardanapo de linho, mas não me levanto. Isto está só começando. Raymond me observa com amargura e consternação em seu rosto corado. Por fim, ele pigarreia e tenta mudar de assunto.

— O que você vai fazer com sua carreira, Rusty?

— Não faço ideia.

— Quero que saiba que vou ajudar você no que puder. Se quiser, vejo se há algo disponível aqui. Se houver mais alguma coisa na cidade que lhe interesse, é só dizer. O que puder fazer, eu faço.

— O único trabalho fora da promotoria que sempre me pareceu bom foi algo que você mencionou: juiz. Acha que pode conseguir isso? Acha que pode me devolver a vida que eu tinha?

Falo olhando para ele fixamente, com a intenção de deixar claro que esse estrago não pode ser reparado. Meu tom é sarcástico, visto que nenhum candidato a juiz pode ter na bagagem uma acusação de assassinato. Mas Raymond não hesita.

— Tudo bem — diz ele —, quer que eu veja isso? Que que veja se consigo um lugar para você?

— Você não tem mais esse tipo de influência, Raymond.

— Talvez você esteja enganado, meu amigo. Augie Bolcarro acha que sou o melhor amigo dele agora. Depois de me tirar do caminho, resolveu que posso ser útil. Ele liga para me consultar duas vezes por semana. Não estou brincando; ele se refere a mim como um estadista mais experiente. Acha que isso não é alguma coisa? Se quiser, falo com ele. Peço a Larren para falar também.

— Não — digo, depressa. — Não quero sua ajuda nem a de Larren.

— Qual é seu problema com Larren? Pensei que você adorasse o cara.

— Para começo de conversa, ele é seu amigo.

Horgan ri.

— Rapaz, você veio decidido, não? Só quer me espezinhar. — Raymond empurra o prato para o lado. — Quer falar de doze anos de passado em cinco minutos? Tudo bem, faça isso. Mas escute: eu não armei para você. Quer cagar em cima de alguém? Tommy merece. Nico também, pelo que sei. Entre na fila. Se quiser, tenho certeza de que pode entrar em contato com a Ordem dos Advogados; eles vão colocá-lo na frente da fila e deixá-lo cagar em público em cima dos dois.

— Eles já me ligaram. Eu disse que não tinha nada a dizer.

— Então por que eu, hein? Sei que não gostou de me ver no banco das testemunhas, mas eu menti lá? Eu não disse porra nenhuma que não aconteceu. E você sabe disso, irmão.

— Você mentiu para *mim*, Raymond.

— Quando?

Pela primeira vez, ele está surpreso.

— Quando me deu o arquivo B. Quando me contou que Carolyn pediu esse arquivo. Quando me disse que era uma alegação furada.

— Ah — diz Horgan e demora um pouco para se situar.

Mas não hesita. Raymond Horgan, como eu sempre soube, é durão.

— Tudo bem, agora entendi. Algum passarinho deve ter sussurrado em seu ouvido, não é? Quem foi? Lionel Kenneally? Ele sempre foi seu chapa, o imbecil. Tem coisas que você gostaria de ouvir sobre ele também, sabia? Ninguém é herói, Rusty. Ficou indignado por causa disso? Tudo bem, não sou um herói. Muitas outras pessoas não eram heróis, mas isso não tem nada a ver com você ser acusado de assassinato — diz ele, apontando para mim, ainda imperturbável.

— E tem a ver com eu ter um julgamento justo, Raymond? Você pensou nisso? Você sabia se Larren ia ou não me usar porque queria manter aquilo em segredo?

— Ele não é esse tipo de pessoa.

— Ele não é que tipo de pessoa? Estamos falando de alguém que se vendeu. Não me venha com essa! A única coisa que interessava para ele, ou para você, aliás, era garantir que ninguém descobrisse. Vou lhe perguntar uma coisa, Raymond: como foi que meu caso acabou encerrado por Larren? Quem ligou para Ed Mumphrey?

— Ninguém ligou para Mumphrey.

— Que sorte, hein?

— Até onde sei...

— Você já perguntou?

— Larren e eu não conversamos sobre seu caso, nunca. Nem uma única vez, que me lembre. Eu era testemunha, e, por mais estranho que possa parecer para você, nós dois nos comportamos corretamente. Veja, sei o que está pensando. Sei o que parece, mas, Rusty, você está falando besteira. Isso aconteceu nove anos atrás, quando ele estava com a cabeça completamente fora do lugar.

— Como foi, Raymond? — pergunto, pois, por um momento, minha curiosidade é maior que minha raiva.

— Rusty, não sei que merda aconteceu. Eu conversei com ele sobre isso exatamente uma vez, e a conversa não durou mais que o necessário. Ele passava metade do tempo bêbado naquela época, e, você sabe, ela era agente da condicional. Os sujeitos sob fiança contavam para ela suas histórias tristes, e ela começou a conversar com o juiz. E ele dava trela. Tenho certeza de que ele pensou que, assim, ela levantaria a saia mais feliz. Um dia, um desses caras que ela ajudou lhe deu um agradinho pelo transtorno. Ela contou a Larren para saber o que fazer. Ele achou engraçado, ela também, e eles saíram e gastaram tudo em um jantar. Uma coisa levou a outra e... acho que se divertiram muito. Ele sempre achou que era como uma brincadeira de fraternidade. Ambos achavam.

— E você a contratou sabendo disso?

— Rusty, foi *por isso* que a contratei. Larren ficava tentando me sensibilizar, dizendo que ela estava quebrada porque tinha que pagar a faculdade de Direito e ganhava onze mil por ano como agente da condicional. Eu disse que tudo bem, que dobraria o salário dela, mas ele teria que parar com aquilo. Pensei em colocá-la lá como adjunta. Ninguém nunca gostou dessas nomeações, mas, com mais dois adjuntos para vigiá-la, o que poderia fazer? Só que nós descobrimos que o trabalho dela era fenomenal, incrível. Ela não tinha muitos escrúpulos, mas tinha muito cérebro. E, por fim, consegui que Larren fosse transferido para o centro da cidade. E ele atuou com verdadeira distinção. Vou para o túmulo acreditando nisso: ninguém jamais vai ser capaz de questionar a integridade de Larren ao lidar com um caso criminal. Um ano depois, os dois eram tão respeitáveis que nem se falavam mais. Se ela trocou dez palavras com Larren nos últimos cinco, seis anos, eu ficaria surpreso. E, sabe de uma coisa? Com o passar do tempo, cheguei a um ponto em que pude ver o que ele via nela. E você sabe o que aconteceu a partir daí.

Essa, claro, é a resposta para o que me intrigava na primavera passada. Por que Carolyn jogou seu charme para cima de mim primeiro, e não de Raymond, quando percebeu o potencial vazio na chefia da promotoria.

Não foi por minha masculinidade, por minha bela aparência morena. Foi porque eu era mais inexperiente, nem de longe tão sábio quanto Raymond. Ela deve ter imaginado que Raymond não cairia nessa. Não devia cair; talvez não tenha mesmo caído. Talvez por isso ela não conseguiu o que queria, porque Raymond não sofreu. Ele sabia o que ela queria e sabia o que esperar.

— Não foi tudo bonitinho assim — digo. — Tudo deu certo até você receber certa carta anônima. E aí deu aquele arquivo para ela fazê-lo desaparecer.

— Não, senhor, nada disso. Eu o dei a ela sem saber o que era. Disse para ela investigar e ter cuidado, porque nunca dá para saber quem pode querer fuçar. Foi só isso que eu disse. O que você quer de mim, Rusty? Eu estava ficando com ela na época. Quer que eu finja que não? Se eu fosse tão sem-vergonha, teria feito exatamente o que você disse: passado aquele arquivo no triturador.

Sacudo a cabeça. Ambos sabemos que ele é cuidadoso demais para isso. Não há como saber quem poderia procurar a carta. Esse é o tipo de trabalho que um Medici como Raymond sabe que deve passar adiante. E com instruções que impeçam que os rastros levem a ele. Muito engenhoso: investigue, veja do que se trata. E a mensagem subliminar é: se tiver a ver com Larren e você, limpe os rastros com muito cuidado. Carolyn tentou, sem dúvida. Não preciso mais me perguntar quem tinha o arquivo da prisão de Leon do 32º Distrito.

— E quando ela virou presunto, você correu e pegou o arquivo?

— Quando ela "virou presunto", como você disse, recebi uma ligação do meritíssimo. Eu contei a ele sobre a carta quando chegou, e, no dia em que encontraram o corpo, ele pegou o telefone e me ligou. É bem a cara de Larren também. Ele sempre foi um imbecil santarrão. Ele me disse: isso pode ser politicamente delicado, não é melhor eu ficar com esse arquivo? — Raymond ri. Sozinho; não relaxo minha expressão severa. — Rusty, quando você me pediu, eu lhe entreguei o arquivo.

— Você não teve escolha. E tentou me enganar, de qualquer maneira.

— Rusty, ele é meu amigo.

É fundamental para o apoio da população preta a Raymond. Se Raymond já tivesse processado Larren Lyttle, ou deixado alguém processá-lo, tanto faria para ele renunciar ou concorrer à reeleição, o resultado seria o mesmo. Mas não falo isso; a repugnância, por fim, tomou um pouco o lugar de minha raiva.

Eu me levanto para ir embora.

— Rusty, eu estava falando sério; quero ajudar você. Me dê um sinal e faço o que você quiser. Se quiser que eu beije a bunda de Augie Bolcarro no Wentham Square ao meio-dia para que ele lhe dê o cargo de juiz, farei isso. Se quiser trabalhar para ganhar muito dinheiro, tento arranjar isso também. Eu sei que tenho uma dívida com você.

O que ele quer dizer é que quer me manter feliz, agora mais que nunca. Mesmo assim, sua reverência é reconfortante. Não dá para continuar batendo em um homem que está de joelhos. Não digo nada, mas assinto com a cabeça.

A caminho da porta, Raymond aponta de novo toda a arte moderna que cobre as paredes. Aparentemente, esqueceu que deu a mesma palestra barata para mim e Stern antes. Quando chegamos ao elevador, ele me estende a mão e tenta me abraçar.

— Foi terrível — diz.

Eu me afasto, inclusive, o empurro levemente. Mas há gente por perto, e Horgan finge não notar. O elevador chega. Horgan estala os dedos, lembrou-se de alguma coisa.

— Ah — fala, baixinho —, prometi a mim mesmo lhe perguntar uma coisa hoje.

— O quê, Raymond? — pergunto enquanto entro.

— Quem a matou? Quer dizer, quem você acha que a matou?

Não digo nada; continuo impassível. E, quando a porta do elevador começa a fechar, despeço-me de Raymond Horgan com um aceno de cabeça, como um cavalheiro.

CAPÍTULO 38

Certo dia de outubro, estou trabalhando no quintal e sinto uma estranha agitação. Estou consertando a cerca, tirando as estacas, fincando novas no cimento, pregando as ripas. Por um momento, fico olhando para a ferramenta multifuncional com que estou trabalhando. É meio que uma herança de meu sogro. Depois que ele morreu, a mãe de Barbara trouxe para cá todos os utensílios dele e tudo que havia no quintal. Essa ferramenta é um pedaço de ferro preto, uma espécie de cruzamento entre a garra de um martelo e um pé de cabra. Dá para usar para qualquer coisa. E, na noite de 1º de abril, foi usada para matar Carolyn Polhemus.

Logo após o julgamento, notei que ainda havia uma crosta de sangue e um fio de cabelo louro preso na borda de um dos dois dentes. Fiquei olhando muito tempo para a ferramenta, depois a levei ao porão e a lavei. Barbara desceu enquanto eu estava fazendo isso. Parou em seco na escada quando me viu, e tentei me mostrar descontraído. Abri a água quente e comecei a assobiar.

Peguei-a uma dúzia de vezes desde então. Agora, quero observá-la sem fetiches, sem tabus. E, depois de um momento de reflexão, concluo que não é a ferramenta que canta para mim como um fantasma. Observando a grama, as rosas e seus espinhos, a horta que ajudei Barbara a plantar nesta primavera, sinto que há algo nesta casa, nesta terra, que está irremediavelmente gasto e velho. Por fim, estou pronto para algumas mudanças já consideradas. Encontro Barbara na sala de jantar, onde está corrigindo trabalhos. Estão empilhados sobre a mesa como as revistas e as fichas de minha mãe em sua época de personalidade do rádio. Sento-me do outro lado.

— Acho que deveríamos pensar em voltar para a cidade — digo.

Obviamente, espero que essa concessão provoque em Barbara um esplendor de vitória. Ela defendeu essa mudança durante muitos anos. Mas Barbara larga a caneta e leva as mãos à testa.

— Ah, Deus.

Eu espero. Sei que algo terrível vai acontecer, mas não estou com medo.

— Não queria falar sobre isso ainda, Rusty.

— Sobre o quê?

— Sobre o futuro — diz e acrescenta: — Pensei que não seria justo com você tão cedo.

— Tudo bem, vejo que você está sendo elegante. Mas que tal me dizer o que está pensando?

— Rusty, não seja assim!

— Eu sou assim. Quero saber.

Ela cruza as mãos.

— Arranjei um emprego para o ano que vem na Wayne State.

A Wayne State não fica no condado de Kindle. Fica a mais de seiscentos quilômetros daqui. A Wayne State, pelo que me lembro, fica em uma cidade que visitei uma vez, chamada Detroit.

— Detroit, não é?

— É — diz ela.

— Você vai me deixar?

— Eu não diria isso, só aceitei um emprego. Rusty, odeio fazer isso com você agora, mas sinto que devo. Eles me contrataram para começar em setembro; eu ia contar para você em abril, mas aí começou aquela loucura toda... — Ela sacode a cabeça com os olhos fechados. — Enfim, eles foram legais e me deram mais tempo. Já mudei de ideia meia dúzia de vezes, mas decidi que é o melhor.

— Onde Nat vai ficar?

— Comigo, claro — responde ela, com um olhar repentinamente feroz e penetrante.

O que quer transmitir é que não devo sequer pensar que ela poderia ceder nesse tema. Passa por minha cabeça, como um reflexo, que eu poderia recorrer ao tribunal e tentar impedir isso. Mas estou farto de litígios agora. Estranhamente, esse pensamento me inspira um sorriso triste e breve, uma reação que me faz olhar com vaga esperança para Barbara.

— Como assim não vai me deixar, só arrumou um emprego? — pergunto. — Fui convidado a ir para Detroit com você?

— Você iria?

— Poderia ir. Não seria um mau recomeço para mim. Há umas coisas desagradáveis me perseguindo aqui.

Barbara imediatamente tenta corrigir minha rota. Ela já pensou em tudo, talvez para aliviar sua consciência, ou provavelmente porque sempre há essas geometrias em sua cabeça.

— Você é um herói — diz —, escreveram sobre você no *The New York Times* e no *The Washington Post.* Ando esperando que qualquer dia você me diga que vai concorrer a algum cargo político.

Rio alto, mas as palavras dela são tristes. Mais que o significado do que Barbara disse, essas palavras só provam quanto já nos distanciamos. De novo, interrompemos a comunicação. Não lhe contei o suficiente para que entendesse minha profunda repulsa pelo que acontece em nome dos interesses políticos.

— Você se ofenderia se eu me mudasse para algum lugar mais perto para poder ver meu filho? Admitindo que não moremos na mesma casa.

Ela me olha.

— Não — diz.

Fico olhando para a parede um instante. Meu Deus, penso... quanta coisa acontece em uma vida! E, então, penso mais uma vez em como tudo isso começou e fico triste, como tem acontecido tantas vezes ultimamente. Ah, Carolyn, penso. O que eu queria com você? O que foi que eu fiz? Pergunto, mas não porque não faça ideia.

Estou com quase quarenta anos agora, não posso mais fingir que o mundo é desconhecido para mim ou que gosto da maior parte do que vi. Sou filho de meu pai, essa é a minha herança – a severidade da perspectiva gerada por saber que há mais crueldade na vida do que a simples inteligência pode compreender. Não afirmo que passei por uma legião de sofrimentos eu mesmo, mas vi muita coisa. Vi a alma aleijada de meu pai, mutilada por um dos maiores crimes da história; vi o tormento e a necessidade, a raiva aleatória e apaixonada que lança um mau comportamento variado e horrível em nossas próprias ruas. Como promotor, pretendia combatê-lo, declarar-me inimigo jurado do espírito mutilado que comete cada transgressão com força e armas. Mas claro que tudo foi mais forte que eu. Quem seria capaz de observar esse panorama negativo e manter o mínimo otimismo que seja? Seria mais fácil se o mundo não fosse tão cheio de infortúnios casuais. Golan Scharf, um vizinho meu, tem um filho que nasceu cego. Mac e seu marido, em um momento de farra, viraram uma esquina e o carro mergulhou no rio. E, mesmo que a sorte, e somente a sorte, nos poupe do pior, a vida desgasta muita gente. Jovens de talento se entorpecem e bebem. Moças espirituosas criam filhos, ganham culote e vão perdendo a esperança conforme a meia-idade vai chegando. Cada vida, assim como cada floco de neve, sempre me pareceu única na forma de suas misérias e na raridade e brandura de seus prazeres. As luzes se apagam, escurecem. E cada alma tem um limite de escuridão que pode suportar. Eu procurei Carolyn deliberada e intencionalmente. Não posso fingir que foi um acidente ou sorte. Era o que eu queria. Era o que eu queria fazer. Eu procurei Carolyn.

E agora, ainda olhando para a parede, começo a falar, dizendo em voz alta coisas que havia prometido a mim mesmo que nunca seriam ditas.

— Já pensei muito nos motivos — digo. — Não que alguém possa compreendê-los por completo. Seja como for que você chame essa mistura insana de raiva e loucura que leva um ser humano a matar outro, não é o tipo de coisa fácil de entender de uma maneira definitiva. Duvido que alguém, não a pessoa que faz isso nem qualquer outra, possa realmente entender isso tudo. Mas eu tentei; tentei de verdade. Quero dizer uma coisa antes de tudo, Barbara; quero te pedir desculpas. Acho que muita gente acharia isso ridículo, eu mesmo até. Mas te peço desculpas. E mais uma coisa que você precisa saber e tem que acreditar: ela nunca foi tão importante para mim quanto você. Nunca. Acho que, sendo bem sincero, deve ter acontecido alguma coisa lá que eu achava que não poderia encontrar em nenhum outro lugar. Esse foi o *meu* erro, admito. Mas, como você mesma me disse, eu estava absolutamente obcecado por ela. Eu levaria horas para explicar o porquê. Ela tinha um poder; eu tinha uma fraqueza... Mas sei muito bem que não a teria esquecido durante anos, e provavelmente nunca, enquanto estivesse andando por aí. Veja, não existe justificativa nem desculpa, não estou tentando fingir que existe. Mas eu pelo menos acho que nós dois devemos reconhecer as circunstâncias. Sempre achei que não faria bem a ninguém falar sobre isso. E presumi que era isso que você pensava. O que aconteceu, aconteceu. Mas, naturalmente, passei muito tempo pensando exatamente em como isso foi acontecer.

Acho que não poderia ter evitado. Acho que todo promotor aprende que nós vivemos perto, mais perto do que queremos acreditar, de maldades reais. Mas a fantasia é muito mais perigosa do que as pessoas gostam de admitir. A pessoa tem uma ideia, um plano cuidadosamente elaborado, e passa a ser estimulante pensar nele, excita e emociona, ela se concentra nele e dá o primeiro passo para realizá-lo, e isso é emocionante e excitante também, e ela continua. E, no fim, depois de dar esse passo, a pessoa fica dizendo a si mesma que não houve dano real, que é só fantasia. Mas leva apenas um momento extraordinário, enquanto a pessoa se deleita com a emoção, com a sensação de voar livre, para que a coisa realmente aconteça.

Por fim, ergo os olhos. Barbara está em pé, parada atrás de sua cadeira. Seus olhos se movem rápido, alarmados, como ela mesma deve estar. Sem dúvida, ela nunca quis ouvir isso. Mas prossigo.

— Como eu disse, nunca pensei que teria que falar sobre isso, mas falo agora porque acho que, de uma vez por todas, isso deve ser dito em voz alta. Não estou fazendo nenhuma ameaça aqui, nem sombra de ameaça, ok? Deus sabe o que alguém em sua posição pode pensar, Barbara, mas não é uma ameaça. Só quero as cartas na mesa. Não quero que haja dúvidas sobre o que qualquer um de nós sabe ou pensa. Não quero que isso seja um fator em seja lá o que for que decidamos fazer. Porque, apesar de tudo, embora você deva estar surpresa por me ouvir dizer tudo isso, eu esperava... acho que a palavra é *queria*, é *quero*; eu quero seguir em frente. Por muitas razões; Nat, em primeiro lugar, claro, e também porque quero minimizar os danos em nossa vida. Mas, mais que isso, não quero que esse ato louco não traga consequências decentes. Basicamente, quando tento explicar a mim mesmo como e por que essa mulher foi assassinada, por menos que impulsos racionais tenham a ver com isso e valham como explicações, suponho que sempre pensei que, em parte, foi por nós. Por nós, para o nosso bem. Deus sabe que grande parte foi simplesmente para o meu benefício, para, se é que a consciência pode suportar essas palavras, me vingar. Mas também acreditei que foi por nós. Enfim, queria te dizer tudo isso para ver se significa alguma coisa para você ou se faz alguma diferença.

Por fim, termino e me sinto estranhamente satisfeito. Estou bem com isso como jamais poderia ter imaginado. Barbara, minha esposa, está chorando muito, calada. Está olhando para baixo enquanto as lágrimas simplesmente caem. Ela arfa e recupera o fôlego para falar:

— Rusty, acho que não tem nada que valha a pena dizer, exceto que lamento. Espero que um dia você acredite em mim; eu realmente sinto muito.

— Entendo — digo. — Acredito em você agora.

— E eu estava preparada para contar a verdade. A qualquer momento, até o fim. Se eu fosse chamada para depor, teria contado o que aconteceu.

— Entendo isso também, mas eu não queria isso. Francamente, Barbara, não teria adiantado nada. Teria parecido uma desculpa desesperada, como se você estivesse fazendo um esforço bizarro para me salvar. Ninguém jamais teria acreditado que foi você quem a matou.

Essas palavras provocam novas lágrimas e, por fim, controle. Já está tudo dito, e ela, de certa forma, está aliviada. Barbara enxuga os olhos com as costas das mãos. Respira fundo e fala, olhando para a mesa:

— Você sabe o que é estar louco, Rusty? Maluco de verdade? Não ser capaz de ser dono de si? Você nunca se sente seguro. Eu sinto que, a cada passo que dou, o chão é instável, que vou cair. E não posso continuar assim. Acho que não vou conseguir ser uma pessoa normal de novo se continuar vivendo com você. Sei que isso é horrível de ouvir, mas é horrível para mim também. Não importa o que me passou pela cabeça, ninguém volta a ser como antes depois de uma coisa dessas. Tudo que eu posso dizer, Rusty, é que nada saiu como eu esperava. Eu nunca entendi a realidade até o julgamento, até estar sentada lá. Até ver o que estava acontecendo com você e, no fim, sentir profundamente que não queria que estivesse acontecendo. Mas isso é só uma das coisas que não consigo superar. Não tenho mais vida aqui. Minha vida é só arrependimento e medo. E, claro... não, "vergonha" não é a palavra. "Culpa"? — Ela sacode a cabeça devagar, olhando para a mesa. — Não existe uma palavra para o que eu sinto.

— Poderíamos tentar dividir a culpa — digo.

De alguma maneira, apesar de mim mesmo, essa observação tem a qualidade de um capricho. Barbara suspira, morde o lábio de repente. Olha para o outro lado um segundo e, depois de outro suspiro, chora e sacode a cabeça de novo.

— Não acho isso certo — diz. — O julgamento terminou como deveria, Rusty.

Ela não fala mais nada. Talvez eu esperasse mais, mas foi só isso. Ela vai sair da sala, mas para e me deixa abraçá-la por um instante. Na verdade, por um longo momento, fica abraçada comigo, mas, por fim, se afasta. Eu a ouço subir. Conheço Barbara, sei que vai se deitar em nossa cama e chorar um pouco mais. Depois, vai se levantar e começar a fazer as malas para partir.

CAPÍTULO 39

Um dia, logo após o Dia de Ação de Graças, quando estou na cidade fazendo compras de Natal, vejo Nico Della Guardia andando pela Kindle Boulevard. Está segurando a gola de seu casaco impermeável fechada, com uma expressão preocupada. Parece estar procurando algo na rua, olhando para cima e para baixo. Está vindo em minha direção, mas tenho certeza de que ainda não me viu. Penso em me esconder em um prédio, não porque tenha medo da reação dele ou da minha, mas simplesmente porque acho que seria mais fácil para nós dois evitar esse encontro. Porém, agora ele já me viu e está vindo deliberadamente em minha direção. Não sorri, mas oferece a mão, e eu a aperto. Por um breve instante, sou alvejado por uma emoção terrível – dor e tristeza –, mas passa logo e fico ali, olhando afavelmente para o homem que, para todos os efeitos, tentou tirar minha vida de mim. Um homem com um chapéu de feltro, aparentemente ciente da importância do encontro, volta-se para olhar enquanto segue seu caminho; mas, fora isso, o trânsito de pedestres apenas se divide e passa por nós.

Nico me pergunta como estou. Fala com o tom sério que as pessoas tendem a adotar ultimamente, por isso sei que ele já sabe. Mas digo mesmo assim:

— Barbara e eu nos separamos.

— Eu soube — diz ele. — Lamento, de verdade. Divórcio é uma merda. Bem, você sabe, me viu chorar no seu ombro. E eu não tinha filhos. Mas talvez vocês consigam resolver isso.

— Duvido. Nat está comigo por enquanto, mas só até Barbara se instalar em Detroit.

— Muito chato — responde ele. — De verdade, muito chato.

Velho Nico, penso, sempre repetindo tudo.

Vou virar para deixá-lo seguir seu caminho; ofereço a mão primeiro desta vez. E, quando Nico a pega, aproxima-se e aperta os lábios, para que eu saiba que o que vai dizer é doloroso para ele.

— Eu não armei para você — diz. — Eu sei o que as pessoas pensam, mas não mandei ninguém manipular as evidências. Nem Tommy nem Kumagai.

Quase estremeço ao pensar em Indolor. Pediu demissão do Departamento de Polícia. Não tinha saída; poderia alegar conluio ou incompetência, de modo que escolheu dos males, o menor – e o mais adequado, em minha opinião. Ele não pisou na bola com a amostra de sêmen, claro, mas passei a acreditar que ninguém teria sido indiciado se ele tivesse consultado as anotações da autópsia. Ninguém poderia ter ligado tudo. Talvez Tommy também seja culpado por forçar a barra em um caso duvidoso. Suponho que pensou que me jogar na fogueira aplacaria sua dor – ou inveja –, independentemente de qual tenha sido o estado em que Carolyn o deixou, que tanto eriçou suas paixões.

Nico continua, sincero como sempre.

— Eu realmente não sabia — diz ele. — Sei o que você pensa, mas tenho que lhe dizer: eu não fiz isso.

— Eu sei que não, Delay — digo, mas também digo o que acho ser verdade. — Você fez seu trabalho do jeito que achava certo, mas acabou confiando nas pessoas erradas.

Ele fica me olhando.

— Provavelmente não será meu trabalho por muito mais tempo. Já ouviu falar da revogação? — pergunta, olhando para a rua de novo, para cima e para baixo. — Claro que já; todo mundo já sabe. Que diferença faz? Todo mundo diz que minha carreira acabou.

Ele não está procurando compaixão; só quer que eu saiba que as ondas da calamidade se espalharam e o atingiram também. O rastro negro que Carolyn deixou derrubou todos nós. Eu me vejo animando-o.

— Não dá para saber, Delay. Nunca se sabe como as coisas vão acabar.

Ele sacode a cabeça.

— Não, não, você é o herói, eu sou o vilão. Maravilha.

Mas Nico sorri para mostrar que ele mesmo acha suas ideias estranhas, inapropriadas.

— Há um ano você poderia ter me vencido na eleição, e pode vencer hoje. Não é ótimo?

Nico Della Guardia ri alto, atormentado por suas próprias ironias, as leituras peculiares de suas referências. Ele abre os braços no meio do Kindle Boulevard e diz:

— Está vendo? Nada mudou.

CAPÍTULO 40

Na sala da frente da casa em que moro há mais de oito anos, a desordem é completa. Há caixas abertas meio cheias por todo lado e coisas retiradas dos armários e gavetas espalhadas em todas as direções. A mobília se foi. Nunca liguei muito para o sofá ou para a poltrona, e Barbara os queria para seu apartamento novo nos arredores de Detroit. Vou me mudar dia 2 de janeiro para um apartamento na cidade. Não é um lugar ruim; o corretor me disse que dei sorte. Esta casa está para alugar. Decidi que cada passo tem que ser lento.

Agora que Nat foi embora, o trabalho de empacotar tudo parece levar uma eternidade. Vou de cômodo em cômodo, cada objeto me lembra alguma coisa. Cada canto parece conter seu cociente de dor e melancolia. Quando chego a meu limite, começo a mexer em outro lugar. Muitas vezes penso em meu pai e naquela cena que contei a Marty Polhemus, quando encontrei meu velho, uma semana após a morte de minha mãe, encaixotando tudo no apartamento que ele havia abandonado anos antes. Estava com um colete e jogava os restos de sua vida adulta em caixotes e caixas de um jeito insolente. Ia chutando as caixas do caminho enquanto andava pelos cômodos.

Tive notícias de Marty semana passada; ele me mandou um cartão de Natal. "Estou feliz por saber que tudo deu certo para você." Ri alto quando li sua mensagem. Meu Deus, esse garoto realmente tem o dom. Joguei o cartão fora. Mas o preço da solidão é maior do que eu imaginava. Há poucas horas, fui vasculhar as caixas com lixo, na sala, procurando o envelope. Preciso do endereço para responder.

Nunca escrevi para meu pai. Depois que ele partiu para o Arizona, não o vi mais. Eu ligava de vez em quando, mas só porque Barbara discava o número e colocava o fone em minha mão. Ele era tão deliberadamente pouco comunicativo, tão cauteloso com os detalhes de sua vida, que nunca valia a pena o esforço. Eu sabia que morava com uma mulher na época e que trabalhava três vezes por semana em uma padaria local. E que achava o Arizona quente.

A mulher, Wanda, ligou para me dizer que ele havia morrido. Isso foi há mais de oito anos, mas, de certa forma, esse choque ainda me acompanha todos os dias. Ele era forte, estava em forma; eu tinha certeza de que viveria até os cem anos, que sempre existiria esse alvo distante para minha amargura. Ele já havia sido cremado; Wanda só encontrou meu número quando estava limpando o trailer e insistiu que eu fosse para lá para resolver o resto dos assuntos dele. Barbara estava grávida de oito meses na época, e nós dois consideramos essa viagem para o oeste uma imposição final de meu pai. Descobrimos que Wanda era de Nova York, tinha quase cinquenta anos, era alta e nada feia. E falava mal dos mortos sem hesitação. Quando cheguei, ela me disse que, na verdade, havia ido morar com ele só seis meses antes. Ligaram para ela da padaria, onde ele teve o infarto, pois não conheciam mais ninguém. "Não sei por que faço essas coisas. Sério, preciso lhe falar", disse ela depois de alguns drinques, "ele era um imbecil."

Não achou graça quando sugeri que essa frase deveria ser gravada na lápide dele.

Ela me deixou sozinho esvaziando o trailer. Na cama, encontrei meias vermelhas. Na cômoda, mais seis ou sete dúzias de pares de meias masculinas. Vermelhas e amarelas, listradas, de bolinhas, de losangos... Vi que, em seus últimos anos, por fim, meu pai encontrou alguma satisfação.

A campainha toca. Sinto uma leve ansiedade para conversar um pouco com o carteiro ou o entregador da UPS.

— Lip — digo ao vê-lo pela porta de tela.

Ele entra e bate os pés no capacho para tirar a neve.

— Aconchegante, bem caseiro — diz Lip, examinando o caos da sala.

Ainda em cima do capacho, ele me entrega um pacotinho, não muito mais largo que o laço de cetim que tem em cima.

— Presente de Natal.

— Terrivelmente legal — digo.

Nunca trocamos presentes de Natal.

— Achei que seria bom para você se animar. Nat foi bem?

Assinto. Levei-o ao aeroporto ontem. Permitiram que ele entrasse primeiro. Eu queria entrar com ele no avião, mas Nat não permitiu. Da porta, eu o observei enquanto descia a ponte de embarque, com seu casaco azul-escuro da NFL, sozinho e já perdido em sonhos. Ele é filho do pai; não virou para acenar. E pensei com toda a clareza: quero a vida que eu tinha antes.

Lip e eu ficamos um instante nos olhando. Ainda não peguei o casaco dele. Meu Deus, é constrangedor... e é assim com todo mundo, com gente na rua ou com quem conheço bem. Aconteceu tanta coisa comigo que nunca contei a ninguém... E como as pessoas deveriam reagir? Não se encaixa em nenhum padrão de conversa reconhecido dizer: chato esse negócio do divórcio, mas pelo menos você não foi preso por aquele assassinato.

Por fim, ofereço a ele uma cerveja.

— Só se você for beber também — responde ele e me segue até a cozinha, onde metade dos utensílios domésticos também está em caixas.

Enquanto tiro um copo do armário, Lipranzer aponta para o pacote que trouxe, que deixei em cima da mesa.

— Quero ver você abrir. Faz tempo que estou guardando isso.

Ele fez em embrulho caprichado.

— Nunca vi um presente embrulhado com essas dobras de lençol de hospital — digo.

Amassado dentro de uma caixinha branca, encontro um envelope pardo preso com aquela fita adesiva vermelha e branca de selar evidências de crimes. Rasgo-o e encontro o copo que desapareceu durante o julgamento; o copo do bar de Carolyn. Deixo tudo em cima da mesa e dou um passo para trás. Se fosse tentar adivinhar o que era, nunca teria chegado nem perto de acertar.

Lip enfia a mão no bolso e pega um isqueiro. Segura o envelope de provas pelo canto até ficar em chamas e o joga na pia. O copo, ele me entrega. O pó azul da ninidrina ainda está nele todo, e as três impressões parciais gravadas ali formam uma espécie de porcelana de Delft surrealista. Seguro o copo contra a luz da janela um instante, tentando descobrir, por razões que não consigo discernir, quais das minúsculas redes de linhas são as marcas de meu polegar e meu dedo médio direitos, que revelam uma história antiga. Ainda estou olhando para o copo quando falo com Lipranzer.

— Tenho uma pergunta genuína: eu deveria ficar emocionado — digo e o olho nos olhos antes de continuar — ou *realmente* puto da vida?

— Como assim?

— Neste estado, é crime esconder provas de um crime. Você passou dos limites, Lipper.

— Ninguém jamais vai saber — diz Lip, servindo a cerveja que acabei de abrir. — Além disso, não fiz porra nenhuma. Foram eles que pisaram na bola. Lembra que mandaram Schmidt recolher todas as evidências? O copo não estava lá. Informei Dickerman e, no dia seguinte, recebi uma ligação do laboratório dizendo que a análise estava pronta e que eu podia ir buscar o copo. Quando cheguei lá, alguém já havia assinado o recibo "Devolvido ao Departamento de Evidências". A ideia era que eu o colocasse de volta no lugar, só que eu não tinha como colocar nada em lugar nenhum, já que o maldito caso não era mais meu. Então, eu o joguei em uma gaveta. Achei que, mais cedo ou mais tarde, alguém me perguntaria pelo copo, mas ninguém perguntou. Molto é como qualquer outro adjunto medíocre, assina todos os recibos sem checar as evidências. Três meses depois, ele se meteu em um poço de merda. Mas isso é problema dele. — Lip ergue o copo e bebe quase tudo. — Nenhum deles jamais teve a mínima ideia de onde o copo foi parar. Correm boatos de que Nico destruiu seu escritório para procurar; mandou até arrancar o carpete, pelo que ouvi dizer.

Rimos, pois conhecemos Nico. Quando ele fica muito agitado, dá para ver seu couro cabeludo ficar vermelho onde o cabelo é ralo. Suas sardas também se destacam. Quando o riso acaba, ficamos um momento em silêncio.

— Sabe por que estou puto, não é? — pergunto, por fim.

Lip dá de ombros e ergue seu copo.

— Porque você pensou que eu a matei — digo.

Ele estava preparado para isso. Nem se mexe; arrota antes de responder:

— Aquela mulher era encrenca.

— E, por isso, tudo bem se eu a matasse?

— Você matou? — pergunta Lip.

Sem dúvida, foi isso que veio descobrir. Se quisesse ser apenas um irmão de alma, teria levado o copo com ele da última vez que foi pescar e o jogado nas Crown Falls, que rugem tão magnificamente ali, perto de Skageon. Mas a curiosidade o deve estar corroendo. E me deu o copo para eu saber que estamos nessa juntos.

— Você acha que eu a matei, não é?

Ele bebe sua cerveja.

— É possível.

— Vá à merda! Você não ia arriscar seu pescoço assim se achasse que era só uma pequena possibilidade, como existir vida em Marte.

Lip olha diretamente para mim com seus olhos cinza claros.

— Não estou usando nenhuma escuta.

— Não me importaria se estivesse. Fui julgado e absolvido; a cláusula de risco duplo é clara: eu poderia publicar minha confissão no *Trib* amanhã e ninguém poderia me julgar de novo por assassinato. Só que nós dois sabemos — Tomo um gole da cerveja que abri para mim. — que eles nunca admitem, não é, Lip?

Lip olha para o nada na cozinha.

— Esqueça isso — diz.

— Não vou esquecer. Diga o que pensa, ok? Você acha que eu a matei. Não é só por diversão que um policial com quinze anos de carreira esconde provas do maior caso da cidade, não é?

— Está certo, não é só por diversão. — Meu amigo Dan Lipranzer me fita. — Acho que você a matou.

— Como? Imagino que você deve ter imaginado como fiz isso.

Ele não hesita tanto quanto eu esperava.

— Acho que você rachou a cabeça dela em um acesso de raiva. O resto foi só para ficar bonito. Não faria muito sentido pedir desculpas depois que estivesse morta.

— E por que eu estava com tanta raiva?

— Não sei. Quem sabe? Ela terminou com você, não foi? Por causa de Raymond. Isso é o suficiente para ficar puto.

Devagar, tiro o copo de cerveja da mão de Lipranzer. Noto sua apreensão quando faço isso. Ele está preparado para me ver jogá-lo longe. Mas eu o deixo na mesa da cozinha, ao lado do que ele trouxe, esse que encontraram no bar de Carolyn, esse com minhas digitais. São idênticos. Então, vou até o armário e tiro o restante do jogo até formar duas fileiras com a dúzia de copos, deixando o que tem a cerveja na frente da fileira da esquerda e o coberto de pó azul na frente da outra. Dá-se um raro momento em que Lipranzer não está com aquele seu olhar de espertinho.

Abro a torneira, lavando as cinzas, e encho a cuba de espuma. Vou falando enquanto isso:

— Imagine uma mulher, Lip, uma mulher estranha, com uma mente matemática muito precisa, muito clínica. Fechada. Furiosa e deprimida. Na maioria das vezes, é uma mulher vulcanicamente furiosa, irritada com a vida, com o marido, com o caso miserável e triste que ele teve com outra mulher, com o fato de ter dado para outra tudo que ela mesma queria. Ela queria ser a obsessão dele, mas ele se interessou por uma vadia manipuladora, que todo mundo, exceto ele, sabia que, para ela, era só uma diversão. Essa mulher, Lip, essa esposa, está doente de espírito e de coração, e talvez da cabeça, se for para colocar todas as cartas na mesa.

"Ela está confusa. Tem sérias dúvidas sobre o casamento. Em alguns dias, tem certeza de que vai deixá-lo; em outros, quer ficar. Mas ela tem que fazer alguma coisa; tudo aquilo a está consumindo, a destruindo. Ela tem um desejo, uma esperança selvagem e secreta de que a mulher com quem ele estava dormindo morra. Quando a raiva da esposa está no auge, ela se sente pronta para abandonar o marido e partir para espaços abertos. Mas não haveria satisfação nisso se a outra mulher estivesse viva, porque o marido, cafajeste impotente como é, simplesmente voltaria rastejando para ela e acabaria ficando com o que a esposa acha que ele quer. A esposa só se sentirá vingada se a outra mulher desaparecer.

"Mas, claro, as pessoas sempre magoam a quem amam. E, em sua depressão, ela anseia por tudo que eles tinham juntos, quer encontrar uma maneira de voltar aos velhos tempos. Mesmo assim, parece que a vida seria melhor se a outra mulher estivesse morta. Sem escolha, ele vai acabar desistindo de sua obsessão. E, então, talvez ela e o marido possam reciclar as coisas, reconstruir sobre os destroços."

A pia agora está cheia de espuma. A ninidrina sai do copo com facilidade, mas deixa um cheiro sulfuroso quando atinge a água. Pego uma toalha e seco o copo. Quando termino, pego uma caixa e começo a empacotar o jogo de copos. Lip me ajuda. Separa as folhas de papel-jornal que a empresa de mudança forneceu, ainda mudo.

— E, então, a ideia está lá, dia após dia. A esposa só consegue pensar em matar a outra mulher. Mesmo no auge da raiva ou nas masmorras da autopiedade, essa ideia excitante está ali. Mas, claro, à medida que a ideia vai se concretizando, surge outra reviravolta. O marido precisa saber. Quando ela está furiosa, quando sai pela porta, para ela, é uma vingança deliciosa pensar nele desolado e ciente de quem foi exatamente que o deixou nessa condição. E em seus humores mais leves, quando a ideia é salvar o casamento de alguma maneira, ela quer que ele valorize esse ato monumental de compromisso e devoção, seu esforço para encontrar a cura milagrosa. Não terá nenhum significado para o marido se ele pensar que foi só um acidente.

"Então, isso se torna parte da compulsão. Matar, e ele saber que foi ela. Como isso pode ser feito? É um enigma magnífico para uma mulher capaz dos níveis mais complexos de pensamento lógico. Obviamente, ela não pode simplesmente contar a ele. Por um lado, metade do tempo faz planos para ir embora. E existe o risco de que, no mínimo, o marido não aprove e acabe dando com a língua nos dentes. Ela tem que tirar essa opção dele. E qual é a melhor maneira de fazer isso? Felizmente, é previsível que o marido investigue esse crime. O chefe do setor de homicídios se mandou; o chefe interino é uma pessoa em quem ninguém confia. E o marido é o pupilo favorito do promotor. Ele será o responsável por coletar evidências; ele e seu amigo, o astro da Homicídios, Lipranzer. E, conforme o marido for avançando na investigação, detalhe por detalhe, vai descobrir que, para todo mundo, o culpado parece ser ele. Claro que ele sabe que não é. E também vai saber quem foi, porque só existe uma pessoa no mundo que tem acesso a esse copo ou ao esperma dele. Mas ele nunca vai convencer ninguém disso; ele vai sofrer em silêncio, solitário, quando ela o deixar. Ou vai beijar sua mão suja de sangue com devoção renovada quando ela ficar. No próprio ato, vai haver purificação e descoberta. Com a outra morta, ela vai conseguir descobrir exatamente o que deseja fazer.

"Mas tem que ser um crime que o resto do mundo aceite como não resolvido quando o marido declarar que é esse o caso. Tem que ser um crime tal que só ele saiba o que aconteceu. Por isso, ela decide fazer parecer um estupro. E assim segue o plano; ela deve usar um desses copos."

Mostro para Lip o copo que estou embrulhando. Ele está sentado em uma das cadeiras da cozinha, ouvindo com olhos arregalados, entre o mais bruto horror e uma espécie de admiração.

— Foi um copo igual a este que o marido usou quando chorou na noite em que contou a ela que teve um caso. O idiota egocêntrico se sentou ali e a devastou com a verdade, e chorou porque seus copos eram iguais aos da outra mulher. Esse vai ser o cartão de visita perfeito, a maneira perfeita de dizer a ele: você sabe quem foi. Ele estava bebendo cerveja uma noite, assistindo a um jogo. Ela esconde esse copo; agora, tem as impressões digitais dele.

"E então, em certas manhãs, guarda aquela meleca que sai quando tira o diafragma. Coloca em um saco plástico, imagino, e provavelmente o guarda no freezer do porão. Tudo pronto. Primeiro de abril. Ha Ha Ha. Isso é para ajudá-lo a entender. Ela faz uma ligação da residência uma hora antes do evento. O marido está em casa, cuidando do filho, mas, como Nico teria argumentado se Stern apontasse que Barbara estava aqui quando fiz aquela ligação, dá para usar o telefone no escritório dela sem ser ouvido no andar de baixo.

A cadeira de Lip emite um guincho súbito ao recuar para trás em direção ao chão.

— Uau — diz ele. — Volte um pouco. Quem ligou? De verdade, não quem Delay achava. Foi ela?

— Foi ela — respondo. — Dessa vez.

— Dessa vez?

— Dessa vez, antes não.

— Antes foi você?

— Sim.

— Hmmm — diz Lip.

Seus olhos perdem o brilho enquanto ele reflete, lembrando, sem dúvida, aquele dia de abril, quando lhe pedi um favor que parecia inofensivo, uma indiscrição trivial: que não levantasse os registros telefônicos de minha casa.

— Hmmm — diz, de novo, e ri alto.

A princípio, não entendo, mas, quando vejo seu olhar um tanto alegre, percebo que está satisfeito. Cada um é como é. O detetive Lipranzer está contente por saber que não estava totalmente errado ao me julgar culpado de certa má-fé.

— Então, foi ela quem ligou naquela noite?

— Sim.

— Sabendo que você já havia feito isso antes?

— Disso não tenho certeza. Ela não poderia ter ouvido, porque não havia nada para ouvir. Mas, se for para chutar, acho que sabia. Foi essa a minha sensação. Devo ter deixado a agenda da promotoria aberta na página de Carolyn uma vez, quando liguei para ela. Esse é o tipo de coisa que Barbara notaria, você sabe como é obcecada por detalhes, especialmente em casa. Talvez isso tenha sido a gota d'água para ela, mas não tenho certeza. Pode ter sido uma coincidência. Ela precisava entrar em contato com Carolyn de alguma maneira, não podia simplesmente aparecer na casa dela.

— O que ela disse ao telefone?

— Quem sabe? Alguma coisa, uma bobagem qualquer. Pediu para passar lá.

— E a matou — diz Lip.

— E a matou — digo eu. — Mas não sem passar primeiro na universidade. Ela fez o login no computador. Ninguém nunca checou, mas aposto que colocou para rodar algum programa complexo; garanto que aquela máquina produziu papel por umas duas horas. Todo assassino inteligente precisa de um álibi, e podemos dizer que Barbara pensou em um ou dois detalhes. Depois, foi até a casa de Carolyn, que a estava esperando e a deixou entrar. E, quando ela virou a cabeça, Barbara serenamente a acertou com uma ferramenta multifuncional, que é pequena e cabe dentro de uma bolsa de mulher. Depois, pegou a corda que levou e deu uns nós. Deixou o copo no bar, como cartão de visita. E então pegou uma seringa e o conhecimento adquirido com suas leituras sobre inseminação artificial e injetou o conteúdo de seu saquinho Ziploc cheio de fluido masculino. Destrancou as portas e janelas antes de sair.

"Claro, a detecção criminal é um pouco mais complicada do que Barbara imaginava. Existem campos de investigação desconhecidos para ela, como análise de fibras. Ela deixou rastros com os quais não contava. As fibras do carpete de casa, que estavam grudadas na bainha de sua saia, e alguns fios de cabelo dela mesma. Lembra que o laboratório da Cabelos e Fibras não deu atenção aos cabelos femininos que achou no local? E tenho certeza de que Barbara nunca imaginou que alguém faria uma análise tão detalhada da amostra de esperma. E aposto que não tinha ideia dos registros telefônicos, e ficou surpresa quando descobriu que sua ligação foi identificada. Acabou apontando em sua direção mais do que pretendia. O mesmo aconteceu com aquela terceira impressão digital no copo, provavelmente um momento de descuido. E é claro que nenhum de nós jamais imaginou que Carolyn houvesse feito laqueadura.

"Esse é o problema, claro; a vida, pelo que parece, não segue as regras invariáveis da matemática. As coisas não saíram como ela havia planejado. Molto estava acompanhando a investigação, pegou todos os rastros que ela não imaginava ter deixado e coisas como as impressões digitais, que ela deve ter imaginado que eu poderia jogar debaixo do tapete. As coisas ficaram feias para o marido, o mundo desabou ao seu redor. Ele ficou totalmente perdido, talvez nem soubesse quem havia armado para ele. E então ela se viu no único lugar em que jamais imaginara estar: sentia pena dele. Ele estava sofrendo de maneiras que ela não pretendia, e, à luz fria da realidade, ela estava coberta de vergonha. Cuidou dele durante a provação. E estava pronta para, a qualquer momento, salvá-lo com a verdade. Mas, felizmente, isso não foi necessário. Claro que não existem finais felizes; essa história é uma tragédia. As coisas melhoraram entre marido e mulher, paixão e sentimento foram redescobertos. Mas agora a lei está entre eles. Há certas coisas que ele não pode dizer a ela. Coisas que ela não pode dizer a ele. E o pior de tudo é que ela não suporta a própria culpa nem a lembrança de sua insanidade."

Quando termino, olho para Lip. E Lip olha para mim. Pergunto se ele quer outra cerveja.

— Não, senhor — diz ele. — Preciso de um uísque.

Ele se levanta para lavar o copo e o coloca na caixa com os outros onze. Segura a aba fechada enquanto passo a fita.

Sirvo o uísque para Lip; ele fica em pé, bebendo.

— Quando você descobriu tudo isso? — pergunta.

— O conjunto? Acho que fui juntando pedaços todos os dias. Houve dias, Lip, enquanto Nat estava na escola, em que não fiz nada além de sentar no escuro e pensar nos detalhes. Muitas e muitas vezes.

— Não; digo, quando você soube o que aconteceu?

— Quando soube que ela matou Carolyn? Isso me passou pela cabeça quando fiquei sabendo que houve um telefonema daqui na noite em que ela foi assassinada, mas pensei que Tommy devia ter adulterado os registros telefônicos. Eu realmente não sabia até ver de novo a foto dos copos no apartamento de Carolyn e perceber que todos os dela estavam lá.

Lip faz um barulho meio irônico demais para ser chamado de gemido.

— Como você se sentiu?

— Esquisito. — Sacudo a cabeça. — Eu estava aqui, olhando para ela, entende? Ela aqui, preparando o jantar para mim, para Nat, *me tocando*, pelo amor de Deus! Mas, então, tudo ficou claro para mim: eu estava louco. Não acreditei de jeito nenhum. Durante dias, não acreditei. Às vezes, tinha certeza de que Tommy havia armado para mim e estava me fazendo pensar que Barbara fazia parte do esquema dele. Pensei muito nisso. Eu teria adorado ouvir Leon jogar tudo nas costas de Molto. Mas, no final, quando soube o que aconteceu, não fiquei nem um pouco surpreso.

— Não quer jogá-la na fogueira?

Torço os lábios. Devagar, sacudo a cabeça.

— Eu não poderia, Lip. Não poderia fazer isso com Nat. Todos nós já passamos por coisas demais. Eu não suportaria. Não devo tanto assim a ninguém.

— E não se preocupa com o fato de o garoto estar com ela?

— Não — digo —, isso não. Com isso, eu não me preocupo. Ela fica melhor com ele; Nat a puxa para a realidade. Barbara precisa de alguém que realmente a ame, e Nat a ama. Eu sempre soube que não poderia separá-los; seria a pior coisa que eu poderia fazer para os dois.

— Pelo menos não preciso me perguntar por que você a mandou embora — diz Lip e faz aquele barulho de novo. — Ufa.

Estou sentado na cadeira que Lip ocupou antes, assim, no meio da cozinha, falando.

— Vou lhe contar uma coisa e você vai se surpreender: ela foi embora porque quis, não pedi para ela ir. Talvez, daqui a seis meses, eu acordasse e a estrangulasse enquanto ela estivesse dormindo, mas eu queria tentar. Queria mesmo. Mesmo sendo louca e selvagem, independentemente do ângulo pelo qual você analise, você tem que admitir que ela fez isso por minha causa. Não por falta de amor, pelo contrário. Eu não diria que estamos quites, mas nós dois teríamos nossa parte para compensar.

Lip ri.

— Rapaz — diz —, você realmente sabe escolher as mulheres.

— Você acha que eu seria louco se ficasse com ela?

— Quer minha opinião?

— É o que parece.

— Você está melhor sem ela. Está dando muito crédito a ela, acreditando em um monte de acasos.

— Como assim?

— Está olhando essa coisa toda do jeito errado.

— Por exemplo?

— Suas digitais. Estão no copo, certo?

— Certo.

— E só você saberia? Você não pode fazer a identificação sozinho, tem que levar o copo ao laboratório para isso. Isso significa que outra pessoa encontraria seu nome.

— Sim, mas sou um idiota. Eu deveria reconhecer o copo e não pedir as impressões digitais.

— Em um caso de assassinato importante você não pediria impressões digitais?

Penso um pouco.

— Talvez ela não soubesse que eles podiam fazer uma identificação tão precisa. Minhas digitais estavam lá só para eu saber que tinha que impedir que ela se complicasse.

— Ah, claro — diz Lip. — Enquanto isso, o laboratório está analisando a porra, descobrindo as coisas. E acharam as fibras de seu carpete.

— Ninguém ligou essas coisas a mim.

— E quanto aos seus registros telefônicos, se alguém pensasse em checar? Você mesmo disse que ela provavelmente sabia que você ligava para Carolyn daqui. Por que ela ligou daqui enquanto você estava em casa? Por que arriscar em vez de usar um telefone público? Você acha que essa mulher não sabe sobre registros telefônicos, ou fibras, ou que suas impressões estão no sistema? Depois de doze anos ouvindo suas histórias? — Lip vira o resto do uísque. — Campeão, você não entendeu direito essa história.

— Não? O que você acha que é?

— Acho que ela queria Carolyn morta e você na cadeia acusado de assassinato. Eu diria que a única coisa que aconteceu com a qual ela não contava é que você descobriu. Ou duas coisas, talvez.

Lipranzer pega uma das cadeiras e senta ao contrário, montado nela. Agora, estamos cara a cara.

— Aposto que ficou furiosa quando você acabou pegando o caso. Ela nunca teria adivinhado isso. Você é o subchefe, não brinca mais de pegar bandido, não tem tempo. Você tem a maldita promotoria para administrar enquanto Horgan tenta salvar a pele dele. A única coisa que ela sabia era que Raymond estava muito ocupado e que ia preferir manter essa coisa em casa, sob seu controle. Qualquer um saberia que Raymond iria se assegurar de que o Comando Especial cuidasse do caso. Acho que ela imaginou que algum caçador de assassinos esperto ia pegar você. Alguém que veria tantas portas e janelas abertas, que levantaria um relatório sobre todos os dados e veria que foi tudo armação, e que procuraria um cara realmente inteligente que saberia exatamente como fazer isso. Era com isso que ela contava; com alguém que sabia que você era muito bom no que fazia, que ia com você à Cruz Vermelha e sabia seu tipo sanguíneo. Talvez que até o conhecesse tão bem que sabia que você andava na companhia de certa mulher morta. Que sabia a cor do carpete que você tem em casa.

De repente, e inapropriadamente, Lip boceja e olha para a sala de estar.

— Sim — prossegue —, quando eu viesse atrás de você com um par de algemas, seria o golpe mais fundo. É isso que eu acho.

Lipranzer me olha com um olhar sábio e assente com a cabeça, convencendo a si mesmo.

— É possível — digo depois de um momento. — Já pensei nisso, mas ela disse que as coisas não saíram como esperava.

— E isso quer dizer o quê? — pergunta ele. — Que não jogaram você na fogueira? O que mais você acha que ia ouvir dela além de palavras bonitas? "Meu amor, eu te salvaria se fosse preciso. O que você vai fazer? Vai me entregar?"

— Não sei, Lip. — Olho para ele e lhe dou um soquinho no ombro. — Há quinze minutos, você achava que eu a havia matado.

Em resposta, ele faz aquele barulho.

— Não sei — digo, de novo. — Acredito em duas coisas: que ela a matou e que se arrependeu. Sempre vou acreditar que ela se arrependeu. De qualquer maneira, não teria me ajudado em nada ela me contar.

— Falando em contar, você contou a seus advogados, pelo menos?

— Não. A nenhum dos dois. No finalzinho, me ocorreu que talvez Sandy tivesse percebido. Uma noite, ele me falou sobre chamar Barbara para depor, e tive a clara sensação de que ele não tinha o menor interesse em fazer isso. E o garoto, Kemp, também tinha suas suspeitas. Ele sabia que havia algum problema com os registros telefônicos. Mas eu nunca os colocaria na posição de ter que escolher entre minha esposa e eu. Eu não queria ser defendido desse jeito. Como já disse, não poderia tirar a mãe de meu filho dele. Além disso, nunca ia colar. Se Barbara realmente armou tudo, Lip, então ela também sabia disso. Nico teria um belo argumento se eu chegasse lá e a acusasse. Diria que era o crime perfeito: um casamento infeliz, um promotor que conhece o sistema de cabo a rabo, que virou um misógino, que despreza Carolyn e odeia a esposa. Mas ama o menino. Se ele e a esposa se separarem, ele nunca vai conseguir a guarda do garoto. Ele diria que eu planejei tudo para fazer parecer que foi armação dela. Que, inclusive, coloquei a impressão digital dela no copo e injetei o espermicida. Talvez diria que eu estava usando Barbara para que, se todo o castelo de cartas caísse em cima de mim, fosse ela para a cadeia, não eu. Muitos júris iriam engolir isso.

— Mas não é verdade — diz Lip.

Olho para ele. Percebo que o deixei de novo flutuando, inquieto, nas regiões inferiores da descrença.

— Não — digo —, não é verdade.

Mas há aquele lampejo ali, a breve luz de uma dúvida indolente. O que é mais difícil? Saber a verdade ou descobri-la? Contá-la ou fazer que acreditem em nós?

ARGUMENTAÇÃO FINAL

Quando Raymond me ligou, eu lhe disse que era uma ideia absurda.

— Reabilitação instantânea — disse ele.

— É impossível — respondi.

— Rusty, dê uma chance a uma consciência pesada.

Eu não sabia se estava se referindo a si mesmo ou a todos os cidadãos do condado de Kindle. Mas ele insistiu, disse que era possível, e, por fim, eu disse que, se conseguisse arranjar tudo, pensaria no assunto seriamente.

Em janeiro, com a revogação do mandato de Nico como resultado das petições, a Câmara Municipal autorizou uma nova eleição. Bolcarro poderia ter evitado isso, mas mostrou uma ostensiva neutralidade em relação a Della Guardia. Nico fez uma forte campanha para manter seu cargo e quase conseguiu. Demitiu Tommy Molto faltando cerca de duas semanas, mas vários líderes cívicos, incluindo Raymond, Larren e o juiz Mumphrey, se manifestaram contra ele, e Della Guardia foi destituído com cerca de dois mil votos de diferença. Mas não jogou a toalha; vai se candidatar a vereador pelo Distrito Sul e espero que vença.

Bolcarro formou uma comissão de cidadãos para fazer recomendações de um novo promotor. Raymond era membro; foi isso que o levou a me ligar. Há rumores de que Mac era a primeira escolha, mas ela não quis largar a magistratura. Raymond me garantiu que os documentos haviam sido analisados e que eu receberia apoio total. Não consegui pensar em um bom motivo para dizer não. Em 28 de março, quatro dias antes do aniversário do assassinato de Carolyn Polhemus, eu me tornei o promotor público interino do condado de Kindle.

Assumi o cargo já decidido a não me candidatar à reeleição. O prefeito me disse algumas vezes que acha que eu seria um bom juiz, mas não colocou isso no papel. Gosto do trabalho que tenho. Os meios de comunicação se referem a mim como "promotor interino". Minhas relações com muitas pessoas são cheias de tensões e arestas peculiares, mas não é pior no trabalho que quando desço de meu apartamento para comprar uma dúzia de ovos. Aceitei que seria assim quando decidi não sair do condado de Kindle. Não que eu seja corajoso nem cabeça-dura. É que acho que os problemas de uma vida nova em outro lugar não seriam mais fáceis do que ter que lidar com o que já tenho aqui. Serei sempre uma espécie de peça de museu. Rusty Sabich, envolvido na maior farsa que já se viu. Incriminado falsamente, sem dúvida, e depois Della Guardia deu cobertura a Molto. Realmente patético tudo isso. O homem não é mais o mesmo.

O assassinato de Carolyn Polhemus continua sem solução, claro. Ninguém fala em tentar solucioná-lo, pelo menos não comigo; e, de qualquer maneira, é uma impossibilidade prática julgar duas pessoas pelo mesmo crime. Alguns meses atrás, apareceu um excêntrico na cadeia que queria confessar. Mandei Lipranzer tomar seu depoimento. Lip rapidamente relatou ao departamento que, segundo seu julgamento, o que o homem havia dito era pura bobagem.

Vou para Detroit vários fins de semana. Com este trabalho, é mais difícil do que planejei, mas, quando não consigo, Barbara manda Nathaniel. Em minha segunda viagem para lá, Barbara sugeriu que eu ficasse com eles. Uma coisa levou a outra, e nós, sem muito esforço, acabamos voltando. Não é provável que ela volte para cá, seu trabalho está dando certo, e a verdade é que acho que ela gosta da distância — de mim e da lembrança de tudo. Nenhum de nós tem esperanças de que o acordo atual dure; mais cedo ou mais tarde, o inchaço da ferida vai diminuir, e um de nós vai conhecer outra pessoa. Quando penso nisso, torço para que seja uma mulher um pouco mais nova; tenho vontade de ter outro filho. Mas esse é o tipo de coisa que ninguém pode planejar. No momento, Nat parece se consolar com o fato de que sua mãe e eu ainda somos casados, não divorciados.

Às vezes, admito, ainda penso em Carolyn. Não sobrou nada daquele desejo louco, nada daquela obsessão bizarra. Acho que, por fim, ela encontrou seu lugar de descanso em mim. Mas fico confuso com a experiência de vez em quando. Ainda penso no que foi aquilo, no que eu queria com ela. O que me parecia tão imperativo naquilo tudo? No fim das contas, devia ter algo a ver com meu eterno tormento e com as agonias que a motivavam. Esse legado de dor era mostrado abertamente nos modos duros dela, em seu cansaço exagerado, em sua ardente postura, no tribunal, de porta-voz de gente como Wendell McGaffen, a vítima infeliz. Ela mesma havia sofrido muito e afirmava, em todos os aspectos visíveis de seu ser, ter vencido. Mas isso não era verdade. Ela não podia deixar para trás o peso horrível de seu passado, assim como aquele herói grego não podia voar perto do sol. Mas por acaso isso significa que é impossível para todo mundo?

Eu procurei Carolyn. Parte de mim sabia que meu gesto era malfadado. Eu deveria ter reconhecido sua vaidade perturbada, a pobreza de sentimentos que reduzia sua alma. Deveria saber que o que ela oferecia era apenas uma grande ilusão. Mesmo assim, eu me apaixonei pela lenda que ela inventou sobre si mesma. A glória, o encanto, a coragem, toda a sua graça e determinação. Ah, esse voo sobre esse mundo escuro de angústia, esse universo negro de dor! Para mim, sempre haverá essa luta para escapar da escuridão. Eu procurei Carolyn. Eu a adorava, como os mancos e coxos adoram o curandeiro. Mas eu a queria com um abandono selvagem, com um desejo crescente, desafiador, corajoso; eu queria o extremo, a exultação, a paixão e o momento, o fogo, a luz. Eu procurei Carolyn. Com esperança. Esperança eterna.

ELOGIOS A SCOTT TUROW E *ACIMA DE QUALQUER SUSPEITA*

"Turow prende a atenção até a última página."
The New York Times

"Maravilhoso [...] nos pega pelo colarinho e nos mantém presos à cadeira até terminar de ler [...] Scott Turow sabe do que está falando [...] É muito real."
Chicago Tribune

"O livro nos prende até o fim."
Cincinnati Post

"Sem dúvida nenhuma, ele é um escritor literário que se tornou mestre do gênero mistério."
San Francisco Chronicle

"Extremamente bom [...] não é só uma história bem trabalhada e de ritmo hábil, é também um relato intrigante sobre a corrupção na política, as convoluções do amor e as ambiguidades da justiça."
Newsday

"Um livro de muita inteligência e estilo, que consegue provocar e também entreter [...] O leitor se conecta de verdade."
Washington Post Book World

"Vai manter você acordado a noite toda, absorto e cheio de adrenalina."

People

"Ninguém escreve romances de mistério e suspense melhor que Scott Turow."

Los Angeles Times

"Fascinante [...] de primeira linha, merece cada leitor que conquiste."

USA Today

"Bem elaborado [...] atraente."

Chicago Sun-Times

"Paixão vívida [...] personagens inesquecíveis [...] mais quentes que o mês de julho no Texas [...] pessoal, eloquente [...] muito bem escrito, informativo e cativante."

Dallas Morning News

"Turow é digno de ser classificado na mesma categoria de Dashiell Hammett e Raymond Chandler."

The New York Times Book Review

"O talento de Turow para retratar as complexidades e duplicidades da lei é inigualável."

Detroit News

"O gênio natural de um contador de histórias [...] uma leitura fantástica."

New York Post

"Ardente [...] tenso, tortuoso [...] pela primeira vez combina genuinamente as palavras 'tribunal' e 'drama'."

Cleveland Plain Dealer

"Emocionante [...] Deveria ganhar um prêmio. Turow está naquele grupo muito especial de escritores – Jane Austen, Tolstoi, Rex Stout, entre outros – que, por saber como prender nossa atenção, já provocaram mais noites em claro que a cafeína."

Vogue

"Escritor extraordinariamente habilidoso e eloquente."
Christian Science Monitor

"Uma alegria lê-lo [...] um verdadeiro clássico do crime."
Milwaukee Sentinel

"Muito mais que um romance policial [...] personagens memoráveis lotam as páginas de Turow."

Vanity Fair

"Sem sombra de dúvida, um romancista brilhante."
Atlanta Journal-Constitution

"Substancioso até o fim [...] O apelo carnal e pulsante é irresistível."

Glamour

"Um thriller poderoso [...] investiga com tanta perspicácia e informações privilegiadas que penetra o leitor."

Self

"Os romances de Turow não são exatamente entretenimento; eles transcendem seu gênero. São literatura que perdura."

George F. Will, *Newsweek*

"Elaborado de maneira soberba, maravilhosamente escrito [...] muito drama e suspense [...] As cenas crepitam com

as incríveis interações entre personagens complexos e fascinantes [...] absolutamente primoroso [...] um ótimo livro."
Library Journal

"Tudo que você ouviu dizer é verdade [...] genuíno, elegante, suspense quatro estrelas, mas também um mistério criminal sombrio e perturbador, rico em personagens, psicologia e *páthos* [...] Vários gêneros em sua melhor expressão – corajosa exposição do governo municipal, estratégia de tribunal ácida, crise sexy/sincera da meia-idade, reviravolta digna de uma Agatha Christie."
Kirkus Reviews

Editora Planeta Brasil | 20 ANOS

Acreditamos nos livros

Este livro foi composto em Maiola e impresso
pela Geográfica para a Editora Planeta do Brasil em agosto de 2023.